（修订重排本）

红楼梦诗词曲赋鉴赏

蔡义江◎著

中华书局

图书在版编目（CIP）数据

红楼梦诗词曲赋鉴赏/蔡义江著. —北京:中华书局,2001. 10
（2025. 3 重印）
　ISBN 978-7-101-02858-4

　Ⅰ.红… 　Ⅱ.蔡… 　Ⅲ.①《红楼梦》研究②红楼梦—文学欣
赏 　Ⅳ.I207. 411

　中国版本图书馆 CIP 数据核字（2001）第 14769 号

书　　名	红楼梦诗词曲赋鉴赏（修订重排本）	
著　　者	蔡义江	
责任编辑	刘　明	
装帧设计	毛　淳	
责任印制	管　斌	
出版发行	中华书局	
	（北京市丰台区太平桥西里 38 号　100073）	
	http://www.zhbc.com.cn	
	E-mail:zhbc@zhbc.com.cn	
印　　刷	北京盛通印刷股份有限公司	
版　　次	2001 年 10 月第 1 版	
	2004 年 9 月第 2 版	
	2025 年 3 月第 25 次印刷	
规　　格	开本 889×1194 毫米　1/32	
	印张 18¼　插页 6　字数 475 千字	
印　　数	135001-140000 册	
国际书号	ISBN 978-7-101-02858-4	
定　　价	68. 00 元	

第一回

甄士隱夢幻識通靈　賈雨村風塵懷閨秀

列位看官：你道此書從何而來？說起根由雖近荒唐，細諳則深有趣味。待在下將此來歷註明，方使閱者了然不惑。原來女媧氏煉石補天之時，於大荒山無稽崖煉成高經十二丈、方經二十四丈頑石三萬六千五百零一塊。媧皇氏只用了三萬六千五百塊，只單單剩了一塊未用，便棄在此山青埂峰下。誰知此石自經煅煉之後，靈性已通，因見眾石俱得補天，獨自己無材不堪入選，遂自怨自嘆，日夜悲號慚愧。一日，正當嗟悼之際，俄見一僧一道遠遠而來，生得

五

雪芹所写的《红楼梦》原是这样开头的。（甲戌本）

滿紙荒唐言　一把辛酸淚
都云作者痴　誰解其中味

此是第一首標題詩

能解者方有辛酸之淚，哭成此書。壬午除夕，書未成，芹為淚盡而逝。余常哭芹，淚亦待盡。

至脂硯齋甲戌抄閱再評仍用石頭記

明旦看石上是何故事按那石上書云當日地

陷東南這東南一隅有處曰姑蘇有城曰閶門

者最是紅塵中一二等富貴風流之地這閶門

外有個十里街街內有個仁清巷巷內有個古

廟因地方窄狹人皆呼作葫蘆廟廟傍住着一

家鄉宦姓甄名費字士隱嫡妻封氏情性賢淑

深明禮義家中雖無甚富貴然本地便也推他

為望族了只因這甄士隱稟性恬淡不以功名

焉念每日只以觀花修竹酌酒吟詩為樂到是

此下十五字燼本

真○後之跛空玉出惜此一頁後不缺

眉批因挤而连抄，致使前批署时误作后批"泪尽"之时间状语，遂有雪芹死于"壬午除夕"之说。（甲戌本）

最早的彩画册页（共十二幅），绘者名画家汪圻（1776—1840），
号恻斋，安徽旌德籍，生于江苏扬州。（杜春耕藏）

雅女苦吟诗（汪绘 杜藏）

探春放风筝 (汪绘 杜藏)

潇湘馆春困 (汪绘 杜藏)

黛玉　　　宝玉

共读《西厢记》（戴敦邦绘）

元春

大观园题咏（戴敦邦绘）

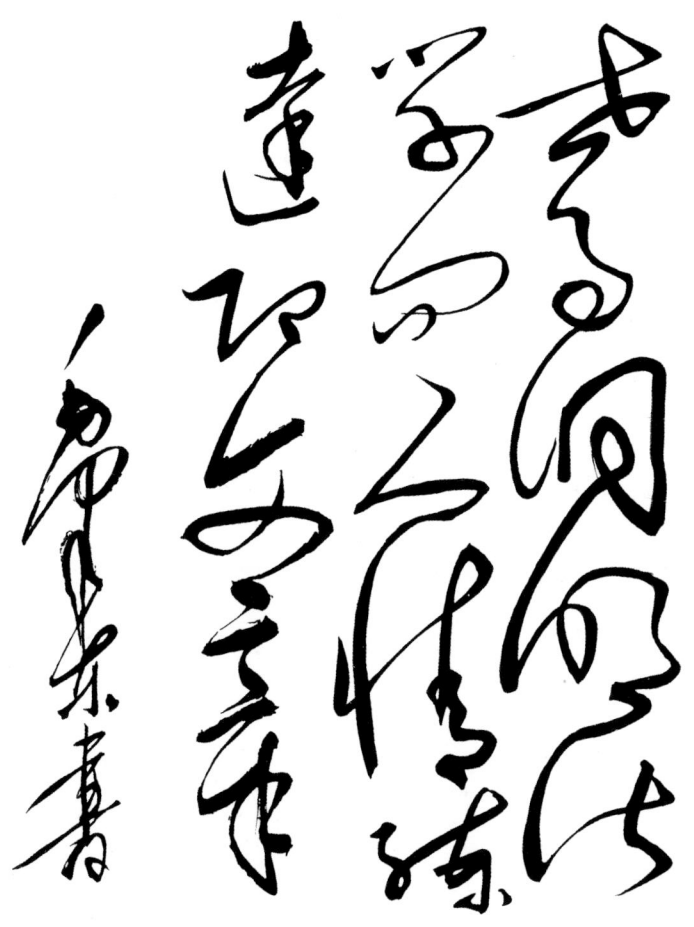

世事洞明皆学问　人情练达即文章

毛泽东手书《红楼梦》中对联

诗境还居文境先

邺中才调栋亭篇

秋风秋雨秋窗夕

花谢花飞花满天

自昔奇情贵欣赏

到今香字盛流传

长吟素彩乾坤句

重见红楼拟郑笺

　　奉题

红楼梦诗词曲赋鉴赏

周汝昌八十二盲书

周汝昌题诗

目　　录

附　　编

曹雪芹与《红楼梦》

《红楼梦》是中国古典长篇小说中最优秀的作品,是悠久、灿烂的中华文化的杰出代表,是世界文学宝库中的珍品,也是我们伟大的中华民族的骄傲。

《红楼梦》故事被作者曹雪芹隐去的时代,其实就是他祖辈、父辈和他自己生活的时代,即清康熙、雍正、乾隆三朝。这是我国最后一个封建王朝——大清帝国的鼎盛时期。然而,在国力强大、物质丰富的"太平盛世"的表象背后,阶级斗争和政治斗争在加剧,各种隐伏着的社会矛盾和深刻危机,正在逐渐显露出来。封建社会的经济基础已日益腐朽。封建伦理道德的虚伪、败坏,政治风云的动荡、变幻,统治阶层内部各政治集团、家族及其成员间兴衰荣辱的迅速转递,以及人们对现存秩序的深刻怀疑、失望等等,都说明封建社会的上层建筑也在发生动摇,正逐渐趋向崩溃。这些都是具有典型性的时代征兆。作为文学家的曹雪芹是伟大的,他以无可比拟的传神之笔,给我们留下了一幅封建末世社会有重要时代特征的、极其生动而真实的历史画卷。

曹雪芹(1724—1764),名霑,他的字号有雪芹、芹圃、芹溪、梦阮等。他的祖上明末前居住在今辽宁铁岭西南郊腰堡大汛河村一带,在努尔哈赤的后金兵掠地时,沦为满洲贵族旗下的奴隶,并扈从入关。清开国时,曹氏归属正白旗,为内务府包衣(意即皇室之家奴),渐与皇家建立起特殊亲近的关系。曾祖曹玺之妻孙氏,当过康熙保姆,后被康熙封为一品太夫人;祖父曹寅文学修养很高,是康熙的亲信;父辈曹颙、曹頫相继任袭父职,三代四人前后共做了五十八年的江宁(今江苏南京)织造。康熙每次南巡,都以江宁织造署为行宫,曹寅曾亲自主持接驾四次。所以曹家在江南是个地位十分显赫的封建官僚大家庭。雍正即位后，曹家遭冷落，曹𫖯时受斥责。雍正五年（1727）末、六年（1728）初曹𫖯因"织造差员勒索驿站"及亏空公款等罪，被下旨抄家，曹𫖯被"枷号"，曹寅遗孀与小辈等家口迁回北京，靠发还的崇文门外蒜市口少量房屋度日。曹家从此败落。其时，曹雪芹尚在幼年。

　　此后，在他成长的岁月中，家人亲友定会常绘声绘色地讲述曹家昔日的盛况，这定会不时激起他无比活跃的想像力，令他时时神游秦淮河畔老家已失去了的乐园。此外，当时统治集团由玉堂金马到陋室蓬窗的升沉变迁，曹雪芹所见所闻一定也很多，"辛苦才人用意搜"，他把广泛搜罗所得的素材，结合自家荣枯的深切感受，加以酝酿，便产生了强烈的创作冲动，一部描绘风月繁华的官僚大家庭到头来恰似一场幻梦般破灭的长篇小说构思就逐渐形成了。

　　《红楼梦》创作开始时，雪芹年未二十，创作此书，他前后花了十年时间，经五次增删修改。在他三十岁之前，全书除有少数章回未分定、因而个别回目也须重拟确定、以及有几处尚缺诗待补外，正文部分已基本草成（末回叫"警幻情榜"），书稿匆匆交付其亲友脂砚斋等人加批誊清。最后有十年左右时间，雪芹是在北京西郊某山村度过的。不知是交通不便，还是另有原因，他似乎与脂砚斋等人极少接触，也没有再去做书稿的扫尾工作，甚至没有迹象表明他审读、校正过已誊抄出来的那部分书稿，也许是迫于生计只好暂时辍笔先作"稻粱谋"吧。其友人敦诚曾写诗规劝，希望他虽僻居山村，仍能继续像从前那样写书："劝君莫弹食客铗，劝君莫叩富儿门。残杯冷炙有德色，不如著书黄叶村。"（《寄怀曹雪芹》）

　　不幸的事发生了：《红楼梦》书稿在加批并陆续誊清过程中，有一些亲友争相借阅，先睹为快，结果八十回后有"卫若兰射圃"、"狱神庙慰宝玉"、"花袭人有始有终"、"悬崖撒手"等"五六稿被借阅者迷失"。这五六稿据脂批提到的内容看，并非连着的，有的较早，有的很迟，其中也有是紧接八十回的（当是"卫若兰射圃"文字）。这样，能誊抄出来的就只能止于八十回了。"迷失"不同于焚毁，它是一个难以确定的、逐渐失去找回可能性的漫长过程。也许在很长时间内,脂砚斋等人并未明确告诉雪芹这一情况,即使他后来知道,也会抱很可能失而复得的侥幸心理,否则他在馀年内又何难补作!光阴倏尔,祸福无常,雪芹穷居西山,唯一的爱子不幸痘殇,"因感伤成疾","一病无医",绵延"数月",才"四十年华"的伟大天才,竟于乾隆二十九年甲申春(1764 年 2 月 2 日后)与世长辞。《红楼梦》遂成残稿。尚未抄出的八十回后残留手稿,原应保存于另一位亲友畸笏叟之手,但个人收藏又哪能经受得起历史长河的无情淘汰,终于也随这位未明身份的老人一起消失了。曹雪芹死后不到三十年,程伟元和高鹗整理、补足并刊刻付印了由不知名者续写了后四十回的《红楼梦》一百二十回本。从此,小说才得以"完整"面目呈现于世。

《红楼梦》版本,也就因此分为两大类:一是至多存八十回、大都带有脂评的抄本,简称脂本;一是一百二十回、经程高二人整理过的刻本,简称程高本或程本。我们见到影印出版的如《脂砚斋重评石头记》、《戚蓼生序本石头记》等均属脂本,排印出版的如《三家评本红楼梦》、《八家评批红楼梦》等均属程本,近人校注的《红楼梦》,选脂择程作为底本的都有。脂程二本相比较,脂本的优点在于被后人改动处相对少些,较接近原作面貌,所带脂评有不少是了解《红楼梦》和曹雪芹的重要原始资料;欠缺之处是只有八十回,有的仅残存几回、十几回,有明显抄错或所述前后未一致的地方,特别是与后四十回续书合在一起,有较明显的矛盾抵触。程本的好处是全书有始有终,前后文字已较少矛盾抵触,语言也流畅些,便于一般读者阅读;缺点是改动原作较大,有的是任意妄改,有的则为适应续书情节而改变了作者的原意。

《红楼梦》得以普及,将续作合在一起的程本功劳不小,但也因此对读者起了影响极大的误导作用。续书让黛玉死去、宝玉出家,能保持小说的悲剧结局是相当难得的;但悲剧被缩小了,减轻了,性质也在一定程度上改变了。曹雪芹原来写的是一个富贵荣华的大家庭因获罪被抄家、终至一败涂地、子孙流散、繁华成空的大悲剧。组成这大悲剧的还有众多人物各自的悲剧,而宝黛悲剧只是其中之一,虽则是极重要的。整个故事结局就像第五回《红楼梦曲·收尾·飞鸟各投林》中所写的那样：食尽鸟飞，唯馀白地。至于描写封建包办婚姻所造成的悲剧，在原作中也是有的：由于择婿和择媳非人，"卒至迎春含悲，薛蟠贻恨"。作者的这一意图已为脂评所指出，只是批判包办婚姻并非全书的中心主题，也不是通过宝黛悲剧来表现的。

《红楼梦》是在作者亲见亲闻、亲身经历和自己最熟悉的、感受最深切的生活素材基础上创作的。这在中国古典长篇小说史上还是第一次。从这一点上说，它已跨入了近代小说的门槛。但它不是自传体小说，也不是小说化了的曹氏一门的兴衰史，虽则在小说中毫无疑问地融入了大量作者自身经历和自己家庭荣枯变化的种种可供其创作构思的素材。只是作者搜罗并加以提炼的素材的来源和范围都要更广泛得多，其目光和思想，更是及于整个现实社会和人生。《红楼梦》是在现实生活基础上最大胆、最巧妙、最富有创造性和想像力的艺术虚构。所以它反映的现实，其涵盖面和社会意义是极其深广的。

贾宝玉常被人们视为作者的化身，以为曹雪芹的思想、个性和早年的经历，便与宝玉差不多。其实，这是误会。作者确有将整个故事透过主人公的经历、感受来表现的创作意图（所以虚构了作"记"的"石头"，亦即"通灵宝玉"，随伴宝玉入世，并始终挂在他的脖子上），同时也必然在塑造这个人物形象时，运用了自己的许多生活体验，但毕竟作者并非是照着自己来写宝玉的。发生在宝玉身上的事和他的思想性格特点，也有许多根本不属于作者。贾宝玉只是曹雪芹提炼生活素材后，成功地创造出来的全新的艺术形象。若找人物的原型，只怕谁也对不上号，就连熟悉曹家和雪芹自幼情况的脂砚斋也看不出贾宝玉像谁，他说："按此书中写一宝玉，其宝玉之为人，是我辈于书中见而知有此人，实未目曾亲睹者。……合目思之，却如真见一宝玉，真闻此言者，移之第二人万不可，亦不成文字矣。"（第十九回脂评）可知，宝玉既非雪芹，亦非其叔叔。其他如林黛玉、薛宝钗，脂砚斋以为"钗、玉名虽二个，人却一身，此幻笔也"（第四十二回脂评）。此话无论正确与否，也足可证明钗、黛也是并非按生活原型实写的艺术虚构形象。

　　《红楼梦》具体、细致、生动、真实地展示了作者所处时代环境中广阔的生活场景，礼仪、习俗、爱情、友谊，种种喜怒哀乐，以至饮食穿着、生活起居等等琐事细节，无不一一毕现，这也是以前小说从未有过的。史书、笔记可以记下某些历史人物的命运、事件的始末，却无法再现两个半世纪前的生活画面，让我们仿佛身临其境地领略和感受到早已逝去的年代里所发生过的一切。《红楼梦》的这一价值，绝不应该低估。

　　《红楼梦》一出来，传统的写人的手法都被打破了，不再是好人都好，坏人都坏了。作者如实描写，从无讳饰，因而每个人物形象都是活生生、有血有肉的。贾宝玉、林黛玉、史湘云、晴雯，都非十全十美；王熙凤、贾琏、薛蟠、贾雨村，也并未写成十足的坏蛋。有人说，曹雪芹写了四百多个人物，与莎士比亚所写总数差不多。但莎翁笔下的人物是分散在三十几个剧本中的，而曹雪芹则将他们严密地组织在一部作品中，其中形象与个性鲜明生动的也不下几十个。

　　贾宝玉形象具有特殊的社会意义。他是一个传统观念中"行为偏僻性乖张"、"古今不肖无双"的贵族子弟。他怕读被当时封建统治者奉为经典的《四书》，却对道学先生最反对读的《西厢记》、《牡丹亭》之类书爱如珍宝。他厌恶封建知识分子的仕宦道路，讽刺那些热衷功名的人是"沽名钓誉之徒"、"国贼禄鬼之流"，嘲笑道学所鼓吹的"文死谏，武死战"的所谓"大丈夫名节"是"胡闹"。特别是他一反"男尊女卑"的封建道德观念，说"女儿是水做的骨肉，男子是泥做的骨肉；我见了女儿便清爽，见了男子便觉浊臭逼人"。在丫鬟、僮仆、小戏子等下人面前，他从不以为自己是"主子"，别人是"奴才"，总是平等相待，给予真诚的体贴和关爱。从这个封建叛逆者的身上，我们也可以看出时代的征兆，封建主义在趋向没落，民主主义思想已逐渐萌芽。

　　《红楼梦》构思奇妙、精细而严密。情节的安排、人物的言行、故事的发展，都置于有机的整体结构中，没有率意的、多余的、游离的笔墨。小说的文字往往前后照应，彼此关合（故脂评常喜欢说"千里伏线"）；人物的吟咏、制谜、行令，甚至说话也常有"闲闲一笔，却将后半部线索提动"（第七回脂评）、带"谶语"性质的地方。作者落笔时，总是胸中有全局、目光贯始终的,所以读来让人有牵一发而动全身的感觉。这样的结构行文,不但为我国其他古典长篇小说中所未有,即便是近代小说中也不多见。

《红楼梦》第一回以"甄士隐"、"贾雨村"为回目,寓意"真事隐(去),假语存(焉)"①。作者想以假存真(用假的原因自有政治的、社会的、伦理道德的、文学创作的等等),实录世情,把饱含辛酸泪水的真实感受,用"满纸荒唐言"的形式表达出来,其内涵和手法,自然都很值得研究。本来,文学创作上的虚构,也就是"假语"、"荒唐言",但《红楼梦》的虚构又有其相当特殊的地方。这主要表现在两个方面:

一是在描写都中的贾家故事外,又点出有一个在南京的甄家,两家相似,甚至有一个处处相同的宝玉。这样虚构的用意,有一点是明显的,即贾(假)、甄(真)必要时可用来互补。比如曹雪芹不能在小说中明写他祖父曹寅曾四次亲自接待南巡的康熙皇帝这段荣耀的家史(又不甘心埋没),能写的只是元春省亲的虚构故事,于是就通过人物聊省亲说到皇帝南巡,带出江南甄家"独他家接驾四次"的话来。这就是以甄家点真事。故脂评于此说:"甄家正是大关键、大节目,勿作泛泛口头语看。""借省亲事写南巡,出脱心中多少忆昔感今!"

另一方面也许更重要。我们说过,小说所写不限于曹氏一家的悲欢,经过提炼、集中和升华,它的包容性更大得多。我们发现,作者还常有意识地以小寓大、以家喻国,借题发挥,把发生在贾府中的故事的内涵扩大成为当时整个封建国家的缩影。产生这种写法可能性的基础是封建时代的家与国都存在着严格等级区分的宗法统治,两者十分相似,在一个权势地位显赫的封建官僚大家庭中尤其如此。大观园在当时的任何豪门私宅中是找不到的,它被放大成圆明园那样只有皇家园林才有的规模,这不是偶然的。试想,如果只有一般花园那样,几座

---

①　曹雪芹一定对人说过这一意图,可脂砚斋将后半句错听成"假语村言"——这组不成短语——写入"凡例",后移作第一回回前评,又被传抄者混入正文,"假语村言"四字,遂讹传至今。

假山、二三亭榭和一泓池水，故事又如何展开。不但宝玉每见一处风景便题对额的"乾隆遗风"式的情节无法表现，连探春治家、将园林管理采用承包制的办法来推行兴利除弊的改革，也没有必要和不可能写了。"天上人间诸景备，芳园应锡大观名"。这两句总题大观园的诗，不是也可以解读成小说所描写的是从皇家到百姓、形形色色、包罗万象、蔚为"大观"的情景吗？

《红楼梦》综合体现了中国优秀的文化传统。小说的主体文字是白话，但又吸纳了文言文及其他多种文体表现之所长。有时对自然景物、人物情态的描摹，也从诗词境界中泛出，给人以一种充满诗情画意的特殊韵味和美感。小说中写入了大量的诗、词、曲、辞赋、歌谣、联额、灯谜、酒令……，做到了真正的"文备众体"，且又都让它们成为小说的有机组成部分。其中拟写小说人物所吟咏的诗词作品，能"按头制帽"（茅盾语），做到诗如其人，一一适合不同人物各自的个性、修养、特点，林黛玉的风流别致、薛宝钗的雍容含蓄、史湘云的清新洒脱，都各有自己的风格，互不相犯，这一点尤为难得。还有些就诗歌本身看写得或平庸、或幼稚、或笨拙、或粗俗，但从摹拟对象来说却又是维妙维肖、极其传神的作品，又可看出作者在小说创作上坚持"追踪蹑迹"忠实摹写生活的美学理想。

《红楼梦》写到的东西太多了。诸如建筑、园林、服饰、器用、饮食、医药、礼仪典制、岁时习俗、哲理宗教、音乐美术、戏曲游艺……，无不头头是道，都有极其精彩的描述。这需要作者有多么广博的知识和高深的修养啊！在这方面，曹雪芹的多才多艺是无与伦比的，也只有他这样的伟大天才，才能写出《红楼梦》这样一部涉及领域极广的百科全书式的奇书。

　　　　　　　2000 年 7 月于北京东皇城根南街 84 号

论《红楼梦》中的诗词曲赋

真正的"文备众体"

我国人民引以为荣的伟大文学家曹雪芹，除了有一部不幸成为残稿、由后人续补而成的长篇小说《红楼梦》传世以外，几乎什么别的文字都没有保存下来。然而，谁也不会怀疑他的多才多艺。小说家要把复杂的生活现象成功地描绘下来，组成广阔的时代画卷，这需要有多方面的知识和修养。在这一点上，曹雪芹的才能是非凡的。他能文会诗，工曲善画，博识多见，杂学旁收，三教九流，无所不晓。

自唐传奇始，"文备众体"虽已成为我国小说体裁的一个特点，但毕竟多数情况都是在故事情节需要渲染铺张，或表示感慨咏叹之处，加几首诗词或一段赞赋骈文以增效果。所谓"众体"，实在也有限得很。《红楼梦》则不然，除小说的主体文字本身也兼收了"众体"之所长外，其他如诗、词、曲、辞赋、歌谣、谚、赞、诔、偈语、联额、书启、灯谜、酒令、骈文、拟古文等等，也应有尽有。以诗而论，有五绝、七绝、五律、七律、排律、歌行、骚体，有咏怀诗、咏物诗、怀古诗、即事诗、即景诗、谜语诗、打油诗，有限题的、限韵的、限诗体的、同题分咏的、分题合咏的，有应制体、联句体、拟古体，有拟初唐《春江花月夜》之格的，有仿中晚唐《长恨歌》、《击瓯歌》之体的，有师楚人《离骚》、《招魂》等作而大胆创新的……。五花八门，丰富多彩。这是真正的"文备众体"，是其他小说中所未曾见的。

借题发挥，伤时骂世

《红楼梦》当然不像它开头就宣称的那样是一部"毫不干涉时世"、

"大旨谈情"的书,它只不过把"伤时骂世之旨"作了一番遮盖掩饰罢了。诗词曲赋中有时可以说些小说主体描述文字中不便直接说的话,在借题发挥、微词讥贬上,有时也容易些。比如薛宝钗所讽和的《螃蟹咏》,其中有一联说:

眼前道路无经纬,皮里春秋空黑黄!

写的虽然是横行一时、到头来不免被煮食的螃蟹,但是拿来给那些心机险诈、善于搞阴谋诡计、不走正路、得意时不可一世的政客、野心家画像,也十分维肖。他们最后不都是机关算尽,却逃脱不了灭亡的下场吗?小说中特意借众人之口说:"这些小题目,原要寓大意才算大才,只是讽刺世人太毒了些。"可见,作者确是在借题发挥"骂世"。

《姽婳词》看起来对立面是所谓"'黄巾'、'赤眉'一干流贼馀党",颂扬的是当今皇帝有褒奖前代所遗落的可嘉人事的圣德,实质上则是指桑骂槐,揭露当朝统治者的昏庸腐朽:

天子惊慌恨失守,此时文武皆垂首。

何事文武立朝纲,不及闺中林四娘!

如果不是借做诗为名,敢于这样直接干涉时世,讥讽朝廷吗?

再如"杜撰"诔文,以哀痛悲切为主,感情当然不妨强烈些、夸张些,文章不妨铺陈些,把可以拉来的都拉来。"况且古人多有微词,非自我作俑"。既然古时楚人如屈、宋等可以用香草美人笔法来讥讽政治黑暗,我曹雪芹当然也不妨借悼念芙蓉女儿之名,写上几句"伤时骂世"的"微词",责任可以推给"作俑"的"古人"。所以,在祭奠一个丫头的诔文中,他把贾谊、鲧、石崇、嵇康、吕安等在政治斗争中遭祸的人物全拉来了。"孰料鸠鸩恶其高,鹰鸷翻遭罦罭;薋葹妒其臭,茝兰竟被芟鉏!""固鬼蜮之为灾,岂神灵而亦妒!箝诐奴之口,讨岂从宽;剖悍妇之心,忿犹未释。""任意纂著"的文中表达了屈原式的不平;"大肆妄诞"的笔下爆发出志士般的愤怒。从全书来看,似此类者,虽则不算多,但却也不能不予以注意。

小说的有机组成部分

　　《红楼梦》中的诗词曲赋是小说故事情节和人物描写的有机组成部分。这也是它有别于其他小说的一个特点。当然，其他小说也有把诗词组织在故事情节中的，比如小说中某人物所写的与某事件有关的诗等等，但在多数情况下，则是可有可无的闲文。如果我们翻开被署作"李卓吾评"的一百回本《明容与堂刻本水浒传》，就会发现它的诗和骈体赞文，要比后来通行的七十回本来得多，但其中有一些被评者认为是多馀的，标了"可删"等字样。的确，这些无关紧要的附加文字，删去后并不影响内容的表达，有时倒反而使小说文字更加紧凑、干净。有些夹入小说的诗词赞赋，虽则在形容人物、景象、事件和渲染环境气氛上也有一定作用，但总不如正文之重要。有些读者不耐烦看，碰到就跳过去，似乎也没有多大影响。《红楼梦》则又不然。它的极大多数诗词曲赋都是融合在小说的故事情节中的。如果略去不看，常常不能把前后文意弄明白，或者等于没有看那一部分的情节。比如宝玉梦游太虚幻境所看到的十二钗册子判词和曲子，倘若我们跳过不看，或者也像宝玉那样"看了不解"，觉得"无甚趣味"，那么，我们能知道的至多是宝玉做了一个荒唐的梦，甚至简直自己也有点像在梦中。读第二十二回中的许多灯谜诗，如果只把它当成猜谜游戏而不理解它的寓意，那么，我们连这一回的回目"制灯谜贾政悲谶语"的意思也将不懂。

　　有些词、赋，表面看游离于情节之外，但细加寻味，实际上仍与内容有关。《警幻仙姑赋》是被脂评认为近乎一般小说惯用的套头的闲文，他说：

　　　　按此书凡例（体例也，非"甲戌本"卷首之《凡例》。——笔者）本无赞赋闲文，前有宝玉二词，今复见此一赋，何也？盖此二文乃通部大纲，不得不用此套。前词却是作者别有深意，故见其妙。此赋则不见长，然亦不可无者也。（甲戌本第五回眉批）

这里指出，《红楼梦》在一般情况下不用其他小说所常用的"赞赋闲文"

是很对的。至于说此赋不像评宝玉的《西江月》二词那样"别有深意",所以"不见长",似乎还值得研究。就赋本身内容而论,确实像是闲文,看不出多大意义,可以说写得"不见长"。因为它仅仅把警幻仙姑的美貌夸张形容了一番,而且遣词造句也多取意于曹子建的《洛神赋》。但正是后一点所造成的似曾相识的印象引起了我们的注意。曹植的文句,在这里常常只是稍加变换,比如:一个说"云髻峨峨",一个就说"云髻堆翠";一个说"飘飘兮若流风之回雪",一个就说"纤腰之楚楚兮,回风舞雪";一个说"若将飞而未翔",一个就说"若飞若扬";一个说"含辞未吐",一个就说"将言而未语";一个说"动无常则,若危若安;进止难期,若往若还",一个就说"待止而欲行"……如此等等。难道以曹雪芹的本领,真的只能摹拟一千五百多年前他的老本家之所作(而且又是大家熟悉的名篇)而亦步亦趋吗?我想,他还不至于如此低能。让读者从贾宝玉所梦见的警幻仙姑形象,联想到曹子建所梦见的洛神形象,也许正是作者拟此赋的意图。曹植欲求娶原为袁绍儿媳的甄氏而不得,曹操将她许给了曹丕,立为后,后来被赐死。曹植过洛水而思甄后,梦见她来会,留赠枕头,感而作赋。但他假托是赋洛神宓妃的,说:"余朝京师,还济洛川,古人有言,斯水之神名曰宓妃,感宋玉对楚王说神女事,遂作斯赋。"(《洛神赋序》)所以,李商隐有"贾氏窥帘韩掾小(晋贾充之女与韩寿私通事),宓妃留枕魏王才"(《无题》)的诗句。小说写警幻仙姑不也是写宝玉与秦氏暧昧关系的托言吗?在《不了情暂撮土为香》一回中,宝玉曾说:"古来并没有个洛神,那原是曹子建的谎话……今儿却合我的心事,故借他一用。"这些话正可帮助我们窥见作者拟古的用心。总之,此赋原有暗示的性质,非只是效颦古人而滥用俗套的。可惜深悉作者用意的脂砚斋没有能体会出来。

时代文化精神生活的反映

《红楼梦》中通过赋诗、填词、题额、拟对、制谜、行令等等情节的描绘,多方面地反映了那个时代统治阶级的文化精神生活。诗词吟咏本是这一掌握着文化而又有闲的阶级的普遍风气,而且更多的还是男子们的事。因为曹雪芹立意要让这部以其亲身经历、广见博闻所获得的丰富生活素材为基础而重新构思创造出来的小说,以"闺阁昭传"的面目出现,所以把他所熟悉的素材重新锻铸变形,本来男的可以改为女的,家庭之外、甚至朝廷之上的也不妨移到家庭之内等等,使我们读去觉得所写的一切好像只是大观园儿女们日常生活的趣闻琐事。其实,通过小说中人物形象、故事情节所曲折反映的现实生活,要比它表面描写的范围更为广阔。

我们从小说本文的暗示、特别是脂评所说"借省亲事写南巡"等话,可以断定在有关元春归省盛况的种种描写中,有着康熙、乾隆南巡,曹家多次接驾的影子。这样,写宝玉和众姊妹奉元春之命为大观园诸景赋诗,也就可以看作是写封建时代臣僚们奉皇帝之命而作应制诗的情景的一种假托。人们于游赏之处,喜欢拟句留题、勒石刻字的,至今还被称为"乾隆遗风"。可见,这种风气在当时上行下效,是何等盛行!这方面,小说中反映得也相当充分。此外,如制灯谜、玩骨牌、行酒令,斗智竞巧,花样翻新,也都是清代极流行的社会风俗。

大观园儿女们结社做诗的种种情况,与当时宗室文人、旗人子弟互相吟咏唱酬的活动十分相似。如作者友人敦诚的《四松堂集》中就有好些联句,参加作诗者都是他们圈子里的一些诗伴酒友。可见文人相聚联句之风,在清代比以前任何朝代更为流行(小说中两次写到大观园联句)。如果要把这些生活素材移到小说中去,是不妨改芹圃、松堂、荇庄等真实名号为黛玉、湘云、宝钗之类芳讳的。《菊花诗》用一个虚字、一个实字拟成十二题,小说里虽然说是宝钗、湘云想出来的新鲜作诗法,其实也是当时已存在着的诗风的艺术反映。比如与作者同时代的宗室文人永恩《诚正堂稿》和永奎(嵩山)的《神清室诗稿》中,就有彼此唱和的《菊花八咏》诗,诗题有《访菊》、《对菊》、《种菊》、《簪菊》、《问菊》、《梦菊》、《供菊》、《残菊》等,小说中所讲几乎和这一样,可见并非是向壁虚构。至于小说中写到品评诗的高下,论作诗"三昧",以及谈读古诗的心得体会等等,更可以在一些清诗话中读到类似的说法。所以,与其说小说是为"闺阁昭传",毋宁说是为文人写照。

　　史湘云《对菊》诗有写傲世情态一联说："萧疏篱畔科头坐,清冷香中抱膝吟。"试想:这是一位公侯小姐的形象吗? 男子读书的有儒冠,做官的戴纱帽,只有那些隐逸狂放之士才"科头"(光着头)。闺阁女子本来就不戴帽子,何必说"科头"呢? 再说,也很少见小姐"抱膝"坐在地下的。原来这里就是一般文人所写的傲世的形象,它取意于王维《与卢员外象过崔处士兴宗林亭》诗:"科头箕踞(即抱膝而坐)长松下,白眼看他世上人。"探春所作的《簪菊》诗也是如此。它的后半首说:"短鬓冷沾三径露,葛巾香染九秋霜。高情不入时人眼,拍手凭他笑路旁。"也许有人以为诗既是女子所写,"短鬓"(一作"短发")未免不成体统,似乎说"云鬓"更好,殊不知诗写"簪菊",句句切题,这一句是以杜诗"白头搔更短,浑欲不胜簪"(《春望》)为出典的,正是"短鬓"(或"短发")。如果必以女郎诗来衡量,探春也像"葛巾漉酒"的陶渊明装束,成何模样! 特别是末联情景,李白作《襄阳歌》说"襄阳小儿齐拍手……笑杀山公醉似泥",是很自然的;倘若闺房千金喝得酩酊大醉,让路旁行人拍手取笑,还自以为"高情",这未免狂得太过分了吧! 固然,闲吟风月,总要有点"为文造情",也未必都要说自己的。但如果看作是作者有意借此类儿女吟哦的情节(当然,这里并不排斥当时贵族家庭妇女也多有能作诗填词的),同时曲折地摹写当时儒林风貌的某些方面(也许正因为如此,小说才特地通过探春之口说这次做诗的规定是"总不许带出闺阁字样来"),不是更为合适吗?

按头制帽,诗即其人

　　曹雪芹深恶那些"不过作者要写出自己的那两首情诗艳赋来,故假拟出男女二人名姓,又必旁出一小人其间拨乱,亦如剧中之小丑然"的"佳人才子等书"。可知他自己必不如此。但有一条脂评说:

　　　　余谓雪芹撰此书,中亦为("有"字的草写形讹)传诗之意。
　　(甲戌本第一回夹批)

这又如何理解呢? 是否脂评所说不确? 我以为倘若理解为曹雪芹想把自己平时所创作的诗,用假拟的情节串连起来,以便传世,那是不确的。但如果说,曹雪芹立意在撰写《红楼梦》小说的同时,把在小说情节中确有必要写到的诗词,根据要塑造的人物形象的思想性格、文化修养,摹拟得十分逼真、成功,从而让这些诗词也随小说的主体描述文字一道传世,我以为,这样理解作者"有传诗之意"的话是可以的。这里的关键在于小说中的诗词曲赋是从属于人物形象的塑造和故事情节的描述的需要的,而不是相反。这是《红楼梦》中的诗词曲赋不同于一些流俗小说的最显著、最重要的特点之一,这些诗词曲赋之所以富有艺术生命力,主要原因也在于此。用茅盾同志所作的比喻来说,这叫做"按头制帽"(见《夜读偶记》)。

要描写一群很聪明而富有才情的儿女们赋诗填词,已非易事,再要把各人之所作拟写得诗如其人,都适合他们各自的个性、修养、特点,那必然加倍的困难。海棠诗社诸芳所咏,黛玉的风流别致、宝钗的含蓄浑厚、湘云的清新洒脱,都自有个性,互不相犯。黛玉作《桃花行》,宝玉一看便知出于谁手。宝琴诳他说是自己写的,宝玉就不信,说"这声调口气迥乎不像蘅芜之体",还说"姐姐断不许妹妹有此伤悼语句,妹妹虽有此才,比不得林妹妹曾经离丧,作此哀音"。这些话表明作者在摹拟小说中各人所写的诗词时,心目之中先已存有每人的"声调口气","潇湘子稿"绝不同于"蘅芜之体",而且在赋予人物某些特点时,还考虑到他的为人行事以及与身世经历之间的联系。宝钗的"淡极始知花更艳",不但是咏白海棠的佳句,而且完全符合她为人寡语罕言、安分从时,喜欢素朴淡雅、洁净无华,遇到旁人会见怪的事情她能浑然不觉,因而博得贾府上下夸赞的个性特点。湘云的"也宜墙角也宜盆",当然是赞好花处处相宜,但好像也借此道出了她面对自幼在绮罗丛中受到娇养,如今却来投靠贾门、寄人篱下的环境改变,而满不在乎的那种"阔大宽宏"的气量风度。被评为压卷之作的《咏菊》诗说:"满纸自怜题素怨,片言谁解诉秋心!"大有"满纸荒唐言,一把辛酸泪;都云作者痴,谁解其中味"的味道,只是已女性化了而已。这样幽怨寂寞的心声,自非出自黛玉笔下不可。作者让史湘云的《咏白海棠》诗"压倒群芳"(脂评语),让林黛玉在《菊花诗》诸咏中夺魁,让薛宝钗所讽和的《螃蟹咏》被众人推为"绝唱"。以吟咏者的某种气质、生活态度与所咏之物的特性或咏某物最相宜的诗风相暗合,这也是作者的精心安排。

曹雪芹把"追踪蹑迹"地忠实摹写生活作为自己写小说的美学理想,因而,我们在小说中常常可以读到一些就诗本身看写得很不像样、但从摹拟对象来说却是非常成功的诗。比如,绰号"二木头"的迎春,作者写她缺乏才情,不大会做诗,所以,猜诗谜也猜不对,行酒令一开口就错了韵。她奉元春之命所题的匾额叫"旷性怡情",倒像这位懦小姐对诸事得失都不计较、听之任之的生活态度的自然流露。她勉强凑成一绝,内容最为空洞,如说"奉命羞题额旷怡"、"游来宁不畅神思",句既拙稚,意思也不过是匾额的一再重复,像这样能使读者从所作想见其为人的诗,实在是摹拟得绝妙的。在香菱学诗的情节中,作者还把自己谈诗、写诗的体会故事化了。他揣摹初学者习作中易犯的通病,仿效他们的笔调,把他们在实践中不同阶段的成绩都一一真实地再现出来,这实在比自己出面做几首好诗更难得多。再如,贾芸所写的书信、贾环所制的谜语、薛蟠所说的酒令,都无不令人绝倒。他们写的、讲的之所以可笑,原因各不相同,也各体现不同个性,绝无雷同;然而又都可以看出作者出色的摹拟本领和充满幽默感的诙谐风趣的文笔。在这方面,曹雪芹的才能真是了不起啊!

《红楼梦》诗词曲赋的明显的个性化,使得后来补续这部小说的人所增添的诗词难以鱼目混珠。我们知道,在制灯谜一回中,宝玉的"镜子谜"和宝钗的"竹夫人谜",并非曹雪芹的原作,因为原稿文字止于惜春谜,"此后破失","此回未补成而芹逝矣"(脂评语)。这两个谜语和回末的文字都是后人补的。谜语补得怎么样呢?因为回目是"制灯谜贾政悲谶语",所以谜语要有符合人物将来命运的寓意,这一点续补者是注意到了。宝玉的谜"南面而坐,北面而朝;象忧亦忧,象喜亦喜",似乎可以暗射后来有金玉之"喜"和木石之"忧",一"南"一"北",也仿佛可以表示求仕与出家之类相反的意愿或行为。谜底镜子,则可象征"镜花水月"。所以,续补者颇有点踌躇满志,特地通过贾政之口赞道:

"好,好! 如猜镜子,妙极!"但续补者显然忘记了宝玉是"极恶读书"(按脂评所说"是极恶每日'诗云子曰'的读书。见甲戌本第三回)的,而现在的谜语却是集四句儒家经语而成的,而且还都出自最不应该出的下半本《孟子》的《万章》篇上。小说于制谜一回之后,再过五十一回,写宝玉对父亲督责他习读的《孟子》、尤其是下半本《孟子》,大半夹生,不能背诵,而早在这之前,倒居然能巧引其中的话,制成谜语,这就留下了不小的破绽,破坏了原作者对宝玉叛逆性格的塑造。宝钗的谜虽合夫妻别离的结局,但一览无馀,与"含蓄浑厚"的"蘅芜之体"绝不相类。一开口"有眼无珠腹内空",简直近乎赵姨娘骂人的口吻;第三句"梧桐叶落分离别",为了凑成七个字,竟把用"分离"或者"离别"两个字已足的话,硬拉成三个字,实在也不比贾芸更通文墨;至于"恩爱夫妻不到冬"之类腔调,倘用在冯紫英家酒席上,出自蒋玉菡或者锦香院妓女云儿之口,倒是比较合适的。薛宝钗如何能说出这样的话来呢?

再看后四十回续书中的诗词,不像话的就更多了。试把八十九回续补者所写的宝玉祝祭晴雯的两首《望江南》词与曹雪芹所写的宝玉"大肆妄诞""杜撰"出来的《芙蓉女儿诔》比较一下,就会发现,一则陋俗不堪,一则健笔凌云,其间之差别,犹如霄壤。续书九十四回中还有一首宝玉的《赏海棠花妖诗》,也可以欣赏一下,不妨引出:

　　海棠何事忽摧颓? 今日繁花为底开?
　　应是北堂增寿考,一阳旋复占先梅。

这只能是乡村里混饭吃的、胡子一大把的老学究写的,读了不免心头作呕。如此拙劣庸俗的文字,怎么可能是"天分高明,性情颖慧"(警幻仙子的评价)、写过"绕堤柳借三篙翠,隔岸花分一脉香"、"入世冷挑红雪去,离尘香割紫云来"一类漂亮诗句的宝玉写的呢? 再说,宝玉本是"古今不肖无双"的封建家庭的"孽根祸胎",现在又怎么忽然变成专会讲些好话来"讨老太太的喜欢"的孝子贤孙了呢? 看过后人"大不近情理"的续貂文字,才更觉得曹雪芹之不可企及。

谶语式的表现方法

《红楼梦》中的诗词曲赋在艺术表现上另有一种特殊现象,是其他小说中诗词所少有的,那就是作者喜欢预先隐写小说人物的未来命运,而且这种暗中的预示所采用的方法是各式各样的。

太虚幻境中的《十二钗图册判词》和《红楼梦十二支曲》是人物命运的预示,这已毋庸赘述;《灯谜诗》因回目点明是"谶语",也可不必去说它。甄士隐的《好了歌注》,甲戌本脂评几乎逐句批出系指某某,虽然在传抄过录时,个别评语的位置抄得不对(如"如何两鬓又成霜"句旁批"黛玉、晴雯一干人",其实这条批应移在下一句"昨日黄土陇头送白骨"旁的,即《芙蓉诔》中所谓"黄土陇中,女儿命薄"是也),个别评语可能抄漏(如"择膏粱,谁承望流落在烟花巷"句旁无批,可能是抄漏了贾巧姐的名字),但甄士隐所说的种种荣枯悲欢,都有后来具体情节为依据,这也是明显的事实。因为小说开卷第一回所写的甄士隐的遭遇,本来也就是全书情节、特别是主要人物贾宝玉所走的道路的一种象征性的缩影。

除了这些比较明显的带有预言性质的诗歌外,小说人物平日风庭月榭、咏柳吟花的诗歌又如何呢?我们说,它也常常是"诗谶式"的。我们就以林黛玉之所作为例吧。她写的许多诗词,甚至席上行令时抽到的花名签,都可以找出一些诗句来作为她后来悲剧命运的写照。

首先,她的全部"哀音"的代表作《葬花吟》就是"诗谶"。与曹雪芹同时、读过其《红楼梦》抄本的明义,在他的《题红楼梦》诗中就说:

伤心一首葬花词,似谶成真自不知。

安得返魂香一缕,起卿沉痼续红丝?

所谓"似谶成真",就是说《葬花吟》仿佛无意之中预先道出了黛玉自己将来的结局。究竟是否如此,这当然要看过曹雪芹写的后来黛玉之死的情节方知。所以,脂评曾说:自己读此诗后很受感动,正不知如何加批才好,有一位《石头记》化来之人劝阻他先别忙着加批,"俟看过玉兄后文再批",他听从了这话,"故掷笔以待"(庚辰本第二十七回眉批,甲戌本略同)。

　　我把有关佚稿情节的脂评和其他资料,与这样带谶语性质的许多诗加以印证、研究,发现曹雪芹笔下的黛玉之死,完全是不同于续书所写的另一种性质的悲剧。要把问题都讲清楚,需专门写一篇长文,这里只能说一个大概:八十回后,贾府发生重大变故——先是"获罪",最终则"事败、抄没"。宝玉遭祸离家,淹留于"狱神庙"不归,很久音讯隔绝,吉凶未卜。黛玉经不起这样的打击,急痛忧忿,日夜悲啼,终于把她衰弱生命中的全部炽热的爱,化为泪水,报答了她平生唯一的知己宝玉。那一年事变发生于秋天,次年春尽花落,黛玉就"泪尽夭亡"。宝玉回来已是离家一年后的秋天。往日"凤尾森森,龙吟细细"的景色,已被"落叶萧萧,寒烟漠漠"的惨象所代替;绛芸轩、潇湘馆也都已"蛛丝儿结满雕梁"。人去楼空,红颜已归黄土陇中;天边香丘,唯有冷月埋葬花魂。据脂评透露,黛玉逝后,宝玉"对景悼颦儿"亦有如"诔晴雯"之沉痛文字,可惜我们再也读不到这样精彩的篇章了!

　　这样看来,《葬花吟》中诸如"三月香巢已垒成,梁间燕子太无情(秋天燕子飞去)、明年花发虽可啄,却不道人去梁空巢也倾"数句,也许就是变故前后的谶语。"质本洁来还洁去,强于污淖陷渠沟",也有可能正好写出后来黛玉宁死不愿蒙受垢辱的心情。至于此诗的最后几句:"侬今葬花人笑痴,他年葬侬知是谁?试看春残花渐落,便是红颜老死时。一朝春尽红颜老,花落人亡两不知!"在小说中通过写宝玉所闻的感受、后来黛玉养的鹦鹉学舌,重复三次提到,当然更不会是偶然的了。上引明义诗的后两句:"安得返魂香一缕,起卿沉痼续红丝?"也是佚稿中的黛玉并非如续书所写死于宝玉另娶的明证(在佚稿中,成"金玉姻缘"是黛玉死后的事)。须知明义读到的小说抄本,如果后来情节亦如续书一样,他就不可能产生最好有回生之术能起黛玉之"沉痼"而为她"续红丝"的幻想了!因为黛玉即使能返魂复活,她又和谁去续红丝呢?

　　《代别离·秋窗风雨夕》也是后来宝玉诀别黛玉后,留下"秋闺怨女拭啼痕"(黛玉这一《咏白海棠》的诗句,脂评已点出"不脱落自己")情景的预示。这一点从小说描写中也是可以看出作者用笔的深意来的：

　　……随便拿了一本书，却是《乐府杂稿》；有《秋闺怨》、《别
　　离怨》等词。黛玉不觉心有所感，亦不禁发于章句，遂成《代别
　　离》一首，拟《春江花月夜》之格，乃名其词曰《秋窗风雨夕》。

这里，"心有所感"四字就有文章。如果说黛玉有离家进京、寄人篱下
的孤女之感，倒是合情理的。但《秋闺怨》、《别离怨》或者所拟之唐诗
《春江花月夜》，写的一律都是男女相思离别的愁恨（李白的乐府杂曲
《远别离》则写湘妃娥皇、女英哭舜，男女生离死别的故事）。在八十回
之前，黛玉还没有这种经历，不能如诗中自称"离人"，对秋屏泪烛，说
"牵愁照恨动离情"等等，除非是无病呻吟。所以这种"心有所感"是只
能当作一种预感来写的。

　　再如她的《桃花行》，写的是"泪干春尽花憔悴"情景。既然《葬花
吟》"似谶"，薄命桃花当然也是她不幸夭亡命运的象征。这一点，我们
又从脂评中得到了证实。戚本此回回前有评诗说：

　　空将佛事图相报，已触飘风散艳花。
　　一片精神传好句，题成谶语任吁嗟。

意思是虽然宝玉后来不顾"宝钗之妻、麝月之婢"，"弃而为僧"，皈依佛
门，以图报答自己遭厄时知己黛玉对他生死不渝的爱情，但这也徒然，
因为黛玉早如桃花之触飘风而飞散了！批书人读过已佚的后半部原
稿，他说诗是"谶语"，当然可信。

　　上面谈的只是她的三首长歌。其他如吟咏白海棠、菊花、柳絮、五
美诸作，以及中秋夜与湘云的即景联句等等，也都在隐约之间通过某
一二句诗，巧妙地寄寓她的未来。如联句中"寒塘渡鹤影（湘云），冷月
葬花魂（黛玉）"一联，就可以看作是吟咏者后来各自遭遇的诗意画。
甚至席上行令掣签时，作者也把花名签上刻着的为时人所熟知的古人
诗句含义，与掣到签的人物命运联系了起来。黛玉所掣到的芙蓉花
签，上刻"莫怨东风当自嗟"，是宋人欧阳修著名的《明妃曲》中的诗句。
该诗的结尾说：

　　明妃去时泪，洒向枝上花；

狂风日暮起,飘泊落谁家?

红颜胜人多薄命,莫怨东风当自嗟。

这与《葬花吟》等诗简直就像同出一人之手。这里还有一点值得我们深思:为何花名签上不出"红颜胜人多薄命"句呢?现在所刻之句,既有"莫怨东风",又说"当自嗟",岂非有咎由自取之意?这能符合黛玉悲剧结局的实际情况吗?我们说,不出前一句主要是因为它说得太直露了,花名签上不会刻如此不吉祥的话;隐去它而又能使人联想到它(此诗早为大家所传诵),这是艺术上的成功。至于"莫怨东风当自嗟",正是暗示黛玉泪尽而逝的性质和她在这个悲剧中所达到的精神境界的借用语。如前所述,黛玉最后只是痛惜知己宝玉的不幸,而全然不顾自己,虽明知自己的生命因此而行将毁灭,也在所不惜。戚序本第三回末有一条脂评,可以作这句诗的注脚:

> 补不完的是离恨天,所馀之石岂非离恨石乎?而绛珠之泪偏不因离恨而落,为惜其石而落。可见惜其石必惜其人。其人不自惜,而知己能不千方百计为之惜乎!所以绛珠之泪至死不干,万苦不怨,所谓"求仁而得仁,又何怨"(借用《论语》的话)。悲夫!

宝玉的"不自惜",无非是引起他父亲贾政大加笞挞的那类事,亦即使袭人感到"可惊可畏"的、"将来难免"会有"丑祸"的那种"不才之事"(见三十二回)。看来,黛玉怜惜宝玉后来之遭厄,又比宝玉在家里挨打那次更甚了。我由此想到警幻仙子所歌"春梦随云散,飞花逐水流;寄言众儿女,何必觅闲愁"以及薄命司所悬对联"春恨秋悲皆自惹,花容月貌为谁妍",也都并非泛泛之语;就连薛宝琴《怀古绝句十首》那样不揭示谜底的诗谜,我认为曹雪芹也都是别出心裁地另外寄寓着出人意料的深意的(见本书第292页"备考")。

当然,这种诗谶式的表现方法,也可以找出其缺点来,那就是给人一种宿命的、神秘主义的感觉。我以为它多少与作者对现实的深刻的悲观主义思想有关。但从小说艺术结构的完整性和严密性来说,它倒可以证明曹雪芹每写一人一事,都是胸中有全局,目光贯始终的。这一特点,无论其优劣如何,它至少对我们探索原作的本来构思、主题、主线,以及后半部佚稿的情节是非常重要的。

总之,《红楼梦》中的诗词曲赋,从小说的角度看,艺术成就是很高的。它在我国古典小说中是一个十分特殊的现象。我们要了解它的艺术特点,读懂它,欣赏它,才不致辜负曹雪芹这位伟大的文学家的一片苦心。

红楼梦诗词曲赋鉴赏

石 上 偈

(第 一 回)

无材可去补苍天①，枉入红尘若许年②。
此系身前身后事③，倩谁记去作奇传④？

【说明】

作者虚构空空道人见青埂峰下有一块顽石，上面记着它被携入红尘后的经历见闻，后面又有一偈，就是这首七言绝句。偈(jì记)，佛经中的唱词，也泛指佛家的诗歌，本是音译佛教梵语"偈陀"的略称，义译是"颂"。

【注释】

① 补苍天——出自古代神话。传说远古的时候，天塌地陷，大火燃烧不灭，洪水泛滥不止，猛兽凶禽到处噬食百姓。女娲(wā蛙)氏炼五色石把苍天修补了起来。她还砍断大海龟的四足用来作为擎天柱，杀死黑龙以救助中原，积起芦灰将洪水止住。这样，就平息了一切灾祸，老百姓因此得以安生(见《淮南子·览冥训》)。这里作者是借神话故事来说做匡世济时的大事业。

② "枉入"句——白白地来到人世间这么多年。这是作者感慨年华虚度。红尘，班固《西都赋》："红尘四合，烟云相连。"本写长安之盛，后用以说明世间的热闹繁华。

③ "此系"句——这是石头身前和身后所经历的故事。小说中说顽石

"幻形入世",化为通灵宝玉,随着贾宝玉的投生,来到人世,经历了一番离合悲欢以后,仍化作顽石,回归到青埂峰下,所以这样说。诗句似有寓意,作者或借此暗示小说所描写的,并不限于他个人的生活经历,而是对他祖孙三代以上种种现实的艺术概括:对雪芹来说,曹寅时代便是他的"身前"事;对盛时曹家来说,败落又是已逝者的"身后"事。

④ "倩(qìng 庆)谁"句——请谁替我抄了去作奇闻流传?倩,央求。奇传,即传奇,为押韵而颠倒,意即奇异故事可以相传者。它本是唐代兴起的一种用文言写的短篇小说,这里只取新奇传闻义。

【鉴赏】

这是作者依托神话形式表明《石头记》创作缘由的一首序诗。

曹雪芹在小说的楔子中虚构了此书系抄自石上所刻的故事,其原始作者便是幻化为通灵宝玉,让神瑛侍者(贾宝玉的前身)"夹带"着它一起下凡,经历过一番梦幻的补天石。而曹雪芹自己只不过是"披阅增删"者。

这样虚构的意图是:一、强调故事的真实性。所谓此书所述是石头"亲自经历的一段陈迹故事"(首回楔子),所以要让虚拟作者通灵玉陪伴故事主人公始终。二、申明经历者并非就是自己。故事虽真,却多半发生在其祖辈生活年代,如凤姐所说,"可恨我小几岁年纪,若早生二三十年,如今这些老人家也不薄我没有见世面了。说起当年太祖皇帝仿舜巡故事,比一部书还热闹,我偏没造化赶上"(十六回)。风月繁华之盛,对雪芹来说是"陈迹",是"身前"之事(曹寅死于雪芹出生前十二三年);而"万境归空"之日,对当时经历之人如曹寅而言,则又是其"身后"之事。为表明素材多来源于老人如祖母等口授,故虚拟了一个原始作者而让自己扮演"披阅增删"角色。所以,从事件的经历者来说,石头并不等于作者;但就此书的创作来说,石头也就是曹雪芹。批书人脂砚斋怕读者误认为雪芹真是"披阅增删"者,就特地揭穿"作者之笔狡猾之甚",敲定作者就是雪芹自己。

那么,曹雪芹为什么一开头便借那块补天石的遭遇,先作无材补天之叹呢？这倒确实是作者自况。

对"补天"传说的借用，以往我们总是去推究这"天"代表什么，说是补"封建制度的天"吧，又怕贬低作者，于是从"补天"转而发挥成"恨天"、"拆天"，近来又有人说"天"应是"情天"、"离恨天"。其实，这样推究一个用了千百年已有固定含义的语词，是搞错了方向。比如有人用"亡羊补牢"一词，你去推究"羊"是山羊还是绵羊，"牢"是木栅围的还是石头砌的，岂非不得要领？古籍中用"补天"一语的例句不少，无非喻安邦治国、经世济民一类的大事业。清人周乐清作《补天石传奇》，收录戏曲八种，写的也是太子丹、屈原、王昭君、蔡文姬、诸葛亮、岳飞等等青史扬名人物的故事。所以，雪芹说无材补天，意思就是没有资格去做一番大事业。

成就这样的大事业，必须要通过科举仕宦之途才有可能达到。雪芹少小时的客观环境使他失去了延师教读的机会（他是凭博览群书自学成才的），因而并不精深举业；但更重要的还是因为家庭的巨变在政治条件上断绝了他这条路。

清代制度：凡直系三代之内犯有重罪者，不得参加科考。这只要看看《登科录》中录取者皆详列三代姓名、职业，以备选录放官之用便知道了。父亲曹𫖯是皇帝下旨抄家的"钦犯"，又被"枷号"多年，雪芹哪能靠科举仕途发迹出头？

人们总以为曹雪芹也像他所创造的人物形象贾宝玉那样，生来就厌恶仕途经济，所以能否读书做官，根本就不在乎。实际情况并非如此。雪芹很自负，对那些名利场中热衷于营求的人白眼相向，又狂又傲，是无疑的。但这不等于他对自己一生注定无缘科场的命运也无所谓。功名对于那个时代知识分子的重要性是我们今天难以理解的。

蒲松龄《聊斋》揭露和抨击封建科举制度摧残人才、造成政治黑暗腐败的作品有多篇，既深刻，又沉痛；可他自己却终生未放弃拼搏于科场，屡战屡败，悲愤丧气，直到七十一岁才获得个区区贡生。曹雪芹自然也会对命运的不公，感到极大的怨恨和悲愤，所谓"因见众石俱得补天,独自己无材,不堪入选,遂自怨自叹,日夜悲号惭愧"。他"燕市哭歌悲遇合"(敦敏诗)所"哭歌"的不幸,也不是因为生活的贫困,他是被"入了另册"的,被宣告了科场之路不通,也就是在有志于做一番大事业者的面前,设下了一道难以逾越的障碍。

所以,脂评对此诗的前两句有批语说:"惭愧之言,呜咽如闻。"又批"无材补天,幻形入世"说:"八字便是作者一生惭恨。"将它直接与写书联系起来的是批"只单单剩下一块未用,便弃在……"数语,说:

> 剩了这一块,便生出这许多故事。使当日虽不以此补天,就该去补地之坑陷,使地平坦,而不有此一部鬼话。

这话的语气,一看便知,是雪芹长辈畸笏叟说的。他把《红楼梦》之写成,归结为雪芹不能与别的年轻人一样有做大事业的机会,可又不甘心去干诸如经商行医、做工务农之类社会所需的平凡事(所谓"补地之坑陷"),在惭恨孤愤的心情下,为了不埋没自己,就选择写小说以传世了。可见,曹雪芹是"意有所结郁,不得通其道,故述往事,思来者……思垂空文以自见(现)",《红楼梦》是其"发愤之所为作也"(司马迁《报任安书》)。

自 题 一 绝

(第 一 回)

满纸荒唐言, 一把辛酸泪!
都云作者痴①, 谁解其中味②?

【说明】

在小说的楔子中,作者假托这部书的底稿是空空道人从石头上抄来的,后经"曹雪芹于悼红轩中,披阅十载,增删五次,纂成目录,分出章回",题名为《金陵十二钗》,并题了这首绝句。所以,这首诗是小说中作者以自己身份来写的唯一的一首诗。

【注释】

① 都云——都说。

② 解——懂得。

【鉴赏】

"荒唐言"不限于指小说有石头"无材补天,幻形入世"这样荒唐的缘起,也不仅仅指小说中有"太虚幻境"、"风月宝鉴"之类荒唐的情节。作者将广泛搜罗所得的见闻,结合自身的经历体验,运用大胆的艺术想像,创造了贾宝玉以及一大批非按某一真人为对象摹写的闺阁女子形象,虚构成一个以大观园女儿国为中心的故事,以及小说表面上把悲剧命运说成是情根凤孽、偿还冤债等等,也都带有"假语存焉"(脂砚斋错听成"假语村言",先写入"凡例",后移作回前评,又被传抄者混为正文,遂讹传至今)的性质,也就是所谓"荒唐言"。"一把辛酸泪",是说其中包含着种种血泪辛酸的现实生活和感受。"都云作者痴,谁解其中味?"在这里,作者诉说的是他难以直言而又深怕不能被理解的衷曲。

脂砚斋、畸笏叟等人对此诗有几条重要的批语。一曰:"此是第一首标题诗。"有人被"第一首"三字所迷惑,以为在此之前明明还有一首"无材可去补苍天"的诗,此诗应为第二首,之所以称为"第一首",正好说明小说本由作者新、旧二稿合成,或由不同作者的两部书拼凑起来的;在旧稿中此诗是第一首,加入新稿后成了第二首,而批语本批在旧稿上,故有此矛盾现象。其实这是误解。因为脂批所说的"标题诗"是指标明此回题意(即回目含义)的诗,而前一首楔子中的石上偈,并非为标明回目含义而作,所以不是标题诗。第一回回目中有以"甄士隐"谐"真事隐(去)"、"贾雨村"谐"假语存(焉)"之隐义,故诗有"荒唐言"、"辛酸泪"、"解味"等语。也由此可见,小说原来的设计在每回正文开始前都有一首"标题诗"来阐释回目的;现在有的有,有的没有,是书稿未最后完成加工的迹象。二曰:"能解者方有辛酸之泪哭成此书。——壬午除夕。"壬午的次年癸未,曹雪芹尚在人世,他死于再下一年甲申春,有敦诚的挽诗可证。"壬午除夕"是畸笏叟在自己批语后所署的时间。他在这一年署时间的批语特别多,如"壬午春"、"壬午季春"、"壬午孟夏"、"壬午孟夏雨窗"、"壬午九月"、"壬午重阳"等等,不计这条"壬午除夕"在内,已多至四十二条。批语针对"辛酸泪"、"谁解"等语而发。"哭成"只能理解为以悲感的心情撰写而成,而绝不是拼合增删他人作品而成。且语意也说明书稿已基本撰写成了。三曰:"书未成,芹为泪尽而逝。余尝哭芹,泪亦待尽。每意觅青埂峰再问石兄,奈不遇癞和尚何?怅怅!今而后惟愿造化主再出一芹一脂,是书何幸,余二人亦大快遂心于九泉矣!——甲申八月泪笔。"此批亦畸笏叟所加。其时,脂砚斋亦已逝去,与雪芹死仅相隔半年。"余二人",指畸笏叟及其老妻,即雪芹之双亲(参见拙作《畸笏叟考》,载《红楼梦学刊》2004年第1期),他痛悼爱子不幸早逝,故署"泪笔"。前言书已"哭成",此却又言"书未成",何故?因十年前雪芹交出的小说成稿,在后来誊清时,被借阅者"迷失五六稿",且都是八十回以后的,一直找不回来,也未及补写,畸笏痛心全书成残,故有是语。

《红楼梦》问世二百多年了,对于这部小说的成书过程、后半部佚稿的情节,以及作者创作此书的本来意图等等,都有各种不同的说法。至于对小说的社会意义,更曾经有过种种歪曲,就是曹雪芹自己,由于没有科学的历史观点,不能从本质上认识那些激动着他,从而使他产生强烈创作愿望的复杂的社会现象(尽管他出色地描绘了它),因而,也就不能真正理解他自己著作的全部价值和意义。用正确的观点深刻地理解、阐明《红楼梦》这一部在思想上和艺术上成就最高的中国古典小说的社会意义和科学地总结其创作的艺术经验的任务,便历史地落在我们这一代人的肩上。

太虚幻境对联

（第 一 回）

假作真时真亦假，
无为有处有还无①。

【说明】

甄士隐炎夏伏几盹睡，梦见一僧一道携"通灵宝玉"下凡。他上前搭话，请一见此玉，但不及细看，就被夺回，说是已到幻境。见到的是一座大石牌坊，上有"太虚幻境"四个字，两边就是这副对联。太虚幻境，意即虚幻之地，作者假托的仙境。太虚，本谓空寂玄奥境地，故亦指宇宙或天。

【注释】

①　"假作"二句——把假的当作真的，真的也就成了假的；把没有的当作有的，有的也就成为没有的了。

【鉴赏】

甄士隐梦中所见的这副对联，在第五回贾宝玉梦游太虚幻境时也曾同样看到。两次出现是着意强调，同时也借此点出甄的遭遇和归宿是贾的一生道路的缩影。

作者用高度概括的哲理诗的语言，提醒大家读此书要辨清什么是真的、有的，什么是假的、无的，才不至惑于假象而迷失真意。但是历来许多谈论《红楼梦》的人多在辨别真假有无上走入了歧途，主观臆断，穿凿附会。正如鲁迅所说："单是命意，就因读者的眼光而有种种：经学家看见《易》，道学家看见淫，才子看见缠绵，革命家看见排满，流言家看见宫闱秘事……"（《集外集拾遗·〈绛洞花主〉小引》）他们以假作真，无中生有，实在免不了受到这副对联的嘲笑。

　　小说中借"假语"、"荒唐言"将政治背景的"真事隐去",用意是为了避免文字之祸。如说曾"接驾四次"的江南甄家,也与贾府一样,有一个容貌、性情相同的宝玉,后来甄家也像贾府一样被抄了家,这些都是作者故意以甄乱贾,以假作真。此外,如作者不明写秦可卿诱发了宝玉渐成熟的性意识,而假借宝玉做梦等等,也与这副对联所暗示的相契。如果从文艺作品反映现实这一特点说,弄清"真"与"假"、"有"与"无"的辩证关系,也是十分重要的。对此,鲁迅曾有深刻的论述:"只要知道作品大抵是作者借别人以叙自己,或以自己推测别人的东西,便不至于感到幻灭,即使有时不合事实,然而还是真实。其真实,正与用第三人称时或误用第一人称时毫无不同。倘有读者只执滞于体裁,只求没有破绽,那就以看新闻记事为宜,对于文艺,活该幻灭。而其幻灭也不足惜,因为这不是真的幻灭,正如查不出大观园的遗迹,而不满于《红楼梦》者相同。……我宁看《红楼梦》,却不愿看新出的《林黛玉日记》,它一页能够使我不舒服小半天。……幻灭以来,多不在假中见真,而在真中见假。"(《三闲集·怎么写》)

嘲 甄 士 隐

(第 一 回)

癫 和 尚

惯养娇生笑你痴①,菱花空对雪澌澌②。
好防佳节元宵后③,便是烟消火灭时。

【说明】

　　甄士隐抱三岁女儿英莲上街看热闹,遇一僧一道,那僧一见就大哭,要士隐把女儿——所谓"有命无运,累及爹娘之物"舍给他。士隐不理睬,他就大笑起来,念了这四句诗。

【注释】

① "惯养"句——可笑你对女儿娇养宠爱,存着一片痴心。

② "菱花"句——"菱"于夏日开花,而竟遇"雪",喻生不逢时,遇又非偶,必遭摧残,亦即所谓"有命无运"。菱花,隐指甄士隐的女儿英莲,她后来叫香菱。雪,谐音"薛",指后来霸占香菱为妾的薛蟠。空对,这里有不幸碰上的意思。澌澌,状声词,形容雪盛。

③ 好防——谨防,要当心。　元宵——旧历正月十五为元宵节。

【鉴赏】

癞和尚能预知未来,这是一种迷信观念,尽管它是作者的艺术虚构。

小说中写元宵节甄士隐的女儿英莲(谐音"应怜",据脂评。下同)由家人霍启(谐音"祸起")抱去看灯,被人拐走;接着甄家又遭火灾,士隐投亲受欺,贫病交攻,感到人生幻灭,终于断绝一切牵挂,随疯道人去了。如前所述,这一切对全书情节来说是一个缩影,英莲的身世遭遇就是大观园里众多女儿不幸命运的一种象征性的写照。此外,第五十三回写荣国府庆元宵,也正是全书由盛至衰的转折。因为,在这之后,贾府便变故层出,风波迭起,各种矛盾迅速暴露,直至最后食尽鸟散,烟消火灭。所以,这首诗表面看来只是说甄家,实际上主要的还在于说贾家。

有一条揭示曹家真实史事的脂批,也值得在此一提。在早期脂本中,"好防佳节元宵后"句旁有批语云:"前后一样,不直云'前'而云'后',是讳知者。"此批不细心探索和作一点考证,就不易看懂。好在已有研究者经一番查考,得出了结论:"原来曹家被抄,是在雍正五年十二月二十四日由皇上亲谕着江南总督范时绎去查封的,如果把文书行程计算在内,其实际被抄时间正是在元宵前夕。脂砚是个'知者',这一点当然讳不了他。而小说故意在此'不直云前而云后',正是一种

'讳知者'、亦即'将真事隐去'的手法。"(孙逊《红楼梦脂评初探》)现在,竟有人疑脂批是后人伪造的,光从这条批语所说的话来看,也是绝对不可能的。因为在近年正式出版清廷有关档案前,是没有人可能知道这些具体情况的,除了了解曹家被抄经过的一些关系最亲近的当时人。

中秋对月有怀口占一律

(第 一 回)

贾 雨 村

未卜三生愿①，频添一段愁②。

闷来时敛额③，行去几回头④。

自顾风前影，谁堪月下俦⑤？

蟾光如有意，先上玉人楼⑥。

【说明】

寄居葫芦庙里的穷儒贾雨村,来到甄士隐家,正值甄家有客,候于书房,窗外有个丫鬟对他看了两眼,雨村以为有意于他,便自我陶醉起来。中秋晚上,对着月亮,吟了这首五律和下面的一联、一绝。

【注释】

① "未卜"句——未能预料自己对甄家丫鬟的心愿能否实现。三生,佛教有过去、现在、未来三世转生之说。唐代李源与圆观(亦作圆泽)和尚很要好。两人同游三峡时,见一妇人汲水,圆观对李源说:"这妇人就是我托身的地方,再过十二年的中秋月夜,在杭州天竺寺外与你相见。"圆观说过这话后,就死了。后来,李源如期到杭州去赴约,见一牧童口唱山歌道:"三生石上旧精魂,赏月吟风不要论;惭愧情人远相

访,此身虽异性常存。"牧童就是圆观的后身(见唐代袁郊《甘泽谣·圆观》)。这是宣扬前世有缘的宗教故事,后多引申指男女姻缘。小说中"西方灵河岸上三生石畔有绛珠草一株"即借此。

② "频添"句——指团圆的月亮不断地增添自己的烦恼。一段愁,是切月光,用李白《长门怨》"月光欲到长门殿,别作深宫一段愁"诗意。

③ 敛额——皱眉蹙额,愁闷的样子。

④ "行去"句——此句说甄家丫鬟看到了他,离去时"不免又回头一两次"。

⑤ "自顾"二句——看看自己一副倒霉的样子,哪配找对象呢? 顾影,孤单一身,形影相吊,自惭功名未就之意。风前,说飘泊淹留,羁旅他乡。谁堪,何堪、怎堪。月下俦,指成亲。俦,伴侣。这里用唐代韦固遇一老人于月下翻检婚姻册子为其定婚的故事(见李复言《续幽怪录》)。后称媒妁为月下老人、月老,本此。

⑥ "蟾光"二句——意思是希望月光也能引起女方的思念,又同时期望自己能"蟾宫折桂",功名得意。蟾光,月光。古代传说月中有蟾蜍(chán chú 缠除),即癞蛤蟆。玉人楼,指所思念女子的住处。

【鉴赏】

　　甄家丫鬟猛见房中的陌生人,感到奇怪,回头看了他一下。可是,贾雨村偏把自己的歪念头硬加于人,以为对方是有意于他,还"自谓此女子必是个巨眼英豪,风尘中之知己",真是想入非非,可笑之极。他愁眉苦脸,自惭形秽,恨不得马上金榜题名,高官厚禄,以便博得一个女子的欢心,满足自己的欲望。诗歌活画出这个穷酸儒生的心态。

　　这首五律,从文字技巧上看,作得还是相当工稳的。起、承、转、合,皆合法度。对仗多用流水对,气脉流畅。特别是首联,用对偶起而令人不觉。"一段愁"三字,借李白诗意而暗切诗题,尤见功力。贾雨村不久便赴考中了举,为官贪酷被黜后,还受聘在林如海家中当塾师,教林黛玉功课。可见其学识与文字根基是相当不错的。作者以忠于现实的笔触刻画这一人物形象时,并没有任意将他丑化或漫画化;在摹拟其吟咏时,也能充分注意到这一点并真实地表现出来,这确是很不容易的。

咏 怀 一 联

（第 一 回）

贾 雨 村

玉在椟中求善价①，

钗于奁内待时飞②。

【说明】

贾雨村吟罢前诗，"因又思及平生抱负，苦未逢时，乃又搔首对天长叹"，接着高吟此联。

【注释】

① "玉在"句——美玉盛在匣中，等人出大价钱才卖。椟（dú 读），木柜、木匣。《论语·子罕》："子贡曰：'有美玉于斯（此），韫（yùn 蕴，盛放在）椟而藏诸（之乎）？求善贾（gǔ 古，商人）而沽（卖掉）诸？'子曰：'沽之哉（卖掉吧）！沽之哉！我待贾者也（我是在等待识货者哩）！'""贾"又通"价"。本来"韫椟"与"求善贾"是两种不同的处置方法，这里将它捏合起来。在设喻中，尚未去应试的贾雨村自命不凡，自高身价，想得到封建统治者的赏识。

② "钗于"句——金钗放在匣中，伺机要飞上天去。与上句意相似。奁（lián 连），妇女盛妆饰用具的匣子。传说汉武帝时，有神女留下玉钗，到昭帝时，有人想打碎玉钗，打开匣子，只见白燕从匣中飞出，升天而去（见托名郭宪《洞冥记》）。贾雨村借以说自己有朝一日要飞黄腾达。

【鉴赏】

贾雨村是封建官僚的典型代表。他原是"仕宦之族"，一心"求取功名"，不甘"久居人下"，在葫芦庙栖身时所作的两诗一联，正是他追求显贵野心的自我表露。

　　曹雪芹运用语言,长于"机带双敲":"求善价(贾)"、"待时飞",一联之中毫无痕迹地嵌入了贾雨村的名字,因为他"姓贾名化,表字时飞"。但是,贾雨村又是"假语存",所以,在后一意义上,这一联则又非仅仅为贾雨村而设,是另有隐意的。

　　清同治年间刘铨福藏十六回残本《脂砚斋重评石头记》(后简称"甲戌本")在此联之下有一条脂批说:"前用二玉合传,今用二宝合传,自是书中正眼。"所谓"前用二玉合传",是指本回前面有神瑛侍者灌溉绛珠草,绛珠仙子欲下世为人,用眼泪还债一段文字。在那段文字旁也有脂批说:"馀不及一人者,盖全部之主,惟二玉二人也。"可见,"二玉"是指宝玉、黛玉。所谓"今用二宝合传",则是指宝玉、宝钗。故在此联下句旁又有脂批说:"表过黛玉,则紧接宝钗。"这样,在第一回中,作者就把小说中三个主要人物——宝玉、黛玉、宝钗的未来遭遇事迹,通过两种隐曲的形式预先作了暗示。"玉在椟中"句或隐指宝玉择偶,难偕良缘。下句则是说宝钗初如安分守拙,一旦时机来临,好风借力,便如燕飞絮飏,青云直上。

　　有人因下句开头有"钗"字,末了有"待时飞"三字,便以为在小说后半部佚稿中,宝钗最终改嫁给了表字时飞的贾雨村。这是不对的,是把这副对联中完全属于两个不同层次的含义,混淆到一起了。试想,贾宝玉是小说的主人公,到他"悬崖撒手",弃宝钗为僧时,故事必然已接近尾声,怎么可能再节外生枝地去写宝钗不耐空闺独守而又别抱琵琶呢?宝钗之为人从来都似高山白雪,自持清洁的,怎么可能变得如此不堪呢?于事态情理和人物性格都不相符。再说,书中也再找不出有这样安排她命运的任何暗示,包括第五回太虚幻境中有关她的图册判词和曲子,总之是不可信的。

对月寓怀口号一绝

（第 一 回）

贾 雨 村

时逢三五便团圆①，满把晴光护玉栏②。
天上一轮才捧出， 人间万姓仰头看③。

【说明】

雨村吟前联时，值甄士隐走来，邀至家中饮酒赏月。明月当头时，雨村"已有七八分酒意，狂兴不禁，乃对月寓怀，口号一绝"。士隐听了，以为雨村"必非久居人下者"，便赠以衣服路费，让他赴京应考。寓怀，寄托自己的胸怀抱负。口号，作诗不起草稿，随口吟诵而成，也可称"口占"。

【注释】

① 三五——十五日，即月半。"团圆"，程乙本作"团圞"。"圞"、"栏"、"看"同是上平声十四寒韵，从韵说，是对的。"圆"是下平声一先韵，非同部。但几种脂本均作"团圆"，第四十九回香菱学诗第三首也有同样情况，不可能恰巧都抄误。中秋节又称团圆节，义亦妥贴。可见，作者原来就是通押的，照韵部而改易的倒是后人。现仍从脂本。
② "满把"句——月亮把明亮的光辉遍洒在玉栏杆上，好似护着它。
③ "天上"二句——陈师道《后山诗话》记载，宋太祖赵匡胤将自己尚未显贵时作的《咏月》诗念给徐铉听，念到"未离海底千山黑，才到中天万国明"两句，徐铉以为显露了帝王之兆，大为颂扬。雨村诗仿此，所以甄士隐恭维他，"今所吟之句，飞腾之兆已见"。

【鉴赏】

贾雨村的所谓抱负，就是一旦时机成熟，踏进封建官场，可以声威赫赫，高踞于万人之上。甄士隐的先兆说法，带有点神秘色彩。其实，分析起来,也许可以说贾雨村以后的拍马钻营、贪赃枉法、草菅人命,种种罪恶活动,都有深刻的思想根源。而人的思想意识中隐藏的东西,在一定条件下,总会以某种方式自然而然地表露出来。甄士隐虽能预感到雨村"必非久居人下者",却没能料到他的野心也最终使他走上了戴枷锁、遭严惩的可耻下场(脂评在下面《好了歌注》中揭示了雨村在作者原稿中的结局)。雨村酒后,逸兴飞扬,诗于狂态中透露其心事,作者的摹拟相当逼真。

好　了　歌

(第　一　回)

跛　道　人

世人都晓神仙好,惟有功名忘不了!
古今将相在何方?荒冢一堆草没了①。
世人都晓神仙好,只有金银忘不了!
终朝只恨聚无多,及到多时眼闭了。
世人都晓神仙好,只有姣妻忘不了②!
君生日日说恩情,君死又随人去了。
世人都晓神仙好,只有儿孙忘不了!
痴心父母古来多,孝顺儿孙谁见了?

【说明】

　　甄士隐家破人亡,贫病交迫,光景难熬。一日上街散心,遇一跛足疯道人口念此歌,士隐听了问道:"你满口说些什么?只听见些'好''了''好''了'。"那道人笑道:"你若果听见'好''了'二字,还算你明白。可知世上万般,好便是了,了便是好。若不了,便不好;若要好,须是了。我这歌儿,便名《好了歌》。"

【注释】

① 冢(zhǒng 肿)——坟墓。 没——埋没。

② 姣——容貌美好。

【鉴赏】

褴褛如同乞丐的跛足疯道人所唱的歌,自然一点点文绉绉的语言都不能用,它只能是最通俗、最浅显,任何平民百姓、妇女儿童都能一听就懂的话,而歌又要对人世间普遍存在的种种愿望与现实的矛盾现象作概括,还要包含某种深刻的人生和宗教哲理。这样的歌,实在是最难写的。后四十回续书中也摹拟了几首民谣俚曲,一比较,就发现根本不可与此同日而语。这也见出多才多艺的曹雪芹在摹写多种复杂生活现象上的绝大本领是难以超越的。关于此歌所反映的思想,请参见下一首《好了歌注》的赏析。

好 了 歌 注

（第 一 回）

甄 士 隐

陋室空堂,当年笏满床①;衰草枯杨,曾为歌舞场。蛛丝儿结满雕梁②,绿纱今又糊在蓬窗上③。说什么脂正浓、粉正香,如何两鬓又成霜?昨日黄土陇头送白骨④,今宵红灯帐底卧鸳鸯⑤。金满箱,银满箱,展眼乞丐人皆谤⑥。正叹他人命不长,哪知自己归来丧!训有方,保不定日后作强梁⑦。择膏梁⑧,谁承望流落在烟花巷⑨!因嫌纱帽小⑩,致使锁枷扛⑪;昨怜破袄寒⑫,今嫌紫蟒长⑬:乱烘烘你方唱罢我登场,反认他乡是故乡⑭。甚荒唐,到头来都是为他人作嫁衣裳⑮。

【说明】

甄士隐听了跛道人那番"好便是了,了便是好"的话后,顿时"悟彻",便对道人说了这首歌,自称替《好了歌》作注解,接着就随疯道人飘然而去。

【注释】

① "陋室"二句——这两句说,如今的空堂陋室,就是当年高官显贵们摆着满床笏板的华屋大宅。陋室,简陋的小屋。笏(hù互)满床,形容家里人做大官的多。笏,封建时代臣子朝见皇帝时拿的用以指画或记事的板子,用象牙或竹片制成。唐代崔神庆的儿子琳、珪、瑶等都做大官,每年家宴时,"以一榻置笏重叠于其上"(见《旧唐书·崔义玄传》)。后来俗传误为郭子仪"七子八婿,富贵寿考"的故事,并编有《满床笏》剧,小说第二十九回曾写到。

② "蛛丝"句——这句说,豪门已败落,住宅已荒废。雕梁,雕过花的屋梁,代指豪华的房屋。

③ "绿纱"句——这句意思是说,贫穷的人又暴发成新贵。绿纱,贵族之家常用绿纱糊窗。蓬窗,贫家的窗户。

④ 黄土陇头——指坟墓。

⑤ 鸳鸯——喻夫妻或结私情的男女。

⑥ 展眼——一瞬间。

⑦ 日后——将来。　强梁——强横凶暴,这里是指强盗或江湖上凭武艺本领称霸的人。

⑧ 择膏梁——选择富贵人家子弟为婚姻对象。膏梁,本指精美的食品,这里是膏梁子弟的略称。膏,肥肉。梁,美谷。

⑨ 承望——料想得到。　烟花巷——旧时都市中妓女聚集的地方。烟

花,娼妓的代称。

⑩　纱帽——封建时代官吏所戴的帽子,这里是官职的代称。

⑪　锁枷——旧社会囚系罪人的刑具。

⑫　怜——自怜,这里与"嫌"同义。

⑬　"今嫌"句——这句意思是说如今反嫌官高不得清闲,要担风险。紫蟒,紫色的蟒袍,古代贵官所穿的公服。唐制,三品以上着紫衣。

⑭　反认他乡是故乡——比喻把功名富贵、妻妾儿孙等等误当作人生的根本。唐代刘皂《旅次朔方》诗:"客舍并州数十霜,归心日夜忆咸阳。无端又渡桑乾水,却望并州是故乡。"此用其意。

⑮　为他人作嫁衣裳——比喻为别人辛苦忙碌,自己没有得好处。唐代秦韬玉《贫女》诗:"苦恨年年压金线,为他人作嫁衣裳。"

【鉴赏】

《好了歌》和《好了歌注》,形象地勾画了封建末世统治阶级内部各政治集团、家族及其成员之间为权势利欲剧烈争夺,兴衰荣辱迅速转递的历史图景。在这里,封建伦理道德的虚伪、败坏,政治风云的动荡、变幻,以及人们对现存秩序的深刻怀疑、失望等等,都表现得十分清楚。这种"乱烘烘你方唱罢我登场"的景象,是封建统治阶级内部兴衰荣枯转递变化过程已大为加速的反映,是封建社会经济基础已经日渐腐朽,它的上层建筑也发生动摇,终将趋向崩溃的反映。这些征兆都具有时代的典型性。作为艺术家的曹雪芹是伟大的,他给我们留下了一幅极其生动的封建末世社会的讽刺画。然而,当他企图对这些世态加以解说,并企图向陷入"迷津"的人们指明出路的时候,他自己也茫然了,完全无能为力了。他只能借助于机智的语言去重复那些人生无常、万境归空的虚无主义滥调和断绝俗缘(所谓"了")、便得解脱(所谓"好")的老一套宗教宣传,借此表达自己对现实社会的极端愤懑和失望。这样,他自然地就使自己先陷入了唯心主义的迷津。

《好了歌注》中所说的种种荣枯悲欢,是有小说的具体情节为依据的。如歌的开头,就对以贾府为代表的四大家族的败亡结局作了预示;还有一边送丧,一边寻欢之类的丑事,书中也屡见不鲜。但要句句落实某人某事是困难的,因为有些话似乎带有普遍性,如脂浓粉香,一变而为两鬓如霜,便是自然规律。它可能是对大观园中一些女儿的概括描写,倘说白首孀居,则有指宝钗、湘云的可能(参见《十二钗正册判词之一、之四》及《红楼梦曲》中有关的注)。此外,小说八十回以后的原稿已佚,所以也难对其所指下确切的断语。当然,线索还是有的。比如甲戌本的批语(它的价值是不容忽视的)指出,沦为乞丐的是"甄玉、贾玉一干人"。这与原燕京大学藏七十八回《脂砚斋重评石头记》(后简称"庚辰本")第十九回脂批说贾宝玉后来"寒冬噎酸齑(jī基,腌菜),雪夜围破毡"是一致的。但由此我们又知道甄宝玉的命运也与之相似,可见贾(假)甄(真)密切相关。"蓬窗"换作"绿纱"的,脂批说是"雨村一干新荣暴发之家",又说戴锁枷的也是"贾赦、雨村一干人",那么,他们后来因贪财作恶而获重罪的线索就更加清楚了。穿紫袍的,说是"贾兰、贾菌一干人"。贾兰的官运可从后面李纨册子的判词和曲子中得到印证;贾菌的腾达,则是他人后续四十回所根本未曾提到的。有两条脂批,乍看有点莫名其妙,即批"两鬓又成霜"为"黛玉、晴雯一干人",说"日后作强梁"是"柳湘莲一干人"。这些人都是已知结局的。岂黛玉能够长寿,晴雯死而复生,湘莲又重新还俗?当然不会。其实,前者是批语抄错了位置,应属下一句,指她们都成了"黄土陇头"的"白骨";后者则是将第六十六回中作者描写在外浪迹萍踪的柳湘莲所用的隐笔加以揭明。有这样一段文字:

> 薛蟠笑道:"天下竟有这样奇事:我同伙计贩了货物,自春天起身往回里走,一路平安。谁知前日到了平安州界,遇一伙强盗,已将东西劫去,不想柳二弟从那边来了,方把贼人赶散,夺回货物,还救了我们的性命。我谢他又不受,所以我们结拜了生死弟兄。……"

这段话颇有含混之处。比如说"柳二弟从那边来了",我们终究不知柳是从何而来的;而且他一来,居然毋须挥拳动武,就能"把贼人赶散",柳的身份不是也有点可疑吗?就算他这几年"惧祸走他乡"是在江湖行侠吧(书中对他在干什么行当,讳莫如深),侠又何尝不是"强梁"呢

(《庄子·山木》:"从其强梁。"吕注:"多力也。")? 可见,脂批在提示人物情节上都不是随便说的。

　　有一条脂批很容易使人忽略它提供情节线索的价值,即批"蛛丝儿结满雕梁"为"潇湘馆、紫(绛)芸轩等处"。草草读过,仿佛与"陋室空堂"两句同义,都说贾府败落。细加推究,所指又不尽相同。否则,何不说"宁、荣二府"、"大观园",或者"蘅芜院、藕香榭等处"呢? 原来,我们根据多方面线索(以后还将陆续提到)得出的结论:贾府获罪,宝玉离家(或为避祸)在外淹留不归,时在秋天。此后,他的居室绛芸轩当然是人去室空。林黛玉因经不起这个突如其来的沉重打击,忧忿不已,病势加重,挨到次年春残花落时节,她就泪尽"证前缘"了。潇湘馆于是也就成了空馆。"一别西风又一年"(参见后《怀古绝句十首》之十),宝玉回到大观园时,黛玉已死了半年光景了。原先"凤尾森森,龙吟细细"的潇湘馆,如今只见"落叶萧萧,寒烟漠漠"(庚辰本第二十六回脂批指出佚稿中文字),怡红院也是满目"红稀绿瘦"(庚辰本第二十六回脂批)的凄惨景象,而两处室内则是"蛛丝儿结满雕梁"。这就难怪宝玉要"对景悼颦儿"(庚辰本第七十九回批)了。

　　此外,也有歌中虽无脂批,但我们仍能从别处提示中推知的情节,如择佳婿而流落烟花巷的,当是贾巧姐(参见《十二钗正册判词之九》及《红楼梦曲·留馀庆》鉴赏)。至于既无脂批,又难寻线索的话,如"正叹他人命不长,哪知自己归来丧"之类,那就不必勉强去坐实了。因为,即使不作如此推求,也并不妨碍我们对这两首歌的精神实质的理解。

一局输赢料不真

(第 二 回)

　　一局输赢料不真①,香销茶尽尚逡巡②。

欲知目下兴衰兆，　须问旁观冷眼人。

【说明】

在各种脂评本中，这首诗都在第二回正文的开头，前有"诗云"字样，可见是第二回原有的"标题诗"，即针对回目"冷子兴演说荣国府"的题意而作的阐发。在程高系列的各种本子中，此诗已被后人删去。

【注释】

① 料不真——猜不透，不能完全确定。
② 逡巡——徘徊不进。

【鉴赏】

甲戌本有脂批说："只此一诗便妙极。此等才情自是雪芹平生所长。"这不但可见诗是作者手笔无疑，也由此知道善写小说的曹雪芹原来也善诗。诗以下棋来作比喻。"一局输赢"云云，让我们看到每一个封建官僚地主大家族的兴衰，都与它作为靠山的某派政治势力或某个政治集团在封建阶级内部斗争中的胜败直接联系着。"香销茶尽"，谓历时已久，棋盘上已是残局，喻历经百年的大家庭已到末世。"料不真"、"尚逡巡"，即此回中所说的"百足之虫，死而不僵"，从外面的架子看来，"哪像个衰败之家"。末句即俗谓"当局者迷，旁观者清"，亦可见作者拟"冷子兴"之名和写由他来演说荣国府的用意。

娇　杏　赞

（第　二　回）

偶因一着错，

便为人上人①。

【说明】

贾雨村考中进士,新任知府,路见当年甄家丫鬟娇杏,讨来作了二房。一年后,生了儿子;再半年,雨村嫡妻病故,娇杏就被扶作正室夫人。作者用这两句话来赞她“命运两济”。

【注释】

① “偶因”二句——“一着错”原指一步棋下错,如俗语所谓“一着不慎,满盘皆输”,这里借以说人的一种行动。娇杏偶然因好奇,回头看了贾雨村两眼,这从封建礼教不准女子私顾外人的眼光看,是越轨的行动,所以说“错”。然而,现在反因为这“一着错”而使她成为“人上人”了。一着错,程高刻本作“一回顾”,乃后人所篡改。二字之差,把原来对封建礼教的虚伪性的讽刺,改成了对这种丫头当上官太太的命运的称美。

【鉴赏】

娇杏者,侥幸也。脂砚斋批语中所指出的许多人名、地名的谐音义是可信的,它确是隐寓着作者写某人、某事的意图,非后来一些“红学家”的牵强附会可比。甄士隐与贾雨村的荣枯,先后互相易位。英莲(后来的香菱)与娇杏的命运也形成鲜明对照:一个原是主,沦为婢;一个原是婢,升为主。更有意思的是,倒霉的与交运的都并不体现什么“福善祸淫”的“天理”;不然,为什么能济人之困的善人,反落得如此悲惨的下场呢?再说,礼教教人“非礼勿视”,礼所规定不该看的,看了就算错。娇杏错了还不打紧,又使被看的人错以为她是“心中有意于他”。她只不过是想,此人定是“什么贾雨村了”,过后,“也就丢过不在心上”,可是,雨村却错把她当作是什么“巨眼英豪,风尘中之知己”,这岂非错上加错?然而,她偏偏因错而得荣耀富贵,这还不侥幸吗?对于这种现象,作者不能解释,只好归之于命运。但他并不是冷漠的,超脱的;对于这个命运不公的颠倒世界,他有强烈的愤激情绪。这就使他心中不时地涌出尖刻的讽刺语言,并且形之于笔下。这一点,我们从这两句巧妙的俗语集句中,是不难体会到的。

智通寺对联

(第 二 回)

身后有馀忘缩手①，
眼前无路想回头②。

【说明】

贾雨村中举升官，接着就因贪酷徇私被革职，在林如海家暂充家塾教师。一日外出郊游，见一座破庙宇，额题为"智通寺"，门旁是这副破对联。寺内有一既聋又昏、齿落舌钝的老僧在煮粥。

【注释】

① 身后有馀——所聚之财在自己死后已足够养家了。

② 回头——改悔以前所为。此是佛教用语，喻彻悟、皈依。如《景德传灯录》记云门宗答学人所问："问：'如何是佛法大意？'师云：'面南看北斗。'"意思是回头即是。又如："回头是岸。"

【鉴赏】

寺名"智通"，大概是说这副对联中所说的人生道理只有智者能通。其实，贪得无厌是剥削阶级的本性，他们中很少有人会自动"缩手"的，直至"一败涂地"。比如贾雨村，他见识颇广，看到此联，便知"其中想必有个翻过筋斗来的"人，但却不能觉悟到，这其实也可视作对他自己的当头棒喝。因为他也因贪酷被革职，翻过一次筋斗了，却并未从此接受教训而"缩手"，还是野心不死，想伺机再起，一旦得志，很快便故态复萌，甚至变本加厉，走得更远，终至获更重的罪，遭"锁枷扛"，走到"眼前无路想回头"而为时已晚的地步。更推而广之，整个贾府的遭遇又何尝不是如此！所以，对联对腐朽的封建地主阶级也是很好的写照，也是对全书情节线索的概括。破寺老僧的荒凉小境是宁、荣二府未来的镜中影,是甄士隐、贾宝玉等人的暮年图。作者用这样倒折逆挽的笔法,把全书的归结,预先象征性地勾画几笔,暗示了小说所具体描写的贾府衰败过程,有它的普遍意义。

荣禧堂对联

(第 三 回)

座上珠玑昭日月[①],

堂前黼黻焕烟霞[②]。

【说明】

这是荣国府正堂中所挂的乌木联牌上用錾银字镶出来的对联,题明是东安郡王的手书,为林黛玉初来贾府时所见。

【注释】

① "座上"句——座中人所佩饰的珠玉,光彩可与日月争辉。这是说荣府豪华。又"珠玑"常喻诗文精彩,如唐代杜牧《新转南曹出守吴兴》诗:"一杯宽幕席,五字弄珠玑。"所以又兼赞贾家文采风流。

② "堂前"句——堂上人所穿着的官服,色泽犹如云霞绚烂。这是说荣府显贵。黼黻(fǔ fú 府弗),古代高官礼服上所绣的花纹。

【鉴赏】

这一联是荣禧堂环境描写的细节部分,和室内外其他装潢摆设一样,都可以看出这个历时百年的"钟鸣鼎食"之家,完全是依仗着皇家官府势力的荫庇扶持,才享有如此显赫荣耀的社会地位的。它特地用从前来投靠贾家的林黛玉眼中看到的形式而道出,可见作者的匠心。

西江月·嘲贾宝玉二首

（第 三 回）

无故寻愁觅恨,有时似傻如狂。纵然生得好皮囊①,腹内原来草莽②。　潦倒不通世务③,愚顽怕读文章④。行为偏僻性乖张⑤,那管世人诽谤!

富贵不知乐业⑥,贫穷难耐凄凉。可怜辜负好韶光,于国于家无望。　天下无能第一,古今不肖无双⑦。寄言纨袴与膏粱⑧,莫效此儿形状!

【说明】

　林黛玉初见贾宝玉,作者对宝玉的外貌作了一番描绘,接着说:"看其外貌,最是极好,却难知其底细。后人有《西江月》二词,批宝玉极恰。"就是这二首。

【注释】

① 皮囊——指躯体、长相。佛家厌恶人的肉体,以为其中藏有涕、痰、粪、尿等污物,故又称躯体为臭皮囊。
② 草莽——丛生的杂草,喻没有学问。
③ 潦倒——失意。　世务——谋生之道,包括应酬、礼教等一套人情世故。程乙本作"庶务",则只是日常生活中的各种事务。《戚蓼生序本石头记》(后简称"戚序本")作"时务"。今从甲戌、庚辰诸本。
④ 文章——这里特指那些"诗云子曰"的经书和八股文之类的时尚之学。
⑤ 偏僻——不端正,走邪道。　乖张——执拗,不驯。

⑥　乐业——满足。小说中多有此用法。

⑦　不肖——不像自己的父母、祖先,即不成材。

⑧　寄言——传话,请告诉。　纨袴(kù 裤)——细绢裤。此处指代富贵人家的公子哥儿。　膏粱——见第一回《好了歌注》注⑧。此处亦指代富贵人家的公子哥儿。

【鉴赏】

这两首词里说贾宝玉是"草莽"、"愚顽"、"偏僻"、"乖张"、"无能"、"不肖"等等,看来似嘲,其实是赞。因为这些都是借封建统治阶级的眼光来看的。作者用反面文章把贾宝玉作为一个封建叛逆者的思想、性格,概括地揭示了出来。

曹雪芹的时代,经宋代朱熹集注过的儒家政治教科书《四书》,已被封建统治者奉为经典,具有莫大的权威性。贾宝玉上学时,贾政就吩咐说:"只是先把《四书》一气讲明背熟,是最要紧的。"然而宝玉对这些"最要紧的"东西,偏偏"怕读",以至"大半夹生","断不能背"。这当然要被封建统治阶级视为"草莽"、"愚顽"、"无能"、"不肖"了。但他对《西厢记》、《牡丹亭》之类理学先生所最反对读的书却爱如珍宝;他给大观园题对额,为芙蓉女儿写诔文,也显得很有才情。在警幻仙姑的眼中,他是"天分高明,性情颖慧"。可见,思想基础不同,评价一个人的标准也不一样。

贾宝玉厌恶封建知识分子的仕宦道路,他尖刻地讽刺那些热衷功名的人是"沽名钓誉之徒"、"国贼禄鬼之流",他一反"男尊女卑"的封建道德观念,说:"女儿是水做的骨肉,男子是泥做的骨肉,我见了女儿便清爽,见了男子便觉浊臭逼人!"他嘲笑道学所鼓吹的"文死谏,武死战"的所谓"大丈夫名节"是"胡闹",是"沽名钓誉"。贾宝玉这些被封建统治阶级视为"偏僻"、"乖张"、大逆不道的言行,正表现了他对封建统治阶级的精神支柱——孔孟之道的大胆挑战与批判。而"那管世人诽谤",则更是对他那种傲岸倔强的叛逆性格的颂扬。

贾宝玉的叛逆思想在当时是进步的,但他毕竟是一个生长在封建贵族家庭里的"富贵闲人"。他厌恶封建统治阶级的人情世故,不追求功名利禄,却过惯了锦衣玉食的剥削阶级生活。所以,一旦富贵云散,家道败落,他也就必然"贫穷难耐凄凉"了。细究词意,宝玉后来不幸的遭遇,是与他始终不改其"偏僻"、"乖张"的行为有关的(当然,贾府之败还与王熙凤等人的劣迹有关)。他挨父亲板子那次,贾环告他逼淫母婢,这还不过是"手足耽耽小动唇舌",然已足使"不肖种种大承笞挞";一旦真正遭到"世人诽谤",后果当然要严重得多。袭人曾因宝玉"情迷"黛玉,错向她诉说了"肺腑"之言,而"吓得魄消魂散",禁不住掉泪暗想:"如此看来,将来难免不才之事,令人可惊可畏……如何处置,方免此丑祸!"(第三十二回)看来,在曹雪芹笔下,这个所谓"不才之事"和由此招来的"丑祸"确是没有能够避免,因此宝玉才会落到我们在《好了歌注》中已说过的那种"贫穷难耐凄凉"的境地。宝玉惹出祸来,"累及爹娘",这才叫做"孽根祸胎"(第三回脂批:"四字是血泪盈面、不得已、无可奈何而下,四字是作者痛哭"),才可以在这两首词中用"古今不肖无双"这样重的话。倘若他如后四十回续书所写,能接受老学究讲经义的开导和钗、袭(居然还有黛玉!)的劝谏,终于去读《四书》,学时文,考科举,改"邪"归"正",这还能说他是"愚顽"、"偏僻"、"乖张"吗?他在"却尘缘"之前,自己既能高中乡魁,荣受朝封,光耀祖上,又生了个"贵子",继承祖业,"将来兰桂齐芳,家道复初",这怎么还能说他是"天下无能第一"呢?该说他"于国于家'有'望"才是!从封建观点看,如此终于没有"辜负""天恩祖德"、"师友规训"的回头浪子,岂不正可作为"纨袴与膏粱"效法的榜样吗?可见,续书所写违背了曹雪芹写贾宝玉的原意,不但使我们在理解曹雪芹这两首词时产生矛盾,而且也歪曲了《红楼梦》原来的主题思想。

赞 林 黛 玉

(第 三 回)

　　两弯似蹙非蹙罥烟眉①，一双似泣非泣含露
目②。态生两靥之愁，娇袭一身之病③。泪光点
点，娇喘微微。闲静时如姣花照水，行动处似弱
柳扶风。心较比干多一窍④，病如西子胜三分⑤。

【说明】

这段赞文见于宝、黛初次会面时。

【注释】

① 罥(juàn绢)烟眉——形容眉色好看，像一缕轻烟。罥，挂。此字诸本
或作"笼"，或作"罩"，或作"冒"，或经涂改，或易全句。今从清怡亲王
府抄本《脂砚斋重评石头记》(后简称"己卯本")。

② "一双"句——此句诸本异文特多，皆后人妄改。新版诸本多取"似喜
非喜含情目"，实与下文"泪光点点"抵触。唯前苏联列宁格勒藏本作
"一双似泣非泣含露目"，以"露"对"烟"，同类取喻，最为工稳，"似泣
非泣"亦远胜"似喜非喜"，可能作者原文正是如此。

③ "态生"二句——意思是面涡含愁，生出一番妩媚；体弱多病，因而增
添娇妍。靥(yè夜)，脸颊上的酒涡。袭，继、从……得来。这种用字
和句子结构形式是骈体文赋中常见的修辞方法。

④ "心较"句——这句说黛玉的心还不止七窍，是极言其聪明。比干，商
代贵族，纣王的诸父，官为少师，因强谏触怒纣王而被处死。《史记·
殷本纪》："(比干)乃强谏纣。纣怒曰：'吾闻圣人心有七窍。'剖比干
观其心。"旧时赞人颖悟有"玲珑通七窍"的话。

⑤ "病如"句——这句说多病的黛玉美如西施，还胜过她。西子，即西
施，春秋时越国的美女。越王句践为复国雪耻，将她训练三年后，献
给好色的吴王夫差，使受媚惑，以乱其政。相传西施心痛时"捧心而
颦(pín频，皱眉)"，样子很好看(见《庄子·天运》)。黛玉因"眉尖若

癖",宝玉因此送她一表号,叫"颦颦",也是暗取其意。

【鉴赏】

林黛玉多愁善感,体弱多病。这既与她身世孤单,精神上受环境的抑压有关,也反映了她贵族小姐本身的脆弱性。赞文中将她弱不禁风的娇态美,通过文学的传统意象,以虚笔写意手法,作了极其生动的描绘。当然,今天的青年,阅读《红楼梦》,虽然可以理解和同情处在当时具体历史环境下的林黛玉,喜欢她的聪明与率真,却未必欣赏这种封建时代贵族阶级的病态美。

捐躯报国恩

(第 四 回)

捐躯报国恩①,未报身犹在。
眼底物多情②,君恩或可待。

【说明】

这是第四回正文开头的题诗,见于乾隆抄本百二十回《红楼梦稿》(简称"梦稿本"或"杨藏本")及列藏本,当是曹雪芹所作。此诗不但程高本没有,也未见诸其它脂评本,故也有人疑其为评诗。吴世昌主张它是原有的,认为"也许是因为它讽刺太辛辣而被删去。原诗讥贾雨村,但可作为一般封建官僚的写照"。同时,他还认为这也可以证明,大体上没有脂评的《红楼梦稿》所据的底本"是'脂本系统'中最早的抄本之一,而且还保存了雪芹旧稿的一些痕迹,实在应该算作脂本中一个极重要的正文本,是研究《红楼梦》成书过程的重要资料"(《〈红楼梦稿〉的成分及其年代》)。

【注释】

① "捐躯"句——这是一些为官者常挂在口头的冠冕堂皇话。此拟贾雨村所言。

② 物多情——风物多情。机会不错的意思。

【鉴赏】

诗的一、二句刺贾雨村奸猾假态。他曾虚伪地对门子说："你说的何尝不是。但事关人命，蒙皇上隆恩，起复委用，实是重生再造。正当殚心竭力图报之时，岂可因私而废法？是我实不能忍为者。"三、四句申述为什么贾雨村没有"捐躯报国"的理由，因为眼前风物多情，也就是说功名利禄对自己的诱惑力很大，机会很不错，所以徇情枉法，胡乱判案，想借此讨好贾府和京营节度使王子腾，凭他们之力，等待君恩加身，可以爬得更高。

护 官 符

(第 四 回)

贾不假，白玉为堂金作马①。

　　宁国、荣国二公之后，共二十房分，除宁、荣亲派八房在都外，现原籍住者十二房。

阿房宫，三百里，住不下金陵一个史②。

　　保龄侯尚书令史公之后，房分共十八，都中现住者十房，原籍现居八房。

东海缺少白玉床，龙王来请金陵王③。

　　都太尉统制县伯王公之后，共十二房，都中二房，余在籍。

丰年好大雪，珍珠如土金如铁④。

　　　　紫薇舍人薛公之后,现领内府帑银行商,共八房分。

【说明】

　　薛蟠强抢民女,打死了人。贾雨村从一张"护官符"中,得知事关四大家族,便徇私枉法,乱判此案。作者借门子之口解说"护官符"的含义道:"如今凡作地方官者,皆有一个私单,上面写的是本省最有权有势、极富极贵的大乡绅名姓,各省皆然;倘若不知,一时触犯了这样的人家,不但官爵,只怕连性命还保不成呢!所以绰号叫作'护官符'。"这张"护官符","上面皆是本地大族名宦之家的俗谚口碑",即大字四句;"下面皆注着始祖官爵并房次",即每句之后的小字。"护官符"当是从"护身符"一词化出的新名词,这有作者同时人脂砚斋评语"三字从来未见,奇之至"可证。它可能是某个愤恨官场黑暗现状的人私下所说的讥语,被曹雪芹闻知,大胆写入作品,或者竟是作者自己的创造。

【注释】

① "白玉"句——这句形容贾家的富贵豪奢。汉乐府《相逢行》:"黄金为君门,白玉为君堂。"金作马,犹言以黄金开道。

② "阿房(ē páng 阿旁)"三句——这三句形容史家的显赫。阿房宫是秦时营造的大建筑,规模极为宏大。《汉书·贾山传》载:阿房宫长宽尺度为"东西五里,南北千步"。《史记·秦始皇本纪》载:阿房宫前殿为"东西五百步,南北五十丈"。所谓"三百里",应是说那一带秦宫的总范围。《三辅黄图》:"阿房宫亦曰阿城,秦惠文王造未就,始皇广其宫,规恢三百余里,阁道通骊山八十余里。"

③ "龙王"句——这里借龙王求金陵王解决白玉床,极言王家的豪富。古代传说中多以为龙王珠宝极多,非常富有。

④ "丰年"二句——俗话说"大雪兆丰年",年成富饶,则豪门贵族愈加奢靡,金银珠宝,任意挥霍,视同泥土废铁。"雪"与"薛"谐音,借指薛家。这句下小字注中的"帑(tǎng 倘)",意为国库所藏的金帛。

【鉴赏】

《红楼梦》是以记"家庭闺阁琐事"、"大旨言情"、"毫不干涉时世"的面目出现的,它常常以假隐真,为的是以假存真。隐,是出于不得已;存,才是作者的愿望。所以,作者有时又要在自己所设的"迷障"上,开一些小小的让人可以窥察到真情的口子。在全书情节展开之前,特意安排的这个占据了第四回主要篇幅的"护官符"故事,便是这样的口子。

为什么薛蟠打死一个小乡宦之子冯渊,抢走那个被拐卖的丫头,而"他竟视为儿戏,自谓花上几个臭钱,没有不了的"?为什么这一件"并无难断之处"的人命官司,拖了一年之久,"竟无人作主"?为什么刚一听原告申诉,便大骂"岂有这样放屁的事!打死人命就白白的走了,再拿不来的"的贾雨村,后来自己也做起"这样放屁的事"?为什么贾雨村听门子说明被拐卖的丫头原是他的"大恩人"的女儿、将她"生拖死拽"去的薛蟠"最是天下第一个弄性尚气的人",而且自己也知道薛家"自然姬妾众多,淫佚无度",丫头此去,不会有好结果,却不念甄家恩情,不顾自己曾许下的"务必"将英莲"寻找回来"的诺言,任凭她落入火坑而置之不理?所有这些问题,都可以从这张极写四大家族权势和豪富的"护官符"中找到答案。正是这张直接揭露封建政治的腐败和黑暗的"护官符",向我们显示了:锦衣玉食的宁、荣二府,脂浓粉香的大观园,原来只是吞噬无数被压迫、被剥削人民血汗和生命的罪恶渊薮。

《红楼梦》以四大家族(主要通过贾府)的兴衰作为全书的中心线索,"护官符"暗示了这一情节结构。作者通过门子之口介绍说:"这四家皆连络有亲,一损皆损,一荣皆荣,扶持遮饰,皆有照应的。"在前半部中,我们看到四家由于"扶持遮饰,皆有照应",确是"一荣皆荣"的;后半部不是应该写他们由于"事败",相互株连获罪而"一损皆损"吗?事实也确是如此。1959年南京发现靖应鹍家所藏抄本《石头记》(后简称"靖藏本"),在这几句话旁有脂批(原书数年后迷失,现据毛国瑶所录)说:"四家皆为下半部伏根。"所谓"伏根",即指四家将来衰亡的共同命运而言。可见，"一损皆损，一荣皆荣"等语是对贯串着全书的四大家族由盛至衰的情节的概括。现存的后四十回续书中撤开史、王、薛三家，已不符原意；而写贾府"沐皇恩"、"延世泽"，衰而复兴，则更是歪曲了这部描写封建大家族衰亡历史的小说的主题思想。

应该指出，"护官符"四句俗谚口碑句后所注小字，有些本子将它删去是不对的。因为，门子的话中已明说在口碑的"下面皆注着始祖官爵并房次"。注出官爵和房次，是为了具体说明四大家族的权力和财产的分配情况，让看私单的人知道他们在政治上和经济上的显赫地位，落实了这四句谚语之所指，是这张起着"护官符"作用的私单上理所应有的文字。脂本的抄者误以为凡小字皆批书人所加，就将它混同于脂批。如在甲戌本中，即将原应在谣谚"下面"的注，改移在谣谚的旁边；原应与谣谚同样用墨笔写的，改为用朱笔写，与脂批无异。庚辰本前十回是删脂批而只抄正文的，结果连原注也当作批语一齐删掉了。但这并非有意为之（庚辰本在《红楼梦引子》曲中把"趁着这奈何天"一句里前三字也删去，也是因为作者将"趁着这"三个衬字按曲子格式写成小字，而被抄者误作脂批之故）。到了原文经后人大量涂改过的迟出的几种本子，如程乙本，情况就不同了：它索性连门子所说的谣谚之下有注的话，也删得一干二净。这是有意为之的。大概涂改者以为反正是小说，非记实事，何必如此琐碎，或者是担心这样的注太具体，万一有挟怨影射某家之嫌，就会招致麻烦，倒不如删去省事。可是，这一来，这张本为备忘之用、"排写得明白"的私单，就变得有点像不揭底的谜语了。

说到后人删改对原书造成的损害，还应该提到他们把上述"这四家皆连络有亲，一损皆损，一荣皆荣"后面的"扶持遮饰，皆有照应的"九个字也删去了这一件事。原书这九个字说出了一个重要的事实，即四家之间不但有姻戚血缘上的连络，更主要的是他们在政治上已结成了利害荣枯休戚相关的一帮；他们的"荣"和"损"，实际上都是地主阶级内部这一派势力和那一派势力斗争的结果。他们正是为了建立这种在政治上"扶持遮饰，皆有照应"的关系，才相互之间"连络有亲"的，而不是相反。像这样关系到封建主义政治本质和全书基本内容的话也被删去,则曹雪芹的思想和小说的政治主题之被严重歪曲的情况,自不难想像。

春困葳蕤拥绣衾

（第 五 回）

春困葳蕤拥绣衾①，恍随仙子别红尘。
问谁幻入华胥境②，千古风流造孽人。

【说明】

此诗见于戚序本、蒙府本、梦稿本第五回正文的开头,有"题曰"字样,当是曹雪芹所作的标题诗,为贾宝玉梦游太虚幻境而作。

【注释】

① 葳蕤(wēi ruí 威瑞阳平)——花草茂密下垂的样子,引申为委顿不振。
绣衾(qīn 钦)——绣花被子。

② 华胥境——即仙境。华胥是神话传说人物庖牺氏的母亲,她遇异迹而孕,生了庖牺。《列子》:"黄帝昼寝,而梦游于华胥氏之国。"

【鉴赏】

作者写宝玉梦游幻境,除了通过他翻看《金陵十二钗册子》和听唱《红楼梦曲》,预示群芳各自命运外,就是讲他领受警幻所训男女之事。对于后者,不少研究者以为是隐写宝玉与秦氏间有不正当关系;甚至说下一回宝玉与袭人云雨,已非"初试",而应是"再试"。这恐怕是把梦游看得过于严重了,未必是作者的原意。

我以为作者要告诉我们的只是宝玉已跨过少年在性方面懵懂无

知阶段,而步入性成熟的青春期了。而生理现象又非孤立发生,外界的影响往往成为其重要的促成因素。秦可卿本就是个"风流"种子,而宝玉随着年龄增长而对一个十分亲近他的温柔而具有诱惑力的成熟女性产生爱慕和性冲动,也是十分自然的。为此,作者特地安排他在最最软甜温香、能令他想入非非的环境中拥衾入梦,让他在好梦中完成这生理变化有标志性的一幕,设想是十分周密的,情理上也是可信的。

这样,我们就不难理解,为什么警幻指给宝玉可与之"成姻"的仙姬,"其鲜艳妩媚,有似乎宝钗;风流袅娜,则又如黛玉",而却偏偏"乳名兼美,字可卿",原来梦境就是宝玉平时对这几个女性的潜意识的反映。小说本有"情孽"之说,则秦氏作为促使宝玉性意识觉醒的启蒙者,自然可说她宠爱并纵容宝玉在自己的闺房中卧榻上睡午觉,致使宝玉从此开启情窦、招至无尽的烦恼是"造孽"了。我想,作者的原意也只是如此,若求之过深,反不真实了,也会与小说所描写的相抵触。至于秦氏本"擅风情",与其公公有染,那是另一回事。她对宝玉的态度,在某种程度上带有诱惑成分,这是可能的。但宝玉毕竟不是贾珍。

宁府上房对联

（第五回）

世事洞明皆学问,
人情练达即文章①。

【说明】

贾宝玉随贾母等至宁府赏梅,倦怠欲睡中觉,侄媳秦可卿先领他到上房内间,宝玉见室中挂着一幅《燃藜图》,"心中便有些不快",又见了这一副对联,"纵然室宇精美,铺陈华丽,亦断断不肯在这里了"。

【注释】

① "世事"二句——意思是能把人情世故弄懂都是学问,有一套应付本领也就是文章。上下句是互文,文义互为补充。练达,老练通达。

【鉴赏】

曹雪芹抓住现实生活中的典型细节,用很少的笔墨,一下子把事物的本质方面极深刻地反映出来的本领,常常使人惊叹不已。这里写一画一联和宝玉的态度就是很好的例子。绘着神仙持青藜杖,吹杖头出火,照汉代儒生刘向夜坐诵书(事见《刘向别传》)的《燃藜图》,与这一副说懂得人情世故比读书做文章还重要的对联放在一起,正好相辅相成;同作为劝学"仕途经济"的楷模和格言,其嘲讽意味,耐人咀嚼。对联字面堂正,对仗整饬,却又俗气逼人,儒臭熏天。宝玉连叫:"快出去! 快出去!"环境特点和人物思想性格两方面都写得十分鲜明突出。

今人也引用这副对联来说多参加社会实践、多观察、了解现实生活、多掌握一些书本上学不到的知识的重要性,那是从不同角度出发,赋予对联以新的含义了。

秦氏卧房宋学士秦太虚所书对联

(第 五 回)

嫩寒锁梦因春冷①,
芳气笼人是酒香②。

【说明】

这一联是宝玉到秦氏房中所见,对联在明代画家唐寅(伯虎)画的

《海棠春睡图》(画杨贵妃醉态)的两旁。秦太虚(1049—1100),名观,北宋词人,字少游,一字太虚,号淮海居士,高邮(今属江苏)人,曾任太学博士及国史院编修官,是"苏(轼)门四学士"之一。他的诗词多写男女情爱,风格纤弱靡丽。他虽创制过《海棠春》词调(因词中有"试问海棠花,昨夜开多少"句,故名),但这副假托他手迹的对联只是小说的作者学得很像的拟作,并不出自他的《淮海集》。

【注释】

①　嫩寒——轻寒,微寒。　锁梦——不成梦,睡不着觉。唐代诗僧齐己《城中示友人》诗:"重城不锁梦,每夜自归山。"谓重城不能阻其梦中归山也。　春冷——它的含蓄意义是青春孤单寂寥。

②　"芳气"句——这句意思是说,人被酒的香气所吸引。笼人,将人笼罩住。诸本多误作"袭人",应由"花气袭人"致误。甲戌本另笔将"笼"涂改成"袭"(当是后人据他本误改)。"笼"平声,"袭"仄声,用"袭"即犯孤平(虽"芳"字是平声也不行),这是诗律之大忌,所以非用平声不可。今从庚辰本。

【鉴赏】

写这一联一画与写房内其他种种摆设器物一样,全用假托,都是历史上有名的"香艳故事"。为了讽刺掉在宁府这个臭水潭中的秦氏的堕落,或也暗示她对宝玉的引诱,虽用侧笔烘染,含义却明确无误。但创作这样一副对联是需要有极高的文字技巧的。因为它既要艳、要淫,更要藏、要雅,否则公然挂在墙上作自我嘲讽,就不合情理了。我国汉语文字的多重含义、它所代表的传统意象和高超的修辞技巧的运用,在这里发挥得淋漓尽致,真可谓已臻化境了。拟作淮海艳句而不称"秦观"、"秦少游",偏称"秦太虚"(第十一回写宝玉探望秦氏而掉泪时,再度重复),正为了取其姓同可卿,而用其字称幻境。这里,作者的用心,自不难窥见。

春 梦 歌

（第 五 回）

警幻仙姑

春梦随云散^①，飞花逐水流^②；
寄言众儿女：　何必觅闲愁^③。

【说明】

宝玉在秦氏房中梦入幻境，听见山后有女子唱这首歌。歌音未息，走出一个美人，即警幻仙姑。

【注释】

①　"春梦"句——比喻欢乐短暂，往事已矣。
②　"飞花"句——比喻青春易逝，女儿命薄。
③　闲愁——多余的烦恼，无谓的痛苦。

【鉴赏】

所谓"儿女闲愁"，并不是抽象的；其中有封建礼教所造成的青年男女的不幸，也有封建阶级本身糜烂生活所带来的恶果。作者虽然对具体的人和事表现了不同的爱憎倾向，但终究不能从本质上对此加以分析区别，因而也不知道如何才能真正解决这些矛盾，以至只能劝人采取消极的处世态度，并对现实发出"繁华易散"、"乐极生悲"等无可奈何的叹息。

不过，这首歌也并非泛泛而作。在这里，作者是借仙子的唱词，对将来大观园众儿女风流云散、花飞水逝的命运先作预言。在艺术上，它有总摄全书情节的作用。

警幻仙姑赋

（第 五 回）

　　方离柳坞①，乍出花房②。但行处③，鸟惊庭树④；将到时，影度回廊⑤。仙袂乍飘兮⑥，闻麝兰之馥郁⑦；荷衣欲动兮⑧，听环佩之铿锵⑨。靥笑春桃兮⑩，云堆翠髻⑪；唇绽樱颗兮⑫，榴齿含香⑬。纤腰之楚楚兮⑭，回风舞雪⑮；珠翠之辉辉兮，满额鹅黄⑯。出没花间兮，宜嗔宜喜⑰；徘徊池上兮，若飞若扬。蛾眉颦笑兮，将言而未语⑱；莲步乍移兮，待止而欲行⑲。羡彼之良质兮，冰清玉润；慕彼之华服兮，闪灼文章⑳。爱彼之貌容兮，香培玉琢㉑；美彼之态度兮，凤翥龙翔㉒。其素若何㉓？春梅绽雪㉔。其洁若何？秋菊被霜㉕。其静若何㉖？松生空谷。其艳若何？霞映澄塘。其文若何㉗？龙游曲沼㉘。其神若何？月射寒江。应惭西子，实愧王嫱㉙。奇矣哉！生于孰地㉚，来自何方？信矣乎㉛！瑶池不二，紫府无双㉜。果何人哉？如斯之美也㉝！

【说明】

　　这篇赋是描写贾宝玉梦中所遇见的警幻仙姑的风姿容貌的。程乙本此赋异文较多，因无关宏旨，不校。

【注释】

　　① 柳坞（wù 误）——柳成林如屏障。坞，小的障堡。

② 乍——初。

③ 但行处——只要是经过的地方。

④ 鸟惊庭树——说仙姑容貌美丽。《庄子·齐物论》:"毛嫱、丽姬,人之所美也;鱼见之深入,鸟见之高飞。"本说人之所美,鱼鸟则惊,后转以"鱼入鸟飞"形容女子之美。

⑤ 影度回廊——先见曲廊上身影移动。

⑥ 袂(mèi 妹)——衣袖。 兮——语助词,相当于"啊"或"呀"。

⑦ 麝兰——香料,香草。 馥郁——芳香浓烈。

⑧ 荷衣——用荷花制成的衣服,神仙所穿(见屈原《九歌·少司命》)。

⑨ 环佩——古人身上的佩玉,行动时相碰丁当作声。

⑩ 靥笑春桃——脸上笑靥艳如桃花。古人常言"桃花似笑"。

⑪ 云堆翠髻——乌黑的发髻如云隆起。古代女子有一种梳得很高的发式叫云髻。堆,隆起。翠,代"黑"作形容发色的修饰词。

⑫ 唇绽(zhàn 站)樱颗——嘴唇好像樱桃绽裂。

⑬ 榴齿——形容齿如石榴颗粒。

⑭ 楚楚——原义形容鲜明的样子,引申为好看。

⑮ 回风舞雪——形容身姿蹁跹。

⑯ 鹅黄——六朝时,妇女于额间涂黄为饰,称额黄。这种妆饰到唐代还保持着。

⑰ 宜嗔宜喜——意思是不论生气,还是高兴,总是很美的。

⑱ "蛾眉"二句——意思说笑恼之情见于眉目之间,有一种欲言未言的神态。颦,皱眉头。

⑲ "莲步"二句——这两句说行步难察形迹。莲步,旧时称美人纤足行步为莲步(见《南史·齐东昏侯纪》)。

⑳ "羡彼"四句——这四句说仙姑性行如冰之清、玉之润,衣着鲜明、华美。闪灼,鲜明、绚烂。文章,花纹。

㉑ 香培玉琢——好像用香料造就,美玉雕成。

㉒ 凤翥(zhù 助)龙翔——龙飞凤舞,形容风采姿态的高雅。翥,鸟飞。

㉓ 其素若何——她素雅的风格像什么?

㉔ 绽雪——在雪中开放。

㉕ 被霜——覆盖着霜。

㉖ 静——稳重,端庄。

㉗ 文——文彩。

㉘ 龙游曲沼——传说龙耀五彩,所以以游龙为喻。沼,池子。

㉙ “应惭”二句——容貌美丽,应使西施、王嫱也自愧不如。西子,已见前注。王嫱,即王昭君,汉元帝时宫人,貌美。汉元帝对当时北方少数民族政权实行和亲政策,将她远嫁匈奴。

㉚ 孰——何。

㉛ 信矣乎——真的呀!

㉜ “瑶池”二句——意思是说,在瑶池和紫府中都没有第二个人比她更美的了。瑶池,神话中的仙境,西王母所住的地方(见《穆天子传》)。紫府,神话中的仙境,在青丘风山上,天真仙女曾游此地(见《十洲记》)。

㉝ 如斯——如此。

【鉴赏】

　　警幻仙子的形象,完全是出于虚构的。只因为小说要有太虚幻境的情节,才要虚构出这样一个仙子来。所以,她的形象,并不一定也没有必要写得个性化。同时,既写了仙子,就得把她的美貌铺张渲染一番,以显得合理相称。因而,也就不得不借用一般小说所惯用的套头。脂批说:“按此书凡例,本无赞赋闲文;前有宝玉二词,今复见此一赋,何也? 盖此二人乃通部大纲,不得不用此套。前词却是作者别有深意,故见其妙;此赋则不见长,然亦不可无者也。”(甲戌本)末了几句话有一点是对的:赋的本身没有多大意义。附带应说明的是脂批中“此书凡例”云云,乃此书体例之意,并非指甲戌本卷首的《凡例》。因为,一般章回小说如《三国演义》、《水浒》、《西游记》等,在介绍人物或描写景物时,常插入这一类的“赞赋闲文”,独此书体例上有别,基本上不用此种套头,故脂批特为指明。

　　这首赋从曹植《洛神赋》中取意的地方甚多。如“云堆翠髻”、“回风舞雪”、“若飞若扬”、“将言而未语”、“待止而欲行”等等,即曹植所写“云髻峨峨”、“飘飘兮若流风之回雪”、“若将飞而未翔”、“含辞未吐”、“动无常则,若危若安;进止难期,若往若还”等。像这样取喻相同的地方还不少。显然,作者是有意使人联想到曹子建梦宓妃事,所以作这样的摹拟。

孽海情天对联

（第 五 回）

厚地高天①，堪叹古今情不尽；

痴男怨女，　可怜风月债难偿②。

【说明】

宝玉梦随仙姑到一处，先见"太虚幻境"的石牌和对联，接着在宫门上看到"孽海情天"四个大字和这副对联。再入内到配殿，则是"薄命司"的对联。孽，罪恶。佛教把情欲说成是罪恶苦难的根源，所以叫"情孽"。孽海，喻人们沉沦于罪恶之中不能自拔。佛经有"罪始滥觞（开始时像细水），祸终灭顶；恶心不息，孽海转深"之语，作者借以说"古今情不尽"、"风月债难偿"。

【注释】

①　厚地高天——《诗经·小雅·正月》："谓天盖高，不敢不局（"局"通"跼"，拘束、戒慎）；谓地盖厚，不敢不蹐（蹐，小步行走、畏缩）。"后用以说天地虽宽广，人却受禁锢不能自在。元好问《论诗》诗："东野（孟郊，唐代苦吟诗人）穷愁死不休，高天厚地一诗囚。"正用这个意思。

②　风月债——风月本指美好景色，引申为男女情事。以欠债还债为喻，是说爱情不免总要付出痛苦的代价。

【鉴赏】

见下题《薄命司对联》鉴赏。

薄命司对联

(第 五 回)

春恨秋悲皆自惹①，
花容月貌为谁妍②？

【说明】

宝玉在太虚幻境的内殿看到许多匾额对联,其中写有"痴情司"、"结怨司"、"朝啼司"、"夜哭司"、"春感司"、"秋悲司"。仙姑告诉他说:"此各司中皆贮的是普天之下所有的女子过去未来的簿册。"然后,一道至"薄命司",匾额两边写着这副对联。这里,先虚陪的六个司,从司名看,其实也就是小说所写的"薄命"种种。这样安排,为表示书中女子的不幸命运,在封建宗法制度下是相当普遍的。司,官署,是办理某一部门工作的机构。

【注释】

① 春恨秋悲——与前"闲愁"、"古今情"、"风月债"义相似,如小说中林黛玉在春花零落、秋窗风雨之际触景生情,引起身世遭遇的悲愁。惹——招引。

② 花容月貌——喻女子容貌美丽。 妍(yán 言)——美。

【鉴赏】

两副对联的内容正合太虚幻境这一虚构情节的需要,孤立地从表面上看,都是所谓"戒妄动风月之情",与小说深刻地揭露当时现实社会的黑暗腐朽的主要倾向仿佛是矛盾抵触的。但是,如果我们仔细地研究曹雪芹对全书原来的构思,就会发现这些对联也与本回中诸判词、曲子一样,具有隐示人物未来命运的意思,并非泛泛地劝人净心寡欲,以求能超度"孽海"。隐示的对象主要是小说的中心情节——宝黛悲剧。从现在所见后四十回续书情节来看,黛玉是死于被贾母等所弃,宝玉娶宝钗。这当然谈不上什么"春恨秋悲皆自惹"。可是,原来作者的构思并非如此。许多线索都可以证明(以后将陆续提到),在曹雪芹的笔下,黛玉原是为宝玉的获罪受苦而忧忿悲痛致死的。所谓偿风月之债,主要也指眼泪还债,而"眼泪还债"的正确含义,应是说黛玉流尽了最后的泪水,报答知己相知相爱的恩情,而不是如续书所写的怨恨知己的薄幸。所以,见过全部原稿的脂批者说:"绛珠之泪,至死不干,万苦不怨。所谓'求仁而得仁,又何怨',悲夫!"(戚序本第三回总评)这里所引《论语》中"求仁"等等的话,就是"自惹"二字的注解。黛玉后来行酒令时,抽得花名签的诗句是"莫怨东风当自嗟",也含有同样的隐义。但无论是"皆自惹"也好,"当自嗟"也好,或者如警幻歌中所唱的"觅闲愁"也好,都不过是怀着悲观情绪的作者所说的无可奈何的话,他并不真正想把悲剧的造成归咎于不幸者自身。这从小说任何一个情节的具体描写中都可以得到证明。

金陵十二钗图册判词

(第 五 回)

【说明】

　　贾宝玉梦随警幻到太虚幻境薄命司,看到贴有金陵十二钗册子封条的大橱,就开橱翻看了册子中的一些图画和题词,即这些又副册、副册、正册及其中的十四首图咏,但不懂它究竟说些什么。

　　旧称女子为"裙钗"或"金钗"。"十二钗"就是十二个女子。在这里,"十二钗"即林黛玉、薛宝钗、贾元春、贾迎春、贾探春、贾惜春、李纨、妙玉、史湘云、王熙凤、贾巧姐、秦可卿。册有正、副、又副之分。正册都是贵族小姐奶奶;又副册是丫头,即家务奴隶,如晴雯、袭人等;香菱生于官宦人家,沦而为妾,介于两者之间,所以入副册。

　　大观园里女儿们的命运虽然各有不同,但在作者看来,都是可悲的,因而统归太虚幻境薄命司。虚构这种荒唐的情节,固然有其艺术构思上的需要,不能简单地看作宣扬迷信,但毕竟也是一种消极的宿命论思想的流露。它的客观效果是同揭露封建制度的黑暗与罪恶相矛盾的。正如鲁迅所说,人物命运"则早在册子里一一注定,末路不过是一个归结:是问题的结束,不是问题的开头。读者即小有不安,也终于奈何不得"(《坟·论睁了眼看》)。这是这部伟大杰作的十分明显的局限性。但图册判词和后面的《红楼梦曲》一样,使我们能从中窥察到作者对人物的态度,以及在安排她们的命运和小说全部情节发展上的完整艺术构思,这在原稿后半已散失的情况下,特别具有重要的研究价值。现在我们读到的后四十回续书,不少情节的构想就是以此为依据的。

又副册判词之一①

　　画:又非人物,亦非山水,过是水墨瀄染的满纸
　　　　乌云浊雾而已。

　　霁月难逢,彩云易散②。心比天高,身为下贱③。风流灵巧招人怨④。寿夭多因诽谤生⑤,多情公子空牵念⑥。

【注释】

① 这一首是写晴雯的。

② "霁月"二句——这两句说像晴雯这样的人极为难得,因而,也就难以为阴暗、污浊的社会所容,她的周围环境,正如册子上所画的只是"满纸乌云浊雾而已"。霁月,天净月朗的景象。旧时以"光风霁月"喻人的品格光明磊落。《宋史·周敦颐传》:"黄庭坚称其人品甚高,胸怀洒落,如光风霁月。"霁,雨后新晴,寓"晴"字。彩云,喻美好。云呈彩叫雯,寓"雯"字。

③ "心比"二句——这是说晴雯从不肯低三下四地奉迎讨好主子,没有

阿谀谄媚的奴才相,尽管她是赖大买来养大的,是"奴才的奴才",地位最低贱。

④　"风流"句——封建道德宣扬"女子无才便是德",要求女子安分守己,不必风流灵巧;尤其是奴仆,如果模样标致,倔强不驯,则更会招致妒恨。抄检大观园时,王善保家的就因晴雯平素不肯趋奉她,乘机向王夫人说:"别的都还罢了,太太不知道,一个宝玉屋里的晴雯,那丫头仗着她生的模样儿比别人标致些,又生了一张巧嘴,天天打扮得象个西施的样子,在人眼前能说惯道,抓尖要强;一句话不投机,她就立起两个骚眼睛来骂人,妖妖趫趫,大不成个体统!"(第七十四回)

⑤　寿夭——短命夭折。晴雯被迫害而死时,仅十六岁。晴雯死于"诽谤",作者还在她被撵走之时作过补述。这段话在程高本中全被删去:"原来王夫人自那日着恼之后,王善保家的就趁势告(戚序本作"治")倒了晴雯,本处(指王夫人处)有人和园中不睦的,也就随机趁便下了些话,王夫人皆记在心中。"(庚辰本第七十七回)

⑥　多情公子——指贾宝玉。

【鉴赏】

晴雯从小被人卖给贾府的奴仆赖大供役使,连父母的乡籍姓氏都无从知道,地位原是最低下的。在曹雪芹笔下的众多奴隶中,晴雯是反抗性最强的一个。她藐视王夫人为笼络丫头所施的小恩小惠,嘲讽向主子讨好邀宠的袭人是哈巴狗。赵姨娘作威虐待芳官,结果被藕官等四个孩子一拥而上"手撕头撞",弄得狼狈不堪。晴雯站在反抗者一边,对主子欺压奴仆反而吃了亏这一结局,大为称心。抄检大观园时,凤姐、王善保家的一伙直扑怡红院,袭人等顺从听命,"任其搜检一番",唯独晴雯,"挽着头发闯进来,'豁啷'一声,将箱子掀开,两手提着,底子朝天,往地下尽情一倒,将所有之物尽都倒出"。晴雯公然反抗,因此遭到残酷报复,在她"病得四五日水米不曾沾牙"的情况下,硬把她"从炕上拉了下来",撵出大观园,当夜就悲惨地死去。贾宝玉对于这样思想性格的一个丫头满怀同情,在她抱屈夭亡之后,特意为她写了一篇长长的悼词《芙蓉女儿诔》,以发抒自己内心的哀痛和愤慨。这说明贾宝玉之亲近晴雯,自有其民主性思想为基础的,决不是因为什么"美人的轻怒薄嗔，爱宠的使性弄气"，使他觉得"更别具有一番风韵的"。晴雯是奴隶，是一个虽未完全觉醒、但对她已能感觉到的屈辱怒火冲天的奴隶；而不是那种把奴隶的手铐看作是手镯，锁链当成项链的无耻奴才。曹雪芹在介绍十二钗的册子时，将她置于首位，这是有心的安排。作者对晴雯的特殊热情，是有现实感受为基础的；在描写她的不幸遭遇的同时，也可能还在某种程度上夹带有政治上的寄托，所以图咏中颇有"伤时骂世"的味道。这些留待后面谈《芙蓉女儿诔》时再说。

又副册判词之二①

画：一簇鲜花，一床破席。

> 枉自温柔和顺②，空云似桂如兰③。
> 堪羡优伶有福④，谁知公子无缘⑤。

【注释】

①　这一首是写袭人的。

②　"枉自"句——指袭人白白地用"温柔和顺"的姿态，去博得主子们的好感。

③　"空云"句——似桂如兰，暗点其名。宝玉从宋代陆游《村居书喜》诗"花气袭人知骤暖，鹊声穿树喜新晴"（小说中改"骤"为"昼"，或因音近记错）中取"袭人"二字为她起名，而兰桂最香，所以举此；但"空云"二字则是说香也枉然。

④　堪羡——值得羡慕。　优伶——旧称戏剧艺人为优伶。这里指蒋玉菡。

⑤　公子——指贾宝玉。作者在八十回后，原写袭人在宝玉落到饥寒交迫的境地之前，早因客观情势所迫，嫁给了蒋玉菡，只留麝月一人在宝玉身边，所以诗的后两句才这样说。续书未遵原意，写袭人在宝玉出家为僧之后才嫁人，细究起来，就不甚切合诗意了。

【鉴赏】

袭人出身贫苦,幼小时,因为家里没饭吃,老子娘要饿死,为了换得几两银子才卖给贾府当了丫头。可是,她在环境影响下所逐渐形成的思想和性格,却与晴雯相反。她的"温柔和顺",颇与薛宝钗的"随分从时"相似,合乎当时的妇道标准和礼法对奴婢的要求。从传统观点看,称得上"似桂如兰"。不少读者反感她,贬她,很大程度上是受后四十回续书描写的影响。看过全书原稿的脂砚斋的体会不同,他口口声声称"袭卿",又在评这首判词时说:"骂死宝玉,却是自悔(是说作者自悔)。"可见这样批还是话出有因的,否则,何以袭人后来嫁给蒋玉菡,倒说宝玉(他的形象中当然有作者的影子在)是该"骂"应"悔"的呢?我们的理解是宝玉后来的获罪沦落与袭人的嫁人,正是同一变故的结果——即免不了招来袭人担心过的所谓"丑祸"。宝玉为此类"毛病"曾挨过父亲的板子,但他是不会改"邪"归"正"的,所以,终至成了累及封建大家庭利益的"孽根祸胎"。当事情牵连到宝玉所亲近的人时(也许与琪官交换汗巾的事,还要成为罪证),袭人既不会像晴雯那样索性做出铰指甲、换红绫小袄之类不顾死活的大胆行动,甚至也不可能像鸳鸯那样横了心发誓说:"我这一辈子,莫说是宝玉,便是宝金、宝银、宝天王、宝皇帝,我横竖不嫁人就完了。就是老太太逼着我,我一刀抹死了也不能从命!"袭人唯一能用以表示旧情的,只不过是在将来宝玉、宝钗处于"贫穷难耐凄凉"时,与丈夫一起对昔日的主人不断地提供生活上的资助而已,即脂批所谓"琪官(蒋玉菡)虽系优人,后同与袭人供奉玉兄、宝卿,得同终始"(甲戌本第二十八回总评)。此事应该就写在被"迷失"了的《花袭人有始有终》一回里。所以,不管袭人的出嫁是被迫的,还是自愿的,或者两者兼而有之,反正在脂砚斋看来,这是宝玉不肯听从"贤袭人"劝"谏"的结果,是宝玉的过失,故曰该"骂"应"悔"。我们不能把受传统道德影响较深的形象,如宝钗、袭人等,都视作"反面人物",这既不符合作者本意,也缺乏历史评价的科学性。袭人册子里所绘的画,是"一簇鲜花,一床破席",除了"花"、"席"(袭)谐音其姓名外,"破席"的比喻义并非讥其不能"从一而终",应是象征其最终仍处于卑贱的社会地位这一结局。

副册判词一首①

画：一株桂花，下面有一池沼，其中水涸泥干，莲
　　枯藕败。

根并荷花一茎香②，平生遭际实堪伤③。
自从两地生孤木，　致使香魂返故乡④。

【注释】

①　这一首是写香菱的。

②　"根并"句——暗点其名。香菱本名英莲。莲就是荷，菱与荷同生池
　　中，所以说根在一起。书中香菱曾解自己的名字说："不独菱花，就连
　　荷叶莲蓬都是有一股清香的。"（第八十回）

③　遭际——遭遇。

④　"自从"二句——这是说自从薛蟠娶夏金桂为妻之后，香菱就被迫害
　　而死了。两地生孤木，两个"土"字，加上一个"木"字，是金桂的"桂"
　　字。魂返故乡，指死。册子上所画也是这个意思。

【鉴赏】

　　香菱是甄士隐的女儿，她一生遭遇是极不幸的。名为甄英莲，其
实就是"真应怜"（脂评语）。

　　按照曹雪芹本来的构思，她是被夏金桂迫害而死的。从第八十回
的文字看，既然"酿成干血痨之症，日渐羸瘦作烧"，且医药无效，接着
当写她"香魂返故乡"，亦即所谓"水涸泥干，莲枯藕败"（"藕"谐音配偶
的"偶"，乐府民歌中常见）。所以，戚序本第八十回回目就用"姣怯香
菱病入膏肓"。可是，到了程高本，不但回目另拟；而且续书中还让香
菱一直活下去，在第一百零三回中，写夏金桂在汤里下毒，要谋害香
菱，结果反倒毒死了自己。以为只有这样写坏心肠的人的结局，才足
以显示"天理昭彰，自害自身"。把曹雪芹对封建宗法制度摧残妇女的

罪恶的揭露与控诉的意图,改变成一个包含着惩恶劝善教训的离奇故事,实在是弄巧成拙。

正册判词之一①

画:两株枯木,木上悬着一围玉带;又有一堆雪,
　　雪下一股金簪。

可叹停机德②,堪怜咏絮才③!
玉带林中挂④,金簪雪里埋⑤。

【注释】

① 这一首是写林黛玉和薛宝钗的。

② "可叹"句——这句说薛宝钗。意思是虽然有着合乎封建妇道标准的那种贤妻良母的品德,但可惜徒劳无功。《后汉书·列女传·乐羊子妻》说,乐羊子远出寻师求学,因为想家,只过了一年就回家了。他妻子就拿刀割断了织布机上的绢,以此来比喻学业中断,规劝他继续求学,谋取功名,不要半途而废。

③ "堪怜"句——这句说林黛玉。意思是如此聪明有才华的女子,她的命运是值得同情的。咏絮才,用晋代谢道韫的故事。有一次,天下大雪,谢道韫的叔父谢安对雪吟句说:"白雪纷纷何所似?"道韫的哥哥谢朗答道:"撒盐空中差可拟。"道韫接着说:"未若柳絮因风起。"谢安一听,大为赞赏(见《世说新语·言语》)。

④ "玉带"句——这句说林黛玉。前三字倒读即谐其名。从册里的画"两株枯木(双"木"为"林"),木上悬着一围玉带"看,可能又寓黛玉泪"枯"而死,宝玉为怀念她而弃绝一切世俗欲念("玉带"象征着官宦的爵禄品位和贵族公子生活,故林中挂玉带暗示放弃仕进,隐居山林)为僧的意思。悬、挂,又可用以表示思念。

⑤ "金簪"句——这句说薛宝钗。前三字暗点其名。"雪"谐"薛","金簪"比"宝钗"。本是光耀头面的首饰,竟埋没在寒冷的雪堆里。这是对薛宝钗婚后,特别是她在宝玉出家后,只能空闺独守冷落处境的写照。

【鉴赏】

　　林黛玉与薛宝钗，一个是官宦家遗下的孤女，一个是皇家大商人的千金；一个冰雪聪明，一个博学多识；一个多愁善感，一个浑厚稳重；一个率直重情，一个深沉理智；一个目下无尘，一个广得人缘；一个成了叛逆者的知己，一个总恪守妇道在劝谏……脂砚斋曾有过"钗黛合一"之说，如言"钗、玉名虽二个，人却一身，此幻笔也。今书至三十八回时，已过三分之一有馀，故写是回，使二人合而为一。请看黛玉逝后宝钗之文字，便知余言不谬矣"（庚辰本第四十二回总批）。也许是指将宝玉所爱的女子塑造成彼此有不同特点和长处的两个仿佛对立的形象，到一定时候，又通过"兰言"交心，消除了彼此间的误会、疑虑、隔阂，使她们的心灵互相沟通、贴近，从而结成了"金兰"挚友。其确切的解说是否如此，可以研究；但无疑不是否定林、薛二人的差别或作者有某种倾向性。作者将她俩在一首诗中并提，除了因为她们在小说中的地位相当外，至少还可以通过贾宝玉对她们的不同的态度的比较，以显示钗、黛的命运遭遇虽则不同，其最终却都是一场悲剧的结局。

正册判词之二①

　　画：一张弓，弓上挂着香橼。

　　二十年来辨是非②，榴花开处照宫闱③；
　　三春争及初春景④，虎兔相逢大梦归⑤。

【注释】

　　① 这一首是写贾元春的。
　　② "二十"句——这是说元春到了二十岁（大概是她入宫的年纪）时，已经很通达人情世事了。
　　③ "榴花"句——榴花似火，故用"照"字。以石榴花所开之处使宫闱生色，喻元春被选入凤藻宫封为贤德妃。这里用《北史》的故事：北齐安德王高延宗称帝，把赵郡李祖收的女儿纳为妃子。后来皇帝到李宅摆宴席，妃子的母亲宋氏送上一对石榴。取石榴多子的意思表示祝

贺。册子上所画的似乎也与宫闱事有关，因为"弓"可谐"宫"，"櫞"（yuán）可谐"缘"，也可谐其名"元"。

④ "三春"句——意思是元春的三个妹妹都不及她荣华显贵。三春，春季的三个月，暗指迎春、探春、惜春。初春，指元春。争及，怎及。

⑤ "虎兔"句——说元春的死期。虎兔相逢，原意不明。古人把十二生肖与十二地支相配，虎兔可以代表寅卯，说年月时间。如后四十回续书中说："是年甲寅十二月十八日立春；元妃薨日，是十二月十九日，已交卯年寅月。"但这样的比附，对这部声称"朝代年纪，失落无考"的小说来说，未免过于坐实。事实上即使是代表时间，也还难以断定其所指究竟是年月还是月日，因为后一种也说得通。如苏轼《起伏龙行》"赤龙白虎战明日"句下自注云："是月丙辰，明日庚寅。"即以龙（辰）虎（寅）代表月日。又有人以为乃影射康熙死、胤禛嗣位于壬寅年，明年癸卯改元雍正年。此外，还可解释为：生肖属兔的人碰到了属虎的人或者碰到了寅年等等。又所根据底本属早期脂本的"梦稿本"和"己卯本"中"虎兔"作"虎兕"，若非抄误，则"虎兕相逢大梦归"，就有可能暗示元春死于两派政治势力的恶斗之中。大梦归，指死。

【鉴赏】

判词虽都只四句，且大多数用绝句形式，但它不同于通常写的诗，更像是灯谜。它须把判定对象的主要特点和命运大事隐寓其中，之所以写得似谜而隐，为的是能增加神秘感。本来嘛，将来要发生的事，如俗话常说的"天机不可泄漏"，故不宜一览无余。当然也不能太隐晦，让人完全不知其所云，那也就失去写它（为的是预先透露一点）的意义了。此判词被脂批称之为"显极"的"三春争及初春景"句，就是能在隐与显之间掌握分寸恰到好处的句子。令人费猜的主要是末句：让元春"大梦归"的原因究竟是什么呢？大概作者本来就不打算在这儿先透露详情，加之版本文字的差异，又更让人难以确定"虎兔"与"虎兕"何者为是，只好先作悬案存疑了。其他可参见本回《红楼梦曲·恨无常》一首的鉴赏。

正册判词之三①

画：两人放风筝，一片大海，一只大船，船中有一女子,掩面泣涕之状。

才自精明志自高②，　生于末世运偏消③。
清明涕送江边望，　　千里东风一梦遥④。

【注释】

① 这一首是写贾探春的。
② 自——本。　精明——程乙本误作"清明"，与第三句头两个字重复。小说中说"探春精细处不让凤姐"（第五十五回），又写她想有一番作为。
③ "生于"句——说探春终于志向未遂，才能无从施展，是因为这个封建大家庭已到了末世的缘故。
④ "清明"二句——清明节江边涕泪相送，当是说家人送探春出海远嫁。册子上所画的船中女子即探春。原稿大概有一段描写离别悲切的文字，现在所见后四十回续书中没有这个情节，而且把"涕送"改为"涕泣"，一字之差，把送别改为望家了。画中的放风筝是象征有去无回，所谓"游丝一断浑无力，莫向东风怨别离"（第二十二回，探春所制灯谜——风筝）。所以，放风筝的"放"不是"放起来"而是"放走"的意思，小说特地描写过放走风筝（说是放走"病根儿"）的情节。则画中放走风筝的"两个人"，当就是后来遣探春远嫁的设谋者，但不能落实，有可能是对投向王夫人怀抱、不承认自己生母的探春怀恨记仇的赵姨娘和贾环。千里东风一梦遥，也是说天长路远，梦魂难度，不能与家人相见。

【鉴赏】

这首判词，即使当作一般诗来读，也写得相当成功，如"千里东风一梦遥"，便是措词含蓄而韵味悠长的佳句。它是探春远嫁，生人作死别的明确暗示，也就是李白诗"天长地远魂飞苦，梦魂不到关山难"（《长相思》）的意思。后四十回续书竟写探春出嫁后又衣锦回娘家来探亲，这实在是禁不起推敲的败笔。女儿嫁人，过着荣华富贵的生活，又能常回家走走，这还能将她归在"薄命司"里吗？可见，续作者并未领会判词的真意。此诗，颇有一唱三叹之致。"生于末世运偏消"句，如闻作者之叹息。对此，有脂批云："感叹句，自寓。"意思是它有作者自己的身世感慨在。这是对的。但从另一方面看，我们认为作者生于末世的不幸，又恰恰是他的大幸，否则又何来一部《红楼梦》，又谁知道有个曹雪芹！其他可参见本回《红楼梦曲·分骨肉》一首的鉴赏。

正册判词之四①

画：几缕飞云，一湾逝水。

富贵又何为？　襁褓之间父母违②；
展眼吊斜晖③，　湘江水逝楚云飞④。

【注释】

① 这一首是写史湘云的。

② "富贵"二句——说史湘云从小失去了父母，由亲戚抚养，因而"金陵世勋史侯家"的富贵对她来说是没有什么用处的。襁褓，婴儿裹体的被服，这里指年幼。违，丧失、死去。

③ "展眼"句——这句即"夕阳无限好，只是近黄昏"的意思。从后面《红楼梦曲》中我们知道湘云后来是"厮配得才貌仙郎"的（庚辰本有"后数十回若兰在射圃所佩之麒麟，正此麒麟也"等批语，她大概就是嫁给卫若兰的）。只是好景不长，可能婚后不久，夫妻就离散了。展眼，一瞬间。吊，对景伤感。斜晖，傍晚的太阳。

④ "湘江"句——诗句中藏"湘云"两字，点其名。同时，湘江又是娥皇、女英二妃哭舜之处；楚云则由宋玉《高唐赋》中楚襄王梦见能行云作雨的巫山神女一事而来。所以，这一句和画中"几缕飞云，一湾逝水"，似乎都是喻夫妻生活的短暂。

【鉴赏】

湘云幼小时曾寄居过贾府。但小说对她过去的富贵家境和父母早亡情况，都未作正面描写，判词的前两句可算是对此的补述。对于她的终身，除婚后不久，夫妻离散或离异外，尚有丈夫猝死的揣测；从小说三十一回有"因麒麟伏白首双星"（其含义后详）回目看，丈夫是不可能猝死的。其他可参见本回《红楼梦曲·乐中悲》一首的鉴赏。

正册判词之五①

画：一块美玉，落在泥垢之中。

> 欲洁何曾洁②，　云空未必空③。
> 可怜金玉质，　终陷淖泥中④。

【注释】

① 这一首是写妙玉的。

② 洁——既是清洁，又是佛教所标榜的净。佛教宣扬杀生食肉、婚嫁生育等等都是不洁净的行为，人心也是不洁净的，甚至整个世界都没有一块洁净的地方，唯有菩萨居处才算"净土"，所以佛教又称净教。

③ 空——宗教想要人们忘却现实的痛苦，总是宣扬物质世界虚无的唯心观念。佛教要人看破红尘，领悟万境归空的道理，有所谓"色不离空，空不离色；色即是空，空即是色"（《大般若经》）等说法。皈依佛教，又叫入空门。

④ "可怜"二句——判词后两句与册子中所画是同一意思，指妙玉流落风尘，并非如续书所写的被强人用迷魂香闷倒奸污后，劫持而去，途中又不从遭杀。从靖藏本批语来看，妙玉大概随着贾府的败落，也被迫结束了她那种带发修行的依附生活，而换来流落"瓜洲渡口……红颜固不能不屈从枯骨"（据周汝昌校文）的悲剧结局。金玉质，喻妙玉身份高贵，贾家仆人说她"祖上也是读书仕宦之家"，"文墨也极通，……模样又极好"（第十八回）。淖（nào 闹），烂泥。

【鉴赏】

　　此首判词和册中画，其象征意义都比较明显，妙玉后来的遭遇，正与其平生之为人和意愿相反，终陷于"风尘"的"泥淖"之中，但并非续书中所写的那样，已如注释说明。在贾府事败、被抄没，"家亡人散各奔腾"之际，她流落到"瓜洲渡口"是很可信的。但近年来，对靖藏本及其批语的真伪问题颇有争议，有人不信六十年代中出现又"迷失"了的靖藏本真的有过,认为批语是今人为迎合红学界的某种说法而伪造的,并举出一条与俞平伯所辑校的脂评中有同样漏抄现象的批语作为伪造的"铁证"。我以为情况可能比较复杂,不能排除在过录过程中,由于某种原因而真假相混的可能。我反复研究思考过这一问题,认为从一些靖藏本独存的批语看,绝不是对红学稍有研究者便能随便造出来的。这一点我与香港梅节兄等几位红学朋友讨论过,他们有同感,亦持与我相似的看法,故此书中有多处仍运用了这一极有价值的资料。其他可参见本回《红楼梦曲·世难容》一首的鉴赏。

正册判词之六①

画:一恶狼,追扑一美女——欲啖之意。

> 子系中山狼,　得志便猖狂②。
> 金闺花柳质③,　一载赴黄粱④。

【注释】

① 这一首是写贾迎春的。

② "子系"二句——子,对男子表示尊重的通称。系,是。"子""系"合而成"孙",隐指迎春的丈夫孙绍祖。明代马中锡《中山狼传》:赵简子在中山打猎,一只狼将被杀死时遇到东郭先生救了它,危险过去后,它反而想吃掉东郭先生。所以,后来把恩将仇报的人叫做中山狼。这里,用来指孙绍祖。他家曾巴结过贾府,受到过贾府的好处,后来家资饶富,孙绍祖在京袭了职,又于兵部候缺题升,便猖狂得意,胡作非为,反咬一口,虐待迎春。

③ 花柳质——喻迎春娇弱,禁不起摧残。

④ 一载——一年,指嫁到孙家的时间。　赴黄粱——与元春册子中"大梦归"一样,是死去的意思。黄粱梦,出于唐代沈既济传奇《枕中记》。故事述卢生睡在一个神奇的枕上,梦见自己荣华富贵一生,年过八十而死,但是,醒来时锅里的黄粱米饭还没有熟。

【鉴赏】

　　迎春是当时封建包办婚姻制度下的牺牲品。有一条脂批曾论及作者写迎春悲剧的用意:"此文一为择婿者说法,一为择妻者说法。择婿者必以得人物轩昂,家道丰厚,荫袭公子为快;择妻者必以得容貌艳丽,妆奁富厚,子女盈门为快。殊不知以貌取人,失之子羽,试看桂花夏家、指挥孙家,何等可羡可乐,卒至迎春含悲,薛蟠贻恨,可慨也夫!"(蒙府本、戚序本八十回末总评)这里用的虽是"说法"等字样,其实就是曹雪芹想通过"择婿"、"择妻"这有代表性的两个方面的描写来揭露封建包办婚姻罪恶的原有用意,不必待续书中又写了包办的金玉姻缘而始有;至于《红楼梦》全书的主题,在作者的构思中,则又更为广阔和深刻。此诗首句"子系中山狼",巧用拆字法,隐"孙"字,粗看不易发觉,正合判词须有所蕴藏的要求,故妙;若直说"夫婿中山狼",便索然无味,不耐寻绎了。其他可参见本回《红楼梦曲·喜冤家》一首的鉴赏。

<h2 style="text-align:center">正册判词之七①</h2>

　　画:一所古庙,里面有一美人,在内看经独坐。

　　勘破三春景不长②,　缂衣顿改昔年妆③。
　　可怜绣户侯门女,　　独卧青灯古佛旁④。

【注释】

① 这一首是写贾惜春的。
② "勘破"句——语带双关,字面上说看到春光短促,实际是说惜春的三个姐姐(元春、迎春、探春)都好景不长,使惜春感到人生幻灭。勘,察看。
③ "缂(zī资)衣"句——据曾见过下半部佚稿的脂砚斋评语,惜春后来"缂衣乞食",境况悲惨,并非如续书所写,取妙玉的地位而代之,进了花木繁茂的大观园栊翠庵过闲逸生活,还有一个丫头紫鹃"自愿"跟着去服侍她。缂衣,黑色的衣服,指僧尼穿的衣服,所以出家也叫披缂。

④　青灯——因灯火青荧,故称。

【鉴赏】

　　这首惜春的判词,也很像是通常的诗作,除了首句以"三春"隐指其三个姊姊外,三、四句作者怜惜之情溢于纸上,故脂批赞末句为"好句"。"青灯古佛",乃指尘世间真正的尼姑庵,而非大观园中景物幽美的栊翠庵甚明。又靖藏本第二十四回有一条与庚辰本共有的回前总批,但靖本的批语开头比庚辰本多出两句话来,即:"《醉金刚》一回文字,伏芸哥仗义探庵。"研究者或以为"庵"可通"庙",当指设在监狱中的狱神庙,"探庵"即"探监",是与小红一起去狱神庙探望宝玉、凤姐等人,甚至说为了设法营救他们。我对这样的大胆推测深表怀疑。贾府事败后,家破人亡,遭难者多多,贾芸为什么就不可以是"仗义"探望落难于某尼姑庵里的四姑娘惜春呢?当然我也只能提出问题,而不能找出任何可资佐证的资料。其他可参见本回《红楼梦曲·虚花悟》一首的鉴赏。

正册判词之八①

画:一片冰山,山上有一只雌凤。

凡鸟偏从末世来②,都知爱慕此生才。
一从二令三人木③,哭向金陵事更哀。

【注释】

①　这一首是写王熙凤的。

②　凡鸟——合起来是"凤"字,点其名,又比其才能杰出。《世说新语·简傲》说:晋代吕安有一次访问嵇康,嵇康不在家。他哥哥请客人到屋里坐,吕安不入,在门上题一个"鳯"字去了。嵇康的哥哥很高兴,以为客人说他是神鸟。其实,吕安嘲笑他是凡鸟。这里是反过来用"凡鸟"说"凤",目的只是为了隐曲一些。

③　"一从"句——因为不知原稿中王熙凤的结局究竟如何,所以人们对

这一句有着各种猜测。脂批说:"拆字法。"意思是把要说的字,拆开来;但如何拆法,没有说。有人说"二令"是"冷","三人木"是"秦"(下半是"禾",非"木"),也不像。吴恩裕先生《有关曹雪芹十种·考释小记》中说:"凤姐对贾琏最初是言听计'从',继则对贾琏可以发号施'令',最后事败终不免于'休'之,故曰'哭向金陵事更哀'云云。"研究脂批提供的线索,凤姐后来被贾琏所休弃是可信的。"金陵"是她的娘家,与末句也相合。画中"冰山"喻其独揽贾府大权的地位难以持久。《资治通鉴·唐玄宗天宝十一年》说:有人劝张彖去拜见杨国忠以谋富贵。张说:"君辈倚杨右相若泰山,吾以为冰山耳。若皎日既出,君辈得无失所恃乎?"画中"雌凤",当也寓其失偶孤独。

【鉴赏】

　　这首写王熙凤的判词,前两句没有什么问题,虽然"凡鸟"二字也用了隐笔,但因其出处典故并不生僻,所以理解上也无歧义。三、四句则不然,其笔墨官司从清代一直打到今天,总是不断地有人写文章对"一从二令三人木"提出新解,但看来还没有一种是大家都信服能接受的。我在注释中也只是取相对比较合乎情理的一种。但我希望红学爱好者不要再继续花费心思去猜这个谜了,因为这已经是个谁也找不出谜底来的谜了。末句"哭向金陵事更哀"是与第三句连着的,因此确切的解释也就难了。但有一点似乎可以断定,这位"金陵王"家出来的女强人,肯定是受到了极大的打击,命蹇运乖,已无能为力,才只好哭着回娘家去。续书一百十四回《王熙凤历幻返金陵》写的是王熙凤病死后,被装进棺木里,尸返金陵安葬,这一来"哭向金陵"的成了一批送殡者了。我想,这肯定不会是判词的意思。其他可参见本回《红楼梦曲·聪明累》的鉴赏。

正册判词之九①

画:一座荒村野店,有一美人在那里纺绩。

势败休云贵,家亡莫论亲②。
偶因济刘氏,巧得遇恩人③。

【注释】

① 这一首是写贾巧姐的。

② "势败"二句——曹雪芹佚稿中贾府后来是"一败涂地"、"子孙流散"的，所以说"势败"、"家亡"。那时，任你出身显贵也无济于事，骨肉亲人也翻脸不认。当是指被她的"狠舅奸兄"卖于烟花巷。

③ "偶因"二句——刘姥姥进荣国府告艰难，王熙凤给了她二十两银子。后来贾家败落，巧姐遭难，幸亏有刘姥姥相救，所以说她是巧姐的恩人。偶，贾府本不存心济贫，凤姐更惯于搜刮聚敛，不过是偶施小恩小惠而已。刘氏，程乙本作"村妇"，当是嫌原句太直露而改的。巧，语意双关，是凑巧，同时也指巧姐。

【鉴赏】

"势败休云贵，家亡莫论亲。"语浅意深，虽为巧姐的命运而发，却包含着作者在体验世态炎凉的现实生活中的真实而深刻的感受，故脂批说："非经历过者，此二句则云纸上谈兵，过来人那得不哭！"揭示出这一情节与作者、批者的生活经历的关系。对于后两句所包含的具体情节，也有线索可寻。有脂评说刘姥姥"有忍耻之心，故后有招大姐事"（甲戌本第六回），又说巧姐与板儿有"缘"（庚辰本第四十一回），当是指他们后来结成夫妻，过着自食其力的劳动生活。续书则写巧姐嫁给一个"家财巨万，良田千顷"的姓周的大地主家做媳妇，把"荒村野店"写成了地主庄院，与作者在画中所预示之意相悖。其他可参见本回《红楼梦曲·留馀庆》一首的鉴赏。

正册判词之十①

画：一盆茂兰，旁有一位凤冠霞帔的美人。

桃李春风结子完②，到头谁似一盆兰③？
如冰水好空相妒，枉与他人作笑谈④。

【注释】

① 这一首是写李纨的。

②　"桃李"句——借此喻说李纨早寡。她刚生下贾兰不久,丈夫贾珠就死了,所以她短暂的婚姻生活就像春风中的桃李花一样,一到结了果实,景色也就完了。这一句还暗藏她的姓名。"桃李"藏"李"字,"完"与"纨"谐音。

③　"到头"句——喻指贾兰。贾府子孙后来都不行了,只有贾兰"爵禄高登",做母亲的也因此显贵。画中图景即指此。

④　"如冰"二句——意思是说,李纨死守封建节操,品行如冰清水洁,但是用不着妒忌美慕。像她这样早年守寡,为儿子操心一辈子,待到儿子荣达、自以为可享晚福的时候,却已"昏惨惨,黄泉路近"了。结果只是白白地作了人家谈笑的材料。

【鉴赏】

　　李纨一辈子辛苦育儿课子,却又因大限已到,未能安享儿子带给她晚年的荣华富贵。判词的末句,有脂批云:"真心实语。"看来也是对现实有所感而发。有人以为其曲子中所说的"爵禄高登"和"黄泉路近",指的都是贾兰,是儿子早卒,使做母亲的李纨希望落空。这虽不失为一种见解,但实际情节恐未必如此。因为判词只有"到头谁似一盆兰"的好话,册子画的也是并无马上要枯萎迹象的"一盆茂兰";脂评也只在甄士隐吟唱"昨怜破袄寒,今嫌紫蟒长"时指出过是贾兰等人,都没有他短命夭折的暗示。何况,安排贾兰才得官便死去的现实意义也不大,所以难令人置信。其他可参见本回《红楼梦曲·晚韶华》一首的鉴赏。

正册判词之十一①

画:高楼大厦,有一美人悬梁自缢。

情天情海幻情身,　情既相逢必主淫②;
漫言不肖皆荣出③,　造衅开端实在宁④。

【注释】

①　这一首是写秦可卿的。

②　"情天"二句——太虚幻境宫门上有"孽海情天"的匾额,意思是借幻境说人世间风月情多。这是为了揭露封建大家族黑暗所用的托词。幻情身,幻化出一个象征着风月之情的女身。这暗示警幻仙姑称为"吾妹""乳名兼美,表字可卿"的那位仙姬,也可以说是秦可卿所幻化的形象。程高本作"幻情深",将原意改变了。"幻"在这里是动词,与"幻形入世"、"幻来亲就臭皮囊"用法相同。作者讳言秦可卿引诱宝玉,假托梦魂游仙,说这是两个多情的碰在一起的结果。

③　"漫言"句——不要说不肖子孙都出于荣国府(指宝玉等)。不肖,参见本书第三回《西江月·嘲贾宝玉二首》注⑦。

④　"造衅"句——坏事的开端实在还在宁国府。意思是引诱宝玉的秦可卿的堕落是她和她公公有不正当关系就开始的,而这首先要由贾珍等负责。衅,事端。作者在初稿中曾以《秦可卿淫丧天香楼》为回目,写贾珍与其儿媳妇秦氏私通,内有"遗簪"、"更衣"诸情节。丑事败露后,秦氏羞愤自缢于天香楼。作者的长辈亲友、批书人之一畸笏叟,出于维护封建大家族利益的立场,命作者删去这一情节,为秦氏隐恶。这样,原稿就作了修改,删去天香楼一节四、五页文字(从批语提到该回现存页数推算,原本每页约四百八十字,删去二千余字),成了我们现在所见的这样。但有些地方,作者故意留下痕迹,如画中"美人悬梁自缢"就是最明显的地方。

【鉴赏】

　　关于秦可卿判词要说的话,大部分在注释中说了。想再强调一下的是,此判词并不证明宝玉与秦氏之间发生过两性关系,虽则有"必主淫"等语。但我们不应忘记在此回中警幻仙子称宝玉为"天下古今第一淫人"时,对"淫"字所发挥的那番既大胆又独特的话。其次是畸笏叟以长辈的身份命雪芹删去天香楼情节,作者照办了。这是否可视作是雪芹被迫从命呢? 我以为不是的,应该还是雪芹接受建议而自愿删除的。因为这种事也完全可以不写而写的。留下许多蛛丝马迹和疑点,让读者自己去想岂不更好? 反正,故事也没有改成秦氏真的死于病,只不过表面上好像死于病而已。所以我们还得尊重作者删改后的文字面目,没有必要在将小说改编成其他文艺形式时,再补出已被删掉的情节。最后还有一点是,现在还有人在考证秦可卿的真正出身,以为她并非真的是从养生堂抱来的弃婴，而是某一获罪的王公贵族家的千金。小说中的人物形象不同于真人，是作者创造的；作者写成怎样便是怎样，是不能加以考证的。这是起码的常识。其他可参看本回《红楼梦曲·好事终》一首的鉴赏。

"情榜"中有六十名女子吗

金陵十二钗的册子第五回中写到正册、副册、又副册三等，正册十二钗全写齐了，且各有曲子；副册仅举香菱一人；又副册写了晴雯、袭人二人，馀未提及。同时，已写的也都没有明说是谁。脂批中多次提到小说原稿的末回是"警幻情榜"，榜上备列她们的名字。按理只有三十六个女子是入册子的。然而，有的红学家以为不止此数，册子也不止三等。他们说，十二钗册子应分"正"、"副"、"又副"、"三副"、"四副"五等，共计六十人。胡适还以为"情榜""大似《水浒传》的石碣，又似《儒林外史》的幽榜"（《跋乾隆庚辰本脂砚斋重评〈石头记〉抄本》）。

这一说法虽似有据，实则大成问题，我们不能不加以辨正。

金陵十二钗的册子只有三等，决没有五等，这在小说第五回中是有明文交待的：

宝玉问道："何为'金陵十二钗正册'？"警幻道："即贵省中十二冠首女子之册，故为'正册'。"宝玉道："常听人说，金陵极大，怎么只十二个女子？如今单我家里，上上下下，就有几百女孩子呢。"警幻冷笑道："贵省女子固多，不过择其紧要者录之。下边二厨则又次之。馀者庸常之辈，则无册可录矣。"宝玉听说，再看下首二厨上，果然写着"金陵十二钗副册"，又一个写着"金陵十二钗又副册"。

除了这三等外，"馀者庸常之辈，则无册可录矣"。这不是说得明明白白的吗？怎么会到末回又添出"三副"、"四副"两等来呢？难道警幻说过的话不算数！再说，"又副册"写到的已经都是丫头了，册子既是"择其紧要者录之"，那么，归"薄命司"的有十二个丫头作代表也差不多了，再添二十四个丫头又有什么必要呢？甲戌本《石头记·凡例》钩玄甚细，又多方遮饰小说真意，决非与作者没有关系的后人妄增。它提到"金陵十二钗"时，也只说"上、中、下女子"，与小说中警幻所说"先以彼家上、中、下三等女子之终身册籍，令彼熟玩"之语相合。可见，五等列名之说，不可轻信。

"五等说"之产生，其源盖出于两条脂批：

①　庚辰本(戚序本略同)第十七、十八合回出妙玉时，有双行夹批(误字校改)说："妙卿出现。至此细数十二钗：以贾家四艳再加薛、林二冠有六，去秦可卿有七，再凤有八，李纨有九，今又加妙玉，仅得十人矣。后有史湘云与熙凤之女巧姐儿者共十二人。雪芹题曰：《金陵十二钗》，盖本宗《红楼梦十二曲》之义。后宝琴、岫烟、李纹、李绮，皆陪客也；《红楼梦》中所谓副十二钗是也。又有又副册三断词，乃晴雯、袭人、香菱三人而已，馀未多及，想为金钏、玉钏、鸳鸯、茜雪、平儿等人无疑矣。观者不待言可知，故不必多费笔墨。"

②　紧接上批，又有朱笔眉批说："树处(误字，后详)十二钗总未的确，皆系漫拟也。至末回'警幻情榜'，方知正副再副及三、四副芳讳。壬午季春。畸笏。"

"五等说"的唯一根据，便是畸笏叟批语末了的那一句话。这里不是明说有"正"、"副"、"再"、"三"、"四"五等吗？其实，这是误解。畸笏的眉批是针对上面双行夹批"总未的确"之处而言的，指出作夹批者之所以言之不确，是由于未及看到末回"情榜"，只凭主观"漫拟"。然而，我们知道，夹批所列的正册中的十二钗并不是"漫拟"(后来的老红学家中"漫拟"错的倒不少)，十二个女子的名字完全对，毋须等到末回才知道。又副册是丫头，除晴雯、袭人外，所举如金钏、玉钏、鸳鸯、茜雪

等人,大体也只能在这一册之中。若对这两册而言,畸笏之批,未免有
点无的放矢。只有副册才有"总未的确"之处。作夹批者以为这一册
"皆陪客也",这就不确切。香菱在小说中是首先出场的人物,且有象
征性,写到她的笔墨甚多,她的重要性并不次于迎、惜等人,而入副册
(夹批说她在"又副册三断词"中,可能是误记,因为甲戌本第三回眉批
说"甄英莲乃副十二钗之首"。这与第五回中写到的情况完全符合。
俞平伯先生据此以为写香菱时,"副册"前"误"或"漏"了一个"又"字,
"实在她是又副册里第三名"。这是根本站不住脚的。小说明明写宝
玉掷下原先一本,又去开橱,另拿一本,若香菱是又副第三名,岂有与
晴、袭二人不在同一本册子、同一个橱子里之理!作夹批者把香菱也
当作是又副册中人,副册的依据自然就没有了,于是只好自定"陪客"
标准,"漫拟"名单),晴、袭等人也比纹、绮等重要,而入又副册。可见,
作者主要还是按照人物的身份、地位来分等的。如果入副册者身份、
地位的贵贱,都与香菱相仿,怎知其馀的不是尤二姐、尤三姐、秋桐、嫣
红、佩凤、偕鸳一类人物呢?所以,夹批中"漫拟"属于副册的四人,即
宝琴、岫烟、李纹、李绮就有可能都是"拟"错的。畸笏说"总未的确"
的,也正是指这四个人。

这里,关键在他批语开头被抄误的、因而不可通的两个字:"树
处"。周汝昌以过录的靖藏本批语互校,以为"树"是"前"的草书形讹。
我以为"前"也还是讹字,它是"副"字的草书形讹,"处"则是"册"的讹
写。"副册十二钗总未的确,皆系漫拟也……"这就对了。畸笏的批语
实在是说,夹批中漫拟的副册四人是不确的,只有看到末回,方知副册
之中第一、二、三、四名的芳讳。不过,他用了"正副(实即"首副"之
意)、再副及三、四副"等易滋混淆的名称,又没有标点,就更容易产生
歧义,即把"正副"当作"正"、"副"两册,把"再副"等同于"又副册",加
上"三副"、"四副",岂不就成了册有五等,人有六十了么?一般读者忘
了小说正文所述,单看脂批,发生误解,是不足为怪的。不过,我们那
些说自己是用"科学方法"研究《红楼梦》,"处处存一个搜求证据的目
的;处处尊重证据"的"红学"家,居然连小说明文的"证据"都不去"搜

求"，却由抄误的脂批引起了"五等分"错觉，这实在是令人遗憾的。

仙宫房内对联

（第 五 回）

幽微灵秀地①，

无可奈何天②。

【说明】

宝玉看过册子后，被警幻携至后宫房内，房内壁上悬着这副对联。

【注释】

① "幽微"句——意思是说，这里是人迹罕至、飞尘不到、境界极其美好的所在。

② "无可"句——意思是说，这里光景奇绝，令人不知如何是好。这是借汤显祖《牡丹亭·惊梦》中"良辰美景奈何天"的意思。"天"与"地"互文，皆指所在，即"洞天福地"、"别有天地"之"天"。

【鉴赏】

警幻说，宝玉看了册子，"尚未觉悟。故引彼再至此处，令其再历饮馔声色之幻，或冀将来一悟"。这一对联作为仙宫房内陈设描写的一部分，不但对这种令人迷醉的环境起着渲染的作用，同时也暗示要"跳出迷人圈子"之难。宝玉后来终于"悟"到人生虚幻，决然"悬崖撒手"，这完全是因为他在现实中碰了壁的缘故。

红楼梦曲

(第五回)

引子

　　开辟鸿蒙①,谁为情种②?都只为风月情浓③。趁着这奈何天④、伤怀日、寂寥时,试遣愚衷⑤。因此上,演出这怀金悼玉的《红楼梦》⑥。

【说明】

　　《红楼梦曲》十二支,加上前面的引子和后面的尾声,共十四支曲子。中间十二曲,分咏金陵十二钗,暗寓各人的身世结局和对她们的评论。这些曲子同《金陵十二钗图册判词》一样,为了解人物历史、情节发展以及四大家族的彻底覆灭,提供了重要线索。曲子是太虚幻境后宫十二个舞女奉警幻之命,"轻敲檀板,款按银筝"唱给宝玉听的。宝玉拿着《红楼梦曲》原稿,"一面目视其文,一面耳聆其歌"。但听了以后,仍不知道它说些什么。

　　宋元说唱艺术在演唱时的第一个曲子通称引子。在这里,它用以概说此曲创作的缘由。

【注释】

　　① 开辟鸿蒙——开天辟地以来。鸿蒙,古人设想中大自然的原始浑沌状态。

　　② 情种——即所谓情痴,感情特别深挚的人。

　　③ 风月情——见前本回《孽海情天对联》注②。

　　④ 趁着这——此三字庚辰本、程高本等皆脱漏,戚序本抄成双行,混同批语。由此知原稿这三字是用小字写的,表示曲中衬字。　奈何天——良辰美景令人无可奈何的日子。参见前一首《仙宫房内对联》注②。又汤剧中"奈何"之义,本《世说新语·任诞》:"桓子野每闻清歌,辄呼'奈何!'谢公曰:'子野可谓一往有深情。'"

⑤　遣——排遣。　愚——自谦词。　衷——衷曲,情怀。

⑥　怀金悼玉——"金"指代薛宝钗,"玉"指代林黛玉。以薛、林为代表,实际上把"薄命司"的众女儿都包括在内。曲子的作者说他怀念存者,伤悼死者,故演出此《红楼梦曲》。程高本改"怀"为"悲",是只求句顺、不察原意的妄改。

【鉴赏】

《红楼梦》中"把笔悲伤说世途"(脂评中诗句)的第四回,被安排得仿佛是一个插曲;而在第五回中则通过警幻的册籍和曲子点出《金陵十二钗》和《红楼梦》两个书名,暗寓众多人物的命运身世,常常强调一个"情"字,借这种手法,造成此书"非伤时骂世之旨"、"毫不干涉时世",只为"闺阁昭传"、"大旨不过谈情"的假象。这正如脂砚斋在小说楔子的批语中所说的"足见作者之笔狡猾之甚"。脂批还指出,"作者用画家烟云模糊处"是不少的;他提醒"观者万不可被作者瞒蔽了去,方是巨眼"。我们只有透过"情种"、"风月情浓"之类"烟云模糊处",于假中见真,知道人物的身世命运都必然受他们所生活的那个社会所制约,从中看出这个社会必然灭亡的历史命运,才能正确理解这部伟大小说的价值。

小说强调"情",在当时还有其正面的积极意义,那就是宣扬了有民主性的人本主义思想,以此作为对封建统治重要思想支柱的反动理学的批判和否定。所以《红楼梦》又有一《情僧录》的别名。这与清初洪昇《长生殿》(小说在十七、十八回中点过它一折《乞巧》的戏)《引子》中也将全剧情节归结为"情而已"是一脉相承的。

"怀金悼玉"一句,过去被一些人作了曲解,说"金"与"玉"并非指宝钗与黛玉,以为曹雪芹不可能怀念宝钗那样的人物,甚至不可能那样写,这未免武断。要知道,两个半世纪前的作者曹雪芹,不可能用历史唯物主义的观点去看待他所描与的人物;他对人物的爱憎,也不可能不受其时代和阶级偏见的限制,因而也就不可能与我们今天对这些人物形象所作的分析和所持的褒贬态度完全一致。比如对宝钗、凤姐一类人物,作者在讥贬或暴露其短处的同时,不是又十分欣赏其学识,爱慕其才干,惋惜其迷惑,悯恻其不幸么! 他在无情地揭露和控诉这个罪恶的封建大家庭的同时,不是又流着辛酸的眼泪,对它表示深深的留恋么! 但是,尽管如此,曹雪芹并不是从自己的爱憎好恶出发,把这个写成"好人"、那个写成"坏人"的。相反,他常常不得不违反自己的阶级同情和主观意愿,把他们写成现实生活中原来所应有的那样。这是曹雪芹之所以成为伟大作家的原因。

终　身　误

都道是金玉良姻①,俺只念木石前盟②。空对着,山中高士晶莹雪③;终不忘,世外仙姝寂寞林④。叹人间,美中不足今方信:纵然是齐眉举案⑤,到底意难平。

【说明】

　　这首曲子从贾宝玉婚后仍不忘怀死去的林黛玉,写薛宝钗徒有"金玉良姻"的虚名而实际上则终身寂寞。曲名"终身误",就包含这个意思。

【注释】

①　金玉良姻——符合封建秩序和封建家族利益的所谓美满婚姻。小说中曾写薛宝钗的金锁"是个癞头和尚送的",上面所錾(zàn 赞)的两句吉利话与贾宝玉出生时衔来的那块通灵玉上"癞僧所镌(juān 娟)的篆文""是一对儿"(第八回)。薛姨妈也说"金锁是个和尚给的,等日后有玉的方可结为婚姻"(第二十八回)。所以,又特指宝玉与宝钗的婚姻。

②　木石前盟——指贾宝玉和林黛玉之间的爱情。作者虚构宝、黛生前有一段旧缘和盟约——绛珠草为酬报神瑛侍者以甘露灌溉之惠,要把"一生所有的眼泪还他"。这两句与宝玉曾在梦中喊骂"什么是'金玉姻缘',我偏说是'木石姻缘'"(第三十六回)的话相似,但"俺只念

木石前盟"应是摹写宝玉婚后所说的话。

③　"空对"二句——意思是说宝玉与宝钗虽为夫妻而缺少真正的爱情。
山中高士,比宝钗,喻其清高、洁身自好。雪,"薛"的谐音,指薛宝钗,
兼喻其冷。

④　世外仙姝——黛玉本为绛珠仙子,这里暗寓其死,亦即所谓"已登仙
籍"。姝,美女。　林——指林黛玉。

⑤　齐眉举案——《后汉书·梁鸿传》:梁鸿家贫,但妻子孟光对他十分恭
顺,每送饭给他,都把食盘举得同眉毛一样高。后因以"举案齐眉"为
封建妇道的楷模。这里指宝玉与宝钗维持着夫妻相敬如宾的表面虚
礼。案,有足的小食盘。宝玉对这样的生活始终不满,所以后面说
"到底意难平"。

【鉴赏】

象征着封建婚姻的"金玉良姻"和象征着自由恋爱的"木石前盟",
在小说中都被画上了癞僧的神符,载入了警幻的仙册。这样,宝、黛的
悲剧,贾、薛的结合,便都成了早已注定了的命运。这一方面固然是作
者悲观的宿命论思想的表露,另一方面,也曲折地反映了这样的事实:
在封建宗法社会中,要违背封建秩序、封建礼教和封建家族的利益,去
寻求一种建立在共同理想、志趣基础上的自由爱情,是极其困难的。
因此,眼泪还债的悲剧也像金玉相配的"喜事"那样有它的必然性。

然而,封建压迫可以强制人处于他本来不愿意处的地位,可以使
软弱的抗争归于失败,但不可能消除已经觉悟到现实环境不合理的人
更加强烈的反叛。没有爱情的"金玉良姻",无法消除贾宝玉心灵上的
巨大创痛,使他忘却精神上的真正伴侣,也无法调和他与宝钗之间两
种思想性格的冲突。"纵然是齐眉举案,到底意难平"。结果终至于一
个万念俱灰,弃家为僧;一个空闺独守,抱恨终身。所谓"金玉良姻",
实际是"金玉成空"!这里,我们不难看出曹雪芹的思想倾向和他对封
建传统观念大胆的、深刻的批判精神。

《红楼梦曲》在形式上是个全新的创造。曲,有南北之分,北曲在
元代最盛行,元杂剧皆用此,韵依《中原音韵》,语言俚俗活泼,潇洒圆

溜,较之诗词,又更重节奏声情,句式常有累累如贯珠者。曹雪芹在这里,采用的便是这种传统形式。但其所作,曲牌格式又非北曲所原有。清乾隆时编有《九宫大成南北词宫谱》一书,收北曲曲牌计五百八十一个,其中并无《终身误》《枉凝眉》《恨无常》等等。可见这里十二曲的曲牌名和格式,完全是曹雪芹根据人物特点和命运,自创自拟的。故有脂批云:"语句泼撒,不负自创北曲。"作者的祖父曹寅本擅长北曲,有撰著多种,家学渊源,曹雪芹于工诗善画外,也不愧为作曲的高手。

枉　凝　眉

　　一个是阆苑仙葩①,一个是美玉无瑕②。若说没奇缘,今生偏又遇着他;若说有奇缘,如何心事终虚化③? 一个枉自嗟呀,一个空劳牵挂④。一个是水中月,一个是镜中花⑤。想眼中能有多少泪珠儿,怎禁得秋流到冬尽、春流到夏⑥!

【说明】

　　这首曲子从宝、黛的爱情理想因变故而破灭,写林黛玉的泪尽而逝。曲名"枉凝眉",意思是悲愁有何用,也即曲中所说的"枉自嗟呀"。

【注释】

① 阆苑(làng yuàn 浪院)仙葩(pā 趴)——指林黛玉,她本是灵河岸上三生石畔的绛珠仙草。阆苑,传说中神仙所住的地方。仙葩,仙花。

② 美玉无瑕——指贾宝玉,他本是赤瑕宫的神瑛侍者(瑛,玉之光彩)。同时也赞他心地纯良洁白,没有那种儒臭浊气。瑕,玉的疵斑。

③ 虚化——成空,化为乌有。戚序本误作"虚花",变动词为名词;程高本改作"虚话",变心事为明言;甲戌本经涂改;今从庚辰本。

④ "一个枉自"二句——一个独自悲叹唏嘘而无能为力(指黛玉),一个老是记挂着对方也白费心思(指宝玉)。很显然,这里说的就是脂批所提示的后来宝玉惹祸离家,流落他乡事。这一突然打击是促使病中黛玉死的主要原因。嗟呀,因悲伤而叹息。牵挂,在情况不明时,

对人的悬念。它与前晴雯判词中"多情公子空牵念"的"牵念"以及后面写探春的《分骨肉》曲中"奴去也,莫牵连"的"牵连"意思相同。

⑤　水中月、镜中花——都是虚幻的景象。说宝、黛的爱情理想虽则美好,终于如镜花水月一样,不能成为现实。

⑥　"想眼中"三句——曹雪芹八十回后原稿中有《证前缘》一回(靖藏本第七十九回批),写黛玉"泪尽天亡"。从多方面线索确知,"贾府事败"、"树倒猢狲散"的变故,发生在秋天。所谓"到头来,谁见把秋捱过?"林黛玉因宝玉的获罪而恸哭,自秋至冬,自冬历春,她的病势迅速加重。"试看春残花渐落,便是红颜老死时。"还没有到第二年的夏天,她就用全部泪水报答了神瑛侍者用甘露灌溉她的恩惠,实现了眼泪还债的诺言。故曲中所写"想眼中能有多少泪珠儿,怎禁得秋流到冬尽、春流到夏",并非泛泛之言。秋流到冬尽,程高本无"尽"字,为后人所删。有人以为无"尽"字更妥,笔者以为不然。即使从句式的音节上看,亦当有。故从甲戌、戚序诸脂本。

【鉴赏】

曹雪芹笔下的林黛玉之死,与续书中所写的完全不一样。在第八十回后的原稿中,黛玉之死与婚姻问题无关。她既不是死于外祖母及其周围的人对她的冷淡厌弃,或者在给宝玉娶媳妇时选了宝钗,也不是由于误会宝玉对她薄幸变心(如果说,这种误会曾经有过的话,也早已成为过去)。黛玉的"泪尽",原因更重大、深刻、真实得多。那就是后来发生了对全书主题和主线起决定作用的大变故——脂评称之为"通部书之大过节、大关键"的"贾家之败"(见庚辰本第十七、十八合回批)。它包括着获罪、"抄没、狱神庙诸事"(庚辰本第二十七回批)。这个突然飞来的横祸降于贾府,落到了宝玉等人的头上,因而也给黛玉以致命的一击。宝玉被迫出走,黛玉痛惜忧忿,却无能为力,她为宝玉的不幸而不幸,因宝玉的受苦而受苦,她日夜悲啼,毫不顾惜自己,终至将她衰弱的生命中的全部炽热的感情化为泪水,报答了她平生唯一的知己。

黛玉之死非续书所写那样,这一点证据甚多。第二十五回中凤姐一次当众与黛玉开玩笑说:"你既吃了我们家的茶,怎么还不给我们家作媳妇?"她还指着宝玉对黛玉说:"你瞧!人物儿、门第配不上,还是根基配不上?模样儿配不上,是家私配不上?那一点还玷辱了谁呢?"众人听了一齐笑起来,黛玉红了脸,不言语;连李纨都说:"真真我们二姊子的诙谐是好的。"对于这段描写,读过作者全稿、已知人物将来结局的脂砚斋是怎样批的呢?他说:"二玉事在贾府上下诸人,即看书人、批书人皆信定一段〔对?〕好夫妻,书中常常每每道及。岂其不然!叹叹!"(甲戌本)庚辰本作"二玉之配偶,在贾府上下诸人,即观者、批者、作者皆为〔谓〕无疑,故常常有此等点题语。我也要笑"。作者自己对宝黛之成为配偶是否怀疑,看书人、批书人如何预料,我们都不必去管它,问题是这里说:"贾府上下诸人""皆信定"宝玉、黛玉将来是"一段好夫妻"。试问:续书中施"调包计"的贾母、凤姐(还有人以为作主的应是贾政、王夫人),他们在不在"贾府上下诸人"内?倘原稿也像续书那样写法,脂砚斋会不会说那样的话?可见,"岂其不然"——说二玉不能成夫妻,正是出于"贾府上下诸人"始料所未及的原因。在上一首写宝钗的曲子中,同时写了宝玉不忘死去的黛玉;在这一首写黛玉的曲子中,只写宝玉"空劳牵挂",竟无一字涉及宝钗。这没有别的缘故,就是因为宝钗的终身寂寞与黛玉有关,黛玉的枉自悲愁与宝钗无关。

以续书所写《苦绛珠魂归离恨天》与此曲的后半对照,竟无一语能合。续作者为了在安排他自以为相当巧妙的情节时不至于遇到任何困难,就先使宝、黛这两个性情"乖僻"、不好对付的逆叛者,变成可以任人摆布的木偶人:一个无意中听说一句"宝二爷娶宝姑娘的事情",就在"急怒"之下迷了"本性";一个莫名其妙地失了玉便成为"疯颠"。于是,他们最后一次见面时,"两个人也不问好,也不说话,也无推让,只管对着脸傻笑起来"(第九十六回),然后各自走开。这样,就以"一个傻笑,一个也傻笑",代替了"一个枉自嗟呀,一个空劳牵挂"。写黛玉死时,有"吐血",有"晕倒",有"喘气",有"发狠",有"回光返照",有"浑身冷汗",有"两眼一翻",……而独独没有流泪。倒是宝玉后来流了不少眼泪。这样,就使这支曲子的末句也非改写不可了。但是,说也奇怪，黛玉刚死，宝玉便"病势一天好似一天"（这时，再不必担心他会执拗，反抗，向黛玉表白，使续作者为难了。倒是一直让他傻下去，文章不好做），于是就让他到灵柩前去痛哭一场。到容许他清醒的时候，他什么都想起来了："宝玉一到，想起未病之先（原文如此！），来到这里，今日屋在人亡，不禁嚎啕大哭。想起从前何等亲密，今日死别，怎不更加伤感！……哭得死去活来。"（第九十八回）这就是所谓"病神瑛泪洒相思地"。然而，这样就使人更糊涂了：难道曲子末几句是说宝玉的？难道黛玉所欠的"泪债"早偿过了头，现在反而要宝玉找还给她？她归离恨天如何向警幻交帐呢？难道能把宝玉的眼泪也算在内？倘若说，宝玉的"牵挂"是指他婚后终不忘黛玉，那末，另一个又如何还能"嗟呀"呢？倘若说，曲的末句是指黛玉平日总爱哭，那末，她来到贾家已经多年，怎么说她的眼泪流不到一年就要流光呢？何况，我们也未见黛玉接连不断地天天流泪呀！八十回以前，她眼泪流得最多的，也还是因为宝玉被贾政打得半死，吃了大苦头的那一次。那一次黛玉为宝玉整天"抛珠滚玉"地流泪，正是为后来流更多的眼泪伏下的重要一笔。

　　曹雪芹写黛玉"还泪"的原意，在第三回脂批中说得最清楚。宝、黛初见时，一个因对方没有通灵玉而狠命摔玉，骂这玉"连人之高低不择"；一个则因之而流泪，说"倘或摔坏了那玉，岂不是因我之过"。这里脂批说："这是第一次算还，不知下剩还该多少！""应知此非伤感，还甘露水也。"指出了黛玉这种"体贴""知己"的心思和痛惜其自毁而引咎自责的落泪，就是"还债"。戚序本保存的一条脂评，更点出它对整个悲剧的象征意义：

　　　　补不完的是离恨天，所馀之石，岂非离恨石乎？而绛珠之
　　泪，偏不因离恨而落，为惜其石而落。可见惜其石，必惜其人。
　　其人不自惜，而知己能不千方百计为之惜乎！所以绛珠之泪，
　　至死不干，万苦不怨，所谓"求仁而得仁，又何怨"，悲夫！
所谓"离恨"，实即愁恨、怨恨、憾恨，石头有被弃置的憾恨，黛玉也有被收养的身世之感。但她的泪偏不因自身的孤凄而落，而为怜惜石头的

被摔和宝玉的"不自惜"而落,作为宝玉的"知己",这种"千方百计为之惜",就是"绛珠之泪,至死不干,万苦不怨"的原因,也即所谓"春恨秋悲皆自惹"。这说得还不清楚吗?批书者若未读过八十回以后的原稿,是无从这样说的。眼泪"至死不干",正合曲中之所言;自身"万苦不怨",才可称得上真正的"报德"。袭人劝黛玉说:"姑娘快休如此,将来只怕比这个更奇怪的笑话儿还有呢。若为他这种行止,你多心伤感,只怕你伤感不了呢。"清蒙古王府本《石头记》脂批说:"后百十回(原稿回数)黛玉之泪,总不能出此二语。"这就更无疑地证明黛玉最后是为宝玉"不自惜"的"这种行止"所闯下的祸而流尽眼泪的。也正因为如此,宝玉才终身不能忘怀他唯一的"知己"。

　　说到这里,我们不禁想起了借阅过曹雪芹抄本《红楼梦》的明义来,他为小说题过二十首绝句,末首说:

　　馔玉炊金未几春,王孙瘦损骨嶙峋;
　　青蛾红粉归何处?惭愧当年石季伦。

就算明义看到的也只是八十回的本子,他也完全有可能从作者或其亲友中打听到后半部情节的梗概。我们只要稍加思索,就不难明白诗中用获罪被拘、因而不能保全"青蛾红粉"的石崇典故指的是什么了。此类证据还很多,后面有机会我们还要谈到。也可参见拙文《曹雪芹笔下的林黛玉之死》(收在《蔡义江论红楼梦》一书的33—64页,宁波出版社)的详述。

　　总之,《红楼梦》情节发展,根本没有落入"梁祝"故事的窠臼,更不是要表现什么"三角"关系。它始终是把悲剧的产生与封建大家族败落的原因紧密地联系在一起。在原稿中,描写这种如风雨骤至的大变故的发生,必然是惊心动魄的一幕,而作者倾注了最大热情的宝、黛这两个人物的精神面貌,定会在这场可怕的狂风暴雨的雷电闪光中被照亮。其感人至深的艺术力量,决不会亚于作者描写晴雯的"抱屈夭风流"和宝玉的"杜撰芙蓉诔"。因为写晴雯之死的文字,只不过是为写黛玉之死的更重要的文字作引罢了。这一点,脂批说,"试观《证前缘》(原稿写黛玉之死)回、黛玉逝后诸文,便知"(靖藏本第七十九回批)。

然而可惜,我们已不能看到这样精彩的文字了!这部伟大的小说成了残稿,这实在是我国文学史上无可弥补的损失!

恨　无　常

喜荣华正好①,恨无常又到。眼睁睁,把万事全抛。荡悠悠,芳魂消耗②。望家乡,路远山高。故向爹娘梦里相寻告:儿命已入黄泉,天伦呵③,须要退步抽身早④!

【说明】

这首曲子是说贾元春的。曲名"恨无常",暗示元春早死。无常是佛家语言,原指人世一切即生即灭,变化无常。后俗传为勾命鬼。元春当了贵妃,但"荣华"短暂,忽然夭亡,这里兼有两层意思。

【注释】

①　喜荣华正好——指贾元春入宫为妃,贾府因此成为皇亲国戚。

②　芳魂消耗——指元春的鬼魂忧伤憔悴。

③　天伦——封建时代对父子、兄弟等天然的亲属关系的代称。这里是元春用作对她父亲贾政的称呼。

④　退步抽身——指辞去官职,退居家中。

【鉴赏】

贾府在四大家族中居于首位,是因为它财富最多,权势最大,而这又因为它有确保这种显贵地位的大靠山——贾元春。世代勋臣的贾府,因为她又成了皇亲国戚。所以,小说的前半部就围绕着元春"才选凤藻宫"、"加封贤德妃"和"省亲"等情节,竭力铺写贾府"烈火烹油,鲜花着锦之盛"。但是,"豪华虽足羡,离别却难堪。博得虚名在,谁人识苦甘?"试看元春回家省亲在私室与亲人相聚的一幕,在"荣华"的背后,便可见骨肉生离的惨状。元春说一句哭一句,把皇宫大内说成是

"终无意趣"的"不得见人的去处",完全像从一个幽闭囚禁她的地方出来一样。曹雪芹有力的笔触,揭出了封建阶级所钦羡的荣华,对贾元春这样的贵族女子来说,也还是深渊,她不得不为此付出丧失自由的代价。

但是,这一切还不过是后来情节发展的铺垫。省亲之后,元春回宫似乎是生离,其实已是死别;她丧失的不只是自由,还有她的生命。因而,写元春显贵所带来的贾府盛况,也是为了预示后来她的死是庇荫着贾府大树的摧倒,为贾府事败、抄没后的凄惨景况作了反衬。脂批点出元妃之死也与贾家之败、黛玉之死一样,"乃通部书之大过节、大关键"。不过,在现存的后四十回续书中,这种成为"大过节、大关键"的转折作用,并没有加以表现。相反的,续书倒通过元春之死称功颂德一番,说什么因为"圣眷隆重,身体发福"才"多痰"致疾,仿佛她的死也足以显示皇恩浩荡似的。

《红楼梦》人物中,短命的都有令人信服的原因,唯独元春青春早卒的原因不明不白。这本身就足以引人深思。作者究竟怎样写的,从"虎兔相逢"四个字是无法推断的。曲子中有些话也很蹊跷,如说元春的"荡悠悠,芳魂消耗","望家乡,路远山高"。倘元春后来死于宫中,对筑于"帝城西"的贾府并不算远,"路远山高"、"相寻告"云云,都是很难解通的。这现在也只能成为悬案。不过,有一点,曲中写得比较明确,即写元春以托梦的形式向爹娘哭诉说:"儿命已入黄泉,天伦呵,须要退步抽身早!"这岂不是明明白白地要亲人以她自己的含恨而死作为前车之鉴,赶快从官场脱身,避开即将临头的灾祸吗? 所以甲戌本有脂批云:"悲险之至。"由此可知,元春之死,不仅标志着四大家族所代表的那一派在政治上的失势,敲响了贾家败亡的丧钟,而且她自己也完全是封建统治阶级宫闱内部互相倾轧的牺牲品。这样,声称"毫不干涉时世"的曹雪芹,就大胆地揭开了政治帷幕的一角,让人们从一个封建家庭的盛衰遭遇,看到了它背后封建统治集团内部各派势力之间不择手段地争权夺利的肮脏勾当。贾探春所说的"恨不得你吃了我,我吃了你"的话的深长含义,也不妨从这方面去理解。

分　骨　肉

　　一帆风雨路三千,把骨肉家园齐来抛闪①。恐哭损残年。告爹娘②,休把儿悬念。自古穷通皆有定③,离合岂无缘?从今分两地,各自保平安。奴去也④,莫牵连⑤。

【说明】

　　这首曲子是写贾探春的。曲名"分骨肉",是与骨肉亲人分离的意思。

【注释】

① "一帆"二句——指贾探春远嫁。抛闪,抛弃、撇开。闪,撇。
② 爹娘——指贾政、王夫人。贾探春是庶出,为贾政的小老婆赵姨娘所生。但她不承认自己的生身母亲:"我只管认得老爷太太,别人我一概不管。"(第二十七回)
③ 穷通——穷困和显达。
④ 奴——古代妇女自称。
⑤ 牵连——心里牵挂惦念。

【鉴赏】

　　贾府的三小姐探春,诨名"玫瑰花",她在思想性格上与同是庶出的姊姊"二木头"迎春形成了鲜明的对照。她精明能干,有心机,能决断,连凤姐和王夫人都畏她几分,让她几分。在她的意识中,区分主仆尊卑的封建等级观念特别深固。她之所以对生母赵姨娘如此轻蔑厌恶、冷酷无情,重要的原因,是一个处于婢妾地位的人,竟敢逾越这个界线,冒犯她作为主子的尊严。抄检大观园,在探春看来,"引出这等丑态"比什么都严重。她"命众丫鬟秉烛开门而待",只许别人搜她的箱柜,不许人动一下她丫头的东西,并且说到做到,绝无回旋馀地。这也是为了在婢仆前竭力维护做主子的威信与尊严。"心内没有成算的"王善保家的,不懂得这一点,动手动脚,所以当场挨了一巴掌。探春对贾府面临大厦将倾的危局颇有感触,她想用"兴利除弊"的微小改革来挽回这个封建大家庭的颓势。但这只能是心劳日拙,无济于事。

对于探春这样的人,作者是有阶级偏爱和阶级同情的。但是,作者没有违反历史和人物的客观真实性,仍然十分深刻地描绘了这个形象,如实地写出了她"生于末世运偏消"的必然结局。原稿中写探春后来远嫁的情节,与续书所写不同,这我们已在她的判词的鉴赏中说过了。曲中"从今分两地,各自保平安",也是她一去不归的明证。"三春去后诸芳尽"。迎春出嫁,八十回前已写到;元春之死、探春之嫁,从她们的曲文和有关脂批看,也都在贾府事败之前,可能八十回后很快就会写到。这样,八十回后必然是一波未平,一波又起,情节发展相当紧张急遽,决不会像续作者写"四美钓游鱼"那样松散、无聊。

此曲拟探春离别亲人之辞,语言也甚合其为人。探春本是颇有英气的女杰,故于临别骨肉分离之际,仍能不因悲痛而失态,只是尽力劝慰爹娘珍重节哀,而无一字自诉衷肠。何况她的远嫁海外,可能还由怀恨者的报复促成,所以就更不能示弱,让那些小人称心。对"从今分两地,各自保平安。奴去也,莫牵连"数语,有脂批云:"探卿声口如闻。"说的也是语言的个性化。曲词能写成这样,实在是很不容易的。

乐　中　悲

　　襁褓中①,父母叹双亡②。纵居那绮罗丛③,谁知娇养? 幸生来,英豪阔大宽宏量,从未将儿女私情略萦心上。好一似,霁月光风耀玉堂④。厮配得才貌仙郎⑤,博得个地久天长。准折得幼年时坎坷形状⑥。终久是云散高唐,水涸湘江⑦:这是尘寰中消长数应当⑧,何必枉悲伤?

【说明】

这首曲子是说史湘云的。曲名"乐中悲",是说她的美满婚姻好景不长。

【注释】

① 襁褓(qiǎng bǎo 抢保)——包婴儿的被子和带子。

② 叹——不幸。

③ 绮罗丛——指富贵家庭的生活环境。绮罗,丝绸织物。

④ 霁月光风——雨过天晴时的明净景象,比喻胸怀光明磊落。参见本回前又副册判词之一注②。

⑤ "厮配"句——据脂砚斋评注提到,史湘云后与一个贵族公子卫若兰(名字曾出现于第十四回)结婚。八十回以后的曹雪芹佚稿中,还有卫若兰射圃的情节。厮配,匹配。才貌仙郎,才貌出众的年轻男子。

⑥ 准折——抵消。准,抵算、折价。 坎坷(kǎn kě 砍可)——道路低陷不平的样子,引申为人生道路艰难,不得志。这里指史湘云幼年丧失父母、寄养于叔婶家的不幸。

⑦ "终久"二句——二句中藏有"湘云"二字,又说"云散"、"水涸",以"巫山云雨"的消散干涸,喻男女欢乐成空。高唐,见前本回正册判词之四注④。

⑧ 尘寰——尘世,人世间。 消长——消失和增长,犹言盛衰。 数——命数,气数。

【鉴赏】

《红楼梦》以"写儿女之笔墨"的面目出现,这有作者顾忌当时政治环境的因素在。因而,书中所塑造的众多的代表不同性格、类型的女子,从她们的形象取材于现实生活这一点来看,经剪裁、提炼,被综合在小说形象中的原型人物的个性、细节等等,恐不一定只限于女性。在大观园女儿国中,须眉气象出以脂粉精神最明显的,要数史湘云了。她从小父母双亡,由叔父抚养,她的婶母待她并不好。因此,她的身世和林黛玉有点相似。但她心直口快,开朗豪爽,爱淘气,又不大瞻前顾后,甚至敢于喝醉酒后在园子里的青石板凳上睡大觉。她和宝玉也算是好友，在一起，有时亲热，有时也会恼火，但毕竟襟怀坦荡，"从未将儿女私情略萦心上"。在史湘云身上，除她特有的个性外，我们还可以看到在封建时代常被赞扬的某些文人的豪放不羁的特点。

史湘云的不幸遭遇主要还在八十回以后。根据这个曲子和脂砚斋评注中提供的零星材料，史湘云后来和一个颇有侠气的贵族公子卫若兰结婚，婚后生活还比较美满。但好景不长，不久夫妻离散，她因而寂寞憔悴。至于传说有的续写本中宝钗早卒，宝玉沦为击柝的役卒，史湘云沦为乞丐，最后与宝玉结为夫妻，看来这并不合乎曹雪芹原来的写作计划，乃附会第三十一回"因麒麟伏白首双星"的回目而产生。其实"白首双星"就是指卫若兰、史湘云两人到老都过着分离的生活，因为史湘云的金麒麟与薛宝钗的金锁相仿，同作为婚姻的凭证，正如脂批所说："后数十回若兰射圃所佩之麒麟，正此麒麟也。提纲伏于此回中，所谓草蛇灰线在千里之外。"那么，"提纲"是怎么"伏"法的呢？这一回写宝玉失落之金麒麟（他原为湘云也有一个而要来准备送给她的）恰巧被湘云拾到，而湘云的丫鬟正与小姐谈论着"雌雄""阴阳"之理，说："可分出阴阳来了！"借这些细节暗示此物将来与湘云的婚姻有关。这初看起来，倒确是很像"伏"湘云与宝玉有"缘"，况且，与"金玉良姻"之说也合。黛玉也曾为此而起过疑，对宝玉说了些带讽刺的话。其实，宝玉只是无意中充当了中间人的角色，就像袭人与蒋玉菡之"缘"是通过他的传带，交换了彼此的汗巾子差不多。这一点，脂评说得非常清楚："金玉姻缘已定，又写一个金麒麟，是间色法也。何颦儿为其所惑，故颦儿谓'情情'（末回《情榜》中对黛玉的评语，意谓'用情于多情者的人'）。"绘画为使主色鲜明，另用一色衬托叫"间色法"。湘云的婚姻是宝钗婚姻的陪衬：一个因金锁结缘，一个因金麒麟结缘；一个当宝二奶奶仿佛幸运，但丈夫出家，自己守寡；一个"厮配得才貌仙郎"，谁料"云散高唐，水涸湘江"，最后也是空房独守。"双星"，就是牵牛、织女星的别称（见《焦林大斗记》），故七夕又称双星节（后来改为双莲节）（见《瑯环记》）。总之"白首双星"是说湘云和卫若兰结成夫妻后，由于某种尚不知道的原因，很快就离开了，成了牛郎织女。这正好作宝钗"金玉良姻"的衬托。《好了歌注》:"说甚么脂正浓、粉正香,如何两鬓又成霜?"脂批就并提宝钗、湘云,说是指她们两人。可见,因回目而附会湘云将来要嫁给宝玉的人们,也与黛玉当时因宝玉收了金麒麟而"为其所惑"一样,同是出于误会。

世　难　容

气质美如兰,才华复比仙①。天生成孤癖人皆罕②。你道是啖肉食腥膻③,视绮罗俗厌;却不知,太高人愈妒,过洁世同嫌④。可叹这,青灯古殿人将老,辜负了,红粉朱楼春色阑⑤!到头来,依旧是风尘肮脏违心愿⑥。好一似,无瑕白玉遭泥陷;又何须,王孙公子叹无缘⑦!

【说明】

这首曲子是写妙玉的。曲名"世难容",也说明了她后来的遭遇。

【注释】

① 复比仙——也与神仙一样。程高本"复"作"馥",是芳香的意思。"才华"固可以花为喻,言"馥",但与"仙"不称;今以"仙"作比,则不应用"馥",两句不是对仗。

② 罕——纳罕,诧异,惊奇。

③ 啖(dàn旦)——吃。　腥膻(shān山)——腥臊难闻的气味。膻,羊臊气。出家人素食,所以这样说。

④ "太高"二句——太清高了,更会惹人忌恨;要过分洁净,大家都看不惯。程高本改"太高"作"好高",不妥。"高"与"洁"之所以可非议,在于"太"与"过"。

⑤ 春色阑——春光将尽。喻人青春将过。阑,尽。

⑥ 风尘肮脏(kǎng zǎng)——在污浊的人世间挣扎。风尘,指污浊、纷扰的生活。肮脏,亦作"抗脏",高亢刚直的样子,如李白《鲁郡尧祠送张十四游河北》诗:"有如张公子,肮脏在风尘。"引申为强项挣扎的意

思,与读作"āng zāng"解为龌龊之义有别。

⑦　王孙公子——当是指贾宝玉。

【鉴赏】

来自苏州的带发修行的尼姑妙玉,原来也是宦家小姐。她住在大观园中的栊翠庵,依附权门,受贾府的供养,却又自称"槛外人"。这正如鲁迅所说的:"要做这样的人,恰如用自己的手拔着头发,要离开地球一样。"(见《二心集·"硬译"与"文学的阶级性"》)实际上她并没有置身于贾府的各种现实关系之外。她的"高"和"洁"都带有矫情的味道。她标榜清高,连黛玉也被她称为"大俗人",却独独喜欢和宝玉往来,连宝玉生日也不忘记,特地派人送来祝寿的帖子。她珍藏晋代豪门富室王恺的茶杯,对她也是个讽刺。她有特殊的洁癖。刘姥姥喝过一口茶的成窑杯她因嫌脏要砸碎,但又特意把"自己日常吃茶"的绿玉斗招待宝玉。所谓洁与不洁,都深深打上了阶级和感情的烙印。她最后流落风尘,好像是对她过高过洁的一种难堪的惩罚。像妙玉这样依附于没落阶级的人,怎么能超然自拔而不随同这个阶级一起没落呢!

有人说《红楼梦》是演绎"色空"观念的书,这无论就作品的社会意义或作者的创作思想来看,都是过于夸大的。曹雪芹的意识中是有某种程度的"色空"观念,那就是他对现实的深刻的悲观主义。但《红楼梦》决不是这种那种观念的演绎,更没有堕入宣扬宗教意识的迷津。曹雪芹对妙玉这个人物的描写,很能说明问题。作者既没有认为入空门就能成为一尘不染的高人,也没有因此而特意为她安排更好的命运。

前面已经说过,原稿中妙玉的结局与续书所写是不同的。靖藏本在妙玉不收成窑杯一节,加了批语说:"妙玉偏僻处,此所谓'过洁世同嫌'也。他日瓜洲渡口(以下是错乱文字,周汝昌校文参见前本回正册判词之五注④)劝惩不哀哉屈从红颜固能不枯骨□□□。"可见,曲中"太高人愈妒,过洁世同嫌"等语,也不是泛泛之言,而是以她后来的遭遇为依据的话,只是详情已不可知了。续书写妙玉的遭劫是因为强人觉得她"长的实在好看",又听说她为宝玉"害起相思病来了",故动了邪念。这与妙玉的"太高"、"过洁"的"偏僻"个性又有什么相干呢?这倒是续作者自己一贯意识的表现:在续作者看来,黛玉的病也是相思病,故有"心病终须心药治"、"这心病也是断断有不得的"一类话头。问题当然并不仅仅在于怎样的结局更好些,而在于通过人物的遭遇说明什么。续书想要说明的是妙玉情欲未断,心地不净,因而内虚外乘,先有邪魔缠扰,后遭贼人劫持。这是她自己作孽而受到的报应。结论是出家人应该灭绝人欲,"一念不生,万缘俱寂"(第八十七回)。这也就是程朱理学所鼓吹的"以理禁欲"、"去欲存理"。而原稿的处理,显然是把妙玉的命运与贾府的命运紧紧地联系在一起的。这样,妙玉悲剧所具有的客观意义,就要比曲子中用"太高"、"过洁"等纯属个人品质的原因去说明它更为深刻。

喜　冤　家

中山狼,无情兽,全不念当日根由①。一味的,骄奢淫荡贪欢媾②。觑着那③,侯门艳质同蒲柳④;作践的⑤,公府千金似下流⑥。叹芳魂艳魄,一载荡悠悠⑦。

【说明】

这首曲子是写贾迎春的。曲名"喜冤家",是说她所嫁的丈夫是冤家对头,因为婚嫁称喜事。

【注释】

①　"中山狼"三句——指迎春丈夫孙绍祖完全忘了他的祖上曾受过贾府的好处。见前本回正册判词之六注②。

②　贪欢媾——迎春哭诉"孙绍祖一味好色","家中所有的媳妇丫头将及淫遍"。"欢媾",脂本或作"还构",或作"顽毂",都不成语。这里根据小说情节,从程乙本。

③ 觑(qù 去)——窥视、细看,这里就是看的意思。

④ 蒲柳——蒲和柳易生易凋,借以喻本性低贱的人。蒲,草名。东晋人顾悦与简文帝司马昱同年,而头发早白。简文帝问他为什么头发白得这么早。顾谦恭地说:"蒲柳之姿,望秋而落;松柏之质,经霜弥茂。"(见《世说新语·言语》)这里是说孙绍祖作践迎春,不把她当作贵族小姐对待。

⑤ 作践——糟蹋。

⑥ 下流——下贱的人。

⑦ "叹芳魂"二句——指贾迎春嫁后一年即被虐待而死。

【鉴赏】

　　贾府的二小姐迎春和同为庶出却精明能干的探春相反,老实无能,懦弱怕事,所以有"二木头"的诨名。她不但作诗猜谜不如姊妹们,在处世为人上,也只知退让,任人欺侮,对周围发生的矛盾纠纷,采取一概不闻不问的态度。她的攒珠累丝金凤首饰被人拿去赌钱,她不追究;别人设法要替她追回,她说"宁可没有了,又何必生事";事情闹起来了,她不管,却拿一本《太上感应篇》自己去看。抄检大观园,司棋被逐。迎春虽然感到"数年之情难舍",掉了眼泪,但司棋求她去说情,她却"连一句话也没有"。如此怯懦的人,最后终不免悲惨的结局,这在当时的社会环境里,实在是有其必然性的。

　　看起来,迎春像是被"中山狼,无情兽"吃掉的,其实,吞噬她的是整个封建宗法制度。她从小死了娘,她父亲贾赦和邢夫人对她毫不怜惜,贾赦欠了孙家五千两银子,将她嫁给孙家,实际上等于拿她抵债。当初,虽有人劝阻这门亲事,但"大老爷执意不听",谁也没有办法,因为儿女的婚事决定于父母。后来,迎春回贾府哭诉她在孙家所受到的虐待,尽管大家十分伤感,也无可奈何,因为嫁出去的女儿已是属夫家的人了,所以只好忍心把她再送回狼窝里去。

　　在大观园女儿国中,迎春是成为封建包办婚姻的牺牲品的一个典型代表。作者通过她的不幸结局,揭露和控诉了这种婚姻制度的罪恶,这是谁也无法否认的客观事实。可是,有些人偏偏要把这个反对封建婚姻制度的功劳记在续书者的帐上，认为续书也有比曹雪芹原著价值更高的地方，即所谓"有更深一层的反封建意义——暴露封建社会婚姻不自由"，因而"在读者中发生更巨大的反封建的作用"。甚至还认为，"婚姻不自由。在《红楼梦》中，它是牵动全书的线索"（见《红楼梦研究参考资料选辑》第二辑第 29、31 页，人民文学出版社版）。这无非是说，续书把宝黛悲剧写成因婚姻不自由而产生的悲剧是提高了原著的思想性。我们的看法恰恰相反。所谓"更深一层的反封建意义"，如上所述，原著本来就有的。《红楼梦》虽暴露封建婚姻罪恶，但决不是一部以反对婚姻不自由为主题或主线的书。把这一点作为"牵动全书的线索"，自然就改变了这部政治性很强的小说的广泛揭露封建社会种种黑暗的主题，改变了小说表现四大家族在封建统治阶级内部政治斗争中趋向没落的主线，把基本矛盾局限在一个家庭的小范围之内（曹雪芹是通过特殊的典型化手法，有意识地把贾府这个封建宗法制贵族大家庭作为当时整个封建宗法社会的缩影来描写的。人物主要活动场所名曰"大观"，说它是"天上人间诸景备"，正暗示了这部小说的作意），把读者的视线引到男女恋爱婚姻问题上去，甚至使人误以为作者在小说开头声称此书"大旨谈情"的"情"，真的就是儿女之情了。这实在是续作者对原著精神的歪曲。

虚 花 悟

将那三春看破①，桃红柳绿待如何②？把这韶华打灭③，觅那清淡天和④。说什么，天上夭桃盛，云中杏蕊多⑤！到头来，谁见把秋捱过⑥？则看那⑦，白杨村里人呜咽⑧，青枫林下鬼吟哦⑨。更兼着，连天衰草遮坟墓。这的是⑩，昨贫今富人劳碌，春荣秋谢花折磨。似这般，生关死劫谁能躲⑪？闻说道，西方宝树唤婆娑，上结着长生果⑫。

【说明】

这首曲子是写贾惜春的。曲名"虚花悟",意谓悟到荣华是虚幻的。虚花,犹言镜中花。

【注释】

① "将那"句——与前"判词"所说"勘破三春"意同。

② 桃红柳绿——喻荣华富贵。　待如何——结果怎么样呢?

③ 韶华——大好春光。这里又喻所谓"凡心"。

④ 清淡天和——既是与自然界浓艳的春光相对的天地间清淡之气,又指人体的元气,因为古时有所谓不动心,不劳形,清净淡泊,可保持元气,不受耗伤的说法。所以,"觅天和"亦即所谓养性修道。《庄子·知北游》:"若正汝形,一汝视,天和将至。"天和,即所谓元气。

⑤ 天上天桃、云中杏蕊——皆比喻富贵荣华。唐代高蟾《下第后上永崇高侍郎》诗:"天上碧桃和露种,日边红杏倚云栽;芙蓉生在秋江上,不向东风怨未开。"封建士大夫以天、日称皇帝,以雨露喻君恩;所以高蟾借天上桃杏比在朝的显贵,以秋江芙蓉自况。天桃,语本《诗经·周南·桃夭》:"桃之夭夭。"夭夭,美而盛的样子。又旧时以"天桃秾李"为祝颂婚嫁之辞,与曲子说惜春不嫁人而为尼的命运也相适合。

⑥ "到头来"二句——说桃杏虽盛,但等不到秋天早已落尽。以草木摇落而变衰的秋季来象征人世间不可避免的衰败。从其他线索看,原稿写贾府之败,时在秋天,因此,这一句含义双关。

⑦ 则看——只见。

⑧ 白杨村——古人多在墓地种白杨,后来常用白杨暗喻坟冢所在。《古诗十九首》:"驱车上东门,遥望郭北墓。白杨何萧萧,松柏夹广路。下有陈死人,杳杳即长暮。"

⑨ 青枫林——李白遭流放,杜甫疑其已死,作《梦李白》诗,说:"魂来枫林青,魂返关塞黑。"这里青枫林是借用,意同"白杨村"。

⑩ 的是——真是。

⑪ 生关死劫——佛教把人的生死说成是关头、劫数。劫,厄运。

⑫ "西方"二句——喻指皈依佛教,求得超度,修成正果。佛教发源于古印度,所传释迦牟尼在树下觉悟成佛的"宝树",虽然也枝叶婆娑,但那是菩提树,不叫"婆娑"。我国传说中婆娑树是有的,与西方佛教无关,也并不结什么果。乐史《太平寰宇记》:"日月石在夔州东乡,西北

岸壁间悬二石，右类日，左类月，月中空隙有婆娑树一枝。"人有疑"婆娑"二字为作者一时误写，其实不误。它作为皈依佛门的象征至少在清代是人所周知的。如爱新觉罗·晋昌《题阿那尊像册十二绝》之二"手执金台妙入神，婆娑树底认前因"，即是(见文雷《红楼梦卷外编》，辽宁一师《〈红楼梦〉研究资料选集》第三集第174页)。长生果，即《西游记》中所写的人参果，俗传的仙果，传说三千年一开花，三千年一结果，再三千年才得熟，吃了可以长生不老。果，又是佛家语，指修行有成果。这里，作者是捏合传说以取喻，暗示惜春终于逃避现实，出家为尼。

【鉴赏】

贾惜春"勘破三春"，披缁为尼，这并不表明她在大观园的姊妹中，见识最高，最能悟彻人生的真谛。恰恰相反，作者在小说中，非常深刻地对惜春作了解剖，让我们看到她所以选择这条生活道路的主客观原因。客观上，她在贾氏四姊妹中年龄最小，当她逐渐懂事的时候，周围所接触到的多是贾府已趋衰败的景象。四大家族的没落命运，三个姐姐的不幸结局，使她为自己的未来担忧，现实的一切既对她失去了吸引力，她便产生了弃世的念头。主观上，则是由环境塑造成的她那种毫不关心他人的孤僻冷漠性格，这是典型的利己主义世界观的表现。人家说她是"心冷嘴冷的人"，她自己的处世哲学就是"我只能保住自己就够了"(第七十四回)。抄检大观园时，她咬定牙，撵走毫无过错的丫鬟入画，而对别人的流泪哀伤无动于衷，就是她麻木不仁的典型性格的表现。所以，当贾府一败涂地的时候，入庵为尼便是她逃避统治阶级内部倾轧、保全自己的必然道路。对于皈依宗教的人物的精神面貌，作如此现实的描绘，而绝不在她们头上添加神秘的灵光圈，这实际上已成了对宗教的批判。因为，曹雪芹用他的艺术手腕"摘去了装饰在锁链上的那些虚幻的花朵"(马克思《〈黑格尔法哲学批判〉导言》)。同样，曹雪芹也没有按照佛家理论，把惜春的皈依佛门看作是登上了普济众生的慈航仙舟，从此能获得光明和解脱，而是按照现实与生活的逻辑来描写她的归宿的。"可怜绣户侯门女，独卧青灯古佛旁!"在原稿中,她所过的"缁衣乞食"的生活,境况也要比续书所写的悲惨得多。

聪　明　累

机关算尽太聪明,反算了卿卿性命①! 生前心已碎,死后性空灵②。家富人宁,终有个,家亡人散各奔腾③。枉费了,意悬悬半世心④;好一似,荡悠悠三更梦。忽喇喇似大厦倾,昏惨惨似灯将尽。呀! 一场欢喜忽悲辛。叹人世,终难定!

【说明】

这首曲子是写王熙凤的。曲名"聪明累",是受聪明之连累、聪明自误的意思。语出北宋苏轼《洗儿》诗:"人皆养子望聪明,我被聪明误一生。惟愿孩儿愚且鲁,无灾无难到公卿。"

【注释】

①　"机关"二句——费尽心机,策划算计,聪明得过了头,反而连自己的性命也给算掉了。机关,心机、阴谋权术。卿卿,语本《世说新语·惑溺》,后作夫妇、朋友间一种亲昵的称呼。这里指王熙凤。
②　死后性空灵——所依据的情节不详。从可以知道的基本事实来看,使凤姐难以瞑目的事,最有可能是指她到死都牵挂着她女儿贾巧姐的命运。"死后性灵"是迷信的说法。
③　奔腾——在这里是形容灾祸临头时,各自急急找生路的样子。
④　意悬悬——时刻劳神,放不下心的精神状态。

【鉴赏】

王熙凤是贾府的实际当权派。她主持荣国府,协理宁国府,而且交通官府,为所欲为。这是个政治性很强的人物,不是普通的贵族家庭的管家婆。她的显著特点,就是"弄权",一手抓权,一手抓钱,十足表现出剥削阶级的权欲和贪欲。王熙凤不仅是一个人,而是代表了一个阶级。"忽喇喇似大厦倾,昏惨惨似灯将尽",不光是王熙凤的个人命运,也可视作垂死的封建阶级和他们所代表的反动社会制度彻底崩溃的形象写照。

"机关算尽太聪明,反算了卿卿性命!"这两句道出了正走向没落的一切反动阶级的共同规律。王熙凤是四大家族中首屈一指的"末世之才",在短暂的几年掌权中,她极尽权术机变、残忍阴毒之能事,制造了许多罪恶,直接断送在她手里的就有好几条人命。这一切只不过为她自己的最后垮台准备条件。按照曹雪芹的原意,这个贾门女霸的结局是很糟的。从脂批中可以知道原稿后半部有以下情节:

一、获罪离家,与宝玉同淹留于狱神庙(待罪候命处,还不是监狱)。原因不外乎她敛财害命等罪行的被揭露。如对"弄权铁槛寺",逼迫一对未婚夫妻自尽,自己坐享三千两银子一节,脂批就指出:"如何消缴,造业者不知,自有知者。""后文不必细写其事,则知其平生之作为,回首时无怪乎其惨痛之态。"(第十六回)离家在外期间,刘姥姥还与她在"狱庙相逢"(靖藏本第四十二回批)。此外,在狱神庙见到凤姐的,还有小红、茜雪等人。

二、在大观园执帚扫雪。这当是获罪外出,经一番周折,重返贾府以后的事。脂批说过,怡红院的穿堂门前,将来"便是凤姐扫雪拾玉之处"(第二十三回)。

三、被丈夫休弃,"哭向金陵"娘家。从第二十一回脂批看,她发现丈夫所私藏的多姑娘头发(批:"妙。设使平儿收了,再不致泄漏,故仍用贾琏抢回,后文遗失,方能穿插过脉也。")是一个导火线。丈夫借此闹翻,将其休弃。那时,凤姐"身微运蹇",只能忍辱,这与"俏平儿软语救贾琏"时的"阿凤英气"有天壤之别。所以后半部那一回的回目叫《王熙凤知命强英雄》。

四、回首惨痛,短命而死。尤氏对凤姐说:"明儿带了棺材里使去。"脂批:"此言不假,伏下后文短命。"(第四十三回)

总之,凤姐的惨痛结局是自食恶果,并不是什么人世祸福难定。但作者主观上对凤姐还是有着相当明显的怜才和惋惜心情的,即使只从这首曲子中,我们也能感觉出来。这当然可以认为是作者的阶级局限,但更重要得多的是曹雪芹在描写凤姐这个人物时,并没有受自己感情上某种偏爱的影响,感情用事地为她隐恶,却能无情地"秉刀斧之笔",将她写成不配有更好命运的人。这才是曹雪芹的真正伟大处。

留 馀 庆

留馀庆,留馀庆,忽遇恩人;幸娘亲,幸娘亲,积得阴功①。劝人生,济困扶穷。休似俺那爱银钱、忘骨肉的狠舅奸兄②! 正是乘除加减③,上有苍穹④。

【说明】

这首曲子是写贾巧姐的。曲名"留馀庆",是说贾巧姐的娘王熙凤曾接济过刘姥姥,做了好事,因而得到好报——由刘姥姥救巧姐出火坑。前代为后代所遗留下来的福泽叫馀庆。《易经·坤卦·文言》:"积善之家,必有馀庆。"留馀庆,与"积得阴功"义相似,都是一种因果报应的说法。

【注释】

① "留馀庆"六句——参见本回正册判词之九注③。娘亲,"母亲"的一种方言叫法。

② 狠舅奸兄——不知曹雪芹原计划中"奸兄"所指系谁。续书写巧姐后为王仁(狠舅)、贾环、贾芸(奸兄)等所卖。但可以肯定贾芸不是曹雪芹原计划中所说的"奸兄"。第二十四回的脂评说,后半部有"芸哥仗义探庵"(靖藏本)事,并说"此人后来荣府事败,必有一番作为"。贾环则既非"舅",也非"兄",而是巧姐的叔叔。

③ 乘除加减——指老天的赏罚丝毫不爽,犹"善有善报,恶有恶报"。

④ 苍穹(qióng 穷)——苍天。

【鉴赏】

　　贾府丑事败露后，王熙凤获罪，自身难保，女儿贾巧姐为狠舅奸兄欺骗出卖，流落在烟花巷。贾琏夫妻、父女，"家亡人散各奔腾"。后来，巧姐幸遇恩人刘姥姥救助，使她死里逃生。这些佚稿中的情节，前"判词"注中已有提及。那末，这样描写巧姐的命运，在小说之中，究竟有什么特殊的意义没有呢？我们认为它很有可能表现出作者曹雪芹在经历过长期的贫困生活后，思想上所出现的某些接近人民的新因素。

　　作者描写刘姥姥形象的真正用意，并不像小说所声称的那样是因为贾府大小事多，理不出头绪来，所以借她为引线；也不是为了让她进大观园闹出许多笑话来，供太太小姐们取乐，借以使文字生色。作者安排这个人物是胸有成竹的。脂批指出，小说在介绍刘姥姥一家时所说"'略有些瓜葛'，是数十回后之正脉也"（第六回）。这就是说，刘姥姥一家在后半部中因巧姐为板儿媳妇，真的成了贾家的亲戚，而且是正派亲戚。"势败休云贵，家亡莫论亲"。在"树倒猢狲散"的情况下，贾府主子们之间的勾心斗角已发展为骨肉相残。到那时，肯伸手相援的都是一些曾被人瞧不起的小人物，如贾芸、小红、茜雪等，而曾被当作贾府上下嘲弄对象的刘姥姥，不但是贾府兴衰的见证者，反过来，她也成了真正能出大力救助贾府的人。要把已被卖作妓女的巧姐从火坑里救出来，就不外乎出钱和向人求情，这对刘姥姥说，是不容易的。接着，招烟花女子为媳妇（此外，也别无出路），则更要承受封建道德观念的巨大压力。在脂批看来，"老妪有忍耻之心，故后有招大姐之事"。其实，这正是在考验关头表现一个农村劳动妇女的思想品质，大大高出于表面上维护着虚伪的封建道德的上层统治阶级的地方。

　　贾巧姐终于从一个出身于公侯之门的千金，变成了一个在"荒村野店"里"纺绩"的劳动妇女了，就像秦氏出殡途中，宝玉所见的那个二丫头那样。与前半部十二钗所过的那种吟风弄月的寄生生活相反，巧姐走上了一条全新的自食其力的生活道路。于是，刘姥姥为巧姐取名时所说的"遇难成祥，逢凶化吉"得到了验证。曹雪芹思想的深度是一般封建时代的小说家所难以企及的。在这个问题上,脂批者的思想也有很大的距离,脂批说:"应了这话固好,批书人焉能不心伤!狱庙相逢之日,始知'遇难成祥,逢凶化吉'实伏线于千里。哀哉伤哉!此后文字,不忍卒读。"(靖藏本第四十二回批)看来,他对这样的"成祥""化吉"还有保留,所以仍不免"哀哉伤哉"。续书者就更不用说了,在他看来,女子失节,不如一死;既沦为烟花女,便无"馀庆"可言;招巧姐而使她成为靠"两亩薄田度日"的卑贱的农妇,刘氏也算不得"恩人"。所以,续书让巧姐幸免于难,并且最后非让她嫁到"家资巨万"的大地主家不可(这应入"厚命司"才是),还让"刘姥姥见了王夫人等,便说起来将来怎么升官,怎么起家,怎么子孙昌盛"。这与曹雪芹的原意,真有天壤之别!

当然,曹雪芹笔下的刘姥姥,身上也戴着封建阶级精神奴役的沉重枷锁;说王熙凤能"留馀庆","积得阴功",也可说是一种阶级偏见;曲子宣扬"乘除加减,上有苍穹"的冥冥报应的迷信思想,更明显地属封建糟粕。但是,我们也应该看到使作者产生"劝人生,济困扶穷"思想的实际生活基础,把它与封建剥削阶级惯于进行的虚伪的、廉价的慈善说教区别开来。

晚　韶　华

镜里恩情,更那堪梦里功名①!那美韶华去之何迅②!再休提绣帐鸳衾③。只这戴珠冠,披凤袄,也抵不了无常性命④。虽说是,人生莫受老来贫,也须要阴骘积儿孙⑤。气昂昂头戴簪缨,气昂昂头戴簪缨⑥,光灿灿胸悬金印⑦;威赫赫爵禄高登,威赫赫爵禄高登,昏惨惨黄泉路近。问古来将相可还存? 也只是虚名儿与后人钦敬⑧。

【说明】

这首曲子是写李纨的。曲名"晚韶华",字面上说晚年荣华,其真意是说好光景到来为时已晚了。

【注释】

① "镜里"二句——丈夫早死,夫妻恩情已是空有其名,谁料儿子的功名、自己的荣华,也像梦境一样虚幻。

② 韶华——这里喻青春年华,与曲名中喻荣华富贵有别。

③ 绣帐鸳衾——指代夫妻生活。

④ "只这"三句——这几句说,待李纨可享荣华时,死期也就近了,这是得不偿失。只,即使、便是。珠冠、凤袄,是受到朝廷册封的贵妇人的服饰。此指李纨因贾兰长大后做了官而得到封诰。无常,参见前本回《红楼梦曲·恨无常》题解。

⑤ 阴骘(zhì 志)——即前曲所谓"阴功",指暗中有德于人。　积儿孙——为儿孙积德。

⑥ 簪缨——古时贵人的冠饰。簪是首饰,缨是帽带。

⑦ 金印——亦贵人所悬带。《晋书·皇后纪论》:"唯皇后贵人,金印紫绶。"

⑧ "问古来"二句——说李纨本来大可不必"望子成龙"。

【鉴赏】

在小说中许多重要事件上,李纨都在场,可是她永远只充当"敲边鼓"的角色,没有给读者留下什么特殊的印象。这也许正是符合她的身份地位和思想性格的——荣国府的大嫂子,一个恪守封建礼法、与世无争的寡妇,从来安分顺时,不肯卷入矛盾斗争的旋涡。作者在第四回的开头,就对她作了一番介绍,那段文字除了未提结局外,已可作为她的一篇小传:

> 这李氏亦系金陵名宦之女,父名李守中,曾为国子监祭酒;族中男女无有不诵诗读书者。至李守中承继以来,便说"女子无才便有德",故生了李氏时,便不十分令其读书,只不过将些《女四书》、《列女传》、《贤媛集》等三四种书,使她认得

几个字,记得前朝这几个贤女便罢了;却只以纺绩井臼为要,因取名为李纨,字官裁。因此这李纨虽青春丧偶,且居处于膏粱锦绣之中,竟如"槁木死灰"一般,一概无见无闻,惟知侍亲养子,外则陪侍小姑等针黹诵读而已。

这是一个封建社会中被称为贤女节妇的典型,"三从四德"的妇道的化身。清代的卫道者们鼓吹程朱理学,宣扬妇女贞烈气节特别起劲,妇女所受的封建主义"四大绳索"压迫的痛苦也更为深重。像李纨这样的人,在统治者看来,是完全有资格受表旌、立牌坊,编入"列女传"的。虽则"无常性命"没有使她有更多享晚福的机会(李纨年龄不比诸姊妹大多少,她的死,原稿中或另有具体情节,但已难考出),但她毕竟在寿终前得到了"凤冠霞帔"的富贵荣耀,这正可以用来作为天道无私,终身能茹苦含辛、贞节自守者必有善报的明证。然而,曹雪芹偏将她入了"薄命司"册子,说这一切只不过是"枉与他人作笑谈"罢了(后四十回续书以贾兰考中一百三十名,"李纨心下自然喜欢"为结束。这样,李纨似乎就不该在"薄命"之列了),这实在是对儒家传统观念的大胆挑战,是从封建王国的黑暗中透射出来的民主主义思想的光辉。

好　事　终

　　画梁春尽落香尘①。擅风情,秉月貌,便是败家的根本②。箕裘颓堕皆从敬③,家事消亡首罪宁④。宿孽总因情⑤!

【说明】

这首曲子是写秦可卿的。曲名"好事终"的"好事",特指男女风月之事,是反语。

【注释】

①　"画梁"句——暗指秦可卿在天香楼悬梁自尽(参见本回正册判词之

十一注④）。

② "擅风情"三句——谓秦可卿自恃风月情多和容貌美丽,而后来贾府之败,根源可以追溯到这一点上。

③ 箕裘(jī qiú 基球)颓堕——旧时指儿孙不能继承祖业。箕裘,指簸箕、皮袍。《礼记·学记》:"良冶之子,必学为裘;良弓之子,必学为箕。"意思是说,善于冶炼的人家,必定先要子弟学会缝补皮袍,为炼金属、烧陶土修补器具作准备;善于造弓的人家,必定先要子弟学会做簸箕,为弄弯木竹、兽角制成弓作准备。后人因以"箕裘"比喻祖先的事业。   敬——指贾敬。他颓堕家教,放任子女胡作非为,养了个不肖之子贾珍,而贾珍则"乱伦"与儿媳私通。

④ 家事——家业。   宁——指宁国府。

⑤ 宿孽——原始的罪恶,起头的坏事,祸根。

【鉴赏】

　　秦可卿本是被弃于养生堂的孤儿。她从抱养她的"寒儒薄宦"之家进入贾府以后,就堕入了罪恶的渊薮。她走上绝路是贾府主子们糜烂生活的恶果,其中首恶便是贾珍这些人形兽类。曲子有一点是颇令人思索的,那就是秦可卿在小说中死得较早,接着还有元春省亲、庆元宵等盛事,为什么要说她是"败家的根本"呢?难道作者真的认为后来贾府之败是像这首曲子所归结的"宿孽总因情"吗?四大家族的衰亡是社会的、政治的客观规律所决定的,封建统治阶级的生活腐朽、道德败坏也是其阶级本性所决定的。纵然曹雪芹远远不可能有这样的认识,又何至于把后来发生的重大变故的责任,全推在一个受贾府这个罪恶封建家庭的毒氛污染而丧生的女子身上,把一切原因都说成是因为"情"呢?原来,这和十二支曲的《引子》中所说的"都只为风月情浓"一样,只是作者有意识在小说一切人物、事件上盖上的瞒人的印记。作者在很大程度上为了给人以"大旨谈情"的假象,才虚构了太虚幻境、警幻仙子的。但是,这种"荒唐言"若不与现实沟通,就起不了掩护有政治性的真事的作用。因而,作者又在现实中选择了秦可卿这个因风月之事败露而死亡的人,作为这种"情"的象征,让她在宝玉梦中

"幻"为"情身",还让那个也叫"可卿"的仙姬与钗、黛的形象混成一体,最后与宝玉一齐濒临"迷津",暗示这是后来情节发展的影子,以自圆其"宿孽因情"之说。当然,作者思想是充满着矛盾的,以假象示人是不得已的。所以他在太虚幻境入口处写下了一副对联,预先就一再警告读者要辨清"真""假"、"有""无"。试想,冯渊之死,明明写出凶手是薛蟠,却偏又说"这正是梦幻情缘"、"前生冤孽";张金哥和守备之子双双被迫自尽,明明写出首恶是王熙凤,却偏说他们都是"多情的",又制造"情孽"假象。就连心如"槁木死灰"的李纨、"勘破三春"遁入空门的惜春、"从未将儿女私情略萦心上"的史湘云,作者也统统让她们在挂着"可怜风月债难偿"的对联的"孽海情天"中注了册,这个"情"(风情月债)不是幌子又是什么?

我们已经知道,贾府后来发生变故的直接导火线在荣国府,获罪而淹留在狱神庙的宝玉、凤姐都是荣国府的人。宝玉的罪状,不外乎"不肖种种大承笞挞"时所传的那种口舌。宝玉固然有拈花惹草的贵族公子习气,但决不至于像贾珍父子那样无耻,使这一点成为累及整个贾府的罪状,当然是因为在政治斗争中敌对势力要尽量抓住把柄来整治对方。现在偏要说这是风月之情造的孽,并且把它归结到它的发端——秦氏的诱惑。但即使就这个起因来说,也不能不指出,这一切宁国府本来就更不像话。比如,若按封建礼法颓堕家教论罪,贾敬纵容子孙恣意妄为,就要比贾政想用严训教子就范而无能为力更严重,更应定为"首罪"。王熙凤的弄权、敛财、害命,也起于她协理宁国府。贾珍向王夫人流泪求请凤姐料理丧事,纵容她"爱怎样就怎样,要什么只管……取去",使她忘乎所以。铁槛寺害命受贿后,"凤姐胆识愈壮,以后有了这样的事,便恣意的作为起来"。而办这样奢靡的丧事,又因为贾珍与死者有特殊关系。凤姐计赚尤二姐、大闹宁国府,事情也起于贾珍、贾蓉聚麀。而贾蓉又与凤姐有着暧昧关系,他还是与凤姐最亲的秦氏的丈夫哩!然而,尽管如此,"风情"、"月貌"以至秦可卿本人,都不过是作者用来揭示贾府中种种关系的一种凭借,贾府衰亡的前因后果,自有具体的情节会作出说明的,这就像作者在具体描写冯渊、张金哥之死的情节时毫不含糊一样。秦可卿"判词"和曲子中的词句的含义，要比我们草草读去所得的表面印象来得深奥，就连曲名"好事终"，我们体会起来，其所指恐怕也不限于秦氏一人，而可以是整个贾府的败亡。

收尾·飞鸟各投林

为官的，家业凋零；富贵的，金银散尽；有恩的，死里逃生；无情的，分明报应；欠命的，命已还；欠泪的，泪已尽：冤冤相报实非轻，分离聚合皆前定。欲知命短问前生，老来富贵也真侥幸。看破的，遁入空门；痴迷的，枉送了性命①。好一似食尽鸟投林，落了片白茫茫大地真干净！

【说明】

这首收尾的曲子是对金陵十二钗命运的总写，它写出了贾府最后家破人亡、一败涂地的景象。曲名的含义，已在曲文中讲清楚了。

【注释】

① "为官的"二十句——上面列举种种现象，过去，俞平伯先生以为它是每句专咏一人，"不是泛指"，"恰恰十二句分配十二钗"，"这是'百衲天衣'"，并依原文次序列其名为：湘云、宝钗、巧姐、妙玉、迎春、黛玉、可卿、探春、元春、李纨、惜春、凤姐。但是，后来俞先生自己也觉得未必妥当（参见《红楼梦研究·八十回后的红楼梦》）。

【鉴赏】

这首曲子是《红楼梦》十二曲的总结，它概括地写出了封建社会末期以贾府为代表的贵族家庭中发生的急剧变化和最终一败涂地的结局。

这首曲子既是十二钗曲的收尾，它在表现贾府"树倒猢狲散"的情景时,当然是以写十二钗的结局为主的。但是,它的目的毕竟不是把前面曲子中都已具体写过的各人命运再重复一遍,作者也未必故意求巧,使每句曲文恰好分结一钗。把一气呵成的曲文,割裂开来,按人分派,这只会削足适履,损伤原意;证之以事实,又不免牵强。说"欠泪的"是黛玉、"看破的"是惜春、"老来富贵"是李纨,这当然不错;说"为官的,家业凋零"是湘云、"富贵的,金银散尽"是宝钗,就勉强了。《护官符》中贾、史、王、薛,哪一家不是"为官的"、"富贵的"?他们后来"一损皆损",哪一家不是"家业凋零"、"金银散尽"?脂评说这两句"先总宁荣"(四大家族的代表),似乎确切得多。再比如把"欲知命短问前生"分派给元春,把"欠命的,命已还"分派给迎春,也说不出多大理由。因为十二钗中命短的不只是元春,她的前生,我们也不知道;小说中只说贾家欠孙家的钱,没有说迎春欠孙绍祖的命,怎么要她还命呢?倒是王熙凤,现就欠了不少人命,只是要她来还,一条命也还不清呢!如果用因果报应的话来说,她的下场不也是"冤冤相报"吗?总之,曲子把金陵十二钗的各种不幸遭遇,全都毫无遗漏地概括了,但我们不应拘泥于一句一人,把文义说死,这对理解这首曲子的意义没有实在的好处。

这首曲子为四大家族的衰亡预先敲起了丧钟。但是,作者并不了解历史发展的客观规律和深刻根源,不能对这种家族命运的剧变作出科学的解释,同时,还由于他在思想上并没有同这个没落的封建家庭割断联系,不可避免地就有许多宿命论的说法,使整首曲子都蒙上了浓重的悲观主义色彩。

这首曲子在结句中,作者以食尽鸟飞、唯馀白地的悲凉图景,作为贾府未来一败涂地、子孙流散的惨象的写照,从而向读者极其明确地揭示了全书情节发展必以悲剧告终的完整布局。如果真正要追踪原著作意、续补完这部不幸残缺了的不朽小说,就不能无视如此重要的提示。鲁迅论《红楼梦》就非常重视这个结局。他介绍高鹗整理的续书,只述梗概,从不引其细节(这与前八十回大段引戚序本原文情况截然不同),但在提到贾政雪夜过毗陵,见光头赤脚、披大红猩猩毡斗篷的宝玉与他拜别而去,追之无有时,却两次都引了续书中"只见白茫茫一片旷野"这句话,提醒读者注意,续作者是如何煞费苦心地利用自然界的雪景来混充此曲末句所喻之贾府败亡景象的。他还指出后四十回虽则看上去"大故迭起,破败死亡相继,与所谓'食尽鸟飞独存白地'者颇符",其实续作者"心志未灰",所续之文字与原作的精神"绝异",所以,"贾氏终于'兰桂齐芳,家业复起',殊不类茫茫白地,真成干净者矣"。这就深刻地指出了续书是用貌合神离的手法给读者设置了一个"小小骗局",借此从根本上篡改原作的精神。所以鲁迅说:"赫克尔(E. Haeckel)说过:人和人之差,有时比类人猿和原人之差还远。我们将《红楼梦》的续作者和原作者一比较,就会承认这话大概是确实的。"(《坟·论睁了眼看》)

"白茫茫大地"的含义

有不少探索小说佚稿情节的同志认为,贾府在事败之后,还遭到过一场大火,所有房屋园林都被烧个精光,所以才成了一片茫茫白地。我们认为这样的看法大可商榷。因为与这首曲子末两句的解释关系密切,所以借此机会,辨证一下。持有这种见解的同志,他们的根据大概是两条:

一、第一回:"三月十五,葫芦庙中炸供,那些和尚不加小心,致使油锅火逸,便烧着窗纸。此方人家多用竹篱木壁者多,大抵也因劫数,于是接二连三,牵五挂四,将一条街烧得如火焰山一般。"甲戌本眉批说:"写出南直召祸之实病。"批在"此方人家多用竹篱木壁者多"句之上。"南直"是"南直隶"的简称。明代永乐初,成祖从南京应天府(清代改江宁府)迁都于北京后,称南京和直隶南京的地区(相当今江苏、安徽二省)为南直隶;清初以南直隶为江南省,辖境依旧。这样,"南直"可能就被理解为是指江宁织造曹家,进而理解为是指小说中的贾府了。我们的体会,脂评说的是:他记得在江宁时,这一带地方常发生这样的事,一着火就连累了许多人家。"召祸"之"病"就在于"此方人家多用竹篱木壁者多",小说中所描写的不是凭空想像,是有"实"事为依据的。因而在"竹篱木壁"之旁,又有批曰:"土俗人风。"曹家所居是深院大宅,决非"竹篱木壁者",而且"召祸"显然是政治原因,雍正查封曹頫家产的借口,也只是"江宁织造曹頫,行为不端,织造款项亏空甚多","将家中财物暗移他处,企图隐蔽"等等(见《关于江宁织造曹家档案史料》),与火灾无关。遭火的甄士隐故事固然对全书情节有象征意义,但也只是象征,并非雷同。他因"翻了筋斗",对现实感到幻灭,最终弃家随疯道人而去,这与宝玉后来"悬崖撒手"已很相似,作者何至于笨拙到事事都重复小说故事中已写过的具体情节呢? 其实,这种受"隔壁"连累的"接二连三,牵五挂四"的火灾,正是作为后来突如其来的使四大家族"一损俱损",彼此牵连获罪的政治灾祸的象征。

　　二、第三十九回:众人听刘姥姥信口开河地讲雪天早晨听得柴草响的故事,刚说看到一个十七八岁极标致的小姑娘,"忽听外面人吵嚷起来",丫头回说:"南院马棚里走了水,不相干,已经救下去了。"贾母胆小,出至廊上来瞧,看着火光熄灭才进来。庚辰本有双行小字批说:"一段为后回作引,然偏于宝玉爱听时截住。"有的同志觉得后面找不到什么情节能用这段描写来"作引"的,所以认为这个"后回"应是指后半部中某一回,那么,到那时一定是真的酿成大火灾了。其实不然。只要细味这条脂批就会看出,它的语气很一般,又强调文章写法(何时"截住"),不像是在提示远在八十回之后的重大情节。从脂批惯例来看,批书人批到他感到是可悲的事件时,总不免要发出"哀哉伤哉"、"悲夫"、"叹叹"一类感慨,他岂能对最终使贾府化为乌有的一场大火(如果它有的话)无动于衷,在提到时如此轻描淡写! 可见,"为后回作引"并非"千里伏线"的意思,它实在只是说,为后面的那一回情节作引罢了。我们细查的结果,发现它指的就是第四十或第四十一回。只是那段文字已经残缺了,情节已经迷失了,所以我们找不到。第四十回后半写行酒令,"凤姐儿和鸳鸯都要听刘姥姥的笑话",刘姥姥就用俚语说酒令,逗乐了大家。正当她用"两只手比着说道:'花儿落了结个大倭瓜。'众人大笑起来"时,"只听外面乱嚷",现存的脂本都到这一句断了。下面一回开始又接写座中吃酒,就像没有发生过什么事一样。所以我们始终不知道为什么"外面乱嚷"。这里肯定缺掉了一段作为插曲的情节,否则,作者是绝不会凭空写上一句"只听外面乱嚷"而又不交代什么事的。这大概是因为装订成册(一般回数总以十位的整数分装)的原稿在借阅过程中有了破损,致使第四十回末了或者第四十一回开头掉了一页,于是,只好添一二句话,把两头连接起来,所以,连席上不再行酒令了也未加说明,便接写调换木头酒杯的事,补绽痕迹十分明显。但幸好还保存了"只听外面乱嚷"这一句,使我们拿它来与前回"作引"的一段文字对照时,感到在写法上确如脂评所说的那样;也因此可以推知散佚的文字,大体上也是写发生了一件意外的令人惊恐的事(未必仍是失火),但事情终于无妨(至于究竟是何事,写它有何用意,当然无从揣测)。从而解决了那条脂批确实并非是暗示后半部有贾府遭大火情节的问题。

　　回过头来,再看这首曲子的末两句,它在这个问题上,帮我们拨开迷雾的作用就十分显著了:"好一似食尽鸟投林,落了片白茫茫大地真干净!"这说得再清楚不过了。"茫茫白地"和"食尽鸟飞"一样,只是一种比喻("好一似"),所以它既非雪地实景,也非一片焦土。这种荒凉景象的造成不是由于别的原因,而是"食尽鸟投林"的结果(故用"落了"两字)。如果我们本来怀疑贾府的家业最后消亡得如此"干净",其原因除了四大家族在政治斗争中失势之外,是否还会有别的诸如遭火之类的自然灾祸的偶然因素在的话,现在,把这首曲子的含义与脂批内容加在一起考虑,疑团应该是可以冰释的(参见《"贾府遭火"辨》,载拙著《蔡义江论红楼梦》第95—102页,宁波出版社)。

一场幽梦同谁近

（第 五 回）

一场幽梦同谁近？
千古情人独我痴。

【说明】

　　这是第五回回末诗，在小说中是首次出现，下面第六、七回也有。作者原来是否打算在回目最后分定时，每一回结尾都要补上两句诗，使全书格式统一，不得而知。现在见到的仅少数回末有，所以较晚出的脂本和程高本为求一致，索性都删去了。回末诗，除了可作标题诗的补充外，一般还都与该回最后几句话的意思紧接，如此回在宝玉惊梦，口中连叫"可卿救我"，使秦氏纳闷："我的小名这里没人知道，他如何从梦里叫出来？"之后，便用"正是"二字带出这两句诗来作为结束。

【鉴赏】

　　此联中的出句，答案大家知道，宝玉梦中与之亲近之人就是秦可卿，其幻象中还融入了钗、黛，因为她既字"可卿"，又兼有钗、黛这两个小女儿之美，故又乳名"兼美"。我们说过，这场幽梦是宝玉性成熟的标志，这之后写"情"才更合理。用询问句"谁"，正合实者虚写、虚者实写地述梦幻故事的需要，也让读者自己多一番思索、领会。

　　对句中的"我"，非作者，而是拟此回描写对象宝玉身份而言的。其意即警幻称："吾所爱汝者，乃天下古今第一淫人也！"为区别于"皮肤滥淫之蠢物"，又释之曰："如尔则天分中生成一段痴情，吾辈推之为'意淫'。……汝今独得此二字，在闺阁中，固可为良友，然于世道中，未免迂阔怪诡，百口嘲谤，万目睚眦。"所以"第一淫人"即"第一痴人"。据脂批，在作者已佚的原稿末回"警幻情榜"中宝玉名下有"情不情"

（前一个"情"是动词，"不情"是宾语）的评语，其实也就是说他超乎寻常的"痴"。小说有"龄官画蔷痴及局外"一回，所描写的"痴及局外"的情节，便是对宝玉之痴很好的说明。

朝叩富儿门

（第 六 回）

朝叩富儿门①， 富儿犹未足。
虽无千金酬， 嗟彼胜骨肉。

【说明】

此诗见甲戌本、戚序本第六回正文开头，己卯本附夹一纸上，有"题曰"字样，当是曹雪芹所作的"标题诗"。

【注释】

① "朝叩"句——杜甫《奉赠韦左丞丈二十二韵》诗原句："朝叩富儿门，暮随肥马尘。残杯与冷炙，到处潜悲辛。"这里指刘姥姥迫于生计，到荣国府借贷。

【鉴赏】

刘姥姥为生计忍耻求助于贾府，而"钟鸣鼎食之家"的贾府中人如凤姐却对财富犹未餍足，反而向刘姥姥告艰难说："不知大有大的难处。"最后总算给了微不足道的二十两银子打发了她。不料刘妪受恩不忘，在后来厄运降临贾府时，能仗义救巧姐出火坑，则其胜过巧姐之亲骨肉"狠舅奸兄"多矣！作者通过两相对照，对刘姥姥这样的农村劳动妇女的善良品质和侠义心肠给予了由衷的赞美。

作者友人敦诚有《寄怀曹雪芹霑》诗云："劝君莫弹食客铗，劝君莫

叩富儿门。残杯冷炙有德色,不如著书黄叶村。"可知雪芹也有过如刘
姥姥那样不得不向人借贷的经历。说不定敦诚也看过《红楼梦》抄本,
正是用此诗中用过的话,倒过来劝说雪芹哩!

得意浓时易接济

（第 六 回）

得意浓时易接济,

受恩深处胜亲朋。

【说明】

这一联是第六回回末诗。刘姥姥从凤姐处得了银钱出来,又与周
瑞家的告了别,仍从后门回去,下接这两句结束。

【鉴赏】

两句中的下句与回前诗"嗟彼胜骨肉"句意略同。上句则进一步
揭明凤姐之接济刘姥姥二十两银子,乃正值其"得意浓时",心里一高
兴,也就容易出手给钱了,并非她真有怜老惜贫之心。凤姐因何而得
意呢?因为正遇上她侄儿贾蓉前来借玻璃炕屏,而凤、蓉间原就关系
暧昧,故凤姐见蓉儿有求于己,自然心里得意。小说中有一段文字含
蓄而生动的描写,只要细心读去,自不难窥见其中的奥秘。故戚序本
此回总评有词云:"刘姆乞谋,蓉儿借求,多少颠倒相酬!"直揭出作者
此回中写凤姐与贾蓉之间特殊关系的曲笔微词,则又是此回末诗"得
意"句的注脚。

十二花容色最新

（第 七 回）

十二花容色最新①，不知谁是惜花人。
相逢若问名何氏②，家住江南姓本秦。

【说明】

此诗甲戌本、戚序本在第七回正文开头，前有"题曰"字样，当是曹雪芹所作的标题诗。

【注释】

① 十二花容——指薛姨妈叫周瑞家的分送给众姊妹戴的"宫里头作的新鲜样法,堆纱花儿十二枝"。

② 名何氏——戚序本作"何名氏",应从甲戌本。"名何氏"也就是"姓什么",与答句相应。

【鉴赏】

此回写到"冷香丸"制方时,用了"十二两"、"十二钱"、"十二分"之类字样,脂批以为"凡用'十二'字样,皆照应十二钗"。这里"十二花容",也有同样双关含义。这样,"惜花人"便是能怜惜女儿命运的人,则自非宝玉莫属。因本回又写"秦钟结宝玉",故有三、四句的话头。甲戌本初提到"秦钟"之名时,有脂批云:"设云'情种'。古诗云:'未嫁先名玉,来时本姓秦。'二语便是此书大纲目、大比托、大讽刺处。"（甲戌、戚序本互校）"秦"谐音"情",自非脂批任意穿凿。其所引古诗两句,出自《玉台新咏》南朝梁代刘缓《敬酬刘长史咏名士悦倾城诗》:"不信巫山女,不信洛川神。何关别有物,还是倾城人。经共陈王戏,曾与宋家邻。未嫁先名玉,来时本姓秦。粉光犹似面,朱色不胜唇。遥见疑花发,闻香知异春。钗长逐鬟髮,袜小称腰身。夜夜言娇尽,日日态还新。工倾荀奉倩,能迷石季伦。上客徒留目,不见正横陈?"此为宫体艳情诗。其中"未嫁"两句,"玉",本当指汝南王爱妾刘碧玉;"秦",本当指《陌上桑》所咏之秦罗敷,皆古时绝色美人。然就脂批联系小说而言,则"玉"似可比宝玉、黛玉、妙玉等人;"秦",则有秦业(情孽)、秦可卿(情可亲)、秦钟(情种)等。作者的真实用意和脂批所言之语意,仅可仿佛想见而难确定。唯借此再点书中人物宝玉与十二钗,皆不出"孽海情天"中之用意,似可约略窥见。

不因俊俏难为友

(第 七 回)

不因俊俏难为友,
正为风流始读书。

【说明】

此第七回回末诗。凤姐打发人去请秦钟来,跟宝玉作伴同到家学里念书,后接此诗句结束。

【鉴赏】

宝玉和秦钟相遇,宝玉见他"清眉秀目,粉面朱唇,身材俊俏,举止风流",便"痴了半日";"秦钟自见了宝玉形容出众,举止不浮",也自恨"偏生于清寒之家,不能与他耳鬓交接"。这样,他们相互倾心,就很快亲密起来。所以,彼此"为友",相伴"读书",都只为了能与对方常常在一起,而非真有求学之心。诗句明显地带有谐语调侃的味道。

古鼎新烹凤髓香

（第 八 回）

古鼎新烹凤髓香①，哪堪翠斝贮琼浆②。
莫言绮縠无风韵③，试看金娃对玉郎④。

【说明】

此诗见于甲戌本第八回正文的开头，有"题曰"字样，当是曹雪芹所作的标题诗。

【注释】

① 鼎——古代烹烧器皿，这里泛说烹茶用器之贵重。　凤髓——名贵的茶。此回中宝玉至梨香院探宝钗之病，写到喝茶；宝玉醉归，又为枫露茶事生气。

② 斝(jiǎ 甲)——古代三足酒器，实即指酒杯。　琼浆——指称美酒。薛姨妈拿上等酒让宝玉喝，结果他"大醉绛芸轩"，所以用"哪堪"二字。

③ 绮縠(hú 湖)——犹言绮罗，指代女子，这里指宝钗。縠，有绉纹的纱。

④ 金娃——指宝钗。　玉郎——指宝玉。

【鉴赏】

作者在此回中对宝玉与宝钗之间的关系作了重点的描述，对通灵宝玉与金锁也作了详尽的交待。故事的前后情节中穿插着不少喝茶和饮酒细节，所以标题诗就环绕着这些事来写。次句表面上说美酒能醉人（薛姨妈溺爱宝玉，"命人去灌了些上等的酒来"让宝玉喝），且宝玉也真的喝醉了，实则也兼喻风韵之能迷人，指的是宝钗。故脂批指此回是宝钗"正传"。但为什么作者又怕大家会以为宝钗"无风韵"呢？这除了书中写宝钗是"罕言寡语，人谓藏愚；安分随时，自云守拙"外，还因宝玉对钗、黛始终是有明显倾向性的,特别是黛玉死后,宝玉虽与宝钗结成夫妻,却心意难平,不能忘怀黛玉,终至弃宝钗为僧。作者说,这一切并非因为宝钗之"风韵"不及黛玉,试看此回"金娃对玉郎"情景何等风韵! 言外之意,宝玉不愿"金玉良姻",而偏念"木石前盟",乃别有缘故。这样提出问题,蕴藉含蓄,颇发人深思。

此诗藻饰五色眩曜,风格金玉旖旎,正与其所写之内容有关。

嘲顽石幻相

（第 八 回）

女娲炼石已荒唐①，　又向荒唐演大荒②。

失去幽灵真境界，　幻来亲就臭皮囊③。

好知运败金无彩④，　堪叹时乖玉不光⑤。

白骨如山忘姓氏，　无非公子与红妆⑥。

【说明】

作者通过薛宝钗赏鉴贾宝玉的通灵玉的情节,点出通灵玉只不过是大荒山青埂峰下顽石的幻相,接着假托"后人有诗"嘲之。

【注释】

① 女娲炼石——见本书第一回《石上偈》注①。

② "又向"句——又向荒唐的人间敷演出这一石头的荒唐故事。荒唐,指荒唐的人世间。大荒,指代大荒山青埂峰石头的故事,又有荒唐、无边际的意思,这里兼用二义。

③ "失去"二句——石头本居于青埂峰下,脂评说它"坦腹而卧"的青埂峰下,有"松风明月","猿啼虎啸之声",这就是作者所肯定的"幽灵真境界"。后人改此五字作"本来真面目",磨灭了这层意思。亲就,自

己造成的。石头和神瑛侍者是自己乞求下凡的。有的本子"亲"作"新"，就看不出这个词"嘲"的意味了。石头随"夹带"着它的神瑛侍者幻形入世后，就都失去了本相，而变成了通灵玉和衔玉而生的佳公子。称之为"臭皮囊"，也正是借佛家语嘲其幻相(参见第三回《西江月·嘲贾宝玉》注①)。

④　好知——须知。　运败金无彩——靖藏本批："伏下文。又夹入宝钗，不是虚图对的工。"可知原稿后半部有宝钗(金)"运败"时"无彩"的情节，但难知其详。续书写宝钗的冷落是因为宝玉疯癫，后来则因丈夫出家而成为实际上的孀居，与原稿归因于贾府"运败"不同。

⑤　堪叹——可叹。　时乖——与"运败"同义。　玉不光——第二十五回癞僧曾说，通灵玉的被蒙蔽是"粉渍脂痕污宝光"。可见，"玉不光"不仅指宝玉后来"贫穷难耐凄凉"，很可能是嘲他在不幸的境遇下与宝钗成了亲，即所谓"尘缘未断"。在作者看来，重要的是精神上有默契，肉体只不过是臭皮囊而已，所以为之而发出末联的叹息。续书中写宝玉"疯癫"中不辨结婚对象而听人摆布，并非原意。据脂评谓黛玉死后，宝玉有"对景悼颦儿"文字，又指出"后文成其夫妇时"宝玉与宝钗有"谈旧"事，可知原稿中宝玉并不痴呆，写法要现实得多。

⑥　红妆——指美女。

【鉴赏】

嘲顽石幻相，实即嘲笑其被利欲打动的凡心。石头，本借自"荒唐"的女娲炼石补天传说；人间也是"荒唐"的，所谓"甚荒唐，到头来都是为他人作嫁衣裳"；石头下世历劫后撰成的书，又是"满纸荒唐言"的故事，这是诗首联之所指。可是为了这番经历，顽石却付出了从羡慕不已到痛苦失望的代价。一开始，僧道二仙就劝石头不如不去的好，石头不听，于是自愿地失了青埂峰下自由自在地听猿啼虎啸的"幽灵真境界"，而甘心化为一块玉去束缚在一具"臭皮囊"即公子哥儿贾宝玉的身上，并随着他去经历醋梦一场，直至尝尽悲苦，偿清孽债。可见利欲之诱人如此。所以要嘲。

嘲的时机安排在宝玉与宝钗交换鉴赏通灵玉和金锁，明示后来的所谓"金玉良姻"之际，是最恰当不过的。因为这正是石头最得意的时刻,完全想不到将来还会遇到"运败""时乖"的厄运,还会落到"金无彩""玉不光"的可悲境地。诗的末联,以古今事为鉴,亦即二仙曾说过的红尘乐事"不能永远依恃",终究"到头一梦,万境归空"的意思。所以这首嘲讽诗,像是给正处在温柔乡里,以为荣华能久、风光无限的石头及其所依附的主人公,当头浇下的一盆冷水。

通灵宝玉吉谶

(第 八 回)

通灵宝玉
莫失莫忘
仙寿恒昌(正面)
一除邪祟
二疗冤疾
三知祸福(反面)

【说明】

通灵宝玉本是补天之馀的顽石,因向往人世繁华,经仙僧"大展幻术","变成一块鲜明莹洁的美玉",又镌上了一些字,由下凡的神瑛侍者"夹带"着它投了胎,成了贾宝玉落草时衔着来、以后一直挂在脖子上的美玉。关于通灵玉,前此曾多次写到,但都未详述;现在因宝钗要"细细的赏鉴",才对它作了详尽的正面介绍。吉谶,希望将来能应验的吉祥语。

【鉴赏】

通灵玉即石头,是曹雪芹虚拟的小说的作者,小说也就被虚构成是石头入红尘所经历见闻的故事,石头是随伴着贾宝玉的,所以实质上也等于是贾宝玉所经历的故事。那么,为何不干脆直接虚构成作者是贾宝玉而要转个弯假托是他身上挂的石头呢?这两者有什么不同吗?有的,至少有一点不同是很明显的:如果明白宣称小说是贾宝玉讲的自己经历见闻的故事,那么凡宝玉不知道或不可能知道的事就不能写了,如同以第一人称写的小说、日记体小说那样。这限制是很大的,创作上是很不自由的。石头就不同了,它既是神奇的、"通灵"的,当然就什么事都能知道,包括它不在场的、暗中发生的、甚至只在心里想的。这样,就可以很自由地表达,与通常第三人称写的小说毫无区别了。此外,不让贾宝玉充当作者恐怕还有个重要原因,即曹雪芹不愿别人(哪怕是知内情的人)将自己混同于他创造的人物贾宝玉。

但石头与宝玉又形同一体,被视作"命根子",则仙僧所镌之字,也必然是切合宝玉的。"莫失莫忘",是告诫语,也就是说若能如此,就会吉祥。那么,实际上是悲剧人物即不祥的贾宝玉,是否不慎"失"掉过玉呢?是的。据脂批提示,后半部原稿有"误窃"、"凤姐扫雪拾玉"、"甄宝玉送玉"等情节,看来还真的失掉过,只是详情已不可知了。反正很可能还是现实的合乎情理的写法,与续书所写莫名其妙地神秘失踪,致使宝玉迷失本性成了疯癫不一样。

其次是通灵玉背面的三句话。前两句"除邪祟"、"疗冤疾",我们在第二十五回"魇魔法叔嫂逢五鬼,通灵玉蒙蔽遇双真"中可以读到。宝玉、凤姐被人施邪术临危,经癞僧将通灵玉持诵使之灵验,转危为安。至于"知祸福",似可从上一首诗"堪叹时乖玉不光"句看出,这不是玉能知祸而不现光泽吗?有一点应指出,此类非现实的情节,不到必要时,作者是不写的,所以全书中极少有,纵然偶尔写到,也总带某种象征性。甲戌本回末总评云:"通灵玉除邪,全部只此一见(庚辰本眉批作"全部百回只此一见,何得再言"),却又不灵,遇癞和尚、跛道人一点方灵应矣!写利欲之害如此!"续书似乎对神秘之事特感兴趣,第一百十五回写宝玉又病危,眼看无望,又有和尚送通灵玉来将他救活,如此不嫌重复地效颦前半部情节,实属无谓,也完全不符合脂批所说原稿写"通灵玉除邪""只此一见"的话。

璎珞金锁吉谶

（第 八 回）

不离不弃（正面）
芳龄永继（反面）

【说明】

宝钗的金锁虽不过是人工打造的金器,但錾在上面的两句吉谶,却"是个癞头和尚送的",且又有金玉相配之说。宝钗在赏鉴通灵玉时,宝玉听丫头说她项圈的金锁上也錾有字,故央求宝钗拿给他瞧。璎珞,指项链、项圈之类装饰品。

【鉴赏】

宝钗之璎珞金锁固为常物,不同于宝玉与生俱来的通灵玉之神奇。但因为也与癞僧拉上了关系,所以也就变得神秘而不再是一般的项饰了。在相互赏鉴中,通过丫鬟莺儿和宝玉自己的话一再强调,彼此饰物上的两句话八个字"是一对儿"。这些话本身不妨也视作是一种吉谶。作者思想上本带有某种宿命的成分,艺术上又特别注重伏线照应,既然"金玉姻缘"是他们将来的注定的命运,所以先有这样的暗示就不足为奇了。

与通灵玉上的吉谶一样,金锁上八个字其实也并不一定是吉利的,因为它也有"不"字作为前提条件。倘或"离"了"弃"了,那就谈不上吉利了。从脂评提供的佚稿情节线索看,正是如此。庚辰、蒙府、戚序本第二十一回有脂批云:"宝玉之情今古无人可比,固矣;然宝玉有情极之毒,亦世人莫忍为者,看至后半部,则洞明矣。此是宝玉三大病也。(按:前有两条脂批云:"宝玉恶劝,此是第一大病也。""宝玉重情不重礼,此是第二大病也。")宝玉有此世人莫忍为之毒,故后文方能'悬崖撒手'一回,若他人得宝钗之妻、麝月之婢,岂能弃而为僧哉!玉一生偏僻处。"由此可知,宝钗确是最终被"弃"而"离"的。吉谶暗藏深意,用语也是很巧妙的。

早知日后闲争气

(第 八 回)

早知日后闲争气①,
岂肯今朝错读书!

【说明】

此第八回回末诗。秦业望子成龙,好不容易得到儿子秦钟能入贾家塾中念书的机会,"亲带了秦钟,来代儒(塾师)家拜见了。然后听宝玉上学之日,好一同入塾"。在此回末语后,以"正是"二字接上这一联。

【注释】

① 争气——招气受,与通常作愤发图强、不甘居后的意思有别。

【鉴赏】

这一联诗句,起着关连下文、预提后话的作用。下一回"恋风流情友入家塾,起嫌疑顽童闹学堂"写秦钟入学后,因"恋风流"招致"同窗人起了疑,背地里你言我语,诟谇谣诼,布满书房内外",终于惹起口角争斗,造成群童大打出手,把学堂闹得个天翻地覆,秦钟的头也打破了。孩子们打架,又惹大人们生气。金荣母亲不必说,即如秦可卿"听见有人欺负了她兄弟,又是恼,又是气",恼的是那些"扯是搬非"者,"气的是她兄弟不学好,不上心读书",因此使她增加烦恼,添了病。事情闹到这地步,是秦钟始料未及的,故有此联语。下句在"读书"之前加个"错"字,还用"岂肯",活画出宝玉、秦钟等人"不因俊俏难为友,只为风流始读书"的存心和秉性,用语风趣,极具幽默感。

赞 会 芳 园

(第 十 一 回)

　　黄花满地①,白柳横坡。小桥通若耶之溪②,曲径接天台之路③。石中清流激湍④,篱落飘香⑤;树头红叶翩翩⑥,疏林如画。西风乍紧⑦,初罢莺啼⑧;暖日当暄⑨,又添蛩语⑩。遥望东南,建几处依山之榭⑪;纵观西北⑫,结三间临水之轩⑬。笙簧盈耳⑭,别有幽情;罗绮穿林⑮,倍添韵致。

【说明】

　　这段骈文是对王熙凤去宁府庆寿辰、探望秦可卿的病回来,路经会芳园时所见园中景致的描写。

【注释】

　　① 黄花——指菊花。宁府请荣府一干人过去时曾说:"这时候,天气正凉爽,满园的菊花又盛开。"

② 若耶之溪——若耶溪在今浙江绍兴南,相传是西施浣纱处,又叫浣纱溪。这里借以点染景色人事。

③ 曲径——曲折的小路。 天台之路——天台山在今浙江天台北。传说汉代刘晨、阮肇入天台山采药,遇见两个仙女,留他们住了半年,后来他们要求回家,到家乡时,发现已经过了七世(见《齐谐记》)。这里也是借遇仙故事来烘托景物和接着便写到的贾瑞想要调戏王熙凤的情节。

④ 激湍——水势急。程高本作"滴滴",可能改者以为家中花园只宜如此,更主要的因为下文"翩翩"误作"翩翩",遂改此二字以成对。

⑤ 篱落——篱笆。 飘香——这香是指菊花之香。

⑥ 翩翩——如鸟翼之翻动,指树叶被风吹的样子。

⑦ 乍——初,刚。

⑧ 初罢——程高本改作"犹听",不合实际。

⑨ 暖日当暄(xuān 宣)——阳光晴明,正暖和之时。暄,暖和。当,程高本作"常",不对。

⑩ 蛩(qióng 穷)语——蟋蟀的叫声。

⑪ 榭(xiè 谢)——建筑在台上的房屋。

⑫ 纵观——纵目而观,与"遥望"同义。程高本为字面对得好些,改为"近观",境界局促。

⑬ 轩——有窗的小屋子。

⑭ 笙簧——吹奏乐器。簧是笙管中的薄片,吹时,振动发声。 盈耳——程高本改为"盈座",这是闹笑话,忘了凤姐是在园子里行走。

⑮ 罗绮——绫罗彩绸。这里指代穿着罗绮的女子。

【鉴赏】

这段景物描写,在情节安排上有它的反衬作用。王熙凤在观赏景致中,碰上了躲在假山后等她的贾瑞。接着作者就描写"毒设相思局"的丑事,对封建大家庭的生活糜烂、道德败坏作了无情的暴露。这些帏内幕后的丑恶与芳园的美好外景,形成了鲜明的对照。可见,接天台之路,实际上只是通淫秽之径;涧流清溪,也只不过是臭水泥潭而已。

一步行来错

(第 十 三 回)

一步行来错，回头已百年。
古今风月鉴，多少泣黄泉！

【说明】

此诗据称见于靖藏本十三回回前。庚辰本用朱笔大字另写在第十一回之前的空页上，大概是因为过录者误把这首诗当作是说贾瑞的，而诗前长批又明说秦可卿，遂凭己意将其位置移前，以表示兼说两者。当以靖藏本为是。庚辰本有"诗曰"字样，甲戌本虽缺此诗，但有"诗云"二字，下留空白。诗当是曹雪芹所作。

【鉴赏】

前两句说秦可卿"一失足成千古恨，再回头已百年身"，将俗语换词重铸。"风月鉴"虽出现于贾瑞之死情节中，但其含义显然是象征性的。因此可以普遍适用，故又加"古今"二字。题秦氏之死一回回前诗中又提出"风月鉴"，更证明作者把秦氏与贾瑞穿插起来写是有意的精心安排，故用"多少"两字概括之。庚辰本的误抄，实在也是误得颇有道理的。

此回有一条长长的脂批甚重要，甲戌、靖藏诸本有，或在回前，或置回末，且文字分合多少不一，今综合校之云："此回可卿托梦阿凤，作者大有深意，惜已为末世，奈何奈何！贾珍虽奢淫，岂能逆父哉？特因敬老不管，然后恣意，足为世家之戒。'秦可卿淫丧天香楼'作者用史笔也。老朽因有魂托凤姐贾家后事二件，岂是安富尊荣坐享人能想得到者，其事虽未漏，其言其意，令人悲切感服，姑赦之。因命芹溪删去遗簪、更衣诸文，是以此回只十页，删去天香楼一节，少去四五页也。"

有人估算过,删去的约二千馀字。据批语意,主要是删而非改。秦氏患病情节,应为原有,非因删淫丧而改为生病。

梦秦氏赠言

(第 十 三 回)

三春去后诸芳尽①,

各自须寻各自门②。

【说明】

秦可卿死时,王熙凤梦见她前来告别,劝凤姐为将来贾府不可避免的衰败早作打算,临别时,又赠她这两句话,要她记住。

【注释】

① "三春"句——表面上说春光逝去后,众花都要落尽,实际上是预言后事,即待到元春、迎春、探春死去或远嫁之后,大观园姊妹们也都要死的死,散的散了。续书者不遵照这个预言亦即作者之原意,把黛玉之死写在探春出嫁之前,又按自己的愿望,让李纨享晚福、惜春得清闲、宝钗生贵子等,而不肯写出"诸芳尽"来。

② "各自"句——各自都得寻找各自的归宿,也就是"飞鸟各投林"的意思。

【鉴赏】

秦可卿托梦赠言,预示着贾府"盛筵必散"。作者这样写是有深意的。小说写贾府中第一件对内外都有影响的大事是秦氏之死,而成为她致死的真正"病"因,即发生在宁国府的许多丑事(荣国府当然也如此),连家仆焦大都一清二楚了,要想瞒住旁人耳目实际上是不可能的。秦氏丧生于丑事败露,贾府之败最终也就败在被敌对势力抓住把柄上。因此,作者特意让可以以自身教训为鉴的秦氏来提出必须对贾府将来的败亡早为后虑的警告。王熙凤是掌握着贾府实权、作恶最多的人物,也是贾府的主要招祸者。让她来听秦氏这番话,用意更为明显。就在听这个警告后没几天,她弄权铁槛寺,贪财害命,而且从此坏事干得更起劲了。这就显示了贾府之败的必然性,让我们从中看出封建统治阶级在腐化,在没落,这是谁也改变不了的历史趋势。

　　王熙凤在梦中听秦氏念了这两句话后,"还欲问时,只听二门上传出云板,连叩四下,正是丧音"。这描写是发人深醒的。为王熙凤和整个贾府叩云板、报丧音的不正是秦可卿吗?对于这样一个历时百年的封建大家族的没落,作者及其亲友都是极为伤感的,一闻丧音,不免涕泪交流。比如小说的题名人之一,东鲁孔梅溪,他为了纪念曾替作者旧稿《风月宝鉴》作过序的作者亡弟棠村,仍给《石头记》新稿题上了这个旧名(见甲戌本第一回批)。可见他对作者家世十分了解,且有感情。他在这两句话上,就加批说:"不必看完,见此二句,即欲堕泪。"容易动感情的畸笏叟,当然更为之而"悲切感服"。他"感服"什么呢?就是秦氏为贾家后事作了周密的考虑,如在祖茔附近预先多置房产、田地,以备祭祀、供给,也为子孙将来留一条退路等等,总之都是为封建大家族长远利益打的算盘。他还因此原谅了秦氏生前的行为,嘱令曹雪芹把暴露她与公公贾珍之间丑事的"遗簪、更衣诸文"统统删去,以便将她从作者的"刀斧之笔"下"赦"出来。这些虽然只是批书人的立场观点,但从作者终于删改"淫丧天香楼"文字和描写这一段托梦的情节来看,对贾府的"树倒猢狲散"的结局,作者自己也同样是充满着悲惋之情的。

金紫万千谁治国

（第 十 三 回）

金紫万千谁治国[①]？
裙钗一二可齐家。

【说明】

　　此回写秦氏死后,贾珍要不惜花费地大办丧事,因无人能主持料理,只好请出荣国府的女强人王熙凤来协理宁国府。凤姐接受后,便考虑"须得先理出一个头绪来",于是想到必须纠正宁国府中五种弊病才行。回末在"不知凤姐如何处治,且听下回分解"后,以"正是"二字接此一联。

【注释】

　　①　金紫——佩金饰穿紫袍者,指高官显爵的男子。

【鉴赏】

　　《红楼梦》所写的贾府这一贵族大家庭,在某种意义上是整个封建宗法制统治社会的缩影,因为两者十分相似,只是大小不同而已。作者往往也有意识地以小寓大,借题发挥。这一联是明确地将"齐家"与"治国"联系在一起而加以议论的。所以像王熙凤或者还有后来实行"兴利除弊"、将大观园的管理改用承包制办法的探春,都不宜只当作单纯的贵族大家庭的管家妇来看待,她们是政治色彩很浓的人物,也就是这里说的"裙钗一二"。

　　王熙凤看到宁国府的五大病是:"头一件是人口混杂,遗失东西;第二件,事无专执,临期推委;第三件,需用过费,滥支冒领;第四件,任无大小,苦乐不均;第五件,家人豪纵,有脸者不服钤束,无脸者不能上进。"此五大病令脂批感触万端,以至"失声大哭",见书恨晚。可见其概括封建大家庭这方面的弊端相当有典型性,即使今天看来,也仍不失其借鉴意义。凤姐是怎样有效处治的呢?归纳起来,主要的大概有三条:一、实行岗位责任制,每人各司其职,要求具体,职责分明;二、规定制度,有令必行,严格执法,违者必罚,不讲情面;三、以身作则,早来晚退,亲自检查,做到事事心中有数。这些经验,似乎也还没有完全过时。凤姐身上,坏的东西自然不少,但从这一联诗句来看,作者对凤姐杰出的治理才能,确是抱赞赏态度的。

豪华虽足羡

(第十七回、十八回)

豪华虽足羡,离别却难堪。
博得虚名在,谁人识苦甘?

【说明】

此诗见于己卯、庚辰本第十七、十八回,戚序本第十七回正文开头,己、庚本有"诗曰"字样,并有脂批云:"好诗! 全是讽刺。近人谚云:'又要马儿好,又要马儿不吃草。'真骂尽无厌贪痴之辈。"戚本虽无"诗曰"字样,但仍有批语。诗当是作者写的标题诗。

【鉴赏】

诗写元春归省。以封贵妃为"虚名",说"甘苦"无人识得,揭露了宫闱是妇女的死牢,借此否定首句,表明豪华并不足羡。全诗用语浅显而蕴意深刻。

题大观园诸景对额

（第十七回）

曲径通幽处①

贾　宝　玉

【说明】

　　大观园工程告竣，只待在各处题上匾额对联，使景物生色，便可恭迎元春了。贾政引众清客进园观看，一路暂拟题咏，因闻得宝玉专能对对联，便命他同往，以试其才情。

　　进大观园，迎面一山，遮住园中诸景，微露羊肠小道，山上有镜面白石一块留题。

【注释】

　　①　曲径通幽处——唐代常建《题破山寺后禅院》诗："曲径通幽处，禅房花木深。"论诗者以为语带禅机。意思是它说了一个佛家的道理，即要到达能领悟妙道的胜境，先得走过一段曲折的小路。程高本这一留题作"曲径通幽"。大概改的人以为留题用四个字更好，遂删去"处"字。殊不知宝玉说"莫若直书'曲径通幽处'这句旧诗在上，倒还大方气派"。若减一字，便不是"直书"，也非"旧诗"原句了。

沁　芳①

贾　宝　玉

绕堤柳借三篙翠，
隔岸花分一脉香②。

【说明】

从曲径通幽处入石洞,佳木茏葱,奇花闪灼,"一带清流,从花木深处曲折泻于石隙之下"。向北,平坦宽豁,两边飞楼插空,雕甍绣槛。俯仰视之,清溪泻雪,石磴穿云。白玉为栏,环抱池沼,石桥三港,兽面衔吐。桥上有亭,亭上题此一额一联。

【注释】

① 沁(qìn 撤)芳——水渗透着芳香。

② "绕堤"二句——水光澄碧,好像借来堤上杨柳的翠色;泉质芬芳,仿佛分得两岸花儿的香气。绕堤、隔岸,水在其中。三篙,从深度上说水。一脉,从溪形上说水,但不着"水"字。这一联句法特殊,是诗歌炼句修辞的一种技巧。

有 凤 来 仪①

贾　宝　玉

宝鼎茶闲烟尚绿,
幽窗棋罢指犹凉②。

【说明】

"有凤来仪"即后来又名之为潇湘馆的所在,它的特征是"数楹修舍,有千百竿翠竹遮映"。

【注释】

① 有凤来仪——凤凰是古代传说中的仙禽,相传它的出现是一种瑞应。《尚书·益稷》:"箫韶(舜的乐曲)九成(一曲终叫一成),有凤来仪。"因为传说凤是食竹实的,所以借这一成语命名。又古时多以凤凰比后妃,额为元春归省而拟,正合。凤又是孤高不凡的仙鸟,若借以比后来居住在这里的林黛玉,也合。

② "宝鼎"二句——宝鼎,这里指煮茶的鼎炉。本来,茶沸热时,则有绿

烟;棋在着时,指头觉凉。现在却说"茶闲""棋罢"之时,亦复如此,正是为了写竹。翠竹遮映,所以疑尚有绿烟;浓荫生凉,所以似乎仍觉指冷。小说中也写到潇湘馆"窗户外竹影映入纱窗来,满屋内阴阴翠润,几簟生凉"(第三十五回)。这一联与小说中提到的陆游诗句"重帘不卷留香久,古砚微凹聚墨多"同属一路。这是从琐事细节上体察物性事理,以表现一种闲雅情致。

杏帘在望——稻香村①

贾　宝　玉

新涨绿添浣葛处②,
好云香护采芹人③。

【说明】

这是题大观园中人工造成的田野山庄的对额。

【注释】

① 杏帘在望、稻香村——因为此处"有几百枝杏花,如喷火蒸霞一般",贾政等人想题作"杏花村",还叫人做一个酒幌,用竹竿挑在树梢头,以凑合唐代杜牧《清明》诗:"借问酒家何处有? 牧童遥指杏花村。"贾宝玉嫌题额陋俗,以为不如因旧诗"红杏梢头挂酒旗"题作"杏帘在望",或据"柴门临水稻花香"称为"稻香村"。唐代许浑《晚至章隐居郊园》诗:"村径绕山松叶暗,柴门临水稻花香。"明代唐寅《题杏林春燕》诗:"绿杨枝上啭黄鹂,红杏梢头挂酒旗。"

② "新涨"句——这句从田庄背山临水写来。新绿,指新鲜的春水。浣,洗濯。葛,蔓生植物,多长于山间,煮取它的纤维,在长流水中捶洗干净后,可以织布制衣。《诗经·周南·葛覃》:"薄(语助词)浣我衣(指葛衣)。"写一个新妇很勤,洗净葛衣才回娘家。旧说此诗颂"后妃之德",所以用"浣葛"事也合元春身份。元春后来就赐名此地为"浣葛山庄"。

③ "好云"句——这一句暗喻元春为贵妃,如祥云庇护着贾府。好云,指

云能生色，又兼喻"喷火蒸霞一般"的杏花，所以说"香护"。以云喻盛
开的花是诗中常例。芹，指水芹菜，多长于水边。《诗经·鲁颂·泮
水》："思乐泮水，薄采其芹。"泮水，泮宫(学宫)之水。后人就把考中
秀才入学为生员，叫做"入泮"或"采芹"。所以"采芹人"又指读书人。
此句与上一句字面上说的是村野人的事，切所题之景，而出典则又
"入于应制之例"，且同用《诗经》语，写山、水、杏花诸景，而不着"山"、
"水"、"杏"等字，都是旧诗技巧上的讲究。

蓼汀花溆①

贾　宝　玉

【说明】

　　自稻香村转过山坡，抚石依泉而进，过众花圃，"忽闻水声潺湲，泻
出石洞，上则萝薜倒垂，下则落花浮荡"，留题于此。

【注释】

①　蓼汀——"蓼汀"一词当从唐代罗邺《雁》诗"暮天新雁起汀洲，红蓼花
　　开水国愁"想来。其意境萧索，所以元春看了说："'花溆'二字便好，
　　何必'蓼汀'？"汀，汀洲，水边平沙。　　花溆(xù 序)——此词当从唐
　　代崔国辅《采莲》诗"玉溆花争发，金塘水乱流"想来。溆，浦、水边。

兰风蕙露

清　　客

麝兰芳霭斜阳院①，
杜若香飘明月洲。

三径香风飘玉蕙，
一庭明月照金兰②。

【说明】

清客拟的这两联和下面宝玉所拟"蘅芷清芬"一联,都是题后来名之为蘅芜苑的。蘅芜苑的特征是房屋被山石所绕,"而且一株花木也无",却长满了各种牵藤引蔓的异草香花。

【注释】

① "麝兰"二句——上句套古诗"蘼芜满院泣斜阳"句,书中已指出,说它"颓唐";同时,也与"四面群绕各式石块,竟把里面所有房屋悉皆遮住"的环境不合。下句也是抄袭唐代徐坚《棹歌行》"影入桃花浪,香飘杜若洲"的。麝兰、杜若,都是香草。霭(ǎi 蔼),云气,引申为弥漫。

② "三径"二句——这两联从额题到楹对,都是作诗不顾具体环境、全无诗情而只会凑泊俗套的标本。宝玉说:"此处并没有什么'兰麝''明月''洲渚'之类,若要这样着迹说起来,就题二百联也不能完。"作者借此讽刺了一些装模作样、自命风雅,实际上是不学无术、庸俗不堪的士人清客。三径,庭园间小路。汉代蒋诩(xǔ 许)隐居后,曾于舍中竹下开一条三叉小路,只与求仲、羊仲二人来往。蕙,兰的一种,多穗。以"玉蕙"对"金兰",说明才思贫瘠,只求藻饰。

蘅 芷 清 芬

贾 宝 玉

吟成豆蔻才犹艳①,

睡足酴醾梦亦香②。

【注释】

① "吟成"句——这句说,吟成杜牧那样的豆蔻诗后,才思还是很旺。唐代诗人杜牧《赠别》诗:"娉娉袅袅十三馀,豆蔻梢头二月初。"豆蔻,指草豆蔻,春天开花,密集成穗状花序,花初生时,卷于嫩叶中,俗称含胎花,以喻少女。才犹艳,戚序本、程乙本等作"诗犹艳",当是他人胡改。"犹"字没有着落,成何文理!庚辰本原作"才",被另一笔迹点去,旁注"诗"字。今从己卯本。

② "睡足"句——这句因修辞技巧兼两层意思:一是花枝软垂无力像睡
梦沉酣;一是人在花气中睡梦也香甜。酴醾(tú mí 图迷),也写作"荼
蘼",蔷薇科植物,春末开花。

红 香 绿 玉 ①

贾 宝 玉

【说明】

这是拟题后来的怡红院的,元春见了将它改为"怡红快绿"。

【注释】

① 红香绿玉——先是一个清客说题"崇光泛彩",宝玉以为"此处蕉、棠
两植",不宜偏题。为什么说偏呢? 因为"崇光泛彩"用的是苏轼《海
棠》诗"东风袅袅泛崇光(增长着的春光)",只说了海棠,漏了芭蕉,所
以用"红""绿"以兼顾。

【鉴赏】

这些题园景的额对,内容上都是风月闲吟,但题额对这一情节在
小说中却是不可缺少的。

小说中主要人物的种种活动都在大观园的背景上展开,作者通过
贾政、清客和宝玉巡看新告竣的大观园,拟题匾对,一开始就把园的规
模、方位、建筑布局、山水特色等等作了全面的介绍和重点的描绘。如
果没有这一情节,我们很难设想用其他什么方法能使结构繁复、景物
众多的大观园很快地就在我们读者心目中留下如此清晰、深刻的印
象。这样的安排,正是作者高于才能平庸的一般小说家的地方。

大观园中的几处房子,后来都分给宝玉和他的姐妹们居住,作者
预先描绘这些各具不同特点的景色,以便用它作背景来烘托以后房主
人的典型性格。如潇湘馆用竹来烘托黛玉的性格,与她"孤高自许、目
无下尘"的特点很相称。她容易伤感悲愁,所以又把竹子与潇湘的传
说典故连在一起。稻香村的环境,不但与守节寡欲的李纨性格协调,

就连楹联用"浣葛"等事,也与她家教素重封建妇德,认为女子"以纺绩井臼为要",自己也"惟知侍亲养子"等情况相称。蘅芜苑花木全无、幽冷软媚,怡红院蕉棠两植、红香绿玉,也都有意无意与房主人有关。

此外,作者还让题对额变成两类人在文才诗思方面的一次实地考核:一方面是被人称为"自幼酷喜读书"、当时在朝廷做官的贾政,以及他门下的一批附庸风雅的清客;一方面则是所谓"愚顽怕读文章"的封建逆子贾宝玉。考核的结果,谁优谁劣,谁智谁愚,谁被弄得窘态百出,这我们已从小说中看到了。在这里,作者对贾政及其门下清客相公们作了淋漓尽致的嘲讽。

清康熙和乾隆二帝,尤其是后者,不但喜欢游览各地山水名胜,且所到之处,总有雅兴对景留诗题额,只杭州西湖周围就比比皆是。此种习好,上行下效,形成一种普遍的社会风气,一直沿袭了下去,后人称之为"乾隆遗风"。《红楼梦》固然只写贾府家庭之事,但未始不可将这里题对额的情节视作是反映当时统治阶层习好的一种艺术再创造。

赞省亲别墅

(第十八回)

金门玉户神仙府,
桂殿兰宫妃子家①。

【说明】

贾元春来到大观园正殿,见"琳宫绰约,桂殿巍峨。石牌坊上明显'天仙宝境'四字,贾妃忙命换'省亲别墅'四字"。小说用这一联来赞宫室的建筑和陈设的富丽。

【注释】

① "金门"二句——一句说金碧辉煌,一句说芳香氤氲。桂、兰,皆芳香草木。古诗:"卢家兰室桂为梁。"又皆以仙境比宫室。"桂殿"又指月殿仙宫。

【鉴赏】

上一回描写众人要为正殿拟题时,有这样一段文字:"贾政道:'此处书以何文?'众人道:'必是"蓬莱仙境"方妙。'贾政摇头不语。宝玉见了这个所在,心中忽有所动,寻思起来,倒像那里曾见过的一般,却一时想不起那年月日的事了。"这里,脂评说,这是"仍归于葫芦一梦之太虚玄境"。可见,"省亲别墅"原准备题"蓬莱仙境"、"天仙宝境",都并非泛泛夸张。作者要通过这种描写暗示的是,贾府以大观园为代表的奢靡豪华生活和以贾元春为代表的尊贵显赫地位,只不过是幻梦一场,转眼就会破灭的。宝玉觉得似曾相识,又想不起来,这表面上说的是他对梦游太虚幻境中所经历的种种,尚留下依稀的印象,实质上则是他对逐渐弥漫在华林之中的悲凉之雾,能够比别人感得更敏锐,而此时此刻又还不可能完全觉悟的一种曲折的艺术反映。

上 贾 妃 启

(第十八回)

贾　政

臣,草莽寒门①,鸠群鸦属之中②,岂意得征凤鸾之瑞③。今贵人上锡天恩④,下昭祖德⑤,此皆山川日月之精奇、祖宗之远德钟于一人⑥,幸及政夫妇。且今上启天地生物之大德⑦,垂古今未有之旷恩⑧,虽肝脑涂地,臣子岂能得报于万一!惟朝乾夕惕⑨,忠于厥职外⑩,愿我君万寿千秋,乃天下苍生之同幸也。贵妃切勿以政夫妇残年为念,懑愤金怀⑪,更祈自加珍爱⑫。惟业业兢兢⑬,勤慎恭肃以侍上,庶不负上体贴眷爱如此之隆恩也⑭。

【说明】

元春省亲至家,母女姊妹叙过别情,贾政至帘外问安,元春"隔帘含泪",对父诉说骨肉不相见之悲,贾政亦含泪启事,说了这番极其谨慎、恭肃的话。

【注释】

① 草莽寒门——贾氏百年豪族,贾政却卑称自己出身于山村里的穷人家。

② 鸠群鸦属——喻贾氏族中人都是卑贱的人。

③ 岂意——哪里料想到。 征凤鸾之瑞——与俗语说"飞出金凤凰"意思相同。征瑞,应了吉祥之兆。鸾,传说中凤凰一类的神鸟。

④ 贵人——妃子,位次于皇后。《后汉书·皇后纪序》:"光武中兴,六宫称号惟皇后、贵人。" 锡天恩——赐皇恩。

⑤ 昭祖德——光宗耀祖。

⑥ "此皆"二句——封建时代的观念,天地之灵气可以产生杰出人物,祖宗多积德,子孙就会交好运。钟,聚集。

⑦ 今上——当今皇帝。封建时代臣民称皇帝为"上"。 启德——开恩,发善心。 生物——生育万物。

⑧ 垂——降,赐下。 旷恩——大恩。

⑨ 朝乾(qián 前)夕惕——从早到晚慎勤戒惧,不敢稍有懈怠。《易经·乾卦》:"君子终日乾乾,夕惕若厉,无咎。"乾乾,即"健健",勉力而为、自强不息的意思。惕,小心谨慎。

⑩ 厥——其。

⑪ 懑(mèn 闷)愤金怀——心里忧闷烦躁。懑,闷。金,饰词,表示尊贵。

⑫ 祈——祈请。

⑬ 业业兢兢——也作"兢兢业业",小心谨慎的样子。

⑭　庶——表示希望之词。　眷——爱。

【鉴赏】

如果要了解封建伦理纲常是什么，它有什么作用，曹雪芹所描写的贾政与元春之间畸形的父女关系，就正好为我们提供了极其生动形象的教材。从小说中，我们看到封建礼法宣扬男尊女卑、父尊子卑，最后都得服从于君尊臣卑。也就是说，在封建社会里，人与人之间的种种关系中，有一种关系是最主要的，高于一切的，那就是阶级的统治关系、政治上的等级关系。它在种种关系中享有绝对的权威，不容许别的什么关系与之相抵触；如果有了矛盾，它就可以把别的关系踩在脚下。

省亲，表面上看，是让嫔妃回家看看父母亲人，叙天伦之乐，尽做女儿的孝道，倒确乎有点像贾府中人所颂扬的："如今当今体贴万人之心，世上至大，莫如'孝'字，想来父母儿女之性，皆是一理，不是贵贱上分别的。"（第十六回）而实际上如何呢？为了恭迎元春，贾府上下老小从五鼓起身直等到上灯，身为祖母和母亲的贾母和王夫人，见了元春，怕她"行家礼"，全都"跪止不迭"。做父亲的贾政更连见女儿一面都不可能，有话要说，也必须像臣子对皇帝那样奏启，而且一个只能在"帘外问安"，一个则只好"垂帘行参"。比起这样"隔帘"的"省亲"来，囚犯家属的探监倒可算是比较自由的了。为什么连父亲也不能见呢？因为元春首先是贵妃——皇帝的小老婆，而贵妃，除了太监，是不准与别的男人见面的，哪怕你是父亲也罢。就连自己一手抚养的亲弟弟宝玉、一个未成年的孩子，元春没有传命，他也只能站在室外，所谓"无谕，外男不敢擅入"。同时，贵妃的身份、地位，又使元春成了皇帝的代表。所以，她的父母长辈，不但都要向她下跪，行"国礼"，而且说话必须称臣道名，用最恭肃卑顺的语言，就像一个下贱的奴才侍奉最尊贵的主子一样。这一切都表明封建的伦理纲常，只不过是维护封建宗法统治的工具而已。

贾政的奴才相，我们今天看来确是十分丑恶。明明是世家大族，偏说是什么"草莽寒门";人家都说"上昭祖德",他却偏要说"下昭祖德"。为了"颂圣",当然不妨自卑自污,把贾家人说成是"鸠群鸦属",或者比作别的什么也都无不可。只是这一来也就发生了问题:元春难道不是贾家人,不是贾政的女儿?所谓"凤鸾"难道不是"鸠鸦"所生?曹雪芹抓住了这种矛盾的现象,深刻地表现了封建阶级的统治秩序、政治上的等级关系,如何轻易地抹煞和颠倒了家族之间的血缘关系,让我们看到封建专制制度究竟是怎么一回事,人与人的关系可以被改变到何等程度,这是很有价值的。

　　其实,也并非贾政比别的处在他这样地位的人更善于阿谀奉承,更会挖空心思地想出"岂意得征凤鸾之瑞"一类话来。脂批就说:"此语犹在耳。"可见,此类语言,作者的前辈倒是常常挂在口头上的。这种在我们的时代已难以想像的十分可笑的现象,在曹雪芹那个时代里、那种社会制度下、那个阶级之中,实在是被看成天经地义、理所当然的。

题大观园正殿额对

（第 十 八 回）

贾 元 春

顾恩思义（匾额）

天地启宏慈，赤子苍头同感戴；
古今垂旷典，九州万国被恩荣①。

【说明】

　　元春游园后,提笔为"几处最喜者赐名",正式名园为"大观园",并书此一匾一联于正殿。

【注释】

① “天地”四句——这副对联的意思是:慈爱之大如天高地厚,老百姓人人都感恩戴德;恩典之大乃古今罕有,天下都得到恩惠和荣耀。这是歌颂“皇恩浩荡”的话。赤子苍头,老幼,即所有百姓。赤子,本指初生的孩子,因婴儿皮红;一说因未有眉发。后亦用以指百姓。苍头,指老年人,因其白发苍苍。程高本“苍头”作“苍生”,与“赤子”不能对举。古今垂旷典,与前启中“垂古今未有之旷恩”义同。典,恩。

【鉴赏】

这类文字,就作品反映政治斗争的内容看,既是掩护,又是暴露。由于它“称功颂德,眷眷无穷”,所以是一种掩护;但由此看出贾府受皇帝特别宠幸的身份地位,让我们清楚地了解这个封建大家族的政治靠山是什么,这就是一种暴露。

大观园题咏

(第十八回)

【说明】

元春书匾额、对联后,又题大观园一绝。然后命众姊妹也各题一匾一诗,又要宝玉为“潇湘馆”、“蘅芜苑”、“怡红院”、“浣葛山庄”四大处各赋五言律一首,借此面试其才情。

题 大 观 园①

贾 元 春

衔山抱水建来精,多少工夫筑始成②!

天上人间诸景备，芳园应锡大观名③。

【注释】

① 题大观园——这首总题大观园的绝句，与后面几首不同，作者是有深意的：说的是园林建筑，其实也指小说创作。

② "衔山"二句——环山萦水的构建，设计精心，工程浩大。作者借此暗寓小说创作呕心沥血，周密构思，花了他一生大半精力。

③ "天上"二句——可以看出：一、"天上人间诸景备"的大观园，只有通过艺术的典型概括，才能创造出来。不可能把它落实到某一个具体的地点。二、天上，也隐指"太虚幻境"，暗示"天上"与"人间"两种境界的联系。三、小说所反映的社会生活面是广阔的，作者使用了特殊的典型化手法，使大观园里发生的封建大家族中的故事，成了整个中国封建宗法社会(这两者极其相似，只是大小不同而已)的缩影。从"天上"到"人间"亦即从皇家到百姓，形形色色，包罗万象，蔚为"大观"，确是一幅封建社会末期的历史画卷。锡，赐。

旷 性 怡 情① (匾额)

贾 迎 春

园成景备特精奇②，　奉命羞题额旷怡③。
谁信世间有此境，　游来宁不畅神思④？

【注释】

① 旷性怡情——使胸怀开阔，心情愉快。

② 景备——景致齐备，与"园成"对举。程高本改作"景物"。

③ 羞题额旷怡——不好意思地题了"旷性怡情"的匾额。

④ 宁不——怎不。　畅神思——就是额题"旷性怡情"的同义语。

万 象 争 辉① (匾额)

贾 探 春

名园筑出势巍巍②，　奉命何惭学浅微③。

精妙一时言不出，　果然万物生光辉④。

【注释】

① 万象争辉——在程高本中，贾探春所作"万象争辉"七绝被改为七律"文采风流"，与李纨所作的诗对调了。小说原有探春"自忖亦难与薛、林争衡，只得勉强随众塞责而已。李纨也勉强凑成一律"等话，程高本也改成"只得随众应命"和"勉强作成一绝"。可见，这是有意改换的。大概改者以为"文采风流"四字及那首七律更适合探春。其实，这也是似是而非之见。迎春说"羞题"，探春则说"何惭"，可看出二人截然不同的个性。今从脂本以保持原作面貌。

② 筑出——程高本作"筑就"。　势巍巍——指建筑气势雄伟，所谓"崇阁巍峨，层楼高起，面面琳宫合抱，迢迢复道萦纡"。

③ "何惭"句——这句说，既然奉命而作，我纵不学无文，也就不怕献丑了。何惭，戚序本作"偏惭"；程高本作"多惭"。"何惭"切合探春的性格。今从庚辰本。

④ "精妙"二句——写出探春"随众塞责"。言不出，程高本作"言不尽"。万物生光辉，戚序本作"万象耀光辉"，程高本作"有光辉"。今从庚辰本。

文 章 造 化① (匾额)

贾 惜 春

山水横拖千里外，楼台高起五云中②。
园修日月光辉里，景夺文章造化功③。

【注释】

① 文章造化——景物之华美如天工神力造成。文章，义同"文采"。造化，谓天地创造化育万物，常指天运或神力。

② "山水"二句——上句极言地广，下句极写楼高。五云，五色云霞。隐以神宫仙府作比。白居易《长恨歌》："楼阁玲珑五云起，其中绰约多仙子。"

③ "园修"二句——大观园修建于皇帝贵妃的恩泽荣光之中,风光景物有巧夺天工之奇。封建文人多以日月比皇帝。这首绝句全用对仗。

文 采 风 流^① （匾额）

李　纨

秀水明山抱复回^②， 风流文采胜蓬莱^③。

绿裁歌扇迷芳草^④， 红衬湘裙舞落梅^⑤。

珠玉自应传盛世^⑥， 神仙何幸下瑶台^⑦！

名园一自邀游赏， 未许凡人到此来^⑧。

【注释】

① 文采风流——这里指景物多采,风光美好,人事标格不凡。

② 抱复回——要合抱而又回转,即曲折萦绕的意思。

③ 蓬莱——传说中海上的仙山。

④ "绿裁"句——歌扇用绿绸裁制成,与芳草颜色一样,迷离难分。歌扇,古时女子歌唱以扇遮面,所以有歌扇之称。

⑤ "红衬"句——这句是说刺绣的裙子上衬着红花,舞动时如红梅落瓣,随风飞回。湘裙,著名湘绣做的裙子。以歌扇、舞衣成对的诗句,历来甚多,如南朝梁阴铿有"莺啼歌扇后,花落舞衫前"之句,又清初吴梅村《鸳湖曲》"芳草乍疑歌扇绿,落花错认舞衣鲜",皆是。又这一联句法套用第七十回中提到的杜甫《陪邓广文游何将军山林》诗:"绿垂风折笋,红绽雨肥梅。"

⑥ 珠玉——喻诗文美好。杜甫《和贾至早朝大明宫》诗:"朝罢香烟携满袖,诗成珠玉在挥毫。"当时,盛唐著名诗人王维、岑参等也都有同题和作,传为一时风流盛事。这里借以说大观园题咏。

⑦ 瑶台——传说中神仙所居的地方。李白作《清平调》,曾以瑶台仙子比杨贵妃。这句说元妃省亲,如仙子下凡。

⑧ "名园"二句——名园一经贵人游赏,便增价百倍,犹如仙境不许凡人来到。亦借此"颂圣"。

凝晖钟瑞① （匾额）

薛宝钗

芳园筑向帝城西②，华日祥云笼罩奇③。
高柳喜迁莺出谷④，修篁时待凤来仪⑤。
文风已著宸游夕⑥，孝化应隆归省时⑦。
睿藻仙才盈彩笔，　自惭何敢再为辞⑧？

【注释】

① 凝晖钟瑞——光辉瑞象毕集于此的意思。晖，日光，喻皇恩。瑞，吉兆。都是借以歌颂帝后的说法。钟，聚集。

② “芳园”句——说大观园筑在京城的西面。小说中设想的贾府在宫城的西面，如写元春归省时“忽见一对红衣太监骑马缓缓的走来，至西街门下了马”。

③ “华日”句——说气象佳胜。喻所谓“体仁沐德”受皇帝的恩荣。前两句即题额之意。

④ “高柳”句——喜庆莺从幽谷飞到高柳上去。喻元春出深闺进宫为妃。《诗经·小雅·伐木》：“伐木丁丁，鸟鸣嘤嘤。出自幽谷，迁于乔木。嘤其鸣矣，求其友声。”

⑤ “修篁”句——时刻等待凤凰飞到竹林里来。喻元春归来省亲。传说凤凰食竹实，呈祥瑞。参见十七回《题大观园诸景对额》中“有凤来仪”注①。篁，竹林。竹修长，所以称修竹、修篁。

⑥ 文风——所谓君主提倡文学、重视礼乐的风气。这是从封建政治的意义上来说大观园赋诗一事。　著——表现得显著。　宸游——皇帝外出巡游，这里指元春省亲。帝居叫宸，贵妃亦可称宸妃。

⑦ 孝化——孔孟认为能做到孝悌，就不会“犯上作乱”。后封建统治者就利用它作为维护封建宗法制度的道德基础，以此来规范人们的思想和行为，亦即所谓进行教化，所以称孝化。　隆——发扬光大。归省——回家探亲。

⑧ “睿（ruì瑞）藻”二句——两句说，见元春所题的才智非凡的联额和诗后，自惭才疏，不敢再措辞了。睿，明智，是封建时代常用作吹捧帝王

的字。藻,辞藻,泛指诗文。盈彩笔,南朝齐文人江淹曾梦仙人授五彩笔,文思大进。这三字程高本改作"瞻仰处"。

世 外 仙 源 （匾额）

林 黛 玉

名园筑何处①？　仙境别红尘②。

借得山川秀，　　添来景物新③。

香融金谷酒④，　花媚玉堂人⑤。

何幸邀恩宠，　　宫车过往频⑥。

【注释】

① "名园"句——此句只表赞叹,非认真设问。程高本作"宸游增悦豫",大大增加了"颂圣"色彩。

② 别红尘——不同于人间。别,区别。红尘,指人世间。

③ "借得"二句——上句说诗歌从山川中借得秀丽。唐代张说到岳州后,诗写得更好了,人谓得江山助。下句说盛事使园林增添新景物。这一联有题咏、归省等人事,但字面上不说出,是一种技巧。景物,程高本作"气象"。

④ 融——融入,混和着。　金谷酒——晋代石崇家有金谷园,曾宴宾客于园中,命赋诗,不成者,罚酒三斗。李白《春夜宴桃李园序》:"不有佳作,何伸雅怀? 如诗不成,罚依金谷酒数。"这里借典故说大观园中"大开筵宴",命题赋诗。

⑤ 媚——对人献妩媚之态,拟人化写法。　玉堂人——指元春。玉堂,妃嫔所居之处。《三辅黄图》:"未央宫有殿阁三十二,椒房、玉堂在其中。"《汉书》中亦有"抑损椒房、玉堂之盛宠"的话。这一联用典、对仗都很讲究,而小说中偏说黛玉是"胡乱做"的,是为了突出人物的聪明。上两句第一字点园景。

⑥ "何幸"二句——是说哪里来这么大的幸运,能够蒙受到元春归省这样的恩荣。邀,叨受,幸蒙得到。以元春归省为幸事,所以说"邀恩宠"。来家路上宫车马队往来不绝的情景,小说中有描写。

有 凤 来 仪①

贾 宝 玉

秀玉初成实②，　堪宜待凤凰③。
竿竿青欲滴④，　个个绿生凉⑤。
迸砌妨阶水，　穿帘碍鼎香⑥。
莫摇清碎影，　好梦昼初长⑦。

【注释】

① 有凤来仪——这一首和以下三首是元春指定面试宝玉的。末首《杏帘在望》系黛玉代作，因为她见宝玉构思太苦，所以就"考场作弊"了。

② 秀玉——喻竹。　实——竹实，凤食竹实。

③ 堪宜——正适合。

④ 青欲滴——形容竹子色鲜。

⑤ "个个"句——竹叶像许多"个"字，所以这样说。叶绿荫浓则生凉。与明代刘基《种棘》诗"风条曲抽'乙'，雨叶细垂'个'"用法相同。《史记·货殖列传》："木千章，竹竿万箇"的"箇"，则作枝解。

⑥ "迸砌"二句——倒装句法，即"妨阶水迸砌，碍鼎香穿帘"。意谓竹林挡住绕阶的泉水迸溅到阶台上来，又使房中鼎炉上所焚的熏香气味不会穿过帘子散去。前一句即十七回所写"后院墙下忽开一隙，清泉一派，开沟仅尺许，灌入墙内，绕阶缘屋至前院，盘旋竹下而出"。后一句亦借陆游"重帘不卷留香久"诗意写竹。砌，阶台的边沿。妨，或作"防"，二字本通义，与"碍"互文。

⑦ "莫摇"二句——意谓在此翠竹遮荫之下，正好舒适昼睡，希望竹子别因为有点风吹便动摇起来，使散乱的影子晃动于眼前，徒扰我好梦。潇湘馆后为黛玉所居，两句似有寓意。程高本"清碎"作"分碎"，"昼"作"正"，都改得不好。

蘅 芷 清 芬

贾 宝 玉

蘅芜满净苑，萝薜助芬芳①。

软衬三春草，柔拖一缕香。

轻烟迷曲径，冷翠滴回廊②。

谁谓池塘曲，谢家幽梦长③？

【注释】

① "蘅芜"二句——异草香花布满苑中，气味芬芳。蘅芜，香草。萝薜，藤萝、薜荔。第十七回："这些之中也有藤萝、薜荔，那香的是杜若、蘅芜。"净，程高本作"静"，不好。苑(yuàn院)，园林。

② "软衬"四句——形容苑中异草香花形态各异的样子。软衬、柔拖，蘅芜苑的异草香花以牵藤引蔓为多，所以用"软"、"柔"。写色用"衬"，写香用"拖"。轻烟，喻藤蔓延生萦绕的样子，如女萝亦称烟萝。冷翠，指花草上的露水。迷曲径、滴回廊，因为这些植物"或垂山巅，或穿石隙，甚至垂檐绕柱，萦砌盘阶"，所以这样写。后人大概未注意"垂檐绕柱"等描写，以为"滴回廊"不合情理，改成"湿衣裳"，虽有王维《山行》诗"山路原无雨，空翠湿人衣"可作依据，但这里究竟不是在写"山行"，且"衣"和"曲"也对不起来。

③ "谁谓"二句——谁说只有写过"池塘生春草"名句的谢灵运才有触发诗兴的好梦呢！用南朝诗人谢灵运梦见其族弟谢惠连而得到佳句的典故。《诗品》引《谢氏家录》："康乐(谢灵运，曾袭封康乐公)每对惠连，辄得佳语，后在永嘉西堂，思诗竟日不就。寤寐间，忽见惠连，即成'池塘生春草'。故尝云：'此语有神助，非吾语也。'"

怡 红 快 绿

贾 宝 玉

深庭长日静，　　两两出婵娟①。

绿蜡春犹卷②，　　红妆夜未眠③。

凭栏垂绛袖，　　倚石护青烟④。

对立东风里，　　主人应解怜⑤。

【注释】

① 两两——指芭蕉与海棠。上一回宝玉说："此处蕉棠两植，其意暗蓄'红''绿'二字在内。若只说蕉，则棠无着落；若只说棠，则蕉亦无着落。固有蕉无棠不可，有棠无蕉更不可。"所以，这一律四联，双起双收，中间"暗蓄'红''绿'"。　婵娟——美好的样子。指蕉棠。

② "绿蜡"句——春天里芭蕉叶还卷而未展。绿蜡，翠烛，比喻还卷着叶的芭蕉。小说中说宝玉草稿上先写的是"绿玉"，宝钗看了说，贵人不喜欢这个词，教他改了；还说"唐钱翊(yì 易)咏芭蕉诗头一句'冷烛无烟绿蜡干'，你都忘了不成？""钱翊"是笔误或抄讹的，有的本子改为"韩翊"、"韩翃"，亦误。这句诗是钱珝(xǔ 许)的，诗题是《未展芭蕉》，见于计有功《唐诗纪事》卷六十六，《全唐诗》卷二十六存其诗一卷。全诗是："冷烛无烟绿蜡干，芳心犹卷怯春寒；一缄书札藏何事？会被东风暗拆看。"句句设喻。可见这句中"春犹卷"三字亦本此，与"绿蜡"二字原是一起构思的。小说穿插对话，指明出处，为了让人知道"春犹卷"就是"芳心犹怯寒"的意思。这样，与下一句"红妆夜未眠"就不是单纯写景，实在都是借花木以写人，写怡红院中的生活。

③ "红妆"句——海棠在夜里并未睡着。红妆，女子，喻花。苏轼《海棠》诗："只恐夜深花睡去，故烧高烛照红妆。"

④ "凭栏"二句——海棠如美人凭栏垂下大红色衣袖，芭蕉倚石而植，使山石如被青烟所笼罩。以绛袖喻海棠，如刘说《欧园海棠》诗"玉肤柔薄绛袖寒"；以云烟喻蕉，如徐茂吴《芭蕉》诗"当空炎日障，倚槛碧云流"。

⑤ "对立"二句——仍以蕉棠收结。主人，题咏时，应指元春，以后也就是怡红院主宝玉自己。解怜，会爱惜。

杏 帘 在 望

林黛玉代拟

杏帘招客饮，在望有山庄①。
菱荇鹅儿水，桑榆燕子梁②。
一畦春韭绿，十里稻花香③。
盛世无饥馁，何须耕织忙④？

【注释】

①　"杏帘"二句——这一联分题目为两句,浑成一气,以下六句即从"客"的所见所感来写。帘,酒店作标志的旗帜。"杏帘"从唐寅诗"红杏梢头挂酒旗"来(见第十八回《题大观园诸景对额》中《杏帘在望——稻香村》注①)。招,说帘飘如招手。

②　"菱荇(xìng杏)"二句——种着菱荇的湖面是鹅儿戏水的地方,桑树榆树的枝叶正是燕子筑巢用的屋梁。荇,荇菜,水生,嫩叶可食。此二句没有语法上通常构成谓语所需要的动词或形容词,全用名词组合,是"鸡声茅店月"句法。鹅儿成群戏水、燕子衔泥穿树等等,不须赘辞,已在想像之中。

③　"一畦"二句——畦,田园中划分成块的种植地。书中说元春看了诗后"遂将'浣葛山庄'改为'稻香村'"。但"稻香村"之名,本前宝玉所拟,当时曾遭贾政"一声断喝"斥之为"胡说";现在一经贵妃娘娘说好,"贾政等看了,都称颂不已"。绿,程高本作"熟"。

④　"盛世"二句——大观园中虽有点缀景色的田庄,而本无耕织之事。所以诗歌顺水推舟说,有田庄而无人耕织不必奇怪,现在不是太平盛世吗?既然没有饿肚皮的人,又何用忙忙碌碌地耕织呢?

【鉴赏】

《大观园题咏》实际上是朝廷中皇帝命题叫臣僚们作的应制诗的一种变相形式。《红楼梦》这部以"言情"面目出现的小说,常常采用这种障眼法来描写它所不便于直接描写的内容,以免被加上"干涉朝廷"的罪名。所以,在这些诗中除了蔑视功名利禄的贾宝玉所作的几首以外,大都不脱"颂圣"的内容,这是并不奇怪的。

但同是"颂圣",也因人而异。林黛玉所作就颇有应付的味道,如"盛世无饥馁,何须耕织忙"即是。命人赋诗者何尝不知其为了作诗而矫情地粉饰太平,但只要对方有这样的本领,能说得符合自己的政治需要,就加以褒奖,真话假话倒无关紧要。宝钗的诗则可以看出从遣词用典到构章立意都是以盛唐时代那些有名的应制诗为楷模的。对她来说,歌功颂德,宣扬孝化文风,倒出于她的本心本意。她受到称赞,是理所当然的。

　　此外,从匾到诗,还是个性化或暗合人物命运的。迎春为人懦弱,逆来顺受,所以自谓能"旷性怡情";她缺乏想像能力,所以诗也写得空洞无物。探春为人精明,因知"难与薛、林争衡",不如藏拙为是,故只作一绝以"塞责";但"何惭学浅"之语,与迎春言"羞",宝钗称"惭",自不相犯,都表现各人的个性。她题"万象争辉",写高楼崇阁气势巍巍,和惜春赞美造化神力,又都仿佛无意中与她们后来一个嫁得贵婿(参见第六十三回《花名签酒令》鉴赏),一个皈依佛门等事有瓜葛。李纨,小说中虽说她自幼父亲"不十分令其读书",但毕竟出身名宦,"族中男女无有不诵诗读书者",非寻常家庭妇女可比;她后来被推为诗社社长,除了因年长之外,也说明她还是懂一点诗的。她作的七律,也很符合这种虽乏才情,但尚有修养的情况:诗中或凑合前人旧句,或借用唐诗熟事,都还平妥稳当。所题"文采风流"四字,似亦能令人联想到后来贾兰的荣贵,至于"未许凡人到此来"等语,又与她终生持操守节的生活态度相切合。如此等等,读《红楼梦》诗词时都是应该注意到的。

题 佛 寺 匾
(第 十 八 回)

贾 元 春

苦海慈航①

【说明】

　　元春省亲到最后,"将未到之处又复游玩。忽见山环佛寺,忙另盥手进去焚香拜佛",并题此一匾。

【注释】

　　① 苦海慈航——佛教宣扬现实人生如苦海,佛发慈悲,能超度众生脱离

苦海,故喻称慈航。《清凉禅师语录》:"夫般若者,苦海之慈航,昏衢之智烛。"

【鉴赏】

　　有脂批说元春为佛寺题匾,云:"寓通部人事。一篇热文,却如此冷收。"这是不错的。从佛家看来,通部小说中种种风月繁华原同梦幻,众生只不过是在茫茫苦海中历劫而已。可是,谁又能登上慈航而脱离苦海呢?弃世出家而皈依佛门吗?那也不过是一条精神上自我欺骗、自我麻醉的路,哪里能真的超脱?不过这一细节写在元春经此番省亲热闹而即将离别亲人、回到见不得人的皇宫大内之际,是极耐人寻味的,它仿佛是从元春无人识得的凄苦内心中不知不觉地流露出来的向神明乞求怜悯的声音。

续《庄子·胠箧》文

（第二十一回）

贾　宝　玉

　　(原作)故绝圣弃知,大盗乃止①;擿玉毁珠②,小盗不起;焚符破玺③,而民朴鄙④;掊斗折衡⑤,而民不争;殚残天下之圣法⑥,而民始可与论议。擢乱六律⑦,铄绝竽瑟⑧,塞瞽旷之耳⑨,而天下始人含其聪矣⑩;灭文章⑪,散五彩,胶离朱之目⑫,而天下始人含其明矣⑬;毁绝钩绳⑭,而弃规矩⑮,攦工倕之指⑯,而天下始人有其巧矣。

　　(续作)焚花散麝,而闺阁始人含其劝矣⑰;戕宝钗之仙姿⑱,灰黛玉之灵窍⑲,丧减情意⑳,而闺阁之美恶始相类矣㉑。彼含其劝,则无参商之虞矣㉒;戕其仙姿,无恋爱之心矣;灰其灵窍,无才思之情矣。彼钗、玉、花、麝者,皆张其罗而穴其隧㉓,所以迷眩缠陷天下者也㉔。

【说明】

　　袭人不满宝玉与黛玉过分接近。她一边向宝钗说:"姊妹们和气,也有个分寸礼节,也没个黑家白日闹的!凭人怎么劝,都是耳旁风。"一边对宝玉弄性气撒娇,故意不加理睬,冷淡他。宝玉恼恨之馀,饮酒,读《南华经》,有所感触,趁着酒兴,提笔续了这一段文字。

　　庄子,庄周(约前369—前286),道家学派的代表人物,也是天才的文学家。战国中期宋人,做过管理漆园的小吏,以后靠编草鞋为生。他处于奴隶制向封建制过渡的时代,当时社会变革和反复都很激烈。庄子对现实有很深刻的观察和批判,同时又充满幻想,企图从主观精神上去寻求解脱现实矛盾的出路。庄子思想有消极的东西,但也有极为难得的古代辩证法和揭露批判剥削阶级虚伪性的有价值的内核。"其文则汪洋辟阖,仪态万方,晚周诸子之作,莫能先也"(鲁迅《汉文学史纲要》)。在文学上有很高的成就。现存《庄子》一书,是他和他的后学所作。共三十三篇,分内篇、外篇和杂篇,又称《南华经》。《胠箧》是外篇中的一篇,着重抨击当时统治阶级剥削和压迫人民的强盗本质,宣扬"绝圣弃知",回到上古"民结绳而用之"的"至德之世",是一种古代的乌托邦政治理想。其中颇多愤激之言。胠(qū 驱),开。箧(qiè 窃),箱子。文章一开始用防备开箱子的小偷为喻,所以取这两个字为篇名。

【注释】

　　①　"故绝"二句——庄子认为,儒家圣人所提出的仁义道德那套治国方

法是产生大盗窃国的根源,所以他主张杜绝圣人,抛弃才智。

② 擿(zhì 至)——同"掷",丢弃。

③ 焚符破玺(xǐ 洗)——符,用竹制的信符,古时作证明用。玺,玉石的印章。这些东西本为防止欺诈的,但坏人正可以利用它进行诈骗,所以说要焚毁、摧破它。

④ 朴鄙——朴实单纯。

⑤ 掊斗——把斗敲破。掊,同"剖"。　折衡——折断秤杆。

⑥ 殚(dān 丹)残——尽毁,彻底打倒。　圣法——指文、武、周公等"圣人"所定的法制。

⑦ 擢乱——搅乱。擢,疑借为"搅"。　六律——古代音乐中,把八度音(如 1—i)分为十二个半音,其中单数六个叫"六律",偶数六个叫"六吕",总称十二律。律,古代音乐审音的标准。

⑧ 铄(shuò 朔)——销毁。　竽瑟——乐器,竽是吹的,瑟是弹的。

⑨ 瞽(gǔ 古)旷——师旷,春秋晋国著名乐师,相传他能审音以占吉凶。古代乐官多是瞎子,所以称瞽旷。瞽,眼瞎。

⑩ 聪——耳明。

⑪ 文章——花纹。

⑫ 胶——粘合。　离朱——相传古代有名的目力很强的人。《慎子》:"离朱之明,察毫末于百步之外。"

⑬ 明——指目明。

⑭ 钩——画曲的工具。　绳——画直的工具。

⑮ 规——画圆的工具。　矩——画方的工具。

⑯ 捆(lí 利)——折。　工倕——传说尧时的巧匠。

⑰ "焚花"二句——意思说毁灭了袭人、麝月那样的丫头,家庭之中才人人能知道什么是自己应努力去做的。袭人姓"花",花木可以"焚"毁;"麝"是香,所以用"散"。劝,受教而知所勉力。《韩非子》:"善之生如春,恶之死如秋,故民劝。"

⑱ 戕(qiāng 枪)——毁伤。

⑲ 灰——消灭。

⑳ 丧减——程高本所"丧灭"。

㉑ 相类——相同。

㉒ 参(shēn 申)商之虞——互相不和好的忧虑。参、商本是两颗星,此出彼没,不同时出现。常用以比喻分离不得相见或意见不合、不和好。这里是后者的意思。

㉓　穴其隧——挖好了她们的暗道。程高本作"邃其穴"。
㉔　所以——所用以,拿它来。　迷眩——程高本作"迷惑"。

【鉴赏】

　　在此之前,小说已写过作诗,这次一试续庄子的古文,也算别开生面;但又不是一本正经地做文章,而只是游戏笔墨。曹雪芹很擅长这种诙谐幽默文字,读来特有风趣。这很像他写宝玉"每见一题,不拘难易,他便毫无费力之处,就如世上油嘴滑舌之人,无风作浪,信着伶口俐舌,长篇大论,胡扳乱扯,敷演出一篇话来。虽无稽考,却都说得四座春风。虽有正言厉语之人,亦不得压倒这一种风流去的"(第七十八回)。其实,这也是最能测出作者才能来的地方。后四十回续书文字相形见绌最明显不过的就是压根儿不会诙谐幽默。

　　这段文字写的是宝玉因感情纠葛而引起的困扰和苦恼,情况虽则并不严重,似乎很容易消除;但这并非游戏,而是植于思想深处的一种根子,平息也只是暂时的。它还会随着时间的推移、环境的改变而再度萌发;直至精神上的重负超过他能承受的程度而产生"情极之毒",使一个最多情者流于无情之地。

题宝玉续庄子文后

(第二十一回)

林　黛　玉

无端弄笔是何人①?　　作践南华《庄子因》②。
不悔自己无见识③,　　却将丑语怪他人④!

【说明】

　　黛玉来到宝玉房中,宝玉不在,因翻弄案上书,见其所续《庄子·胠箧》文,"不觉又气又笑",也提笔续诗于后。

【注释】

① 无端——无缘无故。

② 作践——糟蹋。程高本作"剽袭",改坏了。宝玉是明续,不是暗偷。《庄子》又称《南华经》,见前文说明。　《庄子因》——清代康熙时林云铭所著,解释《庄子》的书。这里意思说,像宝玉这样乱发挥《庄子》文义,简直把那些解释《庄子》一书者的声誉也给糟蹋了。后人不知"庄子因"为何物,以为错字,遂提笔改为"庄子文"(如程高本)。但宝玉所续,不论好坏,都对原作无损,于是又不得不改"作践"为"剽袭",越改越离开了原意。又"因"与"人"本同为上平声"十一真"韵,改为"文"便不是同一部韵了。此回脂评也有"为续《庄子因》数句,真是打破胭脂阵,坐透红粉关……"等语,(按:续的应该是《庄子》,脂评弄错了。)也可证原文确是"庄子因"而不是"庄子文"。

③ 自己——程高本作"自家"。

④ 怪——程高本作"诋"。

【鉴赏】

袭人见宝玉终日到黛玉、湘云房内混,很不以为然,诉诸宝钗,宝钗遂稍远宝玉。袭人为箴谏宝玉,又以撒娇含嗔、冷淡不理的态度对待他,使宝玉陷入苦恼之中。他从庄子思想中去寻求解脱,以为不论哪一方面都应弃绝不顾,才能怡然自悦。这虽是出于一时愤激、"趁着酒兴"所说的话,但毕竟还是皂白不分、是非不明之言。所以黛玉作诗相讥,说他"无见识",不能知人,因为在多心的黛玉看来,把自己混同宝钗(黛玉只当宝钗"心里藏奸",直至四十五回"金兰契互剖金兰语"后,误会才消除),甚至袭、麝,都说成是"张其罗而穴其隧"、"迷眩缠陷天下",这正证明宝玉自己已受到别人罗穴的"迷眩缠陷"。说出这样"丑语"来的人,正应该知道"自悔"才是。作者让黛玉出来反驳,正是让黛玉有机会为自己作必要的洗刷。

淑女从来多抱怨

（第二十一回）

淑女从来多抱怨^①，
娇妻自古便含酸^②。

【说明】

　　大姐痘疹毒尽癍回，贾琏搬回卧房来住。平儿收拾他的衣物，抖出一绺女人的头发，忙掖在袖内，帮贾琏瞒过凤姐。待凤姐一走，贾琏趁平儿不防，抢回头发，还搂着平儿求欢，被平儿夺手跑了。凤姐回来反错怪平儿。回末接此联。

【注释】

　　①　淑女——指平儿。
　　②　娇妻——指凤姐。

【鉴赏】

　　贾琏每有外遇，总是凤姐大发醋劲，平儿平白受气。后文还有贾琏奸情被凤姐撞破，因而大闹，平儿无故挨巴掌受屈"抱怨"事，故作此一联。对贾琏从平儿手中抢回女人头发的情节，有脂批云："妙！设使平儿收了，再不致泄漏，故仍用贾琏抢回，后文遗失，方能穿插过脉也。"可知贾琏藏起来的这绺头发，将来还要"漏失"，可能就成了贾琏夫妇后来闹翻的导火线。当然，这些都是已佚八十回后原稿中的情节，只能凭分析推断而知，实情已看不到了。

《山门》中《寄生草》曲

（第二十二回）

清·邱圆

　　漫揾英雄泪，相离处士家①。谢慈悲，剃度在莲台下②。没缘法③，转眼分离乍④。赤条条，来去无牵挂⑤。那里讨，烟蓑雨笠卷单行？一任俺，芒鞋破钵随缘化⑥！

【说明】

　　宝钗生日，贾母叫她点戏，她点了一出《鲁智深醉闹五台山》（又叫《山门》或《醉打山门》），并向宝玉推荐其中这一支《寄生草》曲子。宝玉听了，喜得拍膝叫绝。这出戏见于《虎囊弹》一剧，收入《缀白裘》集子，也见于《忠义璇图》。演的是《水浒》中鲁智深打死恶霸郑屠后，为避祸在五台山为僧，因醉酒打坏寺院和僧人，被他的师父智真长老遣送往别处的故事。寄生草，曲调名，是剧中鲁智深辞别师父时所唱。曲文各本略与《红楼梦》中所引有异，不校。《虎囊弹》一剧的作者有两说：一据高奕《新传奇品》中说是邱圆；一据焦循《剧说》中称朱良卿作剧三十三本，有此同名剧一种。高奕和邱圆是同时人，说法比较可信。邱圆，字屿雪，江苏常熟人，生卒年不详，约和王渔洋同时，当为清初康熙年间戏曲家。王国维《曲录》中提到他的作品九种，《虎囊弹》即其中较著名的一种，可惜传本现已残缺。

【注释】

　　① "漫揾（wèn 问）"二句——说自己英雄末路，转徙避祸。漫，聊且、胡乱。揾，揩拭。南宋辛弃疾《水龙吟》词："倩何人、唤取红巾翠袖，揾英雄泪。"处士，古时称有才德而隐居不仕的人。这里当指智真长老的兄弟七宝村的赵员外。鲁智深先避难于七宝村，受赵厚待，后因走

漏风声,赵又将他转移至五台山。

② 剃度——佛教把落发为僧说作是超度苦难,所以叫剃度。　莲台——寺中佛像下所塑的莲花座台。

③ 缘法——佛教称遇到能随缘指引入法门者为有缘法。

④ 乍——突然。这句说,自己没有在五台山修行的缘分,很快地便与师父离别了。

⑤ "赤条条"二句——佛教用以说不受身外之累。语出《景德传灯录》:"南泉师问陆宣大夫:'十二时中作甚么生?'陆曰:'一丝不挂。'师曰:'犹是阶下汉(门外汉)。'"

⑥ "那里讨"四句——意谓独自云游四方,任凭我自由自在,化缘度日,这样的生活向哪里去讨呢?是自得其乐、随遇而安的意思。用苏轼《定风波》词"竹杖芒鞋轻胜马,谁怕?一蓑烟雨任平生"句意。蓑衣笠帽是雨具,细雨如烟叫烟雨,拆配而成"烟蓑雨笠"是修辞用法。卷单行,离寺而去。卷单,佛教用语。行脚僧投寺暂宿,将衣钵等物挂搭在僧堂东西两序的名单之下,叫"挂单";离开寺院,就叫"卷单"。俺,我。芒鞋,草鞋。随缘化,随机缘而化之意。化,化缘。僧道向人求布施,鼓吹布施的人能与仙佛结缘,所以叫化缘。

【鉴赏】

宝玉怕听热闹戏,宝钗为自己所点之戏解释道:"你白听了这几年戏,哪里知道这出戏的好处;排场又好,词藻更妙。""要说这一出热闹,你还算不知戏呢。你过来。我告诉你,这一出戏是一套北《点绛唇》,铿锵顿挫,韵律不用说是好的了;只那词藻中有一支《寄生草》,填得极妙,你何曾知道。"的确,此曲将苏辛词境、禅语机锋都自然地融合在其中;豪放与凄清并存,骈偶与散句互用;俗而不粗,雅而不纤;叙事从容简洁,中间还夹带着抒情,真是一支难得的好曲子。固然,"宝钗无书不知",学博识广,艺术鉴赏力也很高。但令她绝没有想到的是这支曲子中的某些词句,给宝玉后来走上弃家为僧道路的潜移默化的影响,并不亚于"花落水流红,闲愁万种"之类的词句。其馀参见后面的《寄生草·解偈》一首的鉴赏。

参 禅 偈

（第二十二回）

贾宝玉作　林黛玉续

你证我证，心证意证①。
是无有证，斯可云证②。
无可云证，是立足境③。
（续）　无立足境，是方干净④。

【说明】

史湘云口快，说出演戏的孩子"倒像林妹妹的模样儿"。宝玉怕黛玉恼，马上使眼色，结果恼了湘云。宝玉忙去解释，又被黛玉听到，也向宝玉发脾气。宝玉两面受气，觉得庄子的消极无为的思想有道理，联想到自己也如《寄生草》曲中所说"赤条条，来去无牵挂"，十分颓丧，便参究禅理，题了一偈和下面一支《寄生草》曲。第二天，黛玉看了说，偈末二句"还未尽善"，便又续了两句。宝钗就引惠能作偈而承师位的故事，说黛玉的偈语方是悟彻，笑宝玉愚钝，以此阻止他参禅。参禅，佛教禅宗的修行方法，即习禅者集中精神，参究禅理，以求"顿悟"的意思。偈，见第一回《石上偈》说明。

【注释】

① "你证"二句——意谓彼此都想从对方的身上得到感情的印证、内心在寻找证明，表情达意也为了获得证明。证，印证、证验、实验而有所得，在佛教用语中又作领悟、修成解。如《五灯会元》："依吾行者，定证妙果（佛家称其所谓真理叫果）。"偈中"斯可云证"的"证"即作"悟"解。

② "是无"二句——意谓无求于身外，不要证验，才谈得上参悟禅机，证得上乘。无有证，即无证。禅宗是宣扬极端主观唯心论的。它认为

宇宙间的一切都随人心的生灭而生灭,佛就在每个人的心中,天堂地狱也在每个人的心里,毋须向外追求,不必求外界证验,因为万境皆空,本无证验可言。《传灯录》:"身等空界,法同梦幻,无得无证,然后谓之解脱。"斯,则。

③ "无可"二句——意谓到万境归空无证验可言时,才算找到了安身立命之境。

④ 是方——这样才。程高本改作"方是"。 干净——禅宗与其他佛教派别不同,以为终日诵经静坐,并不能成佛;丢掉邪念,顿悟到内心本自清净,即可成佛。参见下面神秀、惠能所作偈及第五回正册判词之五注②。

【鉴赏】

既是参禅偈,就不得不写得像宗教本身有点神秘兮兮的样子,六个短语,就用了七个"证"字。其实也完全是小说中才有的艺术化了的偈语,带有几分游戏性质的文字,乍看似乎不知所云,解说清楚了,也无非是语涉双关,在说禅理的背后,暗寓着人事,即宝、黛间爱情历程的隐语。其中末了两句及黛玉所续,更带有某种谶语性质,其内涵可参见下一首《寄生草·解偈》的鉴赏。

寄生草·解偈

(第二十二回)

贾宝玉

无我原非你,从他不解伊①。肆行无碍凭来去②。茫茫着甚悲愁喜③?纷纷说甚亲疏密④?从前碌碌却因何⑤?到如今,回头试想真无趣!

【说明】

宝玉写完上面那首参禅偈,"自虽解悟,又恐人看此不解,因此亦填一支《寄生草》,也写在偈后"。

【注释】

① "无我"二句——意谓我既与你互为依存,不分彼此,那就任凭别人不理解好了,干我何事? 无我原非你,取意于《庄子·齐物论》:"非彼无我,非我无所取。"译出来是:"没有它(自然、真宰)就没有我,没有我也就没有什么东西体现它。"从他,任凭她(指湘云)。伊,她(指黛玉)。因为这句是自责自悔,所以对黛玉用第三人称而换字。两句说三人纠葛事是自找麻烦,但深一层含义,则不限指某人某事。

② 肆行——随心而行,我行我素。

③ 茫茫——指人生渺茫。这是消极悲观的虚无主义人生观。　着甚——干什么,何用。

④ "纷纷"句——第二十回宝玉对黛玉说:"你这么个明白人,难道连'亲不间疏,先不僭后'也不知道? 我虽糊涂,却明白这两句话。头一件,咱们是姑舅姊妹,宝姐姐是两姨姊妹,论亲戚,他比你疏;第二件,你先来,咱们两个一桌吃,一床睡,长的这么大了,他是才来的,岂有个为他疏你的?"

⑤ 碌碌——宝玉体贴姊妹丫头,忙着替别人操心。宝钗给他起绰号为"无事忙"。

【鉴赏】

《山门》中鲁智深所唱的曲子与宝玉作一偈一曲,都是在现实中"碰壁"之后,想用逃避现实的方法来寻求精神上的"解脱"。破坏佛门清规的鲁智深和不遵封建家教的贾宝玉,都不为周围的人们所容,所以,作者以前者作为触发后者"禅机"的诱因。这样,我们看待宝玉的苦恼,也就不应只限于表面所写的儿女纠葛。《参禅偈》中宝玉所作和黛玉所续,既是禅理,也是谶语。后来,宝玉流落在外,讯息杳不可闻,以至他最终"悬崖撒手",与世缘断绝,都应了"无可云证"的话;而黛玉所说的"无立足境",则是为她泪尽夭亡作谶。这些地方都可以看出禅宗的宗教思想对曹雪芹侵蚀之深。关于禅宗思想的评说，可参见下面的《弘忍弟子所作二偈》。

弘忍弟子所作二偈

（第 二 十 二 回）

其 一

唐·神秀

身是菩提树，心如明镜台；
时时勤拂拭，莫使有尘埃①。

其 二

唐·惠能

菩提本非树，明镜亦非台②；
本来无一物，何处染尘埃？

【说明】

宝钗说："当日南宗六祖惠能初寻师至韶州，闻五祖弘忍在黄梅，他便充役火头僧。五祖欲求法嗣，令徒弟诸僧各出一偈。上座神秀说道：(略。见上其一)彼时惠能在厨房碓米，听了这偈，说道：'美则美矣，了则未了。'因自念一偈曰：(略。见上其二)五祖便将衣钵传他。"故事出于《六祖大师法宝坛经·自序品第一》。原文细节较繁，小说中转述是简化了的。

弘忍(601—674),俗姓周,其先寻阳人,居于湖北黄梅。七岁奉事道信禅师,后道信传法给他,称"五祖"(这五代相传的法裔是:菩提达摩、慧可、僧粲、道信、弘忍),传教于黄梅东山寺。从达摩到弘忍,禅宗尚未形成宗派,也没有正式用"禅宗"的名称,还是禅宗的预备阶段。弘忍以后,禅宗形成两派,北派以神秀为代表,南派以惠能为代表。

神秀,弘忍的大弟子,所以小说称他"上座"。他后来是禅宗的北宗代表人物。这一派的特点是教人住闲处静,息妄修心,主张通过坐禅和调息(做气功)的方法训练一种脱离现实的宗教世界观。唐代中叶以后,这一派即趋没落。

惠能(638—713),也写作"慧能"。唐代著名和尚,禅宗的南宗开创者,也是中国禅宗正统派的创始人。本姓卢,世居范阳(今北京城西南),生于南海新兴(今属广东)。出身官僚家庭,父早殁,家境贫苦,不识字,打柴为生,听人诵《金刚般若经》才发心学佛。投弘忍门下,在寺中从事砍柴、推磨等劳动。作偈得弘忍赏识后,弘忍便秘授禅法,并付与法衣、钵盂("继承衣钵"出典于此),成了禅宗"六祖"。后来他在韶州(今广东韶关)曹溪传教,大力倡导顿悟法门,传承很广,称为南宗,长期流传,是禅宗最有势力的正统派。《红楼梦》中的谈禅、参禅,也即此派禅学。惠能死后,弟子们记录他的思想言行编撰成集,称《六祖大师法宝坛经》,简称《六祖坛经》。

【注释】

①　"身是"四句——代表禅宗的北宗观点。《禅源诸诠集都序》卷上之二叙这一派主张说:"背境观心,息灭妄念。念尽即觉悟无所不知。如镜昏尘,须勤勤拂拭,尘尽明现,即无所不照。"菩提树,桑科常绿乔木,原产印度,大约与佛教同时传入我国。现广州、高要等地寺庙有此大树。《西域记》八:"金刚座上菩提树者,即毕钵罗之树也。昔佛在世,高数百尺,屡经残伐,犹高四五丈。佛坐其下成等正觉,因而谓之菩提树焉。"菩提,佛教名词,梵语译音,意思是觉悟。

②　"菩提"二句——即"菩提树本非树,明镜台亦非台"的简语。全偈是禅宗南宗"泯绝无寄"观点的代表。《禅源诸诠集都序》卷上之二叙这

一派主张说:"说凡圣等法,皆如梦幻,都无所有,本来空寂,非今始无。……无佛,无众生,法界亦是假名。心既不有,谁言法界?"因而,这一派反对各种烦琐的宗教仪式,轻视念经、拜佛,也不主张坐禅,专门追求精神"解脱",其教义的核心,就是顿悟空幻,立地成佛。哲学思想上完全是主观唯心主义的。惠能创导这派禅学,是中国佛教史上的一大变革。

【鉴赏】

佛教禅宗所谓的"顿悟",实际上是对人们的迷惑;它所宣扬的精神解脱,实际上是对人们的思想束缚。它力图把"佛性"从彼岸世界拉回到每个人的内心,把依靠佛教的经典转向引导人们相信个人思维所获得的神秘启示,把客观唯心主义转化为主观唯心主义。它的哲学思想和处世态度,与先秦庄周思想颇有相似之处。这种思想很容易为没落阶级中一些不满现实而又找不到出路的人所接受。

佛教发展到禅宗已逐渐走向它自身的反面,因为它本身潜伏着从理论上导致破坏宗教的倾向:既然"菩提本非树,明镜亦非台","无佛、无众生","本来无一物",那么这种佛教教义的本身也是虚妄的。这样,它就埋藏下了毁灭它自己的炸弹。而这一武器拿到揭露和批判现实剥削制度的人们的手上,它就会沿着佛教教义所反对的方向前进。明末李贽就曾利用禅宗思想攻击过正统的儒学权威。曹雪芹借贾宝玉这个人物所发挥的禅宗思想,也常常表现为对封建末世的黑暗现实和慕求仕途功名的世俗观念的憎恶和否定。因而,在《红楼梦》中,禅宗思想仍然是被利用来作为一种批判性的武器的。只是这种武器,远远不是理想的武器罢了。因为,它对敌人缺乏摧毁性的威力,却对自身和读者都起着严重的消蚀斗志的作用。

偈语由佛门弟子记录整理,成为如今所见的五言绝句形式,编入宗教故事是经过许多艺术加工的。它设喻论禅,通俗易懂,又颇有诗趣,易于传诵,以此来阐明禅宗教义,是相当成功的。曹雪芹将其采入小说中,既表现了宝钗的博学多识,又增加对话的趣味性,也同样是成功的。

春 灯 谜

（第 二 十 二 回）

【说明】

灯谜中除了贾环一首外,贾母带头叫众姊妹所制的,大都隐括着她们后来各自的遭遇,亦即回目所说的"谶语"。但是,这一回末尾,原稿有破失。庚辰本只到惜春的谜为止,有朱笔眉批说:"此后破失,俟再补。"又于下面空页上用墨笔批道:"暂记宝钗制谜云:'朝罢谁携……(略)'"、"此回未补("补"字据靖藏本批语补)成而芹逝矣。叹叹!丁亥夏,畸笏叟。"可知,现在所见其他各本的结尾部分文字和程高等本子增加的宝玉、宝钗二谜,都是后人续补的。

其 一①

贾 环

大哥有角只八个②， 二哥有角只两根。
大哥只在床上坐， 二哥爱在房上蹲。
　　　　　　——枕头、兽头③

【注释】

①　元春作了灯谜叫大家猜,命大家也做了送去。贾环没有猜到元春的谜,自己所作的一个,也被太监带回,说是"三爷说的这个不通,娘娘也没猜,叫我带回问三爷是个什么"。众人看了他的谜,大发一笑。

②　有角只八个——古人枕头两端是方形的,所以共有八个角。

③　兽头——指塑在屋檐角上的兽形装饰。俗传龙生九子,不成龙而为

九种怪兽,"二曰螭(chī 痴)吻好望,今屋上兽头是也"(见清代翟灏
《通俗编》)。

【鉴赏】

　　把枕头、兽头拉在一起,称作"大哥"、"二哥",有八个角还用"只"
字,兽既然真长着两角而蹲在房屋上,作谜语就不应该直说。凡此种
种,都说明"不通"。贾环的形象常作为宝玉的反衬,又成为作者有所
偏爱的探春的对照。这些都代表作者的思想倾向。这首灯谜,可以看
出作者出色的摹拟本领和诙谐风趣的文笔。

其　二

贾　母

猴子身轻站树梢①。
——荔　枝

【注释】

　　①　站树梢——与"立枝"同义。"立"与"荔"谐音,所以谜底是荔枝。

【鉴赏】

　　贾母谜的寓意在于暗示将来所谓"树倒猢狲散"(谜底"荔枝"又可
谐音"离枝")。这句在秦氏托梦、预言贾府后事时郑重提到过的俗语,
作者并非随便拈来,而是有生活真实作为基础的。这对稍知曹氏家世
的人来说,已不是什么秘密。因为它曾是曹雪芹祖辈的一句口头禅,
在亲友中,几乎无人不知。如施瑮就有"廿年树倒西堂(曹寅的斋室)
闭"的诗句,注云:"曹楝亭公(寅)时拈佛语,对坐客云:'树倒猢狲散。'
今忆斯言,车轮腹转。"(《隋村先生遗集》卷六《病中杂赋》)。这当然只
能证明小说取材于生活,而不能把小说看作家传。在小说里用第一个
谜(前贾环的谜与此无关)来暗示这句俗语,正为了先点整个贾府的命

运。按我们理解，大树，实际上就是靠朝廷庇护着的这个封建大家庭在政治上所取得的特权和地位。而在贾府上下层层宗法等级关系之中，"老祖宗"贾母是处于最高地位的太上家长，如果用这句俗语来比喻，她恰似一只站在树梢头的老猢狲。

其　三

贾　政

　　身自端方，体自坚硬。
　　虽不能言，有言必应①。

——砚　台

【注释】

　　①　必——谐音"笔"。

【鉴赏】

　　这首谜诗十分切合贾政这一形象的思想性格特征。所谓"端方"、"坚硬"，从封建观点来看，都是恰当的评价；其实，也就是道貌岸然、一本正经，头脑冬烘、顽固不化。虽说他"酷喜读书"，信奉"诗云子曰"，却口"不能言"：赋诗题对，本领有限；滔滔说理，也无能力。但对有损于封建大家庭长远利益的事，倒比别人有预见。比如贾珍为秦氏入殓，选用"坏了事"的义忠亲王老千岁所定的檣木为棺，他认为此物"非常人可享"，曾加劝阻；大观园正殿十分豪华，他认为"太富丽了些"，众人赞之为"蓬莱仙境"，他"摇头不语"，其深意非在所题之词；贾赦要把迎春说给孙家，他也表示不妥，"劝过大老爷，不叫作这门亲的"；至于责宝玉的不正经行为将来必定连累祖上，那也可算是"有言必应"的。但此谜的主要用意，恐怕还在本回情节之中。贾政看了众姊妹的谜语之后，必定预感到这是一种不祥之兆，故回目叫"制灯谜贾政悲谶语"。

他除了心有所感之外,一定还会说一两句话的,而作者就借他谜语中"虽不能言,有言必应"八个字,先隐写贾政之所言后来必有应验。可惜,贾政谜语尚未看完,这一回的最后一页稿就因破损而看不到了。他到底有什么"必应"之"言",我们便无从知道了。此回末了所补,非经一人之手,除了程高本等最后画蛇添足地又增加了宝玉、宝钗两个谜外,如戚序本的文字,说句公平话,还是比较好的,它基本上符合原作的精神;就连未让贾政开口说话,只是写他"心内沉思"、"心内自忖",在已无从了解曹雪芹原有机括的情况下,也是一种最谨慎而恰当的补法。

其　四

贾　元　春

能使妖魔胆尽摧①，身如束帛气如雷②。
一声震得人方恐，　回首相看已化灰③。

——爆　竹

【注释】

① "能使"句——迷信传说爆竹能驱鬼辟邪,所以说妖魔丧胆。梁宗懔《荆楚岁时记》:"先于庭前爆竹,以辟山臊恶鬼。"

② 身如束帛——形容爆竹像一束卷起来的绢帛。又合形容女子身材的话,如战国辞赋家宋玉的《登徒子好色赋》和汉末诗人曹植的《洛神赋》中皆有"腰如束素"语,而"束素"也可说"束帛"。　气——声气,气势。也是物与人两指的。

③ 回首——既是回头间、转眼间之意,又隐死亡,因"回首"是佛教称俗人死亡的婉词。书中有此用法。如第五十四回:"袭人道:'正是我也想不到能够看着父母回首,……'"脂评中也用"回首时无怪乎其惨痛之态"(庚辰本第十六回)来形容王熙凤死时的情景。

【鉴赏】

　　一响而散的爆竹,恰好是贾元春富贵荣华瞬息即逝的命运的写照,这已毋须多说。《红楼梦曲》中元春曾以自己的死为鉴,劝父亲赶快从官场中"退步抽身",脱免即将临头的大祸。可见,她的早死,实在与她所依仗的势力在统治阶级内部各派的勾心斗角中失势倒台有关,而并非像续书中所说的因"圣眷隆重,身体发福","偶沾风寒",遂致不起的。这样,在她入宫为妃、煊赫飞腾之时,敌对政治势力亦即所谓"妖魔",因贾家忽然得到皇亲为靠山而曾震恐得"胆尽摧",也就不难理解了。见到过后半部佚稿的脂砚斋说元春之死是"通部书之大过节、大关键"(己卯、戚序等本第十八回批),正可帮助我们理解贾府"一败涂地"真正的政治原因。

其　　五

贾　迎　春

　　天运人功理不穷,　有功无运也难逢①。
　　因何镇日纷纷乱②?　只为阴阳数不同③。

——算　盘

【注释】

　①　"天运"二句——算盘上的子,靠人的手指去拨,所以说"人功";或碰在一起,或分离,在没有计算出"数"之前,谁也不知它是离是合,要看注定的结果是什么,所以叫"天运"。结局明明是人拨出来的,但又不随人的意志、不为人所预知,这道理很难懂得,所以说"理不穷"。如果"数"中注定两子相离,任你怎么拨算也是不会相逢的。这里的双关含义十分明显。

　②　镇日——整天。镇,通"整"。

　③　只为——程高本作"因为",与第三句复字,不对。　阴阳——指奇数偶数,泛指数字。每次运算的数字既不一样,算盘子所代表的一、五、十……数字又不相同,这就难怪进退上下,乘除加减,整天纷纷不止

了。另一义可指男女、夫妻。　数——数字。另一义就是命运,命不好也叫"数奇"。　不同——程高本作"不通",不对。

【鉴赏】

这是用拨动乱如麻的算盘,暗喻将来迎春嫁到中山狼孙绍祖家,挨打受骂,横遭摧残,过不上一天安宁的日子。以"难逢"说她所嫁的丈夫不得其人。在作者看来,贾府祖上对孙家已仁至义尽,迎春本人也忠厚老实,这些都算得上"有功"了,但为什么结局如此悲惨呢?由于不能从封建制度的根本社会原因上去寻求正确的答案,所以只好归之于"无运",发出所谓阴阳命数不如别人的感喟。

其　六

贾　探　春

阶下儿童仰面时①,清明妆点最堪宜②。
游丝一断浑无力③,莫向东风怨别离。

——风　筝

【注释】

① 仰面——指抬头看风筝。
② "清明"句——春季多持续定向的东风,是最适宜放风筝的时候。妆点,指点缀清明佳节。
③ 游丝——本指春天飘荡在空中的飞丝,由昆虫吐出。这里是说拉住风筝的线。　浑——全。

【鉴赏】

这是以断线风筝暗示探春远嫁不归。在她的图册判词中说"清明涕送江边望",这里又点"清明"。可见,清明节是佚稿中她离家出嫁之时。这样,"妆点"的隐义又是新娘的梳妆打扮。续书中把她的出嫁置于落叶纷纷的秋天,显然没有注意到诗中的暗示。庶出的探春凭着才干和王夫人等人的器重,在贾府中一度当上了发号施令的女管家,这就和风筝凭着东风吹送入云一样。但一旦风筝断线,这位才干精明的三小姐就再不能有所作为,也无力维持她原先的权力地位,而曾经抬举她的"东风"也就不得不把她远远地送走。可惜我们已无法确切地知道断线的比喻具体的含义是什么。从脂评"使此人不远去,将来事败,诸子孙不至流散也"的话来看,她的出嫁还在贾府事败之前。这样,她的离乡远走,在遭遇不幸的众姊妹中,还算是结局比较好的。

其　七①

贾　惜　春

前身色相总无成②,不听菱歌听佛经③。
莫道此生沉黑海④,性中自有大光明⑤。

——佛前海灯

【注释】

① 此首梦觉主人序本《红楼梦》(简称甲辰本)、梦稿本、程高本中被删去。戚序本上狄葆贤曾作眉批说:"惜春一谜是书中要旨,今本删去,谬极。"今据庚辰、戚序诸本。谜底"佛前海灯"为后人所猜。或以为谜底出谜面"佛"字,后人所猜未必对。

② "前身"句——这里是借灯说人,把人的空有姿色,不能享受欢乐,归于前世宿缘。佛前海灯,即长明灯,供于寺庙佛像前,灯内大量贮油,中燃一焰,长年不灭。从灯的堂皇外表(色相)来看,好像本该与其他灯一样,用于繁华行乐之处,现在偏偏相反,所以说它没有结果。色相,佛教名词。指一切事物的形状外貌,旧时亦用以指女子的声容相貌。

③ 不听菱歌——"看破红尘"意。菱歌,乐府诗中菱歌莲曲,内容多唱青年男女的爱情。

④ 沉黑海——入佛门表示永远与人间荣华欢乐隔绝,在世人看来,这无

异于沉入到看不见一丝光明的海底。海灯悬于寂静孤凄的佛殿，外观也并不明亮，所以这样说。黑海，戚序本作"墨海"。墨海是砚的代称，今从庚辰本。

⑤　"性中"句——海灯看似暗淡无光，内中自有光焰在。借以作宗教的说教。《六祖坛经·决疑品》第三："性在身心存，性去身心坏。佛向性中作，莫向身外求。自性迷即是众生，自性觉即是佛。"性，佛家认为人的自身中本来存在着一种所谓永恒不变的"性"，问题在于能不能觉悟到并保持住它。大光明，又指佛。第二十五回写贾母为宝玉捐香油事，马道婆谓"西方有位大光明普照菩萨，专管照耀阴暗邪祟"，"这海灯便是菩萨现身法像，昼夜不敢息的"。

【鉴赏】

在这首谜诗中，作者虽然借用了一些佛教语，如"色相"、"性"等等，但其用意，显然并不在于劝人信佛，也不过是预示惜春的归宿而已。从她同样被归于"薄命司"之列，并在判词中说她"可怜"来看，"性中自有大光明"之说，至多也只是拟写惜春将来前途绝望时自身的念头。难怪脂砚斋在读此谜时，联想到曹雪芹后半部原稿中所写的惜春的结局，禁不住叹息道："此惜春为尼之谶也，公府千金至缁衣乞食，宁不悲夫！"实际上，她确是沉入了一点"光明"也见不到的"黑海"。我们说过她后来的出家为尼，不是像续书中所写的进了妙玉曾经居住过的物质生活优裕的栊翠庵，而是在尘世间十分清苦的尼庵中度日，从这条脂批"缁衣乞食"四字中，得到了证明。

<h1 style="text-align:center">其　八①</h1>

薛宝钗（后人改属林黛玉）

朝罢谁携两袖烟②？　琴边衾里总无缘③。

晓筹不用鸡人报④，　五夜无烦侍女添⑤。

焦首朝朝还暮暮⑥，　煎心日日复年年⑦。

光阴荏苒须当惜，　风雨阴晴任变迁⑧。

——更 香

【注释】

① 早期脂本多止于惜春之谜。庚辰本脂批："此后破失,俟再补。"后来又加批云："暂记宝钗制谜云:(即此首,略)。此回未成而芹逝矣,叹叹!丁亥夏,畸笏叟。"可知,凡脂批中称"书未成"或"此回未成",都不是作者未写完而是因原稿"迷失"或"破失"而未在作者生前交由他及时再补写成的意思。戚序本此谜已据庚辰本所记归属宝钗,另由整理者简略地将此回补完。至甲辰本,程高本则有人续补了宝玉、宝钗两首谜诗,就把这一首改属于林黛玉了。谜底"更香",是一种可用以计时的香。夜间打更报时者,燃此香以定时,或一支为一更,或视香上的记号以定更数。

② "朝罢"句——杜甫《和贾至早朝大明宫》诗:"朝罢香烟携满袖。"说早朝回来衣袖上尚有宫中的炉香味。现在稍加改动,说两袖烟,是隐藏谜底"香"字。两袖烟,等于说两袖风、两手空。设问"谁携",对杜诗作了翻新。谜外寓有喜事过后,一无所得的意思。

③ "琴边"句——承上句,解说这是什么香,用排除法。香有多种,与琴、棋、书、画为伴的是鼎炉之香,熏被褥、衣服用的,则有熏炉、熏笼(古时豪门尚巧制"被中香炉",见《西京杂记》),都用不着更香,所以说与这些"无缘"。寓意也承上句中述一无所得的含义。琴边衾里,指夫妻生活。以夜里同寝、白天弹琴表示亲近和乐。《诗经·周南·关雎》:"窈窕淑女,琴瑟友之。"衾,程高本作"两"。

④ "晓筹"句——这一联正面说更香的特点。晓筹,早晨的时刻。筹,指古代计时报时用的竹筹。鸡人,古代宫中掌管时间的卫士。宫中例不畜鸡,有夜间不睡的专职卫士头戴"绛帻"(象征雄鸡鸡冠的红布头巾)候在宫门外,到了鸡叫的时候,向宫中报晓。唐代诗人王维《和贾至早朝大明宫》诗:"绛帻鸡人报晓筹。"后来,李商隐反其意说"无复鸡人报晓筹",用以讽刺死于马嵬坡的杨贵妃。曹雪芹再翻新意,改"无复"为"不用",用来说计时的更香,恰到好处。

⑤ 五夜——即五更。古代计时,将一夜时间五等分,叫五夜、五更或五鼓。炉香要加添香料,更香只要点上就是了。这句用了"无烦"二字,又翻了唐人李颀《运司勋卢员外》诗"侍女新添五夜香"的案。上下两句的寓意都是说人因愁绪而通宵失眠。

⑥　焦首——香是从头上点燃的,所以说焦首。喻人的苦恼。俗语所谓焦头烂额。

⑦　煎心——棒香有心,盘香由外往内烧,所以说煎心。喻人的内心受煎熬。佛家有"心香"(意为虔诚)之语。又香有制成篆文"心"字形状的,叫心字香。

⑧　"光阴"二句——更香同风雨阴晴的变化无关,却随着时间的消逝,不断地消耗着自身。荏苒(rěn rǎn 忍染),时光渐渐过去。须当,应当。就寄寓来说,上句是红颜渐老,青春堪惜的意思;下句则说虽世事变幻莫测,而自己却已心灰意冷,只是听之任之罢了。

【鉴赏】

细细体会谜语字里行间的隐义,就不难看出,这是作者在暗示薛宝钗的结局。她在丈夫出家为僧后,将过着冷落孤凄、终生愁恨的孀居生活。后来续补者将它的所有权给了林黛玉,大概以为宝钗既与宝玉结了亲,就不应说"琴边衾里总无缘",倒不如用以指黛玉更像。其实,作者本意是指终至于"金玉成空"。黛玉病魔缠身,又多愁善感,中间两联似乎也用得上(仔细推敲起来,当然有问题,如"日日复年年",非三两年之谓,而是漫长的岁月)。黛玉短命夭折,当然应惜年华,所以与"光阴"句也可适合。至于末句,既有"风雨阴晴"、"变迁"等字眼可表示变故,只要不执着于一个"任"字,倒也含混得过去。就这样,续补者另凑了四句给宝钗,把这首做得很巧妙的谜诗,移花接木地改属于聪明灵巧的林黛玉,而蒙骗了许多读者。如果这里仅仅是描写猜谜游戏,谜语是谁制作的,当然关系不大,只要它大致与人物性格、修养相称就行了。但因为它有"谶语"性质,知道作者本意乃通过此谜暗示宝钗命运,则是完全必要的。它至少再一次证明宝钗最后并没有获得什么精神安慰。可见,续书中写薛宝钗得了"贵子",将来还靠他振兴家业等等,都是痴人说梦。

其　九

贾宝玉(后人增)

南面而坐，北面而朝①。
象忧亦忧，象喜亦喜②。

——镜　子

【注释】

① "南面"二句——人照镜时,人与镜中影的方向相反,一个面向南,一个面朝北。寓意是宝玉婚后,面对薛而心怀林。语用《孟子·万章上》:"舜南面而立,尧帅诸侯北面而朝之。"这话是孟轲的学生在问到传说中尧让帝位给舜一事时说的。皇帝的位子是向南的,臣子向北。现把出处中的"立"改为"坐",因为在一般情况下,对镜妆束,总是坐着的。

② "象忧"二句——即镜中之形象是忧,人也一定是忧,形象是喜,人也一定是喜。寓意是另一种解说:说他好像有忧愁,也确是有忧愁;说他好像有喜事,也确是有喜事。忧是因黛玉死,喜是指与宝钗结婚。这八字也出在《孟子·万章上》。原意"象"是人名,是舜的异母弟。传说象曾谋害舜未遂,舜对象仍很亲切。万章问孟轲:是不是舜不知道象要谋杀自己呢?孟说,并非不知道,只是"象忧亦忧,象喜亦喜"罢了。意思是兄弟友爱本"人情天理",有时不能自制。借此宣扬"孝悌仁爱",以"忠恕"之心待人等儒家的道德。

【评说】

这首是后人据古镜谜(李开先《诗禅·镜》及冯梦龙《挂枝儿·咏镜》中曾引)补的。

单看谜语本身,也算作得巧的。小说题名之一是"风月宝鉴",《红楼梦曲·枉凝眉》中有"一个是水中月,一个是镜中花"的话,小说中还有贾宝玉对镜梦见甄宝玉的情节等等,都与"镜子"有关,所以镜子谜用于宝玉,除了注解中说的寓意外,暗示其归向空门也很切合。唯其如此,续补者特地通过看灯谜的贾政赞道:"好,好! 如猜镜子,妙极!"颇有点沾沾自喜。但是,他没有发觉这面"镜子"中所反映出来的宝玉形象却是头戴儒冠的。宝玉深恶《四书》,虽贾政一再督责也无用。到后面第七十三回还说宝玉"至上本《孟子》,就有一半是夹生的,若凭空提一句,断不能接背的;至'下孟',就有一大半忘了"。现在续补者居然写宝玉能"凭空"从最生疏的下半本《孟子》中断章裂句,摘取其词,得心应手地制成谜语,岂非大大的奇迹? 这只能说明续补者自己对《论语》、《孟子》之类的书,是很崇拜的,因此看到这个巧引"经"语的谜,就拿来添入;而对贾宝玉这一封建叛逆者形象所显示的反儒思想倾向,却完全视而不见。再说,曹雪芹从来也没有抄袭前人现成作品,充作自己或小说人物之所作的习惯。矛盾还不止于此。贾政原应"悲谶语"的,现在却让他转悲为喜,在快看完众人灯谜时,忽然对宝玉的谜喝起彩来了,这大不符合情理。又戚序本中没有宝玉的谜,所以贾政一走,凤姐就对宝玉说:"适才我忘了,为什么不当着老爷,撺掇叫你也作诗谜儿?"程高本的补缀者添加了这个谜后,却忘了把凤姐这句话也改一下。结果是刚说他诗谜作得"妙极",接着就说他没有作诗谜,形成了自相矛盾的可笑局面。现在有人竟说什么程本前、脂本后,也不知如何面对这个问题。

其　十

薛宝钗(后人增)

有眼无珠腹内空①,　荷花出水喜相逢。
梧桐叶落分离别,　　恩爱夫妻不到冬②。
　　　　　　　　——竹夫人③

【注释】

① "有眼"句——说竹器是镂空的。眼,指洞。借此骂宝玉。

② "荷花"三句——说夏天相偎依取凉,秋冬被弃置不用。借此说夫妻生活短暂。

③ 竹夫人——竹几、竹夹膝,用竹篾编成,圆柱形,中空,有洞,可以通风,夏天睡时可抱着取凉。宋代诗人黄庭坚以为它不配称作夫人,就名之为青奴,后又叫它竹奴。

【评说】

这一首也是后人续补的。

唐宋以来,咏竹夫人的诗极多,有说它"但随秋扇"的,有叹"爱憎情易迁"的,还有说"与君宿昔尚同床"、"只恐西风动别愁"的等等,不一而足。这首谜虽比"更香谜"浅俗,却只袭用前人诗意,并没有什么创新;修辞上也有疵病,如"分离别"即硬凑足三个字,"空"与"冬",前者是"一东"韵,后者是"二冬"韵,连韵都要借押。但这首诗的主要缺点还在于它完全不像是薛宝钗作的,也就是说续补者没有"按头制帽"。而诗歌的性格化,恰恰是《红楼梦》诗词不同于其他旧小说的最显著的艺术特征之一。薛宝钗很讲究合乎大家闺秀身份的礼,涵养工夫极深,作诗以盛唐为宗,追求含蓄浑厚,言语行动处处谨慎,要显出自己很有教养。一个矜持自己能"珍重芳姿昼掩门"的薛宝钗,现在居然破"门"而出,大骂"有眼无珠腹内空",还把它写了贴到春灯上让大家观赏,这能令人置信吗?当然,薛宝钗也会骂人,但总不用赵姨娘的口吻,何况做诗!她平时见了姊妹们读书吟诗,稍涉男女,就一本正经,教训人家,怎么现在自己竟毫无顾忌地写出"恩爱夫妻不到冬"之类的话来呢?它与蒋玉菡之流在狎妓的酒席上唱"女儿悲,丈夫一去不回归……"的腔调又何其相似!所以,续补那种"千部一腔,千人一面"的淫滥小说容易,续补曹雪芹这部思想性和艺术性高度结合的伟大的古典名著,如果思想庸俗,见识鄙陋,就难免使自己的文字成为续貂的狗尾。

"更香谜"属谁和"镜谜"、"竹夫人谜"是否原作

——与梅节兄讨论

　　《红学耦耕集》(梅节、马力著,文化艺术出版社2000年1月版)是一部颇多创见、很有学术价值的书,不少观点我都赞同。当然,对个别问题也有不同看法,本文所讨论的即是。该书收有老友梅节兄《论〈红楼梦〉的版本系统》一文,其中一节谈到第二十二回结尾"更香谜"的归属及"镜谜"、"竹夫人谜"是否曹雪芹原作问题,有与我争论处。关于三个谜的拙见,我已写在《红楼梦诗词曲赋评注》一书里。该书写成较早,算上杭州大学内部版,已过四分之一世纪。后虽经几次修订,当年政治思想环境留下的痕迹,仍时时可见,梅节兄批评我太强调贾宝玉的"反儒思想倾向"即一例。虽有这些可待修正之处,但对这三个谜的基本看法并未改变。所以想借此机会,重申拙见,以求正于梅节兄与红学界同好。

一、第二十二回的破失与再补

　　《红楼梦》第二十二回结尾,因惜春谜后"破失",各种版本便呈现出多样面貌(甲戌、己卯本缺此回),大体是三类:(一)止于惜春谜,保持因破失而断尾的原貌,有庚辰、列藏本;(二)已补完此回,把脂批"暂记"的宝钗谜"朝罢"一首写入补文,而没有写宝玉和黛玉作谜,有蒙府、戚序、戚宁、舒序本;(三)已补完此回,删去惜春谜,把宝钗谜"朝罢"一首改属黛玉,另增宝玉镜谜和宝钗竹夫人谜,有梦稿、甲辰和程高系统诸刻本。第二类是后人续补文字,我与梅节兄意见一致。看法不同的是第三类:我认为那也是后人续补的,而梅节兄则认为是曹雪芹原作。

　　我以为要弄清甲辰本等那段结尾文字是雪芹原作还是后人续补，从脂砚、畸笏等人在小说的成书、传抄过程中所做工作的性质考虑，对下列三条有关断尾的脂批作出合理的解说，是十分关键的。这三条批是：

　　（一）"此后破失，俟再补。"（庚辰眉批）

　　（二）"暂记宝钗制谜云：(略)"（庚辰回末批）

　　（三）"此回未（补）成而芹逝矣，叹叹！丁亥夏，畸笏叟。"（庚辰回末批）

　　对此，梅节兄的解说是："此处出现残缺或脱页，脂砚等曾有意据别本抄补或请原作者补缺，终未实现，所以畸笏于丁亥夏有'此回未补（此字据靖本补）成而芹逝矣'之叹。"又说："比较可能是庚本底本此回脱去末页，包括二玉和宝钗之谜。脂砚或畸笏后来弄得'更香'一律，误记为宝钗之制，乃另纸录存，系于回末。"（重点符号为引者所加）

　　我的看法是：脂砚、畸笏等不同于将小说抄一部去保存的怡亲王府或蒙古王府中人，他们是小说的合作者和整理者。作者写好的书稿都交由他们加评、"誊清"、"对清"或批出要作者在最终审定（这工作还未及做）时补正的地方，如缺诗、破失、应"删却"之句、宜再分回之处等等。因此作者的原稿始终存放在他们手中，所有外界传抄的本子，也都是经他们之手才得以抄出去的。从重评的甲戌（1754）之前算起，到作者逝世的甲申初（1764），在长达十年之久的过程中，作者原稿并非静止地保藏在脂砚等人处，而是有很大的流动性，它须经"诸公"传阅、加批，还要誊抄、校对，甚至还有圈外亲友欲先睹为快的借阅，受损是在情理之中的。轻度的也许不慎在稿纸上沾了墨迹，使几个字无法辨认；中度的可能因破损脱页而使情节部分有缺，且都发生在回末，除本文讨论的第二十二回末破失外，第四十回末也有这种情况：当刘姥姥刚行完酒令时，在"只听外面乱嚷"句后突然中断了，后出诸本加了"下回分解"之类的话，却在下回开始没有交待何故，可知必有缺损；最严重的则莫过于在传来传去中将原稿弄丢了一部分。书稿的整理是从头做起的，工作正在进行中的前面部分书稿，反而不大会丢失，后面部分一时还未及整理,被人借去看的,最容易弄丢。情况也正是如此。弄丢或叫"迷失",起初多半是记不清、不在意和存有可能还会找到的侥幸心。这是一个漫长的难以确定的过程,不同于"破失"。所以一开始似乎并未将此事看得很严重,谁能料到刚在中年的作者会突然弃世?三年后的丁亥年(1767),一切找回和补写的希望都已破灭时,畸笏叟才痛心地检点了这一无可挽回的损失:

> 茜雪至《狱神庙》方呈正文。袭人正文标目曰:《花袭人有始有终》,余只见有一次誊清时,与《狱神庙慰宝玉》等五、六稿被借阅者迷失,叹叹!丁亥夏,畸笏叟。(第二十回批)

> 叹不能得见《宝玉悬崖撒手》文字为恨!丁亥夏,畸笏叟。(第二十五回批)

> 《狱神庙》回有茜雪、红玉一大回文字,惜迷失无稿,叹叹!丁亥夏,畸笏叟。(第二十六回批)

> 写倪二、紫英、湘莲、玉菡侠文,皆各得传真写照之笔,惜《卫若兰射圃》文字迷失无稿,叹叹!丁亥夏,畸笏叟。(第二十六回批)

这些批语提供了几条重要信息:(一)批者凭最初阅过的记忆,已举出后来被迷失的五、六稿中的四种,情节有的早有的迟,不是连着的。其中《射圃》一回极可能紧接今八十回后,因前面已有可为其"作引"的文字。这就解说了为何小说始终只传抄出八十回来。(二)作者的原稿始终保存在脂砚、畸笏等人处,作者去世后也复如是。八十回后已多处迷失、无法誊清成册的残稿是随畸笏老人一起从时间长河中消失的。故脂批所谓缺诗、破失等等皆指原稿而言而并非某一抄本。若仅抄本缺损,照原稿补上就是,这是很明白的道理。(三)第二十二回末批"此回未补成而芹逝矣,叹叹!丁亥夏,畸笏叟",与上引四条批语不但时间与署名完全一样,就连都用"叹叹"一词结尾也相同,更可证都是同一次为检点原稿损失情况时所加的批,而不可能仅为某抄本的破失而作备忘。所以"俟再补"也只能是等待原作者来补缺,而不可能是想找机会"据别本抄补"。

那么,是否可能在"庚辰定本"之前,有一个第二十二回完整的本子先传出,被后来的甲辰本所继承,到整理庚辰本时才发现原稿此回末已破失了呢?说实话,这种可能性也不存在。因为甲辰本也是有批的,追溯最初底本,也是经批者之手的。倘若批者知道已有本子完整未缺传出,按理说应该可以欣慰了,即便要"抄补"自存本也应不难,又何至于费事前后再加三条批呢?且语气又是那么的憾恨、沉痛!

二、更香谜属宝钗错不错?

梅节兄以为更香谜当属黛玉,把它说成"宝钗制谜"是脂砚、畸笏等人的"误记"。

我以为误记是不可能的。在"破失"后,好不容易弄到一个原作灯谜,肯定珍惜,特地将它记了下来,却偏偏又把谁作的给记错了,这在常人已不大可能,何况脂砚、畸笏等人!若按梅节兄意见,甲辰本中黛玉、宝玉、宝钗谜都是原作,且经脂砚等人加过批语(如批更香谜云:"此黛玉一生愁绪之意。"批竹夫人谜云:"此宝钗金玉成空。"),也就是说他们对谜中所包藏的谶语式的隐义都了解得很深透,怎么还会将钗、黛之谜张冠李戴呢?

再说,甲辰本上这三个谜,容易记住的是短小的二宝谜,尤其是宝钗的很俚俗的竹夫人谜"有眼无珠腹中空",怎么反而都记不得,而独独记得措词典雅、篇幅较长的更香谜呢?这也有点不大合情理吧!我这样说也有点事实依据:台湾著名女作家琦君有一次来信说:"当年我们看《红楼梦》,真的只看故事,诗、词、赋实在太多了,都跳过去,只有灯谜看一下,记得的只有宝钗的《竹夫人》,真惭愧啊!"(见本书末邓庆佑《编辑后记》)

当然,是否误记主要还应看更香谜到底像在为谁作谶语,是否如梅节兄所言"此谜与宝钗无一相合,而与黛玉无一不合"?

梅节兄着重谈到的是谜诗中所暗示的"婚姻结局",以为"宝钗既嫁宝玉,自然与宝玉同床共枕,怎么会叹'琴边衾里总无缘'呢?'无缘'的只能是黛玉"。倘单独地看这一句,确实会产生这样的想法,我以为这也是续补者将此谜改属黛玉的重要原因。但我仍然认为这是误解了作者的原意，因为它只是半句话，全句应是："朝罢谁携两袖烟，琴边衾里总无缘？"如果把这一联的隐义译成口语，也许可以这样说："结束了'举案齐眉'、相敬如宾的夫妻生活后，是谁落得两手空空，不再有琴边相伴、衾里共眠的缘分了呢？"以臣朝君来比妻侍夫大概并无不妥吧，特别是用以说宝钗。那么，把不再有缘分亦即缘尽或虽做过夫妻，但没有结果，最终只能独居，说成是"无缘"行不行呢？有时两人只见过一次面，尚说"有一面之缘"，对确曾有一段金玉姻缘的人，能说她是"无缘"吗？怀疑是可以的，但却不能否定。须知汉语语词往往有很大灵活性，确切的含义，有时要看具体语言环境和说话人的用语习惯。谶语是偏重说最终结果的，而并非说经历的全过程或曾经有过之事，而曹雪芹也的确有借"无缘"一词来表示无结果即最终不能相伴共处的用语习惯。袭人是第一个与宝玉"同领警幻所训云雨之事"的人，在此后怡红院岁月里，她实同通房，只是那种关系用不着再写而已。这总该说她与宝玉很有缘分了吧？然而在警幻册子判词里却说："堪羡优伶有福，谁知公子无缘！"还有妙玉与宝玉，虽未涉风月，却都有好感，品私茶、折红梅、送贺柬，本也都是缘分，但到"白玉遭泥陷"时，也说"又何须王孙公子叹无缘"。可见，其不计已往，偏重结局的用法都与更香谜有共同之处。

既然首联是说宝钗因宝玉为僧，从此结束夫妻生活而独居，则按律诗章法，其颔联必接着说她失去丈夫的不幸，此即所谓"起"与"承"的关系。"晓筹不用鸡人报，五夜无烦侍女添。"正是承上写独居的宝钗通宵愁绪不寐。就算前八十回中宝钗从未有过这样严重失眠事（第三十四回宝钗因受薛蟠的气，"整哭了一夜"，可见是失过眠的），但那只是因为致使她"终身误"的不幸变故尚未发生。本来嘛，谶语就只是对后来事的预言，而非对已知事的描述。倘若她连这样的愁恨也没有，又怎能归之于"薄命司"？那么，若换作说黛玉呢，像不像？从她一直是多病多愁又少睡眠来看，倒确实有点像，这也是续补者之所以将此谜移作黛玉的又一个原因。但谶语的性质不在描摹某人平时的状况,而在暗示结局。黛玉的结局是泪尽夭亡,若上联的"总无缘"即指此,则第二联就无法上承了:"起",已说了死,"承",回过头去再说失眠,哪有这样的律诗章法?

黛玉多愁善感,常流泪是其重要特征,故脂评有"绛珠之泪至死不干"、"泪尽夭亡"等语。作者也写她"眼泪还债",说结局是"想眼中能有多少泪珠儿,怎禁得秋流到冬尽、春流到夏",此谜如果真是她的谶语,八句中竟没有一个字说"泪"的,也是够奇怪的了。形容她多愁伤感,说"焦首朝朝还暮暮,煎心日日复年年",也不能认为是贴切的。"焦首""煎心"等词只有对失去丈夫后,悔恨交加、痛苦不堪的宝钗来说,才是最适合的。何况两句中还有形容漫长岁月的"日日复年年"之类的词,这就更与脆弱的生命如风雨中春花之短暂的黛玉不能相合。

"光阴荏苒须当惜,风雨阴晴任变迁。"前一句通常适用于说人生易老,青春不再,本来粉浓脂香者,转眼就两鬓成霜了。说谁更合适是毋须烦言的。"风雨阴晴",无非用来比世事变迁,人生离合。一个"任"字是对自己一生已完全绝望,对外界万事已不再关心者的心绪写照,宝钗本就有"万缕千丝终不改,任他随聚随分"的心态,将来到了独处终身的孤苦境地,当然更是心灰意冷了。这些又怎能切合黛玉的遭遇呢?

所以结论是脂评的"暂记宝钗制谜"没有记错,也不可能记错。

三、曹雪芹只拟古而不移古

以前,我从冯梦龙歌谣集《挂枝儿·咏镜》中读到一首《古镜谜》,发现原来就是程高本(当时还未及见甲辰本)此回中写的宝玉用《孟子》语制成的镜子谜,因而更信其为后人所增补。梅节兄学识渊博,涉猎甚广,他找到比我所见冯梦龙更早几十年的出处,却仍认为是曹雪芹写入小说的。他说:"〔此谜〕最早见于李开先《诗禅·镜》。现在移来作宝玉之谜,既现成,又贴切。"

贴切与否,暂且勿论。将古人"现成"作品"移来"充作小说文字或小说人物之所作,却不合曹雪芹的创作习惯。诚然,小说在明清时,移用、套用前人现成诗词的现象相当普遍,戏曲中更以集前人诗句为常式,但《红楼梦》却不用此套,倒是后人续补的后四十回文字中颇多此类。如:

失意人逢失意事,新啼痕间旧啼痕。(第八十七回)

对句用秦观《鹧鸪天》词。

瘦影正临春水照,卿须怜我我怜卿。(第八十九回)

用冯小青诗。

心病终须心药治,解铃还是系铃人。(第九十回)

对句用瞿汝稷《指月录》语。

禅心已作沾泥絮,莫向东风舞鹧鸪。(第九十一回)

出句用苏轼之友诗僧参寥赠答妓女诗,移用于宝玉答黛玉禅话,也不怕唐突佳人;对句用郑谷诗,将原诗"唱"字改作"舞",甚可笑,殊不知《鹧鸪天》曲子是只唱不舞的。

蜂采百花成蜜后,为谁辛苦为谁甜?(第一百一回)

用罗隐诗,如此明显的不祥语,竟用在散花寺的"上上签"上。

诸如此类,还不包括已指出是"前人"所作的"千古艰难唯一死,伤心岂独息夫人"(第一百二十回)清初邓汉仪诗。还有写到房中对联,本来是不妨用前人现成联句的,只要不说是小说中人拟写的就行了。但续书在写到黛玉内室对联时,偏偏要给人以黛玉自己拟写的印象:"宝玉走到里间门口,看见新写的(按:其时黛玉正提笔写经)一付紫墨色泥金云龙笺的小对,上写着'绿窗明月在,青史古人空'。"(第八十九回)其实,这一联是崔颢《题沈隐侯八咏楼》诗中的原句。沈约《八咏楼诗》头一首就写《登台望秋月》,故崔诗才有月依旧、人已空的感叹。用在黛玉身上,那只能是泛泛地慨叹"今人不见古时月,今月曾经照古人"了。

诸如上述这样的例子,在曹雪芹写的前八十回中是一个也找不到的(行酒令用的"花名签"之类戏具上多刻《千家诗》中句,非此例)。他非但不喜"移用"前人"现成"之作,恰恰相反,倒自拟以托古,将自己写的说成是古人写的。如秦氏卧房中的所谓"宋学士秦太虚写的"对联

"嫩寒锁梦因春冷,芳气笼人是酒香"(第五回),还有探春房内说明"乃是颜鲁公墨迹"的对联"烟霞闲骨格,泉石野生涯"(第四十回)等等,其实都出自曹雪芹的手笔。这一方面固然因为作诗、拟对、制谜本雪芹平生所长,根本毋须借助他人之手;另一方面也与他文学创作的美学理想有关,或者说其文德文风大不同于流俗有关。很难设想他会将已见于李开先、冯梦龙集子中的谜语移来充作自己文字,还特地通过本该"悲谶语"的贾政之口喝彩道:"好,好! 如猜镜子,妙极!"居然敢毫无愧色地自吹自擂。曹雪芹地下有知,看到这样几近乎剽窃前人的补法,也许会摇摇头说:"这太丢人了!"

竹夫人谜与镜谜在小说版本上是同时迟出的,情况一样,我也已说过不少话了,可不再细辨。有一点还想说几句,即梅节兄引太平闲人张新之语:"学问文章,林薛居上,他处诗词,宝钗必胜他人,今承元妃命作谜语,何粗陋如此?"但表示异议说:"元春自承'素乏捷才,且不长于吟咏',宝钗应制,是露才扬己,制一个极雅极难的谜去难为这位才学有限、穿黄袍的贵人呢,还是按头制帽,依样葫芦,制一个浅俗一些的谜,以便元春容易猜着,讨她喜欢呢?"

我只想指出,文字的"粗陋"与诗风的"浅俗"不是一码事,与所制之谜好猜难猜更不是一码事。风格浅俗的,可以措词并不粗陋,风格措词都十分高雅的谜语,也可以并不难猜,反之亦然。元春不长吟咏,不等于她连诗的好坏也没有鉴别力,更不能以为她看到写得粗陋的东西就一定喜欢。因此从宝钗为讨得元春喜欢而故意写成这样去解说此谜之所以"粗陋如此",恐怕还值得商榷。

四、关于甲辰本中的批语

梅节兄断定甲辰本二十二回结尾非补作文字的一个原因是它有评语。他说:"证诸戚序本凡属补文字无批,而甲辰本二玉、宝钗谜均有评,且评语与文字风格亦与上面一致,因此可断三谜是原有的,不是第二手后来的补作。"因此,确定甲辰本上这几条评语是脂批还是后人所加,至关重要。

我认为甲辰本是一个经后人整理加工过的本子,正文有较明显的删改,其中不少删改可看出是为不致与程本后四十回情节发生矛盾而作的;它与诸脂本的异文有不少也同于程本。所以我一直相信在程、高整理刊刻一百二十回本之前,已有佚名者续作了后四十回,而此人与甲辰本的删改者有很大的关系。红学界学者提到它是脂本到程本的过渡本,我是颇有同感的。这当然不是说甲辰本没有长处。由于小说的传抄非一次性单线进行,故很难在复杂情况下科学地列出简明清晰的前后继承关系。因而常有些在底本较早的抄本中的讹误,在整理较晚的抄本中反而不误的。梅节兄所举的庚辰诸本将"近水"误为"近小"或任意校改而甲辰本反不误,即其中一例。至于对脂评,我以为整理加工者动的手术更大于正文。这主要表现在下列诸方面:

(一)所据底本的脂批被大量删弃。其第十九回回前有评曰:"原本评注过多,未免旁杂,反扰正文,今删去,俟观者凝思入妙,愈显作者之机灵耳。"所以甲辰本的批语,较之其它带脂批的抄本要少得多,有相当大部分简直就是白文。整理者对脂批不太重视的态度,也于此可见。

(二)凡有关作者事历、家世点滴、批书人感触、成书过程、素材来源及八十回后佚稿情节线索等等,一句话,小说文字以外的可供探索的全部"内部信息",一概删去不存;值得注意的是凡与程本后四十回情节有矛盾抵触的或续书未写到的话,也必删除干净。剩下的批语看去就像后来程本系列刻本上老红学家的批语。

(三)批语大部分属脂批或经改动的脂批;少数他本没有的批,我以为是整理者所加,如上引嫌原本批注多的第十九回回前批,显然是整理者的话。大概整理者不但嫌原批注"过多"、"旁杂",也嫌其有些批太长,不够简洁,因而都改成风格统一的"短而概括"的批语。只有那些本就简短的脂批,还有保持原状的,稍长一些的批,或缩减其词句,或仅取其中一部分。

对此,梅节兄与我有不同的看法,他说:"甲辰本各谜均有评语,探春以上与庚本基本相同。黛玉更香谜云:'此黛玉一生愁绪之意';宝玉镜子谜云:'此宝玉之镜花水月';宝钗竹夫人谜云:'此宝钗金玉成空'。甲辰本评语的特点是短而概括。如探春谜,庚辰、戚序本作:'此探春远适之谶也。使此人不远去,将来事败,诸子孙不至流散也。悲哉,伤哉!'甲辰本只有'此探春远适之谶也'一句。笔者认为,这应是早期批语,庚辰、戚序本多出之数句,当是及见后三十回结局的晚期之批。"

我以为这不可能。且不说在我看来作者在甲戌年(1754)前交付脂砚等人的书稿是基本完成了的,批阅者应该是已知结局的;就算后三十回结局写成较晚,交出较迟,既然甲辰本已有对最后宝玉为僧"金玉成空"结局的批语,还能不知在此之前的贾府"事败"吗?所以这在情理上是说不通的。合理的解说只能是甲辰本的短批是删庚、戚本较长的批语而成的。为何要删呢?除了可能不喜批语有过多的推测性的话,一律要求简短外,我以为另一个重要原因就是脂批提到了将来"诸子孙流散",而程本后续四十回中是根本没有这个情节的。我说甲辰本批是删改原脂批而成的,例子很多,现举若干如下(以"A"表示原脂批,大多数见诸甲戌本,也有少数见于己、庚本或蒙、戚本;以"B"表示甲辰本批):

A.好极!与英莲"有命无运"四字遥遥相映射;莲,主也,杏,仆也,今莲反无运,而杏则两全,可知世人原在运数,不在眼下之高低也。此则大有深意存焉。

B.妙!与英莲"有命无运"四字遥相对照。(第二回)

A.真千古奇文奇情。

B.千古奇文(第二回)

　　按:对"他说女儿是水作的骨肉……"等语的批。

A.未出李纨,先伏下李纹、李绮。

B.先伏下文李纹、李绮。(第四回)

A.最厌女子,仍为女子丧生,是何等大笔!不是写冯渊,正是写英莲。

B.不是写冯渊,是写英莲。(第四回)

A.妙极！所谓一击两鸣法,宝玉身份可知。

B.妙极！所谓一击两鸣法。(第五回)

　　按:对"贾母万般怜爱(黛玉),寝食起居,一如宝玉"的
　　批。

A.欲出宝钗,便不肯从宝钗身上写来,却先款款叙出二玉,陡然转出宝钗,三人方可鼎立,行文之法又亦变体。

B.欲出宝钗,却先叙二玉,然后转出宝钗,三人方可鼎立,行文之法又一变。(第五回)

　　　按:批"不想如今忽然来了一个薛宝钗"句。"款款"、
　　　"陡然"等词是重要的,省去后便不达原意。

A.此梦文情固佳,然必用秦氏引梦,又用秦氏出梦,竟不知立意何属?

B.此梦用秦氏引梦,又用秦氏出梦,妙!(第五回)

A.为前文葫芦庙一点。

B.点醒。(第五回)

　　　按:批"何必在此打这闷葫芦"句。甲辰批虽短,但不显
　　　豁。

A.绛珠为谁氏,请观者细思首回。

B.绛珠为谁,观者思之。(第五回)

A.接得无痕迹,历来小说中之梦,未见此一醒。

B.接得无痕。(第五回)

　　　按:批宝玉惊梦,袭人等"叫宝玉别怕,我们在这里"。

A.试问石兄,此一托比在青埂峰下猿啼虎啸之声何如?

B.试问石兄,此一托比在青埂峰下何如?(第八回)

　　　按:批宝钗将通灵玉"托于掌上"。

A.所谓"铁门限"是也。先安一开路之人,以备秦氏仙柩有方也。

B.所谓"铁门限"是也,为秦氏停柩作引子。(第十二回)

　　　按:批贾瑞"寄灵于铁槛寺"。

A.前人诗云:"纵有千年铁门限,终须一个土馒头。"是此意,故"不

远"二字有文章。

　　B.所谓"纵有千年铁门限,终须一个土馒头",此意可会。(第十五回)

　　　　按:批"原来这馒头庵就是水月寺……离铁槛寺不远"句。甲辰删末句,模糊了原意。

够了,现在再看第二十二回,此回评语据陈庆浩兄《脂评辑校》所收,多达百馀条,甲辰本中全删去了,却在结尾处独独留下元、迎、探三春谜的三条批,和我以为是续补者加的黛玉谜批和二宝谜批,共六条。如果以为那是因为有提示谶语隐义作用而留下的,那么何不就从贾母、贾政之谜批保留起呢?原因很清楚,因贾母谜批是"所谓'树倒猢狲散'是也",这与探春谜批说将来诸子孙流散意思一样,也都是程本后四十回情节中所没有写的,所以要删。贾政谜批有"包藏贾府祖先自身"语,也不易确解,是说祖先以笔墨为业呢,还是说他有"端方正直"之风?所以倒不如也删去。惜春谜已删(原因后详),否则,像"此后破失、俟再补"和"公府千金至缁衣乞食"等批语也都在必删之列,因为按续书所写,她后来进栊翠庵,还有个紫鹃跟着去,过妙玉曾过的那种生活,这恐不能说是"缁衣乞食"吧?现在保留三条改短了的脂批和为自己续补文字中谜所加的批连在一起,的确能给人以前后一体的印象,以便掩盖住自己补续的痕迹。这使我想起一件生活小事:有人的裤脚挂破了一块,补起来容易看出,索性就贴上一个花样图案,又在未破的那只裤脚上也同样贴上一块,看去就像原来设计的式样。我以为甲辰本上的补文、补批和留脂批的情况,似乎可相仿佛。

　　其实,细究这三条后添的批语,问题也还是有的。如前所述,黛玉的谶语应是"泪尽夭亡"之类意思才是,"一生愁绪"不像是在说她的结局;宝玉木石姻缘落空或最终遁入空门,说"镜花水月"倒是切合的,但镜子又怎么就等于"镜花水月"呢?若是制个水谜,是否也可以这样说呢?至于宝钗的"金玉成空"批,我以为不是看到过"悬崖撒手"文字才那样说的,而是因为有我们都能读到的"中乡魁宝玉却尘缘"一回情节。所以,我以为这最后三条批决不是脂批。

五、删惜春谜出于何种考虑

甲辰本和程本都没有惜春谜,其它脂本都有。没有,当然不是漏,而只能是删,且只能是后来整理者所删。梅节兄说"并不排除出于原作者之手",我以为不可能。若作者自删此谜而又补完结尾,脂砚等岂有不知道的,能感叹此回未补成? 梅节兄还以为此谜被删"原因是此谜与其他灯谜不协调,和'悲谶语'的主题冲突。'前身色相总无成,不听菱歌听佛经。莫道此生沉黑海,性中自有大光明。'此诗非凶兆而是佳谶。公府千金,至于缁衣乞食,当然是悲剧。但脱尘网,逃大造,成佛作祖,得大自在,现大光明,自是佛家的无上境界。如果不被目为'谤佛毁道',惜春谜还是删去为宜"。我却认为不是那么回事。

谶语是否可悲,主要不在于表面词句是否说得好听,而在于预兆的是怎么样的事。千金小姐将来去做尼姑,客观地看,只能算是落到了如"沉黑海"的可悲境地,并无吉庆可言。惜春自己却早有世间诸多烦恼"不向空门何处消"(王维诗句)的念头,这也并不奇怪。"性中自有大光明",也不过说她自己本性向佛而已,此中并无碍语,何至于就可说已到达"成佛作祖"的"无上境界"了呢? 这太夸张了。其实这类话在同样暗示她命运的《红楼梦曲·虚花悟》中也是有的:"似这般、生关死劫谁能躲? 闻说道、西方宝树唤婆娑,上结着长生果。"我们也不能因此而说她已超脱生关死劫,修成了长生不老之正果而不该归入薄命司了吧。

我的想法很简单:惜春谜就是因为"此后破失"才被删去的。破失了,就没了下文,就无从知道谜底是什么。戚序等本的续补文字中说是"佛前海灯",甲辰本的整理续补者一定是没有看到或看到而不同意,自己也猜不到谜底是什么东西,这正如戚本的续补者未见更香谜底,也猜不到是何物,只好如梅节兄所言"耍了一个花招,用'此物还倒有限'企图搪塞过去"。但甲辰本的续补者未必也能想到用这一招,何况还有"缁衣乞食"之类与续书情节不合的批语,就感到难以下笔补写,倒不如索性连谜带批都删掉干脆。我探讨此谜被删的原因,无非是想说明此事非作者自己所为,也非不相干的他人干的,而是后来整理并续补甲辰本此回回末那段文字的人所删的。

四 时 即 事

（第 二 十 三 回）

贾 宝 玉

【说明】

《四时即事》是贾宝玉进了大观园后,写自己一年四季与姊妹丫鬟们相亲相近的生活情景的诗。以眼前的事物为题材的诗叫即事诗。

春 夜 即 事

霞绡云幄任铺陈,隔巷蟆更听未真①。

枕上轻寒窗外雨,眼前春色梦中人②。

盈盈烛泪因谁泣,默默花愁为我嗔③。

自是小鬟娇懒惯,拥衾不耐笑言频④。

【注释】

① "霞绡"二句——意谓任凭锦被铺着,绣帐挂着,深夜中隔巷更鼓之声已隐约可闻,但自己并无睡意。幄(wò握),帐幕。蟆更,也叫虾蟆更。夜里打梆子报时间的声音。《事物纪原》:"夜行击柝代更筹,曰虾蟆更。"程高本"蟆更"作"蛙声",隔巷市井,何来蛙声? 当是后人不懂得"蟆更"臆改的,甚可笑。真,真切、清楚。

② "枕上"二句——这是说卧床而未睡,听见窗外雨声,微觉寒意,更感到眼前青春欢乐总难长久,犹如好梦易逝。春色,喻说人事,不是实写。

③ "盈盈"二句——上句因所见而感,下句从听到夜来雨声联想到花愁而有所感。所谓"怯风思鹤冷,闻雨为花愁"(方岳《不寐》诗)之意。

两句为黛玉写照。嗔(chēn 衬阴平)，生气。

④ "自是"二句——意谓娇懒惯了的丫头已拥被欲睡，不耐烦我在她耳边还谈笑不绝。自是，本是。小鬟，年纪小的丫头。

夏 夜 即 事

倦绣佳人幽梦长①，金笼鹦鹉唤茶汤。
窗明麝月开宫镜，　室霭檀云品御香②。
琥珀杯倾荷露滑，　玻璃槛纳柳风凉③。
水亭处处齐纨动④，帘卷朱楼罢晚妆。

【注释】

① 幽梦——深沉的睡梦。引申为好梦、香梦。

② "窗明"二句——意思说以为明月映照着窗子，原来是打开了镜匣；以为云雾绕缭着房间，原来是点燃了香炉。句意仿唐代诗人杜牧《阿房宫赋》："明星荧荧，开妆镜也；……烟斜雾横，焚椒兰也。"麝月，徐陵《玉台新咏序》："麝月共嫦娥竞爽。"指月亮，又"麝"与"射"谐音。檀云，香云、香雾，因檀木是香料，故称。品，品评、赏鉴，这里引申为点燃。御香，宫中所用之香，也泛指贵重香料。

③ "琥珀"二句——"荷露"、"柳风"同是夏景，并借用联想修辞，即荷翻露珠似倾杯，柳垂堤岸如碧栏。唐代李宗闵"暑月以荷为杯"(见王谠《唐语林》)。琥珀，松脂化石，半透明。这里指琥珀色。荷露，酒以花露名，见《通俗编》。滑，指酒味醇美。玻璃，一种碧绿有光泽的矿物，汉代即有此名，与现在的玻璃不同。前六句皆嵌入丫鬟名，即袭人("佳人"的隐指，见第三十六回)、鹦鹉、麝月、檀云、琥珀、玻璃。

④ 齐纨——细白的薄纱绸，古代齐国风行穿纨绮，所以叫"齐纨"。这里指小姐、丫鬟们的衣衫裙裾。或以为是指纨扇，亦可。但诗写清幽，不写闷热。上句说"柳风凉"，结句说"帘卷"，都不离风。《汉书》中有"轻纨夏服"之语，似以写风动纨衣纨裤的惬意为是。

秋 夜 即 事

绛芸轩里绝喧哗①，桂魄流光浸茜沙②。

苔锁石纹容睡鹤③，井飘桐露湿栖鸦④。

抱衾婢至舒金凤⑤，倚槛人归落翠花⑥。

静夜不眠因酒渴⑦，沉烟重拨索烹茶⑧。

【注释】

① 绛芸轩——贾宝玉的住室名。

② 桂魄——月亮。传说月中有桂树，遂以月为桂之精魄。　浸——因月光如水，所以用"浸"字。　茜纱——染成红色的丝织品，这里指窗纱。

③ "苔锁"句——说石上裂缝皱纹都被厚厚的青苔盖满，变得柔软平滑，可以让鹤憩息了。

④ "井飘"句——井栏上桐叶飘落，栖鸦为秋露所湿，有夜深时久之意。

⑤ "抱衾"句——用《会真记》红娘抱衾而至事。金凤，指有金凤图案的被褥。

⑥ 倚槛——写望月的情怀。　翠花——首饰，翡翠之类镶嵌的簪花。诗中常以落翠遗簪写贵族小姐的闲散奢靡，如"长乐晓钟归骑后，遗簪落翠满街中"。靖本批称小说初稿中曾写过秦可卿"遗簪"的情节，后删去。有人解"落"为"卸下"，疑非是。

⑦ 酒渴——酒后口渴。

⑧ 沉烟——指炉中的深灰馀火。　索——索取，要求。

冬 夜 即 事

梅魂竹梦已三更①，锦罽鸘衾睡未成②。

松影一庭唯见鹤③，梨花满地不闻莺④。

女儿翠袖诗怀冷⑤，公子金貂酒力轻⑥。

却喜侍儿知试茗⑦，扫将新雪及时烹⑧。

【注释】

① 梅魂竹梦——以梅竹入梦，点染冬夜冰雪寒冷，为下句铺垫。

② 锦罽鸘(jì shuāng 季双)衾——织出锦花的毛毯，雁鬼绒里的被褥。

        屬,一种毛织品。鷫,雁类的一种。

③　"松影"句——松耐冬寒,又常以鹤为伴,借以写清冷孤高。

④　"梨花"句——虽满地梨花,但并非春天,所以说"不闻莺",以梨花喻
　　雪。唐代诗人岑参《白雪歌送武判官归京》诗:"忽如一夜春风来,千
　　树万树梨花开。"

⑤　"女儿"句——写冬夜严寒。意谓穿着翠袖衣衫、吟着诗句的女儿已
　　觉怀冷。女儿,程高本作"女奴"。

⑥　"公子"句——写冬夜严寒。公子穿戴着貂皮尚嫌酒力不足御寒。酒
　　力轻,不是人的酒量小,而是说酒的劲头不够。用晋代阮孚为黄门侍
　　郎散骑常侍,曾以金貂换酒,遭人弹劾,得到皇帝宽宥的典故(见《晋
　　书·阮孚传》)。

⑦　试茗——封建上层阶级讲究喝茶,不同品种的茶,烹烧的火力时间不
　　同,要恰到好处,才不失香变味,所以要"试"。宋代蔡襄《进茶录序》
　　说:"独论采造之本,至于烹试,曾未闻有。"

⑧　"扫将"句——扫雪烹茶,取其洁净,书中妙玉曾言及。《天中记》卷四
　　十四引《类苑》:"陶谷买得党太尉故妓,取雪水烹团茶。"

【鉴赏】

　　贾宝玉一方面是敢于蔑视封建礼教的大胆的叛逆者,一方面又是
过惯了封建地主阶级吃喝玩乐的寄生生活的公子哥儿。当他初进大
观园暂时地感到"心满意足,再无别项可生贪求之心"的时候,他更多
地是一个"富贵闲人"。《四时即事》诗即是他这一面生活的自我写照。
但大观园不是世外桃源,它同样存在着污秽、眼泪、挣扎和反抗。当宝
玉领略到"悲凉之雾,遍被华林"(鲁迅语)的时候,他就不能再悠然闲
适下去。于是,他愤懑、痛苦、绝望,终至以"悬崖撒手"来抹去他身上
的粉渍脂痕。《四时即事》诗所代表的那种生活,是贾宝玉那样的人所
经历的道路中必然会有的一个过程,用他自己做诗来加以概括,是情
节结构上的省笔。

妆晨绣夜心无矣

（第 二 十 三 回）

妆晨绣夜心无矣，
对月临风恨有之。

【说明】

林黛玉出来葬花，见到在沁芳闸桥边桃花树下石上偷看《西厢记》
的贾宝玉，从他手中接过书来读，"越看越爱看"，读完，"只管出神"。
回来途中，又隔墙听到演习戏文的女孩子合着笛声唱《牡丹亭》曲子，
"越发如醉如痴"，于是把读过的诗词中叹青春易逝的句子也都想起来
了。"不觉心痛神痴，眼中落泪，正没个开交"，被香菱击背打断，下接
此一联结束此回。

【鉴赏】

在《红楼梦》出来之前，写儿女真情的，多在诗词、戏曲中，小说中
反而罕见。虽也有不少才子佳人的风月故事，但正如首回一僧一道所
说，"不过偷香窃玉，暗约私奔而已；并不曾将儿女之真情发泄一二"。
所以《西厢记》、《牡丹亭》等最优秀的描写爱情故事的戏曲作品，对当
时年轻人的影响之巨大，是可想而知的。另一方面，这些作品也受到
礼教和道学的敌视，被目为"淫书"而遭到禁读。对此，小说都作了十
分生动而真实的描绘，此回所述，正是这种情况；回末对句则说黛玉读
了和听过这些戏曲后，心灵上所受到的巨大震撼。"妆晨绣夜"、"对月
临风"，当句有对；"无矣"、"有之"，虚字成对。句意易晓，故于对仗形
式上求工巧。

癞 和 尚 赞

(第 二 十 五 回)

鼻如悬胆两眉长，　　目似明星蓄宝光。

破衲芒鞋无住迹①，　腌臜更有满头疮②。

【说明】

这一首与下一首赞诗是用来描绘前来解救被魔法弄疯的宝玉、凤姐的一僧一道的模样的。

【注释】

① 破衲芒鞋——破衣草鞋。僧衣叫衲，意思是用各种布料拼凑缝缀而成的，即"百衲衣"。　无住迹——没有居处可找，非凡人之意。

② 腌臜(ā za 阿杂轻声)——不干净。

【鉴赏】

癞和尚、跛道士那样带有宗教色彩的虚构形象，是从一般旧小说情节中借来的，却也是本书艺术构思中通过为数不多的"荒唐"情节，强调旨意所必需的。赞诗前两句是显示和尚来历不凡，神光外透处，唯慧眼能识；后两句则主要写其幻相假象，令尘世间俗人一见便心生厌恶而远避之。这种将矛盾着的两方面特征结合在一起的用意，本身也就是某种宗教观念的形象化宣示。

跛 道 人 赞

(第 二 十 五 回)

一足高来一足低，浑身带水又拖泥；
相逢若问家何处，却在蓬莱弱水西①。

【注释】

① 蓬莱——蓬莱仙岛，在东海中。 弱水——我国西部的水名。《山海经》与先秦、两汉史书中都提到，但所说的地方不一。传说水不能浮鸿毛，所以叫弱水。《西游记》中唐僧取经也曾经过。一西一东，也无非说跛道人"无住迹"可寻，是仙界人物。

【鉴赏】

这一首用意与上一首相同，但在写法上有变化，将布局颠倒了一下：描写道人幻相假象的是前两句，暗示其来历不凡的置于后两句。其馀参见下面《叹通灵玉二首》鉴赏。

叹通灵玉二首

(第 二 十 五 回)

癞 和 尚

天不拘兮地不羁， 心头无喜亦无悲；
却因锻炼通灵后①， 便向人间觅是非②。

粉渍脂痕污宝光， 绮枕昼夜困鸳鸯③；

沉酣一梦终须醒，　冤孽偿清好散场④。

【说明】

　　宝玉、凤姐被魇垂危，贾府请来一僧一道。癞僧解说那块上面刻着能"除邪祟"的通灵玉为什么未见灵效的原因是："只因它如今被声色货利所迷，故不灵验了。"他把玉擎在掌上，念了这两首诗。前一首说它当初在青埂峰下的好处，后一首叹它今日的经历。

【注释】

　　①　锻炼通灵——小说开头说石头被补天的女娲"锻炼之后，灵性已通"。喻从无知的儿童逐渐增长了见识，懂得了人事，也包括接受了新的思想。

　　②　觅——程高本作"惹"。脂砚斋在此诗下批道："所谓越不聪明越快活是也。"这里确有作者解嘲的意味在。

　　③　绮栊——彩色丝织品为窗纱的窗子，指代房间。　困鸳鸯——沉溺于风月之事。

　　④　"冤孽"句——以风月情事为"冤孽"，为"债"，故说"偿清"；把悲剧结局比作戏演完了，故说"散场"，同时暗示最后贾府家亡人散。

【鉴赏】

　　小说中凡提到癞和尚、跛道人处，都有着隐示情节发展、人物命运的预言作用。正当宝玉与黛玉的恋爱婚姻问题发展到明朗化、仿佛已被贾府众人公认(读此回众人对他俩所开的玩笑便知)、幸福就在眼前的时候，突然飞来横祸，宝玉被魇魔法镇住，险些送命。这种"乐极生悲，好事多魔"的变故情节，在某种意义上，是为后来更大的变故情节——贾府事败、宝玉沦落、宝黛爱情理想突然破灭而"作引"的。因为，我们知道，后来淹留于狱神庙的，除宝玉外，还有凤姐。而他们二人的罪名，不外乎是癞僧所说的迷于"声色"与"货利"。续书者曾仿此回写宝玉失玉疯颠、癞僧送玉除邪。但脂评指出，"通灵玉除邪，全部百回只此一见，何得再言"(庚辰本眉批)。可见，在原作者的构思中，后面已不再重复此类有神秘主义色彩的情节了。

　　作者借癞和尚之口说宝玉之为"声色"所迷,犹如凤姐之为"货利"所迷。这也是对宝玉生活中"绮栊昼夜困鸳鸯"一面的否定,但这不等于说作者把宝玉与凤姐等量齐观。凤姐终至利欲熏心,自食恶果;而宝玉却在体验现实生活的过程中,逐渐地"醒"来,冲破了所谓"迷关"。值得注意的是,他的"醒悟"并非表现为最后成了一个"改恶从善"的"正人君子",恰恰相反,他与劝谏他成为正人君子的薛宝钗决裂了。可见,小说不是为了宣扬"去欲存理"。脂砚斋责备宝玉"有情极之毒"、"一生偏僻",正可证明宝玉不仅有所悔,更有所恶、有所恃。如果不透过现象分析实质,就无法解说为什么宝玉始终不醒悟,并改变他的"偏僻""乖张"亦即封建叛逆者的性格。在这两首诗中,宝玉的生活思想历程被作者蒙上了一件厚厚的风月情孽和宗教宿命的外衣,其中又渗透着作者对现实人生无可奈何的悲观主义情绪,这样,就把事情的本质弄得扑朔迷离了。

黛玉哭花阴

(第二十六回)

花魂默默无情绪,
鸟梦痴痴何处惊①。

【说明】

　　林黛玉到怡红院叫门不开,怄了气,独自站在墙角花阴下哭泣,插入此对句和下面一诗渲染气氛,以表示对黛玉的怜惜。

【注释】

　　① "花魂"二句——见林黛玉哭泣,花为之神魂颠倒,默默伤感;鸟也从

梦中惊起,弄得痴痴呆呆。默默,程高本作"点点",是形讹,"魂"不能用"点点"来形容。

【鉴赏】

　　渲染衬托手法为诗家所常用,而借花、鸟者尤多。杜诗"感时花溅泪,恨别鸟惊心"(《春望》),人所熟知。我们读到小说后面写中秋夜联句,有"寒塘渡鹤影(湘云),冷月葬花魂(黛玉)"一联佳句,用的也是花、鸟;且"花魂"二字于此联及下回《葬花吟》中几次都用,其象征对象前后暗暗贯通。在这两句中,作者不仅将花、鸟拟人化,写它们也富于同情心,且将它们也描画得像弱女子黛玉一样可怜可爱。这真是文章由高手写来,无处不妙。

哭花阴诗
(第二十六回)

　　颦儿才貌世应希①,　独抱幽芳出绣闺②。
　　呜咽一声犹未了,　　落花满地鸟惊飞③。

【注释】

① 颦儿——指黛玉。黛玉"眉尖若蹙",故宝玉送她一表号叫"颦颦"。希——少。

② 幽芳——这里指幽怨感伤的情怀和孤芳自傲的操守。　绣闺——绣房。脂本俱作"绣闺",然此诗"希"、"飞"皆"五微"韵,"闺"亦"五微","闺"则是"八齐"韵,或为"闺"之形讹。今从"程乙本"改。

③ "落花"句——以花鸟拟人,说不忍听黛玉的哭声,极写她的悲泣令人悯恻。又兼应首句说貌美意。

【鉴赏】

下回"埋香冢飞燕泣残红"是小说中的重要文字,所以预先用黛玉哭花阴细节作引;有了这一番渲染,更增强了后文的艺术效果。《庄子·齐物论》以绝色佳人"鱼见之深入,鸟见之高飞"来说人之所美,鱼鸟则惊,感受完全不同。后转以"鱼入鸟飞"或"沉鱼落雁"来形容女子之美。此诗末句,除以花落鸟惊来形容黛玉"呜咽"的效果外,也兼用此传统意象说她貌美世希,以应首句;同时又是写景,紧切哭花阴诗题。

葬 花 吟

(第 二 十 七 回)

林 黛 玉

花谢花飞飞满天,　红消香断有谁怜①?
游丝软系飘春榭②,　落絮轻沾扑绣帘③。
闺中女儿惜春暮,　愁绪满怀无释处④;
手把花锄出绣帘⑤,　忍踏落花来复去⑥?
柳丝榆荚自芳菲⑦,　不管桃飘与李飞;
桃李明年能再发,　明年闺中知有谁?
三月香巢已垒成,　梁间燕子太无情!
明年花发虽可啄,　却不道人去梁空巢也倾。
一年三百六十日,　风刀霜剑严相逼;
明媚鲜妍能几时,　一朝飘泊难寻觅。
花开易见落难寻,　阶前闷杀葬花人;
独把花锄泪暗洒,　洒上空枝见血痕⑧。

杜鹃无语正黄昏，　　荷锄归去掩重门；
青灯照壁人初睡，　　冷雨敲窗被未温。
怪奴底事倍伤神⑨？　　半为怜春半恼春：
怜春忽至恼忽去，　　至又无言去不闻。
昨宵庭外悲歌发，　　知是花魂与鸟魂⑩？
花魂鸟魂总难留，　　鸟自无言花自羞；
愿奴胁下生双翼，　　随花飞到天尽头。
天尽头，　　何处有香丘⑪？
未若锦囊收艳骨，　　一抔净土掩风流⑫；
质本洁来还洁去，　　强于污淖陷渠沟⑬。
尔今死去侬收葬⑭，　　未卜侬身何日丧⑮？
侬今葬花人笑痴，　　他年葬侬知是谁？
试看春残花渐落，　　便是红颜老死时；
一朝春尽红颜老，　　花落人亡两不知！

【说明】

　　林黛玉为怜桃花落瓣，曾将它收拾起来，葬于花冢。如今她又来至花冢，以落花自况，十分伤感地哭吟了此诗，恰为宝玉所闻。

【注释】

① "花谢"二句——这两句或受李贺诗"飞香走红满天春"(《上云乐》)的启发。飞满天，庚辰本作"花满天"，但细看"花"字，是后来的改笔，原抄是两小点，表示与上一"飞"字相同。故从甲戌、戚序本。
② 榭——筑在台上的房子。
③ 絮——柳絮、柳花。
④ 无释处——没有排遣的地方。
⑤ 把——拿。
⑥ 忍——岂忍。
⑦ 榆荚——榆树的实。榆未生叶时先生荚，色白，像是成串的钱，俗称

榆钱。　芳菲——花草香茂。

⑧　"洒上"句——与两个传说有关:一、湘妃哭舜,泣血染竹枝成斑。所以黛玉号"潇湘妃子"。二、蜀帝魂化杜鹃鸟,啼血染花枝,花即杜鹃花。所以下句接言"杜鹃"。

⑨　奴——我,女子的自称。　底——何,什么。

⑩　知是——哪里知道是……还是……。

⑪　香丘——香坟,指花冢。以花拟人,所以下句用"艳骨"。

⑫　一抔(póu 破欧合音阳平)——一捧。因《汉书》中曾用"取长陵一抔土"来表示开掘陵墓,后人(如唐代骆宾王)就以"一抔之土"称坟墓。这里用以指花冢。甲戌本作"一坯",是形讹;庚辰、戚序本遂改为"一堆",不可从。

⑬　强于——程高本作"不教"。　污淖——被污秽的泥水所弄脏。

⑭　侬——"我"的俗语,吴地乐府民歌中多用。

⑮　卜——预知。

【鉴赏】

《葬花吟》是林黛玉感叹身世遭遇的全部哀音的代表,也是作者曹雪芹借以塑造这一艺术形象,表现其性格特性的重要作品。它和《芙蓉女儿诔》一样,是作者出力摹写的文字。这首风格上仿效初唐体的歌行,抒情淋漓尽致,在艺术上是很成功的。

这首诗并非一味哀伤凄恻,其中仍然有着一种抑塞不平之气。"柳丝榆荚自芳菲,不管桃飘与李飞",就寄有对世态炎凉、人情冷暖的愤懑。"一年三百六十日,风刀霜剑严相逼",岂不是对长期迫害着她的冷酷无情的现实的控诉?"愿奴胁下生双翼,随花飞到天尽头。天尽头,何处有香丘?未若锦囊收艳骨,一抔净土掩风流。质本洁来还洁去,强于污淖陷渠沟",则是在幻想自由幸福而不可得时,所表现出来的那种不愿受辱被污、不甘低头屈服的孤傲不阿的性格。这些,才是它的思想价值之所在。

这首诗的另一价值在于它为我们提供了探索曹雪芹笔下的宝黛悲剧的重要线索。甲戌本有批语说:"余读《葬花吟》至再,至三四,其凄楚感慨,令人身世两忘,举笔再四,不能下批。有客曰:'先生身非宝玉，何能下笔？即字字双圈，批词通仙，料难遂颦儿之意，俟看玉兄之后文再批。'噫唏！阻余者想亦《石头记》来的，故停笔以待。"值得注意的是批语指出：没有看过"玉兄之后文"是无从对此诗加批的，批书人"停笔以待"的也正为此。那么"玉兄之后文"指什么呢？指的是下一回即二十八回开头写宝玉在山坡上听黛玉吟此诗时的感受那段文字。其文云：

> ……先不过点头感叹；次后听到"侬今葬花人笑痴，他年葬侬知是谁"、"一朝春尽红颜老，花落人亡两不知"等句，不觉恸倒山坡之上，怀里兜的落花撒了一地。试想林黛玉的花颜月貌，将来亦到无可寻觅之时，宁不心碎肠断！既黛玉终归无可寻觅之时，推之于他人，如宝钗、香菱、袭人等，亦可到无可寻觅之时矣。宝钗等终归无可寻觅之时，则自己又安在哉？且自身尚不知何在何往，则斯处、斯园、斯花、斯柳，又不知当属谁姓矣！因此，一而二，二而三，反复推求了去，真不知此时此际欲为何等蠢物，杳无所知，逃大造，出尘网，使可解释（解脱也）这段悲伤。

宝玉从听《葬花吟》中预感到的，首先是"黛玉终归无可寻觅之时"，然后才又推及他人、自身和大观园花柳等等。可见，说书人"身非宝玉，何能下笔"的意思，就是指出此诗非泛泛之言，必要像宝玉那样能想到黛玉无觅处等等，才能理解诗中蕴藏的真意。

由此可见，《葬花吟》实际上就是林黛玉自作的诗谶。这一点，我们从作者的同时人、极可能是其友人的明义《题红楼梦》绝句中得到了证明。诗曰：

> 伤心一首葬花词，似谶成真自不知。
> 安得返魂香一缕，起卿沉痼续红丝？

"似谶成真"，这是只有知道了作者所写黛玉之死的情节的人才能说出来的话。明义说，他真希望有起死回生的返魂香，能救活黛玉，让宝、黛两个有情人成为眷属，把已断绝的月下老人所牵的红丝绳再接续起来。试想，只要"沉痼"能起，"红丝"也就能续，这与后来续书者想像宝、黛悲剧的原因在于婚姻不自主是多么的不同！何况《葬花吟》中我们也找不出"调包计"之类的暗示。

此诗"侬今葬花人笑痴，他年葬侬知是谁？……"等末了数句，书中几次重复，特意强调，甚至通过写鹦鹉学吟诗也提到。可知红颜老死之日，确在春残花落之时，并非虚词作比。同时，这里说"他年葬侬知是谁"，前面又说"红消香断有谁怜"、"一朝飘泊难寻觅"等等，则黛玉亦如晴雯那样死于十分凄惨寂寞的境况之中可以无疑。那时，并非大家都忙着为宝玉办喜事，因而无暇顾及；恰恰相反，宝玉、凤姐都因避祸流落在外，那正是"家亡莫论亲"、"各自须寻各自门"的日子，诗中"柳丝榆荚自芳菲，不管桃飘与李飞"或含此意。"三月香巢已垒成，梁间燕子太无情。明年花发虽可啄，却不道人去梁空巢也倾"几句，原在可解不可解之间，怜落花而怨及燕子归去，用意甚难把握贯通。现在，倘作谶语看，就比较明确了。大概春天里宝黛的婚事已基本说定了，即所谓"香巢已垒成"，可是，到了秋天，发生了变故，就像梁间燕子无情地飞去那样，宝玉被迫离家出走了。因而，她悲叹"花魂鸟魂总难留"，幻想着自己能"胁下生双翼"也随之而去。她日夜悲啼，终至于"泪尽证前缘"了。这样，"花落人亡两不知"，若以"花落"比黛玉，"人亡"（流亡也）说宝玉，正是完全切合的。宝玉凡遭所谓"丑祸"，总有别人要随之而倒霉，先有金钏儿，后有晴雯，终于轮到了黛玉。所以诗中又有"质本洁来还洁去，强于污淖陷渠沟"的双关语可用来剖白和显示气节。"一别西风又一年"，宝玉在次年秋天回到贾府，但所见怡红院已"红绿稀瘦"（脂评），潇湘馆更是一片"落叶萧萧，寒烟漠漠"（脂评）的凄凉景象，黛玉的闺房和宝玉的居室一样，只见"蛛丝儿结满雕梁"（脂评谓指宝黛住处），虽然还有宝钗在，而且以后还成其"金玉姻缘"，但这又怎能弥补他"对景悼颦儿"时所产生的巨大精神创痛呢？何况还有"贾府事败、抄没"事。"明年花发虽可啄，却不道人去梁空巢也倾"！难道不就是这个意思吗？这些只是从脂评所提及的线索中可以得到印证的一些细节，所述未必都那么妥当。但此诗与宝黛悲剧情节必定有照应这一点，大概不是主观臆断吧。其实，"似谶成真"的诗还不止于此,黛玉的《代别离·秋窗风雨夕》和《桃花行》也有这种性质。前者仿佛不幸地言中了她后来离别宝玉的情景,后者则又像是她对自己"泪尽夭亡"(脂评)结局的预先写照。关于黛玉悲剧的原作构思,详见拙文《曹雪芹笔下的林黛玉之死》(《蔡义江论红楼梦》第33—64页,宁波出版社)。

此诗风格上所仿效的初唐体歌行,是一种流行的通俗诗体,遣词浅显流畅,音节回环复叠,抒情淋漓酣畅。如初唐刘希夷《代悲白头翁》中"今年花落颜色改,明年花开复谁在"、"年年岁岁花相似,岁岁年年人不同"之类,都足以让曹雪芹在创作《葬花吟》上取法利用。至于葬花情节,明唐寅有将牡丹花"盛以锦囊,葬于药栏东畔"事,雪芹祖父曹寅有"百年孤冢葬桃花"诗句,也都能启发作者的想像构思。但《红楼梦》一经问世,黛玉葬花就几乎完全取代了以前类似的种种描述文字,这也可见其艺术上的成功。

当然,《葬花吟》中消极颓伤的情绪也是相当浓重的。它对某些心理不健康而又缺乏分析思考能力的读者,也可以产生一些不良的影响。这种情绪虽然在艺术上完全符合林黛玉这个人物所处的时代、环境、地位所形成的思想性格,我们也同情她的遭遇,但同时也应该看到,这种多愁善感的贵族小姐,思想感情是十分脆弱的,她已经离开我们今天的时代很远了。

宝玉听葬花吟赞

(第 二 十 八 回)

花影不离身左右,
鸟声只在耳东西。

【说明】

　　宝玉听了黛玉念《葬花吟》,"恸倒山坡之上",想到黛玉也会如落花之难觅,又推之于众姊妹和自己,也将化为乌有,名园花柳又不知属谁,心中大悲,直欲逃出尘网,以求解脱。于是用"正是"二字,插入此两句,以状此际情景。

【鉴赏】

　　这是借实景以写虚境。"花影""鸟声",都应是当时环境中所实有的,所以见之闻之都合情理,但作者想说的却是宝玉摆脱不了纷乱的思绪和烦恼的心情。所以"花影"又不只是指桃树花枝投下的影子,不妨理解为总是晃动在他眼前的黛玉、宝钗、袭人等等的身影;"鸟声"也同样,正不妨理解为老是在他耳边响起的"侬今葬花人笑痴,他年葬侬知是谁……"之类的黛玉念诗的哀伤的声音。甲戌、庚辰本脂批云:"二句作禅语参。"也是借虚喻别有他指之意。你看,曹雪芹的文笔,竟能空灵如此!

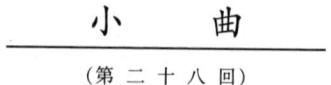

小　曲

(第二十八回)

云　儿

　　两个冤家①,都难丢下,想着你来又记挂着他。两个人形容俊俏,都难描画。想昨宵幽期私订在荼蘼架②,一个偷情,一个寻拿,拿住了三曹对案③,我也无回话。

【说明】

冯紫英邀宝玉至其家饮酒。席上,薛蟠酒酣忘情,拉着妓女云儿,要她唱一个新样儿曲子。云儿就弹着琵琶,唱了这支小调。

【注释】

① 冤家——"情人"的一种谑称。

② 茶蘼(tú mí 涂迷)——供观赏的一种落叶小灌木,夏季开白花,洁美清香。

③ 三曹对案——审判诉讼案件时,原告、被告和证人三方面人都到场对质。

【鉴赏】

令我们惊叹不已的是曹雪芹摹写各种不同职业、个性、文化层次人物特点的极大本领,写什么人像什么人;不但是他们的谈吐举止,就连是唱的曲子都很难挪移到他人身上,这里云儿所唱便是如此。小曲完全符合她锦香院妓女的身份,从词句语气,到所述内容,无不维妙维肖,恰恰只有云儿可以唱。脂批云:"此唱一曲,为直刺宝玉。"这是从另一角度来探求小曲的隐意。大概是认为宝玉用情太泛,既爱恋黛玉,又羡慕宝钗,或者还有别的女儿,这一来,不免会引起争风吃醋,使自己处于尴尬境地。我想,即使真如脂批所说那样,那也只能视作是云儿在暗暗揶揄宝玉,未必能完全代表作者自己的观点。

"女儿"酒令五首

(第二十八回)

【说明】

这是宝玉等人在冯紫英家酒席上行的令。行酒令为戏的花样很多，书中宝玉交代这次行令的办法说："如今要说'悲'、'愁'、'喜'、'乐'四字，却要说出'女儿'来，还要注明这四字的原故。说完了，饮门杯。酒面要唱一个新鲜时样曲子；酒底要席上生风一样东西——或古诗、旧对、《四书》《五经》成语。"门杯，每人行令时规定要喝的面前的一杯酒。酒面、酒底，饮门杯之前和之后要出的节目或要说的诗词、趣语。席上生风，想出一句诗词、成语来，与桌面上有的一件东西相关，使大家感到风趣。

其　一

贾　宝　玉

女儿悲，青春已大守空闺。
女儿愁，悔教夫婿觅封侯①。
女儿喜，对镜晨妆颜色美。
女儿乐，秋千架上春衫薄。

滴不尽相思血泪抛红豆②，开不完春柳春花满画楼，睡不稳纱窗风雨黄昏后，忘不了新愁与旧愁，咽不下玉粒金莼噎满喉③；照不见菱花镜里形容瘦④，展不开的眉头，捱不明的更漏⑤。呀！恰便似遮不住的青山隐隐，流不断的绿水悠悠。

"雨打梨花深闭门"⑥。

【注释】

①　"悔教"句——用唐代诗人王昌龄《闺怨》诗原句："忽见陌头杨柳色，悔教夫婿觅封侯。"说的是少妇在大好春光里后悔叫丈夫到外面去追求功名，以至自己独守空闺。夫婿，丈夫。

② 红豆——一名相思子,形扁圆,色半红半黑,大小略同赤豆,可镶嵌首饰。诗词中多以"红豆"说相思,所以这里用以比"相思血泪"。

③ 玉粒金莼(chún 纯)——指珍美的饭食菜肴。莼,睡莲科植物,水生,嫩叶可供食,味美,盛产于江、浙一带。晋代张翰曾见秋风起而思食吴中莼羹、鲈鱼脍,便弃官还家。程高本改"金莼"为"金波",则为酒浆饮料。液体怎么会"咽不下""噎满喉"呢?甚谬。

④ 菱花镜——即镜子。古代铜镜映日则发光,影如菱花,故名。《埤雅·释草》:"旧说,镜谓之菱华(花),以其面平,光影所成如此。"

⑤ 捱不明——等待不到天亮。　更漏——古代夜间记时用具。

⑥ "雨打"句——北宋词人秦观《忆王孙》词:"杜宇声声不忍闻,欲黄昏,雨打梨花深闭门。"因为席上有梨,所以说了这句有"梨"字的词。

【鉴赏】

宝玉在冯紫英家的饮酒行乐,是他"富贵闲人"放荡生活的另一个侧面。通过他的结交,作者揭示了当时与上层阶级生活联系着的都市中淫靡逸乐的社会习俗风气。酒席上众人行令所说所唱,多数都庸俗粗鄙,甚至有十分下流的秽语淫曲;但都切合各自的身份、地位、性格和教养。可见作者所熟悉的生活面是很广的,描摹的本领也很大。相形之下,宝玉所咏,可称得上是才情洋溢、格调高雅了。

宝玉所行之令,"喜""乐"只是"女儿"眼前生活情景的反映,是陪衬,其中"秋千架上春衫薄"自是佳句;"悲""愁"则同后来的情节发展有关,是藏有深意的。如首句言悲,说"青春已大守空闺",即成了后来他出家、宝钗守寡的预言;次句言愁,用"悔教夫婿觅封侯"成句,看似信手拈来人人皆知的唐诗,实为暗示宝玉弃家为僧的一个原因。后半部佚稿中原有"薛宝钗借词含讽谏"一回,当是写宝钗又借"仕途经济"那一套来"讽谏"宝玉,劝他还应用心读圣贤书以寻求功名。终使本有"恶劝"之病的宝玉,反感进一步加深,待到他决然"悬崖撒手"后,做妻子的悔之晚矣。

至于"席上生风"所引之"雨打梨花深闭门"句,也出自怀人不归的感伤词,词牌是《忆王孙》,开头也是"萋萋芳草忆王孙,柳外楼高空断魂"。王孙不归,春草空绿,门掩黄昏,雨打梨花,境界寂寞凄凉。又"梨"在乐府民歌中,常作"离"的谐音。用以说"女儿"——宝钗,其寓意不是很明白的吗?

宝玉所咏曲写女儿的相思愁怨,艺术上极成功。每句用个"不"字,"滴不尽"、"开不完"、"睡不稳"、"忘不了"……连续十句,排比而下,有绵绵不绝而又一气贯注之妙,真当得上"新鲜时样"四字。且与其它多数曲令一样,词句中还藏有深意,即与后来的情节发展暗暗关合。如将此曲视作"女儿"林黛玉自诉心声,倒是颇为适合的。写"相思血泪"正合佚稿中将来宝玉流落在外久久不归、黛玉日夜苦苦思念的情态。"红豆"事关"相思",状如"血泪",而"滴"与"抛"亦同义。造句设喻,都极巧妙。"开不完春柳春花",岂非"春花秋月何时了"意。黛玉有《秋窗风雨夕》诗,意境与"纱窗风雨黄昏后"相同。病体兼愁思,自然饮食难咽;红颜消瘦,却又"照不见"形容,正像是病榻上不起的情景,如此境况,颦颦之黛眉自然通宵不展。杜牧有"青山隐隐水迢迢"之诗,稼轩有"青山遮不住,毕竟东流去"词句。曲的末两句,似熔唐诗宋词中的意象而重铸,写内心之隐痛、愁思之不绝,也有悠然不尽之致。

其　二

冯　紫　英

女儿悲,儿夫染病在垂危。
女儿愁,大风吹倒梳妆楼。
女儿喜,头胎养个双生子。
女儿乐,私向花园掏蟋蟀①。

你是个可人②,你是个多情,你是个刁钻古怪鬼灵精③,你是个神仙也不灵。我说的话儿你全不信,只叫你去背地里细打听,才知道我疼你不疼!

"鸡鸣茅店月"④。

【注释】

① "女儿悲"八句——程高本"喜"、"乐"两句在前,"悲"、"愁"两句在后,与脂本顺序倒转,也与别人行令顺序不一样。

② 可人——性格、行为都惹人喜爱的人,与"宝贝儿"的意思相似。

③ 鬼灵精——极言聪明机灵。

④ 鸡鸣茅店月——唐代温庭筠《商山早行》诗:"鸡声茅店月,人迹板桥霜。"甲戌、庚辰本所引异一字,或为表现冯紫英其人非腹中有文墨者,故仍因之。戚序、程高本同温诗,似为后人据出处而校改。

【鉴赏】

对冯紫英以及倪二、柳湘莲、蒋玉菡等人,脂批皆以"侠"称。紫英是"神武将军冯唐之子",平时好挥拳打猎,一"怄气","把仇都尉的儿子打伤了";自己围猎时也不慎"在铁网山教兔鹘(猎鹰)捎一翅膀",脸带"青伤"。写到他喝酒,别人给他"斟了两大海,那冯紫英站着,一气而尽"(第二十六回)。总之是个生性豪爽粗犷、不喜读书的富家公子,自然腹中文墨不多。作者拟其行令,说女儿之悲欢,无非是侍夫、梳妆、生儿、玩耍,一些日常事而已,因小说原稿后半部已佚,其此日所言是否也隐有后来遭遇,已无从知晓。脂砚斋对"女儿乐,私向花园掏蟋蟀"句,虽有批云"紫英口中应当如是",也是只赞作者拟其令语颇个性化而已。至其所唱之曲,也是戏言调笑,如即兴编就、不加修饰的顺口溜。前面连用四句"你是个",皆以民间口头流行俚语谑称,都恰到好处,与大观园群芳诸吟咏形成了极其明显的雅俗风格对照。

其 三

云 儿

女儿悲,将来终身指靠谁?

女儿愁,妈妈打骂何时休①?

女儿喜,情郎不舍还家里。

女儿乐,住了箫管弄弦索。

豆蔻开花三月三②,一个虫儿往里钻。钻了半日不得进去③,爬到花儿上打秋千。肉儿小心肝,我不开了你怎么钻?

"桃之夭夭"④。

【注释】

① 妈妈——指鸨母,云儿是锦香院的妓女。

② 豆蔻——见第十七回《题大观园诸景对额》"蘅芷清芬"注①。

③ 去——庚辰本、戚序本属下句,今从甲戌本。

④ 桃之夭夭——《诗经·周南·桃夭》中原句。夭夭,美而盛的样子。此诗,一般都以为是言女子及时婚嫁,能宜其室家的。

【鉴赏】

云儿行令的说词,句句切合其妓女身份,也是其现实生活的概括;语虽俚俗,却还不能说太下流。其所唱之曲,则不同,无论是"豆蔻花"、"虫儿"、"打秋千"等等,无一不是为说男女性行为而设的隐喻,曲词都是秽亵的廋语。

其　四

薛　蟠

女儿悲,嫁了个男人是乌龟①。

女儿愁,绣房窜出个大马猴②。

女儿喜,洞房花烛朝慵起③。

女儿乐,一根芤杷往里戳④。

一个蚊子哼哼哼,两个苍蝇嗡嗡嗡……。

【注释】

① 乌龟——妻子与人私通者。

② 窜——脂本多作"撺",实是误写。程乙本改为"钻"。现据文义改正。

③ 慵——困倦,懒。

④ 芤杷——亦作"鸡巴",男性生殖器的俗称。

【鉴赏】

呆霸王薛蟠,是作者写此次宴饮情节中的主要嘲弄对象。其行令时所说所唱,又与他人不同,纯属笑料,别无深意。但要拟写出这样的文字来,又绝非文才庸凡之辈所能的(续书者就决写不出此类文字来)。如令语首句,如此"不通"之笑话,非极富幽默感者,谁又能说!其末句竟毫无遮饰,直说秽语,更是作者大胆处;此非偶尔寻求低级趣味,实是为写活薛蟠其人(从其所好、个性到灵魂)而不得不用者。甲戌本此句有脂批云:"有前韵句,故有是句。"倒是颇能领会作者行文技巧的。作者最后让薛蟠唱"一个蚊子哼哼哼,两个苍蝇嗡嗡嗡",不知是否也有借他自己之口嘲此类淫腔秽语如蚊蝇之可恶的意思。

其 五

蒋 玉 菡

女儿悲,丈夫一去不回归。
女儿愁,无钱去打桂花油①。
女儿喜,灯花并头结双蕊②。
女儿乐,夫唱妇随真和合。

可喜你天生成百媚娇,恰便似活神仙离碧霄。度青春,年正小;配鸾凤,真也着③。呀!看天河正高④,听谯楼鼓敲⑤,剔银灯同入鸳帏悄⑥。

"花气袭人知昼暖"⑦。

【注释】

① 桂花油——女子用的发油。

② "灯花"句——灯心之馀烬结为花形。古时迷信观念以为是吉兆,如以为"灯火花,得钱财"(见《西京杂记》)。这里灯花结双蕊是婚事的喜兆。

③ 着(zháo 召阳平)——在这里是配得正好的意思。

④ 天河——银河。

⑤ 谯楼——古时城门上用以望敌的高楼称谯楼,此泛指城楼。 鼓敲——更鼓声起,也是说夜已深了。谯,甲戌、庚辰本作"樵",戚序本作"瞧",皆误字。

⑥ 剔——指挑灯芯。 鸳帏——帏帐。鸳,修饰词,比夫妻或男女欢好。

⑦ "花气"句——参见第五回又副册判词之二注③。

【鉴赏】

蒋玉菡，即戏班子里著名唱小旦的艺人琪官。后来袭人就是嫁给他的。作者安排宝玉与他在酒席上相识，接着彼此倾慕，互赠汗巾，是此回的重要情节，将来他与袭人的姻缘也由此而伏下了一条月老红线，故回目特标出"蒋玉菡情赠茜香罗"。也因此他所行令语、曲子，作者都让它们无意之中成为他与袭人姻缘的佳谶。

最明显不过的是让他在"酒底""席上生风"的诗句中，正好嵌有"袭人"的名字，还让薛蟠喧嚷着搅局，云儿来说出原故，玉菡向宝玉"陪罪"，以此来加强读者对玉菡说袭人的印象。本来一个唱戏艺人怎么会知道陆游"花气袭人知昼（原诗作"骤"）暖"这样的诗句呢？再说那种酒席上也不会摆上花。作者为了让这个细节能合情合理，便让蒋玉菡"笑道：'这诗词上我倒有限。幸而昨日见了一副对子，可巧只记得这句，幸而席上还有这件东西。'便饮干了酒，拿起一朵木樨（桂花）来，念道：（略）"。从对联上看到，又"可巧只记得这句"，便合理了；拿的是"一朵木樨"而不是一枝，那是洒在甜点心上的糖桂花，席上有它也不足为奇了。但尽管有这些"幸而"、"可巧"，作者有心之布局，仍不难看出。

再看其酒面令语。"丈夫一去不回归"，袭人与宝玉的关系形同收房，若隐说其主人宝玉，则后来确有流落在狱神庙"一去不回归"的事。至于"无钱去买桂花油"，倒也与贾府事败，宝玉潦倒的贫寒境况相合。庚辰本有回前总批云："'茜香罗'、'红麝串'（宝钗之手镯）写于一回，盖琪官虽系优人，后回与袭人供奉玉兄、宝卿，得同终始者（后半部佚稿中有"花袭人有始有终"一回，当写此），非泛泛之文也。"可见，将来宝玉夫妇居然要靠处境可能略胜一筹的琪官夫妇来"供奉"，也实在是够惨的了。说喜事，"灯花并头结双蕊"，脂批已说了："佳谶也。"说乐事，"夫唱妇随真和合"，袭人本贤妻良母型女子，婚后夫妻和合是可信的。

曲子仿佛是将来琪官心满意足地欢度新婚夜的预示，妙在此首曲子拟写得活像戏曲中生旦的唱词。琪官唱此类词是看家本领，所以开口就来,充分展示了他的职业优势。这种"诗谶"式的手法,在后面的《花名签酒令》中,表现得更为明显。

这一回中,写宝玉与蒋玉菡、云儿等在一起鬼混,是为后文流言外传,"不肖种种大承笞挞"立据,也是为贾府最终被敌对势力抓住"箕裘颓堕"的把柄,从而奏本弹劾、兴狱问罪,预先伏根。

题帕三绝句
（第三十四回）

林 黛 玉

其 一

眼空蓄泪泪空垂， 暗洒闲抛却为谁①？
尺幅鲛绡劳解赠②， 叫人焉得不伤悲③！

其 二

抛珠滚玉只偷潸④， 镇日无心镇日闲。
枕上袖边难拂拭， 任他点点与斑斑。

其 三

彩线难收面上珠⑤， 湘江旧迹已模糊⑥。
窗前亦有千竿竹， 不识香痕渍也无⑦？

【说明】

宝玉遭贾政毒打,昏睡中听到悲切之声,醒来细认来人,"只见两个眼睛肿的桃儿一般,满面泪光",知是黛玉,倒推说自己疼痛是假装的,安慰她一番。黛玉走后,宝玉心里惦念,设法支开袭人,命晴雯以送两条旧绢帕为名,前去探望黛玉。黛玉领会宝玉心意,十分激动,便提笔在帕上题了这三首绝句。

有人以为作者写宝玉赠帕情节与明代冯梦龙所编《山歌》中的一首歌词有关。歌曰:"不写情词不写诗,一方素帕寄心知。心知拿了颠倒看,横也丝(谐音"思")来竖也丝,这般心事有谁知!"

【注释】

① 却为谁——程高本作"更向谁",改变了原义。

② 尺幅——一尺见方的织品。　鲛绡——传说海中有鲛人(美人鱼),在海底织绡(丝绢),她流出的眼泪会变成珠子(见《述异记》)。诗词中常以鲛绡来指揩眼泪的手帕。　解赠——舍随身之物而相赠。程高本作"惠赠",戚序本中狄葆贤批:"'惠'字不免有头巾气。"甚是。

③ 叫人焉得——程高本作"为君那得"。

④ 潸(shān 山)——流泪的样子。

⑤ 彩线难收——难用彩线串起来的意思。　面上珠——喻泪。

⑥ 湘江旧迹——用湘江哭舜事,指泪痕。《述异记》:"舜南巡,葬于苍梧之野,尧之二女娥皇、女英(都嫁给舜为妃),追之不及,相与恸哭,泪下沾竹,竹上文为之斑斑然。"(亦见于晋人张华《博物志》)湖南湘江一带特产一种斑竹,上有天然的紫褐色斑点如血泪痕,相传是二妃泪水染成,又称湘妃竹。以下两句即用其意。

⑦ 不识——未知。　香痕——指泪痕。　渍也无——沾上了没有?

【鉴赏】

如果把赠帕和题诗孤立地看作是男女私相传递信物和情书,这是十分肤浅的。尽管也可以把它说成是违反封建礼教的行为,但总不免使它落入才子佳人"私订终身"的窠臼。况且,孤立起来看,诗也就显得内容贫乏了,因为它除了写自己哭哭啼啼的伤感外,也没有讲什么别的。

诗在小说中的作用,首先在于联系宝玉挨打这件事,表明宝黛之间的关系完全不同于他人。只有将它放在具体的情节中,对比宝钗、袭人的不同态度,才能看出宝、黛的相互同情、支持,在于他们思想基础上的一致。

宝玉被打得半死。宝钗来送药,虽然也露出怜惜的样子,但心里想的却是"你既这样用心,何不在外头大事上做工夫,老爷也欢喜了,也不能吃这样亏"。还"笑道":"你们也不必怨这个,怨那个。据我想,到底宝兄弟素日不正,肯和那些人来往,老爷才生气。"袭人则向王夫人进言,说宝玉"男女不分","偏好在我们队里闹"和"君子防未然"的道理,建议"叫二爷搬出园外来住",吓得王夫人"如雷轰电掣的一般"。正是在这种情况下,作者写了宝黛的相互体贴、了解和黛玉的一往情深、万分悲痛,带便也写了宝玉身边唯一足以托付心事的忠诚信使——晴雯,这都是有深意的。只要细读书中的文字(在这一节上,程高本窜改颇多),自不难理解作者的用心。

其次,"还泪债"在作者艺术构思中是林黛玉悲剧一生的同义语。要了解"还泪债"的全部含义,当然最好读曹雪芹原来所写的黛玉之死的情节,但这我们已看不到了。不过,作者的写作有一个规律,多少可以帮助弥补这个缺陷,即他所描写的家族或人物的命运,预先都安下伏线,露出端倪,有的甚至还先有作引的文字。描写小说的主要人物林黛玉,作者当然更是先有成竹在胸,作了全盘安排的。在有关黛玉的情节中,作者先从各个方面挖好渠道,最后都通向她的结局。三首绝句,始终着重写一个"泪"字,而这泪是为她的知己宝玉受苦而流的,它与黛玉第一次因宝玉摔玉自毁而流泪,具体原因尽管不同,性质上却有相似之处——都为脂评所说的知己"不自惜"。这样的流泪,脂评指出过是"还泪债"。但很久以来,人们形成一种看法(续书起了很大的作用),以为黛玉总是为自身的不幸而伤感,其实,宝玉的不幸才是她最大的伤痛。为了宝玉,她简直毫不顾惜自己。宝玉挨打,她整天地流泪,"任他点点与斑斑",这还算不了什么。第五十七回,紫鹃诳宝玉说,黛玉要回苏州去了。作者写宝玉急成痴呆病外,还着力写了黛玉的反应:

　　黛玉一听此言,李妈妈乃是经过的老姬,说(宝玉)不中用了,可知必不中用。"哇"的一声,将腹中之药一概呛出,抖肠搜肺,炽胃扇肝的痛声大嗽了几阵,一时面红发乱,目肿筋浮,喘的抬不起头来。紫鹃忙上来捶背。黛玉伏枕喘息,半晌推紫鹃道:"你不用捶,你竟拿绳子来勒死我是正经!"

这虽不直接写还泪,但仍与还泪是同样性质的。

"眼空蓄泪泪空垂,暗洒闲抛却为谁?"诗中提出这个问题,为"还泪债"定下了基调。我们之所以说续书写黛玉之死,违背作者原意,不但因为续书把"泪尽夭亡"写成黛玉在受到重大精神刺激下,反而没有眼泪了(其实应该是终日眼泪不干,终于与生命一起流尽,否则,也就用不着说她是"泪尽夭亡"),更主要的还是续书所写改变了原作者定下的黛玉精神痛苦的性质,把她对宝玉的爱和惜改变为怨和恨,因男子负心(其实是误会)而怨恨痛苦。这没有什么新鲜之处,俗滥小说中可以找到成千上万,任何一个平庸的女子也都会如此。这样的结局怎么也不能算是绛珠仙子报答了神瑛侍者的甘露灌溉之惠。同时,误会的至死不得释,实际上也否定了宝黛两人是有共同思想基础的真正知己。

说续书者用"梁祝"的套子写宝黛悲剧,其实还大大不如。梁祝的误会倒是在楼台相会之后很快就得到消除的,《红楼梦》的续作者对黛玉愿为知己受苦、而自己"万苦不怨"的精神境界却丝毫也没有理解。与这三首突出写"泪"的绝句有关的几回情节,很像是后来宝黛悲剧的一次小小的预演。从第三十二到三十四回中有不少细节和对话,都可以看出作者在对未来的悲剧结局作暗示。此外,诗中用"湘江旧迹"之典,若孤立地从这几回情节看,很像是胡乱堆砌,因为除了与"泪"有关外,其他方面都不甚切合。娥皇、女英泣舜,是妻子哭丈夫。她们泪渍斑竹后是投水殉情而死的(《水经注》则谓她们"溺于湘江")。前人用此事多写生死之别,如李白著名的《远别离》诗即用此故事写远别离之苦。这些,与宝哥哥被打屁股、林妹妹为之而哭泣,似乎拉不到一起去。但如果把这三首诗当作后来悲剧情节的前奏曲来看,那么,用这个典故就完全可以理解了。

招宝玉结诗社帖

（第三十七回）

贾　探　春

娣探谨奉①

二兄文几②：前夕新霁，月色如洗，因惜清景难逢③，讵忍就卧④。时漏已三转⑤，犹徘徊于桐槛之下⑥，未防风露所欺，致获采薪之患⑦。昨蒙亲劳抚嘱⑧，复又数遣侍儿问切⑨，兼以鲜荔并真卿墨迹见赐⑩，何瘝痌惠爱之深哉⑪！今因伏几凭床处默之时⑫，因思及历来古人中，处名攻利敌之场⑬，犹置一些山滴水之区⑭，远招近揖⑮，投辖攀辕⑯，务结二三同志，盘桓于其中⑰，或竖词坛⑱，或开吟社⑲。虽一时之偶兴，遂成千古之佳谈。娣虽不才，窃同叨栖处于泉石之间⑳，而兼慕薛、林之技㉑。风庭月榭，惜未宴集诗人；帘杏溪桃，或可醉飞吟盏㉒。孰谓莲社之雄才，独许须眉㉓；直以东山之雅会，让余脂粉㉔。若蒙棹雪而来㉕，娣则扫花以待㉖。此谨奉。

【说明】

　　贾政出差离家。宝玉在园中无聊，探春差翠墨送来招宝玉结诗社的请帖。宝玉读了，欣然而往，半路上又接到了贾芸写的送白海棠的帖儿。

【注释】

① 娣(dì弟)探谨奉——妹妹探春小心地送上。客气话。娣,女弟。古时女子对姊而言称娣,对兄而言称妹。后人以为对宝玉不应称"娣",遂据意改易,如甲辰本、程高本改作"妹探",戚序本改作"妹探春"。都没有细察探春特意这样自称的文情用意。其实,她称"娣"正是把宝玉视为自己的姊姊,或把自己当作他的弟弟;抹去男女性别界线,愈见亲密无间,自己具名只用一"探"字也正为此。若一本正经地写上"妹探春",便无风趣可言了。今从庚辰本。

② 文几——书房中置于座侧的案几,倦时可凭靠。这里说谨奉书信于几案前,表示对习文的人的尊重。

③ 清景——清明的月色。

④ 讵(jù巨)忍就卧——怎么忍心舍此景色而去睡觉呢。讵,怎么。

⑤ 时——当时。　漏已三转——即夜已三更的意思。漏,漏壶,古代的计时器。

⑥ 桐槛——旁植梧桐树的窗下或长廊边的栏杆。

⑦ "未防"二句——不防感受风寒而得了病。采薪之患,自称有病的谦辞。旧时自称有病为"负薪之忧",语出《礼记·曲礼下》;或称"采薪之忧",出《孟子·公孙丑下》。意思是背柴或打柴劳累,体力还未恢复。

⑧ 抚嘱——慰问和叮嘱。

⑨ 数遣侍儿问切——多次叫丫头来对我表示问候、关切。

⑩ 鲜荔——鲜荔枝。　真卿——颜真卿,唐代大书法家。　墨迹——书法手迹。

⑪ "何瘰痌(guān tōng关通)"句——你的关怀和爱护是何等的深啊!瘰痌,亦作"恫瘝"。痌,同"恫"。《尚书·康诰》:"瘰痌乃身。"蔡沈集传:"恫,痛;瘰,病也。视民之不安,如疾痛在乃身。"后来常用以表示对民间疾苦的关怀。这里说宝玉像病生在自己身上那样地关切对方的健康。

⑫ 伏几凭床处默——默默地凭伏着几案而坐。说自己独在房中想问题。床,坐榻。

⑬ 名攻利敌之场——争夺名利的场所。这里指繁华的闹市。

⑭ 一——与"些"不连读,不是"一些",是"一……区"。　些山滴水之区——指范围很小的人工园景。些,少、小。

⑮ 揖(yī衣)——拱手礼。旧时朋友见面时常拱手,这里是面邀的意思。

⑯ 投辖攀辕——形容挽留客人心切。辖,古代车上的零件,多用青铜制

成，插在轴端孔内。汉代陈遵大会宾客，曾闭门，把客人的车辖投入井中，使客人不得离去(见《汉书·陈遵传》)。辕，压在车轴上、伸出在车子前端、驾车用的直木或曲木。攀辕，也就是牵挽住车子不让走。旧时常用"攀辕扣马"(《东观汉纪》)或"攀辕卧辙"(沈约《齐故安陆昭王碑》及《白氏六帖事类集》)作为挽留所谓贤明官吏之辞。

⑰ 盘桓——徘徊，逗留。

⑱ 竖——直立。这里就是创建、树立的意思。

⑲ 吟社——诗社。

⑳ 窃——犹言私。表示个人行动、意见的谦词，如窃闻、窃思。　叨(tāo 涛)——谦词。在这里有"幸得一道"的意思。　栖处——居住。泉石之间——指大观园。

㉑ 薛、林之技——指薛宝钗、林黛玉的诗词技巧。

㉒ 醉飞吟盏——饮酒赋诗。飞，形容举杯。吟盏，等于说"增添诗兴的酒杯"。

㉓ "孰谓"二句——这二句说，谁说的只允许男子们结社以招集有才之士。孰，谁。莲社之雄才，莲社是佛教净土宗最初的结社，东晋时慧远在庐山东林寺(寺内有白莲池)所创立，曾约会刘程之等一批名儒，号称十八贤。他们曾以书招陶渊明，所以文中引以为比。《莲社高贤传》："远法师与诸贤结莲社，以书招渊明。渊明曰：'若许饮，则往。'许之。遂造(去到那里)焉。忽攒眉(皱眉头)而去。"须眉，男子。

㉔ "直以"二句——这二句说，即使像谢东山那样地风雅聚会，也当让与我们女子。直以，即使……也当……。东山之雅会，像谢安那样风雅地结交会聚。晋代谢安，字安石，曾隐居东山，后常以"东山"来指称他。《晋书·谢安传》："寓居会稽，与王羲之及许询、桑门(沙门的异译，僧人)支遁游处，出则渔弋山水，入则言咏属文，虽受朝寄，然东山之志，始末不渝，每形于言色。"余，我们。脂粉，女子。投帖给宝玉，却不把他算在"须眉"中而归于脂粉队里，是很有意思的。

㉕ 棹(zhào 照)雪而来——乘兴而来。棹，划船工具，这里作划船解。此字各本歧出：作"掉"、"绰"、"踏"、"造"等等，或是形讹，或是臆改。实在是用《世说新语》中王子猷冒雪"夜乘小船"访戴安道事。或以为送鲜荔之时不当言雪，疑"雪"为"云"之形讹(其实作"云"者，反是"雪"之形讹)，遂以为化用李贺诗"谁棹满溪云"意。李贺诗非传诵名句而可入话者，不像出处来历。文中语多泛言，如"帘杏溪桃"、"扫花"之类，岂食荔枝时景？此等非实写处正不可拘泥。戚序本狄葆贤批，不

足为据。帖中引典故只取其"乘兴而行"的意思。

㉖　扫花以待——殷勤期待。杜甫《客至》诗："花径不曾缘客扫,蓬门今
始为君开。"表示自己生活疏懒,待客不周。今反用其意。

【鉴赏】

参见下面《送白海棠帖》鉴赏。

送白海棠帖

（第三十七回）

贾　芸

不肖男_芸恭请

父亲大人万福金安①：男思自蒙天恩,认于膝
下②,日夜思一孝顺,竟无可孝顺之处。前因买
办花草,上托大人金福,竟认得许多花儿匠③,并
认得许多名园。因忽见有白海棠一种,不可多
得,故变尽方法,只弄得两盆。大人若视男如亲男
一般④,便留下赏玩。因天气暑热,恐园中姑娘
们不便,故不敢面见。奉书恭启,并叩台安⑤。

男_芸跪书

【说明】

参见前面探春《招宝玉结诗社帖》。

【注释】

①　"不肖男"句——宝玉是贾芸的叔辈,论年纪反而是贾芸大四五岁。

这里贾芸自称"不肖男",叫他叔叔宝玉为"父亲大人",因为宝玉曾对
贾芸开玩笑说:"倒像我的儿子。"贾芸"最伶俐乖觉",见机而入说:
"俗语说的,'摇车里的爷爷,拄拐的孙孙',虽然岁数大,山高遮不过
太阳。只从我父亲没了,这几年也无人照管教导。如若宝叔不嫌侄
儿蠢笨,认作儿子,就是我的造化了。"(第二十四回)

②　膝下——子女幼时依恋于父母的膝下,因而常以"膝下"表示对父母的
敬爱。旧时与父母通信时,多用之。语出《孝经》。贾芸费尽心思在信
中表示对宝玉的敬意,所以恭请"万福金安"外,又把"天恩"、"膝下"等
他头脑中所想得出来的词都用上了。自称处,则写作小字以示恭顺。

③　"上托"二句——贾芸以为凡说运气好,就应说"上托大人金福",所以
在"认得许多花儿匠"之前,也加上了这话。这也是作者的诙谐。

④　亲男——"男"虽用作儿子对父母的自称,但"亲生儿子"却不能说成
"亲男"。贾芸不能辨别词的不同用法,所以写出了"视男如亲男一
般"这样令人绝倒的文句。

⑤　叩——问。　台安——犹言"金安"、"大安"。台,旧时对人的敬称。

【鉴赏】

探春的所谓志高自负,更多地表现在积极振兴封建大家族的祖基
家业上,未出封建宗法制的意识形态范围。帖子中那种"脂粉"不让
"须眉"的思想,部分地有作者反对"男尊女卑"的道德观念的思想的流
露,因为作者对这个人物是有所偏爱的。但即使如此,人物并不因此
而失真。探春在文采风流上想与男子争胜,这与宝玉的女清男浊的叛
逆思想还是有一定差别的。

作者把探春和贾芸这两个帖子放在一起写,艺术上颇有安排,情
节的剪裁和结构,有可借鉴的地方。探春的请帖是一篇骈散相杂、写
得很漂亮的短简。文笔干净利落,措辞藻丽多彩。全文不过二百馀
字,先叙自己贪赏夜景而得病的经过;接写宝玉殷勤相慰,深情抚爱;
然后逐渐说到结社,引古述今,据理申说,夹叙夹议,有景有情;最后提
出邀约,表示期待。一路写来,从容不迫。与贾芸半文不白、似通非通
的帖子形成对照,艺术效果上相得益彰。

贾芸平时说话生动活泼,写信却另找陈词俗套来妆点,以为不如

此,就不够斯文。什么话都从"前因"、"因"开头,在"认得许多花儿匠"之前还加"竟"字,如此等等,百般扭捏,反成效颦。但他并非贾环式的愚钝,只是文化水平低罢了。就在这个令人发笑的帖子中,也不难看出他办事能干、处处讨宝玉欢喜的"伶俐乖觉"的性格特点。他送花正是时候,大观园于是就有了"海棠诗社"。他巴结少爷、小姐们,这与他模仿学究们写帖儿一样,都可以看出他处于卑微地位而受着上层统治阶级精神奴役所留下的烙印。

　　如果说作者摹写这两个帖子是为了颂扬探春的文采风流,揶揄贾芸的不通文墨,这还只是对比文章好坏所得出的表面的结论。其实,问题并不这么简单,还有更重要的对比。作者写这段文字时,目光早就贯注到小说的后半部了。到那时,情况恰恰相反:探春虽然"才自精明志自高",无奈"生于末世运偏消",一点也不能有所作为。而这个曾向势利的亲戚伸手告贷,因而听冷言,受闲气,被人瞧不起的贾芸,却偏能一显身手。据见到后半部原稿的脂砚斋等人说,"此人后来荣府事败"时"有一番作为",而且贾府有危难时只有他能挺身而出,"仗义探庵"(靖藏本第二十四回批。有人说就是指营救被监禁的宝玉等人,这不可能。狱神庙称庙,而庵又未必是庙;若宝玉等果真坐牢,小人物如贾芸等又有何能力营救!《红楼梦》不是武侠小说。说"探庵"大概是去探望后来"缁衣乞食"的惜春,倒比较像。又续书中把贾芸写得很不堪,不是作者原意)。可见,曹雪芹毕竟不是流俗的小说家。《红楼梦》是深刻的,它常有引人深思的地方。

咏白海棠 限门盆魂痕昏
(第 三 十 七 回)

【说明】

　　这是大观园姊妹结成"海棠诗社"后的首次吟咏。李纨被大家推为社长,负责评诗,迎春限韵,惜春监场。诗成后,大家认为黛玉的最好,李纨却评宝钗为第一,探春表示赞同,宝玉则为黛玉不平。第二天史湘云到来,又和了两首,众人看了,称赞不绝。限门盆魂痕昏,限韵脚只能依次用"门"、"盆"、"魂"、"痕"、"昏"五个字。

其 一

贾 探 春

斜阳寒草带重门①, 苔翠盈铺雨后盆②。
玉是精神难比洁, 雪为肌骨易销魂③。
芳心一点娇无力, 倩影三更月有痕④。
莫谓缟仙能羽化, 多情伴我咏黄昏⑤。

【注释】

① 寒草——秋草。 带——连接。 重门——重重院门。

② 苔翠——青翠的苔色。

③ "玉是"二句——以玉和冰雪喻白色的花。苏轼《松风亭下梅花盛开,又韵》诗:"罗浮山下梅花村,玉雪为骨冰为魂。"同时,这又是以花拟人,把它比作仙女,因为《庄子·逍遥游》曾说美丽的神人"肌肤若冰雪"。销魂,使人迷恋陶醉。

④ 倩(qiàn 欠)影——美好的身姿。 月有痕——月有影。李商隐《杏花》诗:"援少风多力,墙高月有痕。"全句说,深夜的月亮照出了白海棠美丽的身影。

⑤ "莫谓"二句——不要说白衣仙女会升天飞去,她正多情地伴我在黄昏中吟咏呢。缟(gǎo 搞),古时一种白色的丝织品。这里指白衣。以"缟仙"说花,承前"雪为肌骨"来,道家称成仙或飞升叫"羽化",意思是如同化为飞鸟,可以上天。末句用唐代刘兼《海棠花》诗意:"良宵更有多情处,月下芬芳伴醉吟。"

其　二

薛　宝　钗

珍重芳姿昼掩门，　　自携手瓮灌苔盆①。
胭脂洗出秋阶影，　　冰雪招来露砌魂②。
淡极始知花更艳，　　愁多焉得玉无痕③？
欲偿白帝凭清洁④，　　不语婷婷日又昏⑤。

【注释】

① 手瓮(wèng 翁去声)——可提携的盛水的陶器。

② "胭脂"二句——诗的一种修辞句法，意即秋阶旁有洗去胭脂的倩影，露砌边招来冰雪的精魂。洗出，洗掉所涂抹的而显出本色。露砌，带着露水的阶台边沿。北宋诗人梅尧臣《蜀州海棠》诗："醉看春雨洗胭脂。"

③ "愁多"句——花儿愁多怎能没有痕迹。就玉说，"痕"是瘢痕，以人拟，"痕"是泪痕，其实就是指花的怯弱姿态或含露的样子。

④ "欲偿"句——白帝，西方之神，管辖秋事。秋天叫素秋、清秋，因为它天高气清，明净无垢，所以说花儿报答白帝雨露化育之恩，全凭自身保持清洁，亦就海棠色白而言。凭，程高本作"宜"，不及"凭"字能传达出矜持的神气。

⑤ 婷(tíng 庭)婷——美好的样子。

其　三

贾　宝　玉

秋容浅淡映重门①，七节攒成雪满盆②。
出浴太真冰作影③，捧心西子玉为魂④。
晓风不散愁千点⑤，宿雨还添泪一痕⑥。
独倚画栏如有意⑦，清砧怨笛送黄昏⑧。

【注释】

① 秋容——指花的容貌。

② 七节攒(cuán 蹿阳平)成——说花在枝上层层而生,开得很繁。攒,簇聚。 雪——喻花。

③ 出浴太真——杨贵妃为唐玄宗所宠,曾赐浴华清池。白居易《长恨歌》中写到,说她肤如"凝脂"、"娇无力"。所以借以说海棠花,又比喻兼以玄宗在沉香亭召贵妃事为出典。玄宗曾笑其"鬓乱钗横,不能再拜"的醉态说:"岂妃子醉,直海棠睡未足耳。"(见宋人释惠洪《冷斋夜话》)太真,即杨贵妃,字玉环,号太真。

④ 捧心西子——参见第三回《赞林黛玉》注⑤。宋人赋海棠词中时有以杨妃、西施并举的,如辛弃疾《贺新郎》、马庄父《水龙吟》等皆是。

⑤ 愁千点——指花如含愁,因花繁而用"千点"。

⑥ 宿雨——经夜之雨。

⑦ 独倚画栏——指花。参见第十八回《怡红快绿》注④。

⑧ 清砧(zhēn 真)怨笛——古时常秋夜捣衣,诗词中多借以写妇女思念丈夫的愁怨,秋笛也与悲感有关。砧,捣衣石。

其　四

林 黛 玉

半卷湘帘半掩门①, 碾冰为土玉为盆②。
偷来梨蕊三分白, 借得梅花一缕魂③。
月窟仙人缝缟袂, 秋闺怨女拭啼痕④。
娇羞默默同谁诉? 倦倚西风夜已昏。

【注释】

① "半卷"句——这句说看花人。"半卷"、"半掩"与末联花的娇羞倦态相呼应。湘帘,湘竹制成的门帘。

② "碾冰"句——因花的高洁白净而想像到栽培它的也不该是一般的泥土和瓦盆,所以用冰清玉洁来侧面烘染。

③ "偷来"二句——意即白净如同梨花,风韵可比梅花,但说得巧妙别

致。宋代卢梅坡《雪梅》诗:"梅须逊雪三分白,雪却输梅一段香。"又雪芹之祖曹寅有"轻含豆蔻三分露,微漏莲花一线香"的诗句,可能都为这一联所借鉴。

④　"月窟(kū 枯)"二句——谓白海棠如月中仙子穿着自己缝制的素衣,又如闺中少女秋日里心含怨苦,在抹拭着眼泪。月窟,月中仙境。因仙人多居洞窟之中,故名。缟袂(mèi 妹),指白绢做成的衣服。苏轼曾用"缟袂"喻花,有《梅花》诗说:"月黑林间逢缟袂。"这里借喻白海棠,并改"逢"为"缝",亦甚巧妙。袂,衣袖,亦指代衣服。

白海棠和韵二首

(第三十七回)

史　湘　云

其　一

神仙昨日降都门①, 种得蓝田玉一盆②。
自是霜娥偏爱冷③, 非关倩女亦离魂④。
秋阴捧出何方雪⑤? 雨渍添来隔宿痕。
却喜诗人吟不倦, 岂令寂寞度朝昏⑥!

【说明】

此首与下一首为史湘云和诗。

【注释】

①　都门——本指都城中的里门,后通称京都为都门。这里即是通称,因小说中大观园在"帝城西"。

②　蓝田——县名,在今陕西渭河平原南缘,秦岭北麓,渭河支流灞河上游,古时以产美玉著名。

③　自是——本是。　霜娥——青霄玉女,主管霜雪的女神,亦称"青
女"。这一句出唐代李商隐《霜月》诗:"青衣素娥俱耐冷,月中霜里斗
婵娟。"

④　"非关"句——事出唐代陈玄祐《离魂记》传奇。故事说,张镒的幼女
倩娘,与王宙相爱。张镒将她另许别家,王宙愤恨而诀别远行。途中
倩娘忽然追至,两人就一起遁去。他们在外地共居五年,回家看父
母,家人都惊讶不已。这时,从房中跑出倩娘,与回家的倩娘相抱,合
成一体。原来当时倩娘怨忿成病,卧床数年不起,跟王宙外逃的只不
过是她的魂魄。这是一个不满包办婚姻的幻想故事。这句说,海棠
虽非倩女,但也像离了魂的女子一样多情。亦,程高本改作"欲",句
意就不同了。海棠当然与倩女离魂故事无关,说不说岂非都一样。

⑤　秋阴——秋天的阴云。南朝颜延之《陶征士诔》:"晨烟暮霭,春煦秋
阴。"云阴与雨雪相连,但秋天尚未下雪,所以后边要用表疑问的"何
方"二字。　捧出——将秋阴拟人化,写出花的形状如一捧雪。

⑥　岂——程高本作"肯",都是岂肯的意思。

其　　二

蘅芷阶通萝薜门①,　也宜墙角也宜盆。
花因喜洁难寻偶,　人为悲秋易断魂②。
玉烛滴干风里泪③,　晶帘隔破月中痕④。
幽情欲向嫦娥诉⑤,　无奈虚廊夜色昏⑥!

【注释】

①　蘅芷——蘅芜、清芷,香花芳草。　萝薜——藤萝、薜荔,蔓生植物
(皆见之于第十七回)。为下句写海棠种植随处适宜而先写环境。

②　断魂——形容极度悲愁。

③　"玉烛"句——白玉色的蜡烛,烛蕊烧完、蜡泪滴干时,剩下的是一堆
凝脂,以喻花。

④　"晶帘"句——晶帘即水精帘,从帘内可见帘外景物,唯白色的东西不
明显。所以唐代韦庄《白樱桃》诗说:"王母阶前种几株,水精帘外看
如无。"这里说月中花的姿影被"晶帘隔破",亦兼用韦庄诗意,从颜色
来写。

⑤　幽情——隐藏在心中的怨恨。　　嫦娥——神话人物。本是羿之妻，
羿从西王母处带回不死之药，嫦娥偷服后，飞向月宫。诗词中多以嫦
娥写女子的寂寞孤单。这里花向嫦娥所诉的"幽情"，亦与"难寻偶"
等语有关。

⑥　夜色昏——戚序本作"夜已昏"，与黛玉之作重复；程高本作"月色
昏"，与第六句"月中痕"用字相犯。今从庚辰本。

【鉴赏】

结社、赏花、吟咏唱和是清代都门特别盛行的社会风气，是封建贵
族阶级的闲情逸致的表现。大观园的公子小姐当然不会例外。这些
诗和有关情节给我们提供了认识这种生活的画面。如果从这一角度
看，诗本身的价值是不大的。但作为塑造人物思想性格的一种手段，
它仍有艺术上的价值。

李纨评黛玉的诗"风流别致"、宝钗的诗"含蓄浑厚"，可见风格上
绝不相混。李纨、探春推崇宝钗，独宝玉偏爱黛玉，评诗的分歧，也都
表现各自立场、爱好和思想性格的不同。湘云的诗写得跌宕潇洒，也
与她的个性一致。这是作者高明之处。特别值得注意的是这些诗多
半都"寄兴寓情"，各言志趣。作者甚至把人物的未来归宿，也借他们
的诗隐约地透露给读者了。

探春的诗中"芳心一点娇无力"，使人联想到她风筝谜中"游丝一
断浑无力"，她后来应是江边离别，孤帆远去的(参见其"册子判词")。
"缟仙"、"羽化"之喻，很像与苏轼前、后《赤壁赋》中写自己扁舟江上所
见所感有纠葛。

宝钗诗深意尤为明显："珍重芳姿昼掩门"，可以看出她恪守封建
妇德，对自己豪门千金的身份十分矜持的态度。"洗出胭脂影"、"招来
冰雪魂"，都与她的结局有关；前者通常是丈夫不归、妇女不再修饰容
貌的话，后者则说冷落孤寂。"淡极始知花更艳"，宝钗所以"罕言寡
语"、"随分从时"，能得人心，受到上下的夸赞。"愁多焉得玉无痕"，话
里有刺，总是对宝玉、黛玉这二"玉"的讥讽。

　　宝玉诗中间二联,可以看作对薛、林的评价和态度:宝钗曾被宝玉比为杨贵妃,则"冰作影"正写出了服用"冷香丸"的"雪"姑娘的个性特点。"病如西子"的黛玉,以"玉为魂",这"玉"指的是谁,自不难猜到(第五回中,众仙子埋怨警幻说:"姐姐曾说今日今时必有绛珠妹子的生魂前来游玩,故我等久待。何故反引这浊物来污染清净女儿之境?"谁是"绛珠妹子的生魂",已经明点了)。"晓风结愁"、"宿雨添泪",岂不是宝玉一生终不忘黛玉的心事的写照?

　　黛玉诗中"碾冰为土"一语,评者多欣赏它设想的奇特,若看作是对宝钗讥语的反击,则锋芒毕露。以缟素喻花,无异暗示夭亡,而丧服由仙女缝制,不知是否因为她本是"绛珠仙草"。此外像"秋闺怨女拭啼痕"之类句子,脂评已点出"不脱落自己",看来也确像她的"眼泪还债"。

　　湘云诗"自是霜娥偏爱冷"一句,脂评也已告诉我们"不脱自己将来形景"。所谓"将来形景",就是说她后来与丈夫卫若兰婚后不久就分离了(续书所写不同)。在第二首中,如"难寻偶"、"烛泪"、"嫦娥"等,皆暗示她和她丈夫后来成了牛郎织女那样的"白首双星"。作者还写湘云"英豪阔大宽宏量",则"也宜墙角也宜盆"的隐义是说她无论是在史家绮罗丛中受到娇养,还是投靠贾府寄人篱下,都能处处顺合环境,随地而宜。

　　凡此种种,要使每一首诗都多方关合,左右逢源,若非作者惨淡经营,匠心独运,是很难臻于完美境地的。

藕香榭对联

(第三十八回)

芙蓉影破归兰桨,

菱藕香深写竹桥①。

【说明】

藕香榭盖在池中,四面开窗,左右有曲廊,后面竹桥暗接,对联是贾母来赏桂时所见。

【注释】

① "芙蓉"二句——上句是见水动影破方知船来的意思;下句说竹桥架于菱藕水面,恰如画出。芙蓉,指水边岸上的木芙蓉,农历八九月间开花。兰桨,木兰制的桨,取其芳香义作为修饰,出《楚辞》。其实只是说小舟。写,画,程高本作"泻"。

【鉴赏】

上联诗意全从造句中表现,如果写成"兰桨归时莲影破"就平淡无奇了。这是从唐代诗人王维《山居秋暝》"竹喧归浣女,莲动下渔舟"诗句中得到启发的。下联则在炼字上见工夫。菱藕常人多不言"香",现在偏偏用它(八十回中香菱说:"不独菱花香,就连荷叶莲蓬都是有一股清香的。……"),又加以"深"字,以写景物幽独,表现意趣;用一"写"字,说此处架一竹桥,富有诗情画意。

菊 花 诗
(第三十八回)

【说明】

菊花诗十二题,咏物兼赋事。题目编序排列,凭作诗者挑选。限用七律,不限韵脚。诗作皆署"雅号",即:"蘅芜君"(宝钗)、"怡红公子"(宝玉)、"枕霞旧友"(湘云)、"潇湘妃子"(黛玉)、"蕉下客"(探春)。

忆　菊

蘅芜君

怅望西风抱闷思，　蓼红苇白断肠时①。
空篱旧圃秋无迹，　瘦月清霜梦有知②。
念念心随归雁远③，　寥寥坐听晚砧痴④。
谁怜我为黄花病⑤，　慰语重阳会有期⑥。

【注释】

① “怅望”二句——蓼红苇白时，菊尚未开。诗中以菊拟所“忆”之人，怅望所忆之人不至，所以说“抱闷思”、“断肠”。蓼，水蓼，花小色红，聚集成穗状。苇，芦苇，花白。

② “空篱”二句——这两句戚序本作“空离旧圃秋无迹，瘦损清霜梦自知”。不说“空来”而说“空离”，不通；何况全诗只写忆，不写游。必是后人改笔。旧圃，去年的花圃。秋无迹，即“花无迹”，修辞说法。梦有知，谓唯有梦中能见，亦为写“忆”。

③ “念念”句——意谓北雁南飞，勾起自己无际想念之情。因传说雁能带书传讯。

④ 寥寥——寂寞空虚的样子。　砧——与秋思有关（参见第三十七回宝玉《咏白海棠》诗注⑧）。　痴——是说不绝的砧声引起人的痴想。戚序本、程高本作“迟”，当是后人以为砧声不应言痴而改。其实，这是诗歌修辞的特殊句法，犹言“远心随归雁，痴坐听晚砧”。

⑤ 为黄花病——是说因苦苦忆念而病。黄花，菊花。病，程高本改为“瘦”，诗是宝钗所作，不如用“病”字好。

⑥ 重阳——阴历九月初九。古人以九为阳数，二“九”相重，所以叫重阳，亦称重九。重阳节正是菊花盛开之时，有登高赏菊的习俗，所以说是相会之期。

访　菊

怡红公子

闲趁霜晴试一游，　酒杯药盏莫淹留①。

霜前月下谁家种？　槛外篱边何处秋②？
蜡屐远来情得得③，　冷吟不尽兴悠悠④。
黄花若解怜诗客⑤，　休负今朝挂杖头⑥。

【注释】

① "酒杯"句——这句说，不必为了饮酒或身体病弱而留在家里。淹留，滞留住。

② 何处秋——即何处花，修辞说法。何处，与前句"谁家"都为了写"访"。

③ 蜡屐(jī 机)——木底鞋。古人制屐上蜡。语用《世说新语》阮孚"自吹火蜡屐"事，表示旷怡闲适。又古代有闲阶级多着木屐游山玩水。得得——特地，唐时方言。

④ 冷吟——在寒秋季节吟咏。

⑤ 解——懂得，能够。　诗客——诗人自指。

⑥ "休负"句——不要辜负我今天的乘兴游访。挂杖头，咸序、程高本改作"挂杖头"，以为用《世说新语》阮修"以百钱挂杖头，至店，便独醉酣畅"事。其实，宝玉于此诗中以病愁体弱者自拟(这可能也是"不脱自己将来形景")，故以拄杖表示出访，与首联写"药盏"(咸本也改去作"茶盏")呼应。若用"杖头钱"事，则外出是为了饮酒，非为访菊。酒不自携，而备钱往沽，岂酒肆之中有菊可赏？要黄花不负诗客是很难的。前面既说出游胜于饮酒，莫为酒杯所淹留，后面又推翻原意，诗能这样写吗？后人改诗，不顾整体，往往如此。庚辰本原抄无误，被另笔改"拄"作"挂"(王希廉评本倒保持原文)，今仍复其旧。

种　　菊

怡红公子

携锄秋圃自移来①，篱畔庭前故故栽②。
昨夜不期经雨活③，今朝犹喜带霜开。
冷吟秋色诗千首④，醉酹寒香酒一杯⑤。
泉溉泥封勤护惜⑥，好知井径绝尘埃⑦。

【注释】

① 移来——指把菊苗移来。

② 故故——特意。

③ 不期——未曾料想到。

④ 秋色——指菊。 诗千首——与下句之"酒一杯"语用杜甫《不见》诗:"敏捷诗千首,飘零酒一杯。"杜诗写的是李白。

⑤ 酹(lèi 泪)——洒酒于地表示祭奠。这里只是对着菊花举杯饮酒的意思,与吟诗一样,都表示兴致高。 寒香——指菊。下一首"清冷香"意同。《花史》:"菊为冷香。"

⑥ 泉溉泥封——用水浇灌,用土封培。种菊的技术。

⑦ "好知"句——这句意思说,我一心只爱惜菊花,便可知居于幽僻之地是为了与尘世的喧闹隔绝。这是用陶渊明弃官归隐、爱菊而绝交游的意思。好知,可知。井径,田间小路,泛指偏僻小径。戚序本作"三径"。

对　菊

枕霞旧友

别圃移来贵比金,　一丛浅淡一丛深。

萧疏篱畔科头坐①,　清冷香中抱膝吟。

数去更无君傲世②,　看来惟有我知音③!

秋光荏苒休辜负,　相对原宜惜寸阴④。

【注释】

① 科头——不戴帽子。这里借指不拘礼法。与下联"傲世"关合,取意于唐代诗人王维《与卢员外象过崔处士兴宗林亭》诗:"科头箕踞(抱膝而坐)长松下,白眼看他世上人。"

② 傲世——菊不畏风霜,冒寒开放,有"傲霜枝"之称。

③ 知音——知己朋友。典出钟子期听伯牙弹琴能知其心意的故事(见《列子·汤问》)。

④ "秋光"二句——这二句说,不要辜负好时光,对着菊花应尽情赏玩,

好景是不长的。荏苒，形容时光渐渐过去。寸阴，极短的时间。阴，指日影、光阴。它移动的距离就代表时间，故以寸、分计。语出《晋书·陶侃传》："大禹圣者，乃惜寸阴；至于众人，当惜分阴。"

供　　菊①

枕霞旧友

弹琴酌酒喜堪俦②，几案婷婷点缀幽③。

隔坐香分三径露④，抛书人对一枝秋。

霜清纸帐来新梦⑤，圃冷斜阳忆旧游⑥。

傲世也因同气味，　春风桃李未淹留⑦。

【注释】

① 供菊——将菊花插在瓶中，放在房间里供观赏。

② 喜堪俦——高兴菊花能作伴。俦，同辈、伴侣。

③ "几案"句——即"婷婷点缀几案幽"。婷婷，指菊枝样子好看。幽，说因菊而使环境显得幽雅。

④ "隔坐"句——即一座之隔而闻到菊花的香气。三径露，指菊，修辞说法，与下句"一枝秋"相对，用陶潜《归去来辞》"三径就荒，松菊犹存"意。三径，原出处参见第十七回《兰风蕙露》对联注②。"香分三径露"说菊之香气从三径分得，与下句"一枝"一样，正写出"供"字。

⑤ 霜清——仍是修辞说法，指菊花清雅。　纸帐来新梦——房内新供菊枝，使睡梦也增香。《遵生八笺》："纸帐，用藤皮茧纸缠于木上，以索缠紧，勒作绉纹；不用糊，以线拆缝之；顶不用纸，以稀布为顶，取其透气；或画以梅花，或画以蝴蝶，自是分外清致。"

⑥ "圃冷"句——书中黛玉说："据我看来，头一句好的是'圃冷斜阳忆旧游'，这句背面傅粉；'抛书人对一枝秋'，已经妙绝，将供菊说完，没处再说，故翻回来想到未折未供之先，意思深透！"圃冷，菊圃冷落。斜阳，衰飒之景。旧游，旧时的同游者、老朋友。

⑦ "傲世"二句——说自己也与菊一样傲世，并不迷恋世上的荣华富贵。春风桃李，喻世俗荣华。淹留，这里是久留忘返的意思。

咏　菊

潇湘妃子

无赖诗魔昏晓侵①，绕篱欹石自沉音②。
毫端运秀临霜写③，口角噙香对月吟④。
满纸自怜题素怨⑤，片言谁解诉秋心？
一从陶令平章后⑥，千古高风说到今⑦。

【注释】

① 无赖——无奈，无法可想。　诗魔——佛教把人们有所欲求的念头都说成是魔，宣扬修性养心用以降魔。所以，白居易的《闲吟》诗说："自从苦学空门法，销尽平生种种心；唯有诗魔降未得，每逢风月一闲吟。"后遂以诗魔来说诗歌创作冲动所带来的不得安宁的心情。昏晓侵——从早到晚地侵扰。

② 欹——这里通作"倚"。　沉音——心里默默地在念。

③ 毫端——笔端。　运秀——运用其聪明智慧。运，即"运笔"、"运思"之"运"。程高本作"蕴"，不如原字与对句"噙"字字义相反。秀，指优异的才智。　临霜写——对菊吟咏的修辞说法。临，即临摹、临帖之"临"。霜，非指白纸，乃指代菊，前已屡见。写，描绘，这里说吟咏。

④ 口角——戚序本作"口底"，己卯、庚辰、甲辰诸本作"口齿"，不成对，也不成语。今从程乙本。　噙（qín 禽）——含着。　香——修辞上兼因菊、人和诗句三者而言。

⑤ 素怨——即秋怨，与下句"秋心"成互文。秋叫"素秋"，参见第三十七回薛宝钗《咏白海棠》注④。"素"在这里不作平素解，却兼有贞白、高洁的含义。"素怨"、"秋心"皆借菊的孤傲抒自己的情怀。

⑥ 一从——自从。　陶令——陶渊明（365—427），东晋诗人，字元亮，一说名潜、字渊明。曾做过八十多天彭泽县令，所以称陶令。他喜欢菊，诗文中常写到。　平章——亦作"评章"，评说，议论。亦借说吟咏，如：评章风月。

⑦ 高风——高尚的品格。在这里并指陶与菊。自陶潜后，历来文人咏菊，或以"隐逸"为比，或以"君子"相称，或赞其不畏风霜，或叹其孤高

自芳,而且总要提到陶渊明。

画　菊

蘅　芜　君

　　诗馀戏笔不知狂,　　岂是丹青费较量①?
　　聚叶泼成千点墨,　　攒花染出几痕霜②。
　　淡浓神会风前影③,　　跳脱秋生腕底香④。
　　莫认东篱闲采掇⑤,　　粘屏聊以慰重阳⑥。

【注释】

① "诗馀"二句——谓诗后戏笔画菊,乃乘一时之逸兴不经意所作,岂存心绘画,苦苦构思而成哉!丹青,指绘画所用的红的青的颜料,亦作画的代称。较量,计虑、思考如何恰当。

② "聚叶"二句——把菊叶画得茂密,故说"聚叶"用"千点墨"。花由好多花瓣集合构成,故说"攒花"。攒,簇聚。霜,指代菊花瓣,故用"几痕"。国画中有泼墨、晕染等法,枝叶用泼墨,借浓墨以烘托花姿;花瓣用晕染,即不用线条勾勒,而利用宣纸能化水的特点,染出物象,更见生动逼真。"泼墨"、"攒花"是画菊常用的话。

③ "淡浓"句——对风前的菊花姿影心领神会,然后在纸上用浓淡来表现。有浓淡,才能密而不乱,才有远近掩映。

④ 跳脱——本手镯的一种,用珍物连缀而成。又作"挑脱"、"条脱"。《全唐诗话》:"(文宗)问宰臣:'古诗云,轻衫衬跳脱,跳脱是何物?'宰臣未对。上曰:'即今之腕钏也。'"句中因写到"腕"而用,但"跳脱"后来又作灵巧、活脱义用,清人往往有之。如甲辰本第十九回回首脂评有"笔意随机跳脱"之语,即诗中义,则正可用与"淡浓"成对。秋生腕底香——即"腕底生秋香"。

⑤ "莫认"句——不要错认是真的菊花而随手就去采摘,是说画得神态逼真。东篱闲采掇,语用陶潜著名诗句:"采菊东篱下,悠然见南山。"(《饮酒》)。掇(duō 多),拿取。

⑥ 粘屏——把画贴在屏风上。　慰重阳——时值重阳而不得赏菊,以

观画代之,可安慰一下寂寞的心情。

问　菊

潇湘妃子

欲讯秋情众莫知①,　喃喃负手叩东篱②:
孤标傲世偕谁隐③?　一样开花为底迟④?
圃露庭霜何寂寞?　鸿归蛩病可相思⑤?
休言举世无谈者,　解语何妨话片时⑥。

【注释】

① 秋情——指中间两联所问到的那种思想情怀。　众莫知——正因
"众莫知"而唯有菊可认作知己,故问之。

② 喃喃负手——戚序本改作"漫将幽意",大概以为"负手"像男子姿态。
其实,闺阁咏此类诗,往往自拟男子,前有湘云"科头坐"、"抱膝吟",
后有探春"折来休认镜中妆"、"拍手凭他笑路旁"等等。戚本狄批甚
至说,"既'负手'则非'叩'可知矣"。误以改文为原文。其实,"叩"不
是手敲,而是口问。今从己卯、庚辰本。喃喃,不停地低声说话。负
手,把两手交放在背后,是有所思的样子。　叩——询问。
东篱——指代菊,见前诗注。

③ 孤标——孤高的品格。标,标格。　偕——同……一起。

④ 为底——为什么这样。底,何。

⑤ 蛩(qióng 穷)——蟋蟀。　可——是不是。诗中鸿、蛩、菊都是拟人
写法。

⑥ "解语"句——这一句意思是如果花能懂得人语且能说话的话,何妨
就让我们来聊一会儿呢。语出王仁裕《开元天宝遗事》中唐玄宗把贵
妃比作"解语花"事。解语,能懂话意,且能说话。

簪　菊①

蕉下客

瓶供篱栽日日忙,　折来休认镜中妆②。

长安公子因花癖③，　彭泽先生是酒狂④。

短鬓冷沾三径露⑤，　葛巾香染九秋霜⑥。

高情不入时人眼，　　拍手凭他笑路旁⑦。

【注释】

① 簪菊——插菊花于头上，古时风俗。《乾淳岁时记》："都人九月九日，饮新酒，泛萸簪菊。"又史正志《菊谱》叙曰："唐辇下岁时记：九月宫掖间，争插菊花，民俗尤甚。杜牧诗曰：'黄花插满头。'"

② "折来"句——这句说以菊插头，不要错认作是珠花。因男子也簪菊，并非为了打扮。镜中妆，指簪、钗一类首饰，女子对镜妆饰时，插于发间。

③ "长安"句——长安公子疑指唐代诗人杜牧，他是京兆（长安）人。其祖父杜佑做过德宗、宪宗两朝宰相，故称"公子"。其《九日齐山登高》诗有"尘世难逢开口笑，菊花须插满头归"之句，故称"花癖"。

④ "彭泽"句——彭泽先生指陶渊明。他除爱菊外，也喜酒：任彭泽令时"公田悉令吏种秫（高粱），曰：'吾常得醉于酒足矣！'"友人颜延之曾"留二万钱于渊明，渊明悉遣送酒家，稍就取酒。尝九月九日出宅边菊丛中坐，久之，满手把菊，忽值弘送酒至，即便就酌，醉而归"。又自酿酒，"取头上葛巾漉酒，漉毕，还复著之"（南朝萧统《陶渊明传》），所以称"酒狂"。

⑤ "短鬓"句——"短鬓"用杜甫《春望》"白头搔更短，浑欲不胜簪"句，诗意点"簪"字。三径露，指代菊。因说露，所以说"冷沾"。形容簪菊。

⑥ 葛巾——用葛布做的头巾。暗与陶潜"葛巾漉酒"事相关。　九秋霜——指代菊。九秋，即秋天，意谓秋季九十天。秋称三秋，亦称九秋。

⑦ "高情"二句——意思说，时俗之人，不能理解那种高尚的情操，那就让他们在路上见了插花醉酒的样子而拍手取笑吧。李白《襄阳歌》："襄阳小儿齐拍手，拦街争唱白铜鞮。傍人借问笑何事？笑杀山公醉似泥。"陆游《小舟游近村舍舟步归》诗："儿童共道先生醉，折得黄花插满头。"这里兼取两者意化用之。

菊　影

枕霞旧友

秋光叠叠复重重①，潜度偷移三径中②。
窗隔疏灯描远近③，篱筛破月锁玲珑④。
寒芳留照魂应驻⑤，霜印传神梦也空⑥。
珍重暗香休踏碎⑦，凭谁醉眼认朦胧⑧？

【注释】

① 秋光——指菊影。

② 潜度偷移——说菊花随着日光西斜而影子在不知不觉地移动。

③ "窗隔"句——意思是隔着窗子透出稀疏的灯光，在地上描下了浓淡不同的远近菊影。

④ "篱筛"句——竹篱好比筛子，透过月光的碎片，就像把明净精巧的菊花姿容封锁在里面。玲珑，空明的样子，又常形容雕镂精巧。

⑤ 寒芳——指菊。　留照——留下肖像，即留下影子。　魂应驻——花魂应该也留在菊影之中，说菊影能传神。

⑥ 霜印——指菊影。　梦也空——影虽能传花之神，但毕竟是虚像，"梦也空"就是虚像的修辞说法。上句从花到影，这句从影到花，说法相反相成。

⑦ 暗香——指菊，因写月夜花影，所以用"暗"。　休踏碎——正点出"菊影"，影在地上，因珍惜，所以不愿踩它。程高本这三个字作"踏碎处"；不可通。既已"踏碎"（影岂能踏碎！），怎么还说"珍重"呢？何况，原是平仄仄，改成仄仄仄，变律句为古句了。

⑧ "凭谁"句——赏菊与饮酒相关，除陶渊明事外，重阳有饮菊花酒的习俗，谓能令人长寿。见《西京杂记》。影子本来朦胧，加之醉眼迷离，看去就更模糊难以辨认了。

菊　梦

潇湘妃子

篱畔秋酣一觉清①，和云伴月不分明②。

登仙非慕庄生蝶③，忆旧还寻陶令盟④。

睡去依依随雁断⑤，惊回故故恼蛩鸣⑥。

醒时幽怨同谁诉：　衰草寒烟无限情！

【注释】

① 秋酣一觉清——秋菊酣睡，梦境清幽。

② "和云"句——唐代张贲以"和霜伴月"写菊，今换一字，以写菊花梦魂高飞，以"不分明"说梦境依稀恍惚。

③ "登仙"句——说梦魂翩跹，仿佛成仙，但并非是羡慕庄子变作蝴蝶（庄周梦中化蝶事，见《庄子·齐物论》）。这里引"庄生蝶"为了点"梦"。

④ "忆旧"句——说梦见故交，去重温与陶渊明的旧盟。忆旧，实即"梦旧"，诗题中的"梦"字，句中不出现，这是咏物诗技巧上的讲究。寻盟，语出《左传》。陶令，指陶渊明。这一联构思或受元代柯九思"蝶化人间梦，鸥寻海上盟"诗句的启发。

⑤ "睡去"句——意谓梦见归雁，依恋之心，久久相随，直至它飞远到看不见。

⑥ 故故——屡屡，时时。与前《种菊》用此二字义有别。

残　菊

蕉　下　客

露凝霜重渐倾欹①，宴赏才过小雪时②。

蒂有馀香金淡泊③，枝无全叶翠离披④。

半床落月蛩声病，　万里寒云雁阵迟。

明岁秋风知再会⑤，暂时分手莫相思！

【注释】

① 倾欹(qī 妻)——指菊倾侧歪斜。

② 小雪——立冬以后的一个节气。

③　馀香——实即"馀瓣"。　淡泊——指颜色蔫淡不鲜。
④　离披——亦作"披离",散乱的样子。
⑤　秋风——程乙本作"秋分",不对。秋分比第二句中说的"小雪时"早两个月,天尚暖,菊还未开。　知——不知,不知能否。如古诗"枯桑知天风,海水知天寒","知"即"不知"也。

【鉴赏】

《菊花诗》与《咏白海棠》属同一类型,都在花事吟赏上反映了当时的都城社会习俗和有闲阶级的文化生活情趣。

清代方浚颐《梦园丛说》曾记都门赏花情况说:"极乐寺之海棠,枣花寺之牡丹,丰台之芍药,十刹海之荷花,宝藏寺之桂花,天宁、花之两寺之菊花,自春徂秋,游踪不绝于路。又有花局,四时送花,以供王公贵人之玩赏。冬则……招三五良朋,作消寒会,煮卫河银鱼,烧膳房鹿尾,佐以涌金楼之佳酿,南烹北炙,杂然陈前,战拇飞花,觥筹交错,致足乐也。"小说中,赏桂、赏菊、送海棠,以至冬日消寒大嚼鹿肉都写到了。王公贵人的种种乐事,完全是建筑在剥削劳动人民的基础之上的。彼此唱和、斗奇争新的咏物诗风靡一时,正是这种闲逸生活的反映。

菊花诗分咏十二题的形式,好像只是宝钗、湘云偶然想出来的新鲜玩意儿,其实,也完全是当时现实生活已存在着的一种诗风的艺术概括。与作者同时代人爱新觉罗·永恩(清宗室、袭封康亲王)的《诚正堂稿》中就有"和崧山弟"的《菊花八咏》诗。其八咏诗题是"访菊"、"对菊"、"种菊"、"簪菊"、"问菊"、"梦菊"、"供菊"、"残菊",几乎和小说中一样。崧山,亦即嵩山,是敦诚(他与敦敏弟兄二人都是曹雪芹的朋友)的好友永奎的号。在他的《神清室诗稿》中也有"访菊"、"对菊"、"梦菊"、"簪菊"、"问菊"等诗。可见,小说中的情节,多有现实生活为依据,并非作者向壁虚构。

和同类内容的大多数诗一样,它寄情寓兴的一面,还是值得注意的。

　　每首诗依然有选咏者各自的特点:比如薛宝钗的"忆菊",就明显的是孤居怨妇的惆怅情怀;贾宝玉的"种菊"就归结为绝尘离世;史湘云的命运,从她的"册子"上看,后来虽一度"来新梦",但终究"梦也空",未能"淹留"于"春风桃李"的美满生活。脂评说,"湘云是自爱所误"(第二十二回),也与诗中所说的"傲世"相合。林黛玉的诗中"孤标傲世"、"幽怨"等等,则更说得明白;我们既知已佚的后半部原稿中写她的死的那一回,回目叫"证前缘"(脂靖本第七十九回批语),则"登仙"的寓意就同样清楚(第十三回:秦可卿停灵于会芳园登仙阁。第十五回:水溶道:"逝者已登仙界。")。从"残菊"诗看探春,可知她"运偏消"时,如菊之"倾敧"、"离披",境况也大不如前;"万里寒云","分手"而去,正是她远嫁不归的象征,所谓明岁再会,切莫相思等慰语,其用意也不过如同元春临别时所说的"见面是尽有的,何必伤惨?倘明岁天恩仍许归省,万不可如此奢华靡费了"那番话罢了。

　　林黛玉所写的三首诗被评为最佳。如果作者只是为了表现她的诗才出众,为什么在前面咏白海棠时要让湘云"压倒群芳",在后面讽和螃蟹咏时却又称宝钗之作为"绝唱"呢?原来作者还让所咏之物的"品质"去暗合吟咏它的人物。咏物抒情,恐怕没有谁能比黛玉的身世和气质更与菊相适合的了,她比别人能更充分、更真实、更自然地表达自己的思想感情,是完全合乎情理的。

　　黛玉三首诗中,"咏菊"又列为第一。由于小说里众人的议论,容易使我们觉得这首诗之好,就好在"口角噙香对月吟"一句上。其实,诗的后半首写得更自然,更有感染力。"满纸自怜题素怨,片言谁解诉秋心?"我们从林黛玉的诗中,又听到了曹雪芹的心声,它难道不就是作者写在小说开头的那首"自题绝句"在具体情节中所激起的回响吗?这实在比之于让林黛玉魁夺菊花诗这件事本身,更能说明作者对人物的倾向性。

螃 蟹 咏

（第三十八回）

【说明】

《螃蟹咏》是《菊花诗》的馀音。在做完菊花诗、吃蟹赏桂之际，宝玉先吟成一首，问谁还敢作。黛玉笑他"这样的诗，一时要一百首也有"，就随手写了一首，但接着就撕了。宝钗也写了一首，受到众人称赞。

其 一

贾 宝 玉

持螯更喜桂阴凉①， 泼醋擂姜兴欲狂②。
饕餮王孙应有酒③， 横行公子却无肠④。
脐间积冷馋忘忌⑤， 指上沾腥洗尚香⑥。
原为世人美口腹， 坡仙曾笑一生忙⑦。

【注释】

① 持螯（áo 熬）——拿着蟹钳，也就是吃螃蟹。语本《世说新语·任诞》：毕卓曾对人说："一手持蟹螯，一手执酒杯，拍浮酒池中，便足了一生。"

② 擂姜——捣烂生姜，置姜末于醋中作食蟹的佐料。

③ 饕餮（tāo tiè 涛帖）——本古代传说中贪吃的凶兽，后常用来说人贪馋会吃，这里即此意。 王孙——自指，借用汉代刘安《招隐士》中称呼。

④ "横行"句——说蟹。蟹，称为"横行介士（战士）"，见《蟹谱》；又称为"无肠公子"，见《抱朴子》。横行，既是横走，又是行为无所忌惮的意思。这一句语带双关，兼写"偏僻"、"乖张"。金代诗人元好问《送蟹与兄》诗："横行公子本无肠，惯耐江湖十月霜。"

⑤　脐间积冷——我国传统医药学认为,蟹性寒,不可恣食,其脐(蟹贴腹
　　的长形或团形的浅色甲壳)间积冷尤甚,故食蟹须用辛温发散的生
　　姜、紫苏等来解它。

⑥　香——与"腥"同义。

⑦　坡仙——苏轼(1037—1101),字子瞻,自号东坡居士,人亦称其为坡
　　仙。北宋文学家。这两句用东坡《初到黄州》诗,全诗赞黄州鱼美笋
　　香,常得饮酒。开头两句说:"自笑平生为口忙,老来事业转荒唐。"又
　　贾宝玉的绰号叫"无事忙",这里他写的诗用"一生忙",或是有意暗
　　合。

其　二

林　黛　玉

铁甲长戈死未忘①，堆盘色相喜先尝②。

螯封嫩玉双双满，壳凸红脂块块香。

多肉更怜卿八足③，助情谁劝我千觞④?

对斟佳品酬佳节⑤，桂拂清风菊带霜⑥。

【注释】

①　铁甲长戈——喻蟹壳蟹脚。宋代陈郁为皇帝拟进蟹的批答说:"内则
　　黄中通理,外则戈甲森然。此卿出将入相,文在中而横行之象也。"
　　(见《陈随隐漫录》)

②　色相——佛家语,指一切有色有形之物。借用来说蟹煮熟后颜色好
　　看。

③　"多肉"句——上一联已说螯满、膏香,故这句用"更"字说蟹脚多肉。
　　怜,爱。卿,本昵称,这里指蟹。

④　"助情"句——谁劝我饮千觞以助情。助情,助吃蟹之兴。觞,酒杯。

⑤　对斟佳品——指蟹,说它是下酒的佳肴。斟,执壶注酒。程高本作
　　"兹",改变了句意。　酬——报答,这里是不辜负、不虚度的意思。
　　佳节——指重阳。

⑥　桂拂清风——即"清风拂桂"。

其　三

薛　宝　钗

桂霭桐阴坐举觞①，长安涎口盼重阳②。
眼前道路无经纬③，皮里春秋空黑黄④！
酒未敌腥还用菊⑤，性防积冷定须姜⑥。
于今落釜成何益⑦？月浦空馀禾黍香⑧。

【注释】

① 霭（ǎi 矮）——云气。这里指桂花香气。

② 长安涎口——京都里的馋嘴。佳节吃蟹是豪门贵族的习好，故举长安为说。　盼重阳——《红楼梦》诗多含隐义，菊花诗与蟹诗共十五首，明写出"重阳"的三首，即宝钗所作的三首。这很值得注意。正如"清明涕送江边望"、"清明妆点最堪宜"等诗句，看来与探春后来远嫁的时节有关一样（参见其"图册判词"及"春灯谜"），宝钗始言"重阳会有期"，继言"聊以慰重阳"，这里又说"涎口盼重阳"。可见，"重阳"当与后半部佚稿中写宝钗的某一情节有关。

③ "眼前"句——蟹横行，所以眼前的道路是直是横，它是不管的。经纬，原指织机上的直线与横线，此处指道路的纵横。

④ "皮里"句——蟹有壳无皮，"皮里"就是壳里，即肚子里。活蟹的膏有黄的黑的不同的颜色，故以"春秋"说花色不同。又"皮里春秋"是成语，出《晋书·褚裒传》：褚裒为人外表上不露好恶，不肯随便表示赞成或反对，而心里却存着褒贬。所以有人说他"有皮里阳秋"。《春秋》原是孔子依据鲁国史官所编之书改订而成的一部编年体史书。文字简短，前人以为其字字深藏褒贬。因晋简文帝后名春，晋人避讳，以"阳"代"春"，故这一成语亦作"皮里阳秋"。后多用以说人心机诡深，而不动声色。空黑黄，就是花样多也徒劳的意思，因蟹不免被人煮食。

⑤ 敌腥——抵消腥气。咸序本作"敌醒"，形讹。程高本改"敌"为"涤"。用菊——指所饮非平常的酒，而是菊花酒。传说重阳饮菊花酒可辟除恶气。

⑥　性防积冷——蟹性寒,食之须防积冷。

⑦　落釜——放到锅子里去煮。　成何益——意谓横行和诡计又有何用。

⑧　月浦——有月光的水边,指蟹原来生长处。诗中常以"月"点秋季。空馀禾黍香——就蟹而言,既被人所食,禾黍香已与它无关。唐代陆龟蒙《蟹志》:"蟹始窟穴于沮洳(jù rù 巨入,低湿之地)中,秋冬至,必大出,江东人云,稻之登也。"又宋代傅肱《蟹谱》:"秋冬之交,稻粱已足……江俗呼为'乐蟹',最号肥美。"

【鉴赏】

这三首诗中,前两首是陪衬,小说中的描写已作了交代。其中虽亦有寄寓可寻,但主要还是为后者作引,姑且不作细究。如回目所称,这一节重点是介绍宝钗的诗。

《红楼梦》中,作者有些想说又不敢直说的"伤时骂世"的话,往往是通过借题发挥来表达的,如宝钗此诗即是。小说中有一段值得注意的话,就是众人的评论:"这是食螃蟹绝唱!这些小题目,原要寓大意,才算是大才。——只是讽刺世人太毒了些!"这里明白地告诉我们两点:一、以小寓大——《红楼梦》常借儿女之情的琐事,寄托政治、社会的大感慨;二、旨在骂世。所以此诗可视作一首以闲吟景物的外衣伪装起来的政治讽刺诗。

全诗讥刺现实黑暗政治中丑恶人物的犀利锋芒集中于第二联:"眼前道路无经纬,皮里春秋空黑黄!"它不仅作为小说中贾雨村之流政治掮客、官场赌棍的画像十分维肖,就是拿它赠给历来的一切惯于搞阴谋诡计的野心家、两面派,也是非常适合的。他们总是心怀叵测,横行一时,背离正道,走到斜路上去,结果都是机关算尽,却逃脱不了灭亡的下场。所以,小说中特地强调:"看到这里,众人不禁叫绝。宝玉道:'骂得痛快!我的诗也该烧了。'"

此诗,出自宝钗之手,与小说塑造的人物性格、修养也是协调的。宝钗博学多才,精通世故人情,作诗含蓄老练,蕴藏深厚;为人虽随分从时,平和宽容,却绝不软弱糊涂。她是个很有心机、必要时也能有口角锋芒的强者。这样的人,吟出这样的诗来,是非常合理的。

探春房内对联

(第四十回)

烟霞闲骨格,
泉石野生涯①。

【说明】

小说说这副对联是唐代名书法家颜真卿的墨迹,中间是宋代名画家米芾的"烟雨图"。

【注释】

① "烟霞"二句——意思是天性风流闲散好比烟霞一样,山野人的生活常以泉石为伴。烟霞、泉石,用唐人田游岩事。《新唐书·田游岩传》:田游岩"入箕山居许由(古代隐士)祠旁,自号'由东邻',频召不出"。高宗亲至其门,"谓曰:'先生比(近来)佳否?'答曰:'臣所谓泉石膏肓、烟霞痼疾者(臣是所谓有癖爱泉石烟霞之病而无药可医的那种人)。'"

【鉴赏】

封建时代很多知识分子,都喜欢自称是什么"野客"、"山人",以此为风雅清高。其中有一些人是出于不满现实政治,借此表示不愿与当局者合作。但更多的情况下,则是一面做着官,一面想着归隐田园,去过泉石生涯;或者一面过着闲游山林、赏吟烟霞的隐逸生活,一面又念念不忘最好能出仕,使自己功成名就。探春有治家的"精明",头脑里存有很强的宗法等级观念,又热衷于为封建王朝"立出一番事业来",

她对这些字画的爱好(室内其他陈设也同样说明问题),虽只表现她风雅的一面,但从小说通过闺阁人物琐事,反映某种封建士大夫的思想志趣来看,也还是很典型的。

此外,这副对联也是作者构思完整、文心细密的一个极好的例证。前面探春在她结诗社帖子中,说宝玉曾以"真卿墨迹见赐",并有"窃同叨栖处于泉石之间"等话,我们初读时,总以为那只是作者信手写下的泛语,不料隔了好几回以后,竟有照应。同样的情况,在小说中还可举出很多。这一特点正是曹雪芹的大手笔不同于一般小说之处,也是后四十回续书中所未见的。

牙 牌 令

(第 四 十 回)

【说明】

牙牌令是贾母两宴大观园席上行的酒令。牙牌,又称骨牌、牌九,旧时游戏用具,亦作赌具。牙牌每副共三十二张,每张刻有等于两粒骰子的点色,即上下的点数都是少则一,多至六,一、四点色红,二、三、五、六点色绿。三张牌点色成套的就成"一副儿",有一定的名称。行令时,宣令者说一张,受令者答一句,说完三张,"合成这一副儿的名字,无论诗词歌赋,成语俗话,比上一句,都要叶韵"。令中一、三、五、七单句都是宣令者鸳鸯所说。

其 一

贾 母

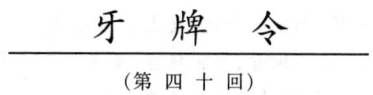

左边是张"天"① 。

——头上有青天②。

当中是个五与六。

——六桥梅花香彻骨③。

剩了一张六与幺④。

——一轮红日出云霄⑤。

凑成便是个"蓬头鬼"⑥。

——这鬼抱住钟馗腿⑦。

【注释】

① 天——上下都是六点的牌叫天牌。

② 头上有青天——俗话,有所谓"做人要凭良心"的意思。

③ "六桥"句——杭州西湖苏堤上有六桥,即跨虹、东浦、压堤、望山、锁澜、映波六座桥,北宋时初建,堤上多植梅花。这里以"六桥"比六点,以"梅花"比五点。彻骨,形容极香,又与牌的点色刻于骨上相切合。

④ 幺(yāo腰)——"一"的另一个说法。

⑤ "一轮"句——上面的一点色红,以比"一轮红日";下面的六点色绿,以比青云。

⑥ 蓬头鬼——成套点色的名称。三张牌是六六、五六、幺六,五与幺加起来也是六,成"一副儿"。三张牌,下脚都是六,而上头却是不整齐的数幺、五、六,所以叫"蓬头鬼"。

⑦ 钟馗(kuí 葵)——相传是唐代人,曾应武举未中,死后托梦给唐玄宗,立誓要"除天下之妖孽",玄宗醒后,命画工吴道子画成图像,告示天下,命岁暮时家家画其像"以祛邪魅"(见宋代沈括《梦溪笔谈》续集)。后来,民间遂有钟馗能收伏鬼的传说。这里说钟馗反被鬼抱住大腿,所以引得大家发笑。《孤本元明杂剧》中有《庆丰年五鬼闹钟馗》一剧,其中有五鬼一齐拥上扯衣抱腿,与钟馗扭打的情节。

其　二

薛姨妈

左边是个"大长五"①。

　　——梅花朵朵风前舞②。

　　右边是个"大五长"。

　　——十月梅花岭上香③。

　　当中"二五"是杂七④。

　　——织女牛郎会七夕⑤。

　　凑成"二郎游五岳"⑥。

　　——世人不及神仙乐。

【注释】

①　大长五——上下都是五点的牌,也可倒过来说成"大五长"。

②　梅花朵朵风前舞——"大长五"牌名"梅花",以"五"像花;因"五"上下有两个,所以说"朵朵"。诗词中常以梅花随风飞舞喻雪,暗谐"薛"氏。

③　"十月"句——二"五"共十点,所以说"十月"。岭上,指庾岭,多植梅花。唐代樊晃《南中感怀》诗:"十月先开岭上梅。"又唐诗中多写折岭头梅寄远赠别。

④　杂七——上二点、下五点的牌。

⑤　"织女"句——古代神话传说有牛郎织女的故事,并谓牵牛星的神即牛郎。牵牛星与织女星隔银河相对。传说织女嫁了牛郎,每年只能七夕(阴历七月七日晚上)相会一次,由乌鹊飞来在银河上搭成桥,让织女渡河(见《荆州记》)。后遂以牛郎织女说夫妻不得相会。七夕,比"杂七"。

⑥　二郎游五岳——成套点色的名称。三张牌是五五、二五、五五。凡有五个点色同的就成"一副儿",现在是一个"二"(以"二郎"比)、五个"五"(以"五岳"比)成套。二郎,神话传说中人物,即灌口二郎神,说法很多,俗传据《封神演义》为杨戬(jiǎn 剪)。五岳,五大名山,即中岳嵩山、东岳泰山、南岳衡山、西岳华山、北岳恒山。

其　三

史　湘　云

　　左边"长幺"两点明①。

——双悬日月照乾坤②。

右边"长幺"两点明。

——闲花落地听无声③。

中间还得"幺四"来④。

——日边红杏倚云栽⑤。

凑成"樱桃九点熟"⑥。

——御园却被鸟衔出⑦。

【注释】

①　长幺——上下都是一点的牌。

②　"双悬"句——两点都是红的,所以用日月并照为喻。乾坤,天地。用李白《上皇西巡南京歌》原句:"少帝长安开紫极,双悬日月照乾坤。"安史叛兵攻破潼关,唐玄宗西逃蜀地,太子李亨自己在灵武称帝,称玄宗为"上皇",即肃宗(诗中少帝)。李白写诗安慰在成都(诗题中南京)失去了帝位的玄宗。所以,在这一字面辉煌的诗句下,隐藏着寂寞和悲哀。

③　"闲花"句——以"闲花"喻两点红。"长幺"又叫地牌,与"落地"相合。用唐代刘长卿《别严士元》诗原句:"细雨湿衣看不见,闲花落地听无声。"在酒令里,是无声无息、春去花落的意思。

④　幺四——上一点、下四点的牌。

⑤　"日边"句——以"日"比幺,以"红杏"比四点红的。用唐代高蟾《下第后上永崇高侍郎》诗原句(参见第五回《红楼梦曲·虚花悟》注⑤)。

⑥　樱桃九点熟——成套点色的名称。三张牌是幺幺、幺四、幺幺,全红,共九点,所以,用"樱桃九点熟"为比。庚辰本、戚序本作"樱桃九熟",今据舒序本增。

⑦　"御园"句——意谓樱桃却被鸟衔出御园。樱桃所传为莺鸟所含食,故一名含桃(见《吕氏春秋》)。唐代王维《敕赐百官樱桃》诗:"总是寝园春荐后,非关御苑鸟衔残。"王维诗"颂圣",所以否定是"鸟衔"之余。这里说成熟的樱桃被鸟衔去,是终于落空的意思。

其　四

薛　宝　钗

左边是"长三"①。

——双双燕子语梁间②。

右边是"三长"。

——水荇牵风翠带长③

当中"三六"九点在④。

——三山半落青天外⑤。

凑成"铁锁练孤舟"⑥。

——处处风波处处愁⑦。

【注释】

① 长三——上下都是三点的牌,也可以倒过来说成"三长"。

② "双双"句——两个"三"都成斜线,状如双燕并栖。诗词中多以双燕象征夫妻关系。梁间,戚序本作"呢喃",与上句"三"不同韵部。己卯、庚辰、程乙等本皆作"梁间",是。但由此可见是用宋代刘季孙《题饶州酒务厅屏》诗"呢喃燕子语梁间,底事来惊梦里闲"改字而成的。

③ "水荇"句——荇菜根在水底,叶浮水上,顺风逐波如翠带飘动,也恰好能形容牌的点色。用杜甫《曲江对雨》诗原句:"林花著雨燕脂湿,水荇牵风翠带长。"解诗者以为杜甫此诗"回首繁华,不堪俯仰"(浦起龙《读杜心解》)。

④ 三六——上三点、下六点的牌。

⑤ "三山"句——"三山"说上面三点,"青天"说下面六点;六点是"天牌"的一半,所以说"半落青天"。此用李白《登金陵凤凰台》诗原句:"三山半落青天外,二水中分白鹭洲。"诗写"凤去台空"、"长安不见"的怅惘愁绪。

⑥ 铁锁练孤舟——成套点色的名称。三张牌是三三、三六、三三,左右上下的"三",很像是一条条的"铁锁练",以孤"六"象征"孤舟";一说

夹在当中的一张是"三六"九点,以"孤舟"谐音"孤九"(南方俗语音)。

⑦ "处处"句——用明代唐寅《题画》诗二十四首之三:"芦苇萧萧野渚秋,满蓑风雨独归舟。莫嫌此地风波险,处处风波处处愁。"

其　　五

林　黛　玉

左边一个"天"。
——良辰美景奈何天①。
中间"锦屏"颜色俏②。
——纱窗也没有红娘报③。
剩了"二六"八点齐④。
——双瞻玉座引朝仪⑤。
凑成"篮子"好采花⑥。
——仙杖香挑芍药花⑦。

【注释】

① "良辰"句——用明代大戏曲家汤显祖《牡丹亭·惊梦》中女主角杜丽娘的唱词原句:"良辰美景奈何天,赏心乐事谁家院!"(参见前第五回《仙宫房内对联》注②)。《牡丹亭》有反对封建婚姻制和旧礼教的倾向,被道学先生视为"淫书",所以书中说"宝钗听了,回头看着她"。

② "锦屏"颜色俏——上四下六的牌叫"锦屏"。四是红的,六是绿的,排成长方形,像美丽的屏风。俏,好看。

③ "纱窗"句——元代王实甫《西厢记》第一本第四折中张生唱词:"侯门不许老僧敲,纱窗外定有红娘报。"丫鬟红娘常作莺莺与张生间的信使,所以张生盼她报消息。有的《西厢记》版本如清人金圣叹评本《闹斋》中"纱窗外定有红娘报"句作"纱窗也没有红娘报",与黛玉说的一样。可知曹雪芹当初读的《西厢记》就是这一类本子。纱窗,像六点;窗上多用绿纱,以比色。红娘,比四点红。

④ 二六——上二点、下六点的牌。

⑤　"双瞻"句——上二下六，八点整齐地排成行（"八点齐"），很像是左右宫人引百僚分两行朝见皇帝。用杜甫《紫宸殿退朝口号》诗原句："户外昭容紫袖垂，双瞻御座引朝仪。"因为分行，所以说"双瞻"。瞻，瞻仰。玉座，杜诗中御座是皇帝的座位，今引作"玉座"，若非音讹，就是作者为寓意（宝玉之名）而改。朝仪，朝见时臣僚按仪礼所站的行列。杜诗写自己身为谏官，得亲近皇帝，"天颜有喜近臣知"，其心事（令中或隐指宝玉心事）无所不知，虽然如此，杜甫并没有遂志。

⑥　篮子——成套点色的名称。三张牌六六、四六、二六，四与二加起来也是六，成"一副儿"，叫"篮子"。以四周绿色的点像篮筐，一个红色的四点像花。

⑦　"仙杖"句——仙杖是表示以杖挑着"篮子"，采花者是仙女。一个绿色的两点像仙杖，它在红四点的旁边，像以杖挑花。芍药花，代表爱情，古代男女相赠芍药以结情好。《诗经·郑风·溱洧》："维士与女，伊其相谑（调笑），赠之以芍药。"这一句或暗示所谓"木石前盟"。

其　六

贾　迎　春

左边"四五"成花九①。
——桃花带雨浓②。
……

【注释】

①　四五——上四点、下五点的牌。　花九——"四五"牌上红下绿，所以叫花九。

②　桃花带雨浓——用李白《访戴天山道士不遇》诗原句："犬吠水声中，桃花带雨浓。"这一句所说的景物，比拟牌的点色不像，也与上句不协韵：上声"九"应与"酒"、"柳"等字协韵，与平声"浓"根本不协韵。所以"众人笑道：'该罚，错了韵，而且又不像。'"

其　七

刘　姥　姥

左边"四四"是个"人"①。
——是个庄稼人罢。
中间"三四"绿配红②。
——大火烧了毛毛虫③。
右边"幺四"真好看④。
——一个萝卜一头蒜⑤。
凑成便是"一枝花"⑥。
——花儿落了结个大倭瓜⑦。

【注释】

① 四四——上下都是四点的牌,又叫人牌。戚序本作"长四",程高本作
"大四",意思都是重四。

② 三四——上三点、下四点的牌。　绿配红——"三四"牌上三点绿、下
四点红。

③ "大火"句——上面三点绿斜行,像一条"毛毛虫";下面四点红,像"大
火"。

④ 幺四——上一点、下四点的牌。

⑤ "一个"句——上面一个红点比"一个萝卜",下面四点红比"一头蒜",
因为大蒜头有紫红皮的,且有好多瓣。

⑥ 一枝花——成套点色的名称。三张牌是四四、三四、幺四,三与幺加
起来也是四,成"一副儿",叫"一枝花"。三张牌中只有"三四"的三点
是绿色,像花枝,其馀都是红点,像花朵。唐代名妓李娃旧名"一枝
花",当时说书人曾编成《一枝花》故事(见《异闻录》),或隐寓后半部
佚稿中贾巧姐"流落在烟花巷"事。

⑦ 倭(wō 涡)瓜——北方农村叫南瓜为倭瓜。倭瓜色橙红,故诸红点合
成之状,既可比花,也可比瓜。花落结瓜当与"绿叶成荫子满枝"喻女

子已婚嫁生育的意思相似。

【鉴赏】

　　"牙牌令"是饮酒、赌博、文字游戏三者的结合,是封建贵族消遣作乐的方式之一。这种玩意儿,今天精通它的人大概已经不多,也似乎没有必要去学会它。这里之所以不惮其烦地推究它的意思,无非是因为作者在描写这一情节的过程中,处处着意刻画人物的不同思想性格。倘若我们读这一大段文字而茫然不知所云,未免辜负了作者的用心。

　　贾母、薛姨妈说的令语,多半常言,不拘出处,和小姐们喜欢引诗词曲子原句自不相同,都各自适合她们的身份。林黛玉席上"怕罚"而冲口说出的,一出于《牡丹亭》,一出于《西厢记》,可见这些不满封建礼教的作品对她思想影响之深。宝钗回头盯着她,从反面说明了问题。刘姥姥满口萝卜、蒜头、倭瓜、毛毛虫……土话俚语,机智诙谐,表现出她这个深通世情、生活经验丰富而又从事劳动的农村妇女的本色。

　　看来,酒令还和小说中多数诗词一样,字里行间与后来情节发展有关。比如薛姨妈所行的令,实际上隐括着她女儿和女婿的未来:"梅花"两句含义稍晦,"织女牛郎"就十分显豁,"二郎游五岳"、"世人不及神仙乐",难道不是"宝二哥哥"弃家访名山、入空门的隐语么? 当然,在失去后半部原稿的情况下,要逐句确切地指出这些酒令的深意来是困难的(毕竟非谜语,未必句句寓意)。像刘姥姥说的"大火烧了毛毛虫"就很难肯定其所指,也许它也是"树倒猢狲散"情景的象征,因为贾府之中确实不乏"毛毛虫"那样的人物,他们将来的下场,刘姥姥将作为见证。但这终究只能是一种假设。

代别离·秋窗风雨夕

(第四十五回)

林黛玉

秋花惨淡秋草黄，　　耿耿秋灯秋夜长①；
已觉秋窗秋不尽，　　那堪风雨助凄凉②。
助秋风雨来何速？　　惊破秋窗秋梦绿③；
抱得秋情不忍眠④，　　自向秋屏移泪烛⑤。
泪烛摇摇爇短檠⑥，　　牵愁照恨动离情；
谁家秋院无风入？　　何处秋窗无雨声⑦？
罗衾不奈秋风力⑧，　　残漏声催秋雨急⑨；
连宵脉脉复飕飕⑩，　　灯前似伴离人泣。
寒烟小院转萧条⑪，　　疏竹虚窗时滴沥⑫；
不知风雨几时休，　　已教泪洒窗纱湿。

【说明】

林黛玉病卧潇湘馆，秋夜听雨声渐沥，灯下翻看《乐府杂稿》，见有
《秋闺怨》、《别离怨》等词，"不觉心有所感，亦不禁发于章句，遂成《代
别离》一首，拟《春江花月夜》之格，乃名其词曰《秋窗风雨夕》"。《春江
花月夜》系初唐诗人张若虚所作，是一首写离愁别恨的歌行。本诗在
格调和句法上都有意模仿它。《代别离·秋窗风雨夕》词名之拟，"代别
离"是乐府题，"代"犹"拟"，仿作的意思。用"代"字的乐府题，南朝诗
人鲍照的集子中很多。一般情况下，乐府诗不另外再加题目，这里因
为又仿初唐歌行《春江花月夜》而作，所以又拟一个字面上与唐诗完全
对称的、更具体的诗题"秋窗风雨夕"。

【注释】

① 耿耿——微明的样子,另一义是形容心中不宁。这里字面上是前一义,要表达的意思上兼有后一义。

② 助凄凉——庚辰本另笔涂去"凄"字,添改作"秋"。这是后人为复叠"秋"字,使之与下句"助秋风雨"相蝉联而改的,有损文义,不从。

③ 秋梦绿——秋夜梦中所见草木葱茏的春夏景象。程高本作"秋梦续","续"与"惊破"相反,又与下句"不忍眠"矛盾。

④ 抱得——怀着。　秋情——指秋天景象所引起的感伤情怀。

⑤ "自向"句——暗用唐代杜牧《秋夕》诗"银烛秋光冷画屏"句意,写孤独不寐。泪烛,烛燃烧时,熔化的蜡脂如泪,故名。用杜牧《赠别》诗"蜡烛有心还惜别,替人垂泪到天明"意,也是以物写人。移,程高本作"挑",灯草才用"挑",烛芯只用"剪"。

⑥ 摇摇——指烛焰晃动。　蒸(ruò 若)——点燃。　檠(qíng 情)——灯架,蜡烛台。

⑦ "谁家"二句——张若虚《春江花月夜》:"谁家今夜扁舟子?何处相思明月楼?"小说中所谓拟其格,这类句法最明显。

⑧ 罗衾——丝绸面子的被子。　不奈——不耐,不能抵挡。

⑨ 残漏——夜里将尽的更漏声。

⑩ 连宵——整夜。　脉脉——通"霡霂",细雨连绵。　飋飋——状声词,形容风声。

⑪ 寒烟——秋天的细雨或雾气。

⑫ 滴沥——水珠下滴。

【鉴赏】

　　《秋窗风雨夕》的诗格是有意效仿"初唐体"歌行《春江花月夜》而作的,这在小说描述和此篇"说明"中已提到。此类诗格有点像流行的通俗抒情歌曲,基本上不用史事典故,主题思想也比较单一。表现方法上喜欢铺陈渲染,蝉联复叠,再三咏叹。诗题中的主体事物,常常有意地让它不断地重复出现。如《春江花月夜》中,"江"字就出现十二次,"月"字出现了十四次;在此篇中,"秋"字则出现十五次,"风"、"雨"字也各有五次。此外就是押韵,喜欢四句一转(此诗只结尾是八句一韵),平声转仄,仄声转平;转韵时的第一句都入韵,每一韵就像是一个小节。

《秋窗风雨夕》的作意,如果不加深求,可以说与《葬花吟》一样,都不妨看作是林黛玉伤悼身世之作,所不同的是它已没有《葬花吟》中那种抑塞之气和傲世态度,而显得更加苦闷、颓伤。这可以从以下的情况得到解释:黛玉当时被病魔所缠,宝钗对她表示关心,使她感激之馀,深自悔恨,觉得往日种种烦恼皆由自己多心而生,以至自误到今。黛玉本来脆弱,现在,在病势加深的情况下,又加上了这样的精神负担,自然会更加消沉。

但是,如果我们认为作者写此诗并非只为了一般地表现黛玉的多愁善感,必欲细究其深意,那么,也就自然地会发现一些问题。首先,无论是《秋闺怨》、《别离怨》或者《代别离》这类题目,在乐府中从来都有特定的内容,即只写男女别离的愁怨,而并不用来写背乡离亲、寄人篱下的内容。何况,此时黛玉双亲都已过世,家中又别无亲人,诗中"别离"、"离情"、"离人"等等用语,更是用不上的。再从其借前人"秋屏泪烛"诗意及所拟《春江花月夜》原诗来看,也都写男女别离之思。可见,要说"黛玉不觉心有所感",感的是她以往的身世遭遇是很难说得通的。我以为这只能是写一种对未来命运的隐约预感。而这一预感倒恰恰被后半部佚稿中宝玉获罪淹留在外不归,因而与黛玉生离死别的情节所证实(可参见拙文《曹雪芹笔下的林黛玉之死》,收入《蔡义江论红楼梦》一书第33—64页,宁波出版社),曹雪芹的文字正有这种草蛇灰线的特点。《红楼梦曲》中写黛玉的悲剧结局是:"想眼中能有多少泪珠儿,怎禁得秋流到冬尽、春流到夏!"脂砚斋所读到的潇湘馆后来的景象是:"落叶萧萧,寒烟漠漠。"这些也都在这首诗中预先作了写照。

小说中黛玉刚写完诗搁下笔,宝玉就进来了。所描写的主要细节是:黛玉先说宝玉像渔翁,接着说漏了嘴,又把自己比作"画儿上画的和戏上扮的渔婆",因而羞红了脸。对此,用心极细的脂批揭示作者这样写的用意说:"妙极之文!使黛玉自己直说出夫妻来,却又云'画的'、'扮的';本是闲谈,却是暗隐不吉之兆,所谓'画中爱宠'是也。谁曰不然?"这一批语,对我们理解作者写这首诗的用意,不是也同样有启发的吗?

吟 月 三 首

(第四十八、四十九回)

香　菱

【说明】

香菱跟黛玉学做诗,第一首写得不好,第二首还是不能令人满意。她不肯罢休,日夜苦吟,梦里也在做诗,第三首终于得到了众人的好评。

其 一

月挂中天夜色寒①，清光皎皎影团团②。

诗人助兴常思玩③，野客添愁不忍观④。

翡翠楼边悬玉镜⑤，珍珠帘外挂冰盘。

良宵何用烧银烛⑥，晴彩辉煌映画栏⑦。

【注释】

① 挂——庚辰本作"桂",王评本改作"到"。今从戚序本。　中天——天中央。

② 皎皎——洁白明净。

③ 助兴常思玩——常思玩月以助诗兴。玩,赏。

④ 野客——山野之人,多指贫居不仕或对现实不满者,所以后边说"添愁"。

⑤ 翡翠——为求措辞华丽给楼和帘加上的饰词,下句中"珍珠"与此意同。　玉镜——喻月,下句中"冰盘"意同。

⑥ 银烛——银白色的蜡烛。

⑦ 晴彩——晴空中月亮的光彩。

其 二

非银非水映窗寒，　　试看晴空护玉盘。
淡淡梅花香欲染①，　　丝丝柳带露初干②。
只疑残粉涂金砌③，　　恍若轻霜抹玉栏④。
梦醒西楼人迹绝，　　馀容犹可隔帘看⑤。

【注释】

① 香欲染——形容香沁心脾。诗词中多写月夜梅花，所以用梅烘染月。
② 柳带——柳枝。
③ 残粉涂金砌——阶台边沿涂上了一层淡淡的白粉。古代以"金粉楼台"称华丽建筑。残粉，淡薄的金粉。残，言其淡薄。粉，指金粉，即铅粉。金砌之"金"即因涂饰金粉而言。
④ 恍若——依稀，仿佛，好像。
⑤ 馀容——指将要西沉的月亮，拟人说法。

其 三

精华欲掩料应难①，　　影自娟娟魄自寒②。
一片砧敲千里白，　　半轮鸡唱五更残③。
绿蓑江上秋闻笛，　　红袖楼头夜倚栏④。
博得嫦娥应借问：　　何缘不使永团圆⑤？

【注释】

① 精华——月亮的光华。这句说云雾遮不住月亮。
② 影——指月的形。 娟娟——美好。 魄——指月的质，月称桂魄。
③ "一片"二句——诗的修辞句法。说秋闺怨女，愁思不寐，直至五更鸡唱，残月西斜。所谓"谁怜明月夜，肠断听秋砧？"砧，捣衣石（参见第三十七回《咏白海棠》其三注⑧）。
④ "绿蓑"二句——上句即"野客添愁"意，下句说少妇望月感怀。绿蓑，防雨的蓑衣，古用草编，故言"绿"，指代"野客"。笛声，月夜闻之尤

悲,小说中曾写到。红袖,指代女子。

⑤　"博得"二句——意思是对月伤怀的人们应引得月里嫦娥的同情,而使她感叹命运之神为何不使人们都能永远团圆呢? 月亮本身也要亏缺,嫦娥自己也寂寞,反怜人们之不幸,是诗意所在。程高本"借问"改作"自问",则以嫦娥为命运主宰,不妥。又程高本"团圆"作"团圞",就押韵说,是对的。"圞"是上平十四寒,与此诗所押诸韵同部,而"圆"是下平一先。且小说中写别人叫香菱"闲闲"吧,她说"闲"十五删,出了韵。这表明不肯通押邻韵。若从程高本,自可避免矛盾。但查各脂本皆作"圆",第一回贾雨村诗"时逢三五便团圆,满把晴光护玉栏",也是将"圆"(程高本也改作"圞")与十四寒韵通押。可知作者原有这习惯,抄误是决不至于如此凑巧的。"团圆"与"团圞",就月而说,义同;但与人事相关时,应用"团圆"。不以辞害义,今仍从脂本,以存原貌。

【鉴赏】

　　香菱从"惯养娇生"的"乡宦"之家,先沦为奴隶,后作了薛蟠的侍妾。她在大观园里的地位低于小姐而高于丫头,她渴望上层社会的精神生活。作者对这个人物是持同情态度的。

　　在香菱学诗的情节中,作者还把自己的诗论和写诗的体会故事化了。

　　香菱第一首诗写得很幼稚,用语毫无含蓄,又打不开思路,只好堆砌词藻,凑泊成句。头尾两联二十八个字,只说得个"月亮很亮",内容十分空洞。黛玉说"措词不雅;皆因你看的诗少,被它缚住了",要她"只管放开胆子去作"。

　　第二首诗已写得不那末笨拙,能以花香、夜露来烘托,胆子也放开了。但却"过于穿凿了",也就是说过多地喜欢拉别的东西来比附。香菱想脱开前一首老是形容月亮本身的束缚,结果"句句倒是月色"(律诗十分看重切题,以"月"为题与以"月色"为题的诗是不一样的)。可见,对"放开胆子去作"的话的理解还很表面。咏物诗倘不能"寄情寓兴",就没有什么意思。

　　在实践中,经过几次挫折,她找到了门径,第三首面目就大不一样。首句起得很有势头,恰似一轮皓月,破云而出;精华难掩,将自己才华终难埋没、学诗必能成功的自信心含蓄地传出。因知道寄情于景,第二句就像是自我身世的写照:顾影自怜,吐露了自己精神上的寂寞。颔联用修辞上的特殊句式抒发内心幽怨,笔法劲健老练。颈联拓展境界,情景并出。至此,已为末联作好了层层铺垫。结句的感喟本是作诗者自己的,偏推给处境同样寂寞的嫦娥,诗意曲折,又紧扣咏月诗题;"团圆"二字,将月与人合咏,自然双关,馀韵悠长。所以众人看了都称赞说:"这首不但好,而且新巧有意趣。"小说还借俗语作结:"天下无难事,只怕有心人。"作者的用意,十分清楚。

作者仿效初学者的笔调,揣摩他们习作中易犯的通病以及他们在实践中逐步摸索前进的过程,把不同阶段的成绩都一一真实地再现出来,使这些诗歌成为小说描写的不可分割的有机组成部分,在艺术上是非常成功的。但是,必须指出:由于这些诗歌的思想情调,与我们今天的时代已不协调,因此,关于这些诗的艺术经验,也同样不能毫无选择地搬用到我们的文学创作中来。如果我们不把深入生活、体验生活,与群众同呼吸、共命运,紧紧地把握住时代的脉搏作为首要条件,而像香菱学诗那样闭门觅句,单纯地从文字技巧上下功夫,是不可能创作出能体现时代精神、受广大群众欢迎的真正的好作品来的。

芦雪广即景联句

（第五十回）

【说明】

此诗是宝玉与众姊妹相聚于芦雪广"割腥啖膻",饮酒赏雪时所共吟。广(yǎn眼),就山崖建造的房子。"广"不是"廣"的简化字;诸本或作"庵",或作"庭",或作"亭",皆后人所改,今从庚辰本。芦雪广正"傍山临水"而筑。联句,是好些人联合起来做成的诗,通常用排律形式。

联法是由一人起头一句,接的人就联二、三两句,以后再接的人照例都是联一对句,以对别人的出句,并拟下一联的出句,让别人来对,最后一人用一句作结。但也有联一句的,诗的后半首即是,小说中用以显示兴高抢先的情景。联句较长,为检阅方便,注释直接写在一联之下。后面《中秋夜大观园即景联句》也仿此。

一夜北风紧^①,(熙凤)开门雪尚飘。

【注释】

① "一夜"句——小说借众人之口,评起句说:"这句虽粗,不见底下的,这正是会作诗的起法,不但好,而且留了多少地步与后人。"排律首联,通常都用总起的方法,概说全诗所述主体对象,明点诗题。比如此首所谓即景,乃是雪景,首联直出"雪"字,全诗便围绕雪来做文章,但修辞上的要求是字面上不再出现"雪"字。

入泥怜洁白,(李纨)匝地惜琼瑶^①。

【注释】

① "入泥"二句——意即"(雪质)洁白而怜其入泥,(雪似)琼瑶(美玉)而惜其匝地。"匝(zā 扎),满、遍。

有意荣枯草^①,(香菱)无心饰萎苕^②。

【注释】

① 荣枯草——使枯草荣。草经雪覆盖,入春萌发更茂。
② 饰——装饰。 苕(tiáo 条)——苇花,秋开冬萎,开时一片白,诗中多喻雪,如苏轼《将之湖州》诗:"溪上苕花正浮雪。"芦雪广"四面皆是芦苇掩覆",其名当由此而得,此所以"即景"而咏。此字程高本作"苗",大误。

价高村酿熟①,(探春)年稔府粱饶②。

【注释】

① 价高——指酒涨价,因大雪天寒。语用唐代诗人郑谷《辇下冬暮咏怀》诗:"烟含紫禁花期近,雪满长安酒价高。"　酿——酒。

② 年稔(rěn 忍)——年成好。稔,庄稼成熟。古人以为"雪是五谷之精",冬雪大瑞,便得"年登岁稔"。　府粱饶——官仓粮食很多。

葭动灰飞管,(李绮)阳回斗转杓①。

【注释】

① "葭(jiā 佳)动"二句——两句都以节气写雪。杜甫《小至》诗:"冬至阳生春又来","吹葭六琯动飞灰"。因出于同一首诗,故用以成对。上句意即"管中葭灰飞动"。葭,芦苇。古代有一种候验节气的器具,叫灰琯。它是将芦苇茎中薄膜制成灰,放在十二乐律的玉管内,置于特设的室内木案上,到某一节气,相应律管内的灰就会自行飞出(见《后汉书·律历志》)。阳回,阳气复来,冬至"阴极阳生"。斗,北斗七星,即大熊星座,形如水杓,其方位随时改变,同一时刻,斗柄所指,四季不同。

寒山已失翠,(李纹)冻浦不闻潮①。

【注释】

① "寒山"二句——上句说雪积,下句说冰封。

易挂疏枝柳,(岫烟)难堆破叶蕉①。

【注释】

① "易挂"二句——二句主语都是雪。蕉叶软滑,又是"破"的,故雪"难堆"积。

麝煤融宝鼎,(湘云)绮袖笼金貂①。

【注释】

① "麝煤"二句——上句说燃鼎炉以取暖,下句说笼两袖于貂皮中以御寒。麝煤,本谓含麝香的烟墨,此指芳香燃料。融,焚烧使气上腾。鼎,鼎炉。

光夺窗前镜,(宝琴)香粘壁上椒①。

【注释】

① "光夺"二句——意即"(雪)夺窗前之镜光,(雪)粘壁上(沾得)椒香"。夺,掩盖、超过。椒,花椒,芳香植物。古时后妃居室,多以椒和泥涂壁,取其温暖芳香。

斜风仍故故①,(黛玉)清梦转聊聊②。

【注释】

① 故故——屡屡,阵阵。
② 聊聊——稀少。这句说梦因冷而难成。

何处梅花笛①?(宝玉)谁家碧玉箫②?

【注释】

① 梅花笛——因《梅花落》笛曲而名。
② 碧玉箫——箫截竹制成,以碧玉喻翠竹。又碧玉亦女子名。

鳌愁坤轴陷①,(宝钗)龙斗阵云销②。

【注释】

① "鳌愁"句——这句说大海龟恐雪压大地塌陷而发愁。《列子》有巨鳌背负大山的传说。坤轴,地轴,古代传说以昆仑山为地轴(见《河图括地象》)。又"地不周载",女娲"断鳌足,以立四极",亦鳌所以发愁事。陷,庚辰、戚序本作"限",费解。用程乙本。

② "龙斗"句——这句以玉龙斗罢为喻说雪。宋代张元《咏雪》诗:"战罢玉龙三百万,败鳞残甲满天飞。"龙斗时云集,斗罢云消。《后汉书·光武帝纪》:"刘秀发兵捕不道,四夷云集龙斗野。"

野岸回孤棹①,(湘云)吟鞭指灞桥②。

【注释】

① "野岸"句——这句用雪夜乘舟访戴,兴尽而返典故,以写雪(参见第三十七回《招宝玉结诗社帖》注㉕)。回孤棹,孤舟返回。

② "吟鞭"句——这句典用南宋尤袤《全唐诗话》:"(唐昭宗时)相国郑綮善诗。或曰:'相国近为新诗否?'对曰:'诗思在灞桥风雪中驴子背上,此何以得之?'"因作诗而用"吟",犹言诗人的鞭子。灞桥,在长安(今陕西西安)东。

赐裘怜抚戍,(宝琴)加絮念征徭①。

【注释】

① "赐裘"二句——意谓皇帝怜恤将士雪中辛勤抚边戍守而赐棉衣,制衣的人同情服兵役者寒冷而把棉花加厚。唐开元时,宫中制棉袍赐边军。有士兵在袍子中找到一首诗说:"沙场征戍客,寒苦若为眠?战袍经手作,知落阿谁边? 蓄意多添线,含情更着绵。今生已过也,重结后生缘!"士兵把诗交给将帅,将帅进呈玄宗。查问结果,是一个宫女所作。玄宗就叫她离开宫廷,嫁给那个士兵(见《唐诗纪事》)。

坳垤审夷险,(湘云)枝柯怕动摇①。

【注释】

①　"坳垤(ào dié 傲叠)"二句——意谓覆雪之地须察高低不平,担心树
枝动摇掉下雪来。坳,低洼地。垤,小土堆。审,细察。夷,平坦、安
全。柯,树枝。

皑皑轻趁步①,(宝钗)剪剪舞随腰②。

【注释】

①　皑(ái 挨)皑——白,多形容雪。

②　剪剪——风尘细之状。本以"风回雪舞"喻女子步态(见第五回《警幻
仙姑赋》注⑮),这里反过来以女子轻步舞腰来点风雪。李商隐《歌
舞》诗:"回雪舞轻腰。"

煮芋成新赏,(黛玉)撒盐是旧谣①。

【注释】

①　"煮芋"二句——煮芋作羹,前人誉比玉糁,此日即景,可更出新意,比
之为白雪,故曰新赏。苏轼有诗,其题略曰:"忽出新意,以山芋作玉
糁羹,色香味皆奇绝。"晋代谢家子弟"撒盐空中"的"旧谣"是说下雪
的(参见第五回正册判词之一注③)。这两句程高本改为"苦茗成新
赏,孤松订久要"。用《论语·宪问》语,赞孤松为岁寒之友,有道学气,
不合人物性格。

苇蓑犹泊钓,(宝玉)林斧不闻樵①。

【注释】

①　"苇蓑"二句——长着芦苇的水中犹有蓑衣人泊舟垂钓,林间已不闻
樵夫的斧声。书中说芦雪广可"垂钓",宝玉"披蓑带笠",人称"渔
翁"。唐代柳宗元《江雪》诗:"孤舟蓑笠翁,独钓寒江雪。"上句正用其
意写雪,又是即景,且渔与樵对仗,比程高本这一句作"泥鸿从印迹"

工切。"泥鸿"句，意谓鸿雁在雪泥上随处印下足迹，用苏轼《和子由
渑池怀旧》诗意："人生到处知何似？应似飞鸿踏雪泥：泥上偶然留指
爪，鸿飞那复计东西！"不闻樵，戚序本作"乍停樵"，"乍"字不妥；程高
本作"或闻樵"，更误。雪天大观园内岂能"闻樵"？今从庚辰本。

伏象千峰凸，_(宝琴)盘蛇一径遥①。

【注释】

① "伏象"二句——意即"千峰凸起如象伏，一径遥遥似蛇盘"。象色白，
故为喻；雪覆大地，足印使小径曲曲弯弯的痕迹更显。以蛇、象为喻
写雪景，起于唐代韩愈《咏雪赠张籍》诗："岸类长蛇搅，陵犹巨象豗
(huī 灰，打架)。"

花缘经冷结，_(湘云)色岂畏霜凋①。

【注释】

① "花缘"二句——花、色皆指雪花、雪色，雪叫"六出花"。缘，因为。
结，庚辰本作"绪"，当是形讹；戚序本作"聚"，也不好。此据甲辰、程
高本。

深院惊寒雀①，_(探春)空山泣老鸮②。

【注释】

① "深院"句——大雪雀饥，噪声如惊。
② 鸮(xiāo 消)——鸱(chī 吃)鸮，即猫头鹰，叫声凄厉。

阶墀随上下，_(岫烟)池水任浮漂①。

【注释】

① "阶墀(chí 池)"二句——意即"(雪)随阶墀上下(覆盖)，任池水漂

浮"。墀,台阶。

照耀临清晓,(湘云)缤纷入永宵[1]。

【注释】

[1]　"照耀"二句——二句主语都是雪。永宵,长夜,冬季夜长。

诚忘三尺冷,(黛玉)瑞释九重焦[1]。

【注释】

[1]　"诚忘"二句——上句说将士因忠诚而忘却戍守的寒苦,下句说皇帝因瑞雪能兆丰年而解除了焦虑。诚,忠。唐太宗《赐萧瑀》诗:"疾风知劲草,板荡识诚臣。"三尺,剑。语出《汉书·高帝纪》:"吾以布衣提三尺取天下。"苏轼《次韵王定国得颖倅》诗:"买牛但自捐三尺,射鼠何劳挽六钧。"谓但愿卖剑买牛,焉用挽弓射鼠。此借"三尺"说将士与戍守事,雪里刀剑随身,尤觉寒冷。九重,宋玉《九辩》:"君之门以九重。"后用以称皇帝。

僵卧谁相问?(湘云)狂游客喜招[1]。

【注释】

[1]　"僵卧"二句——上句用"袁安卧雪"典故:汉代有一次大雪积地一丈馀,洛阳令出外观察,见百姓都除雪开路,方能出门。到袁安门口,无路可通,以为袁安已死,"令人除雪入户,见安僵卧。问:'何不出?'安曰:'大雪,人皆饿,不宜干人。'"(见《录异传》)下句说踏雪狂游之客喜有人招饮,可御寒。唐时,王元宝每逢大雪,叫仆人从巷口到家门,扫雪开路,招客饮宴,名曰"暖寒会"(见王仁裕《开元遗事》)。

天机断缟带[1],(宝琴)海市失鲛绡[2]。(湘云)

【注释】

① 天机——传说天上织女所用的织机。　缟带——白色丝带,喻雪。亦用韩愈《咏雪赠张籍》诗:"随车翻缟带,逐马散银杯。"

② 海市——海市蜃楼,海上幻景。　鲛绡——海上鲛人所织的丝织品(参见第三十四回《题帕三绝句》注②)。两句取喻相类。

寂寞对台榭, (黛玉)**清贫怀箪瓢**①。(湘云)

【注释】

① "寂寞"二句——上句说独对雪中台榭,寂寞凄清,或有隐意。第七十九回脂评说,原稿后半部有宝玉"对景悼颦儿"情节,并谓书中所写"轩窗寂寞,屏帐倏然",先为其"作引"。对,程高本作"封",主语就不是指人了,与对句不相称。下句说怀念在风雪陋巷中过着"一箪(dān单,盛饭的圆竹器)食,一瓢饮"清贫生活的人,或解作风雪饥寒而思饮食。典出《论语·雍也》:孔子赞其门徒颜回虽贫困倒霉,仍不改其志趣。这里只借取其常用义。从脂评说宝玉后来过"寒冬噎酸斋,雪夜围破毡"的生活看,或所说"怀"人,也有隐指。

烹茶冰渐沸, (宝琴)**煮酒叶难烧**①。(湘云)

【注释】

① "烹茶"二句——冰雪之水,因此难沸;柴叶沾湿,所以烧不着。冰,程高本作"水",此处应用平声。渐,迟、很慢。

没帚山僧扫, (黛玉)**埋琴稚子挑**①。(宝琴)

【注释】

① "没帚"二句——意即"山僧扫没帚(之雪),(雪)埋(借)稚子(以)挑(情之)琴"。琴曲有《白雪》之调,故借以写雪。稚子挑,汉代桓谭《新论·琴道》:雍门周带琴去见孟尝君。孟尝君说:"先生弹琴能使我悲伤吗?"雍门周说:"您现在十分得意,我的琴不能打动您。不过我以

为您也有可悲之处。"接着他说了许多"天道不常盛"的道理,说到千秋万岁之后,高台池曲都已倾废,"坟墓生荆棘,狐兔穴其中,樵儿牧竖(即"稚子"),踟蹰其足而歌其上。行人见之凄怆曰:'孟尝君之尊贵,亦犹若是乎?'"孟尝君听了,眼泪盈睫。雍门周再引琴一弹,孟尝君悲叹泣下。诗用其意。或以为"埋琴"乃"理琴"之误,非是。"埋"与"没"对举,皆言雪,"理琴"则与咏雪无关,且与"挑"字相犯,又犯孤平。

石楼闲睡鹤①,(湘云)锦罽暖亲猫②。(黛玉)

【注释】

① 闲睡鹤——雪夜鹤闲已睡。

② 锦罽(jì季)——锦毯(见第二十三回《冬夜即事》注②)。这句说,天冷,猫贴着毯子以取暖。黛玉戏语作诗,所以"笑得捂着胸口"。

月窟翻银浪①,(宝琴)霞城隐赤标②。(湘云)

【注释】

① 月窟——指月(参见第三十七回《咏白海棠》其四注④)。　翻——倾。　银浪——喻月光。宋代陈与义《咏月》诗:"玉盘忽微露,银浪泻千顷。"这里转而形容雪如月光倾泻大地。

② 霞城——此处指赤城山,在浙江天台县北。其山"土色皆赤,状似云霞,望之如雉堞(城墙)"(见《会稽记》)。晋代孙绰《天台赋》:"赤城霞起而建标。"　隐——指隐没于雪中。　赤标——谓赤色高峰望之可作标识。

沁梅香可嚼,(黛玉)淋竹醉堪调①。(宝钗)

【注释】

① "沁梅"二句——上句典出《花史》:宋时,"铁脚道人常爱赤脚走雪中,兴发则朗诵《南华·秋水篇》,嚼梅花满口,和雪咽之。曰:'吾欲寒香

沁入肺腑。'"下句意谓醉闻雪压竹之声,正好弹琴。用宋代王禹偁《黄冈竹楼记》意:"冬宜密雪,有碎玉声;宜鼓琴,琴调和畅。"文中亦言"醉"酒。

或湿鸳鸯带,(宝琴)**时凝翡翠翘**①。(湘云)

【注释】

① "或湿"二句——二句主语都是雪。或、时,都是"有的"的意思。翘,古代贵族妇女头上的首饰。

无风仍脉脉①,(黛玉)**不雨亦潇潇。**(宝琴)

【注释】

① 脉脉——与下句的"潇潇"都是风雨飘洒的样子,这里用以形容雪之纷纷扬扬。

欲志今朝乐①,(李纹)**凭诗祝舜尧**②。(李绮)

【注释】

① 志——记载。此句庚辰本为李纨所咏,但小说中接写李纨阻止众人说"够了,够了",按文理,当属李纹所咏。今从戚序本。
② 舜尧——唐尧、虞舜,传说中古代的贤君。封建时代对帝王称功颂德常用之。

【鉴赏】

芦雪广吟咏,参加联句者就多至十二人,确乎盛况空前。但盛会只是暂时的表象。薛宝琴、邢岫烟、李氏姊妹等一大批人涌到贾府"来访投各人亲戚",为的就是求人家"治房舍,帮盘缠",或暂找一个避风之所。这说明封建地主阶级内部的荣枯转递过程正在日益加速。她们借以荫庇栖身的大树，虽然表面枝叶尚茂，但内部早已朽烂不堪。在这几回以后，它的颓败征象也就很快地从各方面暴露出来了。封建官僚大家族不管眼前景况如何，都在或早或迟地走向衰亡。今日的欢笑隐伏着明天更大的悲哀。

联句，这种诗体本起于宫廷（相传滥觞于汉代"柏梁诗"），虽然渊源久长，但历来很少产生过什么有价值的作品，始终近乎一种比赛作诗技巧的文字游戏。清代文人相聚联句之风特盛。与曹雪芹交往很密的敦诚的《四松堂集》中也就有不少联句诗可以说明这一情况。所以，小说中这些情节，也是借虚构的人物故事对当时封建文人的这种习好所作的现实的描绘。

清代有人评这首联句说："起首插入凤姐，自是新妙，然后半太嫌杂乱，毫无精采。……且黛玉联句中既有'斜风仍故故'，又有'无风仍脉脉'，断无此复叠之法。雪芹于此似欠检点。"（野鹤《读红楼札记》）批评者论诗还是有一定见地的，比如指出黛玉两句不应相犯。但论小说就不怎么高明：他不知道曹雪芹并非是因为自己做了几首诗，硬要塞给读者，才编造这一情节的。"杂乱"，本是这种百衲衣式的联句体的通病。如果作者一心为了传自己的诗，而把这首五言排律写得脉络分明，层次清楚，自然一气，"精采"动人，避免了联句本来无法避免的疵病，结果对小说反映现实真实这一点来说，倒真是太"欠检点"了。湘云说："我也不是做诗，竟是抢命呢！"描写这类"抢命"而作的东西，既能在个别诗句上注意照顾人物的不同特点（比如那些"颂圣"的句子就不出于宝、黛之口，黛玉说"斜风仍故故"，宝玉接"清梦转聊聊"之类的安排，也显然是有所用意的），又在总体上并不使它显得有多少思想艺术价值，忠实于事物本来应有的面貌，这正是作者高明的地方。

赋得红梅花三首

(第五十回)

【说明】

芦雪广联句,宝玉独少,被罚往栊翠庵折红梅花,大家又叫新来的岫烟、李纹、宝琴每人再作一首七律,按次用"红"、"梅"、"花"三字做韵。专命折得红梅的宝玉做一首《访妙玉乞红梅》诗(见下)。

咏 红 梅 花 得红字

邢 岫 烟

桃未芳菲杏未红①,　冲寒先已笑东风②。

魂飞庾岭春难辨③,　霞隔罗浮梦未通④。

绿萼添妆融宝炬,　缟仙扶醉跨残虹⑤。

看来岂是寻常色⑥,　浓淡由他冰雪中。

【注释】

①　芳菲——花草香美。

②　"冲寒"句——红梅早已冒着寒冷迎东风而开放。笑,花开如笑,是表示开的修辞用法。

③　"魂飞"句——意谓红梅若移向庾岭,其景色就与春天很难区别了。庾岭盛植梅(参见第四十回《牙牌令》其二注③)。借"庾岭"点出梅花,借"春"点出色红。

④　"霞隔"句——用隋代赵师雄游罗浮山梦见梅花化为"淡妆素服"的美人与之欢宴歌舞的故事(见《龙城录》)。用"霞",喻花红。用"隔"、用"未通",是因赵师雄所梦见的罗浮山梅花是淡色的,与所咏的红梅不同。

⑤　"绿萼"二句——意谓红梅似燃着红烛、添了红妆的萼绿仙子,又如喝醉了酒在跨过赤虹的白衣仙女。绿萼,梅花绿色的称绿萼梅,这里

借梅拟人，说"绿萼"，即仙女萼绿华，故曰"添妆"，与下句取喻相类。《增补事类统编·花部·梅》"萼绿仙人"注引《石湖梅谱》："梅花纯绿者，好事者比之九嶷仙人萼绿华云。"妆，指红妆、红衣、胭脂等。宝炬，指红烛。宋代范成大《红梅》诗："午枕乍醒铅粉退，晓妆初罢蜡脂融。"缟仙，本喻梅花（见第三十七回《咏白海棠》其一注⑤）。扶醉，醉须人扶。以"醉"颜点出花红。残虹，虹以赤色最显，形残时，犹可见。南朝江淹《赤虹赋》："寂火灭而山红，馀形可览，残色未去。"也借以喻花红。

⑥　"看来"句——包含二义：一、花色美丽，不同寻常；二、梅花一般都是淡色的，用"岂是"来排除，是为了说红梅。

咏红梅花 得梅字

李　纹

白梅懒赋赋红梅①，　逞艳先迎醉眼开②。
冻脸有痕皆是血③，　酸心无恨亦成灰④。
误吞丹药移真骨⑤，　偷下瑶池脱旧胎⑥。
江北江南春灿烂，　寄言蜂蝶漫疑猜⑦。

【注释】

①　白梅懒赋——即"懒赋白梅"。

②　"逞艳"句——意即春未到，红梅逞艳，先迎着我醉眼开放。以醉说红。

③　冻脸——因花开于冰雪中，颜色又红，故喻之。借意于苏轼《定风波·咏红梅》词："自怜冰脸不宜时。"　痕——泪痕。以血泪说红。

④　酸心——梅花花蕊孕育梅子，故言酸。等到时过，虽无怨恨，花亦乌有，所以说"成灰"。借意于李商隐《无题》诗："春心莫共花争发，一寸相思一寸灰。"

⑤　"误吞"句——说梅花本是白的，因误吞神奇的丹药而换了骨格，变成红花。"丹药"的"丹"双关义就是红。范成大《梅谱》："世传吴下红梅诗甚多，惟方子通一篇绝唱，有'紫府与丹来换骨，春风吹酒上凝脂'

之句。"

⑥ "偷下"句——说红梅本是瑶池的碧桃,因偷下红尘,而脱去旧形,幻
　为梅花。传说瑶池种植仙桃,《西游记》中孙悟空所偷吃的即是。

⑦ "江北"二句——意谓请告诉蜂蝶,不要把红梅错认作是桃杏,而疑猜
　是否已到了春色灿烂的季节。春灿烂,因红梅色似春花才这样说的,
　非实指。当时还是冰雪天气。蜂蝶,多喻轻狂的男子。漫,莫、不要。

咏 红 梅 花 得花字

薛 宝 琴

疏是枝条艳是花,　春妆儿女竞奢华①。
闲庭曲槛无馀雪,　流水空山有落霞②。
幽梦冷随红袖笛③,　游仙香泛绛河槎④。
前身定是瑶台种⑤,　无复相疑色相差⑥。

【注释】

① "春妆"句——为红梅花设喻。春妆,亦即红妆之意。

② "闲庭"二句——通过写景含蓄地说梅花不是白梅,而是红梅。闲庭,
　幽静的庭院。馀雪,喻白梅。唐代戎昱《早梅》诗:"不知近水花先发,
　疑是经春雪未消。"落霞,喻红梅。宋代毛滂《木兰花·红梅》词:"酒晕
　晚霞春态度,认是东君偏管顾。"

③ "幽梦"句——意谓随着女子所吹的凄清的笛声,梅花也做起幽梦来
　了。以"冷"、"笛"烘染梅花(参见同回上题联句"何处梅花笛"注①)。
　以"红袖"的"红"点花的颜色。

④ "游仙"句——意谓梅花的香气,使人如游仙境。乘槎游仙的传说,见
　于《博物志》:银河与海相通,居海岛者,年年八月定期可见有木筏从
　水上来去。有人便带了粮食,登上木筏而去,结果碰到了牛郎织女。
　泛,飘浮、乘舟。绛河,传说中仙界之水。《拾遗记》:"绛河去日南十
　万里,波如绛色。"乘槎本当用"天河"、"银河",而换用"绛河",是为了
　点花红。槎(chá 茶),木筏。

⑤　瑶台种——就是说它是"阆苑仙葩"。瑶台,仙境。咏梅诗词多有此
　　类比喻,如杜牧《梅》诗:"掩敛下瑶台。"

⑥　"无复"句——不要因为红梅花模样与仙葩不太一样而怀疑它曾是瑶
　　台所种。色相,本佛家语,这里是说花的颜色和样子。

【鉴赏】

参见下面《访妙玉乞红梅》诗鉴赏。

访妙玉乞红梅

（第五十回）

贾 宝 玉

酒未开樽句未裁①，寻春问腊到蓬莱②。

不求大士瓶中露③，为乞嫦娥槛外梅④。

入世冷挑红雪去，离尘香割紫云来⑤。

槎枒谁惜诗肩瘦⑥，衣上犹沾佛院苔⑦。

【注释】

①　开樽——动杯,开始喝酒。樽,酒杯。　句未裁——诗未作。裁,裁
　　夺、构思推敲。

②　寻春问腊——即乞红梅。以"春"点红,以"腊"点梅。　蓬莱——仙
　　境,以比出家人妙玉所居的栊翠庵。

③　大士——指观音大士。宗教宣传以为她的净瓶中盛有甘露,可救灾
　　厄。这里以观世音比妙玉。

④　嫦娥——比妙玉。程高本作"孀娥",误。妙玉岂是寡妇?　槛
　　外——栏杆之外。又与妙玉自称"槛外人"巧合。所以黛玉说:"凑巧
　　而已。"(据庚辰本)程高本改为"小巧而已",也是不细察原意的妄改。

⑤　"入世"二句——诗歌的特殊修辞句法。将栊翠庵比为仙境,折了梅

回"去"称"入世";"来"到庵里乞梅称"离尘"。梅称"冷香",所以分"冷"、"香"于两句之中。"挑红雪"、"割紫云"都喻折红梅,宋代毛滂《红梅》诗:"深将绛雪点寒枝。"唐代李贺《杨生青花紫石砚歌》:"踏天磨刀割紫云。"紫云,李诗原喻紫色石。

⑥　"槎枒"句——意即"谁惜诗人瘦肩槎枒"。槎枒,亦作"楂枒"、"查牙",形容瘦骨嶙峋的样子。这里说因冷耸肩,写自己踏雪冒寒往来。苏轼《是日宿水陆寺》诗:"遥想后身穷贾岛,夜寒应耸作诗肩。"

⑦　佛院苔——指栊翠庵的青苔。这句是以诗的语言借衣沾苔绿说自己归途中尚念念不忘佛院之清幽。诗文中多以"苔"写幽境。

【鉴赏】

　　封建贵族阶层精神空虚,作诗竟成了一种消磨时光和精力的娱乐。他们既然除了"风花雪月"之外,别无可写,也就只得从限题、限韵等文字技巧方面去斗智逞能。小说中已换过几次花样,这里每人分得某字为韵,也是由来已久的一种唱和形式。一一描写这种诗风结习,客观上反映了当时这一阶层人物的精神状态。

　　从人物描绘上说,邢岫烟、李纹、薛宝琴都是初出场的角色,应该有些渲染。但她们刚到贾府,与众姊妹联句作诗,照理不应喧宾夺主,所以芦雪广联句除宝琴所作尚多外,仍只突出湘云。众人接着要她们再赋红梅诗,是作者的补笔,借此机会对她们的身份特点再作一些提示。当然,这是通过诗句来暗示的。

　　作者曾借凤姐的眼光,介绍邢岫烟虽"家贫命苦","竟不像邢夫人及他的父母一样,却是温厚可疼的人"(第四十九回)。她的诗中红梅冲寒而放,与春花难辨,虽处冰雪之中,而颜色不同寻常,隐约地包含着这些意思。

　　李纹姊妹是李纨的寡婶的女儿,从诗中泪痕皆血、酸心成灰等语来看,似乎也有不幸遭遇,或是表达丧父之痛。"寄言蜂蝶"莫作轻狂之态,可见其自恃节操,性格上颇有与李纨相似之处。大概是注重儒家"德教"的李守中一族中共同的环境教养所造成的。

　　薛宝琴是"四大家族"里的闺秀,豪门千金的"奢华"气息,比其他

人都要浓些。小说中专为她的"绝色"有过一段抱红梅、映白雪的渲染
文字。她的诗仿佛也在作自画像。

宝玉自称"不会联句",又怕"韵险",做限题、限韵诗,每每"落第"。
他恳求大家说:"让我自己用韵罢,别限韵了。"这并非由于他才疏思
钝,而是他的性格不喜欢那些形式上人为的羁缚。为了补明这一点,
就让他受"罚",再写一首不限韵的诗来咏自己的实事。所以,这一次
湘云"鼓"未绝,而宝玉诗已成。随心而作的诗就有创新:如"割紫云"
之喻,借李贺的词而不师其意;"沾佛院苔"的话,也未见之于前人之
作。诗歌处处流露其性情。"入世"、"离尘",令人联想到宝玉的"来
历"与归宿。不求"瓶中露",只乞"槛外梅"。宝玉后来的出家,并非为
了修炼成佛,而是想逃避现实,"蹈于铁槛之外"。这些,至少在艺术效
果上,增强了全书情节结构的精细严密。

暖香坞春灯谜四首

（第五十回）

【说明】

春节将到,贾母叫大家做些灯谜。饭后雪晴,李纨与众姊妹往暖
香坞去看惜春作画,便把自己已编好的灯谜说出来,让别人猜。

其　一

观音未有世家传①。（李纨）

——打《四书》一句。

"在止于至善②。"（湘云误猜）

谜底:"虽善无征③。"（黛玉）

【注释】

① "观音"句——观世音没有子孙传代。世家，本《史记》传记中的一体，通常记世袭封国诸侯事迹。唐代刘知几以"开国承家，世代相续"释其义(见《史通·世家》)。

② 在止于至善——意谓臻于最完美的境地。语出《大学》。湘云以"至善"去扣"观音"，是可以的，因为观音菩萨是救苦救难的大善士。但以"止"字去扣"未有世家传"，未免欠考虑，太泛，未能紧切谜面。所以小说写宝钗笑道："你也想一想'世家传'三个字的意思再猜。"暗示她应该扣紧没有子孙传代的意思。

③ 虽善无征——《中庸》："上焉者虽善无征。"本意谓先王之礼虽好，但无从考稽。征，验证、考稽。但作灯谜谜底时，则是借用"征"字的另一含义：即"纳征"之"征"，是成婚的意思。《仪礼·士昏礼》"纳征"郑玄注："征，成也。使使者纳币(聘礼)以成婚礼。"这样，作为谜底，句意便是观音虽善，但并无成婚事，故无后代。

其 　二

一池青草草何名？(李纨)

　　　　——打《四书》一句。

谜底："蒲芦也①。"(湘云)

【注释】

① 蒲芦——芦苇。《中庸》："夫政也者，蒲芦也。故为政在人，取人以身。"

其 　三

水向石边流出冷。(李纹)

　　　　——打古人名。

谜底：山涛①。(探春)

【注释】

① 山涛——魏晋文人,字巨源。性好老庄,本韬晦不求闻达,为"竹林七贤"之一。四十岁后出仕,成了司马氏朝中的新贵,任尚书吏部郎时,推举嵇康出来代替自己职务,遭嵇康拒绝。嵇康写了著名的《与山巨源绝交书》。

其　四

萤。(李绮)

——打一个字。

谜底:"花①。"(宝琴)

【注释】

① 花——可拆开成"草"、"化"二字。《礼记·月令》:"季夏之月……腐草为萤。"萤火虫在水边草根产卵,次年蛹化成虫。古人误以为它是草腐烂变化而成的。所以小说写:众人道:"萤与花何干?"黛玉笑道:"妙的很!萤可不是草化的?"

【鉴赏】

　　这几个谜都需要有一定古籍文字修养基础才有可能猜出来。它固能为"书蠹"所好,却未必能为贾母等人所欣赏。所以,宝钗说:"这些虽好,不合老太太的意,不如做些浅近的物儿,大家雅俗共赏才好。"这就引出了下面史湘云那个极诙谐风趣的《点绛唇·耍的猴儿谜》。前者既为后者作引,又连在一起写,一深一浅,一雅一俗,一庄一谐,艺术上彼此衬托,相得益彰。

　　湘云引一句古书说"在止于至善",是否隐寓她将来虽能"厮配得才貌仙郎,博得个地久天长",到达"至善"的境地,但却"终久是云散高唐,水涸湘江"就此而"止"了呢?如果这样说还有点牵强的话,那末,黛玉引的"虽善无征"的话,实在是再切合她自己不过了。她不是虽善而不能成其"木石姻缘"吗?这大概还不至于是穿凿附会的臆测吧。

点绛唇·耍的猴儿谜

（第五十回）

史 湘 云

溪壑分离，红尘游戏①，真何趣？名利犹虚②，后事终难继③。

【说明】

这首用"点绛唇"（曲牌名）写的谜语，湘云念了后，"众人不解，想了半日，也有猜是和尚的，也有猜是道士的，也有猜是偶戏人的"。只有宝玉一下子就猜着了。

【注释】

① "溪壑"二句——猴子多生活在山谷中、涧溪旁，被人捕住后，便离了山林，来到闹市，供人耍玩。

② 名利犹虚——指猴子穿衣戴帽，扮成文官武将的样子。清代富察敦崇《燕京岁时记》："耍猴儿者，木箱之内，藏有羽帽乌纱，猴手自启箱，戴而坐之，俨如官之排衙。猴人口唱俚歌，抑扬可听，古称'沐猴而冠'，殆指此也。"

③ 后事终难继——小说中湘云已作了解说："那一个耍的猴儿不是剁了尾巴去的？"

【鉴赏】

湘云这个谜，作者大有深意。谜底众人不解，只让宝玉猜中，也不是偶然的。因为它句句适用于宝玉：神瑛侍者带着大荒山青埂峰的顽石，幻形入世，成了佩戴通灵玉的怡红公子，这不正是"溪壑分离，红尘游戏"吗？"真何趣"的感慨与他在《寄生草·解偈》一曲中所说的"到如今，回头试想真无趣"的意思一样；"名利犹虚"，是他蔑视仕途经济的叛逆思想;"后事终难继",或者说"剁了尾巴去",正应了他"悬崖撒手",弃家为僧的结局。这样,谜语就简括着宝玉一生的道路。

从整个贾府后来"一败涂地"、"树倒猢狲散"来看,也完全符合谜语末句所言。当时,湘云以猴儿断尾解说它,引得众人哈哈大笑。如果这些人知道这句话所预示的真正含义,还有谁能笑得出来呢?

谜语的巧妙,还在于它又可以成为对当时政治上各种丑恶人物的无情的嘲讽。因为,在作者那样"冷眼旁观人"看来,世上一切热中于功名利禄之辈,从他们套上名利的绳索的那一天起,也就像"耍的猴儿"一样,上窜下跳地在扮演着滑稽的角色,他们洋洋得意于一时的高官厚禄,俨然摆出一副了不起的姿态,这完全像"沐猴而冠"那样虚妄可笑。戏总是要演完的,那时,怕也免不了落得个"后事终难继"的下场。

后四十回的续补者,没有按原作者这条线索去写,硬要宝玉念念不忘"有个好儿子,能够接续祖基"(对李纨说的话),而且写他自己也得了贵子,还攻读《四书》、"八股",考中科举,金榜挂名;又预言"将来兰桂齐芳,家道复初",大翻曹雪芹"名利犹虚,后事终难继"的案。今天看来,这些地方,恰好都露出了续补者封建主义的"尾巴",是续书思想上的致命伤。

灯　谜　诗
(第五十回)

【说明】

暖香坞中所制的灯谜,包括薛宝琴的《怀古绝句十首》在内,小说中都没有交代谜底。看来,也像为这些谜"作引"的湘云"耍的猴儿谜"一样,作者有所寄托,也只在诗句本身。

其 一

薛 宝 钗

镂檀锲梓一层层，岂系良工堆砌成^①？
虽是半天风雨过，何曾闻得梵铃声^②？

【注释】

① "镂檀"二句——这是说谜底之物像一座玲珑的宝塔，层层叠叠，但它并不是工匠用砖石垒砌起来的，而是天然生成的，看上去仿佛是檀、梓一类木雕。锲(qiè 窃)，刻。

② "虽是"二句——佛寺或宝塔檐角上悬有铜铃，被风吹动时，会发出声音。现在说风雨过时，它是不会响的。凡有关佛教的事物，多称"梵"。 此首后人猜谜底，有以为是树上松球的，因松球状如梵铃而无声。若然，则"半天风雨"，乃松涛声也。宋人石曼卿《古松》诗："影摇千尺龙蛇动，声撼半天风雨寒。"

其 二

贾 宝 玉

天上人间两渺茫^①，琅玕节过谨提防^②。
鸾音鹤信须凝睇^③，好把唏嘘答上苍^④。

【注释】

① "天上"句——说天上地下，相距遥远。

② 琅玕(láng gān 郎甘)节——竹的代称。琅玕，本是青色的玉石，借以喻竹。

③ "鸾音"句——当仙界传来音讯时就要注意了。这可能是指人的死去，亦即所谓仙逝。鸾、鹤，古代传说为仙禽，乘鸾鹤表示登仙。凝睇，凝目注视。

④　唏嘘——叹息的声音。　上苍——青天。　此首后人猜谜底,有以
为是风筝的。若然,则谓风筝地下天上,望之渺茫,放线过竹竿时须
防被挂住。后两句则形容其发声。明人陈沂《询刍录·风筝》:"于鸢
首以竹为笛,使风入作声如筝,俗呼风筝。"

其　　三

林　黛　玉

骤骃何劳缚紫绳①?　　驰城逐堑势狰狞②。
主人指示风雷动,　　鳌背三山独立名③。

【注释】

①　骤骃(lù ěr 录耳)——亦作"骃耳"、"绿耳",千里马名,传说为周穆王
"八骏"之一。　紫绳——指缰绳。

②　驰城逐堑——奔驰过城池,跨越过沟渠。　狰狞——凶猛、骠勇。

③　鳌背三山——古代传说,见于《列子》:渤海之东,有蓬莱、方丈、瀛洲
三座神山,本随波往来,天帝恐怕它们飘浮到西极去,就叫十五只巨
鳌(大海龟)来背着它们。　此首后人猜谜底,有以为是走马灯的。
若然,则末句说灯节之鳌山。古时正月十五夜观灯,京都中所搭起的
灯山,作鳌背神山形,上立千百种彩灯,亦称"鳌山"。

【鉴赏】

宝钗的谜,前两句的寓意也许是说她为人处处精细,层层设谋,但
能八面玲珑,不留痕迹;后两句当是借用唐明皇与杨贵妃死别后,于风
雨之中闻铃悲感事,来说她与宝玉生离的。但小说中宝玉是主动弃宝
钗出家,并无留恋之意,故以"何曾闻得"反原意而用。又前宝钗"更香
谜"(甲辰、程高本之黛玉谜)中以"风雨"象征人事变迁,则贾府经变故
后,宝钗仍未闻"梵铃声",或兼讽其终未醒悟"名利犹虚"(梵语所谓
"色即是空")的道理。这与后半部佚稿中"薛宝钗借词含讽谏"而宝玉
"已不可箴"(见第二十一回脂评)的情节,也是符合的。

　　宝玉的谜,寓痛悼黛玉夭亡之意比较明显。首句用的就是南唐李煜《浪淘沙》词"别时容易见时难。流水落花春去也,天上人间"和白居易《长恨歌》"含情凝睇谢君王,一别音容两渺茫"中的词语和意思,都是说男女死别。黛玉号"潇湘妃子",所以借"琅玕节"来点她。第二十六回写潇湘馆"凤尾(竹叶)森森,龙吟(风吹竹声)细细";但到后半部,却景物全非,只见"落叶萧萧,寒烟漠漠"(脂评引佚稿中文字),一片荒凉。这也许就是"琅玕节过"的含义,所以后来宝玉要"对景悼颦儿"(第七十九回脂评提到的佚稿中情节)。黛玉之死,佚稿回目叫"证前缘",所以借鸾鹤迎归仙境为说。宝玉痛悼黛玉,据脂评说佚稿中亦有如《芙蓉女儿诔》那样大段文字,我们深以不能读到他"唏嘘答上苍"之词为憾。

　　黛玉的谜中说千里马奔腾驰突,有不可羁勒之势,当喻黛玉才情横溢,口角锋芒,锐利无比,又不满封建礼教束缚。"风雷动"或喻重大事变发生。声名独占鳌头,是对她的赞语也是谶语。因为海上"鳌背三山"终究是无法寻求的,即《长恨歌》中所谓"山在虚无缥缈间"是也。既然她是名列蓬莱的"世外仙姝",在人间也就没有她的立足之地了。

　　灯谜的寓意,未必尽如我们上面所说的,但它有寓意,这一点是可以肯定无疑的。

怀古绝句十首

(第五十一回)

薛　宝　琴

【说明】

　　薛宝琴见宝、黛、钗等作诗谜,就说自己从小所走的地方古迹不少,今作十首怀古诗,内隐十物,请大家猜。大家都说它"自然新巧",赞它"奇妙",但猜了一回,都猜不着。追念古昔之事的诗叫怀古诗,但从古事中所生出的感触,却常与当今现实相联系。

赤 壁 怀 古①

赤壁沉埋水不流②,徒留名姓载空舟③。
喧阗一炬悲风冷④,无限英魂在内游。

【注释】

① 赤壁——山名,在今湖北嘉鱼东北长江南岸。东汉建安十三年
(208),孙权与刘备联军用火攻,大破曹操军于此。

② 沉埋水不流——折戟沉尸于江中,而江水为之阻塞不流。言曹军伤
亡重大。

③ "徒留"句——战舰上插帜,上书将帅姓氏,兵败后,空见船上旗号而
已。

④ 喧阗(tián 田)——声音大而杂。　一炬——一把火,指三江口周瑜
纵火。

交 趾 怀 古①

铜铸金镛振纪纲②,声传海外播戎羌③。
马援自是功劳大④,铁笛无烦说子房⑤。

【注释】

① 交趾——公元前3世纪末,南越赵佗侵占瓯貉后所置的郡。公元前
111年后受汉统治。后辖境逐渐缩小,公元589年废。

② "铜铸"句——秦始皇统一六国后,曾收兵器铸金钟和铜人。这里借
指马援建立了战功。铜铸金镛,程高本改作"铜柱金城"以切合"交
趾"之题。但从寓意说,不能改(详本诗"备考"),故仍从脂本。程高
本改文所依据的史实是:东汉光武帝时,交趾郡人民为反抗地方官吏
的暴虐,举行起义,得到附近各郡人民的响应,很快就攻克六十五城。
建武十八年(42),刘秀派马援率兵八千合交趾兵共二万馀人进行镇
压。之后马援便在交趾立两根铜柱为标志,作为汉朝的边界。金城,
西汉始元六年(前81)所置郡名,辖相当今甘肃西南、青海东部一带。

郡之西南,为我国少数民族羌族所居。汉光武帝时,羌兵反汉入金城,马援率军击破羌兵,把七千羌人迁徙到三辅。金镛,铜铸成的大钟。振纪纲,所谓振兴国家力量,整顿法纪王纲。

③ 声——声名。 海外——古代泛称汉政权统治区域之外的四邻为海外。 戎羌——羌族又称为"西戎"。

④ 马援(前14—49)——汉将军,字文渊。王莽末为汉中太守,后依附割据陇西的隗嚣,继归东汉光武帝刘秀,参加攻灭隗嚣、平定凉州的战争。曾于金城击败先零羌兵,率兵征伐交趾,封伏波将军、新息侯。后进击西南武陵少数民族时,病死军中。

⑤ "铁笛"句——这是连着上一句说的,意思是若论劳苦功高,当数马援,有笛曲可征其事迹,用不着去说汉初的张良。有谓张良曾吹笛作楚声,乱项羽军心于垓下,此实出好事者附会。马援在交趾得胜之后,闻刘尚进击武陵五溪西南夷,军败覆没,遂向刘秀请战。刘秀怜其老,马援说自己尚能披甲上马,并当场试骑。刘秀称赞说:"矍铄哉,是翁也!(精神真好啊,这老头子!)"结果他在南征途中病死。留存其诗《武溪深行》一首,写武溪毒淫,征途艰险。"铁笛"所吹之曲,即指此。崔豹《古今注》:"《武溪深》,马援南征时作。门生爰寄生善笛,援作歌以和之。"子房,汉初张良的字。张良为刘邦建立统一的汉帝国作出了很大的贡献。刘邦曾称赞他说:"运筹策帷帐中,决胜千里外,子房功也!"所以举以比马援。

钟 山 怀 古①

名利何曾伴汝身②, 无端被诏出凡尘③。
牵连大抵难休绝④, 莫怨他人嘲笑频⑤。

【注释】

① 钟山——亦称钟阜、北山,即今南京东北的紫金山。宋代张敦颐《六朝事迹编类》:"(刘宋)文帝为筑室于钟山西岩下,谓之招隐馆。至齐,周颙(yóng拥阳平)亦于钟山西立隐舍,休沐(假日)则归。后颙出为海盐令,孔稚珪(guī规)作《北山移文》(移文是官府文书的一种)以讥之。"诗即写其事。周颙,字彦伦,汝南(今河南汝南县境)人,《南齐书》中有其传。考史传所载,周颙曾为剡令、山阴县令,而未尝为海盐

县令，一生仕宦不绝，并没有隐而复出的事。其立隐舍于钟山，系在京任职时，供假日休憩之用。孔稚珪所作，乃寓言体游戏文章，假设山灵口吻斥责周颙，以讽刺隐士贪图官禄的虚伪情态，未必都有事实根据。

② "名利"句——你何尝存有什么名利观念。汝，你。这句说周颙隐居钟山，语带嘲讽。

③ 无端——平白无故，也是讥语。　被诏——指奉命出为海盐县令。出凡尘——离开隐舍，出来到尘世上做官。

④ 牵连——指世俗的种种牵挂、连累。

⑤ 嘲笑频——历来嘲笑隐士"身在江海之上，心居魏阙之下"者甚多，不独孔稚珪之讥讽周颙。

淮 阴 怀 古①

壮士须防恶犬欺②，三齐位定盖棺时③。

寄言世俗休轻鄙④，一饭之恩死也知⑤。

【注释】

① 淮阴——秦代所置的县，即今江苏清江，故城在其东南。刘邦封韩信为淮阴侯于此。韩信，淮阴人。出身为市井无赖。初属项羽，后归刘邦。曾被任为大将，封为齐王，徙为楚王，又降为淮阴侯。在楚汉战争中，破赵、平齐、击楚，战绩颇著。后被吕后所杀。

② "壮士"句——指韩信年轻贫贱时，曾遭淮阴恶少的欺侮。当时，他被迫从人家的裤裆底下钻过去。恶犬，指淮阴恶少。

③ "三齐"句——韩信被封为齐王之日，正是决定他最后结局之时。秦亡后，项羽将齐地分为胶东、齐、济北三个诸侯国，故称三齐。三齐位，即齐王之位。韩信破赵平齐后，向刘邦讨价，要求立他为齐国的假王。刘邦大怒，大骂使者。张良急了，连忙踩他的脚，要他对韩信暂时容忍。刘邦马上改口骂道："大丈夫要做就做真王，做什么假王！"立即封韩信为齐王。当时，楚汉相持不下，"天下权在韩信"，韩信的向背，关系重大，所谓"为汉则汉胜，与楚则楚胜"。齐人蒯通劝韩信不如割据一方，谁也不依靠，"三分天下，鼎足而居"。否则，"勇略震主者身危"，将来必自取其祸。韩信因受刘邦之封，不愿背汉。

后来，他伏罪被处死前说："吾悔不听蒯通之计。"

④ "寄言"句——韩信早年贫困，品行不端，不事生产，"常从人寄食饮，人多厌之者"，受"胯下之辱"时，"市人皆笑信以为怯"。这里叫世俗之人不要小看和鄙视他，是说他日后大有作为，且能受恩知报。

⑤ "一饭"句——韩信有一次在城下钓鱼，一个漂洗丝棉的妇人可怜他饥饿，给他饭吃。后来韩信封王时，召见这个妇人，赐赠千金以报答她的"一饭之恩"。

广 陵 怀 古①

蝉噪鸦栖转眼过②，隋堤风景近如何③？
只缘占得风流号， 惹出纷纷口舌多④。

【注释】

① 广陵——广陵郡，隋时先称扬州，又改为江都郡，治所在今江苏扬州。隋炀帝（杨广）大业元年（605）三月，调动河南诸郡男女百馀万开挖通济渠，自长安直通江都。河渠两岸堤上，种植杨柳，谓之隋堤。又沿渠造离宫四十馀所，江都宫尤为华丽。同年仲秋，隋炀帝率萧皇后以下嫔妃、诸王、公主、百官、僧尼、道士、侍从等一二十万人大举出游江都。水上龙舟楼船，相衔二百馀里，挽船壮丁八万馀人；两岸骑兵护送，旌旗如林。穷极侈靡，耗尽国力，所过之处，百姓遭殃。

② 蝉噪鸦栖——柳树上多蝉和乌鸦，借以说隋堤景物。

③ "隋堤"句——其实就是问当年繁华欢乐，如今是否还在。

④ "只缘"二句——这是说，只因为隋炀帝喜欢游玩逸乐，得了个"风流"皇帝的称号，所以才招来后世纷纷讥贬。确实，荒淫奢侈是隋炀帝的罪过，但开凿运河，在历史上却是有功绩的。占得，程高本作"占尽"，与宾语"风流号"不相称，风流可以占尽，称号只能占得。

桃叶渡怀古①

衰草闲花映浅池， 桃枝桃叶总分离②。
六朝梁栋多如许③，小照空悬壁上题④。

【注释】

① 桃叶渡——在今南京秦淮河与青溪合流处。桃叶,是晋代王献之的妾,曾渡河与献之分别,献之在渡口作《桃叶歌》相赠,桃叶作《团扇歌》以答。后人就叫这渡口为桃叶渡(见《古今乐录》)。

② "衰草"二句——因人名桃叶,所以用花草萧瑟的秋天,桃树上叶子离开枝条来说人的分别。

③ 梁栋——大臣的代称。王献之曾为中书令。　多如许——多半如此。指难免都会有离别亲人的憾恨。

④ "小照"句——意即题着字的壁上空悬着小照。小照,画像。空悬,徒然地挂着。王献之曾有壁上题字及作画事(见《晋书·王献之传》)。

青 冢 怀 古①

黑水茫茫咽不流②, 冰弦拨尽曲中愁③。
汉家制度诚堪叹, 樗栎应惭万古羞④。

【注释】

① 青冢——王昭君的墓,在今内蒙古自治区呼和浩特南。王昭君,即王嫱(见第五回《警幻仙姑赋》注㉔)。清代宋荦《筠廊偶笔》:"墓无草木,远而望之,冥濛作黛色,故曰青冢。"近人张相文《塞北纪游》所记略同。别有"胡地多白草,王昭君冢独青"之说,当出于附会。

② 黑水——黑河,即今呼和浩特南之大黑河。《清一统志》:"昭君死,葬黑河岸,朝暮有愁云怨雾覆冢上。"　咽不流——河水哽咽不流,极写愁怨。

③ "冰弦"句——传说昭君出塞,弹琵琶以寄恨。冰弦,指一种优质蚕丝制成的琵琶弦。杜甫《咏怀古迹(昭君)》诗:"千载琵琶作胡语,分明怨恨曲中论。"弹琵琶事本不属王嫱,是晋代以后的附会。翟灏《通俗编》:"石崇《王明君辞序》云:'昔公主嫁乌孙,令琵琶马上作乐,以慰其道路之思,其送昭君亦必尔也。'石崇既有此言,后人遂以实之昭君。误矣!"

④ "汉家"二句——指汉元帝遣王昭君和亲事。《西京杂记》中说,汉元帝因后宫女子多,就叫画工画了像来,看图召见。宫人都贿赂画工,独王嫱不肯,所以她的像画得最坏,不得见元帝。后来,匈奴来求亲,

元帝就按图像选昭君去。临行前,才发现她最美,悔之不及,就把毛延寿等许多画工都杀了。这个故事并不符合史实(昭君是自愿和亲的),但流传很广,这里也用了。两句说,汉元帝的这套办法实在可悲,如此昏庸的皇帝,受到历来人们的讥刺,他自己也该感到惭愧吧!叹,戚序本作"操",不通;程高本作"笑"。今从庚辰本。樗栎(chū lì初力),臭椿和柞树。旧时说它们是不成材的树木,用以喻无用的人(见《庄子·逍遥游》)。这里指汉元帝。羞,蒙羞、被讥。

马 嵬 怀 古①

寂寞脂痕渍汗光②,温柔一旦付东洋③。
只因遗得风流迹,　此日衣衾尚有香④。

【注释】

① 马嵬——马嵬驿,亦叫马嵬坡。在长安西百馀里处,今陕西兴平西。杨贵妃死于此。杨贵妃,小名玉环,幼时养于叔父家,开元二十三年(735)册封为寿王(玄宗之子李瑁)妃。以后,被玄宗度为女道士,住太真宫,道号太真。天宝四载(745),册封为玄宗贵妃,极受宠幸。杨家一门,因此显贵。其宗兄杨国忠为右丞相,三个姐姐,封韩、虢、秦三国夫人,权势炙手可热。天宝十五载,安禄山叛兵攻破潼关,玄宗仓皇逃往四川,到马嵬驿,六军驻马不进,指杨家为致乱祸根,杀杨国忠。杨贵妃被缢死,卒年三十八岁。

② "寂寞"句——脸上毫无生气,脂粉被亮光光的汗水所沾污。写杨贵妃缢死时的面相。渍(zì自),液体粘在东西上。程高本作"积",误。今从庚辰本。

③ 付东洋——付之东流,成空。

④ "只因"二句——传说中杨贵妃的"风流"事甚多,是泛说。记其遗迹留香事的,如《新唐书·后妃传》谓玄宗从四川归来,过马嵬,派人备棺改葬,发土,得贵妃之香囊。刘禹锡《马嵬行》则说:"不见岩畔人,空见凌波袜。……传看千万眼,缕绝香不歇。"衣衾,戚序、程高本作"衣裳"。今从庚辰本。

蒲东寺怀古①

小红骨贱最身轻②,私掖偷携强撮成③。

虽被夫人时吊起，　已经勾引彼同行④。

【注释】

① 蒲东寺——唐代元稹《莺莺传》(一名《会真记》)和元代王实甫据此改编的杂剧《西厢记》中所虚构的佛寺，名叫普救寺，因在蒲郡之东，所以又称蒲东寺。故事中张生与崔莺莺同寓居寺中而恋爱。

② 小红——指莺莺的婢女红娘。　骨贱、身轻——红娘是一个敢于反抗封建礼教的女奴，她主动、热情地帮助张生和莺莺，从封建道学眼光看来，不安分的红娘是所谓骨头生得轻贱。　最——程乙本作"一"。

③ "私掖(yè 业)"句——指红娘为双方撮合。掖，用手扶着别人的胳膊。故事中莺莺来往于张生处，都由红娘扶着。

④ "虽被"二句——《西厢记》中《拷红》一折，写莺莺母亲郑氏为逼问私情而拷打红娘，但为时已晚，张生与莺莺早已配成了一对。吊起，当为牵合谜底而用，是泛说，剧中只言拷打。

梅花观怀古①

不在梅边在柳边②，个中谁拾画婵娟③？
团圆莫忆春香到，　一别西风又一年④。

【注释】

① 梅花观——明代汤显祖戏曲《牡丹亭》中写杜丽娘抑郁成疾，死葬梅花观后面梅树之下，柳梦梅旅居该观，与丽娘鬼魂相聚，并受托将她躯体救活，后来结为夫妻。

② "不在"句——杜丽娘死前曾自画肖像，并在画上题诗一首："近睹分明似俨然，远观自在若飞仙；他年得傍蟾宫客，不在梅边在柳边。"末句中隐柳梦梅名字。

③ 个中——此中。　拾画婵娟——指柳梦梅在观中拾得杜丽娘的自画像。婵娟，美好的样子，多形容女子。

④ "团圆"二句——不要去回想春香来到而得团圆的情景，别离以来，西风又起，又过去一年了。春香，杜丽娘的婢女。剧中柳梦梅在外怀念丽娘，有"砧声又报一年秋"等语。

【鉴赏】

薛宝琴常夸自己从小跟随父亲行商,足迹广,见闻多。这是可信的。不过,说《怀古绝句十首》都是自己所亲历的地方的古迹,则未免是信口编造。且不说她北至内蒙古呼和浩特,南至交趾是否可能,即如蒲东寺、梅花观,本传奇作者所虚构,又何从去寻找古迹呢?李纨关于"关夫子的坟多"的解说,只是替她圆谎而已。宝琴对自己幼年经历的夸耀和怀古诗总的情调比较低沉是一致的,都曲折地反映出她原先的家庭已经每况愈下了。否则,她何至于前来投靠贾府呢?不过,她眼前所过的总还是贵族小姐的奢华生活,她真正悲哀的日子,将随着四大家族的没落而到来。那时候,她还会再一次走得远远的,而且将会以十分感伤的心情来回忆大观园的生活。这一点,留待《真真国女儿诗》中去说。

薛宝钗挑剔她妹妹做的蒲东寺、梅花观二首,说是史鉴中无考,"我们也不大懂得",要她另做两首。黛玉笑她"矫揉造作",可谓一语破的。

《怀古绝句》是否真是为了发思古之幽情、制春灯谜儿呢?恐未必。《怀古绝句》不是真正的咏史诗,它对历史人物、事件的某些评说,并不一定代表作者或小说人物的历史观,如果硬从这方面加以论述,将是勉强的。我们把对这些诗的另一种看法也提出来,因为有待进一步讨论,所以写在"备考"里,以供参考。

备　考

大观园女儿的哀歌

——薛宝琴《怀古绝句十首》谜底试寻

《红楼梦》问世二百多年了,灯谜诗《怀古绝句》的真正"谜底",还没有被人们注意到。

过去，一些红学家总认为作者制灯谜而不交代谜底，是换新鲜，"卖关子"，好让读者自己去猜。于是，茶馀饭后，各逞智能，纷纷晓喻谜底，说这是走马灯，那是喇叭，这像傀儡，那像马桶……恨不得把大观园女儿叫来问个究竟。这样，固然也可以消遣解闷，但对研究本书来说，却没有多大关系，因为这是"以假作真"。结果，不但搞错了方向，也把读者引入了歧途。

我们总觉得曹雪芹不至于如此浅薄。小说中之所以写"大家猜了一回，皆不是"，就是作者深知一些人有此癖好，而预先告诉他们不必在这上面去花费心思。不交代谜底，也正是因为当作灯谜看，猜对猜错，对小说来说都是毫无意义的。这些诗，在作为灯谜之外，应该另有真正的有意义的"谜底"。否则，为什么第二十二回中所有的灯谜，连贾政都能一猜就中，而现在黛玉、湘云、宝钗等人反不及红学家们聪明，红学家所猜出来的这些谜底，她们竟一个也猜不到呢？可见，说她们都猜不到的，并非是走马灯之类的东西，而是她们所决不可能猜到的"谜外之谜"。

十首绝句，其实就是《红楼梦》的"录鬼簿"，是已死和将死的大观园女儿的哀歌。这就是真正的"谜底"。名曰"怀古"（也许可解作怀念作古的女儿），实则悼今；说是"灯谜"，其实就是人生之"谜"。

我们统计一下，在八十回之前早卒的和作者预示过她们后来将死去的大观园女儿（与主角贾宝玉无关、且非大观园人物的尤氏姊妹不在内；续书者凭自己的想法把她们写成自杀的鸳鸯、司棋，以及诸如瑞珠、鲍二家的等一笔带过的人物也不在内），共计九人，即秦可卿、金钏儿、晴雯、香菱、林黛玉、贾元春、贾迎春、王熙凤、李纨（李纨续书中没有死，这不符作者原意。第五回她的"曲子"中已用"抵不了无常性命"、"昏惨惨黄泉路近"等语预示过她的死亡结局）。我们认为，十首绝句，就是分咏这九个人的。现试解如下：

第一首《赤壁怀古》是总说。写这个封建大家庭在衰败过程中，死亡累累，恰如赤壁鏖战中曹家人马之"一败涂地"。否则，赤壁之战，可写的话尽多,何至于句句说死,写得如此阴森凄惨?小说不是自传,曹操与作者同姓,这是巧合,但小说中有作者的家世感慨在,这也是不言而喻的。"无限英魂在内游",既是下面各首内容的提示,也表示死亡者实际上还不限于写到的这九个人。

《交趾怀古》是说贾元春的。头四个字,脂本一律作"铜铸金镛",这肯定是原文。后人为切合"交趾"、"马援",改成"铜柱金城"。这样改,从史实说,是改对了,从寓意说,是改错了。因为作者用"金镛"是为了隐指宫闱。汉代张衡《东京赋》中说:"宫悬金镛。"南齐武帝则置金钟于景阳宫,令宫人闻钟声而起来梳妆。要宫妃黎明即起,就是为了"振纪纲"。总之,首句与元春"册子"中所说的"榴花开处照宫闱"用意相同。"声传海外"句与她所作灯谜中说爆竹如雷,震得人恐妖魔惧一样,都喻进封贵妃时的显赫声势。马援正受皇帝的恩遇而忽然病死于远征途中,这也可以说是:"喜荣华正好,恨无常又到。""望家乡,路远山高。"但由于元春之死详情莫知,诗末句的隐义,也就难以索解了。

《钟山怀古》是说李纨的。她青春丧偶,心如"槁木死灰",外界之事,"一概无见无闻",所以说她不曾为"名利"所系。她后来"被诏出凡尘","戴珠冠,披凤袄",这完全是因为她儿子贾兰"爵禄高登"的缘故,并非她自己不愿当"稻香老农"。所以说"牵连大抵难休绝"。至于被他人嘲笑,在她的"册子"中也早有判词,所谓"枉与他人作笑谈"是也。

《淮阴怀古》是说王熙凤的。"壮士须防恶犬欺","恶犬"也许是指贾琏。眼前,他怕凤姐,将来凤姐反被他所欺,终至遭休弃,回娘家,"哭向金陵事更哀"。或者,这一句是隐其被人告发,以至获罪遭厄也难说。脂评曾把第二十一回"俏平儿软语救贾琏"与后半部佚稿中"王熙凤知命强英雄"一回加以对比,叹息说:"此日阿凤英气何如是也?他日之身微运蹇,展眼何如彼耶?人世之变迁如此,光阴倏尔如此!"王熙凤独操大权,主持荣国府,协理宁国府,以及包揽外界诉讼、放债等事的"三齐位",既确"定"于秦可卿"盖棺"之时,同时,这也正是决"定"她将来下场的时刻。她日后获罪受难,"执帚扫雪",被夫所弃,短命而死(第四十三回,尤氏对凤姐说:"明儿带了棺材里使去。"脂批:

"此言不假,伏下后文短命。"),正是她自食恶果。对"弄权铁槛寺",贪赃害人一节,脂评就指出:"如何消缴,造业者不知,自有知者。""知其平生之作为,回首时无怪乎其惨痛之态。"蒯通预言过韩信的下场,秦可卿也曾托梦凤姐要她为自己留后路。他们都是不见棺材不落泪的。诗的后两句,则是说刘姥姥报她"一饭之恩"。当初刘姥姥来贾府伸手告贷,虽得了凤姐二十两银子,却受尽了"轻鄙"。谁料到后来全凭刘姥姥,才把凤姐的女儿巧姐从火坑里给救了出来哩!

《广陵怀古》是说晴雯的。前两句是写欢乐宴游生活的短暂。怡红院"粉垣环护,绿柳周垂",通往柳叶渚,还有一条柳堤,正好用"隋堤"作比。宝玉、晴雯"相与共处者,仅五年八月有奇",所以说"转眼过"。晴雯的"册子"中说她是"风流灵巧招人怨,寿夭多因诽谤生"。诗的后两句所说,亦即此意。

《桃叶渡怀古》是说贾迎春的。"衰草闲花映浅池"的景象,第七十九回中已经写到:迎春被接出大观园后,宝玉"天天到紫菱洲一带地方,徘徊瞻顾","看那岸上的蓼花苇叶,池内的翠荇香菱,也都觉摇摇落落,似有追忆故人之态"。宝玉感伤之馀,口吟一诗,也是以"池塘一夜秋风冷,吹散芰荷红玉影"起头的。"桃枝桃叶"本是同根,恰好喻迎春与宝玉的姊弟关系。诗的后两句是八十回之后的细节,无从揣测。所谓"六朝梁栋多如许",很像是"金陵诸钗的遭遇多半如此"的隐语。至于后半部佚稿中是否会有宝玉空对迎春所遗之小照并伤悼题句一类的情节,就不得而知了。

《青冢怀古》是说香菱的。这个因"酿成干血之症"而"病入膏肓"的女子,她的"册子"上所画"一方池沼,其中水涸泥干"的图景与本诗首句所写黑水咽而不流相合。香菱永别故乡亲人,身世寂寞孤凄,这就是第二句别弦寄愁所寓的意思。"汉家制度"的"汉",在这里是借作"汉子",亦即"丈夫"解的。薛蟠为人横暴,却怕"河东狮吼",被悍妇夏金桂捏在手里,由她说了算。这样的家庭关系,在封建时代,尤其显得"堪叹"。"呆霸王"是草包,是不成材的"樗栎",他连好坏也分不清,屈从金桂,虐待香菱,在作者看来,真该永远蒙羞。

《马嵬怀古》是说秦可卿的。前两句写她"淫丧天香楼",悬梁自尽。"渍汗光"三字,状缢者遗容,想像逼真。书中曾说可卿"生得袅娜纤巧,行事又温柔和平",所以用"温柔"二字。后两句说的就是贾宝玉在她房中"神游太虚境"事。所以庚辰本"衣衾"二字是对的,不应改作"衣裳"。

《蒲东寺怀古》是说金钏儿的。"身轻骨贱"之语,不能认真看作严词谴责。作者是推崇《西厢记》的,所以不会去贬红娘。因为诗是拟宝琴所作,并给大家传阅的,倘不责备红娘几句,则有失闺阁小姐身份。就是书中写金钏儿,也还得说些王夫人"忽见金钏儿行此无耻之事,此乃平生最恨者……"等一类仿佛是卫道的话。"私掖偷携"是说金钏儿与宝玉私下拉拉扯扯。第二十三回、第三十回中都曾有描写。被称为"宽仁慈厚"的王夫人虽然能一巴掌打得金钏儿"半边脸火热",并逼她走上绝路,但这又怎能改变宝玉对她的亲近态度呢?书中写金钏儿与宝玉的关系是有隐笔的。这从第四十三回"不了情暂撮土为香"宝玉偷偷祭奠她时,见水仙庵洛神像而掉泪,并说洛神原是"曹子建的谎话"、"却合我的心事"等描写可以看出。

《梅花观怀古》是说林黛玉的。杜丽娘受封建礼教压迫,爱情理想未实现,抑郁而死。在这一点上,与林黛玉很像。小说中黛玉还常常有意无意地引用丽娘的唱词,可见两心是相通的。但"画婵娟"在这里却是脂评所谓的"画中爱宠"的意思(参见《秋窗风雨夕》鉴赏),亦即成了"镜中花"、"水中月",说贾宝玉的愿望,终于成了"画饼"。黛玉不能像丽娘那样死而复生,所以诗的第三句用否定语气说不能"团圆"。黛玉死于何时,脂评虽无明文,但《葬花吟》中已作过"谶语":"试看春残花渐落,便是红颜老死时。"同时,春天又是宝黛曾经以为可以实现美好理想的时节,所谓"三月香巢已垒成"是也。但后来"人去梁空巢也倾",理想全破灭了。所以,"团圆莫忆春香到"句,还可能包含这些双关意在。脂评还说后来潇湘馆"落叶萧萧,寒烟漠漠",如果这是宝玉流亡遭厄后、回大观园"对景悼颦儿"时所见的景象,那就恰好与诗的末句写秋风时节相符合了。

大观园女儿们写诗制谜,兴致勃勃,有说有笑,十分热闹。可是,谁想到就在这背后,作者已为她们绘下了一幅昏惨惨的图画,预示着这个大家族无可挽回地走向没落的命运。从《怀古绝句》中,我们可以很清楚地看出《红楼梦》一书在写法上不同于其他小说的特点。戚蓼生说它是"一声也而两歌,一手也而二牍","注彼而写此,目送而手挥","淫佚贞静,悲戚欢愉,不啻双管之齐下也"("戚序本"序言)。戚氏之言,当然与我们所说的另有隐寓,含义不同,倘借其词来阐明这一特点,倒是恰当的。而了解这一特点,透过其表面现象和假语,来看它的真意和实质,这对我们真正读懂这部小说是十分必要的。

附　录

猜薛小妹怀古诗谜种种

灯谜儿,宝钗"镂檀锲梓一层层",余拟猜纸鸢,第三句"虽是半天风雨过"暗藏"高"字(按:周春以为小说中"曰史太君,即仁宗妻高氏也")。宝玉"天上人间两渺茫",拟猜纸鸢之带风筝者。黛玉"骤骓何劳缚紫绳",拟猜走马灯。至薛小妹怀古灯谜十首,第一《赤壁怀古》,拟猜走马灯之用战舰水操者,内"徒留名姓载空舟"暗藏"曹"字。第二《交趾怀古》,拟猜喇叭,末句"铁笛无烦说子房"暗藏"张"字(按:周春以为小说乃"序金陵张侯家事也")。第三《钟山怀古》,拟猜肉。第四《淮阴怀古》,拟猜兔。第五《广陵怀古》,拟猜箫。第六《桃叶渡怀古》,拟猜团扇。第七《青冢怀古》,拟猜枇杷。第八《马嵬怀古》,拟猜杨妃冠子白芍药。第九《蒲东寺怀古》,拟猜骰子。第十《梅花观怀古》拟猜秋牡丹。新正无事,试为一猜,当日大家所猜皆不的,恐我所猜亦未必是也,安得起诸美人而问之?

周春《阅红楼梦随笔》

五十一回怀古诗灯谜,《赤壁》猜盂兰会所焚之法船;《交趾》似隐喇叭;《钟山》似隐傀儡;《淮阴》似隐马桶;《广陵》似隐柳木牙签;《青冢》似隐墨斗;《梅花观》似隐纨扇。

徐凤仪《红楼梦偶得》

宝钗灯谜,似是树上松球;宝玉灯谜,似是风筝琴,俗名鹞鞭;黛玉灯谜,似是走马灯。各灯谜,或猜着,或不及猜,变换不板。

《交趾怀古》,似是马上招军,俗名喇叭;《广陵怀古》,似是柳絮;《青冢怀古》,似是匠人墨斗;《蒲东寺怀古》,似是红天灯;《梅花观怀古》,似是纨扇。

护花主人(王希廉)《新评绣像红楼梦全传》

此书(按:嘉庆甲子刻"藤花榭"本《红楼梦》)的批语大部分均一种笔迹,即朱淇所录。此外另有一种笔迹⋯⋯批的却很少。最显明的在第五十一回,蒲东寺、梅花观怀古两诗批曰:"后二首第一是帐须,第二是团扇。"此乃朱淇所录。文下又有批曰:"鞋拔。隐刺宝钗,作者深恶宝钗之词。"同一蒲东寺怀古诗,而一猜帐须,一猜鞋拔,其出二手甚明。

俞平伯《读〈红楼梦〉随笔》注十五

《红楼梦》第五十回至第五十一回有这样一个情节:贾宝玉和他的姐妹们在暖香坞雅制春灯谜时,薛宝琴当众出示十首《怀古》绝句诗谜,以她曾随乃父游历各省之古迹咏怀为谜面,要猜射俗物十件。她说:"诗虽粗鄙,却怀往事,又暗隐俗物十件,姐姐们请猜一猜。"(引文以中国艺术院红楼梦研究所校注、1982年新版本为据,下同)众人"皆说这自然新巧",都争着看;看了以后,无不"称奇道妙",可就是"大家猜了一回,皆不是"。猜谜场面至此戛然而止。笔锋一转,便已是"冬日天短,不觉又是前头吃晚饭之时"了。自此以后,曹雪芹再也没有在后文把谜底揭示出来,而现存的各种脂砚斋评本,即最接近曹雪芹的脂砚斋,也没有对《怀古》诗进行揭底或暗示。这样,十首诗谜的谜底,便成了悬案。

　　由于这十首诗谜制作精巧别致,意趣清新,自然引起了新、旧红学家和读者们的注意,纷纷对《怀古》诗谜进行探索,希望能得出答案。例如:周春的《阅红楼梦随笔》、徐凤仪的《红楼梦偶得》、护花主人王希廉《新评绣像红楼梦全传》、俞平伯先生《读〈红楼梦〉随笔》引嘉庆甲子评语、赵曾望的《瓻言》、近人黄明成先生的《一只灯谜的启示》、毕可生先生的《红楼诗谜如何猜》、名红学家陈毓黑先生的《红楼梦怀古诗试释》等文章,便都对十首诗谜或部分诗谜进行了试解。可惜众说纷纭,莫衷一是。有的谜底,简直离"谜"万里,以致不久前有人认为,这十首诗谜根本没有"谜底",而只有其它"寄意"。名红学家蔡义江先生便在他所著的《红楼梦诗词曲赋评注》一书中说:"过去,一些红学家总认为作者制灯谜而不交代谜底,是换新鲜、'卖关子',好让读者自己去猜。于是,茶馀饭后,各逞智能,纷纷晓喻谜底……恨不得把大观园女儿叫来问个究竟。这样,固然也可以消遣解闷,但对研究本书来说,却没有多大关系,因为这是'以假作真'。结果,不但搞错了方向,也把读者引入了歧途。"

　　笔者对蔡义江先生这看法不敢苟同。首先,暖香坞雅制灯谜这一情节,跨越两个回目,而"薛小妹新编怀古诗"还是第五十一回之回目呢! 焉可等闲视之? 清代的画家,便有人将"暖香坞试制春灯谜"做为题材入画的,足见是小说中引人注意的情节之一。

　　至于十首诗谜究竟有没有谜底呢? 答案应该是肯定的。我们很难设想曹雪芹会把没有"谜底"的"谜"写进作品之中,而且小说中还借众人之口大赞此十首谜"新巧",怎能没有谜底呢? 这岂不是成了"薛小妹"愚弄"众姐妹",而曹雪芹则愚弄了读者么? 若说曹雪芹"卖关子"不把谜底揭示倒还说得过去,但也不能排除他不曾在"后文"有所交代。因为,根据考证,曹雪芹有部分稿子"迷失"了,说不定在"迷失"的稿子中已将谜底揭示;也说不定在未完成的"后文"有所交代,只是我们已无法见到而已。所以,后人试猜十首诗谜,决不能说是"以假作真"。

　　若说猜中与猜不中,"对研究本书来说,没有多大关系",此说也不尽然。猜中了它,可以将《红楼梦》中疑难之处打破,为后人免除困惑,也可以让我们进一步认识曹雪芹的制谜艺术,这也决非只是"消遣解闷"那么简单。

最令笔者不敢苟同的还是,蔡先生在同书中说:"小说《红楼梦》中之所以写'大家猜了一回,皆不是',就是作者(曹雪芹)深知一些人有此癖好(按:指猜谜),而预先告诉他们不必在这上面去花费心思。"这确是蔡先生"独特"之见解,笔者的确在小说中看不出曹雪芹有叫人不必"花费心思"的"曲笔"或"隐笔",也很难理解何以"猜谜"是一种"癖好"而曹雪芹能"深知"? 这恐怕是蔡先生强加在曹雪芹身上的理论吧? 其实,谜有易、难之分,所谓"大家猜了一回,皆不是",只是说十首诗谜较难,一时之间猜不透,这是正常现象。况且,不论在现实生活或文艺作品之中,灯谜制作出来之后,便希望能被人猜中,这是制谜者自得之乐,而希望别人不要在自己制作的灯谜上"花费心思",那是不合制谜者的逻辑的。

在确认了十首诗谜必有谜底之后,还必须论证曹雪芹是位制谜"高手",这对于诗谜"试解",极为重要。

要论证曹雪芹是位制谜高手,并不困难。他制作的灯谜所使用的"法门",很符合作品中每个人物的身份,贾母是贾母的谜,贾政是贾政的谜,贾环是贾环的谜,各各不同。贾母的谜通俗易懂,贾政的谜严谨典雅,贾环的谜粗俗不堪。特别是第五十回的暖香坞制谜,再一次显出了曹雪芹制谜的高度艺术水平。

第五十回有描写李纨制谜的一段文字。写道——

李纨因笑问众人道:"……昨儿老太太只叫做灯谜,回家和绮儿、纹儿睡不着,我就编了两个《四书》的,她两个每人也编了两个。"众人听了都笑道:"这到该做的,先说了我们猜猜。"李纨笑道:"观音未有世家传,打《四书》一句。"湘云接着就说:"在止于至善。"宝钗笑道:"你也想一想世家传三个字的意思再猜。"李纨笑道:"再想。"黛玉笑道:"哦,是了,是'虽善无征'。"众人都笑道:"这句是了。"……

这段文字,曹雪芹先借史湘云快嘴未有深思,把谜猜错,但也已猜中了一个"善"字,"善"扣观音救世,可说贴切,只是"未有世家传"却无着落,所以宝钗才对史湘云说要猜"世家传"三字。宝钗懂得猜谜之道,即谜文应该没有一字累赘,可惜敏捷不及黛玉,终被"心较比干多一窍"的黛玉猜中。这里,曹雪芹不但巧妙地安排了他所想表现的人物性格,间接上也指导读者如何猜谜。

黛玉所猜的谜底"虽善无征"。出自《四书·中庸》,全句是"上焉者,虽善无征","征",原是"征验"之意,与李纨的谜无甚关联,但若使用灯谜的"别解"法门进行解释,把"征"当成"纳征"的"征"别解,便扣紧了"谜面",所谓"纳征",便是婚礼中男方向女方致送聘礼。因而,"虽善无征"别解之后,意思便是说,(观音)"虽"然是个"善"者,可是"无"人向她纳"征",聘她为妻,她当然也便没有后代(世家传)了。

李纨这则灯谜,充分表现了曹雪芹的制谜才华,第一,他制作此谜时,必须考虑两个"谜底",一是相近而未全中的"谜底",一是真正的谜底,这是颇不容易制作的。第二,把索然无味的《四书》句"别解"成妙趣横生的谜底,正是制谜的高超手法,若非制谜高手,是决计不能制出这好谜来的。

在确证曹雪芹是制谜高手之后,便有助于我们分析"众说纷纭"的十首诗谜的"可能解",使我们可以将一些拙劣的谜底剔除,寻求出扣紧"谜面"的谜底来。

薛宝琴《怀古诗》之第一首是《赤壁怀古》,诗云:

赤壁沉埋水不流,徒留名姓载空舟。
喧阗一炬悲风冷,无限英魂在内游。

此谜有人猜"走马灯之用战舰水操者";有人猜"法船",陈毓罴先生便说谜底"似是法船"。笔者以为,此谜之谜底应是"蚊子灯"。

解诗谜不可像解诗那样"引经据典","谜"常常是"左顾而言他",并不拘泥于典故,好的诗谜,也极少白描写真。不然,把"咏物诗"摘去诗题,便可变成"猜物谜"了。可见"隐物谜"与"咏物诗"是有区别的。所以,将第一首诗谜猜为"战舰水操者"与猜"法船",都太着眼于典故,如陈先生，还引了"曹公船"等大量故实，若用以释诗，则可；解谜，则大可不必。而且灯谜有一规则，凡谜文上的字眼，谜底便不能相犯，犯之称为"伤谜母"，此是猜谜大忌，行家都不会犯此规例。此谜谜面有一"舟"字，谜底猜"法船"，虽说"舟"、"船"不属相犯，却同属一物，以"船"射"舟"（不管什么样的"船"），那是劣等的灯谜，曹雪芹是决不会出此败笔，更不会将劣谜安排于薛宝琴身上，不然，"自然新巧"、"大家猜了一回，皆不是"云云，便都是替薛宝琴"瞎吹"了，而且，也低估了曹雪芹之制谜水平。

猜"蚊子灯"，则"谜趣"盎然。把灯之外型射"舟"，正是制谜"法门"中之"象形"手法，传统灯谜中也不乏此例。如把鞋、汤匙、缺月之类都象形为船一样，正是制谜家本色。读者如果把《赤壁怀古》仔细考虑，便会觉得每一句都扣紧"蚊子灯"外型或其作用。首句云"水不流"者，便已暗示此"舟"非真船可比，乃是不用水者，第二句"徒留名姓"则隐下此灯之名，第三、四句即隐此灯之作用，"英魂"者，已死之蚊子也，试想蚊子叮人，岂非"英勇"之辈？"喧阗"写蚊闹声，"一炬"点明灯蕊火焰，"悲风冷"写蚊子被灯罩住时之惨象，末句写无数蚊子惨死于灯盏之中，极为贴切。"蚊子灯"又是俗物，正好符合诗谜之要求。在十首诗谜之中，此谜制作极具巧思，象形得法，确是谜之佳作。

第二首　交趾怀古

铜铸金镛振纪纲，声传海外播戎羌。
马援自是功劳大，铁笛无烦说子房。

此谜谜底应是喇叭，首句点明乃是铜制品，第二句点明其声音可以传远，第三、四句点明其作用。喇叭用铜铸成，其声高亢宏亮，可以播远，可以传达命令，统召队伍，是军中重要用品，全诗正是扣紧这些特点而制成灯谜的。古今曾猜此谜之人，都猜喇叭，更可确证诗谜之必有谜底，否则，众人何以一致猜为喇叭？

第三首　钟山怀古

名利何曾伴汝身，无端被诏出凡尘。

牵连大抵难休绝，莫怨他人嘲笑频。

此谜有人猜为肉，有人猜为耍猴儿，陈先生猜为"拨不倒"即"不倒翁"，并指明是"乌帽猩袍，鼻涂白粉，类似戏台上'跳加官'者"。笔者则以为应猜为木偶戏中之木偶。

猜为"肉"者显是离题万里，肉非"俗物"，而是属于"食物"，把"肉"归入用物，错不待论。陈先生猜为"不倒翁"，但第三句"牵连大抵难休绝"却无着落。不如猜为木偶较为贴切，木偶必须用线牵引，无名无利，名利何曾伴它。虽说"乌帽""猩袍"，却还是供人娱乐，惹人发笑。猜"耍猴儿"的，并非俗物，应以"木偶"为"谜底"较为扣紧"谜面"及"谜目"。

第四首　淮阴怀古

壮士须防恶犬欺，三齐位定盖棺时。

寄言世俗休轻鄙，一饭之恩死也知。

此谜有人猜为兔，有人猜为马桶，有人猜为纳宝瓶，陈先生猜为"打狗棒"。

笔者以为，此谜显系指盛器一类的东西，而此盛器拟以有"盖"者为合，猜"马桶"者，似乎近谑，因把"饭"影射为屎尿，于情依理，不能服人。而猜"打狗棒"者，很难扣合"盖棺"两字及末句之意，故亦不对。应以猜"纳宝瓶"者为近是。"纳宝瓶"是"雅"称，其实是瓦罂陶器，用以盛食品、物品纳于棺中，是陪葬品一类东西，俗谓冥冥之中有"恶狗村"，死鬼持"纳宝瓶"可以无恐。至于有人猜为兔，兔非俗物，自然不是谜底。

第五首　广陵怀古

蝉噪鸦栖转眼过，隋堤风景近如何。

只缘占得风流号,惹得纷纷口舌多。

陈先生与徐凤仪两人都猜此谜为"牙签",陈先生引清代何耳《燕台竹枝词》中一首《柳木牙签》为证,词云:"取材堤畔削纤纤,一束将来市肆筵。好待酒阑宾未散,和盘托与众人拈。"由此可知清代"牙签"是用柳木制成的。陈先生又引典故说,古代作为藏书标志的也称"牙签",乃是风流名士所用,诗谜第三句用"占得""风流号"便指名同而实用不同,末句指实饭后用以剔牙,是当日风行一时之事。据此可知,"隋堤"已暗示出杨柳乃是制牙签材料。第三、四句再指证出"牙签"用途,扣紧谜面。至于此谜有人猜"柳絮",有人猜"箫",都未能将谜面说透,应以陈先生之说为是。

第六首　桃叶渡怀古

衰草闲花映浅池,桃枝桃叶总分离。

六朝梁栋多如许,小照空悬壁上题。

此谜有人猜团扇,有人猜门神,有人猜镜子,陈先生猜"油灯"。笔者以为,猜团扇、猜门神、猜镜子都不能扣紧"浅池"两字。此两字显系暗示盛器,陈先生猜"油灯"已近是;但倘若猜为"纱灯",则似较贴切。"纱灯"有用"纱"做成之灯罩,灯罩上常画些花草,"桃枝"暗示压在灯蕊上之"拨子","桃叶"则喻灯盏之执手处,俗谓"灯耳","拨子"与"灯耳"常铸成各种形状,"桃枝"、"桃叶"是常见之图案,而且总是"分离"的。古庙神龛之前常见这种悬吊之"纱灯"。六朝庙宇最盛,史有明证。故第三、四句则指此也。

第七首　青冢怀古

黑水茫茫咽不流,冰弦拨尽曲中愁。

汉家制度诚堪叹,樗栎应惭万古羞。

此谜古今诸家都猜为"墨斗",木匠之用具也。只有周春《阅红楼梦随笔》猜为"枇杷","枇杷"非俗物,其错可知。"墨斗"应是正确"谜底"。凡知道"墨斗"之构造及作用者,当会赞叹此谜构思之巧妙也。

第八首　马嵬怀古

寂寞脂痕渍汗光,温柔一旦付东洋。

只因遗得风流迹,此日衣衾尚有香。

此谜谜底应是"肥皂",陈先生猜"香皂",反而蛇足,多一香字,伤了"谜母",其实,只要衣衾尚有"皂味",便可扣紧"香"字,不必拘泥,猜谜是容许如此指代的。至于周春猜为"杨妃冠子白芍药",非是。此谜隐射"肥皂"之意甚明,不赘。

第九首　蒲东寺怀古

小红骨贱最身轻,私掖偷携强撮成。

虽被夫人时吊起,已经勾引彼同行。

此谜众解纷纭,有猜"红天灯"、"帐须"、"鞋拔"、"竹帘"、"拨棒"者,陈先生猜为"鞭炮",今年的《红楼梦学刊》第一辑斯伟先生的文章猜为"灯笼",但笔者以为谜底应是"骰子"。

最新猜射者猜为灯笼,与猜"红天灯"近似,但斯意较为明显,他认为,"小红"句指的是灯笼中的红蜡烛,也可指灯笼本身是用细竹编的,因而"骨贱身轻","小红"也可指为灯笼上的红字。"私掖"句是暗示灯笼只有在夜晚才应用它,第三句中之夫人,按诗意是指莺莺之母,用谜意的"夫"字应变为虚字,"人"是泛指一般常人,"吊起"是指灯笼经常被人提在手中或被挂在钩上。末句是指灯笼被使用时的具体形象,一似"勾引"着人同行也。

此意虽算妥贴,但"强撮成"三字似无着落,倒不如猜为"骰子"更为贴切。

"骰子"骨制,骰子本身从骨从殳,质也轻,而且"一"、"三"、"五"点为红色(小红),第二句暗示骰子之赌博性质,多被人藏于袖中或盒中。"强撮成"、"时吊起"、"同行"等语都一再强调骰子的使用方法,凡掷骰子大都要两颗或两颗以上,这是实指,而曹雪芹却把骰子拟人化,借用《西厢记》中人物做为谜文,关合《西厢》中故事情节,精彩活泼,诚是谜之佳作。

　　至于其他所猜谜底，虽可以扣紧一、两句谜文，但未能完满解释其他意思，显然便不是正底了。

<h3 style="text-align:center">第十首　梅花观怀古</h3>

　　不在梅边在柳边，个中谁拾画婵娟。

　　团圆莫怀春香到，一别西风又一年。

　　此谜谜底应是"扇子"。有人猜为纨扇，有人猜为团扇，其不必细分，而且猜"团扇"反而伤了谜文中之团字（伤谜母也），大可不必。

　　据诗中暗示，谜底俗物使用时令不是"梅"天而是"柳"天，再强调"春"不用它，而"秋"（西风）至便一"别"经年，一年四季，只用于夏天（柳边），应是扇子无疑。

　　综上所述，十首诗谜之中，以第一、第二、第三、第七、第八、第九、第十等均可猜出扣紧谜面的谜底，只有第四、第五、第六等三首尚有些小疑点，未能令人满意，虽然如此，也决不能以之而否定已猜出之成果，更不能说猜射它是"以假作真"，即本来不是"谜"而偏偏以"谜"猜之，这是不能令人信服的说法。

　　退一步说，即使曹雪芹果如蔡先生所说，要读者"不必在这上面去花费心思"，但按目前所猜之"底"看来，恐怕已不是白白花费心思，最少在探索这些诗谜过程中，也让我们知道了曹雪芹制谜的高度艺术水平，对我们进一步认识曹雪芹是有所裨益的。

孙念祖《薛宝琴"怀古"诗谜试解》

（原载香港《中报月刊》1983 年第 10 期）

真真国女儿诗

(第 五 十 二 回)

薛宝琴　述

昨夜朱楼梦①，今宵水国吟②。
岛云蒸大海③，岚气接丛林④。
月本无今古，　情缘自浅深⑤。
汉南春历历⑥，焉得不关心⑦？

【说明】

　　薛宝琴说自己八岁时曾跟父亲到西海沿上买洋货，见到一个真真国里的很漂亮的女孩子，十五岁，会讲《五经》，能作中国诗词。这首五律，据宝琴说就是那位"外国美人"作的。

【注释】

① 朱楼——即红楼，指代贵族之家。

② 水国——环海之地，岛国。

③ "岛云"句——海水蒸腾而成岛上的云。

④ 岚(lán 兰)气——山中的雾气。亦指岛上景象。

⑤ "月本"二句——意谓古时的月亮与今天本无区别，因为人的感情有深浅不同，所以多情人便会对月发生感慨。诗词中此类感慨甚多，如李白《把酒问月》诗："今人不见古时月，今月曾经照古人。古人今人若流水，共看明月皆如此。"缘，因为。自，本有。

⑥ 汉南——本言汉水之南，这里非实指，是用典，说人生易老，俯仰今昔，不堪迟暮之感。语出北朝庾信《枯树赋》："昔年移柳，依依汉南；今看摇落，凄怆江潭；树犹如此，人何以堪！"(赋的后两句又用桓温北征途中，见前所植柳树已十围，因慨叹流涕事。见《世说新语·言语》)后用此典，亦都通过杨柳来感慨，如杜甫《柳边》诗："汉南应老尽，瀟

上远愁人。"　春——春色,借汉南柳指"朱楼"之柳色。　历历——
历历在目,看得清清楚楚。这句说,回想起来,昔时情景如在眼前。
⑦　焉得——怎能。

【鉴赏】

薛宝琴所说的"外国美人"作中国诗的奇闻,不论真假,能使一些
人相信,这就得有一定的现实基础。那就是:在历史上,我国民族文化
在对外交流中曾产生过很大的影响,清代的工商交通事业和海外贸易
都有新的发展,当时有一批像薛宝琴父亲那样为皇家出海经办洋货的
豪商。

但是,除了上述的客观意义外,作者写这一情节,却另有意图。他
有意让宝琴把事情说得过于神奇,在一些细节上甚至吹得离了谱,使
读者疑心这一切也许是宝琴在信口编造。事实也果然如此。作者接
着就让黛玉当场戳穿她:"'这会子又扯谎……我是不信的。'宝琴便红
了脸,低头微笑不语。"还是宝钗给她解了围。国名"真真",岂不就是
"真真假假"的意思?

其实,这位十五岁作诗的"外国美人"也就是宝琴自己。你看,宝
琴说那个美人如同"画上的美人一样",还说"实在画儿上也没他好
看"。贾府里的人也曾称赞宝琴这个外来的美人如"仇十洲画的《艳雪
图》",贾母说:"那画的哪里有这件衣裳?人也不能这样好!"这是写法
上偶然雷同吗?不是的。

新来贾府的四位姑娘中,薛宝琴是作者花笔墨最多,重点描写的
人物。她的命运在八十回之后,不会没有交代;而且根据作者总用诗
词隐写大观园女儿们命运的惯例,宝琴的后事,也必定有诗暗示。她
所写的《怀古绝句》只暗示别人的命运,她所口述的《真真国女儿诗》才
隐寓着她自己的将来。

全诗说自己憔悴流落于云雾山岚笼罩着的海岛水国,昨日红楼生
活已成梦境。眼前只能独自对月吟唱,忆昔抚今,不胜伤悼。何以知
道这客观上就是宝琴将来的自况呢?因为有她前作《咏红梅花》一诗

可以与之相印证,而且只有把那一首咏物寓意的七律与这一首直抒情怀的五律加以印证,前者关于红梅花的种种设喻的隐义,才能豁然开朗,获得比较明确的解说。

在那首诗中,第二联为"闲庭曲槛无馀雪,流水空山有落霞"。"闲庭曲槛",就是这首诗中的"朱楼",即大观园。"无馀雪","雪"谐音"薛",将来不仅宝琴要离开贾府,宝钗也不能再住蘅芜苑了,她贫困得只好依靠蒋玉菡、袭人的"供奉"(第二十八回脂评)。"流水空山",也就是"岛云蒸大海,岚气接丛林"的"水国"。"有落霞",是唐代王勃名句"落霞与孤鹜齐飞"的歇后语(这句文句与歇后语手法,以后的酒令中还将用到),说独处海岛如孤飞之野鹜。"幽梦冷随红袖笛,游仙香泛绛河槎"一联,"幽梦冷"也是说孤寂。"红袖笛"与香菱《吟月》诗用"绿蓑闻笛"、"红袖倚栏"烘托月亮的方法相同,正合"月本无今古,情缘自浅深"一联。"乘槎游仙",仍是关于海岛上居住者的传说。至于"前身定是瑶台种,无复相疑色相差",有了"汉南"一联,我们才明白教人们不要因眼前"色相差"而疑其"前身"本是"瑶台种"的深意,原来也是回忆往昔的青春荣华,感叹如今的流落憔悴。

薛宝琴只是贾府的亲戚,而且已经是许给了梅翰林家做媳妇的人,最后境况仍不免如此凄凉。可见,小说中败落的并不限于贾府一门,确如第四回门子解说《护官符》时所说的,贾、史、王、薛四家必定"一损俱损"。他们都牵连获罪了。

贾祠联额三副

（第 五 十 三 回）

【说明】

贾氏宗祠在宁国府西边的一个院子里。这些联额分别悬于祠堂的大门、抱厦和正殿前,为薛宝琴来贾府后,初次碰上除夕祭祖时所见。

贾 氏 宗 祠 (匾额)

肝脑涂地①，兆姓赖保育之恩②；
功名贯天， 百代仰蒸尝之盛③。

【注释】

① 肝脑涂地——意谓感皇恩而愿以万死效忠朝廷。语出《汉书·苏武传》。

② 兆姓——万民，百姓。十亿或万亿为兆。

③ 蒸尝——祭祀。冬祭叫蒸，亦作"烝"。语出《诗经·小雅·天保》。这一联庚辰本有批语说："此联宜掉转。"因为楹联一般上句以仄声字作结，下句以平声字作结，这里相反。这副长联，小说中说是"衍圣公孔继宗书"。衍圣公，封建统治阶级为尊孔给孔子后裔所加的封号，其名称起于宋仁宗至和二年，以后历朝相沿不改。孔继宗之名，当为小说作者所虚拟。程高本为避免"厚诬至圣先师"的罪名，改成"特晋爵太傅前翰林掌院事王希献书"。

星 辉 辅 弼① (匾额)

勋业有光昭日月②，
功名无间及儿孙③。

【注释】

① 星辉辅弼——这是对朝廷重臣的誉词。说贾氏如明星辉耀，辅佐着日月。弼，辅助。书中说额题写在贾氏宗祠院内抱厦中的九龙金匾上，是先皇御笔。

② 昭日月——明亮如同日月。昭，庚辰本作"照"，今从戚序本。

③ 无间——不间断。 及——到。

慎 终 追 远① (匾额)

已后儿孙承福德，

　　至今黎庶念宁荣②。

【注释】

①　慎终追远——语出《论语·学而》："慎终追远,民德归厚矣。"旧指居丧能守礼法,尽孝道。这里已加引申,其含义不外乎说,要谨慎地保持晚节并教训好子孙,时时回想祖上的功德和所得到的恩荣。书中说额题写在宗祠院内五间正殿中闹龙填青匾上,也是御笔。

②　黎庶——老百姓。　宁荣——指宁国公、荣国公。庚辰本、戚序本作"荣宁",既为御笔,长、二房次序似不应颠倒。今从程乙本。

【鉴赏】

　　三副对联在贾府表面的盛况开始被明显的衰象所代替的转折时刻介绍,使联额内容与现实情况之间的矛盾引人注目;作为此后贾府失宠于朝廷,积恶于庶黎,终至抄没败家,子孙星散的反衬,嘲讽意味,尤为突出。"衍圣公"所书、"皇上"御题云云,居然史笔!其锋芒所向,直指封建主义政治和思想上的两大偶像。

酒 令 三 首

(第六十二回)

【说明】

　　这是在大观园红香圃内为宝玉等四人摆寿酒时席上行的令。办法是:"酒面要一句古文,一句旧诗,一句骨牌名,一名曲牌名,还要一句时宪书上的话,共总凑成一句话。酒底要关人事的果菜名。"时宪书,即旧时之历书。

其　一

林　黛　玉

落霞与孤鹜齐飞①，风急江天过雁哀②，
却是一只折足雁③，叫得人九回肠④。
——这是鸿雁来宾⑤。
榛子非关隔院砧，　何来万户捣衣声⑥？

【注释】

① "落霞"句——唐代王勃《滕王阁序》："落霞与孤鹜齐飞，秋水共长天一色。"落霞，晚霞。鹜（wù 务），野鸭，泛指雁凫之类。

② "风急"句——出处不详，当是唐人诗句。陆游《寒夕》诗"风急江天无过雁，月明庭户有疏砧"，似是反用其意而作。

③ 折足雁——骨牌名，由"长三"、"一二"、"长三"组成一副儿的名称。

④ 九回肠——曲牌名。原是愁极之词，语本司马迁《报任少卿书》："肠一日而九回。"

⑤ 鸿雁来宾——旧时历书中有此语。来宾，动词，飞来旅宿的意思。语本《礼记·月令》："季秋之月，鸿雁来宾。"

⑥ "榛子"二句——榛树的果实，可食，如栗而小，味亦如栗，又叫榛栗、榛瓤。"榛"与"砧"音同而义异，所以，这两句酒底说它与捣衣之砧声无关。这就是酒令规定的以席上果菜（榛瓤）说人事。又《左传·庄公二十四年》疏"榛栗"为"妇人之贽"曰："盖以'榛'声近'虔'，取其虔于事也。"则"榛子"又可谐"虔子"即一片挚诚，忠贞不渝的意思。以捣衣砧声写怀人愁绪，前已屡见。末句用李白《子夜吴歌》："长安一片月，万户捣衣声。"也是怀念"良人"的诗。用于此皆有深意。

其　二

史　湘　云

奔腾而砰湃①，　　江间波浪兼天涌②，

须要铁索缆孤舟③，　　既遇着一江风④，

——不宜出行⑤。

这鸭头不是那丫头⑥，头上那有桂花油⑦？

【注释】

① "奔腾"句——北宋欧阳修《秋声赋》："初淅沥以萧飒，忽奔腾而砰
湃。"本形容风声如波涛奔腾澎湃，这里只说波涛。庚辰本、程乙本无
"而"字，"砰湃"作"烹湃"或"澎湃"，本相通。今据出处，从戚序本。

② "江间"句——杜甫《秋兴》诗："江间波浪兼天涌，塞上风云接地阴。"
兼天，连天、滔天。

③ 铁索缆孤舟——由"长三""三六""长三"组成一副儿的骨牌名（参见
前第四十回《牙牌令·其四》注⑥）。从上文写江上浪大看，这句所用
的当是曹操赤壁事：曹军多北人，不谙水性，为避风浪颠簸，以铁索连
结江上单独船只，上铺木板，平稳如行陆上。后被周瑜用火攻所败。

④ 一江风——曲牌名。全句有俗话"船遇当头风"之意。

⑤ 不宜出行——旧时迷信宣传，出门远行要挑选吉利的日子，历书中有
某一天是否相宜的说明。

⑥ 鸭头——席上的菜，与"丫头"谐音。

⑦ 桂花油——古时妇女用的搽发油。

其　　三

史　湘　云

泉香而酒洌①，　　玉碗盛来琥珀光②，

直饮到梅梢月上③，醉扶归④，

——却为宜会亲友⑤。

【注释】

① "泉香"句——欧阳修《醉翁亭记》："酿泉为酒，泉香而酒洌。"洌（liè
列），清。程高本无"而"字。今据出处，从庚辰、戚序本。

② "玉碗"句——李白《客中作》诗:"兰陵美酒郁金香,玉碗盛来琥珀光。"琥珀,见第二十三回宝玉《夏夜即事》注③。形容酒的色泽。这一句与下一句程乙本略去。

③ 梅梢月上——骨牌名。其中有一张由一点红和五点绿组成的牌。下面五点像梅花,上面一点像月亮。上,升起。

④ 醉扶归——曲牌名。其名取意于唐代张演《社日村居》诗:"桑柘影斜春社散,家家扶得醉人归。"

⑤ 宜会亲友——历书上的吉利话。此句程乙本无"却为"二字。

【鉴赏】

酒令已于小说中见到多次,尽管行令办法各不相同,内容依然都按人物性格、命运涂上了一层象征性的色彩。黛玉哀怨,湘云放达。黛玉的身世遭遇恰如其酒令中的折足孤雁,失伴哀鸣。湘云幼小时父母早丧,家业凋零,后来又夫妻离散,青春孤居;其生活历程也正像江上孤舟,数经风涛。

这一回"醉眠芍药裀"是曹雪芹为史湘云憨态写真的精彩之笔。情节构思当从唐代卢纶诗句"醉眠芳树下,半被落花埋"(《春词》)化出。这里,不但用红香散乱、蜂蝶闹嚷等环境描绘为画面作生动的艺术烘染,更以"睡语说酒令"的细节来写湘云的情态,突出了她性格中不同于宝钗的、狂放不羁的一面。这一切,都充满着很浓厚的浪漫主义气息。

射 覆 四 首

(第 六 十 二 回)

【说明】

在宝玉寿筵上,还行一种酒令叫"射覆",宝钗说它是"令祖宗",因为早在汉代便有这种游戏了。是把某物先遮盖或隐藏起来,让人猜。

但古法"如今失传了",后世酒令用字句隐寓事物,让人猜,也叫"射覆"。小说所写即此。用字隐物让人猜叫"覆",用隐语猜物叫"射"。玩法是:覆者想好供人猜的物名(小说中特别规定"室内生春",即室内有的东西),然后说一字而可与此物名组成有出典的词语;射者则要另说一字,也可与此物名组成有出典的词语,才算"射(猜)"中。行此令要靠书读得多,记得多。所以说"比一切的令都难"。

其　一

圃①

老——吾不如老圃②。（薛宝琴覆）

药③——（众人提示香菱射）

【注释】

① 圃——种植花木瓜菜的园地。寿筵在红香圃举行,室内"门斗上贴'红香圃'三个字",所以宝琴覆"圃"字。

② 吾不如老圃——《论语·子路》:"(樊迟)请学为圃。(孔子)曰:'吾不如老圃。'"老圃,老园丁、老菜农。

③ 药——芍药。与"圃"字可组成"药圃"一词。王维《济州过赵叟家宴》诗:"荷锄修药圃,散帙曝农书。"

其　二

鸡

人、窗——鸡人、鸡窗①。（贾探春覆）

埘——鸡栖于埘②。（薛宝钗射）

【注释】

① "人、窗"句——探春覆"人"字,宝钗以为太泛,探春又添一个"窗"字,

叫"两覆一射"。鸡人,参见第二十二回"春灯谜"其八注④。鸡窗,晋人宋处宗买得一长鸣鸡,关在笼里,置于窗间,鸡遂作人语,与处宗谈论学问,"处宗因此言巧大进"(见《幽明录》)。后人因以鸡窗指书房。唐代罗隐《题袁溪张逸人所居》诗:"鸡窗夜静开书卷,鱼槛春深展钓丝。"

②　鸡栖于埘(shí 时)——《诗经·王风·君子于役》:"君子于役,不知其期。曷至哉?鸡栖于埘,日之夕矣,羊牛下来。君子于役,如之何勿思?"这是一首妇人思念久役于外的丈夫的诗。埘,墙上挖洞做成的鸡窠。

<h2 style="text-align:center">其　三</h2>

<h3 style="text-align:center">樽①</h3>

瓢——(李纨覆)

绿②——(邢岫烟射)

【注释】

①　樽——酒杯。小说中没有明写出来。

②　瓢——匏瓠,葫芦,剖开后壳可作酒器。　绿——指酒。与"樽"字可组成"瓢樽"、"绿樽",诗中多有之。如宋代苏辙《九日三首》之一诗:"瓢樽空挂壁。"唐代刘希夷《送友人之新丰》诗:"愁向绿樽生。"又杜甫《对雪》诗:"瓢弃樽无绿,炉存火似红。"出句五个字,覆、射、底三者都已包括。

<h2 style="text-align:center">其　四</h2>

<h3 style="text-align:center">玉</h3>

宝——此乡多宝玉①。(薛宝钗覆)

钗——敲断玉钗红烛冷②。(贾宝玉射)

宝钗无日不生尘③。(香菱联想提及)

【注释】

①　此乡多宝玉——这句是香菱说出为宝钗作证的。唐代岑参(嘉州)《送张子尉南海》诗:"此乡多宝玉,慎勿厌清贫。"

②　敲断玉钗红烛冷——唐代郑谷《题邸间壁》诗:"敲断玉钗红烛冷,计程应说到常山。"玉钗,指烛花。

③　"宝钗"句——唐代李商隐(义山)《残花》诗:"若但掩关劳独梦,宝钗何日不生尘。""何日"小说中引作"无日",义同。

【鉴赏】

历史悠久的"射覆"游戏,是随我国古代文化的发展而产生的,它限于知识阶层的狭小圈子中,难于做到"雅俗共赏"。因此,筵席上参加玩的,只有宝玉和小姐们,而没有丫鬟,除了曾下苦功夫学过作诗的香菱。即使是香菱,作者也还写她不谙此道——"射不着"。可见所谓"比一切令都难。这里头倒有一半是不会的",并没有夸大。与宴的还有平儿、袭人、晴雯等许多丫头,她们只能玩"俗"一点的,因此又写了"拇战"(豁拳),以及罚酒时要说古文、旧诗、骨牌、曲牌名、时宪书中语等等,不同层次,不同玩意儿,先后交叉错杂着描写,艺术上灵活不板,也更真实于当时主仆不分、无拘无束的热闹情景。

射覆,本身就是有隐寓要人猜的,就像作者曾用灯谜作谶语(如第二十二回回目所标明)一样,他也用射覆所引诗文来作人物将来遭遇的暗示。尤其是说宝玉、宝钗的更显而易见。香菱引出两首唐诗,说:"他两个名字都原来在唐诗上呢。"这是点睛之笔。一首说:"此乡多宝玉,慎勿厌清贫。"宝玉后来清贫有"贫穷难耐凄凉"(《西江月·嘲贾宝玉》)、"寒冬噎酸斋,雪夜围破毡"(脂评在第十九回中说宝玉将来)等语可证。另一首说:"若但掩关劳独梦,宝钗何日不生尘?"宝钗后来寡居独处,喻之为金钗"雪里埋"、"金无彩"、"生尘",都无不可,所以闭门自重,"掩关"二字与其《咏白海棠》诗句"珍重芳姿昼掩门"的意思一样。"劳独梦"三字,毋须解说,若与其"空篱旧圃秋无迹,瘦月清霜梦有知"(《忆菊》)、"晓筹不用鸡人报,五夜无烦侍女添"(《春灯谜》其八)

等诗参看,就知更非偶然了。宝玉所引唐诗,也只有他自己来说才最合适:"敲断玉钗红烛冷,计程应说到常山。"笔者以为"玉钗"在这里该是隐寓黛玉和宝钗的。宝玉后来为避祸而离家出走,"断"绝了与她们之间的往来音讯。心事虚化,美梦成空,此所谓"红烛冷"也。大观园姊妹们记挂着他的出走,时时叨念着他,正切合"计程应说到常山"情景。此外,宝钗射"埘"字以隐《诗经·君子于役》一诗,不正是妻子思念丈夫久出不归吗?凡此种种均可见作者的匠心独运。

《牧羊记》中《山花子》曲句①

（第 六 十 三 回）

元·佚　名

寿筵开处风光好②,……

【说明】

芳官在宝玉寿宴上起初唱的曲,只唱一句就被打断。参见下一首说明。

【注释】

① 《牧羊记》——南戏剧本。元人作,姓名不详。原作无存,今流传的是明清人的改本。写汉代苏武出使匈奴,被匈奴王放逐北海,牧羊十九年,历尽饥寒困苦,坚贞不屈,终于返汉的故事。芳官唱的是《庆寿》一出中的第一支曲《山花子》。

② "寿筵"句——全曲云:"寿筵开处风光好,争看寿星荣耀。美麻姑玉女并超,寿同王母年高。寿香腾,寿烛影摇,玉杯寿酒增寿考,金盘寿果长寿桃。愿福如海深,寿比山高。"

【鉴赏】

此曲只唱一句,便遭众人反对。它是俗套,只宜世俗祝寿之用,而与寿怡红的气氛全不协调。所以它只是在艺术上起一种反衬的作用。

《邯郸记》中《赏花时》曲①

(第六十三回)

明·汤显祖②

翠凤毛翎扎帚叉,闲为仙人扫落花③。你看那风起玉尘砂,猛可的那一层云下,抵多少门外即天涯④!你再休要剑斩黄龙一线儿差⑤,再休向东老贫穷卖酒家⑥。你与俺眼向云霞⑦。洞宾呵,你得了人可便早些儿回话;若迟呵,错叫人留恨碧桃花⑧。

【说明】

"寿怡红群芳开夜宴",席上行酒令,宝钗先抓了牡丹花签,上注着:"此为群芳之冠,随意命人,不拘诗词雅谑,道一则以侑(劝)酒。"宝钗就命芳官唱曲。芳官刚开口唱祝寿的曲,大家都说:打回去,打回去!把你最好的拿出来唱。她就唱了这一支《赏花时》。程高本只引了曲子的头两句,其馀均删去。现据戚序本补,参己卯、庚辰本校。

【注释】

①　《邯郸记》——汤显祖根据唐人沈既济《枕中记》传奇情节改编的戏曲,写吕洞宾下凡去度一人上天,代替何仙姑天门扫花之役,他到了邯郸(今属河北)客店,遇卢生,把神奇的磁枕给他睡,让他做了一场黄粱美梦后,把他带到仙界去执帚。　《赏花时》——曲调名。剧本

第三折"度世"中何仙姑所唱,她嘱吕洞宾速去速回,不要误期。原剧曲文与芳官所唱有几个词的差异,不校。

② 汤显祖(1550—1616)——明代大戏曲家,江西临川人,居处名玉茗堂。他曾受李贽的思想影响。他的优秀作品反对封建礼教和当时黑暗政治,但另一方面,人生如梦的消极思想也在一些作品中有所表现。著有戏曲《紫箫记》、《紫钗记》、《还魂记》(即《牡丹亭》)、《南柯记》、《邯郸记》五种,后四种合称"临川四梦"或"玉茗堂四梦"。

③ "翠凤"二句——何仙姑扫花于天门,所执之帚叉乃用翠凤的翎毛所扎成。翎,鸟翅上、尾上的长羽毛。闲为仙人,汤著是"闲踏天门",此四字是曹雪芹原文,理由详见拙校注《红楼梦》(浙江文艺出版社)第850页注①。

④ "你看"三句——这三句说风吹落天上碧桃花,不知要比云层之下人间好花开时辜负春光多少呢!何仙姑在天门外扫花,"门外即天涯",还有怕错过了蟠桃宴的意思。语出唐代刘禹锡《和令狐相公别牡丹》诗:"平章宅里一栏花,临到开时不在家;莫道两京非远别,春明门外即天涯。"玉尘砂,天界并无尘土泥砂,有的也只是玉屑,所以叫玉尘砂。猛可的,突然间。

⑤ 剑斩黄龙一线儿差——做事冒冒失失,不听嘱咐,险些儿送了命。吕洞宾曾带着"降魔太阿神光宝剑"下山,临行,师父嘱咐他不要寻和尚闹事。他忘了师教,与正在讲经说法的黄龙禅师顶撞,被黄龙手起一戒尺,打得头上起个疙瘩。吕洞宾愤恨,半夜里祭起神剑去斩黄龙,结果剑被黄龙收去,人也被押。辛亏师父说情,搭救了他。故事出《指月录》。《醒世恒言》中有《吕洞宾飞剑斩黄龙》一篇。日本内阁文库藏有《吕仙飞剑记》,其第五回《纯阳飞剑斩黄龙》所叙与本篇不同,当另有所本。

⑥ 东老贫穷——宋代湖州东林沈氏,自称东老。家贫,好留客醉,有饮者以石榴皮题其壁云:"西邻已富忧不足,东老虽贫乐有余;白酒酿来因好客,黄金散尽为收书。"苏轼诗序中曾记其事。吕洞宾喜饮,有酒醉岳阳楼事。这句是叫他途中不要贪饮,以致被好客的酒家挽留而误事。

⑦ 眼向云霞——只留意仙界的事,兼以云霞喻天上盛开的碧桃花。

⑧ 留恨碧桃花——因无人接替扫花之役,不能参加蟠桃宴而遗憾。吕洞宾临行,何仙姑问他:"只此去未知何处度人?蟠桃宴可赶的上也?"剧本最后一折,吕洞宾带卢生来见何仙姑时说:"仙姑,恰好蟠桃

宴时节哩!"

【鉴赏】

开夜宴的称"群芳",行的酒令是"花名签",唱的曲子又叫"赏花时",显然是有意关合。《红楼梦》十二支曲曲名都有深意,《赏花时》之名,含义也可深思。"群芳"所抽到的花签都是对每个人自己的"判词",其深意大都隐藏在前后未引出来的诗句中(参见下面《花名签酒令》的注释和鉴赏)。曲子在这一点上也与之相似,其隐寓不在曲文本身,而在有关剧本的人物与主题上,只是曲子是特为没有抽花签而却在"赏花"的"怡红公子"而发的。

吕洞宾让卢生睡磁枕入梦,可以说是他让卢生也体验一下自身的感受,因为做黄粱美梦的曾经是洞宾自己,卢生只不过是再现一枕黄粱而已。《吕纯阳集》中说:洞宾曾随钟离权同憩歇于客店,钟离先生自己做饭。洞宾瞌睡,梦见自己荣华富贵,"簪笏满门","权势熏炙"。后来,"忽被重罪籍没,家资分散,妻孥流岭表,路值风雪,仆马俱瘁,一身无聊,方兴浩叹,恍然梦觉"。钟离在旁执炊,"黄粱犹未熟"。情节几乎与卢生所梦一样。这也是颇为耐人寻味的。我们认为在《红楼梦》这段情节中,作者插入"黄粱梦"的曲子,不会是出于偶然的。这里既有作者人生如梦的思想的流露,也可以看出他正确地预示封建大家族必将没落的深刻而周密的艺术构思。

花名签酒令八首

(第 六 十 三 回)

【说明】

夜宴中行酒令时所玩的象牙花名签子所镌的诗句,极大部分均可在旧时十分流行的《千家诗》中找到。因为人们比较熟悉,所以只要提起一句,就容易联想到全诗。这就便于作者采用隐前歇后的手法把对掣签人物的命运的暗示,巧寓于明提的那一句诗的前后诗句之中,而达到雅俗共赏的目的。这种"诗谶式"的表现方法,其缺点是给人以一种神秘主义的感觉。这多少反映了作者的思想有宿命论的成分,但从小说的情节结构的完整性和严密性来说,倒可以看出曹雪芹每写一人一事都是胸中有全局、目光贯始终的。这应该说是有价值的艺术经验。为了揭其所隐,我们在注释中都全引了原诗。

牡丹——艳冠群芳 (薛宝钗得)

任是无情也动人①。

【注释】

① "任是"句——出唐代罗隐《牡丹花》诗:"似共东风别有因,绛罗高卷不胜春。若教解语应倾国,任是无情也动人。芍药与君为近侍,芙蓉何处避芳尘? 可怜韩令功成后,辜负秾华过此身!"韩令,指韩弘,唐元和十四年曾为中书令。末联所咏之事,见《唐国史补》:"京城贵游尚牡丹三十馀年矣。每春暮,车马若狂,以不耽玩为耻。……元和末,韩令始至长安,居第有之,遽命斫去。曰:'吾岂效儿女子邪?'"

【鉴赏】

花签上的诗句,虽切合宝钗感情冷漠而又能处处得人好感的性格特点,但作者引此句的主要用意,还在于隐原诗的末联("芙蓉"句也与黛玉敌不过宝钗的情势巧合)。这里韩弘是借来比宝玉的。因为,"功成"一词也常用以表达对宗教意识的"彻悟"。所以,皈依佛门、修炼得道等,都可以说"功德圆满"。宝玉的"悬崖撒手",正是一种斩断缠绵情意,不肯"效儿女子"之态的决绝行为;而宝钗也就像被韩令所弃的牡丹一样,只能"辜负秾华",寂寞地了却"此身"(太虚幻境中宝钗的曲子名《终身误》,也是这个意思)。签上诗句明明是褒其艳丽动人的,谁知恰恰是在说她终生寂寞。可见,读《红楼梦》有时不能只看正面文章。

杏花——瑶池仙品 （贾探春得）

日边红杏倚云栽①。

【注释】

①　"日边"句——出唐代高蟾《下第后上永崇高侍郎》诗："天上碧桃和露
种，日边红杏倚云栽。芙蓉生在秋江上，不向东风怨未开。"前两句参
见第五回《红楼梦曲·虚花悟》注⑤。后两句是科举落第的高蟾的自
况。

【鉴赏】

花签上说："必得贵婿。"这是合所引的诗句的。或许将来真有其
事，如嫁作海外王妃。但"薄命司"的"册子"和其他有关诗词中则一再
暗示她远嫁不归的悲切。签中歇后的两句，正是说这方面的。一句以
花在"江上"，点她离家时亲人"洒送江边望"；"不向东风怨未开"句，则
与她所作的风筝谜诗中"莫向东风怨别离"的隐义完全一样。

老梅——霜晓寒姿 （李纨得）

竹篱茅舍自甘心①。

【注释】

①　"竹篱"句——出宋代王淇《梅》诗："不受尘埃半点侵，竹篱茅舍自甘
心。只因误识林和靖，惹得诗人说到今。"北宋诗人林逋，赐谥和靖先
生，杭州人，结庐西湖之孤山，不娶妻而无子，性爱植梅养鹤，有"梅妻
鹤子"之称。他的诗以《山园小梅》中"疏影横斜水清浅，暗香浮动月
黄昏"两句最著名，后来效法和评论这两句诗的人很多，"暗香疏影"
也便成了梅的代称。

【鉴赏】

李纨是封建时代寡欲守节妇女的典型，这在前面有关诗中已经说

过。《梅》诗中前两句用来比她的操守,含义自明。只是她所住的稻香村虽然也是"竹篱茅舍",却不是真正的农家。全诗与《钟山怀古》立意相同。三、四句说她后来得以荣耀,并非本意想占风情,而是受人"牵连"之故,恰如梅花本自处幽独,被林逋诗一赞,结果"枉与他人作笑谈",倒弄得十分热闹。作者对李纨的一生及其为人,虽有同情叹惋,却并不赞扬标榜,倒是让人们看到她的命运是一点儿也不值得钦羡的。这在当时已经是很难得的了。

海棠——香梦沉酣 (史湘云得)

只恐夜深花睡去①。

【注释】

① "只恐"句——出宋代苏轼《海棠》诗:"东风渺渺泛崇光,香雾空蒙月转廊。只恐夜深花睡去,故烧高烛照红妆。"泛崇光,参见第十七回《题大观园诸景对额》"红香绿玉"注①。后两句参见第十八回《大观园题咏》"怡红快绿"注③。

【鉴赏】

诗句正好合着"憨湘云醉眠芍药裀"事,所以黛玉打趣说:"'夜深'二字,改'石凉'两个字倒好。"这是作者的幽默。但花签引诗,深意不止于此。苏轼原诗是惜春光短促,好景难留,所以他连夜里都要点蜡烛赏花。湘云后来的遭遇正是如此:虽有洞房花烛照红妆新人之喜,可惜转眼就"云散高唐,水涸湘江",春光别去了。

荼蘼花——韶华胜极① (麝月得)

开到荼蘼花事了②。

【注释】

① 荼蘼——参见第十七回《题大观园诸景对额》"蘅芷清芬"注②。荼蘼

春末开花,故苏轼有诗说:"荼蘼不争春,寂寞开最晚。"任拙斋诗说:"一年春事到荼蘼。"　韶华胜极——韶华,春光。胜,好、盛。极,字面上是说好得很,实质上是指到了头。

②　"开到"句——出宋代王淇《春暮游小园》诗:"一从梅粉褪残汝,涂抹新红上海棠。开到荼蘼花事了,丝丝天棘出莓墙。"前两句都是以花拟女子,说这位才卸了妆,那位又抹上了红,意即梅花落了,海棠又开。天棘,蔓生植物。论诗者多以为其名本佛家,如宋代罗大经《鹤林玉露》、叶石林《过庭录》等都认为"此出佛书"。

【鉴赏】

麝月抽到荼蘼花签时,书中有几句很有意思的描写:"(签上)注云:'在席各饮三杯送春。'麝月问:'怎么讲?'宝玉愁眉,忙将签藏了,说:'咱们且喝酒。'"宝玉对大观园中日益浓重的悲凉气息,"本已呼吸而领会之",现在见签上说"花事了",又说大家都"送春",正好触动忧思。但他不愿使麝月败兴,所以藏了签,只劝酒。

但是,宝玉只有模糊的好景不长的预感,而不可能预知诗句所内涵着的将来的具体事变。据脂评,袭人出嫁后,麝月是最后留在贫穷潦倒的宝玉夫妇身边的唯一的丫头。那么,"花事了"三字就义带双关:它既是"诸芳尽"(所以大家都"送春")的意思,又是说花袭人之事已经"了"了——她嫁人了。而歇后一句"丝丝天棘出莓墙",则是隐脂评所说的宝玉弃宝钗、麝月撒手而去。因为,不但莓苔墙垣代表着"陋室空堂"的荒凉景象,据《鹤林玉露》所说,连初用"天棘"一词的杜甫《巳上人茅斋》诗(其"天棘梦青丝"句曾引起历来说诗者的争论),也本是"为僧"而"赋"的。

并蒂花——联春绕瑞 (香菱得)

连理枝头花正开①。

【注释】

①　"连理"句——出宋代朱淑贞《落花》(一作《惜春》)诗:"连理枝头花正

开,妒花风雨便相催。愿教青帝长为主,莫遣纷纷落翠苔。"连理枝,
枝干连生在一起的草木,喻恩爱夫妻。青帝,东方之神,管春事。

【鉴赏】

香菱得到并蒂花签和一句喜庆的话,这好像是让人联想到上一回
中她斗草时用"夫妻蕙"去对人家"姊妹花"的情节,从而觉得她将来也
许真有什么喜事。其实,这是作者的"狡狯"。花签诗句只起着歇后语
的作用,真意全在后一句——"妒花风雨便相催"。向花"催"命的"风
雨"是用来比喻有"妒病"的悍妇夏金桂的(作者原写香菱在遭摧残后,
"病入膏肓",不久夭亡。非如八十回后续书写的,夏金桂先死,香菱被
"扶正"了)。作者很喜欢暗中透露人物的命运,但常不让人一眼看穿。
比如斗草一节,香菱解释"夫妻蕙"说:"并头结花者为'夫妻蕙'。"别人
就反问她:"若两枝背面开的,就是'仇人蕙'了?"这好像是随口带出
的,如果我们不是预先知道香菱的结局,怎能想到作者是在暗示"夫
妻"将成为"仇人"呢?《红楼梦》不宜草草读过,作者常用这种写法,也
是一个缘故。

芙蓉——风露清愁 (林黛玉得)

莫怨东风当自嗟①。

【注释】

① "莫怨"句——出宋代欧阳修《明妃曲·再和王介甫》诗:"汉宫有佳人,
天子初未识;一朝随汉使,远嫁单于国。绝色天下无,一失难再得。
虽能杀画工,于事竟何益!耳目所及尚如此,万里安能制夷狄!汉计
诚已拙,女色难自夸;明妃去时泪,洒向枝上花;狂风日暮起,飘泊落
谁家?红颜胜人多薄命,莫怨东风当自嗟。"明妃事参见第五十一回
《青冢怀古》注。嗟,叹息。

【鉴赏】

黛玉所掣花签上的诗句,是为了隐去原诗的前一句:"红颜胜人多

薄命。"全诗是歌行,不是句句都可比附的。不过,能切合黛玉的也不是只有最后两句,上承的"明妃去时泪"四句,就与她《葬花吟》中一些诗句很像。说黛玉是"红颜薄命",正是说她像"枝上花"一样,禁不起"狂风"摧折,亦即暗示她后来受不了贾府事败、宝玉避祸出走那阵骤然而至的政治"狂风"的袭击,而终于泪尽而逝。作者固然同情黛玉的不幸,但也深深地惋惜她过于脆弱,又为悬心宝玉之安危而全然不自惜多病之身,没有能熬过这场灾祸而等到宝玉回来。所以说"怨"不得别人,也该"自嗟"。即脂评引《论语》语所谓:"求仁而得仁,又何怨!"(第三回回末总评)可见,作者原意与续书中写婚姻不自主而造成悲剧是毫无共同之处的。因为,如续书所写,黛玉根本不"当自嗟",而只应"怨东风"才是。

桃花——武陵别景① (袭人得)

桃红又见一年春②。

【注释】

① 武陵别景——意谓晋代那个捕鱼人所找到的桃花源。陶渊明《桃花源记》中说:"晋太元中,武陵(今湖南常德)人,捕鱼为业……。"别景,别有天地。

② "桃红"句——出宋代谢枋得《庆全庵桃花》诗:"寻得桃源好避秦,桃红又见一年春。花飞莫遣随流水,怕有渔郎来问津。"避秦,逃避秦二世时由苛政引起的社会动乱。《桃花源记》中说,山中人"自云先世避秦时乱,率妻子邑人来此绝境,不复出焉,遂与外人间隔"。

【鉴赏】

袭人所得的签,是一句带出全诗的。首句说,封建大家庭没落之时,她只好去另找归宿了。第二句说她嫁给蒋玉菡好比两度春风。第三句,唐张旭《桃花溪》诗有"桃花尽日随流水"句,说自己见此景而向渔船问津桃源。可喻消息为外人所知(如蒋玉菡在酒席上知宝玉有佳丽名袭人者),故曰"莫遣"。末句中如果把"渔郎"换成"优伶",诗就像专为袭人而写了。

深闺有奇女

（第 六 十 四 回）

深闺有奇女，　　绝世空珠翠。
情痴苦泪多，　　未惜颜憔悴。
哀哉千秋魂①，　薄命无二致。
嗟彼桑间人②，　好丑非其类。

【说明】

　　此诗仅见于前苏联列宁格勒藏本第六十四回回目后、正文前，诗前有"题曰"字样，回末有一联对句。其形式的类型，乃是早期《红楼梦》的形象，以后才逐渐被删改净尽。早期抄本，甲戌本固无此回，庚辰本原缺此回，是用己卯本的补抄本来填补的。现在列藏本独有此题诗，可见列藏本此回文字较现存各抄本为早。诗，当是曹雪芹所作。

【注释】

　　①　千秋魂——指此回中黛玉所作《五美吟》中西施等古代的五个"有才色的女子"。
　　②　桑间人——淫荡之人，指尤氏姐妹等。《汉书·地理志》："卫地有桑间、濮上之阻，男女亦亟聚会，声色生焉。故俗称郑、卫之音。"后多用"桑间"以称淫风。

【鉴赏】

　　以五古形式写的标题诗，在《红楼梦》中为仅见。因此，也有人疑其非雪芹所作，只是评诗。光凭这一点，就将它排除在原文之外，恐过于轻率。当然,存疑是可以的。

诗开端所说的"奇女",指的是林黛玉。前四句就是说她的,她才貌绝世,幽居深闺,虽有珠翠可增容色,也是枉然;因为她用情太痴,容易感伤,不知保重自己。此回写宝玉到潇湘馆,"只见黛玉向里歪着,病体恹恹,大有不胜之态",见她刚刚哭过,便劝她"凡事当各自宽解,不可过作无益之悲。若作践坏了身子,将来使我……"宝玉话说了一半,说不下去,"早已滚下泪来"。黛玉"见此光景,心有所感,本来素习爱哭,此时亦不免无言对泣"。这些都是标题诗中所指。另外,脂批曾说黛玉将来为怜惜宝玉之不幸而悲痛,有"绛珠之泪,至死不干,万苦不怨"等语,实在也是此诗三、四句的极好注脚。

那么宝玉进来前,黛玉因何而伤感哭泣呢?书中写据丫头告知宝玉说,姑娘"又不知想起什么来,自己伤感了一会,提笔写了好些,不知是诗啊词啊",然后命摆炉点香,私室祭奠。后来诗被宝玉发现,才知就是下一首组诗《五美吟》,则其感伤的原因,实是怀古伤今,祭奠的也是历史上的亡魂,即此诗的五、六句所言,是对回目"幽淑女悲题五美吟"的阐释。"千秋魂",即黛玉用以寄慨的五个古代女子。说"薄命"古今一致,正可证明《五美吟》有隐写黛玉命运的用意在。若以为指的是古代五女子都是"薄命"并"无二致",则与所咏人物不尽符合。至少,红拂不能算薄命;何况书中也明言这些古代女儿的命运,有的是"令人可欣可羡"的。可见,这是暗示吟咏者本人的遭遇与《红拂》等诗中双关语所藏深意(参见下一首的鉴赏)相合。

诗的末了两句把后半回"浪荡子情遗九龙佩"的情节与黛玉写诗联系起来了。对黛玉和五个古代女子来说,尤氏姊妹即诗中所说的"桑间人"自然是"好丑非其类"的。作者把不同的两类人和事写在同一回中,也有艺术上的衬托作用:虽则尤氏姊妹与黛玉就"薄命"而言,也"无二致",但一则淫佚,一则贞静,显然不可同日而语。后来,宝玉招惹"丑祸",连累黛玉蒙受流言之辱。此回与题诗,也是预为她澄清污垢,申明她原是和晴雯一样洁白无瑕的。

五 美 吟

（第 六 十 四 回）

林 黛 玉

【说明】

黛玉自谓"曾见古史中有才色的女子，终身遭际，令人可欣、可羡、可悲、可叹者甚多，……胡乱凑几首诗，以寄感慨"。恰被宝玉翻见，将它题为《五美吟》。

西　　施

一代倾城逐浪花，吴宫空自忆儿家①；

效颦莫笑东村女，头白溪边尚浣纱②。

【注释】

① "一代"二句——一代绝色的美女终于如浪花般消失了，在吴宫里的人白白地想念着你。越国灭吴后，西施的命运有二说：一说重归范蠡，跟着他游江海去了；一说吴亡，沉西施于江，以报答被夫差沉尸于江中的伍子胥。诗中只是泛说逝去。倾城，绝色美女的代称，也叫"倾国"（语本汉代李延年歌，见《汉书·外戚传》）。儿家，你。指西施。

② "效颦"二句——唐代王维《西施咏》："当时浣纱伴，莫得同车归。持谢邻家子，效颦安可希！"又《洛阳女儿行》："谁怜越女颜如玉，贫贱江头自浣纱！"此二句即取此二首诗意。但王维诗说，西施已享尽荣华，而旧伴却仍须辛苦浣纱；现在却说，西施虽美，已如流水逝去，而东村女虽丑，尚能活到白头。效颦，相传西施家乡的东村有女子，貌丑，人称东施，因见西施"捧心而颦（皱眉）"的样子很美，她也学着捧心而颦，结果反而更丑（出《庄子·天运》。参见第三回《赞林黛玉》注⑤）。这句倒装，意即"莫笑东村女效颦"。浣沙，西施和她家乡的女子曾在若耶溪边漂丝（参见第十一回《赞会芳园》注②）。

虞　姬①

肠断乌骓夜啸风②，虞兮幽恨对重瞳③；
黥彭甘受他年醢④，饮剑何如楚帐中⑤？

【注释】

① 虞姬——项羽的侍妾。楚汉战争的最后阶段，项羽被刘邦军围于垓下，夜闻汉军四面楚歌，感到绝望，对虞姬作悲歌说："力拔山兮气盖世，时不利兮骓不逝；骓不逝兮可奈何，虞兮虞兮奈若何？"虞姬也作歌相和(事见《史记·项羽本纪》)。

② "肠断"句——夜闻骏马嘶鸣，令人肠断。乌骓(zhuī追)，史载项羽有"骏马名骓"即是。程高本改作"乌啼"，大误。如此则"夜啸风"必解成夜风如啸方通，但这一来，整句全无史实根据了。其实"啸风"是指马鸣，也常说"嘶风"。

③ 虞兮——用项羽歌中原词。　重瞳——指项羽。《项羽本纪》："又闻项羽亦重瞳子(一只眼睛里有两个眸子)。"

④ "黥彭"句——黥布和彭越居然甘心将来被剁为肉酱而投降了刘邦。黥布、彭越原来都是项羽部将，降刘邦后，破楚有功，黥布被封为淮南王，彭越被封为梁王。后来黥布举兵叛变，被刘邦所杀；彭越野心搞分裂，也被诛，剁尸。醢(hǎi海)，肉酱，这里指剁尸剐肉的醢刑。

⑤ 饮剑——自刎。虞姬自刎于楚帐，当是《楚汉春秋》等书据《史记》中基本史实敷演而成的。

明　妃①

绝艳惊人出汉宫②，红颜薄命古今同③。
君王纵使轻颜色，　予夺权何畀画工④？

【注释】

① 明妃——即王昭君。晋人避司马昭之讳，改称明妃或明君。参见第五回《警幻仙姑赋》注㉔。

② 出汉宫——指和亲事(参见第五十一回《青冢怀古》注④)。

③　薄命——戚序本作"薄面",庚辰本(此回据程高系统本抄配)同,今从
　　列藏本。

④　"予夺"句——为什么把决定权交给画工呢? 予,赐予、加宠。夺,剥
　　夺、弃置。畀(bì 闭),给。

绿　　珠^①

瓦砾明珠一例抛^②,　何曾石尉重娇娆^③?

都缘顽福前生造,　　更有同归慰寂寥^④。

【注释】

①　绿珠——晋代石崇的侍妾。《晋书·石崇传》:崇有妓曰绿珠,美而艳,
　　善吹笛。孙秀使人求之,崇勃然曰:"绿珠吾所爱,不可得也!"秀怒,
　　矫诏(诈称皇帝的命令)收(捕)崇。崇正宴于楼上,介士(武士)到门,
　　崇谓绿珠曰:"我今为尔得罪!"绿珠泣曰:"当效死于官前。"因自投于
　　楼下而死。

②　"瓦砾"句——把明珠(喻绿珠)当作瓦砾一样地抛弃。

③　石尉——即石崇。他曾任散骑常侍、侍中,出领南蛮校尉,故称石尉。
　　娇娆——美丽的女子,指绿珠。

④　"都缘"二句——说石崇还是有前生注定的厚福的,因为他虽被拘捕
　　受戮,但绿珠已为他殉情坠楼,可与他作伴,使他在地府不至过于寂
　　寞。《晋书·潘岳传》:石崇已送在市,岳后至。崇谓之曰:"安仁(潘岳
　　的字),卿亦复尔耶?"岳曰:"可谓'白首同所归'。"潘岳《金谷》诗云:
　　"投分寄石友,白首同所归。"乃成其谶。"同归"二字,借用此事。

红　　拂^①

长揖雄谈态自殊^②,　美人巨眼识穷途^③。

尸居馀气杨公幕,　　岂得羁縻女丈夫^④?

【注释】

①　红拂——隋末大臣杨素家里的婢女,本姓张,因侍杨素时手执红拂
　　(掸灰尘的用具),后来就叫她红拂。有一次,李靖以布衣入见杨素,

从容谈论天下大事。红拂在旁见他气宇轩昂,谈吐超人,知道他将来必非庸碌之辈,就连夜逃离杨府,投奔李靖,与他同往太原辅佐李世民起兵讨伐隋王朝(见唐代杜光庭《虬髯客传》)。

② "长揖"句——李靖谒杨素时,杨素态度倨傲,李靖长揖(拱拱手)不拜,并指责杨待客不逊,杨连忙谢罪。后来,杨素听了李靖的一番高谈雄辩,更心悦诚服。长揖,程高本改为"长剑",误。

③ "美人"句——红拂能在李靖尚处卑贱地位时,看出他日后必有一番作为,所以说她具有眼力,见识卓越。巨眼,梦稿本作"具眼",亦通。然小说中有"巨眼英豪"(第一回)之语。

④ "尸居"二句——说红拂奔离杨府事。尸居馀气,用以说人将死,意思是虽存馀气,而形同尸体。语出《晋书》:李胜曾对曹爽说:"司马公(司马懿)尸居馀气,形神已离,不足虑也。"红拂投奔李靖,李靖恐杨素不肯罢休。红拂也说:"彼尸居馀气,不足畏也。"杨公幕,指杨素的府署。羁縻,束缚、留住。女丈夫,指红拂,后人称她与李靖、虬髯客为"风尘三侠"。

【鉴赏】

　　这是黛玉借"古史中有才色的女子"寄慨之作。其实所写的人事并非都据史实。如东施效颦出自《庄子》,带有寓言性质;《西京杂记》中所写昭君不肯贿赂画工,以致不为元帝所知,被诏使出塞的情节只是传说;至于出自《虬髯客传》的红拂形象,则更经传奇作者的艺术加工。诗中评说,本借古讽今,为现实感受而发。

　　黛玉嗟叹"一代倾城"的西施如江水东流,浪花消逝,徒然令人怀念,其命运之不幸,远在白头浣纱的"东村女"之上。这是写她寄身贾府,虽有知己体贴,但预感病体难久的悲哀。她鄙薄反复无常、苟且求荣、甘心得到耻辱下场的黥布、彭越,觉得不如虞美人的"饮剑"于楚帐,是借此寄托她自己"质本洁来还洁去,强于污淖陷渠沟"的志愿。她讥刺汉元帝大权旁落,听命于画工,表现了自己不肯听人摆布的独立性格。她惋惜绿珠而对石崇有微词,以为石崇生前珠玉绮罗之宠,抵不得绿珠临危以死相报,又可见其在爱情上重在意气相感,精神上有默契。她钦佩红拂卓识敢为,能不受相府权势和封建礼教的"羁縻",更突出地表现了她大胆追求自由幸福的生活理想的封建叛逆思想。

诗中所咏是否也与小说情节有某种照应呢?这是可以研究的问题。五首诗写的都是关于死亡或别离的内容,有的还涉及事败或者获罪被拘系,这就好像不是偶然的。末首的题材与小说情节似乎相距较远,但有些用语却很像双关,如"识穷途"之类即是。红拂未受"尸居馀气"的杨府的羁留而出走了,黛玉最终不是也离开了"尸居馀气"的贾府而回到离恨天去了吗?当然,在现存材料很少的条件下,要确切地阐明作者的意图还是不容易的。

附带提一下,戚序本与甲辰本上有一条早期批语说:"《五美吟》与后《十独吟》对照。"《十独吟》后四十回续书中没有,当是已散失的后半部原稿中宝钗或湘云所写的诗。从诗题看,大概是借古史上十个独处的女子如寡妇、弃妇、尼姑和离别丈夫的妇女等的愁怨,来写那时候的现实感触的。所谓"对照"当也不仅仅限指诗题。

只为同枝贪色欲

(第 六 十 四 回)

只为同枝贪色欲,
致教连理起戈矛。

【说明】

贾珍、贾蓉父子与尤家姊妹鬼混,贾琏也看上了尤二姐,私下赠九龙玉佩以示爱。贾蓉察觉其叔心思,便为他出主意,让他就近置买房子,偷娶二姐。此回末诸事办妥,只待黄道吉日娶二姐过门。以"正是"二字带出这一联结束。

【鉴赏】

　　贾珍、贾琏是兄弟辈,与贾蓉是父子和叔侄关系,他们都"贪色欲",皆可用"同枝"作比。两株树不同根而枝干结合在一起的叫"连理枝",常喻夫妻恩爱,这里主要指贾琏与凤姐的关系。后来凤姐闻风而大生妒恨,讯家童、赚二姐、大闹宁国府、借剑杀人等,也就是所谓的"起戈矛"了。但那些都是后几回才写到的事。所以,这一联是承前启后写法,对将要发生的事,也先作一点暗示,以增读者的悬念。

尤三姐自刎

(第六十六回)

揲碎桃花红满地[①],
玉山倾倒再难扶[②]!

【说明】

　　柳湘莲嫌尤三姐入于下流,后悔留剑作为定礼。三姐听到他的话,就将剑送还,并愤而自杀。对句形容其刎颈之状。

【注释】

①　揲碎桃花——喻颈血迸溅。
②　玉山倾倒——喻跌倒在地。语本《世说新语·容止》:嵇康风度很好,人家说他平时如孤松独立,醉后如玉山将倒。

【鉴赏】

　　死亡,就本身而言,总是丑恶的,尤其是意外的横死。它能给人以生理上强烈的恐怖感和不快印象,所以除非必要(如表现死亡制造者的残酷等),作者往往不作正面的自然主义式的细节描绘。但也有从情节发展来看,不宜用侧笔表现而不得不正面描述的。这就考验作者的美学素养和文字技巧了。描写尤三姐的自刎,便是一个极成功的例子。它既无损形象的美感(倒是展示了一种人的自尊和人性美中刚烈的一面),又有惊心动魄的艺术震撼力,这是极不容易的。很显然,作者是怀着十分同情和惋惜的心情描写尤三姐之死的。不过,有一点与后来续补小说的人不同,作者无意把尤三姐描写成一个"完人"。她与贾珍等厮混时,放荡泼辣;自行择夫后,贞静自守;一旦耻情悔恨,又无比刚烈。她的思想性格,看上去前后判若二人,其实,并不矛盾。世界上的事情本来就复杂得很,单一化的人本来也是不多的。程、高整理的一百二十回本中,把原来写尤三姐淫荡的许多文字都删改了,使她变得"正派"得多了,似乎成了个节妇烈女的形象。这样做能否真正提高小说的思想艺术价值,是大可怀疑的。

桃 花 行

(第 七 十 回)

林 黛 玉

桃花帘外东风软,　桃花帘内晨妆懒①:
帘外桃花帘内人,　人与桃花隔不远;
东风有意揭帘栊②,　花欲窥人帘不卷。
桃花帘外开仍旧,　帘中人比桃花瘦;
花解怜人花亦愁,　隔帘消息风吹透。
风透湘帘花满庭③,　庭前春色倍伤情:
闲苔院落门空掩④,　斜日栏杆人自凭。
凭栏人向东风泣,　茜裙偷傍桃花立⑤;
桃花桃叶乱纷纷,　花绽新红叶凝碧。

雾裹烟封一万株⑥，　烘楼照壁红模糊⑦。
天机烧破鸳鸯锦⑧，　春酣欲醒移珊枕⑨。
侍女金盆进水来，　香泉影蘸胭脂冷⑩；
胭脂鲜艳何相类⑪，　花之颜色人之泪⑫。
若将人泪比桃花，　泪自长流花自媚；
泪眼观花泪易干，　泪干春尽花憔悴。
憔悴花遮憔悴人，　花飞人倦易黄昏；
一声杜宇春归尽⑬，　寂寞帘栊空月痕！

【说明】

海棠诗社建立后，只做了几次诗，大观园中变故迭起，诗社一散就是一年。这次，大家看了黛玉这首诗，提起兴来，重建诗社，改称桃花社。但这已是夕阳晚景了。

【注释】

① 晨妆懒——清晨懒于梳妆。

② 帘栊——指窗帘。

③ 湘帘——斑竹制成的帘子。

④ 闲苔院落——庭院里长满荒苔。

⑤ 茜(qiàn 欠)裙——茜纱裙。茜，一种根可作红色染料的植物，这里指红纱。

⑥ “雾裹”句——千万株桃树盛开花朵，看上去就像被裹住在一片红色的烟雾之中。雾裹，程高本改为“树树”。“树树烟封一万株”，语颇不词。

⑦ 烘楼照壁——因桃花鲜红如火，所以用“烘”、“照”。

⑧ “天机”句——传说天上有仙女以天机织云锦。这是说桃花如红色云锦烧破落于地面。“烧”与“鸳鸯(表示喜兆的图案)”皆示红色。

⑨ 春酣——春天酣睡，亦说酒酣，以醉颜喻红色。　珊枕——珊瑚枕。或因张宪诗“珊瑚枕暖人初醉”而用其词。

⑩ 影蘸——即蘸着有影之水，指洗脸。影，程乙本误为“饮”。北齐卢士

琛妻崔氏,有才学,春日以桃花拌和雪给儿子洗脸,并念道:"取红花,取白雪,与儿洗面作光悦;取白雪,取红花,与儿洗面作妍华。"后传桃花雪水洗脸能使容貌姣好。

⑪　何相类——什么东西与它相像。

⑫　人之泪——指血泪。

⑬　杜宇——即杜鹃,也叫子规。传说古代蜀王名杜宇,号望帝,死后魂魄化为此鸟,啼声悲切。黛玉的丫鬟名紫鹃,作者起名,或亦有象征意味。

【鉴赏】

《桃花行》与《葬花吟》、《秋窗风雨夕》的基本格调是一致的,在不同程度上都含有"诗谶"的成分。《葬花吟》既是宝黛悲剧的总的象征,广义地看,又不妨当作"是大观园诸艳之归源小引"(第二十七回脂批);《秋窗风雨夕》隐示宝黛诀别后,黛玉"枉自嗟呀"的情景;《桃花行》则专为命薄如桃花的林黛玉的夭亡,预作象征性的写照。作者描写宝玉读这首诗的感受说:"宝玉看了,并不称赞,却滚下泪来,便知出自黛玉。"并且借对话点出这是"哀音"。不过,作者是很含蓄而有分寸的,他只把这种象征或暗示写到隐约可感觉到的程度,并不把全诗句句都写成预言。否则,不但违反现实生活的真实,在艺术上也就不可取了。

柳　絮　词

(第七十回)

【说明】

史湘云见暮春柳絮飞舞,偶成小令。诗社就发起填词,每人各拈一小调,限时作好。宝玉没有写成,却兴起续完探春的半阕;宝钗嫌众人写的"过于丧败",便翻案作得意之词。

如　梦　令

史　湘　云

　　岂是绣绒残吐①？卷起半帘香雾②。纤手自拈来③，空使鹃啼燕妒④。且住，且住！莫放春光别去⑤！

【注释】

① 绣绒——喻柳花。　残吐——借女子唾出的绣绒线头，说柳絮因残而离。词写春光尚在，所以说"岂是残吐"。后人不晓词意，妄改此二字为"才吐"（程高本），变新枝为衰柳，与全首境界不合。明代杨基《春绣绝句》："笑嚼红绒唾碧窗。"

② 香雾——喻飞絮蒙蒙。

③ 拈（niān 蔫）——用手指头拿东西。

④ 鹃啼燕妒——以拈柳絮代表占得了春光，所以说使春鸟产生妒忌。

⑤ 莫放——庚辰本作"莫使"，与前句"空使"用字重复，且拈絮是想留住春天，以"莫放"为好。今从戚序本。南宋词人辛弃疾《摸鱼儿》词："春且住！见说道天涯芳草无归路。怨春不语，算只有殷勤画檐蛛网，尽日惹飞絮。"写蛛网沾住飞絮，希望留住春光，为这几句所取意。

【鉴赏】

　　《柳絮词》又都是每个人未来的自况。我们知道，湘云后来与卫若兰结合，新婚是美满的。所以词中不承认用以寄情的柳絮是衰残景象。对于她的幸福，有人可能会触痛伤感，有人可能会羡慕妒忌，这也是很自然的。她父母双亡，寄居贾府，关心她终身大事的人可能少些，她自诩"纤手自拈来"，总是凭某种见面机会，以"金麒麟"为信物而凑成的。第十四回写官客为秦氏送殡时，曾介绍卫若兰是"王孙公子"，即说湘云《红楼梦曲·乐中悲》中的所谓"才貌仙郎"。词中从占春一转而为惜春、留春，而且情绪上是那样无可奈何，这正预示着她的所谓美满婚姻也是好景不长的。

南 柯 子

贾探春(上阕)　贾宝玉(下阕)

空挂纤纤缕，徒垂络络丝①。也难绾系也难羁②，一任东西南北各分离。　　落去君休惜，飞来我自知③。莺愁蝶倦晚芳时，纵是明春再见——隔年期④。

【注释】

① "空挂"二句——说柳条虽然如缕如丝，却难系住柳絮，所以说"空挂"、"徒垂"。纤纤缕、络络丝，喻柳条。

② 绾(wǎn 挽)系——打成结把东西拴住。　　羁——缚住。

③ 我自知——等于说"人莫知"。植物抽叶开花都是在不知不觉中进行的。

④ 隔年期——相隔一年才能见到，也就是说要等到柳絮再生出来。

【鉴赏】

探春后来远嫁不归的意思，已尽于前半阕四句之中。所谓白白挂缕垂丝，正好用以说亲人不必徒然对她牵挂悬念，即《红楼梦曲·分骨肉》中说的"告爹娘，休把儿悬念……奴去也，莫牵连"。这些话当然都不是对她所瞧不起、也不肯承认的生母赵姨娘说的。作者安排探春只写了半首，正因为该说的已经说完。同时，探春的四句，如果用来说宝玉将来与黛玉生离死别，不是也同样适合吗？"空挂"、"难羁"云云，若解作《红楼梦曲·枉凝眉》中所预言的被羁留的宝玉对黛玉命运的"空劳牵挂"，不是也恰好吗？是的。唯其如此，宝玉才"见没完时，反倒动了兴，开了机"，提笔将它续完。这一续，全首就都像是说宝玉的了："落去"正可喻黛玉逝去，"休惜"犹言惜不得。"飞来"者，非魂即愁，梦中心头,当然只有"自知"了。"莺愁蝶倦晚芳时",也正是"红颜老死"之日。《葬花吟》中"明年花发虽可啄",与这里说"纵是明春再见"是一样的意思。不过,"人去梁空巢也倾"说得显露,"隔年期"说得隐曲,其实,也就是说,要与柳絮再见,除非它重生,要与人再见,除非是来世。当然,"隔年期"也完全可能又指宝玉从避祸出走、流亡在外,到重回物是人非的大观园的时间。总之,探春与宝玉若各自填词,因同隐别离内容而难免措词重复,现在,这样处理,巧妙灵活,又不着痕迹。书中说宝玉自己该做的词倒作不出来,这正是因为作者觉得没有再另作的必要了。

唐　多　令

林　黛　玉

　　粉堕百花洲①,香残燕子楼②。一团团、逐对成毬③。飘泊亦如人命薄:空缱绻,说风流④!
　　草木也知愁,韶华竟白头。叹今生、谁拾谁收⑤!嫁与东风春不管⑥:凭尔去,忍淹留⑦!

【注释】

① 粉堕——与下句的"香残"都指柳絮堕枝飘残,亦可隐喻女子的死亡。粉,指柳絮的花粉。　百花洲——《大清一统志》:"百花洲在姑苏山上。姚广孝诗:'水湿接横塘,花多碍舟路。'"林黛玉是姑苏人,借以自况。

② 燕子楼——典用白居易《燕子楼三首并序》中唐代女子关盼盼居住燕子楼怀念旧情的事。后多用以泛说女子孤独悲愁。又苏轼《永遇乐》词:"燕子楼空,佳人何在? 空锁楼中燕。"故也用以说女子亡去。

③ 逐对成毬——形容柳絮与柳絮碰到时,粘在一起。对,戚序、程高本作"队",则只就景物说。今从己卯、庚辰本。毬,即"球",谐音"逑"。逑,配偶。这句是双关语。

④ "空缱绻(qiǎn quǎn 浅犬)"二句——小说中多称黛玉风流灵巧,词句

说，徒有才华。又"风流"亦言儿女情事，故两句又是心事总成空的意思。缱绻，缠绵，情好而难分。风流，因柳絮随风飘流而用此词，说才华风度。

⑤　谁拾谁收——以柳絮飘落，无人收拾自比。拾，戚序、程乙本作"舍"，误。以柳絮说，"舍"它的是柳枝；若作自况看，宝玉亦未曾"舍"弃黛玉。今从己卯、庚辰本。

⑥　"嫁与"句——亦以柳絮被东风吹落，春天不管，自喻青春将逝而知己无法来过问。用唐代李贺《南园》诗"可怜日暮嫣香落，嫁与春风不用媒"诗意。

⑦　"凭尔"二句——忍心看柳絮飘泊在外，久留不归。寓意则写黛玉生命将尽时，对知己的内心独白："时到如今，你忍心不回家来，我也只好任你去了！"

【鉴赏】

黛玉这首缠绵凄恻的词，不但寄寓着她对自己不幸身世的深切哀愁，而且也有着那种预感到爱情理想行将破灭而发自内心的悲愤呼声。全词语多双关，作者借柳絮隐说人事的用意十分明显。如"草木也知愁，韶华竟白头"，不但以柳絮之色白，比人因悲愁而青春老死，完全切合黛玉，而且也能与她曾自称"草木之人"巧妙照应。歇拍六字的双关义竟与我们多次提到的佚稿中宝玉出走不归、黛玉泪尽而逝的细节若合符契。从这一点上去看这首词，它对我们研究作者写宝黛悲剧的原来构思，也是有启发的。

西 江 月

薛 宝 琴

汉苑零星有限，隋堤点缀无穷①。三春事业付东风，明月梅花一梦②。　　几处落红庭院③？谁家香雪帘栊④？江南江北一般同⑤，偏是离人恨重⑥！

【注释】

① "汉苑"二句——细味这两句,似有风月繁华有限,往事遗恨无穷的双关义。汉苑,汉代皇家的园林。汉有三十六苑,长安东南的宜春苑(即曲江池),水边多植杨柳,后因柳成行列如排衙,号为柳衙。但其规模远不及隋堤,故曰"有限"。隋堤,参见第五十一回《广陵怀古》注①。

② "明月"句——后人以为"梅花"不合飞絮季节,就改成"梨花"(如程高本),殊不知这是用"梦断罗浮"的典故(参见第五十回《咏红梅花得红字》注④),本取其意而不拘于时。《龙城录》记赵师雄从梅花树下一觉醒来时,见"月落参横,但惆怅而已"。此所以用"明月"二字。又小说中说宝琴是嫁给梅翰林之子的,用"梅花"二字,或有隐意。

③ 落红——落花,表示春去。用"几处"说"落红",可见衰落的不止一家。苏轼《水龙吟·次韵章质夫杨花词》:"不恨此花飞尽,恨西园,落红难缀。"

④ 香雪——喻柳絮,暗示景物引起的愁恨。　帘栊——指闺中人。

⑤ 一般同——都是一样的。

⑥ "偏是"句——古人以折柳赠别。又柳絮飘泊不归,也易勾起离别者的愁绪。苏轼《杨花词》:"细看来不是杨花,点点是离人泪。"

【鉴赏】

　　如果把薛宝琴这首小令与她以前所作的《赋得红梅花》诗、她口述的《真真国女儿诗》对照起来看,就不难相信朱楼梦残,"离人恨重",正是她未来的命运。就连异乡思亲,月夜伤感,在词中也可以找到暗示。此外,从宝琴的个人萧索前景中,也反映出整个封建贵族阶级已到了风飘残絮、落红遍地的丧败境地了。"三春事业付东风,明月梅花一梦"。这是宝琴的惆怅,同时也是作者的叹息。曹雪芹终究还没有能够站到他所深感失望的那个阶级的对立立场上来看待它的没落。

临　江　仙

薛　宝　钗

　　白玉堂前春解舞①,东风卷得均匀②。蜂围蝶阵乱纷纷③：几曾随逝水④？岂必委芳尘⑤？
万缕千丝终不改，任他随聚随分⑥。韶华休笑本无
根⑦：好风频借力⑧，送我上青云⑨。

【注释】

① 白玉堂——参见第四回《护官符》注①。这里说柳絮所处高贵之地。
春解舞——春能跳舞，这是说柳花被春风吹散，像在翩翩起舞。

② 均匀——指舞姿柔美，缓急有度。

③ "蜂围"句——意思是成群蜂蝶纷纷追随柳絮。或以蜂蝶之纷乱比飞絮，亦通。

④ 随逝水——落于水中，随波流去。

⑤ 委芳尘——落于泥土中。委，弃。

⑥ "万缕"二句——意谓尽管柳絮随风，忽聚忽分，柳树依旧长条飘拂。

⑦ "韶华"句——意即休笑我，春光中的柳絮本是无根的。

⑧ 频借力——指不断地借助于风力。

⑨ 青云——高天，也用以说名位高。如《史记·伯夷列传》："闾巷之人欲砥行立名，非附青云之士，恶能施于后世哉？"

【鉴赏】

宝钗与黛玉这两个人物的思想、性格是不同的。作者让宝钗作欢娱之词，来翻黛玉之所作情调缠绵悲戚的案，看上去只是写诗词吟咏上互相争胜，实际上这是作者借以刻画不同的思想性格特征的一种艺术手段。

但是，作者所写的钗黛并非如续书中所写的那样，为了争夺同一个婚姻对象而彼此成为情敌（黛玉对宝钗的猜疑，在第四十二回"蘅芜君兰言解疑癖"后，已不复存在。事实如脂评指出，贾府上下，人人心目中宝黛都是一对未来的"好夫妻"），作者也并不想通过他们的命运，来表现封建包办婚姻的不合理（因为写包办婚姻不合理，如八十回末脂评指出已有"迎春含悲，薛蟠贻恨"作代表了）。作者所描写的宝黛悲剧是与全书表现封建大家庭败亡的主题密切相关的。细看词的双

关隐义,不难发现"蜂围蝶阵乱纷纷"正是变故来临时,大观园纷乱情景的象征。宝钗一向以高洁自持,"丑祸"当然不会沾惹到她的身上,何况她颇有处世的本领,所以词中以"解舞"、"均匀"自诩。黛玉就不同了,她不禁聚散的悲痛,就像落絮那样"随逝水"、"委芳尘"了。宝钗能"任他随聚随分"而"终不改"故态,所以黛玉死后,客观上就必然造成"金玉良姻"的机会而使宝钗青云直上。但这种结合并不能从根本上消除宝钗和宝玉在封建礼教、仕途经济上的思想分歧,也不能使宝玉忘怀死去的知己而倾心于她。所以,宝钗最终仍不免被宝玉所弃,词中的"本无根"也就是这个意思吧。

中秋夜大观园即景联句三十五韵

(第七十六回)

【说明】

　　这次黛玉、湘云两人相对联句,是在寂寞的秋夜中进行的。情调之凄清,犹如寒虫悲鸣。后来妙玉听到,将它截住续完。诗用"十三元"韵,这一韵部中的字,如"元"、"繁"、"坤"、"言"等,现代口语读音已差别较大,但在诗中并非转韵或走了韵,因为旧体格律诗是按照一千年前沿袭下来的韵书中所分的韵部来押韵的。排律两句一韵,"三十五韵"就是七十句。诗题"中秋夜",可知以写"月"为主;首句点题,"月"字则出现于全篇最警策句中。

　　　三五中秋夕①,(黛玉)清游拟上元②。

【注释】

　　① 三五——十五日。

　　② 拟——可与……相比。　　上元——元宵节,阴历正月十五。

撒天箕斗灿^①,_(湘云)匝地管弦繁^②。

【注释】

① 箕斗——南箕北斗,星宿名,此处是泛指。

② 匝地——遍地。　管弦——管乐器和弦乐器,这里指乐声。

几处狂飞盏^①?_(黛玉)谁家不启轩^②?

【注释】

① 飞盏——举杯。

② 启轩——打开窗户,为赏月。

轻寒风剪剪^①,_(湘云)良夜景暄暄^②。

【注释】

① 剪剪——风微细的样子。

② 暄暄——暖融融。此就心情而言。

争饼嘲黄发,_(黛玉)分瓜笑绿媛^①。

【注释】

① "争饼"二句——即"嘲黄发之争饼,笑绿媛之分瓜"。争饼,争吃月饼。湘云说这句"杜撰"。黛玉说:"'吃饼'是旧典。"唐僖宗一次吃饼味美,叫御厨用红绫扎饼,赐给在曲江的新进士。唐代重进士,老年中举,亦以为荣。徐寅诗说:"莫欺老缺残牙齿,曾吃红绫饼馅来。"(见宋代秦再思《洛中记异》)黛玉借争吃饼来说争名位,故用"嘲"字。黄发,老年人。分瓜,切西瓜。《燕京岁时记》:"八月十五日祭月,其祭,果饼必圆,分瓜必牙错。""凡中秋供月,西瓜必参差切之,如莲花瓣形。"黛玉说"分瓜"是"杜撰"。其实,"分瓜"即乐府中所谓"破瓜",

将"瓜"字分拆，像两个"八"字，隐"二八"（十六岁）之年。唐人曾用之。段成式《戏高侍郎》诗："犹怜最小分瓜日，奈许迎春得藕（谐偶）时。"即是"笑绿媛"。湘云借以作戏语。绿媛，年轻姑娘。绿，即"绿鬓"、"绿云"，也就是女子的黑发。

香新荣玉桂，(湘云)色健茂金萱①。

【注释】

① "香新"二句——意谓玉桂荣发而飘来新香，萱草茂盛而色泽鲜明。金萱，忘忧草，俗称"金针菜"，花呈橘黄色，故称"金萱"，旧时常指代母亲。湘云说："只不犯着替他们颂圣去。"意思是用不着去代人祝母寿，因为她们自己都是丧父母的。

蜡烛辉琼宴①，(黛玉)觥筹乱绮园②。

【注释】

① 琼宴——摆着玉液琼浆的宴席，盛宴。
② 觥（gōng 工）筹——行酒令用的竹签。觥，古代酒器。　乱——形容觥筹交错。　绮园——芳园。

分曹尊一令①，(湘云)射覆听三宣②。

【注释】

① 分曹——分职。行酒令作谜猜物，要分作的人和猜的人。　尊一令——服从令官一个人的命令。
② 射覆——原来是将东西覆盖在盆下，令人猜测的游戏。后来古法失传，另用语言歇后隐前的办法来猜物，也叫射覆，第六十二回曾写到。宣——宣布酒令。书中有"三宣牙牌令"。以上四句意境与李商隐《无题》诗"隔座送钩春酒暖，分曹射覆蜡灯红"相似。

骰彩红成点，(黛玉)传花鼓滥喧①。

【注释】

① 传花鼓——击鼓传花游戏上一回中写到。　滥喧——频敲。

晴光摇院宇①,(湘云)素彩接乾坤②。

【注释】

① 晴光——与下文"素彩"都指月光。

② 乾坤——天地。

赏罚无宾主①,(黛玉)吟诗序仲昆②。

【注释】

① "赏罚"句——仍说行酒令。无,不分。

② 序仲昆——分出高下,评定优劣。

构思时倚槛,(湘云)拟景或依门①。

【注释】

① 拟——摹拟,想像。　景——程乙本作"句"。　依——戚序本作"敲",庚辰本作"以"。今从甲辰本。

酒尽情犹在,(黛玉)更残乐已谖①。

【注释】

① 更残——夜将尽。　谖(xuān 宣)——忘记,引申为停止。

渐闻语笑寂①,(湘云)空剩雪霜痕②。

【注释】

① 寂——庚辰本作"道",另笔改去作"近",皆不是。俞平伯先生改为"远",无据。今姑从戚序本。

② 雪霜痕——喻照在景物上的月光。

阶露团朝菌,(黛玉)庭烟敛夕榁①。

【注释】

① "阶露"二句——意谓露湿台阶时,朝菌已团生;烟笼庭院中,夕榁已敛合。朝菌,一种早晨生的菌类,生命短促。榁(hūn昏),合欢树,又有合昏、夜合、马缨花等名,乔木,羽状复叶,小叶入夜则合。

秋湍泻石髓①,(湘云)风叶聚云根②。

【注释】

① 湍(tuān团阴平)——急流。　泻石髓——从石窟中泻出。石髓,石钟乳。有石灰石处多洞窟。黛玉夸这一句好,说:"别的都要抹倒。"因为意境之中能映出月光。

② 聚云根——堆积在山石上。古人以为云气从山石中出来,故称云根。

宝婺情孤洁,(黛玉)银蟾气吐吞①。

【注释】

① "宝婺(wù务)"二句——星星清朗明净,月亮光彩焕发。宝婺,婺女星。以女神相拟,所以说"情孤洁"。银蟾,月亮(见第一回《中秋对月有怀口占一律》注⑥)。气吐吞,因蟾蜍而用"气吐吞",指月之圆缺。传说蟾吞月,则月亏缺;吐月,则月盈圆。

药经灵兔捣,(湘云)人向广寒奔①。

【注释】

① "药经"二句——传说月中有白兔捣药，嫦娥偷吃不死药而奔月。经，
程乙本作"催"。广寒，广寒宫，即月宫。

犯斗邀牛女，(黛玉)乘槎访帝孙①。

【注释】

① "犯斗"二句——晋代张华《博物志》:海上客乘槎游仙回来后,曾问方
士严君平。严说:"某年月日,客星犯牵牛宿。"一算,正是他到天河的
时候。两句所用的是同一个传说。邀,见面。牛女,参见第五十回
《咏红梅花得花字》注④。帝孙,也叫天孙,即织女星。

盈虚轮莫定，(湘云)晦朔魄空存①。

【注释】

① "盈虚"二句——两句都借月隐说人事。盈虚,指月的圆缺。轮,月
轮。晦朔,阴历月末一天叫晦,月初一天叫朔,晦朔无月。魄,月魄,
已无月光而徒存魂魄。

壶漏声将涸①，(黛玉)窗灯焰已昏。

【注释】

① 壶漏——古代计时器。 涸——水干,这里指声歇。

寒塘渡鹤影，(湘云)冷月葬花魂①。(黛玉)

【注释】

① "寒塘"二句——上句取意于杜甫《和裴迪登新津寺寄王侍郎》诗"蝉
声集古寺,鸟影度寒塘"句及苏轼《后赤壁赋》"适有孤鹤,横江东来"
一段。以"鹤影"隐湘云将来孤居形景恰好,作者曾描写她长得"鹤势

螂形"。下句"葬花魂",本系黛玉事,"花魂"与"鹤影"也自然成对。葬花魂,用明代叶绍袁《午梦堂集·续窈闻记》中事,叶之幼女小鸾(短命的才女)鬼魂受戒,其师问:"曾犯痴否?"女云:"犯。——勉弃珠环收汉玉,戏捐粉盒葬花魂。"师大赞(详见拙著《蔡义江论红楼梦》第378页《冷月葬花魂》,宁波出版社)。此三字庚辰本作"葬死魂",是形讹。后人以为音讹,遂改为"葬诗魂"(如甲辰、程高本)。

香篆销金鼎,脂冰腻玉盆^①。

【注释】

① "香篆"二句——两句写时久夜深。此联至结尾皆妙玉所续。香篆,制成篆文形状的香。销,焚尽。庚辰、戚序本皆误作"锁",不可通,且字声不对。今从程乙本改。金鼎,鼎炉。腻玉盆,凝于烛盆中。脂冰,即冰脂,指蜡烛油。语词结构与"香篆"同,皆主体置前。《尔雅·释器》:"冰,脂也。"疏:"脂膏也,一名冰脂。"

箫增嫠妇泣,衾倩侍儿温^①。

【注释】

① "箫增"二句——上句说箫声能使寡妇为之而哭泣,下句亦写孤寂。苏轼《前赤壁赋》:"客有吹洞箫者,倚歌而和之;其声呜呜然,如怨、如慕、如泣、如诉,……舞幽壑之潜蛟,泣孤舟之嫠妇。"增,庚辰本作"憎",非是。今从戚序本、梦稿本。嫠(lí梨)妇,寡妇。

空帐悬文凤,闲屏掩彩鸳^①。

【注释】

① "空帐"二句——即"空悬文凤之帐,闲掩彩鸳之屏"。文凤、彩鸳,帐、屏上所饰,反衬人的孤独。

露浓苔更滑,霜重竹难扪^①。

【注释】

① 扪——摸。

犹步萦纡沼^①,还登寂历原^②。

【注释】

① 萦纡——曲折。 沼——池沼。
② 寂历——空旷。 原——高地。

石奇神鬼搏,木怪虎狼蹲^①。

【注释】

① "石奇"二句——石头形状奇特,好像神鬼在打架,树木长得很怪,仿佛蹲着的野兽。苏轼《石钟山记》:"大石侧立千尺,如猛兽奇鬼,森然欲搏人。"搏,程乙本作"缚",误。

赑屃朝光透^①,罘罳晓露屯^②。

【注释】

① 赑屃(bì xì 币戏)——传说龙所生的怪物,像龟,好负重。石碑下当座的大龟即是。这里指代碑石。
② 罘罳(fú sī 浮思)——古代宫门外或城角上有网孔的屏。这里泛指门外有孔的垣屏。 屯——凝聚。

振林千树鸟,啼谷一声猿^①。

【注释】

① "啼谷"句——大观园内是不会有哀猿长啸、空谷传响的。但是,诗不妨那么写。

歧熟焉忘径？泉知不问源①。

【注释】

　　① "歧熟"二句——两句借游山水说哲理,自谓能知大道本源,不至迷途,是翻古人之意。《列子》:"大道以多歧亡羊。"《淮南子》:"杨朱见歧路而泣,谓其可以南,可以北。"又前人多有写见泉流而问源、寻源、探源的诗。歧,路分开的地方。焉,哪里。

钟鸣栊翠寺①,鸡唱稻香村。

【注释】

　　① "钟鸣"句——妙玉所住的栊翠庵居然像深山古刹,也是理想化了的。

有兴悲何继①？无愁意岂烦？

【注释】

　　① 继——程高本作"极",与"有兴"矛盾,因为"悲何极"通常的意思是"悲伤哪里有个完呢"。

芳情只自遣①,雅趣向谁言！

【注释】

　　① 遣——排遣,寻找地方寄托。

彻旦休云倦,烹茶更细论①。(妙玉)

【注释】

　　① 细论——指细论诗。杜甫《春日忆李白》诗:"何时一尊酒,重与细论文？"

【鉴赏】

中秋联句紧接在抄检大观园之后,是借此明写贾府的衰颓景象。

诗的开头,写"匝地管弦繁"、"良夜景暄暄"、"蜡烛辉琼宴,觥筹乱绮园"等热闹景象,都是故作精神,强颜欢笑。实际上,酒席是无精打采的,宝钗、宝琴不在,李纨、凤姐生病,贾母见"少了四个人,便觉冷清了好些",不觉为之"长叹"。宝玉因晴雯病重而离席,探春因近日家事而烦恼。所谓"管弦",也只有桂花阴里发出的一缕十分凄凉的笛声。在这"社也散了,诗也不做了"的情况下,黛玉"对景感怀"、"倚栏垂泪",湘云前来相慰,深夜里硬拉她到水边联句,其寂寞情景,可想而知。

即使纸上欢乐,也难终篇。联句不知不觉地转出了悲音:"酒尽情犹在,更残乐已谖。"一个说:"这时候了!"一个说:"这时候,可知一步难似一步了。"作者大有深意,所指不单作诗而已。湘云的"庭烟敛夕楷"、"盈虚轮莫定"等象征她的命运变幻,黛玉的"阶露团朝菌"、"壶漏声将涸"也预兆她的生命将尽。"寒塘渡鹤影,冷月葬花魂"。这"凄清奇谲"的句子,正好是她们最富有诗意的自我写照。

妙玉深感诗过于悲凉,想用自己所续把"颓败凄楚"的调子"翻转过来",便从夜尽晓来的意思上做文章。但这不过是一种企图逃避不幸命运的主观愿望罢了。黑暗过去之后,曙光是会来临的。但是,光明并不属于行将败亡的封建大家庭,也不存在于佛教信徒们的内心"彻悟"之中。自以为能辨歧途、知泉源的妙玉,最后自己也不能免去流落瓜洲渡口(据从已迷失的靖应鹍藏本抄录的脂评)、"好一似,无瑕白玉遭泥陷"的可悲下场。这样的安排,正可以看出《红楼梦》反映和批判封建社会黑暗现实的真实性和深刻性。

姽婳词三首

（第七十八回）

【说明】

贾政与众幕友谈及恒王与林四娘故事，称其"风流隽逸，忠义感慨"，"最是千古佳谈"，命贾兰、贾环和宝玉各吊一首。贾政所叙情节，是作者利用了旧有明代传说史事而加工改编的（参见此三首诗后附录）。"姽婳（guǐ huà 鬼话）"一词，初见于宋玉《神女赋》，形容女子美好贞静，所以小说中说加以"将军"二字，"更觉妖媚风流"。

其　一

贾　兰

姽婳将军林四娘，玉为肌骨铁为肠。

捐躯自报恒王后，此日青州土亦香①！

【注释】

①　"捐躯"二句——自从林四娘为报答恒王对她的恩宠而抛掉自己生命的那一天之后，青州地方的泥土也是香的了。恒王，可能指明宪宗之子朱祐楎，封衡王，就藩青州。青州，府名，在山东，明初改益都路置，治所在益都（今益都县）。明永乐年间，唐赛儿农民军起义于此。土亦香，各种脂本都一致，程高本作"土尚香"，显然为后人所改，着眼于"此日"的时间。其实，原意是说不但侠骨留香，连埋它的尘土也芳香了，所以用"亦"字并无不妥。王维《少年行》："孰知不向边庭苦，纵死犹闻侠骨香。"

其　二

贾　环

红粉不知愁，　将军意未休①。
掩啼离绣幕，　抱恨出青州。
自谓酬王德，　讵能复寇仇②？
谁题忠义墓③，　千古独风流！

【注释】

① "红粉"二句——上句是写她在恒王生前，下句是写她得悉恒王战死后。红粉、将军，皆指林四娘。红为胭脂，粉为白粉，以女子化妆品代称女子。意未休，心中愤恨不止。

② 讵(jù 巨)能——怎能。戚序本、程乙本作"谁能"，与下句平头复字。连上句意，贾环说她本为道义上酬德，非真能有所作为，以"讵"字为是。今从庚辰本。

③ 谁题——程高本作"好题"，戚序本作"诗题"。今从庚辰本。此句与下句中"风流"、"忠义"、"千古"等词，全搬用贾政称道林四娘的话。

其　三

贾宝玉

恒王好武兼好色，　遂教美女习骑射。
秾歌艳舞不成欢，　列阵挽戈为自得①。
眼前不见尘沙起②，　将军俏影红灯里。
叱咤时闻口舌香③，　霜矛雪剑娇难举④。
丁香结子芙蓉绦⑤，　不系明珠系宝刀。
战罢夜阑心力怯⑥，　脂痕粉渍污鲛绡⑦。
明年流寇走山东⑧，　强吞虎豹势如蜂⑨。

王率天兵思剿灭，　　一战再战不成功。

腥风吹折陇头麦，　　日照旌旗虎帐空⑩。

青山寂寂水潺潺⑪，　正是恒王战死时。

雨淋白骨血染草，　　月冷黄沙鬼守尸。

纷纷将士只保身，　　青州眼见皆灰尘。

不期忠义明闺阁⑫，　愤起恒王得意人。

恒王得意数谁行？　　就死将军林四娘⑬。

号令秦姬驱赵女⑭，　艳李秾桃临战场⑮。

绣鞍有泪春愁重，　　铁甲无声夜气凉⑯。

胜负自然难预定⑰，　誓盟生死报前王。

贼势猖獗不可敌，　　柳折花残实可伤⑱。

魂依城郭家乡近，　　马践胭脂骨髓香⑲。

星驰时报入京师⑳，　谁家儿女不伤悲！

天子惊慌恨失守，　　此时文武皆垂首。

何事文武立朝纲，　　不及闺中林四娘？

我为四娘长太息，　　歌成余意尚傍徨㉑！

【注释】

① "秾(nóng 农)歌"二句——恒王对美女歌舞已引不起兴趣，倒对她们列队弄枪洋洋自得。秾歌艳舞，指美艳的歌舞。

② 尘沙起——指发生战争。

③ "叱咤(chì zhà 赤榨)"句——作者的友人敦诚《鹪鹩庵笔麈》："吾宗紫幢居士(爱新觉罗·文昭)《丽人诗》中有'脂香随语过'之句，较之'夜深私语口脂香'("私语口脂香"乃白居易《江南喜逢萧九彻五十韵》中诗句)尤觉艳媚无痕。"但小说中诗句并非沿袭。叱咤，叱喝、喊口令。

④ 霜矛雪剑——形容矛、剑雪亮锋利。

⑤ 丁香结子——状如丁香花蕾的扣结。　芙蓉绦(tāo 涛)——色如芙蓉的丝带。

⑥ 战罢——习战结束。　夜阑——夜深。

⑦ 鲛绡——手帕(参见第三十四回《题帕三绝句》注②)。

⑧ 流寇——流窜的盗贼,亦常作为对农民起义军的诬蔑称呼。　走——奔驰。　山东——太行山之东。

⑨ 强吞虎豹——即强吞如虎豹。

⑩ "腥风"二句——二句借景物写恒王兵败战死。虎帐,军中主将所在的帐幕。

⑪ 浙浙——水声。

⑫ 不期——想不到。　忠义明闺阁——忠义昭明于闺阁,亦即闺阁之人能明忠义。

⑬ "恒王"二句——二句说,恒王之得意人中最要数那个舍生就死的娇姹将军林四娘了。数谁行(háng 航),要算哪一个。行,语助词,用于自称、人称代词之后(见张相《诗词曲语辞汇释》)。就死,即就趋死的意思。戚序本改为"就是",拙劣可笑。程高本索性再改作"娇姹",袭用贾兰之所作首句。其实,题语"娇姹"二字,诗中正可不必重复(贾环五律亦只称"将军")。今从庚辰本。

⑭ 秦姬、赵女——泛指美女。古人常说秦国和燕、赵多佳人,秦、赵非实指。姬,古时妇人的美称。　驱——率队进军。

⑮ "艳李"句——程高本改作"秾桃艳李临疆场",以求字声与上句相对。其实,这是歌行,毋须将字字声律化。艳李秾桃,喻美女,指恒王的姬妾们。《诗经·召南·何彼秾矣》:"何彼秾矣,华如桃李。"

⑯ "绣鞍"二句——庚辰本在"胜负"二句之后,今从诸本。

⑰ 自然难预定——程高本改作"自难先预定","预定"前何必加"先"!

⑱ 柳折花残——喻四娘等战死。　实可伤——程高本改作"血凝碧"以转韵。此句前后皆"七阳"韵,可知原作并未转韵。

⑲ "魂依"二句——程高本将前后二句颠倒,改"近"为"隔",与所改"血凝碧"押韵。林四娘乃出城战死,所以说"魂依城郭",并非率兵远征边陲。下一"隔"字,是只求渲染,不顾文义。

⑳ 星驰——指使者快马如流星飞驰。

㉑ 馀意尚傍徨——尚有未能尽言的感慨留在心中不去。

【鉴赏】

　　《娇姹词》突出地表现了曹雪芹政治观点上的矛盾:他一方面不满封建制度,一方面又想"补天";一方面憎恶政治腐败、现实黑暗,一方面又为清帝国的命运担忧,为本阶级的没落哀伤;一方面同情奴隶们的痛苦和屈辱,为受冤遭迫害者提出强烈的控诉,一方面又主张"清清白白"地做人,守着"多大碗儿吃多大碗的饭",反对奴隶们用暴力来推翻现存的制度,争取自身的解放。在《娥嫚词》中,他以当今皇帝褒奖前代所遗落的可嘉人事为名,指桑骂槐,揭露和嘲笑当朝统治者的昏庸腐朽和外强中干的虚弱本质:"天子惊慌恨失守,此时文武皆垂首。何事文武立朝纲,不及闺中林四娘?"这无疑是大胆的。但是,把封建王朝在农民起义风暴的猛烈扫荡下的土崩瓦解看成是一场灾难,这又说明曹雪芹并没有完全背叛自己的阶级。

　　清代康熙之后,政治上危机加深,随着农民与地主阶级的矛盾斗争日益激化,农村中的夺地、抗租和"抢粮夺食"的斗争也此起彼伏;大规模农民起义的条件,虽则尚未成熟,但已在酝酿之中。封建地主阶级中一些对现实比较有清醒认识的人,开始担心像前代青州唐赛儿,以至李自成那样声势浩大的农民起义不久就会重新出现,哀叹没有人能"挽狂澜于既倒"。《娥嫚词》正反映了这种深怀隐忧的没落阶级的思想情绪。

　　脂砚斋在小说写到"黄巾、赤眉一干流贼余党"时,曾加批语,以为不能实看这些话,否则,"便呆矣",还说,"此书全是如此,为混人也"。因而,有些研究红学和史学的同志认为,从史事看,林四娘应死于抗清,"非与义军为敌者",此诗实"与义军无关","对立面为侵扰青州之清军",这样写是为"避清帝爪牙之耳目",或者更肯定地认为"是指崇祯十五年十二月清军在未入关前,一次入侵明境山东青州之事"(引自徐恭时同志 1976 年 8 月 31 日来信)。此说,不仅关系到作者对农民起义的政治立场问题,也关系到这位八旗子弟会不会存在某些反满意识的问题。这是令人怀疑的,但值得进一步深入研究。撇开隐写史实的深意探索不谈,还想再说几句有关小说人物形象的话。

　　《娥嫚词》这段情节,在小说描述晴雯之死的过程中是强行插入的,给人以一种仿佛是游离的、节外生枝的感觉。宝玉吊晴雯扑了空回来,就被叫去做吊林四娘的诗,做成《娥嫚词》。作者连过渡的文字也不要，紧接着就让他撰写《芙蓉女儿诔》，这一切都显然是有用意的，那就是通过诗来暗示诔文中所包含的政治寄托；或者行文上称之为前者为后者"作引"。然而，把一个以生命去酬答平日恩宠的贵族姬妾与一个遭封建势力迫害而死的女奴放在一起写，以便作某种类比的意图，实在也不妥当。它同样清楚地表明了曹雪芹思想中所存在的深刻矛盾。

三首中，贾兰、贾环之作只是宝玉诗的陪衬。在宝玉作诗过程中，还插入了不少关于歌行创作的议论，如谓"这个题目似不称近体，须得古体，或歌或行，长篇一首，方能恳切"，起头要"古"，头四句"平叙出""最得体"，接着要看"转得如何"，包括转韵。又说"长歌也须得要些词藻点缀点缀，不然便觉萧索"。还有如何用"一句连转带煞"等等，也都可视作是曹雪芹写诗的经验谈。

附　录

有关林四娘资料选录

《红楼梦》小说有咏林四娘事，此亦实有其人。王渔洋《池北偶谈》云："闽陈宝钥字绿崖，观察青州。一日，燕坐斋中，忽有小鬟年可十四五，姿首甚美，褰帘入曰：'林四娘见。'逡巡间，四娘已至前万福，蛮髻朱衣，绣半臂，凤觜鞋，腰佩双剑。自言：'故衡王宫嫔也，生长金陵，衡王以千金聘妾入后宫，宠绝伦辈，不幸早死，殡于宫中，不数年国破，遂北去。妾魂魄犹恋故墟，今宫殿荒芜，聊欲假君亭馆延客，愿无疑焉。'自是日必一至。久之，设具宴陈，嘉肴旨酒，不异人世，亦不知从何至也。酒酣，叙述宫中旧事，悲不自胜，引节而歌，声甚哀怨，举坐沾衣罢酒。一日，告陈言当往终南山，自后遂绝。有诗一卷，其一云：'静锁深宫忆往年，楼台箫鼓遍烽烟。红颜力弱难为厉，黑海心悲只学禅。细读莲华千百偈，闲看贝叶两三篇。梨园高唱兴亡事，君试听之亦惘然。'"是林四娘事甚奇，而云早死殡于宫中，则与小说家言不甚合，或传闻异词乎？考之《明史》，宪宗之子祐楎封衡王，就藩青州，其玄孙常㵪万历二十四年袭封，不载所终。林四娘所云国破北去者，即斯人矣。

俞樾《俞楼杂纂·壶东漫录》

按：蒲松龄《聊斋志异》中尚有《林四娘》一篇，见任笃行辑校"三会"本，齐鲁书社 2000 年版卷 2 第 419 页。篇后附有清德州卢雅雨《山左诗钞》中一段文字，乃采自《池北偶谈》而稍异，兹不录。又有林西仲（云铭）《林四娘记》一文，因所记离曹雪芹小说所述情节甚远，亦不赘录。

芙蓉女儿诔

（第七十八回）

贾　宝　玉

维太平不易之元①，蓉桂竞芳之月②，无可奈何之日，怡红院浊玉，谨以群花之蕊，冰鲛之縠③，沁芳之泉，枫露之茗，四者虽微，聊以达诚申信，乃致祭于白帝宫中抚司秋艳芙蓉女儿之前曰④：

窃思女儿自临浊世，迄今凡十有六载。其先之乡籍姓氏，湮沦而莫能考者久矣。而玉得于衾枕栉沐之间，栖息宴游之夕，亲昵狎亵，相与共处者，仅五年八月有奇。

忆女儿曩生之昔⑤，其为质则金玉不足喻其贵；其为性则冰雪不足喻其洁；其为神则星日不足喻其精；其为貌则花月不足喻其色⑥。姊妹悉慕媄娴[7]，妪媪咸仰惠德。

　　孰料鸠鸩恶其高，鹰鸷翻遭罦罬[8]；蔲薇妒其臭[9]，茝兰竟被芟鉏[10]！花原自怯，岂奈狂飙？柳本多愁，何禁骤雨？偶遭蛊虿之谗[11]，遂抱膏肓之疾[12]。故尔樱唇红褪，韵吐呻吟；杏脸香枯，色陈顦颔[13]。诼谣謑诟[14]，出自屏帷；荆棘蓬榛，蔓延户牖[15]。岂招尤则替，实攘诟而终[16]。既忳幽沉于不尽[17]，复含罔屈于无穷[18]。高标见嫉，闺帏恨比长沙[19]；直烈遭危，巾帼惨于羽野[20]。自蓄辛酸，谁怜夭折？仙云既散，芳趾难寻。洲迷聚窟，何来却死之香[21]？海失灵槎，不获回生之药[22]。

　　眉黛烟青，昨犹我画；指环玉冷，今倩谁温[23]？鼎炉之剩药犹存，襟泪之余痕尚渍。镜分鸾别，愁开麝月之奁[24]；梳化龙飞，哀折檀云之齿[25]。委金钿于草莽，拾翠盒于尘埃[26]。楼空鳷鹊，徒悬七夕之针[27]；带断鸳鸯[28]，谁续五丝之缕[29]？

　　况乃金天属节，白帝司时；孤衾有梦，空室无人。桐阶月暗，芳魂与倩影同销；蓉帐香残，娇喘共细言皆绝。连天衰草，岂独蒹葭[30]；匝地悲声，无非蟋蟀。露苔晚砌，穿帘不度寒砧[31]；雨荔秋垣，隔院希闻怨笛[32]。芳名未泯，檐前鹦鹉犹呼[33]；艳质将亡，槛外海棠预老。捉迷屏后，莲瓣无声；斗草庭前，兰芳枉待。抛残绣线，银笺彩缕谁裁[34]？摺断冰丝，金斗御香未熨[35]。

　　昨承严命，既趋车而远涉芳园；今犯慈威，复拄杖而近抛孤柩[36]。及闻槥棺被燹，惭违共穴之盟；

石椁成灾,愧迨同灰之诮㊲。

　　尔乃西风古寺㊳,淹滞青燐㊴,落日荒丘,零星白骨。楸榆飒飒,蓬艾萧萧。隔雾圹以啼猿㊵,绕烟塍而泣鬼㊶。自为红绡帐里,公子情深;始信黄土陇中,女儿命薄!汝南泪血㊷,斑斑洒向西风;梓泽馀衷㊸,默默诉凭冷月。

　　呜呼!固鬼蜮之为灾㊹,岂神灵而亦妒?箝诐奴之口㊺,讨岂从宽?剖悍妇之心,忿犹未释!在君之尘缘虽浅,然玉之鄙意岂终。因蓄惓惓之思㊻,不禁谆谆之问。

　　始知上帝垂旌㊼,花宫待诏㊽,生侪兰蕙,死辖芙蓉。听小婢之言,似涉无稽;据浊玉之思,则深为有据。何也?昔叶法善摄魂以撰碑㊾,李长吉被诏而为记㊿,事虽殊,其理则一也。故相物以配才,苟非其人,恶乃滥乎其位?始信上帝委托权衡,可谓至洽至协,庶不负其所秉赋也。因希其不昧之灵,或陟降于兹[51],特不揣鄙俗之词,有污慧听。乃歌而招之曰:

天何如是之苍苍兮,乘玉虬以游乎穹窿耶[52]?
地何如是之茫茫兮,驾瑶象以降乎泉壤耶[53]?
望伞盖之陆离兮,抑箕尾之光耶[54]?
列羽葆而为前导兮,卫危虚于傍耶?
驱丰隆以为比从兮[55],望舒月以离耶?
听车轨而伊轧兮,御鸾鹥以征耶?
闻馥郁而菱然兮[56],纫蘅杜以为缤耶[57]?
炫裙裾之烁烁兮,镂明月以为珰耶[58]?

籍葳蕤而成坛畤兮(59),檠莲焰以烛兰膏耶(60)?
文瓟瓠以为觯斝兮(61),洒醽醁以浮桂醑耶(62)?
瞻云气而凝盼兮,仿佛有所觇耶?
俯窈窕而属耳兮(63),恍惚有所闻耶?
期汗漫而无夭阏兮(64),忍捐弃余于尘埃耶?
倩风廉之为余驱车兮,冀联辔而携归耶?
余中心为之慨然兮,徒噭噭而何为耶?
君偃然而长寝兮,岂天运之变于斯耶?
既窀穸且安稳兮(65),反其真而复奚化耶(66)?
余犹桎梏而悬附兮(67),灵格余以嗟来耶(68)?
来兮止兮,君其来耶?

若夫鸿蒙而居,寂静以处,虽临于兹,余亦莫睹。搴烟萝而为步障(69),列枪蒲而森行伍。警柳眼之贪眠(70),释莲心之味苦(71)。素女约于桂岩(72),宓妃迎于兰渚(73)。弄玉吹笙(74),寒簧击敔(75)。征嵩岳之妃(76),启骊山之姥(77)。龟呈洛浦之灵(78),兽作咸池之舞(79)。潜赤水兮龙吟(80),集珠林兮凤翥(81)。爰格爰诚(82),匪簠匪筥(83)。发轫乎霞城(84),还旌乎玄圃(85)。既显微而若通(86),复氤氲而倏阻(87)。离合兮烟云,空蒙兮雾雨。尘霾敛兮星高,溪山丽兮月午。何心意之忡忡(88),若寤寐之栩栩?余乃欷歔怅望,泣涕彷徨。人语兮寂历,天籁兮筼筜(89)。鸟惊散而飞,鱼唼喋以响(90)。志哀兮是祷,成礼兮期祥。呜呼哀哉!尚飨(91)!

【说明】

　　小丫鬟所说晴雯为芙蓉之神事乃利用传说创新。宋代欧阳修《六一诗话》:"(石)曼卿卒后,其故人有见之者,云:恍忽如梦中言:'我今为鬼仙也,所主芙蓉城。'欲呼故人往游,不得,怂然骑一素骡,去如飞。"此故事,曹雪芹的友人敦敏也曾用过。《懋斋诗钞·吊宅三卜孝廉》诗:"大暮安可醒,一痛成千古。岂真记玉楼,果为芙蓉主。"诔(lěi垒),历叙死人生前行事,在丧礼中宣读的一种文体,相当于现在的悼词。晋代陆机《文赋》述文体之特点说:"诔缠绵而凄怆。"

【注释】

① 维太平不易之元——诔这一文体的格式,开头应当先交待年月日。作者想脱去"伤时骂世"、"干涉朝廷"的罪名,免遭文字之祸,称小说"无朝代年纪可考",不得已,才想出这样的名目。第十三回秦可卿的丧榜上书有"奉天永建太平之国"、十四回出殡的铭旌上也大书"奉天洪建兆年不易之朝"等字样。表面上仿佛都是歌颂升平,放在具体事件、环境中,恰恰又成了绝妙的嘲讽。维,语助词。元,纪年。

② 蓉桂竞芳之月——指农历八月。

③ 冰鲛之縠(hú斛)——传说鲛人居南海中,如鱼,滴泪成珠,善机织,所织之绡,明洁如冰,暑天令人凉快,以此命名。縠,有皱纹的纱。"冰鲛之縠"与下文的"沁芳之泉"、"枫露之茗"都见于小说情节之中。

④ 白帝——古人以百物配五行(金、木、水、火、土)。如春天属木,其味为酸,其色为青,司时之神就叫青帝;秋天属金,其味为辛,其色为白,司时之神就叫白帝,等等。故下文有"金天属节,白帝司时"等语。
　抚司——管辖。

⑤ 曩(nǎng囊上声)——从前,以往。

⑥ "其为质"四句——仿效唐代诗人杜牧《李长吉歌诗叙》中语:"云烟绵联,不足为其态也;水之迢迢,不足为其情也;春之盎盎,不足为其和也;秋之明洁,不足为其格也……。"

⑦ 媖娴(yīng xián英闲)——美好文雅。媖,女子美好。娴,文雅。

⑧ "孰料"二句——诔文用了许多《楚辞》里的词语,大半都寄托着作者的爱憎。如"鹰鸷"用《离骚》的"鸷鸟(猛禽,鹰属)之不群兮,自前世而固然。何方圜(圆)之能周(相合)兮,夫孰(怎能)异道而相安"?原

为屈原表达与楚国贵族反动势力斗争的不屈精神;与此相反,"鸩鸩"之类恶鸟就表示那股反动势力。因为鸩多鸣,像人话多而不实;鸩传说羽毒,能杀人。其他如下文中作为香花的"茝兰"、"蘅杜",作为恶草的"薋菉",也表示这两种力量的对立。又"颇颔"则表示屈原受到压抑而憔悴,"诼谣"则表示反动势力搞阴谋诡计。又如一些讲车仗仪卫的用语,像"玉虬"、"瑶象"和"丰隆"、"望舒"等,也都是美好的事物和明洁正道的神祇,用来表现屈原"志洁行芳"、不同流合污的精神。曹雪芹在此用以表现自己对叛逆的女奴与恶浊势力进行斗争的同情,同时又寄托着自己对当时现实黑暗政治的不满。罦罬(fú zhuó 扶卓),捕鸟的网,这里是被网捕获的意思。

⑨　薋菉(cí shǐ 雌诗)——苍耳和蒺藜,泛指恶草。　臭(xiù 嗅)——气味,这里指香气。

⑩　茝(chǎi)兰——香草。　芟(shān 删)——割草,引申为除去。　钼——即"锄"。

⑪　蛊虿(gǔ chài 古瘥)——害人的毒虫,这里是阴谋毒害人的意思。蛊,传说把许多毒虫放在一起,使互相咬杀,最后剩下不死的叫蛊,以为可用来毒害人。虿,是古书中说的蝎子一类毒虫。

⑫　膏肓(huāng 荒)——心以下横隔膜以上的部分。古人以为病进入这个部位就无法医治(见《左传·成公十年》)。　疚(jiù 救)——久病。

⑬　颗颔(kǎn hàn 砍旱)——因饥饿而面色干黄憔悴。

⑭　诼(zhuó 浊)谣——造谣中伤。　詊(xī 希)诟——嘲讽辱骂。

⑮　户牖(yǒu 友)——门和窗户。牖,窗户。

⑯　"岂招尤"二句——程高本中此二句被删去。招尤则替,自招过失而受损害。替,废。攘诟,蒙受耻辱(语出《离骚》)。

⑰　忳(tún 屯)——忧郁。《离骚》:"忳郁邑余侘傺兮。"　幽沉——指隐藏在内心深处的怨恨。

⑱　罔屈——冤屈。罔,不直为罔。

⑲　长沙——指贾谊,汉文帝时著名政治家。他主张加强中央集权,削减地方王侯权势,年纪很轻就担任朝廷里的重要职务。后来受到权贵排斥,被贬逐为长沙王太傅(辅佐官),三十三岁就郁而死。后人常称他贾长沙。

⑳　"直烈"二句——古代神话,禹的父亲鲧(gǔn 滚)没有天帝的命令,就擅自拿息壤(一种可以生长不息的神土,能堵塞洪水)治洪水,天帝就叫祝融将他杀死在羽山的荒野(据《山海经·海内经》)。屈原在《离

骚》中说"鲧婞(xìng 幸，倔强)直以亡身兮"，大胆肯定了鲧的耿介正直。"直烈"正是用了屈原的话；也正因为鲧是男子，所以诔文引来与芙蓉女儿相比，以反衬"巾帼"遭遇之惨甚于男子，与上一句引贾谊同。小说的续补者传统观念很深，像历来极大多数封建士大夫一样，把窃神土救洪灾的鲧和头触不周山的共工这一类具有斗争性、反抗性的人物看作坏人，将原稿这一句改为"贞烈遭危，巾帼惨于雁塞"（程高本），换成王昭君出塞和亲事。这一改，不仅有碍文理，且在思想性上也削弱了原稿中的叛逆精神。

㉑ "洲迷"二句——传说西海中有聚窟洲，洲上有大树，香闻数百里，叫做返魂树，煎汁制丸，叫做振灵丸，或名却死香，能起死回生（见《十洲记》）。迷，迷失方向，不知去路。

㉒ "海失"二句——传说东海中蓬莱仙岛上有不死之药，秦代有个徐福，带了许多童男女入海寻找，一去就没有回来。槎，筏子，借作船义。又海上有浮灵槎泛天河事（参见第五十回《赋得红梅花》第三首注④）。这里捏合而用之。

㉓ 倩——请人替自己做事。

㉔ "镜分"二句——传说罽(jì 记)宾（汉代西域国名）王捉到鸾鸟一只，很喜欢，但养了三年它都不肯叫。听说鸟见了同类才鸣，就挂一面镜子让它照。鸾见影，悲鸣冲天，一奋而死。后多称镜为鸾镜（见《异苑》）。又兼用南陈太子舍人徐德言与乐昌公主夫妻乱离中分别，各执破镜之半，后得以重逢团圆事（见《古今诗话》）。麝月，巧用丫头名，谐"射月"，同时指镜。奁(lián 连)，女子盛梳妆用品的匣子。

㉕ "梳化"二句——晋人陶侃悬梭于壁，梭化龙飞去（见《异苑》）。这里可能是曹雪芹为切合晴雯、宝玉的情事而改梭为梳的。檀云之齿，檀木梳的齿。檀云，丫头名，也是巧用。麝月檀云，一奁一梳，皆物是人非之意。

㉖ "委金"二句——谓人已死去，首饰都掉在地上。白居易《长恨歌》："花钿委地无人收，翠翘金雀玉搔头。"钿(diàn 甸)，金翠珠宝制成的花形首饰。钿(è 饿)，古代妇女的发饰。

㉗ "楼空"二句——《荆楚岁时记》："七夕人家妇女结彩缕，穿七孔针，陈瓜果于庭中，以乞巧。"鳷(zhī 支)鹊，汉武帝所建的楼观名，这里指华丽的楼阁。与"七夕之针"连在一起，可能由李贺《七夕》诗"鹊辞穿线月"联想而来，但鳷鹊与鹊不是同一种鸟。

㉘ 带断鸳鸯——比喻情人分离。可能用唐人张祜诗："鸳鸯钿带抛何

处？孔雀罗衫付阿谁？"

㉙　五丝之缕——指七夕所结之"彩缕"。又王嘉《拾遗记》："因祇之国，其人善织，以五色丝内（纳）于口中，手引而结之，则成文锦。"晴雯工织，用此亦合。

㉚　蒹葭（jiān jiā 兼加）——芦苇。《诗经·秦风·蒹葭》："蒹葭苍苍，白露为霜。所谓伊人，在水一方。……"是一首怀人的诗。

㉛　不度寒砧——这里是说人已死去，不再有捣衣的砧声传来。度，传。寒砧，古代妇女每于秋夜捣衣，故称寒砧。砧，捣衣石。

㉜　怨笛——《晋书·向秀传》：向秀跟嵇康、吕安很友好。后嵇、吕被杀，向秀一次经过这两个人的旧居，听见邻人吹笛，声音嘹亮，向秀非常伤感，写了一篇《思旧赋》，后人称这个故事为"山阳闻笛"。又唐人小说《步飞烟传》里有"笛声空怨赵王伦"的诗句，说的是赵王因索取石崇吹笛美人绿珠未成而陷害石崇一家的事，诔文可能兼用此事。

㉝　鹦鹉——与下文中海棠、捉迷、斗草等皆小说中情节，有的原不属晴雯，如鹦鹉写在潇湘馆，有的是广义的，如捉迷即可指晴雯偷听宝玉在麝月前议论她事。

㉞　银笺——白纸。与上句"抛残绣线"联系起来，当指刺绣所用的纸样。彩缕——庚辰本作"彩缯"，有误；程乙本作"彩袖"，当是臆改。今从戚序本。

㉟　"金斗"句——语用秦观《如梦令》"睡起熨沉香，玉腕不胜金斗"句。

㊱　拄杖——说自己带病前往，因哀痛所致。　近抛——路虽近而不能保住的意思，与上句"远涉"为对。程乙本作"遣抛"，戚序本作"遽抛"，庚辰本缺字。今从乾隆抄本百廿回红楼梦稿。

㊲　"及闻"四句——意谓宝玉不能与芙蓉女儿化烟化灰，对因此而将受到讥诮和非议感到惭愧。樻（huì 惠）棺，棺材。樻，古代一种小棺材。爨（xiǎn 险），野火。引申为烧。共穴之盟，死当同葬的盟约。穴，墓穴。椁（guǒ 果），棺外的套棺。迨（dài），及。同灰，李白《长干行》："十五始展眉，愿同尘与灰。"本谓夫妇爱情之坚贞。宝玉曾说过将来要和大观园里的女孩子们一同化烟化灰。

㊳　尔乃——发语词。赋中常见，不能解作"你是"。下文"若夫"也是发语词。

㊴　淹滞青燐——青色的燐火缓缓飘动。骨中磷质遇到空气燃烧而发的光，从前人们误以为鬼火。

㊵　圹（kuàng 框）——坟墓。

㊶ 塍(chéng 成)——田间的土埂。

㊷ 汝南泪血——宝玉以汝南王自比,以汝南王爱妾刘碧玉比晴雯。《乐府诗集》有《碧玉歌》引《乐苑》曰:"《碧玉歌》者,宋汝南王所作也。碧玉,汝南王妾名,以宠爱之甚,所以歌之。"梁元帝《采莲赋》:"碧玉小家女,来嫁汝南王。"汝南、碧玉与石崇、绿珠同时并用,始于唐代王维《洛阳女儿行》:"狂夫富贵在青春,意气骄奢剧季伦。自怜碧玉亲教舞,不惜珊瑚持与人。"

㊸ 梓泽馀衷——用石崇、绿珠事(见第六十四回《五美吟·绿珠》注①),意谓如石崇悼念绿珠。石崇有别馆在河阳的金谷,一名梓泽。作者同时人明义《题红楼梦》诗:"馔玉炊金未几春,王孙瘦损骨嶙峋;青蛾红粉归何处?惭愧当年石季伦!"也用石崇的典故。这除了有亲近的女子不能保全的意思外,尚能说明灾祸来临与政治有关。诔文正有着这方面的寄托。

㊹ 蜮(yù 育)——传说中水边的一种害人虫,能含了沙射人的影子,人被射后就要害病。《诗经·小雅·何人斯》:"为鬼为蜮。"陆德明释文:"(蜮)状如鳖,三足,一名射工,俗呼之水弩,在水中含沙射人,一曰射人影。"这里指用阴谋诡计暗害人的人。

㊺ 箝——同"钳",夹住,引申为封闭。《庄子·胠箧》:"箝扬、墨之口。"诐(bì 币)奴——与下句的悍妇都指王善保家的和周瑞家的一伙迎上欺下、狗仗人势的奴才管家们。小说中曾写她们在王夫人前进谗言,"治倒了晴雯"。诐,奸邪而善辩,引申为弄舌。

㊻ 惓(quán 权)惓——同"拳拳",情意深厚的意思。

㊼ 垂旌——用竿挑着旌旗,作为使者征召的信号。

㊽ 待诏——本汉代官职名。这里是等待上帝的诏命,即供职的意思。

㊾ 叶法善摄魂以撰碑——相传唐代的术士叶法善把当时有名的文人和书法家李邕的灵魂从梦中摄去,给他的祖父叶有道撰述并书写碑文,世称"追魂碑"(见《处州府志》)。

㊿ 李长吉被诏而为记——李长吉,即李贺。唐代诗人李商隐作《李长吉小传》说,李贺死时,他家人见绯衣人驾赤虬来召李贺,说是上帝建成了白玉楼,叫他去写记文。还说天上比较快乐,不像人间悲苦,要李贺不必推辞。

(51) 陟降——陟是上升,降是下降。古籍里"陟降"一词往往只用偏义,或谓上升或谓下降。这里是降临的意思。

(52) 玉虬(qiú 求)——白玉色的无角龙。后文的"鷖"(yī 一)是凤凰。屈

原《离骚》:"驷玉虬以乘鹥兮。" 穹窿——天看上去中间高,四方下
垂像篷帐,所以称穹窿。

㊾ 瑶象——指美玉和象牙制成的车子。屈原《离骚》:"为余驾飞龙兮,
杂瑶象以为车。"

㊿ 箕尾——箕星和尾星,和下文的虚、危都是属于二十八宿星座的名
称。古代神话,商王的相叫傅说(悦),死后精神寄托于箕星和尾星之
间,叫做"骑箕尾"(见《庄子·大宗师》)。这里隐指芙蓉女儿的灵魂。

㊼ 丰隆——神话中的云神(一作雷神)。下句中的"望舒"为驾月车的
神。后文的"云廉"即"飞廉",是风神。《离骚》:"吾令丰隆乘云兮,求
宓妃之所在。"又"前望舒使先驱兮,后飞廉使奔属。""望舒"之"望",
在诔文中兼作动词用。

㊽ 菱(ài 爱)——盛。

㊾ 纫蘅杜以为纕(xiāng 香)——把蘅、杜等香草串起来作为身上的佩
带。纕,佩带。《离骚》:"纫秋兰以为佩。"

㊿ 珰——耳坠子。古乐府《焦仲卿妻》:"耳著明月珰。"

㊾ 葳蕤(wēi ruí 威锐阳平)——花草茂盛的样子。 畤(zhì 痔)——古时
帝王祭天地五帝之所。

㊿ 棨(qíng 晴)莲焰——在灯台里点燃起莲花似的灯焰。棨,灯台。
烛兰膏——烧香油。

㊿ 爬瓝(bó hú 博胡)——葫芦之类瓜,硬壳可作酒器。程乙本作"瓝
爬",今依脂本顺序。《广韵》:"爬瓝可为饮器。"瓝,庚辰、戚序本作
"鲍",这是"瓝"的别写。 觯斝(zhì jiǎ 至假)——古代两种酒器名。

㊿ 醽醁(líng lù 灵录)——美酒名。

㊿ 窈窕——深远貌。

㊿ 汗漫——古代传说有个叫卢敖的碰到名叫若士的仙人,向他请教,若
士用"吾与汗漫期于九垓之外"的理由拒绝了他的请求(见《淮南子·
道应训》)。汗漫是一个拟名,寓有混混茫茫不可知见的意思。九垓,
即九天。 天阏(yān 烟)——亦作"天遏",阻挡。

㊿ 窀穸(zhūn xī 谆希)——墓穴。

㊿ 反其真——反回到本源,指死(语出《庄子·大宗师》)。

㊿ 悬附——"悬疣附赘"的简称,指瘤和瘜肉,是身体上多余的东西。
《庄子·大宗师》:"彼以生为附赘悬疣,以死为决疣溃痈。"这是厌世主
义的比喻。

㊿ 灵——灵魂,指晴雯的灵魂。 格——感通。 嗟来——招唤灵魂

到来的话。《庄子·大宗师》："嗟来桑户乎！嗟来桑户乎！"桑户，人名。他的朋友招他的魂时这样说。

⑥⑨　搴(qiān 千)——拔取。

⑦⓪　柳眼——柳叶细长如眼，所以这样说。

⑦①　莲心——莲心味苦，古乐府中常喻男女思念之苦，并用"莲心"谐音"怜心"。

⑦②　素女——神女名，善弹瑟(见《史记·封禅书》)。

⑦③　宓(fú 伏)妃——传说她是伏羲氏的女儿，淹死在洛水中，成了洛神。

⑦④　弄玉吹笙——相传秦穆公之女弄玉善吹笙，嫁与萧史，萧善吹箫，能作凤鸣，后引来凤凰，夫妻随凤化仙飞去(见汉代刘向《列仙传》及明代陈耀文《天中记》)。

⑦⑤　寒簧——仙女名，偶因一笑下谪人间，后深悔而复归月府(见明代叶绍袁《午梦堂集·续窈闻记》)。洪昇《长生殿》借为月中仙子。　敔(yǔ 语)——古代的一种打击乐器，形状如一只伏着的老虎。

⑦⑥　嵩岳之妃——指灵妃。《旧唐书·礼仪志》：武则天临朝时，"下制号嵩山为神岳，尊嵩山神为天中王，夫人为灵妃"。韩愈《谁氏子》诗："或云欲学吹凤笙，所慕灵妃媲萧史。"可知灵妃也是善于吹笙的。

⑦⑦　骊山之姥(mǔ 母)——《汉书·律历志》中说殷周时有骊山女子为天子，才艺出众，所以传闻后世。到了唐宋以后，就传为女仙，并尊称为"姥"或"老母"。又《搜神记》中说有个神姬叫成夫人，好音乐，每听到有人奏乐歌唱，便跳起舞来。所以李贺《李凭箜篌引》中有"梦入神山教神姬"的诗句。这里可能是兼用两事。

⑦⑧　"龟呈"句——古代传说，夏禹治水，洛水中有神龟背着文书来献给他(见《尚书·洪范》汉代孔安国传)。又传说黄帝东巡黄河，过洛水，黄河中的龙背了图来献，洛水中的乌龟背了书来献，上面都是赤文篆字(见《汉书·五行志》正义引刘向说)。

⑦⑨　"兽作"句——舜时，夔作乐，百兽都一起跳舞(见《史记·五帝本纪》)。咸池，是尧的乐曲名，一说是黄帝的乐曲。

⑧⓪　赤水——神话中地名。

⑧①　珠林——也称珠树林、三株(又作"珠")树，传说"树如柏，叶皆为珠"(见《山海经》)。　凤翥(zhù 住)——凤凰在飞翔。凤集珠林，见《异苑》。

⑧②　爰格爰诚——这种句法，在《诗经》等古籍中屡见，在多数情况下，"爰"只能作联接两个意义相近的词的语助词。格，在这里是感动的

意思,如"格于皇天"。

㉝ 匪簠(fǔ 甫)匪筥(jǔ 举)——意谓祭在心诚,不在供品。匪,通"非"。簠、筥,古代祭祀和宴会用的盛粮食的器皿。

㉞ 发轫(rèn 刃)——启程,出发。轫,阻碍车轮转动的木棍,车发动时须抽去。 霞城——神话以为元始天尊居紫云之阁,碧霞为城。后以碧霞城或霞城为神仙居处(见孙绰《游天台山赋序》)。

㉟ 玄圃——亦作"县圃",神仙居处,传说在昆仑山上。《离骚》:"朝发轫于苍梧兮,夕余至乎县圃。"

㊱ 通——程乙本作"遒",误。

㊲ 氤氲(yīn yūn 因晕)——烟云笼罩。

㊳ 忡忡——忧愁的样子。

㊴ 篔筜(yún dāng 云当)——一种长节的竹子。

㊵ 嗳喋(shà zhá 霎炸)——水鸟或水面上鱼儿争食的声音。

㊶ 尚飨(xiǎng 想)——古时祭文中的固定词,意谓望死者前来享用祭品。

【译文】

千秋万岁太平年,芙蓉桂花飘香月,无可奈何伤怀日,怡红院浊玉,谨以百花蕊为香,冰鲛縠为帛,取来沁芳亭泉水,敬上枫露茶一杯。这四件东西虽然微薄,姑且借此表示自己一番诚挚恳切的心意,将它放在白帝宫中管辖秋花之神芙蓉女儿的面前,而祭奠说:

我默默思念:姑娘自从降临这污浊的人世,至今已有十六年了。你先辈的籍贯和姓氏,都早已湮没,无从查考,而我能够与你在起居梳洗、饮食玩乐之中亲密无间地相处,仅仅只有五年八个月零一点的时间啊!

回想姑娘当初活着的时候,你的品质,黄金美玉难以比喻其高贵;你的心地,晶冰白雪难以比喻其纯洁;你的神智,明星朗日难以比喻其光华;你的容貌,春花秋月难以比喻其娇美。姊妹们都爱慕你的娴雅,婆妈们都敬仰你的贤惠。

可是,谁能料到恶鸟仇恨高翔,雄鹰反而遭到网获;臭草妒忌芬芳，香兰竟然被人剪除。花儿原来就怯弱，怎么能对付狂风？柳枝本来就多愁，如何禁得起暴雨？一旦遭受恶毒的诽谤，随即得了不治之症。所以，樱桃般的嘴唇，褪去鲜红，而发出了痛苦的呻吟；甜杏似的脸庞，丧失芳香，而呈现出憔悴的病容。流言蜚语，产生于屏内幕后；荆棘毒草，爬满了门前窗口。哪里是自招罪愆而丧生，实在乃蒙受垢辱而致死。你是既怀着不尽的忧念，又含着无穷的冤屈呵！高尚的品格，被人妒忌，姑娘的愤恨恰似受打击被贬到长沙去的贾谊；刚烈的气节，遭到暗伤，姑娘的悲惨超过窃神土救洪灾被杀在羽野的鲧。独自怀着无限辛酸，有谁可怜不幸夭亡？你既像仙家的云彩那样消散，我又到哪里去寻找你的踪迹？无法知道聚窟洲的去路，从哪里来不死的神香？没有仙筏能渡海到蓬莱，也得不到回生的妙药。

你眉毛上的黛色如青烟缥缈，昨天还是我亲手描画；你手上的指环已玉质冰凉，如今又有谁把它焐暖？炉罐里的药渣依然留存，衣襟上的泪痕至今未干。镜已破碎，鸾鸟失偶，我满怀愁绪，不忍打开麝月的镜匣；梳亦化去，云龙飞升，折损檀云的梳齿，我便哀伤不已。你那镶嵌着金玉的珠花，被委弃在杂草丛中，翡翠发饰落在尘土里，被人拾走。鸤鹊楼人去楼空，七月七日牛女鹊桥相会的夜晚，你已不再向针眼中穿线乞巧；鸳鸯带空馀断缕，哪一个能够用五色的丝线再把它接续起来？

况且，正当秋天，五行属金，西方白帝，应时司令。孤单的被褥中虽然有梦，空寂的房子里已经无人。在种着梧桐树的台阶前，月色多么昏暗！你芬芳的魂魄和美丽的姿影一同逝去；在绣着芙蓉花的纱帐里，香气已经消散，你娇弱的喘息和细微的话音也都灭绝。一望无际的衰草，又何止芦苇苍茫！遍地凄凉的声音，无非是蟋蟀悲鸣。点点夜露，洒在覆盖着青苔的阶石上，捣衣砧的声音不再穿过帘子进来；阵阵秋雨，打在爬满了薜荔的墙垣上，也难听到隔壁院子里哀怨的笛声。你的名字尚在耳边，屋檐前的鹦鹉还在叫唤；你的生命行将结束，栏杆外的海棠就预先枯萎。过去，你躲在屏风后捉迷藏，现在，听不到你的脚步声了；从前，你去到庭院前斗草，如今，那些香草香花也白白等待你去采摘了！刺绣的线已经丢弃，还有谁来裁纸样、定颜色？洁白的绢已经断裂，也无人去烧熨斗、燃香料了！

昨天，我奉严父之命，有事乘车远出家门，既来不及与你诀别；今天，我不管慈母会发怒，拄着杖前来吊唁，谁知你的灵柩又被人抬走。及至听到你的棺木被焚烧的消息，我顿时感到自己已违背了与你死同墓穴的誓盟。你的长眠之所竟遭受如此的灾祸，我深深惭愧曾对你说过要同化灰尘的旧话。

看那西风古寺旁，青燐徘徊不去；落日下的荒坟上，白骨散乱难收！听那楸树榆木飒飒作响，蓬草艾叶萧萧低吟！哀猿隔着雾腾腾的墓窟啼叫，冤鬼绕着烟蒙蒙的田塍啼哭。原来以为红绡帐里的公子，感情特别深厚，现在始信黄土堆中的姑娘，命运实在悲惨！我正如汝南王失去了碧玉，那斑斑泪血只能向西风挥洒；又好比石季伦保不住绿珠，这默默衷情惟有对冷月倾诉。

啊！这本是鬼蜮阴谋制造的灾祸，哪里是老天妒忌我们的情谊！钳住长舌奴才的烂嘴，我的诛伐岂肯从宽！剖开凶狠妇人的黑心，我的愤恨也难消除！你在世上的缘分虽浅，而我对你的情意却深。因为我怀着一片痴情，难免就老是问个不停。

现在才知道上帝传下了旨意，封你为花宫待诏。活着时，你既与兰蕙为伴；死了后，就请你当芙蓉主人。听小丫头的话，似乎荒唐无稽，以我浊玉想来，实在颇有依据。为什么呢？从前唐代的叶法善就曾把李邕的魂魄从梦中摄走，叫他写碑文；诗人李贺也被上帝派人召去，请他给白玉楼作记。事情虽然不同，道理则是一样的。所以，什么事物都要找到能够与它相配的人，假如这个人不配管这件事，那岂不是用人太滥了吗？现在，我才相信上帝衡量一个人，把事情托付给他，可谓恰当妥善之极，将不至于辜负他的品性和才能。所以，我希望你不灭的灵魂能降临到这里。我特地不揣鄙陋粗俗，把这番话说给你听，并作一首歌来招唤你的灵魂，说：

天空为什么这样苍苍啊！
是你驾着玉龙在天庭遨游吗？
大地为什么这样茫茫啊！
是你乘着象牙的车降临九泉之下吗？
看那宝伞多么绚烂啊！
是你所骑的箕星和尾星的光芒吗？
排开装饰着羽毛的华盖在前开路啊！
是危星和虚星卫护着你两旁吗？
让云神随行作为侍从啊！
你望着那赶月车的神来送你走吗？
听车轴伊伊哑哑响啊！
是你驾驭着鸾凤出游吗？
闻到扑鼻的香气飘来啊！
是你把杜蘅串联成佩带吗？
衣裙是何等光彩夺目啊！
是你把明月镂成了耳坠子吗？
借繁茂的花叶作为祭坛啊！
是你点燃了灯火烧着了香油吗？
在葫芦上雕刻花纹作为饮器啊！
是你在酌绿酒饮桂浆吗？
抬眼望天上的烟云而凝视啊！
我仿佛窥察到了什么；
俯首向深远的地方而侧耳啊！
我恍惚闻听到了什么。
你和茫茫大士约会在无限遥远的地方吗？
怎么就忍心把我抛弃在这尘世上呢！
请风神为我赶车啊！
你能带着我一起乘车而去吗？
我的心里为此而感慨万分啊！

白白地哀叹悲号有什么用呢？

你静静地长眠不醒了啊！

难道说天道变幻就是这样的吗？

既然墓穴是如此安稳啊！

你死后又何必要化仙而去呢？

我至今还身受桎梏而成为这世上的累赘啊！

你的神灵能有所感应而到我这里来吗？

来呀，来了就别再去了啊！

你还是到这儿来吧！

你住在混沌之中，处于寂静之境；即使降临到这里，也看不见你的踪影。我取女萝作为帘幕屏障，让菖蒲像仪仗一样排列两旁。还要警告柳眼不要贪睡，教那莲心不再味苦难当。素女邀约你在长满桂树的山间，宓妃迎接你在开遍兰花的洲边。弄玉为你吹笙，寒簧为你击敔；召来嵩岳灵妃，惊动骊山老母。灵龟像大禹治水时那样背着书从洛水跃出，百兽像听到了尧舜的咸池曲那样群起跳舞。潜伏在赤水中呵，龙在吟唱；栖息在珠林里呵，凤在飞翔。恭敬虔诚就能感动神灵，不必用祭器把门面装潢。

你从天上的霞城乘车动身，回到了昆仑山的玄圃仙境。既像彼此可以交往那么分明，又忽然被青云笼罩无法接近。人生离合呵，好比浮云轻烟聚散不定，神灵缥缈呵，却似薄雾细雨难以看清。尘埃阴霾已经消散呵，明星高悬；溪光山色多么美丽呵，月到中天。为什么我的心如此烦乱不安？仿佛是梦中景象在眼前展现。于是我慨然叹息，怅然四望，流泪哭泣，留连彷徨。

人们呵，早已进入梦乡，竹林呵，奏起天然乐章；只见那受惊的鸟儿四处飞散，只听得水面上鱼儿喋喋作响。我写下内心的悲哀呵，作为祈祷，举行这祭奠的仪式呵，期望吉祥。悲痛呵！请来将此香茗一尝！

【鉴赏】

在《红楼梦》全部诗文词赋中,这是最长的一篇,也是作者发挥文学才能最充分,表现政治态度最明显的一篇。关于这篇诔文的写作,小说中有一段文字,对我们理解作者的创作意图很重要,在程高本中,却被删去。今抄录如下:

> ……〔宝玉〕想了一想:"如今若学那世俗之奠礼,断然不可。竟也还别开生面,另立排场,风流奇异,于世无涉,方不负我二人之为人。况且古人有云:'潢污行潦、蘋蘩蕴藻之贱,可以馐王公,荐鬼神。'原不在物之贵贱,全在心之诚敬而已。此其一也。二则诔文挽词,也须另出己见,自放手眼,亦不可蹈袭前人的套头,填写几字搪塞耳目之文;亦必须洒泪泣血,一字一咽,一句一啼,宁使文不足悲有余,万不可尚文藻而反失悲戚。况且古人多有微词,非自我今作俑也。无奈今之人全惑于'功名'二字,故尚古之风一洗皆尽,恐不合时宜,于功名有碍之故也。我又不希罕那功名,不为世人观阅称赞,何必不远师楚人之《大言》、《招魂》、《离骚》、《九辩》、《枯树》、《问难》、《秋水》、《大人先生传》等法,或杂参单句,或偶成短联,或用实典,或设譬寓,随意所之,信笔而去,喜则以文为戏,悲则以言志痛,辞达意尽为止,何必若世俗之拘拘于方寸之间哉!"宝玉本是个不读书之人,再心中有了这篇歪意,怎得有好诗好文作出来。他自己却任意纂著,并不为人知慕,所以大肆妄诞,竟杜撰成一篇长文。(参戚序本、庚辰本校)

这里,"古人多有微词,非自我今作俑也"一句,特别值得注意。它明白地告诉我们诔文是有所寄托的。所谓"微词",即通过对小说中虚构的人物情节的褒贬来讥评当时的现实,特别是当时的黑暗政治。何以见得呢?所引为先例的"楚人"作品,在不同程度上都是讽喻政治的。而其中被诔文在文字上借用得最多的是屈原的《离骚》,这并非偶然。《离骚》的美人香草实际上根本与男女之情无关,完全是屈原用以表达政治理想的代词。

　　清代与"百家争鸣"的战国时代的情况大不一样,特别是雍正、乾隆年间,则更是文禁酷严,朝野惴恐。稍有"干涉朝廷"之嫌,难免就要招来文字之祸。所以,当时一般人都不敢作"伤时骂世"之文,"恐不合时宜,于功名有碍之故也"。触犯文网,丢掉乌纱帽,这还是说得轻的。曹雪芹"不希罕那功名","又不为世人观阅称赞",逆潮流而动,走自己的路,骨头还是比较硬的。

　　当然,要在这样环境之下,揭露封建政治的黑暗,就得把自己的真实意图巧妙地隐藏起来。"尚古之风"、"远师楚人"、"以文为戏"、"任意纂著"、"大肆妄诞"、"歪意"、"杜撰"等等,也无非是作者护身的铠甲。借师古而脱罪,隐真意于玩文,似乎是摹拟,而实际上是大胆创新,既幽默而又沉痛。艺术风格也正是由思想内容所决定的。

　　明了这一点,就不难理解:为什么在这篇表面上写儿女悼亡之情的诔文中,要用贾谊、鲧、石崇、嵇康、吕安等这些在政治斗争中遭祸的人物的典故。为什么这篇洋洋洒洒的长文既不为秦可卿之死而作,也不用之于祭奠金钏儿,虽然她们的死,宝玉也十分哀痛。

　　脂评说,诔文"明是为与阿颦作谶"(庚辰本第七十九回),"知虽诔晴雯,实乃诔黛玉也。试观《证前缘》回、黛玉逝后诸文,便知"(靖藏本第七十九回)。这本来从作者在小说中安排芙蓉花丛里出现黛玉影子、让他们作不吉祥的对话等情节中,也可以看得十分清楚。的确,作者在艺术构思上,是想借晴雯的悲惨遭遇来衬托黛玉的不幸结局的:晴雯因大观园内出了丑事,特别是因她与宝玉的亲近关系而受诽谤,蒙冤屈;将来贾府因宝玉闯出"丑祸"而获罪,黛玉凭着她与宝玉的特殊关系,也完全是有可能蒙受某些诟辱的。"似谶成真"的《葬花吟》中"强于污淖陷渠沟"的话,怕也不是无的放矢吧。晴雯是宝玉不在时孤单地死去的,而且她的遗体据说是因为"女儿痨死的,断不可留",便立即火化了。黛玉也没有能等到宝玉避祸出走回来就"泪尽"了,她的诗句如"他年葬侬知是谁?"、"花落人亡两不知","一声杜宇春归尽,寂寞帘栊空月痕"等等,也都预先透露了她"红断香消"时无人过问的情景。她的病和晴雯一样,却死在"家亡人散各奔腾"的时刻,虽未必也送入

"化人厂",但总是返柩姑苏,埋骨"黄土垅中",让她"质本洁来还洁去"。"冷月葬花魂"的结局,实在也够凄凉的了。脂评特指出诔文应对照"黛玉逝后诸文"看,可知宝玉"一别西风又一年"后,"对景悼颦儿"时,也与此刻"汝南泪血,斑斑洒向西风;梓泽馀衷,默默诉凭冷月"的景况相似。当然,使她们同遭夭折命运的最主要的相似之处,还是诔文所说的原因:"固鬼蜮之为灾,岂神灵之有妒?"在她们的不幸遭遇中,作者都寄托着自己现实的政治感慨。这可以说,与我们现在所见续书中写黛玉之死的情节毫无共同之处。

作者在诔文中表现出强烈的爱憎态度:用最美好的语言,对这个"心比天高,身为下贱,风流灵巧招人怨"的女奴加以热情的颂赞,同时毫不掩饰自己对惯用鬼蜮伎俩陷害别人的邪恶势力的痛恨。但是,由于作者不可能科学地来认识封建制度的吃人本质,所以,他既不能了解那些他加以类比的统治阶级内部斗争中受到排挤打击者,与一个命运悲惨的奴隶之间所存在着的本质区别,也根本无法理解邪恶势力就产生于这一制度本身这一道理。

紫 菱 洲 歌
(第七十九回)

贾 宝 玉

池塘一夜秋风冷，　吹散芰荷红玉影①；
蓼花菱叶不胜愁②，　重露繁霜压纤梗③。
不闻永昼敲棋声，　燕泥点点污棋枰④；
古人惜别怜朋友，　况我今当手足情！

【说明】

贾赦将迎春许嫁了孙绍祖,并将她接出大观园去。宝玉十分惆怅,天天到迎春住过的紫菱洲一带徘徊,只见"轩窗寂寞,屏帐翛然,不过有几个该班上夜的老妪","那岸上的蓼花苇叶,池内的翠荇香菱,也都觉摇摇落落,似有追忆故人之态",情不自禁,吟此一歌。

【注释】

① "吹散"句——以同长于池中的芰荷被秋风吹散喻姊弟分离。芰(jì记),即菱。红玉,比荷花。

② 愁——程高本作"悲"。

③ 纤梗——纤弱的枝梗。这一句庚辰本与第二句重出,仍作"吹散芰荷红玉影",后又用笔勾去,句下批曰:"此句遗失。"则今见于梦稿、戚序、蒙府、甲辰诸本之"重露"句,或为后人所补。

④ "不闻"二句——见眼前寂寞凄凉景象而追忆往昔姊弟下棋玩乐的温暖。同时用乐府民歌谐音手法,隐说会面无期。《读曲歌》:"执手与欢别,合会在何时? 明灯照空局,悠然(谐"油燃")未有期(谐"棋")。"枰,棋盘。泥污棋枰,亦即"空局"。

【鉴赏】

迎春虽已搬出大观园,但尚未过门成亲,祸福甚难逆料,宝玉即发此悲叹,仿佛已有不祥的预感。可见,鲁迅说贾府中"悲凉之雾,遍被华林,然呼吸而领会之者,独宝玉而已"(《中国小说史略》),是很有道理的。

宝玉见紫菱洲一带寥落景象的文字之后,有一条脂批说:"先为'对景悼颦儿'作引。"这条批语,可注意者有三:一、这里的描写,与后来宝玉悼黛玉所见潇湘馆景象,定有相似之处。那时,当也是人去楼空,草木摇落,景象凄凉,而且也是秋天。有第二十六回两条脂批可证:一是贾芸至怡红院,见匾上"怡红快绿"四字,批曰:"伤哉! 展眼便红稀绿瘦矣,叹叹!"一是宝玉来至潇湘馆,"只见凤尾森森,龙吟细细(皆形容竹子)",批曰:"与后文'落叶萧萧,寒烟漠漠'一对,可伤可叹!"二、此处"作引"尚有歌八句,彼时所作,是诗是赋,或为祭文,不得而知,但当篇幅更大,内容分量更重;否则,写黛玉之死的文字,在艺术上就压不住写晴雯的。三、从脂批语气看,"悼颦儿"也不像是八十回之后又隔了很久的事。这样,很可能原稿从第八十一回起,情节发展即开始出现急遽的变化。不幸之事,接二连三,三春去,香菱死。一波未平,一波又起。在电闪雷鸣之中,一场暴风雨随之而到来。如果我们这样的估计大致不错的话,那么,原稿下半部开始是决不会再用松散的笔调去写"四美钓游鱼"之类无谓情节的。

歌　谣

(第八十三回)

宁国府,荣国府,金银财宝如粪土。
吃不穷,穿不穷,算来总是一场空。

【说明】

此首以下为续补文字,非曹雪芹所作。

凤姐在周瑞家的面前叹穷。周瑞家的附和说:"真正委屈死人!……外头的人,打量着咱们府里不知怎么样有钱呢。"还把她听来的这首外面传的儿歌讲给凤姐听。

【评说】

这是一首拟作的民谣。虽然写得浅俗,但精神上似乎不太像真正的民谣。前几句还好,套的是《护官符》,只是语言平淡;后几句仿史书中常见的那种预言祸福、能得应验的所谓民间"口号"。其实,那些东西多半是统治阶级中某些人利用迷信观念来制造政治舆论所捏造的假民谣。贾府的败落是地主阶级内部争夺财产与权力的结果。各派政治势力之间勾心斗角,各施阴谋,其深藏之祸机,常非外人所易知。这且不论,主要的还是站在什么立场上来看待封建大家族的垮台。"算来总是一场空",是谁在替他们盘"算"呢?受尽贾府欺压、盘剥的广大百姓的情绪该不是这样的吧?

亲友庆贺贾政升官

(第 八 十 五 回)

花到正开蜂蝶闹,
月逢十足海天宽。

【说明】

续作者插入此对句,以形容贾府车马填门的热闹情景。

【评说】

作为喜庆语看,这一对句还是拟得不错的。但从小说的思想倾向来看,就有问题。它缺少了八十回之前常有的、在这里也是应该有的讥刺意味。从曹雪芹的原来构思看,贾政的命运显然被续作者改变了。他本该是官场倒霉的。因为在《红楼梦曲·恨无常》中,贾元春的冤魂曾哭哭啼啼地正告她父亲:"天伦呵,须要退步抽身早!"现在,元春的话算是白说了,靠着续书者的恩赐,贾政老爷官运亨通,他高升了郎中。

与黛玉书并诗四章

（第八十七回）

薛 宝 钗

妹生辰不偶①，家运多艰，姊妹伶仃，萱亲衰迈②。兼之猇声狺语③，旦暮无休；更遭惨祸飞灾，不啻惊风密雨④。夜深辗侧⑤，愁绪何堪！属在同心⑥，能不为之恻恻乎⑦？回忆海棠结社，序属清秋；对菊持螯⑧，同盟欢洽。犹记"孤标傲世偕谁隐，一样花开为底迟"之句，未尝不叹冷节遗芳⑨，如吾两人也！感怀触绪，聊赋四章。匪曰无故呻吟⑩，亦长歌当哭之意耳⑪。

悲时序之递嬗兮⑫，又属清秋。
感遭家之不造兮⑬，独处离愁⑭。
北堂有萱兮，何以忘忧？
无以解忧兮，我心咻咻⑮！一解⑯。

云凭凭兮秋风酸⑰，
步中庭兮霜叶干。
何去何从兮失我故欢！
静言思之兮恻肺肝⑱？二解。

惟鲔有潭兮，惟鹤有梁⑲。
鳞甲潜伏兮，羽毛何长⑳！
搔首问兮茫茫，

高天厚地兮,谁知余之永伤㉑? 三解。

银河耿耿兮寒气侵㉒,
月色横斜兮玉漏沉㉓。
忧心炳炳兮㉔,发我哀吟。
吟复吟兮,寄我知音。四解。

【说明】

薛蟠酒店行凶,打死张三,经贿赂官场,得翻案减罪。薛家人虚惊一场。宝钗的信和诗是在等待结案期间所写。

【注释】

① 不偶——不吉利。封建迷信说法,如"数偶"为运气好,"数奇"为运气坏。

② 萱亲——母亲。下面"北堂有萱"亦同(参见第七十六回《中秋夜大观园即景联句》"色健茂金萱"注①)。

③ 猇(xiāo 消)声狺(yín 银)语——比喻她的嫂子泼妇夏金桂的恶声恶语。"猇"也写作"虓",老虎怒吼。狺,狗叫声。

④ 啻(chì 赤)——但、只。 惊风密雨——喻遭受打击。柳宗元《登柳州城楼寄漳、汀、封、连四州刺史》诗:"惊风乱飐芙蓉水,密雨斜侵薜荔墙。"

⑤ 辗侧——翻来覆去睡不着觉。《诗经·周南·关雎》:"辗转反侧。"

⑥ 属在同心——凡与自己要好的朋友。

⑦ 愍恻——同情。愍,同"悯"。

⑧ 持螯——吃蟹(参见第三十八回《螃蟹咏》注①)。

⑨ 冷节遗芳——冷落的秋天季节,残馀的芳香。以菊比人,节又是节守。

⑩ 匪——同"非"。

⑪ 长歌当哭——以放声歌唱代替哭泣。古乐府《悲歌》:"悲歌可以当泣,远望可以当归。"

⑫ 递嬗(shàn 善)——更替、变迁。

⑬　不造——不幸。语出《诗经·周颂·闵予小子》。

⑭　离愁——遭遇忧愁。离，同"罹"，遭到。

⑮　咻(xiū 休)咻——本为嘘气声，引申为不安宁、悲哀。

⑯　解——乐章中的一章一节。

⑰　凭凭——亦作"冯冯"，盛多的样子。李白《远别离》诗："云凭凭兮欲吼怒"。　秋风酸——"酸"是"悲"的修辞说法。李贺《金铜仙人辞汉歌》："东关酸风射眸子。"

⑱　静言思之——《诗经·卫风·氓》："静言思之，躬自悼矣。"言，语助词，无义。

⑲　"惟鲔(wěi 委)"二句——二句说鲔、鹤本应有安居之处。鲔，鲟鱼和鳇鱼的古称。是贵重的鱼，春日用以荐祭寝庙(先王之墓)。梁，屋梁。《诗经》中曾以"有鹙(贪恶的鸟)在梁，有鹤在林"，比亲近恶人而疏远善者。

⑳　"鳞甲"二句——喻所谓君子失意，小人得势。鳞甲，指蛟龙。羽毛，指凡鸟。

㉑　"谁知"句——宋代朱熹《感春赋》："孰知吾心之永伤？"永伤，无尽的愁思(语本《诗经·周南·卷耳》)。

㉒　耿耿——明亮的样子。

㉓　玉漏沉——计时的漏壶快要水尽声歇了，即夜将尽的意思。

㉔　炳炳——犹言"耿耿"，形容忧思不减。《诗经·小雅·颊弁》："未见君子，忧心炳炳。"

【评说】

　　薛蟠行凶打死张三，受官场庇护的情节，是第四回打死冯渊的模仿。所不同的是曹雪芹的同情显然在受害者一边，而续书者则让宝钗在信中大肆歪曲事实真相，混淆视听。明明是张三家被弄得家破人亡，而凶手安然无事，宝钗的信中却偏说自己"更遭惨祸飞灾"。被害家属喊冤叫屈，官府老吏虚张声势，宝钗就危言耸听地说是"不啻惊风密雨"，还"长歌当哭"，"寄我知音"，完全颠倒了黑白！续作者居然以同情的笔调，把这些当作宝钗抒情咏怀的内容。还让黛玉"同心"相感，与之唱和，其立场爱憎，不问可知。

　　诗歌四章，大多都是古诗中现成语句的堆砌，思想是贫乏的。首章是书信的重复;第二章"失我故欢"之叹,莫知所指;第三章"鳞甲潜伏兮,羽毛何长!"最不伦不类。一贯宣扬"女子无才便是德"的宝钗,怎么忽然发起"怀才不遇"的牢骚来了呢? 第四章已实在无话可说,所以只好说废话。信中提出"无故呻吟"四字,可算有自知之明,只是续书者和宝钗都不肯承认罢了。

黛玉见帕伤感
(第 八 十 七 回)

失意人逢失意事,
新啼痕间旧啼痕①。

【说明】

黛玉在毡包中拣衣服,见从前宝玉送她的两块旧手帕,上边有自己题诗,于是便"触物伤情,感怀旧事"。对句是形容她淌眼泪的。

【注释】

① "新啼痕"句——宋代秦观《鹧鸪天》词:"枝上流莺和泪闻,新啼痕间旧啼痕。"

【评说】

续作者没有什么新鲜内容可写,就常常翻八十回前的旧帐,而且动不动就是"触物伤情";所"伤"之"情",不但空泛,有时还与所"触"之"物"不大相干。这里就是明显的例子。书中含混地说,黛玉见帕想起"初来时和宝玉的旧事来",也不知究竟指的是哪些"旧事"。紫鹃则说,"那都是那几年宝二爷和姑娘小时,一时好了,一时恼了,闹出来的笑话儿。要像如今这样斯抬斯敬的,那里能把这些东西白遭蹋了呢?"

事情很清楚：当时宝玉挨打，黛玉怜惜知己，为之而痛苦流泪，宝玉这才赠帕以示心意的。黛玉感知己之用心，更激动流泪，题诗寄情，这究竟跟"斯抬斯敬"有什么关系呢？能把这当作"笑话儿"吗？看到手帕，想起往事，又怎么能说是"失意人逢失意事"呢？续作者根本不懂曹雪芹写那个情节的用意，所以只好瞎说一通。

琴 曲 四 章

（第八十七回）

林 黛 玉

风萧萧兮秋气深①，
美人千里兮独沉吟。
望故乡兮何处？
倚栏杆兮涕沾襟②。

山迢超兮水长③，
照轩窗兮明月光。
耿耿不寐兮银河渺茫④，
罗衫怯怯兮风露凉。

子之遭兮不自由⑤，
予之遇兮多烦忧。
之子与我兮心焉相投⑥，
思古人兮俾无尤⑦。

人生斯世兮如轻尘⑧，
天上人间兮感夙因⑨。
感夙因兮不可惙⑩，
素心如何天上月⑪！

【说明】

黛玉得宝钗信和诗后，也赋四章，翻入琴谱，以当和作。妙玉与宝玉走近潇湘馆，听得叮冬之声，便在馆外石上坐下，倾听黛玉边弹边唱此曲。

【注释】

① 萧萧——寒风之声。

② 涕——泪。

③ 迢超——高远。藤本、王本作"迢迢"。

④ 寐——睡着。

⑤ 子——你。古代对对方比较尊敬的称呼。

⑥ 之子——这个人，那个人。《诗经》中常见，如"之子于归"。 焉——语助词，无义。

⑦ "思古"句——语用《诗经·邶风·绿衣》："我思古(故)人，俾无讹(尤)兮。"古人，本指故妻。俾，使得。讹，过失。本说"故妻能匡正我，使我无过失"。在这里则是说思念老朋友。但凑泊"经"语，补衲痕迹显著。

⑧ 斯世——这个世界上。

⑨ 夙(sù 肃)因——旧缘。迷信宣扬恩怨聚散、生死祸福，皆前世因缘所定。

⑩ 惙(chuò 龊)——通作"辍"，停止，断绝。

⑪ "素心"句——此诗每章都用平声协韵，这一章末句本来也应用平声字与一、二句"尘"、"因"相协，现在转而用入声字"月"与"惙"协韵，打破了常格。这种出人意外的换韵方法，在古体诗中多用以表现一种激越或突变的情绪。所以书中妙玉说："如何忽作变徵(zhǐ 止，五音之一)之声！"后两句用曹操《短歌行》："明明如月，何时可掇？忧从中

来,不可断绝"的意思。

【评说】

前八十回黛玉之作多写环境的严酷无情,如春花遭风雨摧残之类,与人物的思想性格扣得比较紧;这里所写秋思闺怨,如家乡路遥、罗衫怯寒等等,多不出古人诗词的旧套,在风格上也与宝钗所作雷同。这些都反映了原作和续作在思想基础和艺术修养上的差别。

诗的后两章明说宝钗,暗指宝玉。但以宝钗与宝玉二人作表里,未必恰当。因为两人的思想和人生观很不一样,同用"不自由"、"心相投"之类的话,就容易模糊原作的思想倾向。末章叹人生变幻、一切都是前世命定,显然也是俗套。

妙玉听琴,如果只限于写她深通乐理,知曲调过悲,关系到人的气质,倒是合情理的。现在写她先听"变徵之声",呀然失色,又听"君弦"崩断,起身就走。宝玉问她怎么样,她只回答说:"日后自知,你也不必多说。"这就过于神秘化了。旧小说中多有"屈指一算,大惊失色"或"天机不可泄漏"之类套语。妙玉的形象本来是刻画得很现实的,而续书者却未能免旧俗,在这位世俗的尼姑头上,也画上了这道灵光圈,这实在是不合理的。

悟　禅　偈

（第八十七回）

贾　惜　春

大造本无方,云何是应住①?
既从空中来,应向空中去②。

【说明】

惜春听说妙玉坐禅中了"邪魔",叹息她"尘缘未断",便想自己若出家时,定能"一念不生,万缘俱寂",于是,口占了这一偈。

【注释】

① "大造"二句——神力创造万物,本无迹可寻,什么是应该留恋的呢?大造,佛教讲佛法无边,能造大千世界,故称大造。

② "既从"二句——禅宗的答问中,本有"从来处来,向去处去"的机锋语,两句套此,说人的生来,既是从空到有,那末,他也应向空门去寻求归宿。其实,物质不灭。空能生有,有皆归空,是宗教的说教。

【评说】

说妙玉欲念未尽,所以内虚外乘,先中邪魔,后遭劫持,说惜春能领悟万境归空的禅理,暗示她与佛门结有夙缘等等,都是离开了她们所处的社会地位,特别是离开了封建大家庭的衰败过程,孤立地来描绘她们的思想、遭遇和生活道路。这样,它就违背了现实生活的逻辑,宣扬了理学和宗教所共同鼓吹的那种"存天理,灭人欲"的封建思想。

望江南·祝祭晴雯二首

(第八十九回)

贾宝玉

随身伴,独自意绸缪①。谁料风波平地起,顿教躯命即时休;孰与话轻柔②?

东逝水,无复向西流。想象更无怀梦草③,添衣还见翠云裘④;脉脉使人愁!

【说明】

天气转冷，焙茗到学房给宝玉送衣，拿来了晴雯补过的雀金裘。宝玉见物伤感，关了门，点了香，摆好果品，拂开红笺，口祝笔写道："怡红主人焚付晴姐知之：酌茗清香，庶几来飨！"接写了这两首词。

【注释】

① 绸缪(móu谋)——情意深长。这句与头三字相连，容易产生歧义，使人误以为"意绸缪"者是"随身伴"，其实续书者想说的是宝玉对随身之伴晴雯情意绸缪。

② "孰与"句——跟谁再去轻声柔语地谈心呢？

③ 怀梦草——传说中的异草。伪托东汉郭宪《洞冥记》中故事：汉武帝思念死去的李夫人，想重见其容貌而不可得；东方朔献异草一枝，让他放在怀里，当夜就梦见了李夫人。怀梦草之名由此。

④ 翠云裘——指雀金裘。

【评说】

曹雪芹的"勇晴雯病补雀金裘"一节当然是写得出色的。但是，后面是否有必要用"人亡物在公子填词"来旧事重提呢？续书者认为这样的呼应可以使自己的补笔借助于前文获得艺术效果，所以他仿效"杜撰芙蓉诔"的情节，也焚香酌茗，祝祭亡灵，并填起《望江南》词来了。这实在是考虑欠周。他没有想到鲁班门前，本是不该弄斧的。有了《芙蓉女儿诔》这样最出色的淋漓酣畅的奇文，两首轻飘飘的小令又算得了什么？何况，它的命意、措辞又如此陋俗不堪！如果晴雯有知，听到宝玉对她嘀咕"孰与话轻柔"之类肉麻的话，一定会像当初补雀金裘时那么说："不用你蝎蝎螫螫的！"原作之所缺是应该补的，原作写得最有力的地方是用不着再添枝加叶的。在一阵惊天动地的大炮轰鸣之后，放几下小儿的玩具枪凑热闹，是完全不必要的。

黛玉房内新写对联

（第八十九回）

绿窗明月在；

青史古人空①。

【说明】

宝玉去潇湘馆看黛玉，进屋走到里间门口，见新写的一副紫墨色泥金云龙笺的小对，上面写着这一联。

【注释】

① "绿窗"二句——唐崔颢《题沈隐侯八咏楼》诗原句。全诗云："梁日东阳守，为楼望越中。绿窗明月在，青史古人空。江静闻山狖，川长数塞鸿。登临白云晚，留恨此遗风。"沈隐侯，南朝齐梁间文学家沈约。楼为其任东阳郡（治所在今浙江金华）太守时所建，其时为南齐隆昌元年（494），崔颢误记为梁时。沈约曾在此楼中写过著名的《八咏诗》，后人遂以此名楼。

【评说】

注引崔颢的这首五律中，自然以"绿窗"一联最为精警。它紧切诗题，正面写到八咏楼和人事。当年沈约作《八咏诗》，其第一首即为《登台望秋月》，中有"隐岩崖而半出，隔帷幌而才通。散朱庭之奕奕，入青琐而玲珑"等句。至崔颢来此凭吊，虽时隔两百多年，窗前明月景象依旧，而古人已不可见，只留下历史陈迹了，故为之而感慨。黛玉写此一联悬于房中，除欣赏其清辞丽句外，似别无深意。

前八十回中，曹雪芹也多次写到过对联，如秦可卿卧室中"嫩寒锁梦因春冷"一联，探春房中"烟霞闲骨格"一联。前者假托秦太虚所书，后者假托颜真卿墨迹，其实都是作者自己的拟作，且总与要表现的人

物个性、志趣相关。后四十回续书中,情况正好反了过来:取前人现成
的诗句而从不加任何说明,使读者误以为它也出自续作者的手笔,且
与人物个性并不相干。

赞　黛　玉

(第八十九回)

亭亭玉树临风立^①,
冉冉香莲带露开^②。

【说明】

这是形容黛玉美貌的话。

【注释】

①　亭亭——高高地站立着的样子。　玉树——喻身材美。语用杜甫
《饮中八仙歌》:"宗之萧洒美少年,举觞白眼望青天,皎如玉树临风
前。"
②　冉(rǎn 染)冉——亦作"苒苒",柔弱的样子。

【评说】

时到如今,黛玉的美貌再从宝玉眼中看出,是多馀的。语言之庸
俗,令人几不可耐。续作者以为是在赞美黛玉,其实,连宝玉都被他丑
化了。

黛 玉 照 镜

（第八十九回）

瘦影正临春水照①，
卿须怜我我怜卿②。

【说明】

这是感叹黛玉病中照镜，顾影自怜的话。

【注释】

① 春水——喻镜子。
② 卿——对人的昵称。这里指镜中形象。

【评说】

这两句诗是从明代风流故事中抄来的，写在这里以充小说文字，这也是续书者的故技。故事原出明代支小白（如增）《小青传》，谓小青乃武林冯生之姬妾，姓不传（一说与生同姓冯，因讳之）。早慧，工诗词。十六岁嫁冯生。生妇奇妒，命小青别居孤山。有杨夫人者，劝小青别嫁。不从，凄惋成疾。命画师画像，自奠而卒，年十八，葬西湖孤山。姻戚集刊其诗词为《焚馀草》。这里，续书者所取两句，即其临池自照瘦影后所作，流传颇广。明代徐翙取诗意作《春波影》杂剧，演其事。小青故事又见于明代陈元明所作之传。后张潮《虞初新志》亦记其事，姚靖增修《西湖游览志》及《西湖志》等皆载入。阿英《小说闲谈》更辨其事之有无。所传冯小青全诗说："新妆欲与画图争，知在昭阳第几名？瘦影自临春水照，卿须怜我我怜卿。"《红楼梦》的续作者摭拾此类，滥竽充数，假托原作，这实在是曹雪芹的不幸。

叹 黛 玉 病

（第 九 十 回）

心病终须心药治①，

解铃还是系铃人②。

【说明】

　　黛玉窃听得雪雁与紫鹃的谈话，说什么王大爷已给宝玉说了亲，便心灰意冷，顿时病势沉重，后来知是误会，病也就逐渐减退，故续作者发此感叹。

【注释】

①　"心病"句——佛家宣扬出世法能治好众生的心病，称为"心药"（语出《秘藏宝钥》卷上）。后来成了俗语，用以说要治好由思想而产生的病，还得从解决思想问题着手。

②　"解铃"句——明代瞿汝稷《指月录》：法灯（泰钦和尚）性格豪放，不干正事，众人轻视他，只有法眼禅师对他很器重。一天，法眼问众人："老虎脖子上拴的金铃，谁能把它解下来？"众人面面相觑，谁也答不上来。这时，正好法灯过来，法眼也把这个问题问他，法灯回答说："拴上去的人能解下来。"法眼一听很高兴，就对众人说："你们以后可别再轻视他了！"后来，就把法灯的回答概括成"解铃还是系铃人"，成了一句成语，用以说谁惹出的事，还该由谁去解决。

【评说】

　　据脂评提示，曹雪芹原稿中黛玉"泪尽"而逝在先，宝玉成亲在后，当然不会有续书中宝玉忽然痴呆，随人家移花接木的事（第二十回脂评说，宝玉与宝钗后来"成其夫妇时"有"谈旧"的事），写法要现实得多。可见，把黛玉疑心宝玉定了亲，或者知道宝玉将娶宝钗为妻，作为致她于死命的主要原因，并不是曹雪芹的原意。《红楼梦》虽然写了很多儿女情事,但并不以爱情为中心,也不是一本鼓吹"为爱情而生,为爱情而死"的书,它的思想要深广得多。试想,宝玉挨了一顿板子,黛玉就流了多少眼泪! 何以知道她后来的"泪尽",不会是因为担心宝玉受更大的痛苦而自己却无能为力呢? 脂评说,因为"惜其人","所以绛珠之泪至死不干,万苦不怨"(戚序本第三回)。可见,续书者把黛玉完全看错了。不知其"病",又怎么能开"药"呢? 黛玉的思想是有所发展的。只限于描写黛玉在爱情和婚姻问题上为自己而悲伤,这只能证明续书者的思想境界是不高的。

感　怀
(第九十回)

薛　蝌

蛟龙失水似枯鱼①,两地情怀感索居②。
同在泥涂多受苦,　不知何日向清虚③!

【说明】

邢岫烟家境贫寒,来贾府后,寄人篱下,日子过得不太好。其未婚夫薛蝌为之而有牢骚,又觉得自己也不得志,就混写了几句诗,"出出胸中的闷气"。

【注释】

① 枯鱼——喻人困顿无助,陷入绝境。语出《庄子·外物》:"早索我于枯鱼之肆。"庄子寓言说,远水不救近渴,等远水送到时,活鱼因失水早变成店铺里卖的干鱼了。
② 索居——独居,离开朋友而居。这里说他俩未婚,还不能住在一起。
③ 清虚——高天,喻能享富贵尊荣的地位。

【评说】

　　续作者是把邢岫烟、薛蝌作为夏金桂、宝蟾的对立面来描写的。前者是所谓正派人,后者淫邪;写淫邪比较生动(有人已指出它是有所模仿的),写正派就没有生气,面目也跟这首诗差不多。如果拿这首诗与第一回中贾雨村中秋对月所咏二诗一联比较一下,我们就会发现薛蝌与贾雨村思想上有惊人的相似之处。但曹雪芹写的是一个尚未发迹的野心勃勃的官僚政客,而续书写的则是所谓"秉性忠厚",恪守封建道德的不得志的正人君子。这种截然相反的情况,我们也只能从原作者和续作者的思想观点根本不同上去解说。

答黛玉禅话

（第九十一回）

贾　宝　玉

禅心已作沾泥絮,
莫向春风舞鹧鸪①。

【说明】

　　这次谈禅并不因现实的烦恼而起,是宝玉与黛玉谈话中偶然引起的。宝玉说黛玉性灵强,前年和自己说几句禅话,自己竟对不上来(这是又借谈旧事扯上八十回前的情节)。黛玉一听,乘机又对宝玉"口试"了:"宝姐姐和你好,你怎么样? 宝姐姐不和你好,你怎么样? ……"没遮拦地提出了诸如此类的一连串问题。宝玉答道:"任凭弱水三千,我只取一瓢饮。"意思是只和你一个人好。黛玉说:"瓢之漂水奈何?"——好不成,怎么办? 宝玉说:"非瓢漂水,水自流,瓢自漂耳。"——不是好不成,是心不坚(套用惠能和尚所说"非风非幡,仁者心自动耳"的禅语)。黛玉又说:"水止珠沉,奈何?"——我死了,你怎么办?宝玉就引了这两句诗来回答她。

【注释】

① "禅心"二句——意思是,我决心去做和尚,不再想家了。上句见于《东坡集》及《苕溪渔隐丛话》:苏轼在徐州时,参寥(道潜和尚)从杭州特地去拜访他。在酒席上,苏轼想跟参寥开开玩笑,就叫一个妓女去向他讨诗。参寥当时就口占一诗说:"多谢尊前窈窕娘,好将幽梦恼襄王。禅心已作沾泥絮,肯逐春风上下狂?"禅心,出家人的心。沾泥絮,沾粘在泥上的柳絮。喻自己万念俱寂,不会再作轻狂之态了,即其末句所言。下句见《异物志》:"鹧鸪其志怀南,不思北徂(cú 粗阳平,往),南人闻之则思家,故郑谷诗云:'坐中亦有江南客,莫向春风唱鹧鸪。'(《席上赠歌者》)"唱鹧鸪,因唐时有《鹧鸪天》之曲,故曰"唱"。续书者为了能与上一句"沾泥絮"之喻相连,遂改"唱"为"舞",若非削足适履,岂另有妙解!

【评说】

第二十二回中黛玉问宝玉:"至贵者是宝,至坚者是玉,尔有何贵?尔有何坚?"语浅而意深,难怪宝玉答不上来。这一次,恰恰相反,话倒好像很玄,什么"弱水三千"啦,"瓢"啦,"水"啦……意思无非是那么一点。所以宝玉"补考"顺利通过。上一次是谈禅,这一次则是用一些佛语、诗句来遮盖的说爱(而且用宋人答复娼妓、歌女的话来答复黛玉,真是该死)。他们谈完之后,续书者还让老鸦"呱呱"的叫几声。那也无非是利用迷信观念说,一个死定了,一个和尚做定了。虽然,回目上有"布疑阵"三个字,实在是可以一眼看穿的。

荐包勇与贾政书

（第九十三回）

甄　应　嘉

　　世交夙好，气谊素敦^①，遥仰襜帷^②，不胜依切！弟因菲材获谴^③，自分万死难偿^④，幸邀宽宥^⑤，待罪边隅^⑥。迄今门户凋零，家人星散。所有奴子包勇^⑦，向曾使用，虽无奇技，人尚悫实^⑧。倘使得备奔走^⑨，糊口有资^⑩，屋乌之爱^⑪，感佩无涯矣！专此奉达，馀容再叙。不宣^⑫。

【说明】

　　甄宝玉的父亲甄应嘉是贾府世交，因获罪抄家，贬往边地，就写信给贾政推荐他的奴仆包勇前来投靠贾府。

【注释】

①　气谊素敦——情谊一直很深厚。

②　仰——仰慕。　襜（chān 掺）帷——古代车子上的帷幕，王公贵族所用，后用为称人之敬词。这里指贾政。

③　菲材——才能薄弱。　获谴——遭到朝廷的责罚。

④　自分——自己估计。

⑤　幸邀宽宥（yòu 又）——幸而得到从宽处理。

⑥　待罪边隅（yú 于）——迁徙到边远的地方。待罪，是"居住"的自谦说法。

⑦　所有奴子——我的奴仆。

⑧　悫（què 确）实——老实。

⑨　倘使得备奔走——如果使他能供你差遣之用。

⑩　糊口有资——俗谓能挣得一口饭吃。

⑪　屋乌之爱——也叫"爱屋及乌"。语本《尚书大传》："爱人者，爱其屋

上之乌。"乌,乌鸦。后用以说因为爱一个人,就连带爱跟他有关的一
切东西。这里说爱甄家连及爱其奴仆。

⑫ 不宣——旧时书信结束时的套语。清代王士禛《香祖笔记》:"宋人书
问,尊与卑曰'不具',以卑上尊曰'不备',朋友交驰曰'不宣'。"

【评说】

这封书信与后面周琼议婚书都是官场文字,纱帽气熏人。好在它
就是拟甄应嘉、周琼之流官场人物所作的,因而,不经心地读去,也就
不觉得有什么不妥当。但如果让曹雪芹自己来写,情况也许就完全不
一样。他有本领能使这种一本正经的东西,变得十分可笑。试将前面
贾政上贾妃启拿来比较一下,就不难看出其间的差别。续作者觉得可
以使自己之所长露一手的地方,曹雪芹多半是要加以嘲讽的。

匿名揭帖儿

(第 九 十 三 回)

"西贝草斤"年纪轻①, 水月庵里管尼僧②。
一个男人多少女, 窝娼聚赌是陶情③。
不肖子弟来办事, 荣国府内好声名!

【说明】

这张匿名揭帖儿贴在贾府门口,还有一张无头榜封好写给贾琏
的,内容也一样,都是揭发贾芹丑行的。贾政看了,气得发昏。

【注释】

① 西贝草斤——合而成"贾芹"二字。

② 尼僧——尼姑。

③　陶情——陶冶性情。寻欢作乐的讥语。

【评说】

　　书中没有交代帖儿究竟是谁写的。但可以看出它有的地方是想模仿古谣谚的。如"西贝草斤"的拆字法，早见之于《后汉书·五行志》："献帝践祚之初，京师童谣曰：'千里草，何青青；十日卜，不得生。''千里草'为'董'，'十日卜'为'卓'。"不过汉谣拆"董卓"二字为句，每句自有意义；这里把"贾芹"二字拆开，则全不成语。

　　帖儿虽然把贾府的丑事外扬了，但目的还在于维护封建地主阶级的利益，所以恨荣国府名声不好，子弟不肖。倘若是一般老百姓，贾府名声好，出来的都是孝子贤孙，这对他们又有什么好处呢？

　　其实，贾芹的所作所为，也没有什么特别"不肖"的地方。贾母就说过："小孩子们年轻，馋嘴猫儿似的，那里保的住呢？从小人人都打这么过。"可见，像贾府这样诗书礼乐之家，祖祖辈辈本来就是这样荒淫过来的。

赏海棠花妖诗三首

（第九十四回）

【说明】

　　怡红院里的海棠本来萎了几棵，忽然冬日开花，贾赦、贾政说是花妖作怪，贾母说是喜兆，命人备酒赏花。宝玉等人"彼此都要讨老太太的喜欢"，就作了诗。

其　一

贾　宝　玉

海棠何事忽摧隤①？　今日繁花为底开②？
应是北堂增寿考③，　一阳旋复占先梅④。

【注释】

① 摧隤——这里是枯萎的意思。隤，通"颓"。

② 底——何。

③ 北堂——母亲的代称(参见第八十七回《与黛玉书并诗四章》注②)。
寿考——长寿。考，老。

④ 一阳旋复——冬至阴极阳回(参见本书第五十回《芦雪广联句》"阳回
斗转杓"注①)。　占先梅——说海棠比梅花抢先了一步开。

其　二

贾　环

草木逢春当苗芽，海棠未发候偏差①。
人间奇事知多少，冬月开花独我家。

【注释】

① 候偏差——错过了季节。

其　三

贾　兰

烟凝媚色春前萎，霜泡微红雪后开①。
莫道此花知识浅，欣荣预佐合欢杯②。

【注释】

①　浥(yì益)——沾湿。

②　欣荣——欣欣向荣。　佐——助。　合欢杯——欢聚的酒杯。杯名
本《礼记》"酒席者,所以合欢也"的话。这一句续书者暗示他与宝玉
将来"金榜挂名",以及"兰桂齐芳"、"家道复初"等等的所谓喜事。

【评说】

　　八十回之前,曹雪芹让海棠在晴雯死时枯萎了,这象征着大观园
女儿的命运。现在,续书者让海棠花也像气候的"阴极阳回"那样,能
够死而复生,这也是一种象征。它与本该"一败涂地"的贾府居然衰而
复兴一样,都反映了续书者的创作思想与坚持"追踪蹑迹"的曹雪芹是
不同的。续书者在小说中,宁可"失真",也要顽强地表现自己维护封
建制度和封建大家庭利益的主观愿望。

　　贾母说:"我不大懂诗,听去倒是兰儿的好,环儿做的不好。"这是
因为她喜欢听吉利话。说实在的,三首诗都作得很蹩脚。别人尚可,
宝玉也写得如此笨拙俗气,毫无诗意,真令人难以置信。而且,这个
"古今不肖无双"的封建逆子,现在居然成了一个善于说好话,能迎合
长辈心理的孝子,这个转变,也实在太惊人了!

寻 玉 乩 书①
(第九十五回)

　　噫! 来无迹,去无踪,青埂峰下倚古松。欲
追寻,山万重,入我门来一笑逢。

【说明】

　　宝玉丢失了通灵玉,一家人到处寻找,还测字打卦,都不中用,就

请妙玉扶乩。据说,这就是仙乩在沙盘上所写下的话。

【注释】

① 乩(jī 机)——扶乩,也叫"扶鸾",一种占卜问疑的封建迷信活动,由二人扶一丁字形的木架在沙盘上,谓神降时,木架即随神的意志划字,能为人决疑治病,预示吉凶。这当然完全是骗人的鬼把戏。

【评说】

在曹雪芹的原稿中,宝玉后来也有失玉的事,但情况与续书所写的根本不一样。首先,玉是被人从宝玉的枕头底下"误窃"去的(第八回脂评),并非自动失踪。其次,有怡红院穿堂门前"凤姐扫雪拾玉"(不知是否即通灵玉)的事(第二十三回脂评),而续书没有。最后,也不是癞和尚送玉,救活宝玉,而是"甄宝玉送玉"(第十七、十八回脂评)。虽然,佚稿详情莫知,但有一点是清楚的:事情的先后经过,在曹雪芹的笔下是按照现实生活中所可能有的形式来描写的,而续书则是改头换面地搬用了第二十五回"魇魔法叔嫂逢五鬼,通灵玉蒙蔽遇双真"的情节(其实,在那一回后,脂评说过"通灵玉除邪全部只此一见",以后再不会出现类似情节)。续书者之所以这样写,是为了可以简化人物性格的矛盾冲突,依靠情节的离奇来获得戏剧性的效果。比如他可以在同一天、同一时辰中让宝钗"出闺成大礼"、黛玉"魂归离恨天",因为这样安排的主要困难已经排除——"行为偏僻性乖张"的宝玉被彻底解除了思想武装,他已经随着通灵玉的丢失变成了一个大傻瓜。为此,就要把失玉这件事以及玉的去处说得越神秘越好。于是就硬派出身于官宦之家的妙玉来扮演巫婆的角色,让她画符念咒,见神弄鬼,以便得到乩书中这几句一览无馀的话,为将来癞和尚送玉,以至最后僧道挟持宝玉出家,先造舆论。

叹 黛 玉 死

（第 九 十 八 回）

香魂一缕随风散，
愁绪三更入梦遥！

【说明】

这是续作者写到黛玉断气时的话。

【评说】

对句是旧小说中的俗套，它与尤三姐自刎时，曹雪芹以“揉碎桃花”两句叹词为比喻，代替对三姐死亡形象的具体描绘是完全不同的。续书者写黛玉的死，有点像老太婆说见闻——不嫌其琐碎。诸如“回光返照”，“攥着不肯松手”，“出气大，入气小”，“手已经凉了，连目光也都散了”，“叫人端水来给黛玉擦洗”，“浑身冷汗”，“身子便渐渐的冷了”，“叫人乱着拢头穿衣”，“两眼一翻”……也不怕损害人物形象的艺术美感。如果曹雪芹写尤三姐之死，也写她如何躺在血泊中挣扎、痉挛、喘气、咽气，这能收到什么效果呢？秦可卿、金钏儿、晴雯之死，作者都不正面落笔，“是不为也，非不能也”。为写死而写死，曹雪芹是不屑于这样做的。至于续作者最后让黛玉直叫“宝玉！宝玉！你好……”而怀恨死去，这不但不符她生前向警幻说过要偿还“甘露之惠”的诺言（原本应是报答大恩，现在的结局，竟成了“以怨报德”——误会不能消除而含恨以殁），而且也最终否定了黛玉是宝玉的真正的知己。

与贾政议探春婚事书

（第九十九回）

周　琼

金陵契好①，桑梓情深②。昨岁供职来都，窃喜常依座右③；仰蒙雅爱，许结"朱陈"④，至今佩德勿谖⑤。只因调任海疆，未敢造次奉求⑥，衷怀歉仄⑦，自叹无缘。今幸荣戟遥临⑧，快慰平生之愿；正申燕贺⑨，先蒙翰教⑩，边帐光生⑪，武夫额手⑫；虽隔重洋，尚叨樾荫⑬。想蒙不弃卑寒，希望茑萝之附⑭；小儿已承青盼⑮，淑媛素仰芳仪⑯。如蒙践诺，即遣冰人⑰。途路虽遥，一水可通；不敢云百辆之迎，敬备仙舟以俟⑱。兹修寸幅⑲，恭贺升祺⑳，并求金允㉑。临颖不胜待命之至㉒！

【说明】

这封信是贾政外任江西粮道衙门时接到的。周琼是贾政的同乡旧相识，上一年他们同在京就职，后来周琼调至海疆。因过去曾与贾政谈起过儿女婚事，所以现在来书相求。

【注释】

① 契好——友好。契，情投意合。

② 桑梓——桑树和梓树，古代家宅边多种植，后用以作故乡的代称。

③ 座右——座位的旁边。

④ 朱陈——本村名，在今江苏丰县东南。白居易《朱陈村》诗："徐州古丰县，有村曰朱陈；一村唯两姓，世世为婚姻。"后遂用朱陈为同乡两

姓缔结婚姻的代词。

⑤　勿谖(xuān 宣)——未忘。

⑥　造次——冒失。

⑦　衷怀歉仄——内心感到遗憾。

⑧　棨(qǐ 起)戟遥临——指贾政远道出任江西。棨戟，有彩帛套子或涂上油漆的木戟，古代官吏出行时作前导的一种仪仗。唐代王勃《滕王阁序》："都督阎公之雅望，棨戟遥临。"

⑨　申——表达。　燕贺——语本《淮南子·说林训》："大厦成而燕雀相贺。"这里用以表示对新任官职的庆贺。

⑩　先蒙翰教——先在信中蒙受你的指教。

⑪　边帐光生——边地的军帐内为之而增加光彩，周琼是武人，所以这样说。

⑫　额手——以手加额，表示庆幸。

⑬　叨——承受。　樾(yuè 月)荫——两木交聚而成的树荫。《淮南子·人间训》："武王荫暍(中暑)人于樾下。"后因以樾荫称别人的荫庇。

⑭　茑(niǎo 鸟)萝——茑和女萝，都是蔓生植物，附于他物上生长。比喻同别人有亲戚关系，有依附及自谦之意。语本《诗经·小雅·頍弁》："茑与女萝，施于松柏。"

⑮　青盼——爱重。

⑯　淑媛——犹言"令爱"，指探春。　芳仪——美好的仪容。

⑰　冰人——媒人。语本《晋书·索统传》：令狐策梦立冰上，与冰下人语。索统以冰之上下为阴阳来详梦，说他代阳语阴，要做媒人了。

⑱　俟(sì 寺)——等待。

⑲　寸幅——简短的书信。

⑳　升祺——增福。

㉑　金允——允许，对人表示客气的说法。

㉒　临颖——提笔写信之时。颖，指笔锋。　不胜待命之至——盼望答复的谦词。

【评说】

可以想见，续书者在拟此书札时，恐怕是相当得意的，以为颇有文采。然而，这种用骈四骊六的陈腔滥调讲的客套话，正是曹雪芹所最讨厌的。

从书札中"仰蒙雅爱,许结'朱陈'"等话和书中情节叙述来看,探春的婚事是贾政自己找的,所以一议就定。对方是贾政的上级的亲戚,因此还得到"照应",使他十分高兴。王夫人也说远嫁没有什么不好:"孩子们大了,少不得总要给人家的。就是本乡本土的人,除非不做官还使得,要是做官的,谁保的住总在一处?只要孩子们有造化就好。"宝玉初闻远嫁时,虽悲分离,但后来"探春倒将纲常大体的话说的宝玉始而低头不语,后来转悲作喜,似有醒悟之意(醒悟什么?)。于是探春放心辞别众人,竟上轿登程,水舟陆车而去"(第一百二回)。可是,我们知道《红楼梦曲·分骨肉》中所唱的是"恐哭损残年,告爹娘,休把儿悬念"等等,做爹娘的根本没有哭嘛!可见,不符曹雪芹原意。还有"判词"也不实了。临别时,连宝玉都"转悲为喜"了,还有谁"清明涕送江边望"呢?这样的"判词"还不是乱判?再说,画册上画"船中有一个女子,掩面泣涕之状",不是也完全画错了吗?因为探春是"放心辞别众人"而去的,何曾"掩面泣涕"来?如果再联系续作者写她后来衣锦还乡探亲,探春的运气实在是很不错的,倒是曹雪芹错将她归入薄命司了。

散 花 寺 签

（第 一 百 一 回）

王熙凤衣锦还乡①

去国离乡二十年②, 于今衣锦返家园。
蜂采百花成蜜后, 为谁辛苦为谁甜③?

行人至,音信迟,讼宜和,婚再议④。

【说明】

　　王熙凤夜里在大观园见了鬼——一只两眼似灯,拖着扫帚尾巴的大狗。心中疑惧,便到散花寺磕头祝告摇签筒,摇出来的一支签是“第三十三签,上上大吉”,还写着上面这些话。

【注释】

① 王熙凤衣锦还乡——签上所题这句话,来自第五十四回中女先儿所讲的《凤求鸾》故事,故事中的公子恰巧与凤姐同名。不过第五十四回中两次说是残唐五代故事,这里则说成是汉朝的。衣锦还乡,本是功成名就,穿着锦袍回家乡,这里暗示殓衣裹体,尸返金陵。

② 去国离乡——离开故乡。国,都邑。书中说王熙凤自幼离开娘家南京,到她死时,估计已有二十年时间。

③ “蜂采”二句——唐代罗隐《蜂》诗:“采得百花成蜜后,为谁辛苦为谁甜?”与《好了歌注》中“到头来,都是为他人作嫁衣裳”同一个意思。

④ “行人”四句——前两句暗示凤姐知道赵姨娘死后被阴司拷打,促使自己“忏宿冤”时,已经太迟了。讼宜和,是所谓“劝善惩恶”的话,因为凤姐曾包揽狱讼,害死人命。婚再议,指凤姐死后,贾琏把平儿扶了正,或指其女儿巧姐婚事的变化。

【评说】

　　在曹雪芹佚稿中,王熙凤的命运与续书所写不同,前已提及。此外,第十五回中凤姐曾自称“从来不信什么是阴司地狱报应的;凭是什么事,我说要行就行”。在续书中,也翻案了:续作者先是让她见鬼,然后,由疑畏而迷信,由迷信而忏悔。借此宣扬天理昭彰,果报不爽,进行惩恶劝善的说教。看来,这也与佚稿中写的“王熙凤知命强英雄”不一样。

　　签中四句诗,错成“先”、“元”、“盐”三部韵,这对于骗人的迷信宣传品来说,还算不了一回事,但内容至少应该写得像一个签。可是不然,其中只有“衣锦还乡”一句,表面上还是好话,至于诗的后两句以及末了十二个字,即使就字面看,也不是什么吉祥语,这怎么能写在“上上大吉"的签子上呢？这种地方,太不合情理了。

骰子酒令四首

(第一百八回)

【说明】

　　这是贾母为婚后的宝钗举办的生日酒席上所行的令。行令的还是鸳鸯,但这次把三张牙牌改为四个骰子,轮着说:先说骰子名儿,再说曲牌名儿,末了说一句《千家诗》。

其　一 (四"幺")

商山四皓①。(鸳鸯)

临老入花丛。(薛姨妈)

将谓偷闲学少年②。(贾母)

【注释】

　　① 商山四皓——秦末,东园公、甪(lù)里先生、绮里季、夏黄公避世隐居商山(在今陕西商县东南),四人年纪都在八十以上,须眉皓白,世称商山四皓。汉时,吕后曾据张良建议,迎四皓以佐助太子。骰子中"幺"是白色的,故有此名。下两句曲名、诗句,皆顺着此句意思发挥。

　　② "将谓"句——宋代程颢《春日偶成》诗:"时人不识予心乐,将谓偷闲学少年。"以上三句相连,取意于唐代刘禹锡《刑部白侍郎谢病长告改宾客分司以诗赠别》诗:"九霄路上辞朝客,四皓丛中作少年。"

其　二 (四"二")

刘阮入天台①。(鸳鸯)

二士入桃源②。(李纹)

寻得桃源好避秦③。(李纨)

【注释】

① 刘阮入天台——刘晨、阮肇入天台山遇仙故事(参见第十一回《赞会芳园》注③)。

② 二士入桃源——即刘、阮入天台事,以桃源泛指仙境。

③ "寻得"句——参见第六十三回《花名签》《桃花——武陵别景》注②。

其　三 (二"二"二"三")

江燕引雏①。(鸳鸯)

公领孙。(贾母)

闲看儿童捉柳花②。(李绮)

【注释】

① 江燕引雏——唐代殷遥《春晚山行》诗:"野花成子落,江燕引雏飞。"

② "闲看"句——南宋杨万里《初夏》诗:"日长睡起无情思,闲看儿童捉柳花。"

其　四 (二"二"二"五")

浪扫浮萍。(鸳鸯)

秋鱼入菱窠。(贾母)

白萍吟尽楚江秋①。(湘云)

【注释】

① "白萍"句——程颢《题淮南寺》诗:"南去北来休便休,白萍吹尽楚江秋。"所引异一字,当是草体形讹。

【评说】

这是对"金鸳鸯三宣牙牌令"的效颦。应该描写贾府败落的时候,偏又行酒令,掷起骰子来。情节松散游离,所引曲牌、诗句略无深意,只是卖弄赌博知识罢了!

重游幻境所见联额三副

(第一百十六回)

【说明】

宝玉失玉病危,和尚送玉将他救活。但让宝玉魂魄出窍,重游一次幻境,使他领悟"世上的情缘,都是那些魔障"。这三副联额就是宝玉梦游幻境时所见,它的内容,是针对第五回中"太虚幻境对联"、"孽海情天对联"和"薄命司对联"而拟的。

真 如 福 地①

假去真来真胜假,

无原有是有非无②。

【注释】

① 真如福地——真如,佛家语,即所谓永恒真理。真,真实。如,如常不变。福地,仙境,所谓幸福之地。"真如福地"恰好是"太虚幻境"的反义。

② "无原"句——为了与上一句成对仗而硬凑的。意谓"无"本来是存在的,但它与"有"不同。

福 善 祸 淫①

过去未来,莫谓智贤能打破;

前因后果,须知亲近不相逢。

【注释】

　①　福善祸淫——施福于善者,降祸于淫者。

引 觉 情 痴①

喜笑悲哀都是假,

贪求思慕总因痴。

【注释】

　①　引觉情痴——引导痴心者觉悟的意思。

【评说】

　　这一回书把小说楔子和第五回中的情节都拉了进来。宝玉一会儿翻"册子",一会儿看"绛珠草",其中也有神仙姐姐,也有鬼怪,也在半途中喊救命等等,读之令人生厌。但是,太虚幻境的三副联额却都被改掉了。原来,"真"与"假"、"有"与"无"的关系是对立的统一,现在却把"真"与"假"、"有"与"无"截然分开,用"真胜假"、"有非无"之类的废话把曹雪芹的深刻思想糟蹋得不成样子;把《红楼梦》篡改成十分庸俗的"福善祸淫"的劝世文,把太虚幻境变成了城隍庙,大大宣扬了迷信的因果报应、虚无宿命的封建毒素,严重地歪曲了小说揭露和抨击现实政治和社会黑暗的思想倾向。

酒 令

（第一百十七回）

飞羽觞而醉月①。(贾蔷)

冷露无声湿桂花②。(贾环)

天香云外飘③。(贾环)

【说明】

这是邢大舅王仁与贾环、贾蔷等在贾府外房喝酒行的令,由行令者规定说"月"字、"桂"字、"香"字。

【注释】

① "飞羽"句——李白《春夜宴桃李园序》:"开琼筵以坐花,飞羽觞而醉月。"羽觞(shāng 伤),古代酒器,作雀形。

② "冷露"句——唐代王建《十五日夜望月寄杜郎中》诗:"中庭地白树栖鸦,冷露无声湿桂花。"

③ "天香"句——唐代宋之问《灵隐寺》诗:"桂子月中落,天香云外飘。"

【评说】

续书者对那些典卖家当、宿娼滥赌、聚党狂饮的败家子生活不熟悉,所以无从想像描摹他们酒席间的情景。虽然,前八十回中有冯紫英、云儿的俚曲小调可以模仿,但对"闭门只读圣贤书"的人来说,模仿又谈何容易!倒不如找几句现成的诗文省力气。所以,书中就让很难说"懂得什么字"的环、蔷辈,一边跟"傻大舅"王仁之流喝着酒,一边"假斯文"地引起唐诗、古文来了。

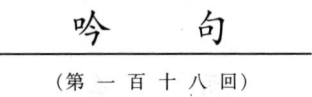

吟 句

(第一百十八回)

贾 宝 玉

内典语中无佛性①,
金丹法外有仙舟②。

【说明】

　　宝钗抬出尧、舜、禹、汤、周、孔等大人物来教训宝玉,见宝玉"理屈词穷",便劝他收心用功。说:"但能博得一第,便是从此而止,也不枉天恩祖德了!"宝玉表示赞同说:"倒是你这个'从此而止','不枉天恩祖德',却还不离其宗!"袭人在一边帮腔,要他尽"孝道",他也默许了。接着,宝玉就把《庄子》和佛书叫丫头统统搬走。口中吟了这两句话后,便专心致志地攻读起八股文、应制诗来了。

【注释】

　　① 　内典——佛教的经典。认为佛性不靠念经得到,全凭内心顿悟是禅宗的主张(参见第二十二回《弘忍弟子所作二偈》鉴赏)。

　　② 　金丹——道教徒所冶炼的黄金、丹砂,以为服之可以长生。这里代表世俗的有形迹的修炼方法。　仙舟——借以说成仙的途径。这句句意同上。

【评说】

　　在这里,禅宗思想就不是用来否定客观现实,而是用来为主观的妥协行为作辩护的。宝玉既被宝钗所"招安",丢开了佛经,拿起了时文,准备走仕途经济的道路(二十一回脂评指出,佚稿中写宝玉后来比以前更"偏僻",已根本不听宝钗的"讽谏"),那末,剩下的只有阿 Q 的"精神胜利法"了。他自我安慰说:悟道成佛,并不关读什么书、走什么路;中了状元之后,照样可以做和尚;看破红尘的人,也不妨先尽"孝道",以报"天恩祖德"。"内典语中无佛性,金丹法外有仙舟"嘛!续书者自己既热中于功名利禄,又想使自己的文字能冒充曹雪芹的原作,所以只好想出一个"两全其美"的折中方案,并搬出这套滑头主义的处世哲学来。

离家赴考赞

(第 一 百 十 九 回)

走来名利无双地①，
打出樊笼第一关②。

【说明】

这是宝玉出门赴考时的赞语。

【注释】

① 名利无双地——指科举考场。无双，无比。

② 樊笼——关鸟兽的笼子，多喻名利羁缚。因为续书要宝玉把"博得一第"作为他出家的先决条件，所以把赴考说成是冲破了"第一关"。

【评说】

追求名利即为了抛弃名利，打出樊笼就得先爬进樊笼。这完全是自欺欺人之谈！其实，冲破樊笼是假，攫取名利是真。

离 尘 歌

(第 一 百 二 十 回)

我所居兮，　青埂之峰；
我所游兮，　鸿蒙太空①。
谁与我逝兮，吾谁与从②？
渺渺茫茫兮，归彼大荒③！

【说明】

葬母于金陵的贾政先得到宝玉中举又失踪的消息,接着又知自己已被"恩赦"复职,便赶路回京。雪夜泊舟毗(pí皮,同"毗")陵(今江苏常州)驿,见一人光头赤脚,披大红猩猩毡斗篷,向他倒身下拜,细看知是宝玉,刚要对话,忽来一僧一道,挟住宝玉飘然而去,还听到三人中不知哪一个在唱这首歌。

【注释】

①　鸿蒙——参见第五回《红楼梦曲·引子》注①。

②　"谁与"二句——谁与我一道去呀,我跟着谁呢?

③　大荒——即小说开头说的大荒山。

【评说】

鲁迅认为续作中宝玉出家"未必与作者本意大相悬殊。惟披了大红猩猩毡斗篷来拜他的父亲,却令人觉得诧异"(《〈绛洞花主〉小引》)。又说,"和尚多矣,但披这样阔斗篷的能有几个,已经是'入圣超凡'无疑了"(《论睁了眼看》)。肯定了续作对宝玉出家结局的安排,同时指出了在描写上的根本性的缺点。

一僧一道挟持宝玉俱去的描写,也同样不符原作者的本意。宝玉的出家是他"偏僻"行为的突出表现,即脂评所谓"有情极之毒,亦世人莫忍为者",是他封建叛逆性格与他所感到愤懑绝望的现实之间矛盾发展的结果,态度应该是决绝的。试看甄士隐的弃世,他只说了一声"走吧"就"将道人肩上的褡裢抢过来背上",随之而去了。注意!是他主动抢道人的褡裢,并催人家走,而不是像续书中宝玉那样被僧道"夹住",喝令他"俗缘已毕,还不快走"的。见过后半部原稿的脂砚斋就批甄士隐的弃世说:"'走吧'二字真'悬崖撒手',若个能行?"意思是甄士隐的决绝态度真像后来宝玉的出家,别人是做不到的。曹雪芹写柳湘莲的出家也如抽鸳鸯剑、断烦恼丝,一挥而尽,从无反顾。但宝玉、士隐、湘莲所坚决抛弃的东西,续作者自己却十分热中。因而,当他违心地写这样结局时,惋惜、留恋和迫不得已的情绪也就不可能不表现出来。这里,我们正好借薛宝琴的两句诗来评续作者:"牵连大抵难休绝,莫怨他人嘲笑频。"

《离尘歌》本应是寄托宝玉愤世思想的极好机会,然而整首歌中,有的只是与续书中所有诗歌同样空洞的字句,翻来覆去,说的无非是宝玉回大荒山青埂峰去了。甚至连歌是谁唱的也故意叫人弄不清楚,仿佛宝玉和僧、道已"三位一体",成了真正的仙界人物。这除了渲染宗教所必需的神秘气氛外,还有什么呢?

咏桃花庙句

（第一百二十回）

清·邓汉仪①

千古艰难惟一死,
伤心岂独息夫人②!

【说明】

宝玉出家后,袭人嫁了蒋玉菡。续作者借这两句诗来讥评她。桃花庙,即息夫人庙。

【注释】

① 邓汉仪——字孝威,清康熙时泰州人。这两句诗出于他的《题息夫人庙》诗。

② 息夫人——息妫(guī 规),春秋时息国诸侯的夫人。楚灭息,她被楚文王掳而为妾,生了两个儿子,但总不与楚王讲话。问她什么缘故,她说:"一个女子嫁了两个丈夫,只差一死,还有什么可说的呢!"息夫人事始载于《左传》,汉代刘向《列女传》中则把她写成一个"守节而

死"的烈女。历来诗人多有题咏。因后人又称她为桃花夫人,所以息夫人庙又称桃花庙。

【评说】

　　袭人原应在宝玉出家之前就出嫁的。续作者把她改为在宝玉出家之后才嫁给蒋玉菡,又用这两句诗对她未能死节表示遗憾,说什么"义夫节妇,这'不得已'三字也不是一概推委得的。此袭人所以在'又副册'也"。其实,袭人的可讥议全在于她的奴性,而不在于她没有为宝玉终身守活寡,或者像续作者所希望的那样去上吊投井,以一死来换取"烈妇"的名节。续作者从封建"贞烈观"出发的讥贬是根本不足取的,说这便是袭人入"又副册"的原因,也完全是对曹雪芹本意的曲解。晴雯也在"又副册",而王熙凤却在"正册",难道这也是从她们品行道德上的高下来划分的吗?

顽石重归青埂峰

(第一百二十回)

天外书传天外事,
两番人作一番人①。

【说明】

　　一僧一道携通灵玉到青埂峰下,将它安放在女娲炼石补天处,各自云游而去。续作者就插了这两句赞语。

【注释】

　　①　"天外"二句——上句说,这部从仙界顽石上抄录下来的天外书所传乃天外石头之事;下句说,顽石在青埂峰与宝玉在人世间的两番不同

经历本同属一人,现在"真"与"幻"又合二为一了。下句句法上显得生造硬凑,续作者写诗或改诗多见这类疵病。

【评说】

石归山下,本象征在现实中碰壁后的觉悟,并非真为了编造天外人间的传说故事。续作者很难懂得这一点,所以只好说些限于情节本身而内容空泛、含义不清的话。

结红楼梦偈

(第一百二十回)

说到辛酸处，　　荒唐愈可悲①。
由来同一梦②，　　休笑世人痴！

【说明】

续作者假托"后人见了这本传奇,亦曾题过四句偈语,为作者缘起之言更进一竿云",便以此诗作为全书的结束。所谓"更进一竿"是"百尺竿头须进步"的简语,本禅宗比喻宗教修养从较高的水平再提高一步的话,后用以泛说"更上一层楼"。

【注释】

①　"说到"二句——谓书中所写辛酸之处,因其用荒唐之言而显得更加可悲。
②　"由来"句——自古以来,人生同样地都像是一场大梦。由来,从来。

【评说】

偈语的前两句,乍一看说得比较好,因为它表示了对作者在不得已的环境条件下,借"荒唐言"来写"辛酸泪"的理解。但读了后两句就知道作偈人对这部小说,包括作者《自题一绝》的精神的理解,原来都是错误的。在自题诗中,"都云作者痴"的"痴",绝不是《好了歌》中"世人"追求功名富贵、娇宠妻妾儿孙的"痴",同一个字所代表的"世人"和作者的观点是恰好相反的。对于"世人"的"痴",作者是加以否定并通过小说情节尽情地嘲讽的,怎么可以"休笑"呢?就算作者、续作者和"世人"都只能把人生看作是一场梦吧,但实际上,"历过一番梦幻之后"醒来的和只是在梦中说"梦"的仍有区别。对于那些口头上说"人生如梦"而一见世俗的利欲尊荣便垂涎三尺、拚命钻营的人,他们所存的"痴"心"梦"想,为什么不该"笑"呢?劝人"休笑",就是替曹雪芹在小说中所批判的对象进行辩护,就是拿"由来同一梦"作幌子,给"世人"的丑恶思想和行为遮羞。这样归结《红楼梦》,等于在取消它抨击封建主义腐朽意识形态的深刻的政治思想意义。自诩在原作思想之上"更进一竿"的人,实在连"竿子"都还没有摸到哩!

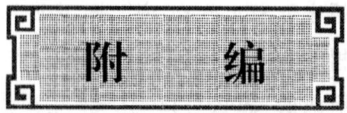

脂本《石头记》评诗选释

　　脂砚斋评本《石头记》的一回之前常有题诗。这些诗有的是原稿上本来就有的,是阐释回目的"标题诗",出于曹雪芹的手笔,有的则是脂砚斋或别的批书人后加的,是评诗。在每回回目之后,正文的开头用"诗云"或"题曰"标出一首诗,在一回的末尾以两句诗作结,看来是曹雪芹原定计划中每回应写成的形式。但因作者未及最后完成文字加工工作,现在所见到的抄本又都经多次过录,有的诗可能被抄书人删去或与批书人在回目之前或回后所加的评语性质的诗相混,所以各回的形式并不统一。经仔细鉴别,我们已把"标题诗"和回末的对句,都归入正文的诗词中了。这里选录的是评诗中看来有一定资料价值的作品,我们加以必要的注释说明,供大家参考。

浮生着甚苦奔忙

浮生着甚苦奔忙,盛席华筵终散场。
悲喜千般同幻渺,古今一梦尽荒唐。
漫言红袖啼痕重,更有情痴抱恨长。

字字看来皆是血，十年辛苦不寻常。

【简释】

这首诗仅见于甲戌本第一回之前《凡例》的末尾。《凡例》的末段内容与其他诸本第一回第一段基本相同。

这首诗至今仍有人把它当作曹雪芹的作品，我们的看法不同，认为它出于批书人之手，是对全书的总评。这方面的理由已有人谈过，现摘引两段如下：

> 有人认为这首七律是曹雪芹本人自题《红楼梦》的诗，但甲戌本上这首诗并无一字批语，而曹雪芹所写的诗在前几回莫不有批。如第一回中三首诗都有批语，"满纸荒唐言"一首有两条批，其一作"此是第一首标题诗"，另一作"能解者方有辛酸之泪，哭成此书……"。"未卜三生愿"一首有一条批，作"这是第一首诗。后文香奁闺情，皆不落空。余谓雪芹撰此书中，亦为传诗之意"。"时逢三五便团圆"一首有四条批。第二回前的"一局输赢料不真"一诗也有两条批，其一作"只此一诗便妙极。此等才情，自是雪芹平生所长……"，对之大加赞赏。如果"浮生着甚苦奔忙"这首七律真是雪芹所写，其中又有"字字看来皆是血，十年辛苦不寻常"的警句，并且放在全书的最前面，脂砚斋岂有不加批点之理？他又何至于说在它后面的"满纸荒唐言"一首是"第一首标题诗"呢？事实很清楚：它是脂砚斋所作，脂砚斋当然不好对自己的作品也来称颂一番。由于这首七律是和《凡例》紧密联系在一起的，这也间接地证明了《凡例》的作者不是曹雪芹，而是脂砚斋。
>
> ——陈毓罴《〈红楼梦〉是怎样开头的？》
> 《新建设》编辑部编《文史》第 3 辑，中
> 华书局 1963 年版。

　　胡适……又说上引七律是雪芹的诗。他在影印此残本《石头记》的书前加了一张扉页,还亲笔抄录此诗的最后两句,又加上"甲戌本曹雪芹自题诗"的下款。果真如此,曹雪芹岂不变成了自吹自擂的无聊文人,夸耀他自己的"十年辛苦",还要给自己加上"不寻常"的赞辞!只要先看一下这首诗本身,这样庸俗肤浅的腔调,也能被赞为"诗笔有奇气",可以"直追昌谷",甚至于还能"破昌谷之篱樊"吗?这一路的货色,也能当得起"知君诗胆昔如铁,堪与刀颖交寒光"的称誉吗?一个"诗胆如铁","直追昌谷",而且不肯"等闲吟"诗的人,竟会写出"字字看来皆是血"这种自夸自赞的铿铿调吗?……

　　就在此本第一回"满纸荒唐言"这首五言绝句下面,有一条朱笔批注说:"此是第一首标题诗。"……胡适当然见到过这条批注,但他还是要坚持说,在这五言绝句"第一首标题诗"之前的那首七律是"雪芹自题诗",……不幸,国内有的"红学家",也盲从跟着胡适说这是雪芹自题诗。

　　　　　——吴世昌、徐恭时《新发现的曹雪芹
　　　　　　诗》,载南京师范学院《文教资料简
　　　　　　报》1974 年 8、9 月号增刊。

　　两段引文对此诗之优劣说法虽异,但以为非曹雪芹之作则一。此外,"字字看来皆是血"倒与脂评语言一致,脂评中常有"一字化一泪,一泪化一血珠"(第七回)、"滴泪为墨,研血成字"(第五十七回)一类的话。又从这首七律的对仗择词较宽(如以"千般"对"一梦",以"红袖"对"情痴")这一特点来看,也不像是曹雪芹写的。因为作者及所拟小说人物作的律诗尽管面目有别,但对仗都比较工严,如以"红袖"对"绿蓑"(香菱诗)、或对"绛河"(宝琴诗),或以"绛袖"对"青烟"(宝玉诗)等,必以颜色对颜色(这与作者的写诗习惯有关,不会轻易改变),而绝无以"红袖"对"情痴"这样两个字词性都对不起来的例子。何况诗是总题全书的,当更不至于对得如此宽泛粗率。这也证明此诗非曹雪芹所作。

附　录

甲戌本《石头记》"凡例"校释

凡　例

《红楼梦》旨义①:是书题名极多,一曰《红楼梦》②,是总其全部之名也③;又曰《风月宝鉴》④,是戒妄动风月之情;又曰《石头记》,是自譬石头所记之事也⑤。此三名皆书中曾已点睛矣。如宝玉作梦,梦中有曲,名曰《红楼梦十二支》,此则《红楼梦》之点睛。又如贾瑞病,跛道人持一镜来,上面即錾"风月宝鉴"四字,此则《风月宝鉴》之点睛。又如道人亲眼见石上大书一篇故事,则系石头所记之往来,此则《石头记》之点睛处。然此书又名曰《金陵十二钗》⑥,审其名,则必系金陵十二女子也;然通部细搜检去⑦,上中下女子岂止十二人哉!若云其中自有十二个,则又未尝指明白系某某⑧,及至"红楼梦"一回中⑨,亦曾翻出金陵十二钗之簿籍,又有十二支曲可考。

【校释】

① 《红楼梦》——《脂砚斋重评石头记》之"凡例"而称《红楼梦》,有的研究者因此怀疑其为后来书贾所添加,并谓"凡例"末段"此书开卷第一回也"云云,乃据小说开头脂评文字(后来多误入正文)改写。其实不然,《红楼梦》作为书名,不但已见于"甲戌本"正文,脂评中也多次提到,如谓"妙,设言世人亦如此法看《红楼梦》一书,更不必追究其隐寓"(甲戌本第五回),"一部《红楼》淫邪之处,恰在焦大口中揭明"(甲戌本第七回),"《红楼梦》写梦章法总不雷同,此梦更写的新奇,不见后文不知是梦"(庚辰本第二十四回)等等。又与作者同时的敦氏兄弟之叔父额尔赫宜(墨香)、爱新觉罗·永忠及其堂叔瑶华(弘旿)、富察明义等所见之小说亦均名《红楼梦》,可知此名早就与《石头记》同存了。

② 一曰——此处前后原来有五个字的位置残缺,胡适补了"多"和"红

楼"三字,尚空着两个字的位置,一般以为当系"一日"二字。但有人怀疑原文不一定是一个"多"字,也可能是两个字组成的形容词,比如"纷繁"之类,若然,则其下只有一个"日"字。

③ 总其全部之名——在"凡例"的作者看来,《红楼梦》所包含的内容范围大于《石头记》。《石头记》,严格地说,只能指那"石上所记之文",即从"当日地陷东南"叙起,而事实上小说在这之前,尚有一大篇记叙"此书从何而来"的"楔子"。所谓"总其全部之名",意即包括写石头来历的"楔子"在内。对于《红楼梦》书名,脂评又就其含义作过解释:"一部大书,起是梦,宝玉情是梦,贾瑞淫又是梦,秦之家计长策又是梦,今作诗也是梦,一并风月鉴,亦从梦中所有,故红楼,梦也。"(庚辰本第四十八回)被脂评称作"乃一部之总纲"(甲戌本第一回)的小说中四句话,又可视作是作者自己对此书名的解释:"那红尘中有却有些乐事,但不能永远依恃;况又有'美中不足'、'好事多魔'八个字紧相连属;瞬息间,则又乐极悲生,人非物换;究竟是到头一梦,万境归空。"

④ 《风月宝鉴》——十二回所写之风月宝鉴多喻此书,脂评曾反复点明。如批"两面皆可照人"曰:"此书表里皆有喻也。"批"专治邪思妄动之症"、"有济世保生之功"皆曰:"逼真。"批"千万不可照正面"曰:"谁人识得此句!"又曰:"观者记之,不要看这书正面,方是会看。"批"只照它的背面"曰:"记之。"批"向反面一照,只见一个骷髅立在里面"曰:"所谓'好知青冢骷髅骨,就是红楼掩面人'是也。作者好苦心思!"批"大骂道士,是何妖镜"曰:"此书不免腐儒一谤。"批"若不早毁此物"曰:"凡野史俱可毁,独此书不可毁。"批"遗害于世不小"曰:"腐儒!"批"你们自己以假为真,何苦来烧我"曰:"观者记之。"

⑤ 自譬石头所记之事——与新红学家之"自传说"稍异,吴世昌创为"叔传说",认为作者曹雪芹乃以其叔叔为贾宝玉之原型,然则此说与"自譬"二字亦不合。

⑥ 《金陵十二钗》——十二钗本贯并非皆出金陵(当时的江宁府,今之江苏南京),黛玉、妙玉即姑苏人。小说所写之荣宁二府、大观园故事,乃以"都中"为背景,并非金陵。金陵只不过是贾、史、王、薛的老家所在。十二钗之年幼者如巧姐并不是在老家出生的,金陵,她从未到

过。现在统称为"金陵十二钗",实际上也是作者的暗示,即小说所写的原是金陵之事,故于都中之贾府外,又虚设一金陵甄府。贾者,假也;甄者,真也。

⑦ 通部细搜检去——畸笏曾谓末回《警幻情榜》有"正副再副及三四副芳讳",此曰"通部"只"上中下"三等,且未尝指明系谁。证之第五回警幻之语,十二钗分五等列名之说恐不可信。又有一种意见认为甲戌年《红楼梦》还未曾写完,"通部"云云,只不过是"凡例"作者的信口开河,或据此推断"凡例"出于后人之手。我倒认为"通部"二字,恰好证明甲戌之前,《红楼梦》已基本写成了,包括"披阅十载,增删五次,纂成目录,分出章回"在内。当然,由于某种原因,尚有个别处未完成最后工序。作者不急着补缀完工,却将因被借阅者迷失若干而致残的八十回后的手稿,长期存放在脂砚、畸笏等人的手中,下不了决心重写所缺部分,总以为来日方长,讵料子殇伤痛成疾,竟一病无医,猝然辞世。

⑧ 未尝指明白系某某——畸笏说末回"情榜"中能知十二钗芳讳,像是最终指明白了的,与这里说的有矛盾。不知是"凡例"作者未及读过末回,便想当然地这样说呢,还是另有原因。我怀疑迟出的诸本之所以删去"凡例",仅将其末段文字保存下来,有这些说得不大对头的话,可能是其原因之一。

⑨ 及至"红楼梦"一回中——及至,原误作"极至"。"红楼梦"一回,指第五回"开生面梦演红楼梦"也。

书中凡写长安①,在文人笔墨之间,则从古之称;凡愚夫妇、儿女子家常口角,则曰中京,是不欲着迹于方向也。盖天子之邦,亦当以中为尊②,特避其东南西北四字样也。

此书只是着意于闺中③,故叙闺中之事切,略涉于外事者则简,不得谓其不均也。

此书不敢干涉朝廷④,凡有不得不用朝政者,只略用一笔带出,盖实不敢以写儿女之笔墨唐突朝廷之上也,又不得谓其不备。

【校释】

① 长安——称"长安"者,书中见有数处,如"这长安城中,遍地都是钱,只可惜没人会去拿去罢了"(第六回),"因听见长安都中有观音遗迹并贝叶遗文,去岁随了师父上来"(第十七、十八回)等等。前者乃刘姥姥所说,非"文人笔墨",倒应该属于"愚夫妇、儿女子家常口角"。又书中人物言谈称"中京"者,尚未发现。岂出诸八十回后原稿文字?未可知也。

② 当以中为尊——故秦可卿丧榜榜文上大书"四大部州至中之地、奉天承运太平之国……"(第十三回)所谓"避其东南西北四字样",实则只避一"北"字,小说中有"南京"而无"北京"。

③ 只是着意于闺中——即下一条中所谓"写儿女之笔墨",此书尽可能将故事情节限制在贾府一个家庭和大观园儿女们闺中事的范围之内,而尽量不直接描写家庭之外的社会和政治,以免有怨世骂时之嫌。然而,小说作者的真实意图,恰恰是想以小见大,他是有意识地把一个封建宗法统治下的大家庭,当作一个封建宗法统治下的清代社会的缩影来描写的。这是可能的,因为两者极其相似。为什么芳园名叫"大观"呢?所谓"天上人间诸景备"又是什么意思呢?说的难道只是花园内的草树亭榭等自然景观?我以为作者是把他对政治、社会以至整个人生的种种观察、体验、感受,通过创造性的、特殊的典型化手法,融化到这个仿佛"只是着意于闺中"的故事里去了。

④ 不敢干涉朝廷——此类话头,脂评中一再提起,反成了"此地无银"的声明。作者之所以要用儿女笔墨以隐去真事,怕有碍是重要原因。小说第四回写贾雨村"徇情枉法,胡乱判断了此案"数语旁有一条脂评说:"实注一笔更好。不过是如此等事,又何用细写,可谓此书不敢干涉廊庙者,即此等处也。莫谓写之不到(即"凡例"中所说的,"不得谓其不均","不得谓其不备")。盖作者立意写闺阁尚不暇,何能又及此等哉!"偏于此等讥讽官场黑暗处,说"此书不敢干涉廊庙",可见恐惧心理时刻存在。脂评遣词、用意与"凡例"同出一辙,当出于同一人之手笔。

此书开卷第一回也①,作者自云②:因曾历过一番梦幻之后,故将真事隐去,而撰此《石头记》一书也,故曰"甄士隐梦幻识通灵"。但书中所记何事,又因何而撰是书哉?自云:今风尘碌碌,一事无成,忽念及当日所有之女子,一一细推了去,觉其行止见识皆出于我之上,何堂堂之须眉诚不若彼一干裙钗③?实愧则有馀,悔则无益,真大无可奈何之日也④!当此时,则自欲将已往所赖——上赖天恩,下承祖德,锦衣纨袴之时,饫甘餍美之日,背父母教育之恩,负师兄规训之德,以致今日一事无成、半生潦倒之罪⑤,编述一记,以告普天下人。虽我之罪固不能免,然闺阁中本自历历有人,万不可因我不肖,则一并使其泯灭也。虽今日之茅椽蓬牖,瓦灶绳床,其风晨月夕,阶柳庭花,亦未有伤于我之襟怀笔墨者,何为不用假语村言敷衍出一段故事来,以悦人之耳目哉?故曰"贾雨村风尘怀闺秀"⑥,乃是第一回题纲正义也。开卷即云"风尘怀闺秀",则知作者本意原为记述当日闺友闺情,并非怨世骂时之书矣⑦。虽一时有涉于世态,然亦不得不叙者,但非其本旨耳。阅者切记之。

诗曰:

> 浮生着甚苦奔忙,盛席华筵终散场。
>
> 悲喜千般同幻渺,古今一梦尽荒唐。
>
> 漫言红袖啼痕重,更有情痴抱恨长。
>
> 字字看来皆是血,十年辛苦不寻常⑧。

【校释】

① 此书开卷第一回也——这一大段文字被后出的诸本保留,以至有误作小说正文开头者。但首句删掉一"书"字(当为另一人所删),成了"此开卷第一回也"。应该说,这是妄改。"凡例"后三段文字开头的形式是统一的,都以"此书"起,确是凡例的写法。又"此书开卷第一回也"译成口语是"在此书开卷第一回中"的意思,语意未完,须待下文。"也"字在这里是表停顿的语助词,其用法与"大道之行也,天下为公"(《礼记·礼运》)相同。改成"此开卷第一回也",一字之差,语意全变了,译成口语,成了"这是开卷第一回",与下文文意不相连续,

"也"字也成了一个独立的判断句的结尾词,不再表示停顿了。正如有人已指出过的,这样的话倘若写在已明标着第一回的回目之后(无论作为总评或正文),岂不成了完全多馀的废话?

② 作者自云——在上一句被妄改之后,"作者自云"与"开卷第一回"的关系模糊不清了。很多人以为既然是"作者自云",下面的话当然是曹雪芹说的,哪怕它是由另一个写下来的人转述的。所以长久以来,都被当成曹雪芹自己的话引用。其实,这是不对的,它只不过是"凡例"的作者对曹雪芹创作意图的阐解,说得更具体些是揭示小说作者所拟的第一回回目隐义的说明。"凡例"的作者就是写脂评者之一,大概就是脂砚斋。脂评很习惯于用这样的语言。比如第五回中写警幻向宝玉介绍"新填《红楼梦仙曲》十二支"时,脂评针对这一曲名,揭示其含义说:"点题。盖作者自云所历不过红楼一梦耳。"很明显,"所历不过红楼一梦"的解释,尽管完全符合作者本意,但仍然不应混同于作者自己说的话,这是不言而喻的。如此类者尚多,读者可以自行比较。总之,这开头的两句话可以译成:"在这部书一打开的第一回中,作者便通过自己所拟的回目向读者暗示说。"当然,我们并不想否认"凡例"作者与小说作者之间不同寻常的密切关系,前者平时完全有可能了解到、甚至听到过后者对自己创作意图等等的谈论,因而这些阐解性质的话仍有重要参考价值。但这毕竟是另一回事。

③ 堂堂之须眉——宝玉惯称"须眉浊物",此则冠以"堂堂",恐未必真能代表作者观点。

④ 真——原作"之",不合文法。《乾隆抄本百二十回红楼梦稿》作"真",极是,当为草书之形讹。

⑤ 以——原作"已",据他本改。"已"本亦可通作"以"。

⑥ 贾雨村风尘怀闺秀——原无"贾雨村"三字,然连上看其阐释首回回目第二句隐义之所言,是包括全句的。即先用"今风尘碌碌,一事无成,忽念及当日所有之女子……"等语解释"风尘怀闺秀",然后再用"何为不用假语村言敷演出一段故事来……"等语解释"贾雨村"。因而,此处应仿第一句例,全引回目文字,方合乎语言逻辑。今缺三字,当是在抄录时被下又特提"风尘怀闺秀"五字给搞混淆了,以至抄漏三字。又后出诸本改"凡例"此段文字,在提到第一回回目时,省略

为"故曰'甄士隐'云云"和"故曰'贾雨村'云云",这实在有碍于文义的明确,是不该省略的。揭示"甄士隐"的谐音隐义是"真事隐去","贾雨村"的谐音隐义是"假语村言"的,不但是"凡例",也见于脂评。如书中初次提到这两个人的名字时,脂评就说:"托言将真事隐去也"(第一回),"雨村者,村言粗语也。言以村粗之言,演出一段假话也"(第一回)。可见,出于同一人之手。那末,这一解说符合曹雪芹原意吗?应该说基本符合,但也有不全符合之处。脂评都指出小说中许多人名以至"千红一窟"、"万艳同杯"之类物名的谐音隐义,我相信都是听到过作者自己说明的。不过也可能偶尔有听错的时候,再加发挥,也就不能全对了。比如释"贾雨村",就有可能听错,作者说的应是"假语存焉"(在北京话中,与"假语村言"相差无几),它与"真事隐去"恰好成对,而且可以省去末了的语助词,省略后,于义无缺,于是便用"真事隐"、"假语存"的谐音来为二人命名。我相信曹雪芹的原意就是如此。脂砚斋把"存焉"错听作"村言",也没有发现"假语"与"村言"搭配起来是很勉强的,"假语村言"若去掉一个字,便不成语,因而是不会用这样三个字去谐音人名的等等,却很自信地信手加了批,以至这一"权威"解释讹传了二百多年。不过,应该说明,这一讹误,嘉庆、道光年间的哈斯宝已经发现了,只是没有引起人们足够的注意而已。

⑦ 非怨世骂时之书——前已声称"此书只着意于闺中"、"不敢干涉朝廷",这里再次强调申述的还是这个意思。不但行文前后重复,从效果上说,也因掩饰太过,反而欲盖弥彰。我想,这也是后来诸本删去"凡例"前数条文字的原因之一。"怨世骂时"四字,实是对《红楼梦》一书性质极好的概括。

⑧ "浮生着甚苦奔忙"一律——"凡例"的作者既不是曹雪芹,这首七律当然也不是曹雪芹所作。但是自从胡适称此诗为"雪芹自题诗"后,就有不少人也跟着说它是曹雪芹本人自题《红楼梦》的诗。为证其非小说作者所自题,兹举理由数端如下:

一、《红楼梦》第一回"满纸荒唐言"一绝之下有脂评说:"此是第一首标题诗。"同回贾雨村口占"未卜三生愿"五律一首旁边有脂评说:"这是第一首诗,后文香奁闺情皆不落空……"以作者身份出面作的和作者摹拟小说中人物所作的第一首诗,脂评都指出来了。可见,置于全书最前面的"凡例"中的这首诗不是作者自己作的,不然,应该也称此诗为"第一首"才是。现在没有这样说,甚至连一个字的评语也没有,非有他故,就是因为诗是脂砚斋自己作的。

二、诗的末联对小说文字和作者的创作态度进行夸赞,而作者是不会这样自夸自赞,说自己的创作劳动是"不寻常"的。

三、这首七律的对仗择词偏宽。如以"千般"对"一梦",以"红袖"对"情痴",从这一特点来看,也不会是曹雪芹写的。因为作者及所拟小说人物作的律诗尽管面目有别、格调不同,但对仗都比较工严,如以"红袖"对"绿蓑"(香菱诗)、或对"绛河"(宝琴诗),或以"绛袖"对"青烟"(宝玉诗)等,必以颜色对颜色(这与作者的文辞修养、写诗习惯有关,不会轻易改变),而绝无以"红袖"对"情痴"这样两个字的词性都对不起来的例子。何况诗是总题全书的,当更不至于对得如此宽泛粗率。只有脂砚斋,才会将"真事隐去"与"假语村言"对在一起。

四、敦诚有诗赞曹雪芹云:"爱君诗笔有奇气,直追昌谷(李贺)破篱樊。"又云:"知君诗胆昔如铁,堪与刀颖交寒光。"而此诗虽不能说是劣诗,粗略读去,甚至觉得也还不错。但只要细加探求,便会觉得它格调平庸、内容肤浅了。前四句实在只不过是人生如梦的老生常谈,全是世俗口角,并无"奇气"可言。既已将古今之事比之为"一梦",又何须再言"荒唐",哪有是幻梦而不荒唐?前半首若作泛泛的人生感慨,则五、六两句更应该紧扣住《红楼梦》一书本身转出新意深意。然而,事实是令人失望的:"红袖啼痕重"、"情痴抱恨长"。这算是对全书精神的概括吗?实在太肤浅了!"漫言"、"更有",几乎是为了凑足七个字而随便拉来充数的。按律诗法度,恰恰要求在思想内容和表现形式上都异军突起的这一联,竟写得如此疲沓无力,又岂是"诗胆如铁"、"堪与刀颖交寒光"的曹雪芹之所为?

五、从诗中使用的语词来看,与脂评语言是一致的。如"情痴"之称,本来对宝玉、黛玉都可使用,如永忠的诗中称"颦颦宝玉两情痴"便是。然而,在诗中,黛玉既已归入"啼痕重"的"红袖",那么,"情痴"当然只能用来指宝玉了。以"情痴"特指宝玉的用法,正是脂评中所有。如第一回写石头请求和尚将它携入红尘,和尚答应携它到那"昌明隆盛之邦、诗礼簪缨之族、花柳繁华地、温柔富贵乡去安身乐业"。
脂评在下批道："何不再添一句云:择个绝世情痴作主人。"石头化为
通灵玉被夹带下凡后,它的主人正是贾宝玉。又如"字字看来皆是
血",脂评中亦常有类似的话,如"细思'绛珠'二字,岂非血泪乎"(第
一回)、"四字是血泪盈面"(第三回)、"一字化一泪,一泪化一血珠"
(第七回)、"滴泪为墨,研血成字"(第五十七回)等,比比皆是。均可
证此诗的作者是脂砚斋。

末了,关于"十年辛苦"该从何时算起的问题,涉及到《红楼梦》的
成书过程,在这里不能详论了。我只说自己研究的结果:《红楼梦》是
曹雪芹二十岁左右到三十岁左右这十年之中写成的(有人以为太早,
写不出这样的书来,这实在不成其为理由)。甲戌(1754)之前,已完
稿了,"增删五次"也是甲戌之前的事;甲戌之后,曹雪芹再也没有去
修改他已写完的《红楼梦》稿。故甲戌后抄出的诸本如"己卯本"、"庚
辰本"等等,凡与"甲戌本"有异文者(甲戌本本身有错漏而他本不错
漏的情况除外),尤其是那些明显经改动过的文字,不论是回目或正
文,也不论其优劣,都不出之于曹雪芹本人之手。

有情原比无情苦

有情原比无情苦,生死相关总在心。
也是前缘天作合,何妨黛玉泪淋淋。

【简释】

这是戚序本第二回回末的评诗。

此回是"演说荣国府",没有正面写宝黛的事。当是贾雨村谈到秉
正邪二气的人,"若生于公侯富贵之家,则为情痴情种",及冷子兴提起
黛玉,说不知她"将来之东床(丈夫)如何呢"等话,促使批书人联想到
后来宝黛的悲剧情节,因而写诗发感慨的。或者竟是第三回回前的评

诗,误抄在二回之末的。这里值得注意的是第二句,它可以当作《红楼梦曲·枉凝眉》中"一个枉自嗟呀,一个空劳牵挂"这两句话的注脚:黛玉痛惜宝玉受苦,为其避祸离家、流落在外的命运而担忧,而"嗟呀";宝玉在流亡中得不到黛玉的音讯,为其病体能否支持得住这样的打击而"牵挂"。这就是所谓"生死相关总在心"的涵义。

天地循环秋复春

天地循环秋复春,生生死死旧重新。
君家著笔描风月,宝玉颦颦解爱人。

【简释】

这是戚序本第三回回前的评诗。

诗因黛玉入荣府,初见宝玉,宝玉摔玉,黛玉为之痛惜等情节而发;也是联想到后来他们的悲剧命运,故有"生生死死旧重新"的话;提到"旧",又是联系到"前缘"的。贾府事败,宝黛生离,是在秋天;黛玉泪尽夭亡,是在春末。这里"秋复春"应非泛语。"颦颦",此回中宝玉给黛玉起的名。

宝玉因所爱之人不能同自己一样有玉而痛苦,宁可摔掉命根子不要。黛玉则以为"倘或摔坏了那玉,岂不是因我之过",因而自责,流了眼泪。对这一情节,脂评一而再地指出它具有预示宝黛悲剧的象征意义;指出黛玉后来因"情之所陷"而"泪枯"的原因,总不出袭人所说"若为他这种行止你多伤感,只怕伤感不了呢"这两句话(参见第二十一回批及周汝昌辑录清蒙古王府本第三回批);指出这样"体贴"对方,为怜"惜其人"而流泪,才是"还甘露水",才是所谓"不是冤家不聚头"(贾母语。脂评以为宝黛关系由此一语以定)的真实含义;指出"绛珠之泪至死不干,万苦不怨",是"所谓'求仁而得仁,亦何怨'",也即作者所谓"春恨秋悲皆自惹"。总之,此诗说,黛玉是懂得爱的,她的死,是因为爱,而并非出于怨或恨。曹雪芹是要通过宝黛悲剧,写他们之间感人的爱,而不是像续书那样写宝玉受骗上当,写黛玉怀疑、误会、妒忌、怨恨(当然,对"鬼蜮之为灾",他们是忿恨的)。从这首诗的末句,我们对这一点可以看得很清楚。

阴阳交结变无伦

阴阳交结变无伦,幻境生时即是真。
秋月春花谁不见,朝晴暮雨自何因?
心肝一点劳牵恋,可意偏长遇喜嗔。
我爱世缘随分定,至诚相感作痴人。

【简释】

这首七律仅见于戚序本第四回,是批书人所作。从诗的内容看,不像是评"护官符"的,很可能原是第五回的评诗,抄错了位置。诗中所感,也不限于一回中的情节,而是关系到全书的。

诗的立意是对悲喜皆幻、万境归空的说法作翻案文章。认为幻境不幻,因为天地间阴阳变化本是无比多样的。比如有花容月貌之妍,也有阴晴风雨之变。春去秋来,朝晴暮雨,月圆月缺,花开花落,谁能说出它的因与果、真与幻来?人又何尝不是如此!既有心肝相托之诚,便难免牵恋悬念之苦;相爱的人在一起,也反而会常有时喜时嗔的情形。所以,任凭宿分决定有缘无缘好了,何必怨天尤命,非要生旦团圆不可呢?若事事遂意,便无所谓至诚。即如宝黛二人,一个为同心的危难而焦急痛苦,毫不顾惜自己,终至流尽了全部眼泪;一个因知己的死去,对现实感到幻灭,宁可摔掉他一家亲人所宝爱的命根子,而弃家为僧,因而都被人目为"情痴"。但是作诗人说,这有什么不好呢?我就爱这种能够至诚相感的痴人。

请君着眼护官符

请君着眼护官符,把笔悲伤说世途。
作者泪痕同我泪,燕山仍旧窦公无?

【简释】

这是戚序本第四回回目之前的题诗,当是批书人、很可能就是脂砚斋所作。

诗的末句说,燕山窦公现在还在不在呢?意思是早不在了。燕山窦公指窦禹钧,五代周渔阳人,官至谏议大夫。他任官时,推举了许多所谓"四方贤士",借此加强亲附自己的势力,巩固地位。五个儿子仪、俨、侃、偶、僖相继登科,时称燕山窦氏五龙。这里比作者的祖辈。

诗的前两句强调《护官符》的重要,揭出作者借此"怨时骂世"之文以抒内心悲愤的用意是很可贵的。后两句可见批书人与作者的关系非同一般,曾引起一些研究者的注意。

从这首诗中,还可以看出曹雪芹所创作的《红楼梦》本是封建大家族衰亡的一曲挽歌,它根本不是一部以表现封建家庭中婚姻不自由(这只是书中思想的一部分)为主题的小说。

万种豪华原是幻

万种豪华原是幻，何尝造孽，何是风流！
曲终人散有谁留？为甚营求，只爱蝇头！
一番遭遇几多愁？点水根由，泉涌难酬！

【简释】

此曲在戚序本第五回前，是批书人所作。

首句说世上豪华原如梦中幻境，无所谓造孽和风流。"曲终人散"，指梦中听曲之事，又喻说小说终局，群芳落尽，"树倒猢狲散"。取意唐代钱起《湘灵鼓瑟》诗："曲终人不见，江上数峰青。""点水"，指灌溉绛珠草的甘露水。"泉涌"，指黛玉"还债"的眼泪。此曲与续书所写都相反。续书结局是"家道复初"、"兰桂齐芳"，成了"曲终奏雅"。续书还劝人们要报"天恩祖德"，即使出家为僧，也不妨先"营求""蜗角虚名，蝇头微利"。又写黛玉听说宝玉要娶宝姊姊，心里燃起一腔怨恨之火，把用来"还债"的眼泪都烧干了；相反，宝玉倒因为已结过婚，头脑忽然清醒，觉得对不起知己，便到黛玉灵前致哀，"哭得死去活来"，所谓"病神瑛泪洒相思地"。这样便成了神瑛侍者用"泉涌"之泪，去"酬"绛珠仙子的"债"了。

风流真假一般看

风流真假一般看，借贷亲疏触眼酸。
总是幻情无了处，银灯挑尽泪漫漫。

【简释】

此诗见于戚序本、蒙府本第六回回前，是批书人的评诗。

首句说的是上回神游太虚境和本回初试云雨情事，以为不应把前者只当作梦境看。第二句说的是刘姥姥进荣国府借贷事，"触眼酸"，说明批书人也有类似的感受。三、四句本回没有可切合的情节，是从前两件事触发的感想。评者以为风流和繁华都是虚幻的，因此，所谓"幻情无了处"，亦当指难以割断对此二者的感情联系而言，则宝玉流落、荣府获罪之初，黛玉愁恨难遣的情景，与之甚相切合。《代别离·秋窗风雨夕》诗中有"泪烛摇摇爇短檠，牵愁照恨动离情"等语，或与此诗后二句，同联想到后来之事。

幻情浓处故多嗔

幻情浓处故多嗔，岂独颦儿爱妒人。
莫把心思劳展转，百年事业总非真。

【简释】

此诗见于戚序本、蒙府本第八回回前，是评诗。

此回写宝玉在宝钗房中看金锁，讨冷香丸吃，黛玉进来，便说，"我来的不巧了"，"早知他来，我就不来了"，还借与丫头谈话奚落宝玉。但这些妒意戏语，作者写得很有分寸。黛玉并未因此动气，仍助着宝玉尽兴喝酒，叫他"别理那老货"李嬷嬷的阻拦。批书人唯恐读者把黛玉错看成"爱妒"的人，故有诗中前两句的话。这里所谓"幻情"，也就是爱情。说它"幻"，因宝黛心事终于成虚，所以又有后两句诗。值得注意的是作诗者下了"百年事业"四个字。"百年"，一生之谓也，说的是宝黛，又与贾府之显赫已"历时百年"正合。宝玉终至"一世堕落无成"(第二十二回批语),黛玉心事成空,贾府也终至"一败涂地";以此说世事本幻、繁华"非真",劝人不必如黛玉之痴心,则黛玉之死,原因不在于宝玉另配,不是很明显的吗?

生死穷通何处真

生死穷通何处真?　英明难遏是精神。
微密久藏偏自露,　幻中梦里语惊人。

【简释】

此诗见于戚序本十三回回前,是评诗。

诗说的是秦可卿托梦凤姐事。梦中谈到瞬息繁华、一时欢乐,评者的"生死穷通何处真"之叹,即为此而发。次句赞可卿身虽死去,而魂魄尚能作此"英明"预见,可见"精神""难遏"。"微密久藏"者,我以为是指作者有关自己家世在政治斗争中败落的实感。它在小说中原是用大荒山青埂峰的顽石、太虚幻境、"情孽"、"孽缘"等等"荒唐言"隐蔽得好好的,现在偏偏通过秦氏托梦,把"久藏"的真意"自露"出来了。梦中的这番话,对于与曹家关系密切、或有过类似遭遇的作者亲友来说,无疑是语语"惊人"的(这从脂本中有关此段的许多感慨万端的批语中都可以看出)。由此表明,他们是完全站在小说中加以批判揭露的那个封建大家族的立场上的。

我们所见《红楼梦》多数版本(甲戌本除外)第一回开头的那段文字,究竟是否作者所写,目前研究者尚有不同的看法。如果我们对这首评诗的理解大体不错的话,那末,它就提供了一个旁证,证明那段文字如甲戌本那样,原应属《凡例》的末段,而《凡例》则不出于作者之手。因为,那段文字中有说到作者身世和小说作意的话,比如说作者以往是"上赖天恩,下承祖德",过"锦衣纨袴"、"饫甘餍美"生活的,到如今则"一事无成,半生潦倒",故"编述一记,以告普天下人"等等。倘若作者自己在小说一开始就作这样的说明,那末,不但接着假托小说抄自石上的虚构情节完全成了多馀,而且评诗中是否还会说他将有关自己家世的真实感慨"微密久藏"起来,也是大成问题的。

一物珍藏见至情

一物珍藏见至情,豪华每向闹中争。
黛林宝薛传佳句,《豪宴》《仙缘》留趣名。
为剪荷包缩两意,屈从优女结三生。
可怜转眼皆虚话,云自飘飘月自明。

【简释】

此诗见于戚序本、蒙府本第十八回回目前,当是批书人作。

诗中所写的事,甲辰本、舒序本(原称"己酉本",舒元炜序)及程高本,因分回与戚本不同,皆在第十七、十八回中。"一物珍藏",指黛玉做的荷包,宝玉将它带在里面的衣襟上。《豪宴》、《仙缘》系元春在席上所点的戏,因戏名与小说情节双关,故曰"留趣名"。在所点的四出戏下,脂评说,第一出《豪宴》:"《一捧雪》中。伏贾家之败。"第二出《乞巧》(即《密誓》):"《长生殿》中。伏元妃之死。"第三出《仙缘》(通作《仙圆》):"《邯郸梦》中。伏甄宝玉送玉。"第四出《离魂》:"《牡丹亭》中。伏黛玉死。所点之戏剧伏四事,乃通部书之大过节、大关键。""缩两意"指连结了宝玉与黛玉两人的情意,因荷包引起误会,黛玉先剪香袋,后又要剪荷包,但误会消除后更加亲密。"屈从优女"指贾蔷命龄官演《游园》、《惊梦》两出戏,龄官定要做《相约》、《相骂》两出,"贾蔷扭不过她,只得依她做了"。在龄官所演的两出戏下,脂评说:"《钗钏记》中。总隐后文不尽风月等文。"又评贾蔷说:"如何反扭她不过?其中便隐许多文字。"我们只在后面看到龄官画"蔷"的情节,所谓"不尽风月"、"结三生"等语,或尚与八十回之后情节有关。当然,从"转眼皆虚话"的意思看,他们未必能真的结成夫妻,亦只能如宝黛之空有愿望而已,但既叹为"可怜",在原稿八十回之后应有所交代。"云"、"月"或隐湘云、麝月。

自执金矛又执戈

自执金矛又执戈,自相戕戮自张罗。
茜纱公子情无限,脂砚先生恨几多!
是幻是真空历遍,闲风闲月枉吟哦。
情机转得情天破,情不情兮奈我何?

【简释】

此诗仅见于庚辰本第二十一回回前。诗的前后还有话说:"有客题《红楼梦》一律,失其姓氏,惟见其诗意骇警,故录于斯:(略。诗如上)凡是书题者不可(这里似缺"不以"二字)此为绝调。诗句警拔,且深知拟书底里,惜乎失石(似是"名"之讹)矣!"作诗的"客"既能写出"深知拟书底里"的警拔诗句,当是曹雪芹的亲友。所谓"失其姓氏",恐是"讳其姓氏"的托词。

诗是题全书的。首联指作者常用自相驳难、自立自破等笔法。末联谓宝玉终于冲破幻情束缚,使世人奈何他不得。"转得"一语出自佛教。佛家宣扬用唯心的修炼方法能达到舍弃"孽障"和证得"妙果"的精神解脱境地,叫"转舍"和"转得"。如认为烦恼与所知二"障"是其

"转舍"者,菩提与涅槃二"果"是其"转得"者(见《唯识论》)。"情不情"三字出于曹雪芹《红楼梦》原稿末回《警幻情榜》。第十九回脂评:"后观《情榜》评曰:'宝玉情不情。黛玉情情。'此二评自在评痴之上,亦属囫囵不解,妙甚!"又第二十五回脂评:"玉兄每'情不情',况有情者乎?"第三十一回脂评:"撕扇子是以不知情之物,供姣嗔不知情时之人一笑,所谓'情不情'。"可见,"情不情"就是对不知情者(人或物)也有情的意思。在这里,当是说宝玉对黛玉、晴雯等死去的、已不知情的人物尚有情,对已破灭了的人生理想尚不能释然,故生出脂评所谓的"情极之毒",而弃家为僧了。"奈我何",是代拟封建逆子宝玉的兀傲语气说的。

有人引此诗以为脂砚斋就是曹雪芹自己,这不对。有靖藏本第二十二回畸笏叟之批可证。批曰:"前批知者寥寥。不数年,芹溪、脂砚、杏斋诸子皆相继别去,今丁亥夏只剩朽物一枚,宁不痛杀!"在这条批语发现之前,不少人还认为畸笏叟是脂砚斋的化名,从而把两者的批语混为一谈,作出种种的推断。现在看来,也是不对的。有一种看法认为:"茜纱公子"——宝玉的模特儿不是曹雪芹自己,而是其叔叔——"脂砚先生"。这也未必是,因为脂评已明言"宝玉之为人,是我辈于书中见而知有此人,实未目曾亲睹者"。是"今古未有之一人"(第十九回)。艺术形象是现实生活的综合和概括。作者利用长辈口述的某些家事材料与自己所亲历的事捏合起来,或者脂砚斋以提供素材的形式实际上参与了小说的部分创作工作,这种可能性很大。脂评说这首诗"深知拟书底里",究竟是怎样的"底里",还是值得我们进一步研究的。

两宴不觉已深秋

两宴不觉已深秋,惜春只知画春游。

可怜富贵谁能保，只有恩情得到头。

【简释】

此诗见于戚序本、蒙府本第四十回回前，是评诗。

《史太君两宴大观园》是写得很热闹的一回。其中季节景物只随手点染，并不引人注意。贾母向刘姥姥介绍惜春说："我这个小孙女儿，他就会画。"但惜春真的要画大观园图，还是好几回以后的事。作此诗者对"深秋"特别敏感，显然，这与后来贾府事败正值秋天有关。再说，刘姥姥将在贾府败后，三进荣国府，所以在写刘姥姥时联想到败落。感慨"惜春只知（原误作"如"）画春游"，说的就是大观园中人没有想到繁华欢乐的日子，很快就要完了。戚序本第五十回有批语说："最爱他中幅惜春作画一段，似与本文无涉，而前后文之景色、人物，莫不筋动脉摇，而前后文之起伏、照应，莫不穿插映带。文字之奇，难以言状。"可见，这幅画在贾府的兴衰变化中是要起"照应"作用的。末句"恩情得到头"，当是说刘姥姥后来对贾府的救助，她借此酬报贾府接济和款待的"恩情"。

富贵荣华春暖

富贵荣华春暖，梦破黄粱愁晚。金玉作楼台，也是戏场妆点。莫缓，莫缓！遗却灵光不远。

【简释】

这首《如梦令》词见于戚序本、蒙府本第四十五回回前，是批书人所作。

"黄粱"原抄作"黄粮"，据意改正。赖嬷嬷的孙子选任了州官，众亲友要给他贺喜,赖家就摆酒三日,还摆一台戏,来请贾府的主子们,故词中以"戏场妆点"作比,与黄粱梦意同。"遗却灵光",比喻亲友知交死散将尽,唯有自己还在,犹如汉代灵光殿之巍然独存。灵光殿为汉景帝之子鲁恭王刘余新建,汉代中叶以后,历经战事,长安等地著名宫殿如未央、建章等都被毁坏,只有灵光殿还存在。东汉王延寿因作《鲁灵光殿赋》。此回还写黛玉病势加重,作《代别离》词以寄怀,这些都引起批书人的感触,他为贾府和小说人物即将临头的不幸命运而焦急,故有"莫缓,莫缓"之语,意思说赶紧醒悟,及早回头!

积德于今到子孙

积德于今到子孙,都中旺族首吾门。
可怜立业英雄辈,遗脉谁知祖父恩?

【简释】

此诗见于已迷失的靖藏本第五十三回回前长批之末,文字多错乱。戚序本中此诗文字是通顺的,但误在第五十四回回前。第五十三回是"宁国府除夕祭宗祠,荣国府元宵开夜宴",诗前长批就说:"'祭宗祠'、'开夜宴'一番铺叙,隐后回无限文字⋯⋯"所以,靖藏本的地位是对的。文字则从戚序本。诗当是批书人所作。

诗中的感慨大概是因"贾氏宗祠"的三副对联引起的,看来,批书人与曹家的关系颇深,或竟是其族中人。他居然把小说中的贾府称为"吾门",而对其所谓英雄立业的祖辈大为追念,叹息其遗脉子孙忘却了"天恩祖德",不能继承家业,大有"新红学"家把小说看作是作者"自传"的味道。周汝昌在校读此长批及诗时说:"戚本的很多题诗(亦有词曲),有人怀疑时代较晚或他人所加,今得靖本互证,足以增加其为原批的可信程度。更重要的是,批语指出,铺叙宗祠、夜宴等'盛'景,目的还是在于反跌下文,为后半部情节作映照。"(《〈红楼梦〉及曹雪芹有关文物叙录一束》,载《文物》1973 年第 2 期)

五首新诗何所居

五首新诗何所居？　颦儿应自日欷歔。
柔肠一段千般结，　岂是寻常望雁鱼！

【简释】

　　此诗见于戚序本、蒙府本第六十四回回后,与回前评诗性质相同。"五首新诗",指《五美吟》。"何所居",何所寄托。评者是知道黛玉后来结局的,因为有感慨才设问。次句说,黛玉既有这样心志,当然也就要悲叹不已了,这又是联系她日后不幸遭遇而言的。后两句借眼前说将来更明显。"望雁鱼",就是盼望离人回来的消息。古代有雁足带书、鱼腹藏书之说,故以雁鱼指代书信。这里说她不是寻常的闺中怀人,正说明她在最后的日子里,她的心情是何等忧忿凄恻。这首诗如果不用曹雪芹原来构思的宝黛悲剧情节去印证它,而想用诸如续书所写婚姻问题上的怨恨失望去解说它,那是很难讲得通的。因为在《五美吟》中,既没有写长门宫里的阿娇,林黛玉又与贾宝玉同住于大观园内,也没有什么"雁鱼"可"望"。

空将佛事图相报

空将佛事图相报，已触飘风散艳花。

一片精神传好句，题成谶语任吁嗟。

【简释】

此诗见于戚序本、蒙府本第七十回回前，是评诗。

诗的末句证实了我们曾经说过的话——《桃花行》正是黛玉自己最后夭亡情景的象征性写照，即所谓"谶语"。评者说，虽然宝玉后来弃宝钗、麝月为僧，皈依佛门，企图用这一行动来报答自己遭厄时知己对他生死不渝的爱情，但这也是徒然的。因为她早已如桃花遭到狂风那样飘散了。也许有人会说，这些只是脂砚斋等批书人的看法，未必正确，怎么可以都引以为据呢？不错，批书人观点可商之处不少，但我们依据的并不都是他们的观点，而是使他们产生这样那样观点的客观事实。就算曹雪芹在拟黛玉作《桃花行》时，并非有意将它写成"谶语"，这也不能改变歌行中所写与黛玉之死情景是相似的这一基本事实。因为这里重要的是批书人既以为歌行是"谶语"，他就必定已经知道后来黛玉是怎样死的，否则就无从那么说。而这一点恰恰是我们所不知道的。与此相类似的情况是很多的，对脂评不应忽视的原因就在于此。有些脂评的观点与我们今天普遍接受的看法很不一致，如果我们只是简单地把它看作谬见，而弃置不顾，不去细心地分析批书人之所以产生这种见解的真正原因是什么，那就不是尊重事实的态度。其结果也许会使我们放弃许多可利用来弄清曹雪芹原著本来构思的很有价值的资料，而让自己的论点建立在随心所欲的臆想上。

《红楼梦》中的诗论选评

《红楼梦》中谈到诗的地方不少。对这些诗论应该如何看待呢？研究者的意见并不一致。一种意见认为：它代表了曹雪芹对诗的见解，如以为"黛玉跟香菱谈诗，不妨看作悼红轩的诗话"（俞平伯《〈红楼梦〉简论》）。另一种意见认为："《石头记》中黛、菱论诗一节，充其量仅能代表雪芹真见解之极小一点一面，而且毕竟离不开小说之人物性格、故事情节，亦难比真正诗论专著。雪芹于诸艺业，皆避免卖弄知见，即如芹精于绘事，而《红》书中除令宝钗开出一张画具单子外（此另有用意），亦绝不多谈绘法理论，故小说中诗词等句，亦不代表雪芹之'自作'体格也。"（摘自周汝昌同志1977年3月13日给笔者的信）我的看法是折中的，也可以说是调和二说的，即认为曹雪芹对诗的见解是可以通过小说中的诗论看出来的，但不可能是全部，也与他以自己的身份来写一部诗话不同。他固然不会、也不可能把自己在这方面的见解原封不动地都硬塞给小说中的人物，但也不可能不运用自己对诗的见解去描绘小说人物在这方面所表现出来的聪明才智（如黛玉）、博识广闻（如宝钗），或者相反的情况等等。有时遇到适当的场合，他也会通过人物之口，来表达自己的某些见解。只是他这样做的时候，都没有离开小说人物性格、故事情节的真实性和合理性罢了。因此，我认为只要不把《红楼梦》中的诗论，不加区别地、简单地等同于曹雪芹自己的诗论，而是有分析、有鉴别地去看它，那末，从这些经过艺术加工而变得个性化、通俗化了的诗论中，仍是可以看出曹雪芹在诗歌方面的某些见解来的。这就是我之所以要选录这些诗论的原因。

选录时，我于每条之后都作了一些简要的注释，顺便还介绍了一些有关旧诗的常识，希望能对接触旧诗不多的读者有所帮助。所引文字据甲戌、己卯、庚辰、戚序等本子互校,但不一一说明。

才子佳人书中的诗赋

（第 一 回）

　　至若佳人才子等书,则又千部共出一套,且其中终不能不涉于淫滥,以致满纸潘安、子建、西子、文君,不过作者要写出自己的那两首情诗艳赋来,故假拟出男女二人名姓,又必旁出一小人其间拨乱,亦如剧中之小丑然。

【评注】

　　潘安,晋代文人,貌美。子建,即曹植,以才高著称。西子,西施。文君,卓文君,"私奔"司马相如,结为夫妻。脂评说:"余谓雪芹撰此书,中亦有传诗之意。"从上引的话来看,"传诗"只能理解为传所拟各种人物写的各种类别的诗,而决不是作者原有一些"香奁闺情"诗,非借小说流传不可。小说中的诗,必须为塑造人物性格、表现故事情节服务,不能颠倒过来,为了把几首诗写出来,而去生造人物悲欢离合、硬编故事情节。这一美学原则是非常重要、非常正确的。《红楼梦》八十回前的诗词与续书以及其他流俗小说所写的诗词,最明显的不同,就在于此。

编新不如述旧

（第 十 七 回）

"常闻古人有云：'编新不如述旧，刻古终胜雕今。'况此处并非主山正景，原无可题之处，不过是探景一进步耳。莫若直书'曲径通幽处'这句旧诗在上，倒还大方气派。"（宝玉）

【评注】

这不能简单地理解为沿旧比创新好。因其地"原无可题之处"，故难自编新词而妥贴；若勉强凑成，反小家子气。旧诗恰有佳句可表述由此进一步探景之意，自不妨拿过来为我所用，犹言谈文章中之巧用成语。唐代常建《题破山寺后禅院》诗："曲径通幽处，禅房花木深。"

只要套得妙

（第 十 七 回）

"这是套的'书成蕉叶文犹绿'，不足为奇。"（贾政）

"李太白'凤凰台'之作全套'黄鹤楼'，只要套得妙。如今细评起来，方才这一联，竟比'书成蕉叶'犹觉幽娴活泼。视'书成'之句，竟似套此而来。"（众客）

【评注】

这里说的是宝玉拟大观园"蘅芷清芬"（即蘅芜苑）的"吟成豆蔻才犹艳，睡足酴醾梦亦香"一联。"书成蕉叶"句，未详何人作，当是明清人诗。唐代崔颢作《黄鹤楼》诗："昔人已乘黄鹤去，此地空馀黄鹤楼。……"李白为之倾慕，有"眼前有景道不得，崔颢题诗在上头"之语，又曾几次仿其格调作诗，如《登金陵凤凰台》诗："凤凰台上凤凰游，凤去台空江自流。……"即是。

不过是寄兴写情

（第三十七回）

"不过是白海棠，又何必定要见了才作？古人的诗赋也不过都是寄兴写情耳。若都是等见了作，如今也没这些诗了。"（宝钗）

【评注】

这不是宣扬创作不要深入生活，而是说咏物的诗赋不能粘皮着骨，囿于事物的形体，要运用艺术想像，表现它的精神，表现诗人的志趣理想，即所谓"寄兴写情"。话说得很浅近，但没有作诗的修养是说不出的。脂评曰："真诗人语！"并没有赞错。咏白海棠诗中的佳句，都在于诗思独特。不明乎此，哪怕对着白海棠看三天，也是写不出一句好诗来的。

忌过于新巧求生

（第 三 十 七 回）

"诗题也不要过于新巧。你看古人诗中,那些刁钻古怪的题目和那极险的韵了?若题目过于新巧,韵过于险,再不得有好诗,终是小家子气。诗固然怕说熟话,更不可过于求生。只要头一件立意清新,自然措词就不俗了。"(宝钗)

【评注】

这种"小家子气"的弊病,倒不一定出在小诗人身上。比如李商隐有诗,题作《蝇蝶鸡麝鸾凤等成篇》,诗曰:"韩蝶翻罗幕,曹蝇拂绮窗。斗鸡回玉勒,融麝暖金釭。玳瑁明书阁,琉璃冰酒缸。画楼多有主,鸾凤各双双。"义山自是唐诗大家,但这样的诗却是恶诗。所以清康熙间的朱竹垞说它"题怪极,不可解",雪芹同时代人纪晓岚说它"堕入恶趣,不复以诗格绳之"。与怪题一样,此诗用的也是险韵。某一韵部所属的字多或常用字较多,因而选择馀地较大的叫宽韵;反之,选择馀地较小的叫窄韵;特别窄的就叫险韵。李诗用的是"三江"韵,这部韵字很少,数不出几个常用字。又,所押之字,虽属宽韵,却生僻难用的,也可以说韵是险的。这段话的主要意思是说,诗贵天然自在,重在立意,不可刻意追求新巧险怪,炫耀作诗本领。这也是经验之谈。

不 喜 限 韵

（第三十七、三十八回）

"我平生最不喜限韵的。分明有好诗,何苦

为韵所缚！咱们别学那小家子派头。只出题,不
拘韵;原为大家偶得了好句取乐,并不为那些难
人。"(宝钗)

"我也最不喜限韵。"(宝玉)

【评注】

据意择韵,以韵承意,才是作诗的正路。如果迁意就韵,因韵求
事,这就本末倒置了。但后一种风气,在当时是相当普遍的。目的之
一,是为了"难人";自己要限,也为了难自己,借以显本领。

巧 之 得 失

(第 三 十 八 回)

"我那首也不好,到底伤于纤巧些。"(黛玉)

"巧得却好,不露堆砌生硬。"(李纨)

【评注】

巧是好的,但露出做作姿态、雕饰痕迹,就不好了;巧而只表现为
纤细、微小的用心和技艺,也不是诗的上乘。这一观点比一味求巧,以
为巧总是好的,或者,相反地主张宁拙毋巧,以为巧了就不好,要辩证
得多。它与前宝钗关于诗题、诗韵的话以及为诗社起名时,探春所说
"俗了又不好,特新了,刁钻古怪也不好"等等,认识是一致的。

背面傅粉

(第 三 十 八 回)

　　"据我看来,头一句好的是'圃冷斜阳忆旧游',这句背面傅粉:'抛书人对一枝秋'已经绝妙,将供菊说完,没处再说,故翻回来想到未折未供之先,意思深透。"_(黛玉)

【评注】

　　杜甫七律《咏怀古迹》写王昭君,到第四句"独留青冢向黄昏",也似乎已将昭君事说完,没处再说,讵料第五句竟翻回来说"画图省识春风面"。大家写律诗,其章法变化之妙,往往令人莫测。

烘　染

(第 三 十 八 回)

　　"到底要算蘅芜君沉着,'秋无迹'、'梦有知',把个'忆'字竟烘染出来了。"_(探春)

【评注】

　　律诗要求句句不离题目,既写《忆菊》,便须处处与"忆"相关,因而不正面直说的烘染笔法,就显得格外重要了。

切　题　形　容

(第 三 十 八 回)

　　"你的'短鬓冷沾'、'葛巾香染',也把簪菊形容得一个缝儿也没了。"(宝钗)

　　"'偕谁隐'、'为底迟',真真把个菊花问得无言可对。"(湘云)

　　"你的'科头坐'、'抱膝吟',竟一时也舍不得别开,菊花有知,也必腻烦了。"(李纨)

【评注】

　　这是对《簪菊》、《问菊》、《对菊》三诗措词造句的夸赞。可见,律诗在落笔前,要紧的是吃透题目,然后在立意、构句、用字上,必须完全做到切题。

小题目要寓大意

(第 三 十 八 回)

　　"这是食蟹绝唱! 这些小题目,原要寓大意,才算是大才,只是讽刺世人太毒了些。"(众人)

【评注】

　　这是对宝钗螃蟹诗的议论。但对别的题材的诗来说,也是适用的。小说通过一个大家庭反映整个社会、政治制度,也是一种以小寓大(参见第三十八回关于该诗的鉴赏)。

李义山佳句

（第四十回）

"我最不喜欢李义山的诗，只喜他这一句：
'留得残荷听雨声。'"（黛玉）

【评注】

李商隐《宿路氏亭寄怀崔雍崔衮》诗："竹坞无尘水槛清，相思迢递隔重城。秋阴不散霜飞晚，留得枯荷听雨声。"清人何焯评："下二句暗藏永夜不寐，'相思'可以意得也。"纪昀评："不言雨夜无眠，只言枯荷聒耳，意味乃深；直说则尽于言下矣。'相思'二字，微露端倪，寄怀之意，全在言外。""最不喜欢"的话，并非实意。小说中宝玉所欣赏仰慕的人物北静王水溶，曾对贾政赞宝玉，开口就用玉溪生"雏凤清于老凤声"（寄酬以写香奁诗出名的韩偓的诗）诗句。脂评曰："妙极！开口便是西昆体（宋初杨亿、刘筠、钱惟演等，作诗宗李商隐，掇取其藻绘丽采，而好用典，互为倡和，编为《西昆酬唱集》），宝玉闻之，宁不刮目哉！"（第十五回）可见，这不过是说话欲扬先抑的办法，着意强调这一句诗，除表现黛玉个人爱好外，还借这首写"竹坞"、"相思"、"雨夜无眠"的很有名的诗，暗中为后半部悲剧情节伏笔（参见第四十五回《代别离·秋窗风雨夕》等诗鉴赏）。

格律何难

（第四十八回）

　　"什么难事,也值得去学! 不过是起、承、转、
合,当中承、转是两副对子,平声对仄声,虚的对
虚的,实的对实的。若是果有了奇句,连平仄虚
实不对都使得的。"(黛玉)

【评注】

　　这里说的是律诗。律诗八句,两句一联,共四联,通常按顺序称为
首联、颔联、颈联、尾联。就结构章法而言,又分别称这四联为起、承、
转、合。"起",就是起头;"承",就是承接。所以一般情况下,一、二联
内容联系紧密,组成诗的上半段。"转",就是变换,转出别的意思来。
如由写景转为抒情,叙事转为议论,或者虽不如此转换,却引出新意、
开拓境界等等,总之是另起下半段。"合",就是归结。可以合到本题
上来作结,也可以就题意宕开一步。这些本是根据前人实践经验归纳
出来的,适合律诗这一体裁特点的,带有普遍性的结构规律(当然也可
以有变例)。后来,被用到本不应有定式限制的文章上去,把文章的结
构章法也规定为八股,用起、承、转、合的公式去套(八股文),以至使思
想和文体都僵化了,这就走向了反面。律诗要讲平仄,每句之中平声
与仄声(包括上、去、入三声)互换,每联两句之间平仄声相反。又要求
中间两联(承、转)必须对仗。对仗就是两句之间的字,不但要平声对
仄声,字义的性质也要是同类的,即虚字对虚字,实字对实字。上引的
话,原作"虚的对实的,实的对虚的"。各本皆然。俞平伯先生曾辨其
为"作者偶尔笔误"(见《读〈红楼梦〉随笔》),是说得对的。今引文亦据
俞氏校本改正。说到若有了奇句,可以破格成拗,以散代偶,如唐代崔
颢《黄鹤楼》七律的前四句(昔人已乘黄鹤去,此地空馀黄鹤楼。黄鹤

一去不复返,白云千载空悠悠)即是。这也是诗意与格律规定矛盾时,形式当服从于内容的例子。

不以词害意

(第四十八回)

"怪道我常弄一本旧诗,偷空儿看一两首,又有对的极工的,又有不对的。又听见说,'一三五不论,二四六分明'。看古人的诗上,亦有顺的,亦有二四六上错的。所以天天疑惑。如今听你这一说,原来这些格调规矩竟是末事,只要词句新奇为上。"(香菱)

"词句究竟还是末事,第一立意要紧。若意趣真了,连词句不用修饰自是好的。这叫做'不以词害意'。"(黛玉)

【评注】

对仗中一字不苟、铢两悉称、"对得极工"的工对,可以有整饬之美;不拘事类、大体成偶的宽对,可以有洒脱之致;该用对仗而不顾属对的也有好诗,如李白《夜泊牛渚怀古》诗即是,诗曰:"牛渚西江夜,青天无片云。登舟望秋月,空忆谢将军!余亦能高咏,斯人不可闻。明朝挂帆去,枫叶落纷纷。"虽是五律,却似行云流水,天然飘逸,毫不见格律的束缚。"一三五不论,二四六分明",是关于律诗平仄的俗话。意思说,每句中第一、第三、第五三个字,平仄声可以随便用;第二、第四、第六三个字,平仄声一定要遵照格式用。其实,这只是极粗疏的讲法,稍加推敲,便见漏洞。律诗诗句中除了末一字字声绝对不可变更

(押韵用平,不押用仄)外,一般地说,单数的字是要比双数的字平仄自由些。但也不是都可以"不论",或者都非"分明"不可的。比如"仄仄平平仄仄平"句式中,第一字虽可平仄任用,第三字就不能"不论",不能改平为仄,否则就叫做"犯孤平",这在唐诗中是很难找到的。又如"仄仄平平平仄仄"句式中,末了三字,在实际写诗中改变成"仄平仄"的倒不乏其例,这样,第六字也就不"分明"了。以上引李白五律为例,颔联中第四字当仄而用平("秋"),当平而用仄("将"),这也就是未谙此道的香菱所谓"二四六上错的"的例子。其实,此类出格的拗句,李杜等大诗人就很多,不但不算毛病,有时还是故意那样写的。因为根据"意趣"的需要,破格成拗,因拗取峭,反能收到特殊的效果。

盛唐三大家诗作底子

(第四十八回)

"我只爱陆放翁的诗:'重帘不卷留香久,古砚微凹聚墨多。'说的真切有趣。"(香菱)

"断不可学这样的诗!你们因不知诗,所以见了这浅近的就爱;一入了这个格局,再学不出来的。你只听我说,你若真正要学,我这里有《王摩诘全集》,你且把他的五言律读一百首,细心揣摩透熟了,然后再读一二百首老杜的七言律,再把李青莲的七言绝句读一二百首;肚子里先有了这三个人作了底子,然后再把陶渊明、应场、谢、阮、庾、鲍等人的一看,你又是一个极聪敏伶俐的人,不用一年的工夫,不愁不是诗翁了。"(黛玉)

【评注】

陆游《书室明暖终日婆娑其间倦则扶杖到小园戏作长句》诗之二："美睡宜人胜按摩,江南十月气犹和。重帘不卷留香久,古砚微凹聚墨多。月上忽看梅影出,风高时送雁声过。一杯太淡君休笑,牛背吾方扣角歌。"王摩诘,盛唐诗人王维,字摩诘,官至尚书右丞,又称王右丞。老杜,杜甫,以别于称"小杜"的杜牧。李青莲,即李白,早年曾居四川彰明县青莲乡,自号青莲居士。应场,三国时诗人,"建安七子"之一。谢,指南朝诗人谢灵运。阮,指魏晋间诗人阮籍。庾,指北朝诗人庾信。鲍,指南朝诗人鲍照。黛、菱这段谈话,明显地可以看出宋代严羽《沧浪诗话》的影响。严氏曰:"看诗须着金刚眼睛,庶不眩于旁门小法。""夫学诗者以识为主,入门须正,立志须高,以汉、魏、晋、盛唐为师,不作开元、天宝以下人物。若自退屈,即有下劣诗魔入其肺腑之间,由立志之不高也。行有未至,可加工力;路头一差,愈骛愈远,由入门之不正也。故曰:'学其上,仅得其中;学其中,斯为下矣。'""即以李、杜二集,枕藉观之,如今人之治经,然后博取盛唐名家,酝酿胸中,久之自然悟入。虽学之不至,亦不失正路。"举盛唐三大家各自成就最显著的诗体,作为初学基础(这里不涉及古体),就像指导儿童临摹楷书,多从欧阳、颜、柳入手一样,说法上无迂腐、偏颇之弊,是可以接受的,也代表了曹雪芹的观点。

诗 之 三 昧

(第 四 十 八 回)

"据我看来,诗的好处,有口里说不出来的意思,想去却是逼真的;有似乎无理的,想去竟是有理有情的。""我看他《塞上》一首,那一联云:'大漠孤烟直,长河落日圆。'想来烟如何直,日自然是圆的。这个'直'字似无理,'圆'字似太俗。合上书一想,倒像是见了这景的。若说再找两个字换这两个,竟再找不出两个字来。再还有:'日落江湖白,潮来天地青。'这'白'、'青'两个字,也似无理。想来必得这两个字才形容得尽;念在嘴里,倒像有几千斤重的一个橄榄。还有:'渡头馀落日,墟里上孤烟。'这'馀'字和'上'字,难为他怎么想来! 我们那年上京来,那日下晚,便湾住船,岸上又没有人,只有几棵树,远远的几家人家作晚饭,那个烟竟是碧青,连云直上。谁知我昨日晚上读了这两句,倒像我又到了那个地方去了。"(香菱)

"既是这样,也用不着看诗,'会心处不在多',听你说了这两句,可知'三昧'你已得了。"(宝玉)

"你说他这'上孤烟'好,你还不知他这一句还是套了前人来的。我给你这一句瞧瞧,更比这个淡而现成。"(黛玉。以陶渊明的"暧暧远人村,依依墟里烟"示香菱)

"原来'上'字是从'依依'两个字上化出来的!"(香菱)

【评注】

所引皆王维五律。《使至塞上》诗:"单车欲问边,属国过居延。征蓬出汉塞,归雁入胡天。大漠孤烟直,长河落日圆。萧关逢候骑,都护在燕然。"《送邢桂州》诗:"铙吹喧京口,风波下洞庭。赭圻将赤岸,击汰复扬舲。日落江湖白,潮来天地青。明珠归合浦,应逐使臣星。"《辋川闲居赠裴秀才迪》诗:"寒山转苍翠,秋水日潺湲。倚杖柴门外,临风听暮蝉。渡头馀落日,墟里上孤烟。复值接舆醉,狂歌五柳前。"陶潜《归园田居》诗:"少无适俗韵,性本爱丘山。误落尘网中,一去十三年。羁鸟恋旧林,池鱼思故渊。开荒南野际,守拙归园田。方宅十馀亩,草屋八九间。榆柳荫后檐,桃李罗堂前。暧暧远人村,依依墟里烟。狗吠深巷中,鸡鸣桑树颠。户庭无尘杂,虚室有馀闲。久在樊笼里,复得返自然。"三昧,本佛家语。现用指事物的诀要或精义。唐诗中常有着一字而境界全出的。这种字没有敏锐的艺术感觉、活跃的艺术想像和足够的艺术经验,是找不到的。因为这种对诗歌的艺术表现来说是最关键、最有分量的字,从纯粹逻辑思维的角度看,却有可能是不合理的,或者是多馀的,所以不懂形象思维的人是不会想到它,也不会使用它的。"诗有别趣,非关理也。"香菱的话,实际上也是严沧浪这句名言的通俗化的表述。说到化用前人诗句,关键也仍在于自身的生活体验、思想和艺术的修养;没有这些,不但不能化,连前人诗的实在好处也未必真能领会,剩下来的只有生搬硬套了。

梦 中 得 诗

（第四十八回）

　　原来香菱苦志学诗,精血诚聚,日间做不出,忽于梦中得了八句。

【评注】

　　这并不是什么神秘的说法。这种现象正是完全符合大脑神经活动规律的。大脑神经某一点的连续兴奋,使它在睡眠时,未与其他部分同处于抑止状态,则其他部分的抑止,反而使这一兴奋点上所留下的痕迹变得清晰起来。南宋爱国诗人陆游在梦中得的诗很多,且都是写抗金杀敌、恢复失土的,这正因为那是他平时念念不忘的心事的缘故。

三评香菱吟月诗

(第四十八、四十九回)

"月挂中天夜色寒"一首。

"意思却有,只是措词不雅。皆因你看的诗少,被它缚住了。把这首丢开,再作一首,只管放开胆子去作。"(黛玉)

"非银非水映窗寒"一首。

"自然算难为她了,只是还不好。这一首过于穿凿了,还得另作。"(黛玉)

"不像吟月了,'月'字底下添一个'色'字倒还使得。你看,句句倒是月色。这也罢了,原是诗从胡说来,再迟几天就好了。"(宝钗)

"精华欲掩料应难"一首。

"这首不但好,而且新巧有意趣。可知俗语说:'天下无难事,只怕有心人。'社里一定请你了。"(众人)

【评注】

关于香菱学诗,可参看前正文中对这三首诗的述说赏评。其经验除必须先掌握有关的格律知识外,大概还可归纳出几条:一、要多读诗,"看的诗少",就无从知道该如何"措词"。故俗谚说:"熟读唐诗三百首,不会吟诗也会吟。"意思是要想学做诗,最重要的还是先将相当数量的唐诗(不是指《唐诗三百首》那个选本)读熟,熟才能生巧。二、要放胆去写,不怕失败,若只模仿前人,亦步亦趋,便不会有出息。这与上一条是对立统一的辩证关系。宝钗说:"原是诗从胡说来。"作者多大胆量写此一句,却实实是诗人的经验之谈。三、律诗固要切题,但不能"过于穿凿";烘染是必要的,却不能一味以它物比附。否则,倒有可能把吟月写成吟月色,反而不切题了。四、咏物要寄兴写情,才可能"新巧有意趣",有自己的东西。五、学诗是很难的,但只要像香菱那样做"有心人",苦学苦练,功夫到了,自然也能成功。

老 生 常 谈

(第四十九回)

"一个香菱没闹清,偏又添了你这么个话口袋子,满嘴里说的是什么:怎么是杜工部之沉郁、韦苏州之淡雅,又怎么是温八叉之绮靡、李义山之隐僻。放着两个现成的诗家不知道,提那些死人做什么?"(宝钗)

【评注】

杜甫,曾为检校工部员外郎,后世称杜工部。他曾上赋颂,自称写诗能"沉郁顿挫"。韦应物,中唐诗人,曾为苏州刺史,后世称韦苏州。其诗闲淡简雅,人比陶潜。温庭筠,字飞卿,晚唐诗人词家,与李商隐齐名,号称"温、李"。史传说他"才情绮丽",考场中作诗用不着起草,

"但笼袖凭几,每一韵一吟而已","又谓八叉手成八韵,名'温八叉'"(《唐才子传》)。他的一些写男女之情的诗词,风格浮艳靡丽。李商隐,字义山,号玉溪生,写诗喜欢用典,"辞难事隐"(《唐才子传》),如《锦瑟》、《无题》等诗,所寄托的真意,常常不易懂得。鲁迅说:"玉溪生清词丽句,何敢比肩,而用典太多,则为我所不满。"(《给杨霁云的信》)宝钗把湘云、香菱叫做"诗家",称唐代诗人为"死人",虽为说笑话,但也不无借此对清代诗坛某些有拟古主义倾向的人物的揶揄。他们或崇唐,或宗宋,满口古人如何如何,几句老生常谈,翻来覆去,聒噪不休。

长 诗 起 法

(第 五 十 回)

"你们别笑话我,我只有一句粗话,下剩的我就不知道了。"(凤姐)

"越是粗话越好……"(众人)

"我想下雪必刮北风,昨夜听见了一夜的北风,我有了一句,就是'一夜北风紧'。可使得?"(凤姐)

"这句虽粗,不见底下的,这正是会作诗的起法,不但好,而下留了多少地步与后人。……"(众人)

【评注】

这是通过人物、情节的穿插说出来的写长律的经验。让识不得几个字的凤姐来说"粗话",就显得既合情理,而又有风趣。当然,事实上这样的事是不大会有的。因为,这五个字固然谁都会说,但敢于自告奋勇地说,"我也说一句在上头",却非要懂得作诗的章法不可。

设 限 难 人

(第 五 十 二 回)

"下次我邀一社:四个诗题,四个词题,每人四首诗,四阕词,头一个诗题《咏太极图》,限'一先'的韵,五言律,要把'一先'的韵都用尽了,一个不许剩!"(宝钗)

"这一说,可知姐姐不是真心起社了。这分明难人,若论起来,也强扭的出来,不过颠来倒去,弄些《易经》上的话生填,究竟有何趣味!"(宝琴)

【评注】

北宋哲学家周敦颐采《易经》和道家思想,绘"太极图",著《太极图说》,以"太极"一动一静,产生阴阳万物,来解说宇宙的构成。这种极抽象的哲学概念,本不是诗的题材。但清代提倡理学,读"经"治《易》的风气特盛,一些人用诗谈理,借以矜夸,全不懂诗要形象思维,结果写出来的东西,貌似学问深奥,戳穿了看,"不过颠来倒去,弄些《易经》上的话生填",味同嚼蜡。作全韵诗也是见之于清代的玩意儿。比如有一个叫吴曾贯的,他曾"用'八庚'全韵为五律,不遗一字",被称为"吴八庚"(见《清稗类钞·文学类》第二十九册)。律诗按"佩文诗韵"押韵(一般都用平声),平声韵合上平十五部、下平十五部,共三十部。每部有一字代表该部的名称,如上平声,各部按次称"一东"、"二冬"、"三江"、"四支"……;下平声称"一先"、"二萧"、"三肴"、"四豪"……。每部所属的字多少不一。如"一先"韵,在《佩文韵府》中所收的就有二百三十一字。若用全韵写诗,"一个不许剩",则这首五言排律,便须长达四百六十二句。其中有许多生僻的、意义极特殊、极狭隘的字,若要用它押韵,更是非"强扭"不可。所有这一切,只不过是把诗当作炫耀本领和"难人"的文字游戏,可以说,与诗的本质是毫无关系的。宝钗主张写诗要"寄兴写情",反对出"刁钻古怪的题目"和借"限韵"来"难人"。作者就借她所说的打趣的反话,来揭露和讽刺当时文人学士的恶劣诗风。

铁 门 槛

(第 六 十 三 回)

　　"她常说,古人中自汉、晋、五代、唐、宋以来,皆无好诗,只有两句好,说道:'纵有千年铁门槛,终须一个土馒头。'所以她自称'槛外之人'。"(岫烟)

【评注】

　　这只不过是写妙玉的怪僻,喜欢有厌世味道的诗句,与真正论诗无关。所引诗句,是"铁槛寺"、"馒头庵"之名的由来,原出南宋范成大《重九日行营寿藏之地》诗。范诗则本初唐王梵志的两首诗:"世无百年人,强作千年调。打铁作门限,鬼见拍手笑。""城外土馒头,馅食在城里。一人吃一个,莫嫌没滋味。"

善翻古人意

（第六十四回）

"作诗不论何题,只要善翻古人之意。若要随人脚踪走去,纵使字句精工,已落第二义,究竟算不得好诗。即如前人所咏昭君之诗甚多,有悲挽昭君的,有怨恨延寿的,又有讥汉帝不能使画工图貌贤臣而画美人的,纷纷不一。后来王荆公复有'意态由来画不成,当时枉杀毛延寿';永叔又有'耳目所见尚如此,万里安能制夷狄'。二诗俱能各出己见,不袭前人。"（宝钗）

【评注】

第二义:佛家以无上至深的妙理为"第一义"(见《大藏法教》),通常用指事理之最根本、最紧要者。第二义就是说次要的,亦严羽《沧浪诗话》中用语。王安石,北宋政治家、文学家,曾封荆国公,世称王荆公。所引诗句见他的《明妃曲》(其一),全诗曰:"明妃初出汉宫时,泪湿春风鬓脚垂。低徊顾影无颜色,尚得君王不自持。归来却怪丹青手,入眼平生几曾有。意态由来画不成,当时枉杀毛延寿。一去心知更不归,可怜着尽汉宫衣。寄声欲问塞南事,只有年年鸿雁飞。家人万里传消息,好在毡城莫相忆。君不见,咫尺长门闭阿娇,人生失意无南北。"欧阳修,字永叔,北宋文学家,所引诗句出其《再和明妃曲》(见第六十三回《花名签酒令》"芙蓉——风露清愁"注①)。这里说的虽是作诗要能各出己见,不袭前人,但被称道的诗句,或言君主迁怒于无辜,或刺朝廷昏庸如瞽聩,从侧面可看出作者对腐败政治的批判态度。

杜诗亦多样

（第七十回）

　　"难道杜工部首首只作'丛菊两开他日泪'之句不成？一般的也有'红绽雨肥梅'、'水荇牵风翠带长'之媚语。"（宝琴）

【评注】

　　杜诗并非全是沉郁悲怆，也有清丽秀媚之句。这说明大家之诗，风格和境界往往是多样的，并非只呈一种面目。所引皆杜诗中名句。《秋兴八首》之一："玉露凋伤枫树林，巫山巫峡气萧森。江间波浪兼天涌，塞上风云接地阴。丛菊两开他日泪，孤舟一系故园心。寒衣处处催刀尺，白帝城高急暮砧。"《陪郑广文游何将军山林十首》之五："剩水沧江破，残山碣石开。绿垂风折笋，红绽雨肥梅。银甲弹筝用，金鱼换酒来。兴移无洒扫，随意坐莓苔。"《曲江对雨》："城上春云覆苑墙，江亭晚色静年芳。林花著雨燕脂湿，水荇牵风翠带长。龙武新军深驻辇，芙蓉别殿漫焚香。何时诏此金钱会？暂醉佳人锦瑟傍。"

不 落 套

（第七十回）

　　"终不免过于丧败。我想，柳絮原是一件轻薄无根无绊的东西，然依我的主意，偏要把它说好了，才不落套。"（宝钗）

【评注】

　　这是宝钗看了众人所填《柳絮词》后说的话。关于诸词的鉴赏,已见前正文部分。从创作经验上说,与前面"善翻古人意"说的一样,仍强调写诗填词贵在"各出己见,不袭前人",即所谓"不落套"。

禁 体 物 语

（第 七 十 五 回）

　　"只不许用那些'冰'、'玉'、'晶'、'银'、'彩'、'光'、'明'、'素'等样堆砌字眼,要另出己见,试试你这几年的情思。"(贾政)

【评注】

　　作诗规定不许用一些形容所咏之物的常用字的诗体,叫"禁体物语诗",也称"禁体诗",因欧阳修任颍州刺史时曾约宾客作过,后又称"欧阳体",目的在使人"于艰难中特出奇丽",比如他的《雪》诗序曰:"'玉'、'月'、'梨'、'梅'、'练'、'絮'、'白'、'舞'、'鹤'、'银'等字,皆请勿用。"因这些是写"雪"的常用字,苏轼喻此体为"白战不许持寸铁"(《聚星堂雪》),也曾效之而成数首佳作。此处原有脂批云:"缺《中秋诗》,俟雪芹。"看来,所以暂缺的原因,正是因为这样的诗,作者构思较费心力。

好的留后头

（第七十六回）

"诗多韵险,也要铺陈些才是。纵有好的,且留在后头。"(湘云)

【评注】

这是湘云与黛玉作《中秋夜大观园即景联句三十五韵》时说的话,谓长诗应有安排,不宜早早先泄精华。

莫冲淡警句

（第七十六回）

"好诗,好诗! 果然太悲凉了。不必再往下联,若底下只这样去,反不显这两句了,倒觉得堆砌牵强。"(妙玉)

【评注】

联句出"寒塘渡鹤影,冷月葬花魂"后,妙玉来打断她们。所言合陆机《文赋》所谓"立片言以居要,乃一篇之警策"意。

收结该归到本题

(第 七 十 六 回)

"如今收结,到底还该归到本来面目上去,若只管丢了真情真事,且去搜奇捡怪,一则失了咱们的闺阁面目,二则也与题目无涉了。"(妙玉)

【评注】

此亦善诗者经验之谈。

作诗有别路

(第 七 十 八 回)

他两个(指贾环、贾兰)虽能诗,较腹中之虚实,虽也去宝玉不远,但第一件:他两个终是别路;若论举业一道,似高过宝玉,若论杂学,则远不能及。第二件:他两人才思滞钝,不及宝玉空灵娟逸,每作诗亦如八股之法,未免拘板庸涩。宝玉虽不算是个读书人,然亏他天性聪敏,且素喜好些杂书,他自谓古人中也有杜撰的,也有失误之处,拘较不得许多,若只管怕前怕后起来,纵堆砌成一篇,也觉得甚无趣味,因心里怀着这念头,每见一题,不拘难易,他便毫无费力之处,就如世上油嘴滑舌之人,无风作有,信着伶口俐舌,

长篇大论,胡扳乱扯,敷演出一篇话来。虽无稽
考,却都说得四座春风。虽有正言厉语之人,亦
不得压倒这一种风流去的。

【评注】

　　举业,科举时代称应试的诗文为举业,又称举子业。长于举
业者,不工于作诗,二者"别路"。这种观点,从论诗歌创作的特
殊性来看,与《沧浪诗话》中"诗有别材,非关书也"的说法有点相
似。不过,这里用轻松的小说语言,把诗人应有的气质形容得相
当尽致。"每作诗亦如八股之法,未免拘板庸涩"。这表现作者
对举业一道的轻鄙,对泛滥一时的这种文风的厌恶,也可看出作
者诗主空灵娟逸,写作应勇于创新、大胆突破框框的艺术主张。
这段话因为与续书写宝玉中举情节冲突,在程高本中被删去。

见题先度其体格

(第七十八回)

　　"这个题目,似不称近体,须得古体,或竟是
长篇一首,方能恳切。"(宝玉)

　　"我说他立意不同! 每一题到手,必先度其
体格宜与不宜。这便是老手妙法。就如裁衣一
般,未下剪时,须度其身量。这题目名曰《姽婳
词》,且既有了序,此必是篇歌行方合体的。或拟
温八叉《击瓯歌》,或拟白乐天《长恨歌》,或拟咏
古词,半叙半咏,流利飘逸,始能尽妙。"(众人)

【评注】

　　近体,指律诗、绝句等字句、平仄、押韵、对仗等有定式的旧体格律诗。对唐人而言,它是新形成的诗体,故称近体诗。古体,唐以前早就有的,不受字句、格律严格限制的五言、七言、杂言诗,如古风、歌行等,称古体诗。温庭筠《击瓯歌》,全称《郭处士击瓯歌》,是一篇饰藻艳丽、字雕句琢的七言歌行。白居易《长恨歌》是写唐玄宗与杨贵妃爱情悲剧的七言长篇叙事诗。这段话中,程高本还多出"李长吉《会稽歌》",即李贺《还自会稽歌并序》。此歌虽是古体,仅五言八句,既非"长篇",也不是叙事的。与小说所言抵触,不知是谁胡添乱加的。"咏古词",戚序本作"古词",庚辰本作"等古词",有抄误,依程乙本改。当是泛指以古代传说故事为题材的乐府歌行。小说中还有些议论诗的对话,如对宝玉所作的起句,一说"粗鄙",一说"这样方古,究竟不粗",众人夸赞其转韵转得好等等,也都包含有作者对这一诗体的创作经验体会在,读者自能领会。

长歌须词藻点缀

（第七十八回）

　　"长歌也须得要些词藻点缀点缀,不然便觉萧索。"（宝玉）

【评注】

　　宝玉作《姽婳词》,念到"叱咤时闻口舌香,霜矛雪剑娇难举"时,已是诗的第八句了。接着又说一句"丁香结子芙蓉绦",贾政以为是他"力量不加",只好堆砌词藻来搪塞。故宝玉有上述的话。其实,长歌也须词藻点缀,还不是全部原因,出此句正为说下一句:"不系明珠系宝刀",以便由说女子娇媚举止转为写残酷战争,此后便"一气下去了"。故有用"一句连转带煞"的话头。这是宝玉得意之处,也是作者借人物对话在解说歌行的作法。

师楚人之有微词

(第七十八回)

"诔文挽词,也须另出己见,自放手眼,亦不可蹈袭前人的套头,填写几字搪塞耳目之文,亦必须洒泪泣血,一字一咽,一句一啼,宁使文不足悲有馀,万不可尚文藻而反失悲戚。况且古人多有微词,非自我今作俑也。无奈今之人全惑于'功名'二字,故尚古之风一洗皆尽,恐不合时宜,于功名有碍之故也。我又不希罕那功名,不为世人观阅称赞,何必不远师楚人之《大言》、《招魂》、《离骚》、《九辩》、《枯树》、《问难》、《秋水》、《大人先生传》等法,或杂参单句,或偶成短联,或用实典,或设譬寓,随意所之,信笔而去,喜则以文为戏,悲则以言志痛,辞达意尽为止,何必若世俗之拘拘于方寸之间哉!"宝玉本是个不读书之人,再心中有了这篇歪意,怎得有好诗好文作出来。他自己却任意纂著,并不为人知慕,所以大肆妄诞,竟杜撰成一篇长文……名曰《芙蓉女儿诔》,前序后歌。

【评注】

这段在程高本中被全部删去的文字,对研究曹雪芹的创作思想、美学观、生活态度和政治社会观,其重要性怎么强调都不为过;它也是帮助我们理解有关小说人物、情节和《芙蓉女儿诔》长文内涵的一把钥匙。微词,隐含讥贬的言辞,又作"微言"解,即含义很深的有寄托的言辞。作俑,首创先例,语出《孟子·梁惠王上》。《大言赋》、《九辩》,宋玉作;《招魂》、《离骚》,屈原作;《枯树赋》,北周庾信作;《问难》,或指《答客难》,汉东方朔作,或指《解难》,汉扬雄作;《秋水》,为《庄子》中的一篇;《大人先生传》,阮籍作。这些作品微言大义,多有政治寄托。

一路平韵末转仄

(第八十九回)

"我正要问你:前路是平韵,到末了儿忽转入仄韵,是个什么意思?"(宝玉)

"这是人心自然之音,做到那里就到那里,原没有一定的。"(黛玉)

"原来如此。可惜我不知音,枉听了一会子!"(宝玉)

"古来知音人能有几个?"(黛玉)

【评注】

此段与下面一段是续作者的文字,可用以与曹雪芹对诗的见解、修养作对比。

一路是平韵,末转仄韵,或一路是仄韵,末转平韵,在唐宋的古体诗中就不少,宝玉连这点见识都没有,还能算是会作诗的吗!

声音之原不可不察

（第 九 十 三 回）

　　"《乐记》上说的是：'情动于中，故形于声；声成文，谓之音。'所以知声，知音，知乐，有许多讲究。声音之原，不可不察。诗词一道，但能传情，不能入骨，自后想要讲究讲究音律。"（宝玉）

【评注】

　　《乐记》是《礼记》中的一篇。所引的话，是《毛诗大序》中的，但已简略了。原文为："情动于中，而形于言；情发于声，声成文，谓之音。"续作者让宝玉想到这段出于他从来都怕读的经书中的话，但又不让他懂得这话究竟是什么意思。他刚想"声音之原，不可不察"，我们以为他要"察""情"了。可是，他却偏说"但能传情"不行，还得"入骨"（不知此二字与《乐记》中所谓"动于中"如何区别）。怎样才能"入骨"呢？他告诉我们说，"要讲究讲究音律"。这样，"声音之原"岂不就变成是"音律"了？这观点不但与前八十回中所说的音律毕竟是末事的观点完全相反，而且自己所引的《乐记》中以"情"作为"音"之原的话也给完全否定了。所以，我们觉得，最重要的还不是讲究音律，而是应该讲究说话的逻辑性，应该让人家知道自己所说的话究竟是什么意思。

有关曹雪芹生平事迹的诗歌选注

曹雪芹的生平事迹,既无传记文字,也不见诸谱牒记载,除了《红楼梦》脂评本中他亲友所加的若干条批语提供了某些点点滴滴的情况外,所有信实的有价值的直接资料,几乎全出自雪芹好友敦氏兄弟、张宜泉及其同时代人永忠、明义的有关诗歌(包括诗序与原注)中,由此可见这些诗歌的重要性。我们在研究曹雪芹及其创作时应给予足够的重视。诸如曹雪芹的名号、个性、特长、生卒年,他晚年在北京西郊山村的生活状况、《红楼梦》的创作冲动和成书过程等等问题,在这些诗歌中都有重要的线索可寻。在红学研究中,时不时有人怀疑曹雪芹究竟是否《红楼梦》的原始作者,还是像小说楔子"荒唐"故事中所写他仅仅是他人作品的"披阅""增删"者。如果他们能客观地冷静地有分析地细读一下永忠吊雪芹的三首诗,这些疑惑本来是完全可以消除的。

题敦诚《琵琶行传奇》(断句)①

曹雪芹

白傅诗灵应喜甚,
定教蛮素鬼排场② 。

【注释】

① 敦诚是曹雪芹的好友(介绍详后),其《四松堂集·鹪鹩庵笔麈》记曰:

"余昔为白香山《琵琶行》传奇一折,诸君题跋,不下几十家。曹雪芹诗末云:'白傅诗灵应喜甚,定教蛮素鬼排场。'亦新奇可诵。曹平生为诗大类如此,竟坎坷以终。余挽诗有'牛鬼遗文悲李贺,鹿车荷锸葬刘伶'之句,亦驴鸣吊之意也。"敦诚挽诗,见后。驴鸣吊,追忆亡友生前的习好或所长,以表示悼念。《世说新语·伤逝》:"王仲宣(王粲)好驴鸣。既葬,文帝临其丧,顾语同游曰:'王好驴鸣,可各作一声以送之。'赴客皆一作驴鸣。"诗当是乾隆二十七年壬午(1762)曹雪芹在敦诚家西园看其"小部梨园"演出并读了此剧后所作,离他逝世不到两年。敦诚时年二十九岁,其兄敦敏有《题敬亭〈琵琶行〉填词后二首》编入《懋斋诗钞》壬午年诗,其一曰:"西园歌舞久荒凉,小部梨园作散场。漫谱新声谁识得? 商音别调断人肠。"其二曰:"红牙翠管写离愁,商妇琵琶溢浦秋。读罢乐章频怅怅,青衫不独湿江州。"敦诚的传奇是取白居易《琵琶行》诗情节改编的戏曲,写白居易被贬江州司马,秋夜送客,遇琵琶女于江上,听其弹曲,共诉不幸遭遇的故事。敦诚的传奇已佚。曹雪芹的诗,除写在《红楼梦》里的外,现留存的,仅此二句。

② "白傅"二句——白居易地下之灵有知,我想他一定非常高兴,会教两个善歌能舞的侍妾樊素、小蛮登场排演一番的。白傅,指白居易,他官至太子少傅。《本事诗》:"乐天(白居易)姬樊素善歌,小蛮善舞。尝为诗曰:'樱桃樊素口,杨柳小蛮腰。'"

寄怀曹雪芹 霑①

敦　诚②

少陵昔赠曹将军，　曾曰魏武之子孙③。
君又无乃将军后④，　于今环堵蓬蒿屯⑤。
扬州旧梦久已觉⑥，　雪芹曾随其先祖寅织造之任。
且著临邛犊鼻裈⑦，
爱君诗笔有奇气⑧，　直追昌谷破篱樊⑨。

当时虎门数晨夕，　　西窗剪烛风雨昏⑩。

接䍦倒著容君傲⑪，　　高谈雄辩虱手扪⑫。

感时思君不相见，

蓟门落日松亭樽⑬。　时余在喜峰口。

劝君莫弹食客铗⑭，　　劝君莫叩富儿门⑮。

残杯冷炙有德色⑯，　　不如著书黄叶村⑰。

（《四松堂集》抄本，诗集卷上）

【注释】

① 这首诗是乾隆二十二年丁丑(1757)秋天写的，当时敦诚在喜峰口替他父亲瑚玢做松亭关征税的差使。曹雪芹此时早已由北京城内移居西郊。

② 敦诚——爱新觉罗·敦诚(1734—1791)，字敬亭，号松堂。清太祖努尔哈赤第十二子英亲王阿济格的五世孙，理事官瑚玢的次子，敦敏的胞弟，出继于从堂叔父宁仁为嗣。虽是宗室，却并不显贵。这可能与五世祖阿济格被赐自尽，并黜了宗籍有关。敦诚少年时和兄敦敏读书于右翼宗学。乾隆二十年(1755)，与兄同参加岁试，列同优等，以宗人府笔帖式记名。其父管理山海关税务时，受父命分司喜峰口松亭关税务。乾隆二十四年(1759)，瑚玢革职，敦诚随父回北京。直至乾隆三十一年(1766)，才补宗人府笔帖式，旋改太庙献爵。瑚玢遗留给他的西园，颇具名胜。敦诚在母死之后，即闭门不仕，以诗酒自娱。他与清宗室诗人如永憲、永忠等都有诗酒往来。他的诗在宗室诗人中地位很高。著有《四松堂集》(1955 年文学古籍刊行社曾影印出版，卷首有敦敏写的《敬亭小传》)、《鹪鹩庵笔麈》(抄本作《鹪鹩庵杂记》)等。又敦诚曾辑录其友人诗文书翰为《闻笛集》，其中当收有曹雪芹很多诗作、书信和有关他生平事迹的重要史料，可惜此集已佚。

③ "少陵"二句——唐代诗人杜甫自称"少陵野老"。他的《丹青引赠曹将军霸》诗说："将军魏武之子孙，于今为庶(老百姓)为清门(平民)。……"曹霸是当时的名画家，魏武帝曹操的后裔，官做到左武卫将军，后来贫困潦倒。

④ 君又无乃将军后——您只怕又是曹霸的后代。无乃，只怕，推测之

词。因为曹雪芹也善画能诗，处境贫窘，所以这样说。铁保《熙朝雅颂集》收此诗，"君又无乃"作"嗟君或亦"。

⑤　环堵——本谓一丈，后称贫家屋舍狭小为"环堵之室"。　蓬蒿——蓬草和蒿草，泛指野草。　屯——聚，丛生。

⑥　扬州旧梦久已觉——幼小时在江南的繁华生活，像很久前的一场梦，早已觉醒了。用唐诗人杜牧《遣怀》诗"十年一觉扬州梦"句意，同时实指。扬州古为州名，今华东的江南各省皆属，东吴时，州治在建业（今江苏南京），亦即曹家三代共做了五十多年江宁织造的江宁府。曹雪芹在父亲任内所过的幼年生活是比较优裕的。后曹頫因事被株连获罪落职，家产抄没，雍正六年（1728）移居北京时，曹雪芹还是个小孩子。原注"雪芹曾随其先祖寅织造之任"，是弄错了的。雪芹出生前，曹寅已过世多年。大概雪芹常谈起祖父在时曹家曾四次接驾之类的盛况（其实，他是从祖母等长辈老人的讲述中得知的），致使其成人后才结识的敦诚产生了误会。

⑦　且著临邛（qióng 穷）犊鼻裈（kūn 昆）——姑且过着卑贱者自食其力的生活。著，通"着"，穿衣。临邛，即今四川邛崃。犊鼻裈，一种形状像牛鼻子的短脚裤，酒店里的雇佣所穿。这是用汉代文学家司马相如曾在临邛穿着犊鼻裈自己卖酒涤器的典故（见《汉书·司马相如传》）。曹雪芹曾卖字画手艺谋生。《四松堂诗钞》抄本"且著"作"时著"。

⑧　奇气——指不同凡俗的才情。

⑨　昌谷——即唐代诗人李贺。他家居昌谷乡，在今河南宜阳境内。他的诗集《李长吉歌诗》亦名《昌谷集》。李贺敢于标新立异，诗歌大胆奇特，蔑视当时十分流行的那种庸俗浅陋的文风。　篱樊——亦作"樊篱"，篱笆，比喻前人的诗歌境界。《四松堂集》嘉庆刊本与此所据抄本有别，"破篱樊"作"披篱樊"，《熙朝雅颂集》亦作"披篱樊"。这里"破"与"披"义相似。

⑩　"当时"二句——回忆当时他们同在虎门，朝夕相聚，无话不谈。虎门，古代皇帝寝宫的大门，门上画虎以象勇猛。相传周代设立学府于虎门之外。清时，"虎门"一词，有用来指宗学的（敦诚曾就读于右翼宗学），也有用来指考试的试院或贡院的。因此，曹雪芹与敦敏、敦诚相识于"虎门"，关系如何，研究者说法不同。数晨夕，用陶潜《移居》诗："闻多素心人，乐与数晨夕。"意谓日日共处，相见频繁，不是只有几天的意思。西窗剪烛风雨昏，是用唐代诗人李商隐《夜雨寄北》诗"何当共剪西窗烛，却话巴山夜雨时"诗意，说好友聚谈，情意深长。

剪烛，古人晚上点蜡烛，要剪烛芯。

⑪　接䍦(lí 离)——接䍦，一种白色的帽子。　倒著——倒戴。《晋书·山简传》：山简镇守襄阳时，常常醉酒，有襄阳儿歌歌咏他，其中说："日暮倒载归，酩酊无所知；复能骑骏马，倒著白接䍦。"这里借以形容曹雪芹不拘封建礼法，酒中傲世的狂态。

⑫　虱手扪——即捉虱子。《晋书·王猛传》说，桓温权势显赫，王猛穿着平民百姓穿的粗布短衣去见他，与他谈时事，一边讲话，一边捉虱子，旁若无人。这里借以形容曹雪芹高谈雄辩，毫无拘束的风度和蔑视权贵的傲岸性格。此三字《四松堂诗钞》抄本作"手虱扪"。

⑬　蓟门——遗址在今北京德胜门西北，"蓟门烟树"是旧时燕京八景之一。此指曹雪芹居于北京西郊。　松亭——即松亭关，辽金时戍守处，在今河北平泉境内，喜峰口北面。当时，敦诚在松亭关做税吏，思念曹雪芹，不能相见，酌酒自宽。

⑭　弹食客铗(jiā 加)——《战国策·齐策》：齐国冯谖(xuān 宣)投靠孟尝君门下为食客，因为被当作下客相待，就弹着长剑发牢骚说，吃饭没有鱼，出门没有车，没法养家，还不如回去。后用以说受到冷遇而怨恨。铗，剑把，亦指剑。

⑮　叩富儿门——奔走于权贵之家以求帮助。语出杜甫《奉赠韦左丞丈》诗："朝叩富儿门，暮随肥马尘；残杯与冷炙，到处潜悲辛。"

⑯　"残杯"句——吃人家的剩酒冷菜，还得看人家摆出一副恩人的面孔。德色，给人恩惠而有自矜之色。

⑰　著书——当指写作《红楼梦》。　黄叶村——乡村，有秋色好的意思。苏轼《书李世南所画秋景》诗："扁舟一棹归何处？家在江南黄叶村。"清康熙间，有因诗善写"黄叶"而号为"崔(不雕)黄叶"、"王(苹)黄叶"者。王诗有句云："乱泉声里才通屐，黄叶林间自著书。"(见《清稗类钞·文学类》第二十九册)末四句乃劝勉雪芹勿因眼前贫居山村而不安心，希望他还能像以前那样继续写书。在此之前，雪芹《红楼梦》书稿已基本写成，交付脂砚斋等加批誊清。不料在誊清中八十回后被借阅者迷失五、六稿而未能抄出，终使全书成为残稿。所以不能据此诗结句以为小说是在西郊山村中撰写的。

赠曹雪芹①

敦　诚

满径蓬蒿老不华，　举家食粥酒常赊②。

衡门僻巷愁今雨③，　废馆颓楼梦旧家④。

司业青钱留客醉⑤，　步兵白眼向人斜⑥。

何人肯与猪肝食⑦？　日望西山餐暮霞⑧。

（《鹪鹩庵杂记》抄本）

【注释】

① 这首诗当是乾隆二十六年辛巳(1761)秋天，敦诚(已从喜峰口回到北京)与他哥哥敦敏去西郊访晤雪芹后写的。诗歌即记载其事。赠曹雪芹，《四松堂集》抄本，诗集卷上题作"赠雪芹圃"，注："即雪芹。"

② "满径"二句——上句写居处荒凉，下句写生活困苦。颜真卿《乞米帖》："拙于生事，举家食粥已数月，今又磬竭！"东坡《书晁补之所藏与可画竹》诗："晁子拙生事，举家闻食粥。"正用其事。雪芹当时是否真的贫到举家食粥的地步，还难说。老不华，衰老枯萎。华，通"花"，开花。酒常赊，亦用杜甫"酒债寻常行处有"的诗意。赊，赊欠。

③ 衡门——横木为门，指曹雪芹简陋的住处。《诗经·衡门》："衡门之下，可以栖迟(居住)。"　今雨——指人情冷暖，世态炎凉。杜甫《秋述》："秋，杜子卧病长安旅次，多雨……常时车马之客，旧，雨来，今，雨不来。"后遂以"旧雨"、"今雨"说旧交新知。南宋范成大《题清息斋六言》诗："冷暖旧雨今雨，是非一波万波。"敦诚草堂联句中尚有"今雨散佳盟"的话。

④ "废馆"句——谓曹雪芹还时时梦见的江南老家也早破败废颓了。其实，雪芹谈到的从前金陵曹家的风月繁华之盛，是从其祖母等老人讲述中知道的，并非出自他自己的记忆。这一点，敦诚不大弄得清楚，故前有"雪芹曾随其先祖寅织造之任"的误注。

⑤ "司业"句——杜甫《戏简郑广文虔兼呈苏司业源明》诗："赖有苏司业，时时乞酒钱。"郑虔有才名，生活贫困，家中寒无毡席，常往苏源明

处饮酒,醉则骑马而归。这句说曹雪芹很贫困,靠着类似苏司业那样的朋友送钱给他沽酒。司业,官名,指唐代苏源明。客,指郑虔。

⑥　"步兵"句——晋代阮籍喜饮酒,作过步兵校尉,世称阮步兵。《晋书·阮籍传》说他能为青白眼,见了权贵、儒生,常以白眼对之,表示瞧不起。这里借指曹雪芹不肯随波逐流的傲世态度。

⑦　何人肯——《四松堂诗钞》抄本、《四松堂集》皆作"阿谁买"。　猪肝食——东汉闵仲叔,客居安邑,老病家贫,缺钱买肉,每天买猪肝一片,卖肉的常不肯给他。安邑县令知道后,即派人告诉卖肉的给他。闵不肯领情,就离开安邑(见《后汉书·周黄徐姜申屠列传》)。这句感叹曹雪芹处境困苦,没人肯帮助。

⑧　西山——是曹雪芹迁居北京西郊后,其居处西面的山。　餐暮霞——旧时有仙人餐霞饮露的说法。颜延之《五君咏》诗:"中散(指嵇康)不偶世,本自餐霞人。"这是说曹雪芹贫困而自傲。

佩刀质酒歌①

敦　诚

　　秋晓遇雪芹于槐园,风雨淋涔,朝寒袭袂。时主人未出,雪芹酒渴如狂。余因解佩刀沽酒而饮之。雪芹欢甚,作长歌以谢余,余亦作此答之。

我闻贺鉴湖,	不惜金龟掷酒垆②。
又闻阮遥集,	直卸金貂作鲸吸③。
嗟余本非二子狂④,	腰间更无黄金珰⑤。
秋气酿寒风雨恶,	满园榆柳飞苍黄。
主人未出童子睡,	斝干瓮涩何可当⑥?
相逢况是淳于辈⑦,	一石差可温枯肠。
身外长物亦何有⑧?	鸾刀昨夜磨秋霜⑨。
且酤满眼作软饱,	谁暇齐罍分低昂⑩。

元忠两裯何妨质⑪，　　孙济缊袍须先偿⑫。

我今此刀空作佩，　　岂是吕虔遗王祥⑬？

欲耕不能买犍犊⑭，　　杀贼何能临边疆？

未若一斗复一斗，　　令此肝肺生角芒⑮。

曹子大笑称快哉！　　击石作歌声琅琅。

知君诗胆昔如铁，　　堪与刀颖交寒光⑯。

我有古剑尚在匣，　　一条秋水苍波凉。

君才抑塞倘欲拔，　　不妨斫地歌王郎⑰。

（《四松堂集》抄本，诗集卷上）

【注释】

① 乾隆二十七年壬午（1762）秋天的一个清早，正下着雨，秋风冷彻衣衫，曹雪芹从西郊来到北京宣武门内太平湖侧的槐园访敦敏，却和敦诚巧遇。当时，主人敦敏还未起床，雪芹却已"酒渴如狂"。敦诚于是"解佩刀沽酒而饮之"。雪芹乘兴作长歌以谢。敦诚也就写了这一首诗作答。可惜曹雪芹所作的长歌，我们已无法看到了。

② "我闻"二句——贺鉴湖即贺知章，唐代诗人，家住会稽（今浙江绍兴）鉴湖边。唐玄宗天宝初，李白从四川到长安，把诗稿送给贺知章看，贺读了《蜀道难》后，惊叹道："您真是神仙下凡！"便把挂在身边的金龟（三品以上大官的佩饰）解下来换酒，和李白整天痛饮（见李白《对酒忆贺监诗序》）。"金龟掷酒垆"即指此事。酒垆（lú 卢），指酒店。

③ "又闻"二句——东晋阮孚（阮籍之孙），字遥集，曾解金貂换酒，为所司弹劾。见《晋书·阮孚传》。作鲸吸，像鲸鱼吸海水那样狂饮，形容大量的喝酒。杜甫《饮中八仙歌》："饮如长鲸吸百川。"

④ 二子——指贺知章、阮孚。

⑤ 黄金珰——封建时代华贵的装饰品。

⑥ 斝（jiǎ 甲）——酒器。　瓮——瓶，一种盛水、酒等的陶器。　干涩——说空空无酒。

⑦ 淳于——指战国时代的淳于髡，他滑稽善辩，曾讽谏齐威王，自称"臣饮一斗亦醉，一石亦醉"，而归结到"酒极则乱，乐极则悲"，齐王"乃罢长夜之饮"（见《史记·滑稽列传》）。这里借指雪芹诙谐善饮。

⑧　长(zhàng丈)物——多馀的东西。用《世说新语·德行》中王恭平生"无长物"的典故。

⑨　鸾刀——一种佩有鸾铃的刀,亦泛指佩刀。　秋霜——喻刀亮。

⑩　"且酤"二句——二句意思是乘兴痛饮,不管酒的清浊、好坏。酤满眼,打的酒满到盛器上穿绳的眼子。语出杜甫《入奏行赠西山检察使窦侍御》诗:"为君酤酒满眼酤。"软饱,指饮酒,浙人语。出苏轼《发广州》诗:"三杯软饱后,一枕黑甜馀。"齐脐,谐音"脐膈"。《世说新语·术解》:桓温有主簿,善别酒之优劣,桓温有酒常叫他先尝。他称好酒为"青州从事",劣酒为"平原督邮"。因为青州有齐郡,表示饮好酒能至"脐";平原有革县,表示饮劣酒只停留在膈(横膈膜)上。

⑪　"元忠"句——《北史·李元忠传》说,李元忠喜欢饮酒。他曾拿两条褥子去典当买酒以招待朋友。

⑫　孙济——孙权的叔父,喜欢喝酒。他曾说:"寻常行坐处,欠人酒债,欲质此缊袍偿之。"就是说典当棉袍子来抵酒债(事见北宋胡理《苍梧杂志》及南宋吕祖谦《诗律武库后集》卷一)。

⑬　吕虔遗王祥——《晋书·王览传》说,吕虔和王祥是好朋友,吕虔有一把好刀,有人说佩带这口刀可以位至"三公"。吕虔就把这口刀赠送给王祥。遗,赠。用此典可见他们蔑视仕途功名。

⑭　"欲耕"句——《汉书·龚遂传》说,龚遂做渤海太守,老百姓有带刀剑的,龚遂叫他们卖剑买牛,卖刀买犊,好好耕田。犍,阉过的牛。犊,小牛。欲耕不能,《熙朝雅颂集》作"欲耕不值"。

⑮　肝肺生角芒——语出苏轼《郭祥正家醉画竹石壁上》诗:"空肠得酒芒角出,肝肺槎牙生竹石。"这句形容饮酒酣足。角芒,本作"芒角",就是棱角。

⑯　刀颖——刀锋。

⑰　"君才"二句——杜甫《短歌行赠王郎司直》诗:"王郎酒酣拔剑斫地歌莫哀,我能拔尔抑塞磊落之奇才。"这里反用其意,意思是您被压抑的奇才偏欲振起,不妨乘酒兴执剑斫地而歌,唱出内心之积愤。抑塞,被压抑。拔,超拔、振起。

挽曹雪芹①

敦 诚

一

四十萧然太瘦生②，晓风昨日拂铭旌③。
肠回故垄孤儿泣，<small>前数月，伊子殇，因感伤成疾。</small>
泪迸荒天寡妇声④。
牛鬼遗文悲李贺⑤，鹿车荷锸葬刘伶⑥。
故人欲有生刍吊⑦，何处招魂赋楚蘅⑧？

二

开箧犹存冰雪文⑨，故交零落散如云。
三年下第曾怜我⑩，一病无医竟负君。
邺下才人应有恨⑪，山阳残笛不堪闻⑫。
他时瘦马西州路，宿草寒烟对落曛⑬。

（《鹪鹩庵杂记》抄本）

【注释】

① 这一首与下首诗是在乾隆二十九年甲申年初（1764年2月后）写的。
曹雪芹卒于乾隆二十八年癸未除夕（1764年2月1日）或乾隆二十九
年甲申年初（1764年2月1日后），这两种说法相距没有几天。

② 太瘦生——李白《戏赠杜甫》诗："借问别来太瘦生，总为从前作诗
苦。"

③ 铭旌——殡礼中用的旌帛，也称灵幡，上写死者某某头衔、某某姓氏
之灵柩等字样。

④ "肠回"二句——乾隆二十八年，北京天花流行，死者以万计。敦诚
说，他一家就有五口遭灾，张宜泉兄弟两家四个孩子也只剩下一个，

所以雪芹的独子，很可能就是患天花死的。故垄，原来的墓地，指埋葬其孤儿处。寡妇，指雪芹的妻子。后面一首中称"新妇"。

⑤ "牛鬼"句——唐代诗人杜牧称赞李贺诗的新奇说："鲸呿鳌掷，牛鬼蛇神，不足为其虚荒诞幻也。"（《李长吉歌诗叙》）这里借以比曹雪芹，除了说他的作品的独特外，同时也悲悼他像李贺那样才高命短。

⑥ "鹿车"句——《晋书·刘伶传》说，刘伶纵酒。他曾乘着鹿车，带着酒，叫人背着铁锹跟着他。吩咐说："如果我醉死了，便把我埋掉好啦！"曹雪芹也喜欢喝酒，并蔑视封建礼法，所以拿刘伶来比拟他。鹿车，一种窄小的车子。荷锸，背着铁锹。

⑦ 生刍——新刈的草，即青刍。见《诗经·小雅·白驹》。结草吊丧，是古时的一种礼俗。东汉徐穉吊郭林宗母丧，"置生刍一束于庐前而去"（见《后汉书·徐穉传》）。

⑧ 赋楚蘅——即赋楚辞。又《楚辞》有《招魂》，这里是悼念的意思。蘅，杜衡，多年生的香草。《楚辞》多写香草。

⑨ 箧（qiè 怯）——箱子。　冰雪文——旧时称人聪明颖慧为"冰雪聪明"，以冰雪比喻晶莹剔透。这里是赞誉曹雪芹的著作，当是雪芹与敦诚交往中保存下来的收在《闻笛集》中的诗文书札，不知其中是否还有关于《红楼梦》的文字。唐代孟郊《送豆卢策归别墅》诗："一卷冰雪文，避俗常自携。"

⑩ "三年"句——敦诚大概在乾隆二十年参加宗学岁试考试以前，还参加过三次什么考试，但都失败了。他追溯往事，曾有"三次藐大人，再蹶嗤群小"等诗句。雪芹曾对他的考试失利深表同情。

⑪ 邺下才人——汉末建安时期，以曹操父子为核心的文学集团人才云集，同居邺中，如陈琳、王粲等建安七子，也叫"邺中七子"。此处是以曹植等人作比，赞扬曹雪芹的才华和文艺成就。邺，汉县名，在今河南临漳境内。

⑫ 山阳残笛——感伤亡友的典故，见本书第七十八回《芙蓉女儿诔》注㉜。

⑬ "他时"二句——这两句是预想将来策马出郊过雪芹之墓时的心情。西州路，《晋书·谢安传》：谢安之甥羊昙为谢安所爱重，谢安曾经坐车进西州门。谢安死后，羊昙走路从不经过那里，以免触动哀思。一次大醉，不觉走到了西州门，发觉后他恸哭而返。这里比喻自己与曹雪芹感情挚厚，所以悲痛深切。宿草，隔年的草。《礼记·檀弓》："朋友之墓，有宿草而不哭焉。"这里反其意而用，说自己仍然悲伤。落曛，

落日的馀光。

挽曹雪芹 甲申①

敦　诚

四十年华付杳冥，　　哀旌一片阿谁铭？

孤儿渺漠魂应逐，　　前数月伊子殇，因感伤成疾。

新妇飘零目岂瞑②？

牛鬼遗文悲李贺，　　鹿车荷锸葬刘伶。

故人惟有青衫泪③，　　絮酒生刍上旧垧④。

（《四松堂集》抄本，诗集卷上）

【注释】

① 这一首诗是前一首的改稿。甲申是乾隆二十九年（1764）。初稿与改稿用语变动不少，但都以"四十年华"开头，值得注意。作挽诗时所述死者年岁最为确切，远非只大致知道雪芹死时"年未五旬"的话可比。

② 新妇——即前诗中的"寡妇"。新妇，非新婚妻子之谓，只是媳妇即妻子的意思。古诗《焦仲卿妻》中就这样用了，现在有的地方方言中仍保留着。有人据此诗以为雪芹所殇乃前妻之子，而他自己死时，正续娶新人不久，则不免望文生义。　目岂瞑——指雪芹死有遗憾。

③ 青衫——旧编《红楼梦诗词曲赋评注》中误作"青山"，今据抄本改正。

④ 絮酒——"絮酒生刍"都是新丧时的牲醴祭品。《后汉书·徐穉传》李贤注引《谢承书》说徐穉遇"有死丧，负笈赴吊，常于家豫炙鸡一只，以一两棉絮渍酒中，曝干以裹鸡"，以为祭物。　旧垧（jiōng 扃）——郊外的老地方。雪芹与他数月前所殇之子当同葬于郊外某一块旧时的墓地。垧，郊外。

附　录

荇庄过草堂命酒联句，即检案头《闻笛集》为题，是集乃余追念故人录辑其遗笔而作也

敦　诚

常侍山阳意，王孙旧雨情。遗文寻故笥（荇庄），老泪洒枯荆（近遭汝猷弟之痛）。忍对黄公酒（松堂），空怀张翰羹。拥衾悲九日（荇庄。亡弟庄九日卧病），分袂记孤城（记丁丑春日汝猷曾别于榆关）。是处青山恨（松堂），年来白发生。风檐频检箧，雨夜独移檠。泪向西州落（荇庄），魂犹南浦惊。人琴亡子敬（松堂），金石感明诚。修短同归尽（荇庄），控抟谁所令。诸君皆可述（松堂），我辈漫相评。宴集思畴昔（荇庄），联吟忆晦明。诗追李昌谷（松堂。谓曹芹圃），词迈柳耆卿（谓紫树）。绣佛寻苏晋（荇庄。谓秀崖），工书拟伯英（谓周廷尉）。珍收米海岳（松堂。廷尉得范忠贞公家藏南宫一品石，诸同人赏之听雨楼，各有跋语），乩降许飞琼（谓璞翁将军尝有是癖）。懒过嵇中散（荇庄。谓寅圃），狂于阮步兵（亦谓芹圃）。刘伶曾荷锸（松堂。谓罗介昌），徐邈但衔枪（谓复斋）。武有花敬定（荇庄。谓明益庵在蜀中没于战事），文如陆士衡（谓贻谋）。春船天上坐（松堂），活火夜来烹。简为看花折（荇庄），驴多踏雪行。高岩扪古翠（松堂），小部度新声。剪烛敲寒漏（荇庄），弹棋罢夜枰。秋风醒大梦，今雨散佳盟。宿草荒原迥（荇庄），遗墟故宅更。椎儿登马鬣（松堂），吊客作驴鸣。细检生前句（荇庄），空留身后名。感怀良自苦，有酒且同倾（松堂）。

（《四松堂集》抄本，诗集卷下）

按：这首联句所作的年代及其史料价值，吴恩裕《有关曹雪芹十种·四松堂集外诗辑跋》曾提到，说："由《四松堂诗钞》可知此诗作于乾隆四十五年（庚子），而雪芹死了十七年以后的'岁

暮'，即过旧历年之前几日。"（徐恭时认为："此诗，上一首诗为己亥'岁暮'诗，此诗既抄本标明'庚子'，接上诗之下一首，那末，可以肯定是'开春作'；下一首，是春末夏初诗，再下也是夏诗。"——1977年8月8日信）"在这个联句中，讲到'我辈漫相评'之后，开头就提曹雪芹，说他'诗追李昌谷'，后来又说他'狂于阮步兵'，可见雪芹的诗在敦诚朋侪中的地位。此外，联句中也谈到敦诚的其他许多朋友，如秀岩、龚紫树、周立崖、璞翁（即席特库）、罗介昌、复斋、寅圃、明益庵、贻谋等等。特别是复斋、寅圃两人，我们今天都确知他们是雪芹的朋友。敦诚、荇庄都和明益庵（即明仁）相熟，联句中'武有花敬定'之原注云：'谓明益庵在蜀中没于战事。'……由于敦诚和明益庵相熟，又可推测他和明益庵的弟弟明我斋（义）也认识，因为据《随园诗话》的'舒批'，明义是明益庵的胞弟。"此外，联句中尚多可与其他史料相印证者，如"遗文寻故箧"、"风檐频检篚"、"细检生前句"又可与敦诚《挽曹雪芹》诗中"开篚犹存冰雪文"互参；"今雨散佳盟"与《赠曹雪芹》诗中"衡门僻巷愁今雨"所指肯定有关；"小部度新声"当是说西园聚会友人，由"小部梨园"演唱其《琵琶行传奇》事，所谓"漫谱新声"是也。如此等等，都值得在研究曹雪芹生平事迹时加以注意。

芹圃曹君霑别来已一载馀矣。偶过明君琳养石轩，隔院闻高谈声，疑是曹君，急就相访，惊喜意外，因呼酒话旧事，感成长句①

敦　敏②

可知野鹤在鸡群③，隔院惊呼意倍殷。
雅识我惭褚太傅④，高谈君是孟参军⑤。

　　秦淮旧梦人犹在⑥，燕市悲歌酒易醨⑦。
　　忽漫相逢频把袂⑧，年来聚散感浮云⑨。

（《懋斋诗钞》抄本）

【注释】

① 这首诗是乾隆二十五年庚辰(1760)敦敏在明琳的宅子中与曹雪芹相遇后记其事所作。有研究者以为此年初秋，敦敏写过一首感怀诗，其中"故交"即指曹雪芹。现附敦敏感怀诗于后，供研究。

② 敦敏——爱新觉罗·敦敏(1729—1796)，字子明，号懋斋，清宗室诗人敦诚的哥哥。敦敏与他弟弟不同之处是比较热中于仕途，曾授右翼宗学的总管，但总是觉得未展怀抱。他们兄弟俩与曹雪芹都交往密切。敦敏家住北京内城西南角太平湖旁的槐园，是曹雪芹常到的地方。著有《懋斋诗钞》(1955年文学古籍刊行社曾影印出版)。

③ 野鹤在鸡群——《晋书·嵇绍传》说嵇绍在人群中像野鹤在鸡群中一样。这里借喻曹雪芹人品出众。

④ 褚太傅——褚裒(fú 浮)，晋人，字季野。太傅，官名。这里敦敏说自己没有褚裒那样的识鉴能力。《世说新语·识鉴》说褚裒有识人之明，能在许多人中看出谁是孟嘉。

⑤ 孟参军——孟嘉，晋人。参军，官名。《世说新语·识鉴》说孟嘉善于言谈。这里借指曹雪芹的高谈雄辩。

⑥ "秦淮"句——秦淮，河名，在南京。曹雪芹幼年时曾在南京居住，经历过一段极短暂的富贵生活。"人犹在"的人，当是指曹雪芹幼小时的旧友。他们也许意外地在北京遇见。后面《赠芹圃》中"燕市哭歌悲遇合，秦淮风月忆繁华"，当亦指此事。

⑦ 燕市悲歌——用战国高渐离击筑，荆轲相和于燕市的典故(见《史记·刺客列传》)。燕市，即今北京。　醨——酒醉。

⑧ 忽漫相逢——不期而遇。　把袂——携手。袂，衣袖。

⑨ "年来"句——感慨近年来彼此行踪不定，如浮云聚散飘忽。

附 录

闭门闷坐感怀

敦 敏

短檠独对酒频倾，积闷连宵百感生。
近砌吟蛩侵夜语，隔邻崩雨堕垣声。
故交一别经年阔，往事重提如梦惊。
忆昨西风秋力健，看人鹏翮快云程。

题芹圃画石^①

敦 敏

傲骨如君世已奇，　嶙峋更见此支离^②。
醉馀奋扫如椽笔^③，　写出胸中磈礧时^④。

（《懋斋诗钞》抄本）

【注释】

① 这一首诗也写于乾隆二十五年庚辰(1760)。曹雪芹善画。这里所题的画，就是上一首诗中说的敦敏与曹雪芹相遇于养石轩共同醉酒时或不久以后画的。

② "嶙峋"句——这句以石头的嶙峋支离，比喻曹雪芹为人鲠直有棱角，不同流俗，以及生不逢时的遭遇。嶙峋，形容山石的突兀。支离，形容画石的奇峭。

③ 如椽笔——《晋书·王珣传》记王珣梦见有人给他一支像椽子的大笔，后来他的文思大进。后世称颂别人的文字，就常说大笔如椽。椽，椽子，屋上承瓦的木条。

④　"写出"句——这句写曹雪芹借画石以抒发胸中对现实的不满。魂
　　礌，很多高低不平的石头。常喻胸中不平之气，也作"垒块"或"块
　　垒"。

赠 芹 圃①

敦　敏

碧水青山曲径遐，　　薜萝门巷足烟霞②。
寻诗人去留僧舍③，　　卖画钱来付酒家。
燕市哭歌悲遇合，　　秦淮风月忆繁华④。
新愁旧恨知多少，　　一醉𫍲𫍲白眼斜⑤。

（《懋斋诗钞》抄本）

【注释】

①　乾隆二十六年辛巳（1761）秋天，敦敏、敦诚曾去西郊访雪芹。这首诗
　　当是记这次走访事留赠曹雪芹的。它与敦诚《赠曹雪芹》诗同韵，应
　　是同时之作。《熙朝雅颂集》收此诗，题作《赠曹雪芹》。

②　"碧水"二句——说曹雪芹所居虽清贫简陋，但周围风景很好。遐，
　　远。薜萝，薜荔和女萝，蔓生植物。

③　留僧舍——指雪芹常留宿于僧舍。《熙朝雅颂集》"僧舍"作"僧壁"。

④　"燕市"二句——参见前荞石轩遇雪芹诗注⑥。因为相逢的是秦淮故
　　人，所以除了当前贫困的"新愁"外，还勾起回忆往事的"旧恨"。遇
　　合，意外的相逢。《雅颂集》"哭歌"作"狂歌"，"风月"作"残梦"。

⑤　"一醉"句——《雅颂集》这一句作"都付酕醄醉眼斜"。酕醄（mào táo
　　冒陶），大醉的样子。白眼斜，见前敦诚《赠曹雪芹》诗注⑥。此三字
　　诗钞的手稿中原作"读楚些"，后来贴改成现在这样。"楚些"即"楚
　　辞"，因《招魂》等篇中禁咒句都用楚地俗语"些（suò 所去声）"字结尾，
　　故称。修改的原因，可能是因为"楚辞"是伤时怨君之作，醉后去读当
　　然更忌讳。《挽曹雪芹》诗初稿末句"何处招魂赋楚蓠"，后来改成"絮

酒生刍上旧垌",也属此例。

访曹雪芹不值①

敦　敏

野浦冻云深②，柴扉晚烟薄③。
山村不见人，　夕阳寒欲落。

(《懋斋诗钞》抄本)

【注释】

① 这首诗是乾隆二十六年辛巳(1761)初冬,敦敏再次到西郊去访雪芹时所作。　不值——没有遇到。

② 野浦——郊野水滨。　冻云——形容云层浓重寒冷。

③ 柴扉——柴门。

小诗代简寄曹雪芹①

敦　敏

东风吹杏雨②，又早落花辰。
好枉故人驾③，来看小院春。
诗才忆曹植④，酒盏愧陈遵⑤。
上巳前三日，　相劳醉碧茵⑥。

(《懋斋诗钞》抄本)

【注释】

①　乾隆二十八年癸未(1763)旧历二月末,敦敏曾用这首诗代替书信请雪芹由西郊进城,到自己家的槐园吃酒赏春。因为三月初一(阳历4月12日)是敦诚三十岁生日。然而,曹雪芹竟没有赴约。曹雪芹的卒年,有壬午、癸未、甲申三说,以甲申说最近理(详见拙文《西山文字在,焉得葬通州》,见《蔡义江论红楼梦》第232—249页,宁波出版社;又拙文亦曾刊于《文学遗产》1994年第1期)。只要此诗作于癸未年不误的话,便是否定"壬午说"的硬证(主"壬午说"者,认为此诗原是庚辰年作的,被贴改。见美国威斯康辛大学赵冈教授《红楼梦新探》)。兹附权威的历算专家曾次亮同志有关文字于后,供参考。

简——书信。

②　杏雨——杏花谢时,飘落似雨。

③　好——希望。　枉故人驾——故人屈尊前来。故人,旧友,指曹雪芹。

④　曹植——建安诗人。曹操次子,字子建。旧说他才思敏捷,七步成诗,天下之才若有一石,曹植独得八斗。这里借以比喻曹雪芹多才多艺。

⑤　陈遵——汉人,喜饮酒,热情好客,有"投辖"故事(参见第三十七回探春结社帖注⑯)。这里敦敏说自己待客不如陈遵。

⑥　"上巳"二句——此二句是说敦敏定期约雪芹前来饮酒。上巳,阴历三月初三。"前三日"正合敦诚初一生日。碧茵,春草碧绿如茵。

附　录

曾次亮《曹雪芹卒年问题的商讨》(摘录)

上巳是夏历三月初三,其前三日是二月末的一天,这是敦敏约曹雪芹"小苑赏春"的日子,其写此诗当然又在其前数日。照诗中的景色描写看,当时正是"落花时节近清明",至少是杏花盛开之际。但夏历各年的交节时期是早晚不齐的;北京又气候较寒,花事相当的迟。因此我们就需要参考一下当年的"时宪历",看诗中所述的景物适合于壬午、癸未二年中的哪一年。兹将该二年春季三个月的历谱抄录于后:

乾隆二十七年壬午(是年闰五月),正月大:初十日立春,二十五日雨水;二月小:初十日惊蛰,二十五日春分;三月大:十二日清明,二十七日谷雨。

乾隆二十八年癸未,正月大:初七日雨水,二十一日惊蛰;二月小:初七日春分,二十二日清明;三月大:初八日谷雨,二十四日立夏。

以夏历月份论,癸未年春季的交节比壬午年早十八天。假定敦敏写此诗是在壬午年二月二十五日(当阳历三月二十日),则该日刚交春分。假定是在癸未年二月二十五日(当阳历四月八日),则该日为清明后三日。前者方在春寒料峭,有时冰雪还未尽融化;后者也不定已到落花时节,但杏花可能已经盛开,赏春是相当适宜的。由此可证敦敏写此诗的年份是癸未而不是壬午。

(《光明日报》"文学遗产"第 5 期,1954 年 4 月 26 日)

河干集饮题壁兼吊雪芹①

敦　敏

花明两岸柳霏微②，到眼风光春欲归。
逝水不留诗客杳③，登楼空忆酒徒非④。
河干万木飘残雪⑤，村落千家带远晖。
凭吊无端频怅望，寒林萧寺暮鸦飞⑥。

(《懋斋诗钞》抄本)

【注释】

① 此诗写作时间、地点有两说:一、乾隆二十九年甲申(1764)春天,敦敏在潞河岸边某地与友人集饮,凭吊不久前刚逝世的曹雪芹。二、乾隆

三十年乙酉(1765)暮春三月,敦敏在"通惠河的庆丰闸旁的酒楼上"(据徐恭时所考。1976 年 9 月 6 日信)同友人饮酒,回忆起过去和曹雪芹同样聚会的情景,作了这首诗凭吊雪芹。

② 柳霏微——形容杨柳烟蒙蒙的样子。

③ 诗客——指曹雪芹。　杳——无踪迹,指曹雪芹已死。

④ 酒徒——嗜酒的人。郦食其曾对刘邦说:"吾高阳(地名,在今河北)酒徒也,非儒人也。"(见《史记·郦生陆贾列传》)这里借指曹雪芹。非——不存在,与"杳"一样,也指曹雪芹已死。

⑤ 河干——河边,指潞河边或通惠河边。　飘残雪——喻柳絮纷飞。

⑥ 萧寺——即寺院。唐代苏鹗《杜阳杂编》:"梁武帝好佛,造浮屠,命萧子云飞白大书曰'萧寺'。"

附　录

西郊同人游眺兼有所吊

敦　敏

秋色招人上古墩,西风瑟瑟敞平原。
遥山千叠白云径,清磬一声黄叶村。
野水渔航闻弄笛,竹篱茅肆坐开樽。
小园忍泪重回首,斜日荒烟冷墓门。

按:此诗被收入《熙朝雅颂集》,而未见于《懋斋诗钞》残本。吴恩裕几次提到它,认为是写曹雪芹的,可信。诗写的时间较晚,当在雪芹死后若干年。《懋斋诗钞》只到雪芹去世的次年,即写《河干集饮题壁兼吊雪芹》诗的乙酉年(1765)为止,以后的诗都缺失了,所以见不到此诗,它是靠选入《熙朝雅颂集》才得以保存的。诗题未写明"所吊"是谁,我以为只因前此已有"兼吊雪芹"诗了,为避免用语雷同

而不提名的。对作者及其友好来说,不提名也一样明显:住
在"西郊""黄叶村"的好友,除了曹雪芹,找不出第二个人
来。吴恩裕注意到此诗"就环境说,遥山、清磬、野水、山村、
茅肆、小园,都是敦氏兄弟赠雪芹诸诗中可征的特点"。还
可补充的是那里有一条迤远的曲径。就连它写到闻笛和末
句"斜日荒烟冷墓门"的凄凉景象,也与前敦诚挽诗中"山阳
残笛不堪闻"、"宿草寒烟对落晖"等语暗合。所以我一点也
不怀疑此诗正是凭吊曹雪芹的。

怀曹芹溪①

张　宜　泉②

似历三秋阔③,　同君一别时。
怀人空有梦,　　见面尚无期。
扫径张筵久④,　封书畀雁迟⑤。
何当常聚会,　　促膝话新诗?

(《春柳堂诗稿》刊本)

【注释】

① 此诗作于曹雪芹生前,确切时间不详,待考。周汝昌《红楼梦新证》疑
《春柳堂诗稿》中前此二诗亦属雪芹,兹附录于后。

② 张宜泉——疑为今北京通县张家湾人。旧谓旗人,不可信。十三岁
丧父,母亲后来也亡故,兄嫂不容,逼迫分居。"家门不幸,书剑飘
零",他慨叹"亡家剩一身","吐气在何年"?终身无功名,穷愁潦倒,
晚年靠教私塾维持生计。自从雪芹迁居西山后,两人交往甚密,意气
相投。著有《春柳堂诗稿》(1955年文学古籍刊行社曾影印出版)。

③ 三秋阔——形容别后思念,时间好像特别长。《诗经·王风·采葛》:

"一日不见，如三秋兮。"

④　"扫径"句——说自己早已张设筵席，殷切地期待着曹雪芹的到来。
　　扫径，参见第三十七回探春邀宝玉结诗社帖注㉖。

⑤　"封书"句——说迟迟未能得到曹雪芹来信告诉归期。畀（bì 闭），给
　　予、交付。古代传说雁能传递书信。

附　录

春夜止友人宿即席分赋

张 宜 泉

高斋欣友过，留赏夜清华。破灶添寒火，春灯剪细花。
裁诗分笔砚，对酒捡鱼虾。未肯安眠早，长空月影斜。

晴 溪 访 友

张 宜 泉

欲寻高士去，一径隔溪幽。岸阔浮鸥水，沙平落雁秋。
携琴情得得，载酒兴悠悠。不便张皇过，轻移访戴舟。

按："访戴舟"，刊本误作"访载舟"。又"情得得"、"兴悠
悠"，与《红楼梦》第三十八回宝玉所作《访菊》诗相同，不知
有无关系。

和曹雪芹西郊信步憩废寺原韵①

张　宜　泉

君诗曾未等闲吟，　　破刹今游寄兴深②。
碑暗定知含雨色，　　墙颓可见补云阴。
蝉鸣荒径遥相唤③，　　蛩唱空厨近自寻④。
寂寞西郊人到罕⑤，　　有谁曳杖过烟林？

（《春柳堂诗稿》刊本）

【注释】

① 周汝昌系此诗于乾隆二十六年辛巳（1761），并以为《诗稿》中此诗下一首题中之"'友'即雪芹，'宗室'即敦敏等。不尔，宜泉为一贫馆师，安得有许多友人皆与宗室来往乎？"（《新证》）兹附录该诗于后。和……原韵——这首和曹雪芹的诗，用的韵与曹诗一样。曹诗已佚。

② 刹——寺。

③ 相唤——指蝉声此鸣彼应。

④ 蛩——蟋蟀。　空厨——指废寺内的神厨。　自寻——指蟋蟀寻伴。

⑤ "寂寞"句——曹雪芹所居四周可能已没有别的人家，是幽静偏僻的地方。

附　录

为过友家陪饮诸宗室，阻雪城西，
借宿恩三张秀书馆作

张　宜　泉

踏雪移筇地别寻，留连非只为知音。

朝游北海朋盈座，暮宿南州玉满林。

风起难停帘际响，云寒不散砌前阴。

酕醄尽醉残樽酒，独倚松窗调素琴。

题芹溪居士①

张　宜　泉

姓曹名霑，字梦阮，号芹溪居士，其人工诗善画。

爱将笔墨逞风流②，　庐结西郊别样幽③。

门外山川供绘画，　堂前花鸟入吟讴④。

羹调未羡青莲宠⑤，　苑召难忘立本羞⑥。

借问古来谁得似？　野心应被白云留⑦！

（《春柳堂诗稿》刊本）

【注释】

① 这首诗确切作年待考。吴恩裕同志认为作于乾隆二十七年壬午（1762）三月。当时，王冈（字南石，号旅云山人）旅居北京，在董邦达门下做客，他为董作过许多供奉内廷的画，结识了曹雪芹后，给曹画了一幅小像，称"独坐幽篁图"，画曹雪芹坐竹林中，前面石上置琴一张。在画像上题诗的人很多，有皇八子永璇和观保、钱载、谢墉、蔡以台、钱大昕、倪承宽、那穆齐礼、张宜泉等。但这些诗均被藏者于重裱时剪去，已无从稽考。吴认为，张宜泉此诗即其题画诗（见《有关曹雪芹十种·考稗小记》）。此说有争议，有人不信幽篁图是画曹雪芹的。此诗原注中称曹雪芹"字梦阮"，如果张宜泉没有弄错的话，则雪芹、芹溪、芹圃皆为其号。

② 笔墨逞风流——题序中称其"工诗善画"，则笔墨当指吟诗绘画。

③ 庐结西郊——曹雪芹居住在北京西郊。

④ 入吟讴——供曹雪芹吟诗作歌。

⑤ "羹调"句——李白号青莲居士,以文学为唐玄宗所赏识。玄宗曾亲自做菜给他吃,所谓"以七宝床赐食,御手调羹"(见唐代李阳冰《草堂集序》)。这句写曹雪芹并不羡慕李白那样受到皇帝的宠幸。

⑥ "苑召"句——《旧唐书·阎立本传》载,唐太宗召阎立本画鸟,阎闻召奔走流汗,俯在池边挥笔作画,看看座客,觉得惭愧。回来即告诫他的儿子说:"勿习此末技。"这句写曹雪芹善画,不忘阎立本的遗诫,而不奉苑召。

⑦ "野心"句——这句说曹雪芹鄙视富贵功名,只有山中的白云可以与他作伴。唐末,陈抟举进士不第,隐居华山云台观。入宋后,数召不出,作谢表,中有"数行丹诏,徒教彩凤衔来;一片野心,已被白云留住"之句。见《唐才子传》卷十,亦载入《宋史》卷四五七。又北宋亦有魏野被征不出事,与之相类。野心,不受封建礼法拘束的山野人之心。

伤芹溪居士①

张 宜 泉

其人素性放达,好饮,又善诗画,年未五旬而卒。

谢草池边晓露香②, 怀人不见泪成行。
北风图冷魂难返③, 白雪歌残梦正长④。
琴裹坏囊声漠漠⑤, 剑横破匣影铓铓⑥。
多情再问藏修地⑦, 翠叠空山晚照凉。

(《春柳堂诗稿》刊本)

【注释】

① 这一首诗当作于乾隆二十九年甲申(1764)春夏之间,或以后一二年内。

② 谢草池边——南朝诗人谢灵运有"池塘生春草"的诗句为人称颂。这里借以说池边草长,兼有以谢比曹的意思。

③ "北风"句——汉桓帝时,刘褒画"云汉图",见者觉热;又画"北风图",见者觉寒(见《博物志》)。曹雪芹善画。这里是说他的图画虽在,而曹雪芹已不在人世了。

④ "白雪"句——宋玉《对楚王问》:"其为阳春白雪,国中属而和者,不过数十人。"这里说曹雪芹的作品是曲高和寡的杰作。歌已残而梦正长,疑是说《红楼梦》未补成雪芹已逝。

⑤ "琴裹"句——说琴裹在坏囊里已经听不到声音了。又前人以文章为心声,所以亦可兼以琴声作比,说雪芹已死,不再为文作诗了。漠漠,静寂无声。

⑥ "剑横"句——说藏在破匣子里的剑还是寒光闪闪的。曹雪芹曾习剑术,生前藏长剑一口。这句兼比曹雪芹的傲岸性格和叛逆精神,依然光芒四射,令人仰慕。铤铤,锋芒逼人的样子。

⑦ 多情——张宜泉自指。　问——访。　藏修地——指雪芹专心读书写作的地方。语出《礼记·学记》:"故君子之于学也,藏焉修焉。"

因墨香得观《红楼梦》小说
吊雪芹三绝句 姓曹①

永　忠②

传神文笔足千秋③,　不是情人不泪流。
可恨同时不相识,　几回掩卷哭曹侯④。

颦颦宝玉两情痴⑤,　儿女闺房语笑私。
三寸柔毫能写尽⑥,　欲呼才鬼一中之⑦。

都来眼底复心头⑧,　辛苦才人用意搜⑨。
混沌一时七窍凿,　争教天不赋穷愁⑩。

(《延芬室集》稿本,第十五册)

【注释】

① 这三首绝句作于乾隆三十三年戊子(1768)。诗上有乾隆的堂兄弟、永忠的堂叔瑶华道人(名弘旿,字醉迂)的手批说:"此三章诗极妙。第《红楼梦》非传世小说,余闻之久矣,而终不欲一见,恐其中有碍语也。"从"闻之久矣"一语,可知《红楼梦》抄本私下流传已有多年。所谓"非传世小说",是这部小说只可以在少数知其所隐本事的亲友中私下传阅,不宜张扬开去的意思。所谓"碍语",是指在政治上有"关碍"的话。瑶华不敢看它,是恐怕因而得祸。因为在当时,不仅写"谤书"的作者要治重罪,看"谤书"的读者也要跟着获罪。永忠的诗对解决有关《红楼梦》的两大问题,有极其重要的价值:一、除脂评外,这是最有力的证据,它无可辩驳地证明《红楼梦》一书的作者,就是与永忠生活在同时代的曹雪芹。凡企图否定曹雪芹是小说作者的人,都竭力回避谈论永忠这三首诗。二、可以看出《红楼梦》并非作者自传,也不仅仅是写自己一家的兴衰,作者是广泛地搜罗了许多兴衰贵族家庭及当时社会方方面面的写作素材而重新构思创作的。正因为小说作者是在"辛苦"地"用意搜"集素材的基础上加以提炼、集中和典型化的,所以它才能使"同时不相识"的永忠,读来觉得一切都是那么的熟悉,仿佛是自家经历的往事,"都来眼底复心头"了。此外,诗题中书名用《红楼梦》而不叫《石头记》,也引起研究《红楼梦》创作过程和版本源流的人的注意。

② 永忠(1735—1793)——爱新觉罗·永忠,字良辅,又字敬轩,号臞仙、蕖仙。清宗室诗人,康熙第十四子胤禵的孙子,多罗贝勒弘明的儿子。胤禵在与胤禛(即雍正)的政治斗争中失败,遭雍正禁锢,直到乾隆时才被释放。弘明也终身不得一实职。他给几个儿子每人一套棕衣、帽、拂,意思要他们远避名场,保全身首。永忠体会到他父亲的用意,遂自号栟榈道人。他虽曾一度做过宗学总管、满洲右翼近支第四族教长,甚至封授辅国将军,但人生观已变得十分消极,接近佛家。他能诗、工书、善画,与敦氏兄弟很熟,但未结识雪芹。他因墨香才读到《红楼梦》,时雪芹已去世。墨香(1743—1790),名额尔赫宜,是敦氏兄弟的叔父,乾隆的侍卫,雪芹死时,他二十一岁。永忠著有《延芬室集》。《燕京学报》第12期(1932年)载有侯堮《觉罗诗人永忠年谱》。

③ "传神"句——赞扬曹雪芹文笔传神,《红楼梦》当能千秋传诵。

④ 曹侯——指曹雪芹。侯,古时士大夫之间的尊称,犹言君。如杜甫称

李白:"李侯有佳句,往往似阴铿。"(《与李十二白同寻范十隐居》诗)永忠观书流泪,掩卷而哭,当因小说中所包含的大家族兴衰的真实内容,自己有切身的体会。

⑤　颦颦——即黛玉,见小说第三回。　情痴——表面上说的是宝黛痴于儿女之情(如前所述,小说原稿中写宝黛的命运是与贾府的命运联系在一起的),其实完全是打掩护的话。三首诗明感慨极深,而提到小说内容,却偏偏只说"儿女闺房语笑私",此所以瑶华赞其"妙极"也。永忠的诗若不如此写,瑶华也就不敢称妙了。

⑥　三寸柔毫——毛笔。　写尽——写得到家,写得透。

⑦　"欲呼"句——是说想把雪芹叫来和他一醉之意。才鬼,与第三首中"才人"皆指雪芹,就其身后与生前而言。一中之:中,中酒,喝醉酒。语本《汉书·樊哙传》:"军士中酒。"张晏注:"中酒,酒酣也。"颜师古注:"饮酒之中也;不醉不醒,故谓之中。"又《三国志·魏志》:徐邈以饮清酒而醉为"中圣人"。后来,文帝曾问他:"颇中圣人否?"徐回答说:"不能自惩,时复中之。"故东坡复有"偶一中之徐邈圣,无多酌我次公狂"之句。

⑧　"都来"句——谓小说引起永忠对自己家世往事的追忆,昔日的种种情景,仿佛都展现眼前,涌上心头。

⑨　用意搜——指努力广泛搜取创作素材,精心构思。

⑩　"混沌"两句——《庄子·应帝王》说,中央帝混沌没有七窍(眼、耳、鼻、嘴),后来给他一天凿一窍,七天凿成,变得聪明了,但混沌也就死了。两句意思说,混沌尚且要死,何况像曹雪芹这样绝顶聪明的人,怎能不穷愁而死呢?争,怎。赋,给予。

题 红 楼 梦①

明　义②

曹子雪芹出所撰《红楼梦》一部,备记风月繁华之盛。盖其先人为江宁织府;其所谓大观园者,即今随园故址。惜其书未传,世鲜知者,余见其抄本焉③。

佳园结构类天成，快绿怡红别样名；
长槛曲栏随处有，春风秋月总关情④。

怡红院里斗娇娥，娣娣姨姨笑语和；
天气不寒还不暖，曈昽日影入帘多⑤。

潇湘别院晚沉沉，闻道多情复病心；
悄向花阴寻侍女，问她曾否泪沾襟⑥。

追随小蝶过墙来，忽见丛花无数开；
尽力一头还两把，扇纨遗却在苍苔⑦。

侍儿枉自费疑猜，泪未全收笑又开；
三尺玉罗为手帕，无端掷去复抛来⑧。

晚归薄醉帽颜敧，错认猧儿唤玉狸；
忽向内房闻语笑，强来灯下一回嬉⑨。

红楼春梦好模糊，不记金钗正幅图；
往事风流真一瞬，题诗赢得静功夫⑩。

帘栊悄悄控金钩，不识多人何处游；
留得小红独坐在，笑教开镜与梳头⑪。

红罗绣缬束纤腰，一夜春眠魂梦娇；
晓起自惊还自笑，被他偷换绿云绡⑫。

入户愁惊座上人，悄来阶下慢逡巡；
分明窗纸两挡影，笑语纷絮听不真⑬。

可奈金残玉正愁，泪痕无尽笑何由；
忽然妙想传奇语，博得多情一转眸⑭。

小叶荷羹玉手将，诮她无味要她尝；
碗边误落唇红印，便觉新添异样香⑮。

拔取金钗当酒筹，大家今夜极绸缪；
醉倚公子怀中睡，明日相看笑不休⑯。

病容愈觉胜桃花，午汗潮回热转加；
犹恐意中人看出，慰言今日较差些⑰。

威仪棣棣若山河，还把风流夺绮罗；
不似小家拘束态，笑时偏少默时多⑱。

生小金闺性自娇，可堪磨折几多宵；
芙蓉吹断秋风狠，新诔空成何处招⑲？

锦衣公子茁兰芽，红粉佳人未破瓜；
少小不妨同室榻，梦魂多个帐儿纱⑳。

伤心一首葬花词，似谶成真自不知；

安得返魂香一缕，起卿沉痼续红丝㉑？

莫问金姻与玉缘，聚如春梦散如烟；
石归山下无灵气，纵使能言亦枉然㉒。

馔玉炊金未几春，王孙瘦损骨嶙峋；
青蛾红粉归何处？惭愧当年石季伦㉓。

(《绿烟琐窗集》抄本)

【注释】

① 这二十首绝句作年莫考，有可能写在曹雪芹逝世前一二年或再晚。诗中所说的内容，在小说中并不严格按前后顺序，如第五首写宝玉与黛玉将手帕拿来抛去在第三十回，第九首写宝玉偷换袭人汗巾子在第二十八回，等等。明义所读的抄本，与我们今天所能见的几种脂本文字也许有异，可能是较早的稿本，后来有所改动，故诗句含义难以尽解。明义的见识并不怎么高明，但这些诗对研究《红楼梦》的成书过程仍有重要的参考价值。

② 明义(1740？—？)——姓富察氏，字我斋，满洲镶黄旗人，都统傅清的儿子，明仁(明益庵)的弟弟。自幼至老，在乾隆朝做上驷院的侍卫，给皇帝管马执鞭。母舅永珊留"邻善园"给他，改名环溪别墅(今北京西郊动物园，旧俗称三贝子花园)。永忠、敦诚等都曾往来其间。明义与明琳为兄弟，称敦诚叔父墨香为姐丈，则明义与曹雪芹也有认识的可能，但无确证。著有《绿烟琐窗集》。

③ 从序中"曹子雪芹出所撰《红楼梦》一部"，"惜其书未传，世鲜知者，余见其抄本焉"等语看，明义所见的抄本即使不是稿本，也有可能是誊清本。但似乎明义是间接借得的。另外小序与永忠诗的题目一样，都称小说为《红楼梦》，不叫《石头记》，这不仅可见《红楼梦》也是很早就用的书名，而且很有可能他们所见的是同一个抄本，皆"因墨香得观"的，因为墨香是明义的堂姊丈(据吴恩裕《跋裕瑞蓂香轩文稿》)，又与明义是一同做侍卫的。序中虽只称小说"备记风月繁华之盛"，但末了三首已写到八十回后贾府败落事，且并无"未窥全豹"之憾，

所以，即使明义读到的只是先传抄出来的前八十回，他也完全有可能从不少读到过小说全稿的曹雪芹亲友中知道后半部的大体情节。因而，提到这些情节的最后三首诗，尤其值得我们注意。至于"大观园者，即今随园故址"云云，大概也因随园原属曹家（后归随赫德，再归袁枚，袁枚在《随园诗话》中称"所谓大观园者，即余之随园也"）而言的，未必另有什么可靠依据。

④ "佳园结构"一首——总写大观园。末句或与薄命司对联所说"春恨秋悲"之义相似，非泛泛之言。

⑤ "怡红院里"一首——总写大观园儿女日常生活，以怡红院中宝玉为中心。斗娇娥，姑娘们争妍斗巧。瞳眬，日出渐明的样子。

⑥ "潇湘别院"一首——写林黛玉的易伤感、多病，宝玉的体贴、关心。小说中并无一处与诗中所写细节全吻合的，当是此类情景的综合构想。

⑦ "追随小蝶"一首——前两句很像是说第二十七回宝钗扑蝶事，但小说写的是大蝶，非小蝶；是过河，非过墙。第三句文字费解，末句说得很明确，但也最奇怪——我们所见到的任何本子中，都没有"扇纨遗却在苍苔"的情节。

⑧ "侍儿枉自"一首——宝黛口角，"侍儿"袭人和紫鹃各猜他们心思，从中劝说。宝玉前去向黛玉赔不是，双方又流了许多眼泪。黛玉用手帕擦泪时，却一眼看见宝玉因忘带手帕，在用簇新藕合纱衫的袖子拭泪，"便一面自己拭着泪，一面回身将枕边搭的一方绡帕子拿起来，向宝玉怀里一摔，一语不发，仍掩面自泣。宝玉见他摔了帕子来，忙接住拭了泪，又挨近前些，伸手拉了林黛玉一只手笑道：'我的五脏都碎了，你还只是哭。走罢，我同你往老太太跟前去。'"（第三十回）

⑨ "晚归薄醉"一首——宝玉"晚间回来，已带了几分酒，跟跄来至自己院内，只见院中早把乘凉枕榻设下，榻上有个人睡着，宝玉只当是袭人，一面在榻沿上坐下，一面推他，问道：'疼的好了些？'只见那人翻身起来说：'何苦来，又招我！'宝玉一看，原来不是袭人，却是晴雯。宝玉将他一拉，拉在身旁坐下……"接写撕扇子（第三十一回）。帽颜，疑当作帽檐。猧儿，小狗。玉狸，小猫。猧儿、玉狸指代晴雯、袭人。

⑩ "红楼春梦"一首——前两句应是说神游太虚幻境事（第五回）。正幅图，疑是"正副图"之讹。后两句似说宝玉风流之事皆瞬息逝去，唯于

诗词一道,尚因此而获得工夫。

⑪　"帘栊悄悄"一首——前三句都合宝玉初识小红事(第二十四回),末句不合。书中没有"开镜与梳头"的情节,"开镜与梳头"的是麝月(第二十回)。周汝昌先生以为"小红"乃丫鬟的"借用泛名",是前人诗词惯例,在这里本指代麝月,非红玉之名(《新证》)。

⑫　"红罗绣缬"一首——写宝玉趁袭人熟睡之际,偷换系腰汗巾事(第二十八回)。红罗绣缬,指大红茜香罗汗巾。绿云绡,指松花汗巾。

⑬　"入户愁惊"一首——当是写元宵夜宝玉回房,在外间见鸳鸯和袭人二人对面谈心,不忍进内打扰事(第五十四回)。只是她们谈的是给父母送终等话,有叹息而无"笑语"。

⑭　"可奈金残"一首——当是写祭金钏儿,茗烟插科打诨事。本来宝玉是流泪含愁地焚香致哀的,茗烟"忽然妙想传奇语",代为祝告说:"保佑二爷来生也变个女孩儿和你们一处相伴,再不可又托生这须眉浊物了。"使宝玉破涕为笑(第四十三回)。或以为"玉正愁"之"玉"是指玉钏儿,她因姊姊枉死,而起初以怒色对待宝玉。这恐怕不是的。宝玉骗玉钏亲尝莲羹,即使可算"妙想",也没有什么"奇语",且与下一首完全重复了。

⑮　"小叶荷羹"一首——说"白玉钏亲尝莲叶羹"事(第三十五回)。但书中并没有后两句诗中所说的细节,是明义想像之词。诒,骗。

⑯　"拔取金钗"一首——写"寿怡红群芳开夜宴"事,喝醉酒与宝玉同榻睡的是芳官(第六十三回)。然首句所言,仍属明义想像之词。

⑰　"病容愈觉"一首——写黛玉病态,"意中人"宝玉探病,书中屡见。差,同"瘥",病愈。此首与下一首曾在袁枚《随园诗话》中引到(有几个字的差异),说"当时红楼中有女校书某尤艳",意思是这两首中写到的小说人物都是指这位"女校书"(妓女)的。这纯属附会。故郭沫若有诗讥之曰:"随园蔓草费爬梳,误把仙姬作校书。醉眼看朱方成碧,此翁毕竟太糊涂。""诚然风物记繁华,非是秦淮旧酒家。词客英灵应落泪,心中有妓奈何他?"

⑱　"威仪棣棣"一首——《诗经·邶风·柏舟》:"威仪棣棣,不可选也。"意谓其尊严礼容,不可轻犯。此写凤姐事。赞其无小家碧玉拘束谨慎之态,敢于以调笑取悦贾母。有人以为此诗是写薛宝钗的,不对。诗中"威"、"风流"、"笑",都非宝钗特点,而属凤姐,所谓"体格风骚,粉面含春威不露,丹唇未启笑先闻"(第三回)是也。又有人以为是写林黛玉的,当然更不对了。而且细味后两句语气,恰好是对大家庭中当

儿媳妇者的评品。

⑲ "生小金闺"一首——写晴雯事。她从小被赖大买来送给贾母,颇得贾母喜爱,后转送给宝玉,环境养成她娇弱的本性。她死而棺木被焚,故有芙蓉诔成,何处招魂之叹。

⑳ "锦衣公子"一首——写宝、黛幼小时同室榻相处事,所隔的只有"碧纱厨"(有木架的帐子,蒙以绿纱)而已(第三回)。

㉑ "伤心"一首——叹黛玉之死。明义作诗时,还未有续书,因而他是据曹雪芹原稿情节写的。值得注意的是两点:一、《葬花吟》是"似谶成真"的,也就是说它的话,后来得到应验。二、所遗憾的是黛玉死了,否则,她就可以与宝玉结成夫妻。若以续书所写的情节看,明义是不会有这样憾恨的。

㉒ "莫问金姻"一首——八十回之前尚未写到"金玉姻缘"究竟如何,故曰"莫问",可能明义所读到的抄本,也只限于八十回。但结局他已知道,因为从明义的交游关系看,他也不可能没有听说过八十回后的情节大概。石归山下,当是原稿结尾照应首回的情节。纵使能言亦枉然,意谓即使有传神文笔和政治寄托也是徒然的。因作者假托小说是石头所言,故谓;同时,"石能言"也是用典。出《左传·昭公八年》:晋国有石头讲了话。晋侯问师旷,为什么石头能讲话?师旷说,石头是不会讲话的,恐怕是有谁借石头而说的吧!不过,听说政治昏乱、人民怨恨,就会有不能讲话的东西出来讲话。现在,当权者穷奢极欲,老百姓活不下去,石头讲话有什么奇怪呢!纵,原作"总",是误写,今改。

㉓ "馔玉炊金"一首——首句言瞬息繁华,第二句说宝玉后来贫困境况,又同时都切合作者身世。三、四句则以石崇一家遭遇比贾府"家亡人散各奔腾",说因为不能保全"当年"的"青蛾红粉"而深感"惭愧"。用"惭愧"一词,与脂评中屡见的"作者一生惭恨"、"自愧之语"一类话同调。不能保全的"青蛾红粉"中最主要的当然是指林黛玉,则黛玉之死非由于婚姻不如意,而是因为宝玉获罪遭厄这件事,在此诗中得到了明证。

《红楼梦》版本简介

《红楼梦》的版本,可分为两个系统:一是仅流传八十回的脂评抄本系统;一是不知何人续写了后四十回,经程伟元、高鹗整理补缀的一百二十回印本系统。脂评系统的本子,祖本是曹雪芹生前传抄出来的,所以在不同程度上保存了原著的本来面貌,是本文介绍的重点;程高系统的本子,后四十回固然没有曹雪芹的文字,前八十回也被篡改得很多,这里除程甲、程乙本因为长时期来影响颇大,也作必要的说明外,其他后来衍生的许多版本,仅简略地提及。

一 甲戌本

以书中"甲戌抄阅再评"得名,题《脂砚斋重评石头记》。藏美国康乃尔大学图书馆。存十六回,即第一至第八回、第十三至第十六回、第二十五至第二十八回,有台湾影印本及据其翻印的上海人民出版社、上海古籍出版社、中华书局影印本,另有作家出版社排印校本。

甲戌本是现存所有红抄本中最珍贵的一种。经清学者刘铨福及新红学开创者胡适收藏,最接近曹雪芹原稿的本来面貌。

甲戌本第一回楔子末较他本多出"至脂砚斋甲戌抄阅再评,仍用石头记"十五字。可见,这个本子的底本是在乾隆十九年甲戌(1754)抄阅再评的《石头记》原稿本。当然,现存的本子只是甲戌原本的过录本。有人强调其过录时间较晚。其实,一个抄本的价值不决定于其过录时间的早晚,而决定于底本的价值及抄录的忠实程度。现存甲戌本虽不免也有个别抄误及批语与正文错位现象,但总体上抄录相当忠实,极少自作聪明的妄改(后人孙桐生据程高本对甲戌本进行涂改,与原抄手无关),因而是可以体现甲戌原本面貌的。

甲戌本第一回之前有"凡例"五条、题诗一首,为他本所无。正文直接从"列位看官,你道此书从何而来"开始——这才是曹雪芹原稿的本来面目。后来的本子将凡例前四条及末尾题诗删去,并将凡例第五条改动后移作回前评,又被抄手混入正文,遂讹传至今(参见本书"附编"所附《甲戌本〈石头记〉"凡例"校释》)。

甲戌本楔子中述石头偶闻一僧一道谈论红尘中事,不觉打动凡心,求二仙将自己携入红尘。二仙劝阻不住,只得同意,僧人大展幻术,将大石顿时变成一块小小美玉。这段四百二十来字的情节,诸本皆无(当是抄录时底本缺页或漏页所致),以至文义不全,补衲有痕。其实,这段文字在情节上是必须的,有的还非常重要,如二仙话中被脂评称作"一部之总纲"的四个分句"那红尘中却有些乐事,但不能永远依恃;况又有'美中不足,好事多魔'八个字紧相连属;瞬息间则又乐极悲生,人非物换;究竟是到头一梦,万境归空"即是。此外,我们还由此可以看出大荒山下的顽石是"通灵宝玉"的本相,是虚拟的小说作者,这与"夹带"它下世的、作为小说人物贾宝玉前身的神瑛侍者并非一回事,虽则彼此是有关系的,这样安排也是有目的的,但决不是如程高本篡改过那样,成了石头、神瑛、贾宝玉三位一体。这种篡改,是导致不少人误认贾宝玉就是曹雪芹、贾府就是曹府的重要根源。

甲戌本第五回末与诸本有情节差异。简而言之,甲戌本的情节是宝玉遭遇迷津,诸本则为宝玉坠入迷津。这里,同样是甲戌本保存了原文,而诸本是经过妄改的。有拙文《宝玉惊梦的两种文字——〈红楼梦〉校读札记之二》(宁波出版社《蔡义江论红楼梦》第402页、《红楼梦学刊》1991年第4期)可参见,这里就不详述了。

甲戌本第五回回目也与诸本皆异,作"开生面梦演红楼梦,立新场情传幻境情"。以"情"叠字安排在回目中是雪芹的习惯,如"痴情女情重愈斟情"(第二十九回)、"情中情因情感妹妹"(第三十四回)、"滥情人情误思游艺"(第四十八回)、"情小妹耻情归地府"(第六十六回)等皆是。可见此回目是作者亲拟无疑。又庚辰本已改此回目而第二十七回却仍有脂评"开生面、立新场,是书不止'红楼梦'一回"等语,更可证甲戌本此回回目是原拟的。类似的回目差异,还见于第三、七、八等回,读者可自行比较。

再看一个人名。在第四回中,甲戌本介绍薛蟠的表字是"文龙",而其他本子均作"文起"。哪个对呢?古人的名与字义常相关,名为"蟠",字应为"文龙";"文起"定是草体形讹。何况诸本虽此处作"文起",第七十九回回目却都作"薛文龙悔娶河东狮"(仅梦稿本将"龙"字勾去改为"起")。可见,除甲戌本外,诸本皆误。

类似的例子尚多。为什么总是甲戌本孤证成立而其他诸本一齐出问题呢?答案是:甲戌本以外的本子,其共同祖本,已被人修改过了,而修改者不是曹雪芹,也没有经他过目,因而改后本子的质量大为下降。

《红楼梦》在甲戌前已基本完稿了。"增删五次"是甲戌以前的事(甲戌本上已有"增删五次"字样),甲戌之后,曹雪芹再也没有去修改他已交在脂砚斋等人手中的《红楼梦》稿。故甲戌后抄出的本子,如己卯本、庚辰本等,凡与甲戌本有异文者,尤其是那些明显经过改动过的文字,不论是回目或正文,也不论其优劣,都不出之于曹雪芹之手。从这个意义上讲,甲戌本既是现存最早的本子,也是作者生前最后的定本。

甲戌本上还保存了大量脂批,正好填补了己卯、庚辰本前十回无批的空白。批语的情况较复杂,早迟不一,显然与底本正文初始原貌有别,已在过录时有增删、汇集。有些侧批在他本中已成了经过整理的双行夹批的,看来较早;署"丁亥春"(1767)之类作者逝世后年月的,当然是晚的。文字相同或差别不大的批,在他本中有署名、年月,而甲戌本中没有,这究竟是批语原本未署名号时间,在后来改定时再加的呢,还是原先本署有名、时,后来被删去的,尚难断定或一概而论,也许两种情况都有。其中甲戌本独有的不少批语,对研究作者及小说都有极其重要的价值。

总之,甲戌本的地位与接近原稿的程度,远远超出包括己卯、庚辰本在内的其他任何本子。所憾太过残缺,仅得前八十回的五分之一。残缺的原因,我们可以有两种设想:一、原来应也有八十回或至少比现存回数为多。它四回装成一册,在传借过程中将第三册(第九至第十二回)、第五、六册(第十七至第二十回、第二十一至第二十四回)以及二十八回之后的都弄丢了,只残存了第一、二、四、七册。二、这个本子,脂砚斋原来便只整理完十六回作定稿;其馀部分虽有作者原稿在,但尚须由作者自己来作某些加工,故暂未誊写。这一设想是很有理由的:除了已抄出的十六回文字都十分干净、完整,几无遗憾外,中间所缺的几册,原稿中都还存在这样那样的问题。如所缺第三册有畸笏叟"命芹溪删去"的"秦可卿淫丧天香楼"情节;第五册有元妃省亲故事,所在第十七、十八、十九回分回未分定,还只有一个共同的回目;第六册有元宵节制灯谜、悲谶语情节,原稿在第二十二回惜春所制谜后"破失"了,要"俟再补",终至"此回未(补)成而芹逝矣"。所以这几册并非弄丢,而是当时就未誊写出来。否则,为什么间隔着缺失呢?如此等等,对小说的成书过程关系甚大,都很值得作更深入的研究。

二　己卯本

　　以"己卯冬月定本"题记得名,题《脂砚斋重评石头记》。存四十一回又两个半回。其中第一至第二十回、第三十一至第四十回、第六十一至第七十回(中缺第六十四、第六十七回)藏国家图书馆(原北京图书馆);第五十五回后半回、第五十六至第五十八回、第五十九回前半回藏中国历史博物馆。有上海古籍出版社影印本。

　　我们说过,《红楼梦》抄本中,以甲戌本最接近原稿。但甲戌本残缺过甚,甲戌本不存的回次,我们以为应以己卯本为主要依据,因为它的忠实程度与可靠性仅次于甲戌本。

　　己卯本与将要谈到的庚辰本有共同的祖本,可称之为"己卯、庚辰原本"。己卯本上有"己卯冬月定本"题记,庚辰本上有"庚辰秋月定本"题记,这实际上是"己卯、庚辰原本"的两个阶段。具体讲,"己卯冬月定本"系第一至第四十回，"庚辰秋月定本"系第四十一至第八十回。也就是说，"己卯、庚辰原本"是跨己卯（1759）和庚辰（1760）两个年头才全部完成的。其时曹雪芹尚在，但他并未参加整理修订工作。

己卯本既与庚辰本同源，两本也就有大量共同特点。比如：从批语看，两本都题"脂砚斋凡四阅评过"，墨笔夹批与总批几乎相同，连前十回删批都相同；在回目上，两本文字相同，第十七、十八回都合而为一，又同缺六十四、六十七回；在正文方面，两本有大量共同异文，其中有近一半是共同讹误，这在十回之前表现得更为明显（详见庚辰本介绍）。最显眼的是，诸本的"英莲"在己卯与庚辰本中都被改作"英菊"，大概是因为与某女眷的名字相同而擅改的。"甄英莲"，据脂批原谐音"真应怜"，改者显然是不察或不顾作者拟名的原意。如此等等，都显示己卯与庚辰本同源于"己卯、庚辰原本"。

就总体而言，己卯本比庚辰本更接近己卯、庚辰原本的本来面貌，因而也就更接近原稿。下面看几个实例：

己卯本第四回冯渊家人向贾雨村告状说："望大老爷拘拿凶犯，剪恶除凶，以救孤寡。"在庚辰本中，"剪恶除凶"四字被删去。

己卯本第九回："茗烟见人欺负我，他岂有不为我的，他们反而打伙儿打了茗烟。"这句庚辰本只有"茗烟"两个字。很明显，是因为句头句尾都作"茗烟"而把中间部分脱漏了。

己卯本第十六回："（雨村）又与黛玉有师徒之谊。"庚辰本"师徒"作"师従"，显为形讹。

己卯本第六十一回："（五儿）思睡无衾枕。"庚辰本"衾"亦作"睡"，误。

类似的情况甚多，己卯本不仅是正确的，且有诸本作证；庚辰本不仅显误，且为独出。我们说己卯本整体优于庚辰本，原因正在于此。

应当注意的是，己卯本整体优于庚辰本并不等于处处优于庚辰本。如果单以前五回而论，也许可以说，己卯本的文字反不及庚辰本。比如元春判词，庚辰本为"虎兔相逢大梦归"，同于甲戌本，己卯本"虎兔"作"虎兕"，一般判断，以"虎兔"为是。再如述凤姐外貌，庚辰本作

"一双丹凤三角眼,两湾柳叶掉梢眉",亦同于甲戌本,而己卯本无"三角""掉梢"四字,写凤姐这四字是不可少的。类似情况还多,所以,我们对己卯本前五回不可盲从。

己卯本对"祥"字"晓"字避讳(避怡亲王允祥、弘晓父子讳)。可知其底本应出自怡亲王府。

藏国家图书馆的己卯本主体部分,经过近人陶洙等人的校改,朱墨斑斓,非复原貌。现在的影印本删去不少改文,干净多了。但删得并不彻底。影印本序称"凡是可以确认是己卯本上的原有的朱笔文字,则一律予以保留"。其实,己卯本上并没有什么"原有的朱笔文字",只有陶洙、武裕庵的朱笔改文。若将这些改文删去,变成一体墨色,像己卯本存历史博物馆的那部分一样,倒能够真正还己卯本以本来面目。

三 庚 辰 本

以"庚辰秋月定本"题记得名,题《脂砚斋重评石头记》。藏北京大学图书馆。有文学古籍刊行社、人民文学出版社影印本。原本八十回,中缺第六十四、六十七,为原缺,实存七十八回(影印本所缺两回,已据它本文字补入)。原书八册,每册卷首都标明"脂砚斋凡四阅评过",自第五册起,兼有"庚辰秋月定本"字样。

庚辰本属于珍贵的早期抄本,其文字质量,虽逊于甲戌、己卯本,然其完整程度却非前两者可比。

庚辰本第一至第四十回与甲戌或己卯二本所存可参照者,有三十四回,故其独特价值较难体现(比如十七、十八回为合回,有回前诗,正文保留石头自叙文字;十九回批出贾宝玉"是我辈于书中见而知有此人,实未目曾亲睹者……"实为最重要的脂批之一。这些优点己卯本也是有的),除了甲戌、己卯不存的二十二回、二十九回等少数几处。在二十二回回末,庚辰本惜春谜后缺文,并记曰:"此后破失,俟再补。"另页记:"暂记宝钗制谜云:'朝罢谁携两袖烟……'。""此回未成而芹逝矣。叹叹！丁亥夏，畸笏叟。"由此我们知道，惜春谜后的文字失传，现存戚序诸本及甲辰、程高本回末的两种不同文字，都是后人所补，庚辰本保持了原本面貌。

第四十一至第八十回，甲戌本不存，己卯本严重残缺，庚辰本才真正为我们所倚重。这四十回庚辰本较戚序等本文字完整、可靠，我们以回目为例：

第五十回，庚辰本作"芦雪广争联即景诗"，各本不识"广"（音 yǎn 眼，就山崖建造的房子）字，或改为"庵"，或以"亭"、"庭"等字代之。其实，"广"是对的（参见本书此诗诗题注）。庚辰本正文也一律作"广"，保持了原目原文。

第五十六回，庚辰（己卯）本作"时宝钗小惠全大体"，谓宝钗"随分从时"（第五回）、"随时俯仰"（脂批）。梦稿、戚序等本不明所以，以为是音讹，改"时"为"识"，倒真成了音讹。

第五十七回，庚辰（己卯）本作"慧紫鹃情辞试忙玉"。宝玉被叫作"无事忙"（第三十七回），故称"忙玉"。各本不解"忙"字，或改为"宝玉"，或易为"莽玉"，失却了原意。

第八十回，庚辰本无回目。其实，第七十九回回目"薛文龙悔娶河东狮，贾迎春误嫁中山狼"已概括今本八十回内容；且今七十九、八十回两回总字数与七十八回一回相当。可见，原书仅七十九回（列藏本保持了原貌），后人为凑整数，将原七十九回一分而二，无回目的庚辰本接近原貌。

庚辰本还保存有大量脂批，署有名号、年月的批，也远比他本为多，这些都极有研究价值。其中第十二至第二十八回有大量朱批，无头无尾，可能系从别本移来。综观诸抄本，脂批前四十回多，后四十回少；后四十回的批语主要来自庚辰本，这些批语有的还为研究作者构思成书过程和探索佚稿情节提供了线索。如四十二回批："钗、玉名虽两个，人却一身，此幻笔也。今书至三十八回时已过三分之一有馀，故写是回，使二人合而为一。请看黛玉逝后宝钗之文字，便知余言不谬矣。"七十五回批："乾隆二十一年五月初七对清。缺中秋诗，俟雪芹。"

第七十九回批:"先为对景悼颦儿作引。"等等。

　　庚辰本也有比较严重的缺点。除文字较甲戌、己卯本有不少改动外,抄写也不太好,最后一册质量尤差,讹文脱字,触目皆是。如第七十七回,王夫人查看怡红院,"芳官哭辩道",竟作"劳管笑辩道",五个字错了三个,且颠倒了哭笑。第七十六回,中秋夜联句"冷月葬花魂","花"形讹为"死",又被点改为"诗",以为音讹。批语也多有错乱。当然最后一册主要还是抄手文化水平低,无心抄误,其底本还是靠得住的。

　　庚辰本第一册情况就不同了,不仅批语全删,在前九回正文中,还与己卯本、梦稿本有大量共同异文,这些异文多属谬误。如第一回,甄士隐梦见的太虚幻境对联讹作"假作真时真作假,无为有处有为无"(而第五回宝玉梦见的又不误)。第六回,将"诸公若嫌琐碎粗鄙……待蠢物逐细言来"一段石头自叙,删改为"且听细讲"四字。第七回,说到秦钟,将"凤姐啐道:'他是哪吒,我也要见一见……'"改成"凤姐道:'凭他什么样儿的,我也要见一见……'"。又将"白刀子进去,红刀子出来"改为"红刀子进去,白刀子出来"。拙文《〈红楼梦〉校读札记之三、四》所举亦属此类(见《蔡义江论红楼梦》407、410 页,《红楼梦学刊》1991 年第 4 期)。又有些改笔,十分庸劣,如描写黛玉眉目的对句因缺字,便索性改作"半蹙鹅(蛾)眉"、"多情杏眼"之类(梦稿本也与之不同)。可以说,庚辰本(还有己卯本)的前九回,不仅无法与甲戌本相比,也远逊于戚序、舒序、甲辰诸本。

　　总之,我们在珍视庚辰本价值的同时,也应正视其不足。或以为此本为作者生前最后定本,那是未察版本文字真相,仅据庚辰年代,想当然的话,不足凭信。

　　2000 年底,北师大新发现一种馆藏近半个世纪的抄本,其存回数及脂批情况,略同于庚辰本,且亦有"庚辰秋月定本"字样,然正文与庚辰本比,却又异文较多。经专家考证,此本为陶洙在建国前后完成的一个校本,正待影印出版,供红学界研究参考。暂名之为"北师大本",并附记于此。

四 戚本

戚本以戚蓼生序得名,题《石头记》。包含戚沪本、有正大字本、有正小字本、戚宁本四种。各本关系如下:

戚沪本,又称戚张本,是两种有正本的底本。存第一至第四十回,藏上海图书馆。

有正大字本,上海有正书局1911—1912年出版,据戚沪本照像石印,出版时有正书局题为《国初抄本原本红楼梦》,并作过个别贴改。八十回全,前四十回贴加了书局老板狄葆贤的眉批。有人民文学出版社、文学古籍刊行社影印本,题作《戚蓼生序本石头记》。

有正小字本,有正书局据有正大字本剪贴缩影出版。1920年初版,1927年再版。八十回全,第四十一至第八十回又续加了后人批。距戚沪本原貌较远。

戚宁本,又称南图本、泽存本。戚宁本与戚沪本是共同底本的不同抄本;有正本对戚沪本贴改处,戚宁本均同戚沪本原貌。戚宁本八十回全,藏南京图书馆。

我们以有正本为基础介绍戚本的特色,按大多数人的习惯,下文称有正本为“戚序本”。

戚序本是一部经过精心整理的脂评抄本。

后人的整理改动虽多,但主要是查漏补缺,润色词句,与有意篡改有别。但既经改动,就会有失真之处。

第二十二回,庚辰本止于惜春谜,戚序本已经整理补齐,按畸笏批语原意,将“更香谜”归属宝钗。补文虽简,尚属谨慎。

第六十四回、六十七回,己卯、庚辰本缺,戚序本不仅不缺,且文字相对可信。这一点,留待介绍列藏本时再详说。

戚序本的拟目也与众不同。庚辰本十七、十八回不分,八十回无目。戚序本都进行了分回、拟目;其八十回回目作“懦弱迎春肠回九曲,姣怯香菱病入膏肓”,兼及二人,且说香菱“病入膏肓”,也符合其遭夏金桂迫害而早死的原作构思。第六十五回回目,诸本多作"贾二舍偷娶尤二姨,尤三姐思嫁柳二郎",数字有异有同,不能成对;戚序本则作"膏粱子惧内偷娶妾,淫奔女改行自择夫",虽为后来所拟,也算工稳。但其大多独有回目,并不尽如人意。

戚序本前四十回(第二十九回除外)近己卯、庚辰本而远梦稿、列藏本,其祖本应为"己卯、庚辰原本",其中前九回文字还比现存己卯本、庚辰本可靠;后四十回(加上第二十九回),情况相反,远离己卯、庚辰本而与梦稿、列藏本相近。估计是用两种不同来源的本子作底本抄配成的。

在前四十回,有夹批,有总批。批语多与庚辰等本相近,属早期脂批。唯署名、年月全删去。清人只问小说文字优劣、批书见识高下,根本不认识也不关心那些可提供线索来研究作者、批书人的资料的价值,以为"脂砚"、"畸笏"等名号、干支全然无用,徒增读者迷茫,倒不如删却干净,所以这现象不足为奇。值得注意的是:戚序本中脂评,原先是有署名的,只是到临付印前才被删去。何以见得呢?抄双行夹批要计算字数:字数成双的,抄两行刚好;成单的,行末便馀一字空白,空白也不多于一字。已抄好的,再删署名,须补贴上其他字才能划一。戚批正有此类现象。如批末不见脂砚等署名后,却多馀地添出"妙极""奈何"等字样。第十六回,庚批"……将香菱身份写出。脂砚"到戚批竟成了"……将香菱身份写出来矣"这样半文不白的滑稽语,也不知哪个自作聪明者所为。

从四十一回起,戚序本夹批完全消失,总批虽有,却像是后补的,与可确定为脂批的庚辰本批无一相同,甚至还出现矛盾。故有人怀疑四十回后文字(另有所据的六十四回除外),可能据某一白文本抄配,其总批则多出自较脂砚稍后的署号为"立松轩"者之手。

为此书作序的戚蓼生,是乾隆三十四年(1769)进士。他对《石头记》的鉴赏水平和文字修养都很高,其序文中"一声也而两歌,一手也而二牍"等语,常为评红者所引用。在诸脂抄本中,戚序本是最早付印的,出版并加以推介的有正书局老板狄葆贤,颇具眼光,功不可没。鲁迅当年写《中国小说史略》和谈红文字,皆引此本(他唯一能见到的脂本)而不取流行的程高本,也可见其见识之精当。

五　蒙　府　本

蒙府本,又称王府本,因为是蒙古王府的旧抄本而得名的,题《石头记》。藏国家图书馆。原应为八十回本,配抄成一百二十回,实存七十三回(前八十回,缺第五十七至第六十二回、第六十七回,后人用程甲本配齐,又补入程高序言及后四十回续书)。前八十回与后四十回纸质、抄写款式都不同,是戚本的姊妹本。有书目文献出版社(今北京图书馆出版社)影印本。

蒙府本与戚本同源,无论是正文还是批语,都基本上同戚本,但无戚序。不过戚本在有正书局付印前,曾对本子上的一些字作过贴改,蒙府本中仍保持着原状。又蒙府本独有六百馀条侧批,不见于戚本和其他本子。这些侧批,有的专家认为并非脂批(如杨传镛《王府本侧批不是脂评》,《红楼梦学刊》1982 年 2 辑);有的专家则认为"肯定当中就有脂批"(周祐昌《蒙古王府本的概况》,收入北京图书馆《红楼真本——蒙府、戚序、南图三本〈石头记〉之特色》)。周氏还举了许多条蒙本批为例说明,今择其重要的几条录如下:

第三回,"后百十回黛玉之泪,总不能出此二语。"周以为"直截指明全书'百十回'的,这还是唯一的一次"。又对袭人"每每规谏,宝玉不听"之旁,批曰:"我读至此,不觉放声大哭。"如此动情,也不像后来一般批书人的感触。

第十九回,"天生一段痴情,所谓'情不情'也。"第二十八回,批黛玉刚说短命,又自掩其口曰:"情情。"周氏谓:"'情不情'和'情情',也曾见于总批和朱批,这是书的'末回警幻情榜'加于宝玉、黛玉二人的'考语'。我们现在还不知道除批书人外,有第二个批家也看到这个'情榜'的。"

第二十回,批麝月:"全是袭人口气,所以后来代任。"袭人后来先出嫁，留麝月代她服侍宝玉夫妇，这是雪芹佚稿中情节，不是脂砚等人，如何批得出？

第四十一回，"忙把柚子与了板儿"旁批："伏线千里。"柚子即香圆，谐"缘"字；板儿终与巧姐有"缘"，又岂是后来批家所能知道的！

总之，我们不能因蒙府本大体同于戚本，而忽略其正文与批语的独特价值。

六　甲辰本

因甲辰岁梦觉主人为序而得名，故又称梦觉本，题《红楼梦》。八十回全。藏国家图书馆。有书目文献出版社影印本。

甲辰本是脂评本向程高本过渡的桥梁。

甲辰本与程高本从回目到正文的一致处，是大量的，因而可以判断程高本的底本就是甲辰一类本子。有些地方两种本子都作了相同或相似的较大的改动，如：

第二十二回末，甲辰本和程高本都将惜春之谜删去，将宝钗之谜改属黛玉，又另增宝钗、宝玉二谜。

第六十三回，芳官扮男装，改名耶律雄奴的大段文字，甲辰、程高本也都全删。

此外，早期抄本中石头口吻的插话，甲辰、程高本也都删去。

值得特别注意的是，有些地方，甲辰本所删，似乎是在避免与后四十回情节的矛盾，如：

第五十七回，薛姨妈为黛玉议亲，诸本有："婆子们因笑道：'姨太太虽是玩话，却倒也不差呢。到闲了时和老太太一商议，姨太太竟做媒，保成这门亲事，是千妥万妥的。'薛姨妈道：'我一出这主意，老太太必喜欢的。'"这一段表明包括薛姨妈、众婆子在内的众人，均认为宝、黛结合顺理成章，却与续书中"掉包计"、众人冷淡黛玉的描写矛盾。甲辰本将这一段全删。

第六十九回，尤二姐被凤姐害死。诸本作："只见这尤二姐面色如生,比活着还美貌。贾琏又接着大哭,只叫:'奶奶,你死得不明,都是我坑了你!'贾蓉忙上来劝:'叔叔解着些,我这个姨娘自己没福。'说着,又向南指大观园的界墙。贾琏会意,只悄悄跌脚说:'我忽略了,终久对出来,我替你报仇!'"这一段是原作构思将来贾琏以此为由,休弃凤姐的伏笔。现行续书没有这一情节,甲辰本将这一段也全删去。

第七十八回,贾政看宝玉及贾环、贾兰所作诗,以为环、兰二人"若论举业一道,似高过宝玉",唯作诗则大大不及,"宝玉虽不读书,竟颇能解此(指作诗)……就思及祖宗们各各亦皆如此,虽有深精举业的,也不曾发迹过一个……遂也不强以举业逼他了"。这大段文字,与续书写宝玉用心于举业和高中乡魁等情节直接相抵触。甲辰本也全删。

甲辰本并无后四十回续书。上述现象是相当奇怪的,似乎有两种可能可揣测:一、乾隆四十九年甲辰(1784)是雪芹死后二十年,岂其时已有人写成了后四十回续书在传阅,而甲辰本之整理删节者凑巧有幸读到。二、甲辰本之删节者竟是那位隐名的续书作者,其时,续书虽未必已写就,而基本构思如"调包计"婚姻、先攻读八股文、中举后再出家等情节已渐渐形成。这公案当然要待找出更可靠证据来才能判定,或者随着将来研究的深入,此现象会有更合理的令人信服的解释。

甲辰本毕竟属于脂本,与程高本还是有重大区别的。从整体上看,甲辰本对原文以删为主,不似程高本删、增、改并用;且在一些与续书情节关系不明显的问题上,甲辰本也同于诸脂本而异于程高本。如:

在脂本中,尤三姐原为"淫奔女",钟情于柳湘莲后才改过;程高本中的尤三姐则始终冰清玉洁,显然是被后人"净化"了。此处是脂本与程本明显差别之一。甲辰本全同脂本而与程本相异。

第六十七回,诸脂本(除了因缺此回而后据程本抄配的脂本外)均作"讯家童凤姐蓄阴谋",文繁;程本作"闻秘事凤姐讯家童",文简。繁简文字两相对勘、细加审辨,知程本是在脂本基础上删改而成的。甲辰本全同脂本而异于程本。

第七十七回,宝玉探望病中之晴雯。脂本写放荡的灯姑娘为二人的关系所感动,不再纠缠宝玉,感人至深;程本中灯姑娘仍死死纠缠不放,丑态百出,格调低下(程本中人物,要么一贞到底,如改塑后之尤三姐;要么一淫到底,如灯姑娘)。此处甲辰本也全同于脂本而与程本异趣。

《红楼梦》脂评本流传,大体上可分两个支系:一、己卯、庚辰及蒙府戚序的前四十回为一系;二、蒙戚后四十回、舒序、列藏、郑藏、梦稿及整理前的甲辰本为另一系。两系文字往往相异,而甲戌本则高居两系之上,其文字同于哪一系,哪一系基本上就是正确原文。甲戌不存部分,两系异文,须加细心鉴别,不可先存成见。我们在对勘中发现,后一系异文,保留原文处不在少数。如小丫头"靓儿",己庚一系误作"靘儿",甲辰一系不误(第三十回);"近水",己庚一系误作"近小",甲辰一系不误(第三十六回)等等。这也是我们不应轻视甲辰本的原因。

甲辰本第十九回回前总评说:"原本评注过多,未免旁杂,反扰正文,今删去,以俟观者凝思入妙,愈显作者之灵机耳。"这样,所据底本的脂批就被大量删弃了,特别是那些与后四十回续书情节有矛盾的,及可供研究作者家世、生平、成书过程用的有"内部讯息"的批语,都被删除干净,这是十分可惜的。

七　列　藏　本

因藏前苏联列宁格勒(今恢复彼得堡旧名)而得名,题《石头记》。抄本为Л·库尔梁德采夫于1830—1832年随旧俄宗教使团来华时所得,今藏俄罗斯联邦圣彼得堡东方学研究所。存七十八回,缺第五、第六两回。有中华书局影印本。

列藏本经较多拼配抄成,其地位不足与庚辰本并论,但却是一部有独特价值的本子。其独特处,也许只在局部,但仍是非常重要的。

我们曾提及庚辰本第八十回无回目是原貌,列藏本则更近原稿一步。其七十九回回目同于庚辰本该回,而实际内容则包括庚辰本八十回在内,文气一贯到底。在后来诸本分回处,此本作"……连我们姨老爷时常还夸呢。(后加一勾)金桂听了,将脖项一扭……"语气紧紧衔接。庚辰本则在勾处加"欲明后事,且见下回",将其分开;又在下文开头加"话说"二字,作第八十回始。比较之下,可以看到从原稿未分回到后来分回的蜕变痕迹。

第三回,对于林黛玉"妙目"的描写,甲戌本被涂改,各本均不完整,或异文歧出。甲辰本之"一双似喜非喜含情目"被广泛采纳,其实不妥:"似喜非喜"与下接之赞语"泪光点点"矛盾,亦非黛玉情态。"含情目"是直说而俗,与上句"罥烟眉"之取喻而雅不相协调,且"情"与"烟"对得也不工。列藏本此句独作"一双似泣非泣含露目",工巧妥贴,远胜诸本。疑是作者原文,即或后补,亦为最佳。

第六十四、六十七回,己卯、庚辰本原缺,一些人因此怀疑其真实性。列藏本不仅有此两回,且有独特异文可证其为真:第六十四回,列藏本除有基本同于戚序本之回前批及回末联外,尚独存回前标题诗一首"深闺有奇女……"为诸本所无。每回有回前总批、标题诗和回末联,为小说原设计之格式,故早期抄本如甲戌、庚辰等本所见特多。今列藏本此回完整地保留了这一形式,可见出自作者之手无疑。第六十七回,在介绍甲辰本时已提及有繁、简两种文字,繁文本接近原作。列藏本全同于戚序、甲辰等繁文本。又苕溪渔隐《痴人说梦》曾记载一乾隆旧抄本,其六十七回标目为"置外舍贾琏匿新宠,泄机关熙凤定阴谋",似亦接近列藏一系而远离程高本。可见此回列藏、戚序、甲辰本之文字确接近原文(参见拙编《红楼梦》该回之校注,浙江文艺出版社)。

此本有的批语接正文写,字体同,在起迄处加方括号,在开头右侧用小字写有"注"字,这在第十六、六十三、七十五回里均有,当是过录时误作正文的,以后发现再校改标明的。

八　舒序本

以舒元炜序得名，又称己酉本，题《红楼梦》。原由吴晓铃藏，吴先生身后此本归属，尚未获准确消息。原八十回，存第一至第四十回。有中华书局《古本小说丛刊》影印本。

舒序本是一部非常珍贵的乾隆原抄本，其序是乾隆五十四年己酉（1789）舒元炜的亲笔。这样的原本，自然非一般过录本可比。

据舒序，此本原来只有五十三回，另有二十七回是借"邻家"抄本补配的。从现存的前四十回看，其主体部分属于列藏、甲辰、梦稿一系，与列藏本尤为接近；另有少部分，如前五回、第二十九回等，与庚辰本很接近，其来源可能就是"邻家"抄本。

据舒序，舒元炜、舒元炳兄弟二人，曾对此本"摇毫掷简，口诵手批"，"特加雠校"，因而，舒本很多独特的异文，极可能出自舒氏兄弟之手。以回目看，如：第十七回，舒本作"大观园试才题对额，荣国府奉旨赐归宁"；第十八回，作"隔珠帘父女勉忠勤，搦湘管姊弟裁题咏"。第八十回，舒本无书，却于目录中存其回目，作"夏金桂计用夺宠饵，王道士戏述疗妒羹"。对仗皆有自己的特点，应为舒氏兄弟所改拟或新拟。

舒氏之序，体用骈骊，则对对子本其所长。此本前五回可能抄配自庚辰一类本子，而庚辰本首回甄士隐所梦见太虚幻境之对联上下句各错一字，前已提及。这种地方，舒氏当然不会通过。果然，对联被重拟了，改成"色色空空地，真真假假天"。只是他也顾前不顾后，第五回宝玉梦中所见之联也未照改，仍是"假作真时真亦假"云云，不曾统一，故首回之改文也未见有任何本子采用。类似改文，第十六回末也较明显，读者可自行对照。

撇开改笔，舒序本仍有独特价值。如第九回，甲戌本不存，舒序本文字同于戚、蒙、甲辰诸本，而异于己、庚、梦、列一系，且明显优于后者。而此回结尾，舒序本独异，作"贾瑞遂立意要去调拨薛蟠来报仇

（因秦钟等欺倒了薛蟠的相好金荣），与金荣计议已定。一时散学，各自回家，不知他怎么去调拨薛蟠，且看下回分解"。这与第三十四回宝钗想起其兄"当日为一个秦钟，还闹得天翻地覆"的叙述相符合，是否此处舒本独存原文，值得研究。

　　舒氏作序时间（1789）比程甲本初版（1791）早两年，但已称《红楼梦》有一百二十回书，这与后来程伟元序中所言，可相印证，见程序所述，并非虚言。所以这是研究后四十回续书形成的重要信息。舒序中曾两次提到全书回数：一曰："漫云用十而得五，业已有二于三分。"意即别说此本已是全书一半，实在是已有三分之二了。八十回岂非恰好是一百二十回的三分之二？二曰："核全函于斯部，数尚缺夫秦关。"唐骆宾王诗，好以数字成对，其《帝京篇》云："秦塞重关一百二，汉家离宫三十六。"人称"算博士"。所以"数缺秦关"，就是说全函本有一百二十回，而此书之回数尚不足。

九　梦稿本

　　现知最早收藏者杨继振题书名为《兰墅太史手定红楼梦稿》，影印该书时，则改题作《乾隆抄本百廿回红楼梦稿》，因而得名。故又称"杨藏本"、"杨本"、"全抄本"。此书是抄本中唯一带有后四十回的本子（蒙府本后四十回只是据程本抄配，不在其列），也是学界对其来源及价值争议最大的一个本子。藏中国社会科学院文学研究所。1959年3月，发现于琉璃厂文苑斋书店。1963年起，由中华书局、上海古籍出版社分别影印出版。

　　由于此书全部文本之抄录是由数人合作完成，而前八十回与后四十回又有共同抄手存在，故推断一百二十回之抄录是同一时期完成的。

　　前八十回，在第十六回、二十七回的抄写中，共发现有三个特殊的断裂接口。即前一面抄到某处，剩下若干空白就停止了；而后一面则又与前页有若干文字的抄重。如第十六回接口处，抄重复的字多达一百二十七字。对比各现存抄本的书口,即可确定前八十回是由包括类似今存"甲戌本"、"己卯本"在内的四个以上本子抄录而成的。

以前,多数学人认为梦稿本的前八十回是相当早的脂本。后来,有为数不少的研究者持不同意见,认为此本是个东拼西凑的百衲本,总体文字接近甲辰、舒序、列藏为代表的支系,如此本与列藏本的共同异文就有不少,且可一眼看出多属拙劣的后改文字,因而认为判断其为相当早的脂本的说法,是过于高估了。

梦稿本后四十回部分,有二十一回是很少改字的清抄本,其文字与程乙本基本相同,仅有少量的差别。其馀十九回旁改文字(有的用后贴上去的粘条修改)数量极大,有个别回中,添改文字数远远多于原抄正文字数。

梦稿本出现之初,不少学人认为后四十回非高鹗所续得到了证明。但俞平伯提出了一个改变大多数学人看法的疑问,说:"既然是高氏的稿本,为什么大体同乙本而非甲本呢?程、高刊书,由甲而乙程序分明。有人曾经校对、计算过甲、乙两本,文字尽管不同,而到每叶终了,总在一个字上看齐。"从此,诸如"梦稿本后四十回原抄正文是程乙本的节写本"、"后四十回的改文是据程乙本来校改原抄正文"之类的观点成了主流说法;"杨本没有多大价值"、"杨本是很晚的,它是抄的程乙本"之类的话也经常挂在一些学者的口头。是啊,梦稿本后四十回的原抄正文及改文,为什么能越过程甲而与程乙本十分接近呢?这个疑问似乎成了持此本是程高修改稿本观点的人不可逾越的障碍了。

近年来,研究在深入,其结论与梦稿本初现时大家的直观看法颇为接近,但却是从多方比勘和更细致的研究中得出来的。

首先,梦稿本的所有总体特点,与程伟元、高鹗在程本的"序"、"叙"、"引言"中所叙述的状况,百分之百相符合。这是很难用"碰巧"两字来解释的。程伟元说,他收集的本子"即如六十七回此有彼无,题同文异,燕石莫辨"、"后四十回系就历年所得,集腋成裘,更无它本可考"、"然前后起伏,尚属接笋,然漶漫不可收拾";而梦稿本的底本就这四十一回（即此有彼无的第六十七回及后四十回），一反固定的每面抄十四行的格式，减少了二行，而抄成了每面十二行，这样就可以更多地留出行与行之间的空白来，准备写更多的改文。程伟元收集了多种前八十回本子和漶漫不可收拾的后四十回残卷；而梦稿本的原抄正文前八十回正好是由四种以上抄本首轮过录而成的，且后四十回中有十九回的原抄文字，确实大有不可收拾之处，有许多地方上下文本身是接不上的。这与程序所说全合。

高鹗说，1791年前，他未见过后四十回，程伟元拿"数年铢积寸累"所成之"全书见示"，同一年中，程甲本就刊印了，而程氏又仅仅让高氏"分任之"。可以断定，程伟元必定先已作了许多文字修改工作，再请高鹗审阅。这样，高鹗才在梦稿本的第七十八回末，用红笔写下"兰墅（高鹗的号）阅过"四字。这不正好是程伟元与高鹗"分任之"的工作交界点吗？程、高说："初印时不及细校，间有纰缪。今复聚集原本详加校阅，改订无讹。"也就是说他们工作的首轮成果与初印的程甲本尚有一定的差距（即有纰缪），而梦稿本正是体现他们首轮成果的工作本，所以程乙本才与梦稿本的原抄正文及改文接近。

杨继振判断此本为"兰墅太史手订"本，并非无的放矢或没有眼光，他是经过一番考究功夫的。此外，此本的第三十八回第五页，有七处提醒抄手的文字，如"另写一行"、"不可接，另一行写"、"另抬写"等，这也说明此本并非收藏家在用程乙本校改他已收藏的抄本，而说明此本本身就应该是一个工作成果的记录本。

仔细地逐字校对梦稿本与程乙本的后四十回中那旁改过的十九回文字，发现程乙本中有数量巨大的梦稿本中没有的文字存在（如果梦稿是据程乙校补，为何不补入），而这些文字倒在程甲本中也有，是从程甲本中保留下来的。保留为的是凑足字数，使程甲、程乙的每页都能在最后一个字处对齐。这就解释了俞平伯提出的"到每叶终了总在一个字上看齐"这个最难回答的问题。

还有一个现象，也是主张梦稿抄程乙者所不能解释的，即：大多数的书页中，又都存在数量不等的梦稿本比程乙本多出来的文字和改动的文字。如果梦稿比程乙少了字句，还可以用抄丢了来解释，现在却是多出来了，抄书怎么可能抄多出许多字来呢？可见，梦稿抄程乙说不通。

另有一个现象特别有趣，即梦稿本后四十回中，有大量改文是改变了原抄文字意思的；也有是有曲解人物总体形象的嫌疑的。现各举一例如下：

①第八十二回，梦稿本原来讲的是宝玉二次进学堂的第二天，就起床晚，迟到了，引起贾代儒的不满。原抄正文中，宝玉没有病，也未发烧，故文中曰："宝玉便推晚上发烧，故此起迟，方过去了。"或许是原抄的这回正文太短，改文插入了新的情节：在宝玉头天读书回来后，用粘条形式补加了一大段宝玉晚上睡不着觉，袭人用手摸宝玉脑门时说："你别动，有些发烧了。"与此相呼应，宝玉"推"说晚上发烧那句，便改为"宝玉把昨儿晚上发烧的话说了一遍"。这样，宝玉骗人的假发烧变成真发烧了。应指出的是：在上引的改文中存在的"晚上"两字，在程乙本中是不存在的。若梦稿的改文是抄录程乙的，那怎么会多出两个字来呢？诸如此类的梦稿改文中有，到程乙本中不见了的例子还很多。

②第一百十八回结尾处，梦稿本有二百三十七字的原抄文字被圈去，而用粘条形式改写成了九百八十字的长文。原来讲的是宝玉把自己关在一间静屋中发愤用功，宝钗派莺儿去侍候宝玉，他们俩有一些对话而已。可改文中，却大谈宝钗怕宝玉虽改了不肯读书的毛病，又生出原来欢喜与女孩子混的旧病，而袭人又对怡红院中丫头们作了一番评价，说"五儿是个狐媚子"，又说麝月、秋纹亦不行，与宝玉一直"顽顽皮皮"之类，只有莺儿"稳重"，二爷"不大理会"，建议宝钗派莺儿去侍候宝玉。试问，宝钗能与袭人谈自己怕宝玉被别的女人所勾引吗？袭人又怎么敢平起平坐地在宝钗面前指名地大进谗言、臧否他人呢？很显然，原抄文字的作者与后改文字的人，思想是不一样的，不可能是同一个人，原抄的简文也不可能是程乙本的节写本。

总之，梦稿本到底是一个什么性质的本子，其价值如何，都不宜匆忙地随便地下结论。作更深入的研究、展开进一步讨论,也许是解开后四十回疑团的一把钥匙。

当然,梦稿本改文即使真的是程、高工作过程中的记录,也只能是不完全的记录,后四十回清抄的二十一回,也许由于改动太多,也许由于原先本无底稿,是新写的,所以也不能排除这部分直接抄自程乙本排版时的底稿的可能性。但不管怎样,梦稿本总是留下了程、高一百二十回本成书前后过程中的许多可供深入发掘和研究的线索。

十　郑　藏　本

因郑振铎旧藏而得名,回首题《石头记》,版心题《红楼梦》。藏国家图书馆分馆。残存第二十三、二十四两回,有书目文献出版社影印本。

郑藏本与列藏本关系密切。显著的标志是郑、列二本皆有"红檀"的名字,而其他本子均作"檀云"。

郑藏本有多处脱漏。如第二十三回回目"西厢记妙词通戏语",缺"通戏"二字;此回末,缺了黛玉听梨香院女孩子唱《牡丹亭》的描写,使"牡丹亭艳曲警芳心"的回目没了着落。第二十四回末,缺了小红的"家世情况介绍",而小红梦见贾芸一段又大为简化,且多有异文。两回正文中的脱漏也还有。

郑藏本的人名,也颇有与众不同处。如"秋纹"作"秋雯","方椿"作"方春"。更有将"周氏"改作"袁氏"、"贾蔷"改作"贾义"者,与诸本全异。又有一处变"贾珍"为"贾义"、一处变"彩云"为"绣凤",似是故意调换。"茗烟"在早期庚辰本的第二十四回中突然改名"焙茗",原因不详。甲辰、列藏、梦稿统一为"茗烟",而郑藏本在两回中全作"焙茗",是另一种统一方法。

郑藏本是白文本,没有脂批。

十一　靖藏本

因原由扬州靖应鹍所藏而得名,亦称靖本,题《石头记》。1959年由南京毛国瑶发现,1964年尚在,以后迷失不知下落。据介绍全书缺第二十八、第二十九两回,第三十回残失三页,实存七十七回有馀。原书有三十五回全无批语,其他各回则附大量朱墨批语。大概也是经过抄配的本子。书的封面下原有“夕葵书屋石头记卷一”字样纸条。夕葵书屋是《熙朝雅颂集》(其中选录有敦诚、敦敏有关曹雪芹的诗)的主要编纂者、乾嘉时著名文士吴鼒的书斋名,可见非一般藏本。

书发现之初,毛国瑶曾将此本与戚本作了对勘,摘录戚本中所无的批语一百五十条。后来将它发表在南京师范学院《文教资料简报》1974年8、9月号上,并撰文介绍。此外,《文物》1973年第2期红学家也曾撰文介绍这个脂本,并校读、解说了其中部分批语。

此本保存了很多不见于它本或内容多于他本的朱墨批,其中有些极为重要。如首回批书人畸笏悼念“芹为泪尽而逝”、“今而后惟愿造化主再出一芹一脂”的批语,署时间为“甲申(1764)八月泪笔”,相当合理,与甲戌本作“甲午(1774)八日泪笔”不同。又第十三回总批使我们知道那个“命芹溪删去”“秦可卿淫丧天香楼”情节的人就是畸笏叟,被删的有“遗簪”“更衣”等情节。还有第二十二回畸笏所加的“不数年,芹溪、脂砚、杏斋诸子皆相继别去”的批语等,都极有研究资料价值。

此外,靖批还提供了许多以前不知道的八十回后的佚稿情节。如妙玉流落瓜洲渡口,屈从于人;刘姥姥与在狱神庙的凤姐相逢,巧姐因此而得以“遇难呈祥,逢凶化吉”;贾芸“仗义探庵”;黛玉之死的回目叫“证前缘”,后来宝玉曾写过类似《芙蓉诔》那样的“诸文”来悼念她等等,对研究曹雪芹的创作思想、小说原来构思等都极有价值。只是靖批的文字错乱讹误特甚,有些竟难以寻读。

近年来,有不少文章质疑靖本的曾经存在过和靖批的真实性,甚至公开指责是毛国瑶在作伪。被举为作伪“铁证”的是初版于1954年

12月的俞平伯《脂砚斋红楼梦辑评》中所辑之第四十八回一条"庚辰本双行批开头,漏去十二字,误将原先戴在'纨、钗'头上的'端雅'桂冠,戴到'袭、平'头上去了"(此书1960年增订本已改正),而毛国瑶所录靖批的那一条,"出现了与旧版《辑评》同样的差错。仅个别字有所不同"(见李同生《为"靖本"所惑》,载贵州办《红楼》2000年第4期)。

看来,这是相当有力的证据,似乎"作伪说"已可肯定下来了。而且到目前为止,除了毛国瑶自己有过一点情况说明和少量有为其辩白倾向的文字外,基本上还未见到过持相反意见、信其为真的争论文章。然而,我还没有被说服,仍以为那些靖批所提供的不少极有价值的线索,是并无破绽,也伪造不出来的。

世间事往往是复杂的。真伪掺杂、真中有伪或本为对看、遂致混淆的事并不少见,何况在那个年代。我们要做到不囿于成见,全面、细致地考察、审辨,冷静、客观地分析、判断,并不容易。我曾跟几位共同关注此事的红学研究者交换过意见,说绝无伪造可能的,也大有人在。最近,梅节兄从香港打来长途电话说,这是红学界一起很大的"冤假错案",他要写文章为毛国瑶辩护、洗刷。至于那条所谓的"铁证",他有他自己的解释。我们且等待争论的展开吧。本书有不少处,仍引用了靖批立论,并将靖本列入了"版本简介"。倘一旦我被"作伪说"说服,发现自己确已步入了"迷途",再坚持真理,返回正路,大概也不算迟吧。

十二　程甲本

这是《红楼梦》版本史上的第一部印本,采用木活字排印。刊印时间为乾隆五十六年辛亥(1791),题《新镌全部绣像红楼梦》,由萃文书屋印行。此书现存十部以上,国家图书馆(藏两部)、中国社会科学院文学所、北京大学、人民日报社、台湾大学及一些私人,均藏有此书。另外,国外(如俄罗斯、日本等)亦有若干套收藏。有书目文献出版社及吉林文史出版社影印本。世称"程甲本"。

该书前八十回有未删尽的"漏网"脂批的遗迹,且绝大部分的文本文字,均可在现存的各脂本中找到,故这部分应是整理、增删脂评抄本的产物。

该书由程伟元、高鹗二人合作整理修补完成,卷首有他二人分别撰写的"序"与"叙"。在这两篇文字中,叙述了此书出版的具体经过。为出此书,程伟元用数年时间收集到若干部八十回抄本;又分两个时段获得了"漶漫不可收拾"的后四十回中的"廿馀卷"及"十馀卷"。1791年春,程伟元邀请高鹗"分任"此书的补写、编辑、定稿工作,当年冬就出版了。由于他们手头的后四十回原底本仅三十馀回,故其中必有若干回的文字是由他们补写的,也因此高鹗的同年张问陶才有"红楼梦八十回以后俱兰墅所补"的话。

程甲本首刊后,萃文书屋还在顺着该书自己的风貌不断地修订完善,并多次印刷出版。现在已出的程甲本影印本,即是经过修订的较晚印刷的本子。用此本与一粟原藏的本子(现尚存)对校,至少已发现有十多处的修正。现举二例如下:

①第七十八回页六第十九行,影印本把一粟本的"正"字改印成"未正"两个扁形小字,仍占一个字的地位。文句因此由"正三刻"变成"未正三刻",纠正了缺漏。

②第七十八回页七第一行,影印本把一粟本的"花"、"神"二字,以同样办法分别改为"一花"与"之神"扁形小字。使文句由"不但花有花神"变成"不但一花有一花之神",使文意更为确定。

这些新刻的,用两个扁形小字代替原来一个活字的现象,书中至少有八处。两个本子刊印的先后,一目了然。

据程甲本为主要底本的翻刻本及排印本,至1949年止,总数已达二百馀种。《红楼梦》的广泛流传及产生很大的社会影响,应该是从程甲本开始的。程甲本改动前八十回底本的字句不在少数,更对底本的一些所谓"粗语"、"碍语"作了删改。这样就必然拉大了该书与曹雪芹原稿的距离,甚至违背了作者的原意。但从在完成一部本身较少前后矛盾(有些深层次的矛盾是避免不了的)和配齐后四十回,使之可能普及开来这个角度来看,程甲本自有其他抄本所不能替代的价值。

十三 程 乙 本

从程甲本刊印的1791年"冬至后五日"起,仅仅过了七十天,1792年(乾隆五十七年壬子)"花朝后一日",萃文书屋又刊印了另一部《新镌全部绣像红楼梦》,世称"程乙本"。此书与程甲的版式、插图等完全一样,但文字上有二万多字的差异,而且多出一篇由程伟元、高鹗联合署名的"引言"。此书现存数量略多于程甲本,如国家图书馆、中国书店、山东图书馆、杭州图书馆、绍兴图书馆、上海图书馆及一些私人均有收藏。

以前,学界普遍认为,程乙本是在程甲本基础上修改而成的。现在看来不然,且程伟元、高鹗的自述也不是这样说的。他们说程甲本由于"急欲公诸同好",故"不及细校,间有纰缪",而程乙本则是"聚集各原本详加校阅,改订无讹"后的产物。即程乙本是对程甲本偏离"原本"的回归,事实如何,又当别论,至少他们的话,意思是如此。或许对这一现象的深入研讨,对"为什么仅过七十天,同一书局又要出一部新本子","七十天出一部新本子时间怎么会够",这两个困惑人们的问题,能得到更合理的解释。

和程甲本一样,程乙本问世后,萃文书局亦按它自己的模样在进一步完善。这样的本子,已发现有五种,即:亚东改本底本、台湾大学藏本、青石山庄本、上海图书馆本和一粟原藏本(残本,今尚存)。现举三个例子:

①第六十九回末页末行,一粟原藏本异于其他各本。一般乙本此句均为"一时贾母忽然来,未知何事,下回分解";一粟本独多出一字,作"一时贾母忽然来唤,未知何事,下回分解"。

②第七十五回页七第二行,青石山庄本把其他本子的"邢夫人的胞弟"印成了"邢夫人的跑弟";同回第十页第五行,青本又把其他各本均正确的"会芳园丛绿堂"印成了"会芳园丛线堂"。

③上海图书馆所藏本子,是用另一组活字重新排印过的程乙本(其他各本,个别文字有异,仅是同一活字版的挖改),且从回目到正文,均有一定数量的变动,甚至吸收了部分程甲本的优处。

此外,经用原印本的相互校对,可发现程甲本和程乙本所用的木活字,是全部不一样的,版框及字之间的割线形状也不同。可见,程甲与程乙是两个基本上同时启动,并列进行着的本子,彼此各自修改排版,互不相扰。这一现象的出现,其原因尚待探究,或许与两人"分任"其役而未能按商定进度统一定稿有关。但有一点必须特别指明,甲、乙二本的最后两回,其活字有大量通用,如第一百十七回第五页,甲、乙二本是用同一活字版印刷的;第一百二十回第八至十四页,二本虽每页有十来个字不同,但用的活字与板框却相同。这也许可说明萃文书屋在同时(仅差七十天,可推测基本上同时启动)排印甲本和乙本时,出现了活字不够用的状况,因而最后两回只得作这一变通处理。

程甲、程乙二本文字之优劣,学人看法大相径庭。如胡适与汪原放大夸乙本优于甲本,而大多数学人则认为甲本优于乙本。

现在能看到的有异文的萃文书屋印本,至少已有七种,而70年代末期知道的本子,还只有四种。故台湾有学者著书,把这四种本子分别称作"程甲本"(即已影印的程甲本)、"程乙本"(即台湾大学藏本)、"程丙本"(即青石山庄藏本)、"程丁本"(即胡适借汪原放印亚东图书馆乙本那部本子)。这种说法曾风靡一时,但在大陆影响相对小些。张爱玲、徐仁存、徐有为等学人在写书和文章时,甲本、乙本、丙本、丁本之称到处飞,许多读者被搞晕了头,书也看不懂了。因而有一些学人提出另一种意见,既然程伟元、高鹗只说有甲本与乙本两种本子,那就还是尊重他们的意思为是。如果采用甲、乙、丙、丁的排法,现在有了七种本子,那就得加上戊本、己本、庚本的称号了。若以后再发现新本子,不是更乱了吗?我们以为言之有理,故亦仍沿用其旧称。

（附注:上述甲、乙、丙、丁四本,均已由台湾广文书局影印过。不过,甲、丁两本,由于出版社找不到原书,分别是由"东观阁本"一版和亚东图书馆改印本代替的。）

　　改革开放、实行市场经济以来,出版社林立,各家竞争,纷纷推出自己的《红楼梦》版本来,为数已在百种以上。有以脂评抄本为底本的,也有以程高印本为底本的,有的以尽可能恢复曹雪芹原著面貌为目的,有的则组织人力,认真地细校详注,因而不乏很有学术价值的好本子。但从总体上看,上述情况毕竟还属少数,更多的则是任意找来一个本子就印,或参看一二种本子,据意改动些回目、字句,甚至连所据何本、何人校勘的说明都没有,只一味在装帧、封面上下功夫,以吸引读者。这样的本子,随便看看倒也没有什么,若要据此研究或引用,是完全靠不住的,也根本谈不上什么学术价值。希望这只是暂时现象,而这一现象今后能随着国家文明程度的提高而有所改变。

初版《评注》后记（节）

（1979 年 5 月）

《红楼梦》中的诗词曲赋，比小说中其他散文描写部分要难懂些，文字障碍多些；而且由于这些诗词曲赋在艺术表现上，还有隐喻暗写、一声两歌等特点，有时要深入领会作者的用意就更多一层困难。本书想把帮助接触古代诗文机会不多的读者扫除文字障碍的任务，同对这些诗词曲赋的思想、艺术方面的研究、欣赏结合起来，并且想借此机会，利用脂评等重要研究资料，联系全书，对曹雪芹本来的艺术构思和小说后半部佚稿的情节内容，作一番探讨、论述。因此，评注的范围常常超出诗词曲赋本身。这样做是否合适，有待实际效果证明，现在只能说是一种尝试。

本书中《红楼梦诗词曲赋评注》部分，基本上全收了小说中诗、词、曲、赋、谜语、酒令、联额、对句等形式；因为想化难为易，所以古文、书信也一并收录。诗文的题目凡属小说中已写明或有原文可依据者，都尽量保持原样，其他则是为了便于读者翻检而拟加的。八十回之前的文字，采用脂评本为底本，但不拘于某一种脂本，基本上是互参各种脂本择善而从的；凡各本有异文处，特别是与多年来广泛流通的程、高系统的排印本文字有异处，都一一注明，根据情况在注释中附带作简要的校记。一般情况下，每篇都有评注；内容相关的，则几首合评；有的还加有备考或附录。视需要而定，不强求一律。旧体诗词译成白话很难准确无误地表达原作精神，因此，除了文字较难的长文《芙蓉女儿诔》，考虑到能方便读者了解大意精神而加了译文外，其他都不加翻译，只在注、评之中尽可能把意思讲清。

　　本书"附编"部分的几种资料，除《诗论》一种外，内容多为红学研究者、专业工作者所需，所以重在说明资料价值而较略于评注。

增订版《评注》编辑后记(节)

(1990 年 10 月)

邓庆佑

1975 年冬天,当时我在北京出版社文艺编辑组工作,友人告诉我,杭州大学教育革命组印有《红楼梦诗词曲赋评注》一书,是当时此类出版物中之佼佼者。我要来一看,果然不错,便写信与杭大教育革命组联系。不久就有了答复:此书编写者是蔡义江同志,约稿可与本人直接联系。于是我写了第一封信给义江兄。他迅即来了回信,并同意该书由北京出版社公开出版。

义江兄的《红楼梦诗词曲赋评注》由于经过反复切磋、精研细琢,所以本书出版以后,受到了各种不同层次读者的称赞和好评。虽然在本书印出发行之前,1979 年 7 月,我便离开了北京出版社,但多年来,还是辗转收到不少读者,特别是青年读者的来信,称赞本书对他们读懂《红楼梦》中的诗词,甚至对帮助他们读好《红楼梦》全书,都有着积极的意义。被誉为"台湾文坛闪亮的恒星",名列榜首的、最受欢迎的女作家琦君,即年已古稀,现留居美国的潘希真女士,1989 年 10 月,也给义江兄来信说:

尊著《红楼梦诗词曲赋评注》,使我着迷,使我惊叹!多少红学专家研究的总是此书作者与续者问题,主旨问题,没有一个研究到诗词与全书人物、情节有关的问题。当年我们看《红楼梦》,真的只看故事,诗、词、赋实在太多了,都跳过去,只有灯谜看一下,记得的只有宝钗的《竹夫人》,真惭愧啊!你的一篇代序,就显得出分析之细,思考之正确,见解之高人一等,我等于还没读过《红楼梦》呢。记得大二时,与一位要好同学一同躺着看《红楼梦》,比赛背诗,背回目,我总是输;书中情节,则二人都了如指掌,如数家珍。我曾口占打油云:"红楼一读一沾巾,底事干卿强效颦? 夜夜联床同说梦,世间尔我是痴人。"瞿师(夏承焘先生别号瞿禅——引者)改为"世间儿女几痴人"。他说,迷红书岂止我与那同学? 那时我们把瞿师比作贾母,中文系同学各代表一人物,现在回想起来,十分有趣,转眼已是四十多年前的事了。

琦君女士对义江兄的这本书的评价,与国内广大读者对它的评价,大致相同。

《红楼梦诗词曲赋评注》为什么能拥有如此众多的读者,受到他们的喜爱,而且经久不衰呢? 这是因为义江兄在成书之前,就为自己制订了高质量要求的编写目标。他严格遵循自己制订的原则,进行工作,所以《红楼梦诗词曲赋评注》出版以后,就产生了三个积极的结果,这就是:

第一,它不是随流俗,赶时髦,为一时的政治需要作解说,而是注重学术质量,经得起时间筛选的、严肃的学术著作。

70年代前期那次几乎是全民评论《红楼梦》的年代里,人们编写了大量的辅导材料,特别是关于其中的诗词部分的注释和讲解,后来公开出版的,起码就有五本,没有公开出版的,当然还更多。但它们大都因为对当时的政治形势跟得太紧,有的或者还因学术根底不深,陈陈相因,毫无特色,相继被时代淘汰了。唯有义江兄的《评注》,经得起时间的考验,站稳了脚跟,久而弥新。

第二,通俗易懂,深入浅出。本书所收条目中比较难懂的词、字,都作了注释;不少文句,进行了串讲,又详细,又通俗。当然,本书的通俗性,不仅表现在注释上,同时更表现在"评说"中。几乎它的所有"评说",都是在注释的基础上,根据前后文,甚至联系《红楼梦》全书,作深入浅出的评说,揭示出隐藏在诗词字面后的深义。这样,就超出了一般诗词注释的范围,能帮助读者更好地理解诗词的含义。

第三，征引繁富，论证翔实。本书不但较好地完成了诗词注释所要解决的任务，而且充分利用了脂砚斋等人遗留下来的资料，探索曹雪芹本来的艺术构思和《红楼梦》八十回以后的情节内容，从而把《红楼梦》诗词思想、艺术的研究与欣赏结合起来了，把普及与提高也结合起来了。

当然，《红楼梦》中的问题，不同意见甚多，见仁见智，很难求得一致。所以义江兄在本书中的论述，读者不一定都百分之百的赞成。但是，问题在于是否执之有故，言之成理，成一家之说。我认为义江兄对于这一点是严肃的、认真的。所以书出版以后，能获得如此众多的读者，从1980年开始，一印再印，到1988年，已经印了61万册，还经常脱销。对于本书取得如此成功，我真为义江兄高兴。

如果从1975年冬天我给义江兄写第一封信时算起，我们之间的友谊，已经整整十五年了。从1977年9月我们在北京第一次见面算起，也已经十三年多了。十多年来，我们不仅建立了深厚的友谊，而且我还从他身上学到了不少为人治学之道。所以当他的《红楼梦诗词曲赋评注》经过修改增订，准备转到团结出版社出版，邀请我继续担任责任编辑时，我欣然应允，毫不推辞。

愿本书增订版问世后，能拥有更多的读者，取得更大的成功。

后　记

　　我编写过一本《红楼梦诗词曲赋评注》，1975 年以“杭州大学教育革命组”名义内部出版；后经改写，于 1979 年在北京人民出版社（后改北京出版社）正式出版；十年后，又重新修订，于 1991 年由团结出版社重排出版，也印行过多次。至今前后共发行七十馀万册，还销往港台和海外，被美国普林斯顿大学、威斯康辛大学等高校列为汉文必读参考书。受读者如此之青睐，当然是件令人高兴的事，也因此更增强了我的责任感。

　　去年年底，中华书局张文强同志约我为“中华活页文选”撰写《〈红楼梦〉诗词曲选读》小册子（2000 年 14 期），谈起我国历代优秀的诗词曲赋作品都有鉴赏书，唯独鉴赏《红楼梦》中诗词曲赋的书还没有。他认为我那本《评注》其实已包含了鉴赏成分，若能稍作改动，在必要处增加一些这方面文字，也就可以了。他的建议很符合我的想法，我也正盼有机会将这部二十多年前的旧著，再作一次较大的修改增订，就欣然同意了。

　　书，这次更名为《红楼梦诗词曲赋鉴赏》，体例略同于原来的《评注》，只将原书中“评说”一项，相应地改为“鉴赏”，唯由于后四十回非曹雪芹原作，而续补者所作诗无论从思想性或艺术性上都无法与原著相比，故后四十回中诗词及前八十回中非曹雪芹原作而为后人增补者，仍作“评说”。其文字经仔细审阅，适用的，保留；不适用或欠缺处，删去重写或作局部性的补充。其中为增加鉴赏内容、改变对人物褒贬评价或加入近年研究成果而作的改动居多，间或也有修正以往疏误不当处。正文部分的诗题,这次有较多的增补。以前,"附编"部分"脂本《石头记》回前诗选评"一题,将曹雪芹小说中原有的回目之后、正文开始的"标题诗"与属脂批性质的回前评诗编在一起,虽都加了鉴别说明,但原作与评诗合编毕竟不太合理。这次,这些标题诗连同回末诗联,都归入正文之中,以便与笔者前些年校注出版的《红楼梦》一书(浙江文艺出版社1993年初版)相一致。这些诗都以诗首句为题。加上以前个别漏编、这次补上的联额,正文部分共增加诗题达二十一首。这样,此书可算将《红楼梦》中的诗词曲赋等有关文字全都收齐,不再有遗珠之憾了。

"附编"部分文字,这次也作了不少改动,特别是"《红楼梦》中的诗论选注",我接受了于鹏同志的建议,重新细检全书,作了较多的增补,尽量做到无所遗漏,又在每则文字前拟加了小标题,使之醒目,便于查检。原书的几篇"后记"、"编辑后记",这次只节录其中部分文字,以资参考。

《红楼梦》版本众多,异文纷呈。本书仍依原《评注》本旧例,凡前八十回文字,皆采用脂评本为底本。脂本多至十馀种,我曾以诸脂本互参互校(以甲戌本为优先,次及己、庚诸本)、择善而从的方法,整理出版过《红楼梦》校注本(浙江文艺出版社1993年初版);本书文字基本上同于拙校注本。本书凡与现流行诸本特别是程高系统的排印本文字有异处,皆视必要酌情在注释中作了校记。后四十回文字,按常例互参程甲、乙本而择善,唯一般情况下不出校记。

遵中华书局编辑部所嘱,在全书前增写了《曹雪芹与〈红楼梦〉》一文,以便读者对作家和作品有一个整体的概括性的了解。文章没有展开写,其中涉及曹雪芹的家世、生平、成书过程、全书致残原因、小说的创作素材来源和人物形象的"原型"等问题,目前虽尚有各种不同的说法,但这里写的每一句话,都代表我到目前为止对曹雪芹和《红楼梦》的真实观点。

本书的出版,得张文强同志的热情支持;修改过程中,又得胞弟蔡国黄的主动协助,使工作得以顺利进行。于鹏同志帮我细心校阅了清样;又在我改写《〈红楼梦〉版本简介》一文时,帮我起草了初稿(除梦稿本、靖本及程本外,其馀脂本介绍初稿,皆其所拟)。杜春耕兄近年来专注于梦稿本与程甲、程乙本关系的研究,有很多重要发现。因此,这几种版本的介绍文字,我就劳他代笔初拟了。老友吕启祥为此书的重新改写,提出了许多宝贵的意见和建议。应我之请,冯其庸先生重新为此书题签,周汝昌先生特地为此书题诗,都使此书增色不少,谨在此一并表示衷心的感谢! 此书谬误、失当和不足之处,还祈专家和广大读者不吝批评指正。

蔡 义 江

2000 年 10 月中旬于北京

东皇城根南街 84 号

修订重版后记

今年甲申春,是曹雪芹逝世二百四十周年纪念。

中华书局顾青、张文强先生来我家,商谈重新排版设计、再印拙著事。因为自2001年此书新版至今,销售情况不错,已印刷四次,尚供不应求。只是各方面反映封面设计、排版装帧不够理想,希望能予以改进,所以决定改版重排。我欣然配合此次改版,将原先关于"补天"之说等篇重新作了改写或修订,还增加了几幅题词、画页、书影,希望不久能以焕然一新的面貌呈现于读者面前。

感谢书局顾、张二先生的大力支持,感谢杜春耕、黄亦工、李明新诸先生对此书的关心和协助。

蔡 义 江

2004 年 3 月 10 日于北京

东皇城根南街 84 号

| 初版责编 | 张文强 |